多丽丝·莱辛『太空小说』中的概念隐喻与新型乌托邦寓言

殷贝/著

復旦大學出版社

福州大学哲学社会科学文库

福州大学跨文化话语研究系列一

本书获福建省社会科学规划项目资助
(批准号：FJ2019B063)

总　序

福州大学跨文化话语研究第一系列八部专著即将由复旦大学出版社出版,我们为此感到由衷的欢欣。

福州大学跨文化话语研究中心是依托福州大学外国语学院建设的福建省高校人文社科研究基地,设“文体与批评话语研究”“翻译与文化传播研究”及“比较文学与跨文化研究”三大研究方向。自2014年成立以来,以跨学科研究的视界搭建学术创新平台,以融合不同学术背景的研究者为目标,致力于话语研究,关注社会问题,推动社会进步。

话语作为社会实践,参与社会活动,再现社会事实,建构社会关系及社会身份,在社会发展变革中发挥着重要作用。当“话语”作为关键词进入研究视野,其焦点在于话语在社会和文化变迁中的影响力,从社会变化的语言痕迹切入社会文化批评,关注话语的意识形态功能、话语隐含的权力关系、话语的历史性、话语对社会文化的建构等,展现学术研究对社会问题的深切关怀。跨文化话语研究立足于跨语言、跨文化的视野,探讨不同社会历史语境下文化主体的话语特征及其与思想意识、社会变化的互动关系。

此次由复旦大学出版社出版的第一系列专著汇集了福州大学跨文化话语研究中心近年来的主要研究成果:潘红《哈葛德小说在晚清:话语意义与西方认知》、钟晓文《近代西方认知中的“中国形象”:〈教务杂志〉

关键词之广义修辞学阐释》、林继红《严复译介的文化空间研究》、王建丰《上海沦陷时期报刊翻译文学研究》、沈杏轩《隐喻修辞——〈红楼梦〉语言新视野》、李金云《泰戈尔思想和文学创作中的宗教元素》、殷贝《多丽丝·莱辛“太空小说”中的概念隐喻与新型乌托邦寓言》和叶颖《戏剧主义修辞观之于互联网对外新闻翻译——以“中国上海”门户网站为个案》。这八部专著融合了理论层面的思考和实践层面的分析，展示出各具特色的研究面向，记载着福州大学跨文化话语研究中心的不懈努力和学术成长。

在此，我们对复旦大学出版社的大力支持表示诚挚的感谢，对这八部专著的编辑团队表示由衷的感谢！

潘　红

福州大学跨文化话语研究中心主任

2019年5月11日于榕城

序 言

福州大学外国语学院殷贝老师的学术专著《多丽丝·莱辛"太空小说"中的概念隐喻与新型乌托邦寓言》即将付梓，作者以英国作家多丽丝·莱辛的太空科幻五部曲《南船座的老人星：档案》系列为研究对象，以认知语言学中的概念隐喻理论为主要研究方法，对贯穿其整个系列的三个环环相扣的概念隐喻、宏隐喻、话语体系进行分析，解析其中的身份哲学、政治伦理和生物科学话语内涵，从而揭示了莱辛的科幻类型小说对西方文化传统的批判，并进一步论证了其基于隐喻语言特质的新型乌托邦题材属性。

多丽丝·莱辛(Doris Lessing, 1919—2013)是当代最重要的英语作家之一，也是2007年诺贝尔文学奖得主。她一生笔耕不辍，锐意创新，在五十多年的文学生涯中，创作了大量不同风格的作品。《南船座的老人星：档案》系列小说(共五部)是其中后期创作阶段最突出的成果之一，也是其科幻题材写作趋于成熟的标志。但莱辛认为这个系列的作品与通常意义上人们理解的科幻题材有所不同，它们更接近古老的寓言故事，因此她将其称为"太空小说"。这些作品延续了她在早期小说中关注的许多问题，是其整个创作生涯的有机组成部分，并且相对于前期作品，这个系列的作品特别以思想分析见长，它们以寓言式隐喻的形式，深入探索了诸多西方文化传统中的固有思维范式，并最终升华到对语言—认知—思维互动关系的哲学思考。揭开这一系列作品的神秘面纱，探索其中蕴含的丰富宝藏，对于完整理解莱辛的思想和创作具有至关重要的意义。

首先，作为女性的科幻类型小说，莱辛的“太空小说”五部曲承载着传统形式与隐喻特质，不仅是对文学乌托邦传统的建构和发展，也是社会主体意识建构的典范。和传统的乌托邦小说相比，“太空小说”在美学、意识形态、形式上，都跨越了边界，具有很高的艺术价值和社会意义。然而，虽然莱辛的作品已经得到高度重视和关注，但“太空小说”系列并不属于莱辛研究中的显学，得到的关注还不足，对该系列作品进行系统研究的专著和论文数量相对较少。殷贝老师选择的这个题目是具有挑战性的。由于该系列作品是莱辛科幻创作鼎盛时期的较成熟作品，体现出莱辛对西方思想和西方殖民历史的深刻思考。因此，从研究选题来看，“太空小说”研究是全面理解莱辛创作必不可少的组成部分。

其次，在理论视角方面，殷贝老师选择以概念隐喻理论为出发点，具有创新意义。概念隐喻理论从根本上讲是对人类认知思维范式的研究，它能够令该系列科幻小说的思想分析过程一目了然，能揭示出小说这一思想实验对各种传统思想脉络剖析的过程，从而更完整和深入地品鉴“太空小说”。同时，由于该系列作品具有鲜明的文化社会属性，概念隐喻理论能够透析新时代背景下，意识形态功能和本质的全新内涵，揭示其价值取向。概念隐喻理论不同于传统的修辞隐喻理论，它强调现实经验对人类思维的塑造作用。从概念隐喻理论的视角出发，该研究能够使莱辛科幻小说中隐藏的深层现实关切和文化主题得到清晰的展现。

“太空小说”系列中的乌托邦寓言题材也与隐喻理论密切相关。殷贝老师在本书中，紧扣该系列小说文本中反复出现的三个重要的概念隐喻主题，即自我身份意识隐喻、道德隐喻和进化论隐喻，对文本进行细读分析，展现出该系列小说蕴含的丰富文化内涵，揭示出其鲜明的寓言-隐喻思想分析特征，同时也证明了莱辛的科幻小说并非虚无缥缈的太空奇想，而是与人类的文化传统和现实生活息息相关的新型乌托邦寓言。

殷贝老师是我曾指导过的博士研究生。作为一名青年学者，她认真勤勉，为了本项选题详细研究了相关理论知识，并撰写发表了一些高质量的学术论文。我们可以看到殷贝老师在理论探讨、文学类型和文化批评研究上的努力和进步，同时也可以看到她在文学理论、文本细读和文化研究上付出的大量时间和精力。本书不仅揭示出该系列小说与莱辛前期作品在文化主题上的紧密关联，还深入探讨了该系列小说对其前期作品在哲学层面上的继续推进和升华，更充分展示出了莱辛思想分析小说的鲜明特质和独特的新型乌托邦寓言题材特征。作者这项深入的研究也让我们看到莱辛在小说叙事观念、写作方法、写作主体意识以及对历史思考方面的建树，为我们了解和把握莱辛作品的整体面貌和学术价值提供了重要的参考。这也是这本学术专著特有的价值和意义。

多年来，我作为一名英语专业的老师，见证了殷贝等青年教师的成长。她们对学术的坚持和执着体现了新时代高校教师的风貌，也传承了我们所倡导的科研精神。在本书出版之际，谨以此序为贺。

王　欣

四川大学外文楼

2019年7月22日

自　序

时光荏苒，毕业后在福州大学工作转眼已近两年，虽繁忙却充实。

在工作后的第二个寒假，我对资料进行了整合，梳理和回顾了过去七年的研究心得。读博期间，虽然辛苦，但也是进一步巩固文学理论知识的关键时期。在此期间基于理论学习，笔者分别出版和参与出版了与文学理论和批评方法相关的专著各一部，同时也开始对文学理论中的认知诗学理论产生了研究兴趣。工作前后，笔者陆续出版了认知隐喻理论和认知诗学理论的专著两部。在作家研究方面，笔者近年来持续关注着英国作家多丽丝·莱辛，并逐渐将目光聚焦到她的科幻作品上，最终在恩师王欣的悉心指导下，完成了相关博士论文。在福州大学工作期间，学院的跨文化话语研究中心给我们的研究工作搭建了良好的学术平台，学校创新团队的成立也为我们提供了各方面的强大支持。我作为团队成员参与到跨文化话语丛书的写作中，并希望以多年来的研究心得为创新团队和话语中心的建设贡献绵薄之力。

在科技高速发展、日新月异的今天，具有未来向度的太空科幻文学作品亦层出不穷，但科幻文学在研究中的边缘化与滞后性的确是一种遗憾。事实上，不少太空科幻文学早已进入人们的日常思考和热议话题中，基于文学作品改编的太空科幻电影也纷纷被搬上荧幕，探讨和思考人们关注的种种现实问题。这不仅发生在科幻文学最早兴起的西方世界，近年来在中国亦是如此。例如刘慈欣的小说《三体》，以及根据太空科幻小说改编的电影《流浪地球》，都获得了大量读者和影迷的好评，引起了强烈的社会反响。而其中涉及的主题，例如太空探索、人类未来共同命运构建、环境破坏、灾难应对、未来社会形态、新型伦理秩序以及高科技技术如何合理利用等，都极富现实意义。但是，太空科幻文学的研究在中国远远没有得到应有的重视。就莱辛研究而言，通过梳理和阅读莱辛的长篇小说作品可以发现，科幻小说在莱辛创作中占据了相当大的比重，并且是其整个作品集合的有机组成部分，而“太空小说”系列则是莱辛科幻小说的代表作，集中体现了许多重要主题。它们是莱辛诸多哲学思考的升华结晶，对于理解莱辛其人其作都具有不可或缺的意义。然而，科幻小说研究却并非莱辛研究中的显学，与其更为著名的早期写实小说《野草在歌唱》和中期名作《金色笔记》等相比，此类研究显得相对不足。究其原因，一是学界长期将科幻小说置于主流文学研究的视域之外，二是对莱辛此类小说的译介不足。尽管莱辛在2007年获得诺贝尔文学奖之后，学界掀起了一股“莱辛热”，国内也大量出版了莱辛小说的中译本，但其“太空小说”五部作品中，只有第二部《三四五区间的联姻》有中文译本出版，这也使得许多潜在的读者对该系列作品望而却步。

可喜的是，莱辛的“太空小说”日渐引起了中国学界的注意。2008年3月，“多丽丝·莱辛科幻小说学术研讨会”在北京师范大学召开，会议讨论涵盖的作品包括《什卡斯塔》《三四五区间的联姻》《天狼星实验》《八号行星代表的产生》《玛拉和丹恩历险记》等多部科幻小说，研讨主题包括科幻创作在莱辛整体文学创作中的位置、莱辛科幻小说的特征、莱辛科幻小说中的环境灾难及警示以及莱辛科幻小说对中国当前科幻创作的影响等，这标志着国内高校和主流学界开始对莱辛科幻作品的重要性给予肯定评价。作为获得诺贝尔奖的作家，莱辛“太空小说”科幻作品系列也获得了一定数量的关注，有不少期刊论文对其作品进行了探讨。

一方面，莱辛的太空科幻作品继承了西方太空科幻小说的思想传统，在很多地方体现出天主教与新教观念的互动。这些作品是对西方思想史的重新谱写，通过对太空科幻帝国的塑造，复现了西方哲学、宗教伦理与生物科学诸多宏大话语体系之间的斗争、对话与妥协。另一方面，莱辛的“太空小说”作为20世纪的文学作品，也颇具现实意义。她以陌生化的太空视角，影射了地球上的历史大事件，并借此探讨了党派政治、社会公平、家庭伦理、国际秩序、生态环保、种族冲突、妇女身份、战争灾难等社会话题，对西方社会和世界秩序中暴力和危机的症结与根源进行了入木三分的刻画和分析。

本书目标读者为文学史、科幻史、科学史和太空科幻文化的研究者与爱好者，也可作为各高校教学科研的参考资料。全书正文共五章，每章后附本章小结，方便读者对本章主要内容进行快速检索和回顾，读者可根据需要选择阅读。

最后，我由衷感谢福州大学外国语学院跨文化话语中心和学院领导、同事给予本项目的支持，感谢恩师王欣给予我的学术指导和悉心教诲，感谢博士同学何亦可、莫妮娜在中外文献资料搜集方面给予的帮助，感谢博士同学刘云飞、杨静在认知语言学理论方面给予的帮助和指点，感谢家人对我的学术探索始终如一的无私支持和付出。

殷　贝

2019年7月

于福州大学旗山校区

目录 *Contents*

绪 论

英国女作家多丽丝·莱辛(Doris Lessing, 1919—2013)[1]是世界文坛上一位举足轻重的英语作家。2007年,八十多岁高龄的她获得诺贝尔文学奖,成为该奖项史上最年长的得主。莱辛有着独特而丰富的生活经历,其作品亦具有强烈的时代色彩。综观其一生,莱辛经历过几个大的历史时期,每一历史时期皆跨越了不同的地理环境。

莱辛出生在伊朗,祖籍英国。她的父亲在第一次世界大战期间是英军陆军上尉,在战争中因受伤截肢。之后他放弃了在帝国银行的工作,怀着对新生活的浪漫幻想,于1924年带着家人移居英属非洲殖民地南罗德西亚(现在的津巴布韦),在当地的农场生活。莱辛的母亲是当时看护其父的护士。虽然莱辛父亲的浪漫幻想被殖民地艰难的生活现实击碎,但美丽的非洲大陆却给莱辛的童年留下了深深的烙印,成为她想象力驰骋的精神家园。同时,那里不公正的殖民统治也引发了她的思考,促使她开启了日后的创作生涯。以非洲题材为主的现实主义作品是莱辛早期创作中最重要的成果,而影射英帝国与殖民地关系的主题也常在她中后期的作品中出现。另外,莱辛没有上过大学,她13岁时因患眼疾而辍

① 多丽丝·莱辛(Doris Lessing),原名多丽丝·梅·泰勒(Doris May Taylor),后改随夫姓。

学,主要靠阅读来进行自我教育。她母亲有一间藏书丰富的小图书室,其中有大量从英国购进的文学名著,这无疑成了莱辛精神食粮的宝库,使她从小就保持了与欧洲文化的密切联系。"一方面,非洲的鲜活生命体在她的脑海中留下深深的印象,另一方面,独立阅读思考也占据了她生活的一半时间。"①这就是莱辛童年生活经历的写照。1939 年,莱辛与弗兰克·查尔斯·威斯顿(Frank Charles Wisdom)结婚,诞下一儿一女。1943 年,二人离异。其后,莱辛在一个关注种族问题的马克思主义活动小组中结识了德裔犹太人戈特弗里德·莱辛(Gottfried Lessing)。1945 年,二人结为连理并育有一子。随后,莱辛常常参加南罗德西亚劳工党和左翼俱乐部的活动,反对白人的殖民主义。1949 年,莱辛在第二次婚姻失败后,带着儿子回到了英国伦敦,并很快成为一名作家。1952 年至 1956 年期间,莱辛曾加入英国共产党并积极参加反对核武器的活动。1956 年,她又重回非洲故里探访,并专门为此写下了散文传记《回家》(*Going Home*),该书字里行间流露出对非洲大地的深深眷恋,同时也表达了对当地统治阶级仍旧奉行"白人优越论"的不满。②由于对少数白人统治的南非政府的批评,莱辛在 1956 至 1995 年间被禁止进入该国。1956 年短暂造访南罗德西亚以后,她又因同样的原因被禁止进入该地区,直至 26 年后的 1982 年才得以重返故土。1992 年,莱辛出版了她的纪实散文集《非洲的笑声:四访津巴布韦》(*African Laughter: Four Visits to Zimbabwe*),其中描述了自己在 1982 年、1988 年、1989 年和 1992 年造访津巴布韦的经历,对那里的社会、政治、经济、生态、卫生、性别和种族问题进行了入木三分的剖析。

① Michael Thorpe. *Doris Lessing*. London: Longman Group Ltd, 1973. p.5.

② Doris Lessing. *Going Home*. New York: Harper Perennial, 1996.最早的版本于 1957 年由英国迈克尔·约瑟夫出版有限公司(Michael Joseph Ltd.)出版,最早的美国版本是 1968 年由巴兰坦图书出版公司(Ballantine Books)出版的。

在莱辛生命中，一方面，与非洲故土剪不断理还乱的联系是她一生挥之不去的记忆，另一方面，她与大英帝国之间的关系则由格格不入到慢慢融入，这种由帝国边缘逐渐走向帝国都市中心的微妙过程构成了莱辛后半生的主要经历。1949 年回到伦敦后，莱辛发现真实的英国远非她所想象的那样完美。她忙于奔波，其最初的作品也遭到冷遇。莱辛以来自殖民地的眼光审视英帝国的国际形象，同时又怀着对社会底层的深深同情洞察英国社会的内部问题。在《寻找英国人》(*In Pursuit of the English*)①中，莱辛记录了她在英国与伦敦东区工人阶级相识相处的经历，表达了她对这些精力充沛的工人和他们独特而富有活力的大众文化与日俱增的好感。然而，正因为莱辛总是将英国主流社会不愿正视的自我形象呈现在笔下，因此她早期的作品在英国并未得到重视。

莱辛一生经历了两次世界大战，战争年代的社会剧变和战后对文明的各种反思与思想碰撞都在其作品中留下了深深的烙印。她是一位具有强烈社会责任感的作家，既同情殖民地人民遭受的不公正待遇，也关注战后英国工人阶级的生存状态。她在英国殖民版图最前沿目睹了英帝国的兴衰，并在作品中对帝国模式中的种种问题进行了深刻反思。毋庸置疑，莱辛的作品从未脱离这种对社会的现实关注，虽然她中后期的写作风格更加多元化(例如加入了拼贴、碎片、自我指涉等实验技法，甚至尝试了太空幻想等科幻题材)，但它们总能在不经意间回到多彩的非洲大陆和战后的英国社会，表达出对人类命运的忧思。

《南船座的老人星：档案》是莱辛在写作生涯中后期创作的科幻作品系列，由五部小说组成，莱辛称这一系列作品为“太空小说”。该系列作品似乎标志着莱辛创作生涯中的一次重大转向——许多读者认为她脱离了早期的写实风格，转而将目光投向遥远的星际空间而失去了最宝贵的社会人

---

① Doris Lessing. *In Pursuit of the English*. London: Flamingo, Harper Collins, 1993.最早的版本于 1960 年由英国麦克吉本出版公司(Mac Gibbon & Kee Ltd)出版。

文关怀。然而事实并非如此,细细品读,会发现该系列作品实际上与人类的历史经验息息相关,作者在其中不断以各种方式回溯地球上曾经发生过的重大事件,包括世界大战、殖民征服、帝国竞赛、文化冷战、宗教争论、种族矛盾等等,她在非洲大陆的童年生活经历也常常以各种伪装和变形在该系列小说中反复出现。可以说,虽然这些作品以星际帝国为场景,但莱辛的目光却一刻也没有离开过我们生活的这个星球,她对人类社会的担忧始终如一。这些作品在形式上的创新不仅没有削弱她前后期创作之间的深层联系,反而以其特有的方式巩固和升华了许多一以贯之的重要主题。

莱辛一生笔耕不辍,总共创作了27部长篇小说、17部短篇小说集、5部非虚构散文随笔作品集、4部自传、2部戏剧、1部图解小说和2部诗集,另外还有3个"猫"系列非虚构故事集。在这一过程中,她逐渐获得了主流文学界的认同,并多次斩获各类文学奖项。[①]2007年,莱辛获得诺贝尔文学奖,这既是她作家生涯中又一个里程碑,也是她一生创作经历积累的丰硕成果,可谓水到渠成。

对于莱辛的获奖,评论界褒贬不一。在《纽约时报》的书评中,元子·里奇(Motoko Rich)和萨拉·莱尔(Sara Lyall)反复提到了莱辛自身

---

① 除诺贝尔文学奖以外,莱辛获得的文学奖项还包括毛姆文学奖(Somerset Maugham Award, 1954)、梅迪西斯外国小说奖(Prix Médicis étranger, 1976)、奥地利国家欧洲文学奖(Österreichischer Staatspreis für Europäische Literatur, 1981)、德意志莎士比亚文学奖(Shakespeare-Preis der Alfred Toepfer Stiftung F.V.S., Hamburg, 1982)、史密斯文学奖(W.H. Smith Literary Award, 1986)、巴勒莫奖(Palermo Prize, 1987)、蒙代洛国际文学奖(Premio Letterario InternazionaleMondello, 1987)、格林扎纳·卡佛文学奖(Premio Grinzane Cavour, 1989)、詹姆斯·泰特·布莱克纪念奖(James Tait Black Memorial Book Prize, 1995)、洛杉矶时报图书奖(Los Angeles Times Book Prize, 1995)、加泰罗尼亚国际奖(Premio Internacional Catalunya, 1999)、戴维·科恩英国文学奖(David Cohen Memorial Prize for British Literature, 2001)、英国皇家文学学会荣誉奖(Companion of Honour from the Royal Society of Literature, 2001)、阿斯图里亚斯亲王奖(Spain's Prince of Asturias Prize, 2001)、S.T.杜邦金笔奖(S.T. Dupont Golden Pen Award, 2002)等。

引起争议的矛盾特征:她加入共产党,又在1956年匈牙利危机时退出共产党;她在早期被看作女性主义的代表,但后来她又否认自己是女性主义者。①莱辛的国籍身份也由于她作品中的大同主义而变得复杂。戏剧性的是,虽然诺贝尔奖将莱辛定义为一名英国作家,但她却在世界范围内都受到关注。研究莱辛的专著大多来自美国,她在美国得到的关注甚至超过了英国。正是莱辛的边缘身份和多元化写作特征,使人们有时感到困惑和无所适从,很难下定论。尽管如此,莱辛还是以她最真诚的人文关怀赢得了大量读者和评论家们的赞誉。杰瑞米·布鲁克斯(Jeremy Brooks)是最早研究莱辛的学者之一,在1962年8月的《星期日泰晤士报》(*Sunday Times*)上他发表评论文章称,"(莱辛)不仅是我们时代最好的女性小说家,而且是战后一代中最严肃、睿智和诚实的作家之一"。②这是一个对莱辛较为中肯的评价。莱辛以高度的社会责任感、道德使命感和诚实的态度,批判各种不公正现象,严肃思索人类社会的整体命运,而这正是推动她一生孜孜不倦进行小说创作的原始动力,也是令其作品历久弥新、拥有强大生命力的根本源泉。

第一节 莱辛研究概览

一、莱辛小说研究中的分期问题

莱辛的小说创作生涯十分漫长,从1950年正式出版第一部小说《野

① Alice Ridout & Susan Watkins, eds. *Doris Lessing: Border Crossings*. New York: Continuum, 2009. p.2.

② Jeremy Brooks. "Doris Lessing's Chinese Box." *Sunday Times* 15 April(1962): 32. Qtd. in Jenny Taylor, ed. *Notebooks/Memoirs/Archives: Reading and Rereading Doris Lessing*. Boston: Routledge & Kegan Paul, 1982. p.1.

草在歌唱》(*The Grass is Singing*, 1950)直至2008年出版最后一部作品《我的父亲母亲》,整个过程横亘50多个春秋。从早期的写实作品到中期的实验小说,从中后期的科幻小说(莱辛坚持称其为“太空小说”)到最后向写实风格的回归,莱辛不同时期的作品呈现出各自鲜明的特征。一般而言,学界倾向于将其创作生涯分为四个主要阶段:

第一阶段为20世纪50年代,继第一部公开出版的长篇小说《野草在歌唱》获得成功后,莱辛在这一时期又陆续出版了《这原是老酋长的国度:非洲故事一集》(*This Was the Old Chief's Country: Collected African Stories Volume One*, 1951)、《玛莎·奎斯特》(*Martha Quest*, 1952)、《短篇小说五篇》(*Five*, 1953)、《良缘》(*A Proper Marriage*, 1954)、《回归纯真》(*Retreat to Innocence*, 1956)、《爱的习惯》(*The Habit of Loving*, 1957)和《风暴的余波》(*A Ripple from the Storm*, 1958)等作品。这一时期的作品以写实的长篇和短篇小说为主,大多以非洲为背景,代表作为描述英属非洲殖民地种族关系的长篇小说《野草在歌唱》。

莱辛小说创作的第二阶段为20世纪60年代至70年代前期,这一阶段是莱辛小说风格产生变化的一个重要时期,主要作品包括《金色笔记》(*The Golden Notebook*, 1962)、《一个男人和两个女人》(*A Man and Two Women*, 1963)、《非洲故事一集》(*African Stories*, 1964)、《壅域之中》(*Landlocked*, 1965)、《七月的冬天》(*Winter in July*, 1966)、《黑色圣母像》(*The Black Madonna*, 1966)、《四门之城》(*The Four-Gated City*, 1969)、《一个独身主义者的故事》(*The Story of a Non-Marrying Man*, 1972)、《杰克·奥康纳的诱惑及其他故事》(*The Temptation of Jack Orkney and Other Stories*, 1972)、《去十九号房:故事合集(第一卷)》(*To Room Nineteen: Collected Stories, Vol.1*, 1978)、《杰克·奥康纳的诱惑:故事合集(第二卷)》(*The Temptation of Jack Orkney: Collected Stories, Vol.2*, 1978)、《挎日记:非洲故事二集》(*The Sun Between Their*

Feet: *Collected African Stories Volume Two*, 1973)、《黑暗前的夏天》(*The Summer Before the Dark*, 1973)、《幸存者回忆录》(*The Memoirs of a Survivor*, 1974)等作品,其中《四门之城》与之前创作的四部小说(包括《玛莎·奎斯特》《良缘》《风暴的余波》《壅域之中》)构成一个半自传体五部曲系列《暴力的孩子》(*Children of Violence Series*, 1952—1969),又称玛莎·奎斯特系列(the Martha Quest Series),该系列小说的故事背景大多设定在非洲,以主人公玛莎·奎斯特的成长为主要线索,其中最后一部作品《四门之城》被誉为该系列的代表作品,诺贝尔奖官方网站评价该作品"是描绘整个时代的壁画,包罗了英国社会的方方面面","展示了英国文化的全景"①。这一时期最具代表性的作品非《金色笔记》莫属,该作品标志着莱辛创作风格上的一次大的转向。先前《野草在歌唱》等作品中的现实主义手法被暂时搁置,转而被实验风格的创作手法所代替,她采用了线性叙事的颠覆、时间顺序的倒置、多重视点的辉映以及不同类型文本(新闻片段、电影、梦境和日记等)的并置等手法,这些创作手法较之前的写实主义更立体地探究了人物内心世界,展现了小说中女主人公在性、情感与政治纠葛中的心路历程。该小说出版后获得了广泛的赞誉,诺贝尔文学奖颁奖词称其为"一部先锋作品,20 世纪审视两性关系的巅峰之作"②,美国现代语言学会也给予其很高的评价。几十年来,《金色笔记》一直被视为莱辛最重要的代表作之一,对该作品的研究逐渐成为莱辛研究中的显学。

莱辛小说创作的第三阶段为 20 世纪 70 年代后期至 80 年代前期。这一时期,莱辛开始逐渐尝试新的题材——科幻小说。早在《暴力的孩子》系列最后一部作品《四门之城》中,莱辛就有尝试科幻小说写作的端

---

①② 诺贝尔官方网站:http://www.nobelprize.org/nobel_prizes/literature/laureates/2007/bio-bibl.html,最后浏览日期:2019 年 5 月 1 日。

倪,故事中出现了女主人公玛莎·奎斯特走入另一维度世界的情节。另外,在此前出版的《幸存者回忆录》中,也出现了对末世景象的想象和描写,这类情节已经具有了科幻小说对未来向度进行假想的特征。由此可见,莱辛的科幻创作是一个植根于前期写作、不断探索、循序渐进的过程。1971年,莱辛出版了她的第一部科幻作品《简述地狱之行》(*Briefing for a Descent into Hell*),其中融入了在《金色笔记》中采用过的一些手法,例如日记、访谈、书信等多种文体的并置和意识流的使用等,同时这部作品“寓现实于幻想中、于幻想中洞见现实”①的特点也成为莱辛后来科幻创作的一个重要特征。这些前期的尝试都为她成熟期的科幻创作奠定了基础。从1979年至1983年期间,莱辛陆续出版了她的“太空小说”科幻五部曲系列,包括《什卡斯塔》(*Shikasta*)(1979)、《三四五区间的联姻》(*The Marriages Between Zones Three, Four and Five*)(1980)、《天狼星实验》(*The Sirian Experiments*)(1980)、《八号行星代表的产生》(*The Making of the Representative for Planet 8*)(1982)以及《沃灵帝国的感伤使者》(*Documents Relating to the Sentimental Agents in the Volyen Empire*)(1983),该系列作品的问世标志着莱辛科幻创作巅峰期的到来。总的来看,莱辛在这一时期的科幻创作经历了“尝试、发展、成熟”三个阶段,最终达到了较高水平。在莱辛整个创作生涯中,这一时期是与之前的现实主义创作期和实验小说创作期并立的一个重要时期。著名科幻学者、北师大教授吴岩在接受采访时强调了多丽丝·莱辛这一时期创作的重要性,指出她是迄今为止“唯一获得过诺贝尔奖的科幻作家”。②莱辛的获奖为推动科幻文学的发展做出了重要贡献。

---

① 陶淑琴:《后殖民时代的殖民主义书写:多丽丝·莱辛“太空小说”研究》,北京:中国社会科学出版社,2013年,第4页。

② 参见 http://www.wccdaily.com.cn/shtml/hxdsb/20131119/166255.shtml,最后浏览日期:2019年4月12日。

莱辛小说创作的第四个阶段为20世纪80年代中后期直至其最后一部作品发表,这一阶段的重要特征是向现实主义风格的回归以及对科幻创作的重新尝试,主要小说作品包括:《简·萨默斯日记》(*The Diaries of Jane Somers*, 1984)①、《好恐怖分子》(*The Good Terrorist*)(1984)、《第五个孩子》(*The Fifth Child*)(1988)、《穿过隧道》(*Through the Tunnel*, 1990)、《伦敦掠影:故事与素描》(*London Observed*: *Stories and Sketches*, 1992)、《真实的东西:故事与素描》(*The Real Thing*: *Stories and Sketches*, 1992)、《我认识的间谍》(*Spies I Have Known*, 1995)、《坑》(*The Pit*, 1996)、《玛拉与丹恩历险记》(*Mara and Dann*: *An Adventure*, 1999)、《又来了,爱情》(*Love*, *Again*, 1996)、《浮世畸零人》(*Ben*, *in the World*, 2000)、《最甜蜜的梦》(*The Sweetest Dream*, 2001)、《丹恩将军与玛拉的女儿、戈里奥特与雪犬的故事》(*The Story of General Dann and Mara's Daughter*, *Griot and the Snow Dog*, 2005)、《祖母》(*The Grandmothers*, 2003)、《裂缝》(*The Cleft*, 2007)和《我的父亲母亲》(*Alfred and Emily*, 2008)。80年代,莱辛的科幻作品问世后,并没有立即获得评论界和读者的积极反响,因此莱辛暂时停止了科幻写作,又回归现实主义,创作了多部作品。然而,外界的反应并不能浇灭她对科幻创作的热情,从90年代末期起,莱辛又开始了她的科幻探索之旅,先后出版了姊妹篇《玛拉与丹恩历险记》和《丹恩将军与玛拉的女儿、戈里奥特与雪犬的故事》。《玛拉与丹恩历险记》讲述了在战争中成为孤儿的非洲某国公主和王子的故事。他们在干旱地带的村落中隐姓埋名地长大,但随着生态破坏和沙漠化的加剧,二人被迫踏上逃亡之旅。他们历尽磨难,终于来到沿海的某

---

① 该小说合集收录了《一个友好邻居的日记》(*The Diary of a Good Neighbour*, 1983)和《假如老人能够……》(*If The Old Could ...*, 1984)两部作品,它们当年均以简·萨默斯的假名发表。参见:Doris Lessing. *The Diaries of Jane Somers*. London: Flamingo, 2002。

块绿地，开始安居并重建文明。《丹恩将军与玛拉的女儿、戈里奥特与雪犬的故事》继续以《玛拉与丹恩历险记》中描述的恶劣生态环境为背景，以预言先知式的想象力描绘了一幅由气候变化带来的未来世界萧条景象。前一部小说中的人物丹恩已经长大成人，成了一名将军，踏上追寻真理之旅并遇见了玛拉的女儿戈里奥特。《裂缝》也是一部带有寓言色彩的科幻小说，讲述了独特的人类起源故事：在远古时代，女人们通过对月亮周期的控制，不需要男性就能独立生育。女人们居于岛屿的崖壁之间，自称"裂缝族"。直到有一天，她们偶然生下一些男孩，这种平衡与和谐的社会才被打破，从此，人类充满斗争的历史由此开始。

从以上分期来看，莱辛的科幻作品在她的小说创作中占据了相当大的比重，并且创作的时间跨度也有数十年之长。值得注意的是，这类科幻创作品并非无源之水，它们不是与其他时期作品全然割裂的孤立存在，其创作是一个发端于前期、逐渐尝试、不断绵延直至莱辛写作生涯末期的漫长过程，是其创作整体的有机组成部分。而这一点往往被许多热爱她的读者所忽略，他们在应对莱辛创作风格的这种多元变化时常常感到无所适从。莱辛在出版《南船座的老人星：档案》的第一部作品《什卡斯塔》后抱怨道，她与读者之间的问题在于，读者们想让她总是做同样的事情，继续保持那个他们所熟知并热爱的作家莱辛。对此有学者评论，"对于早期的读者而言，她是关注非洲的左翼作家，资本主义和种族歧视的坚定批判者，以及传递异国情调的优秀作家。对于这些读者而言，《金色笔记》就像是个令人失望的谜，而《四门之城》简直就是死神之吻。尽管如此，这些小说又带给她一批同样充满热情的新读者"。[①]实际上，莱辛中后期的作品和其早期的作品相比，并不逊色。这些作品不仅尝试了新

① Lynne Hanley. "Sleeping with the Enemy: Doris Lessing in the Century of Destruction." Ed. John Richetti. *The Columbia History of the British Novel*. Beijing: Foreign Language Teaching and Research Press, 2005. p.937.

的写作形式，在主题上也有所拓展。它们不再局限于对非洲殖民地的描写，而是涉足文化冷战、帝国联盟、军备竞赛、女性主义、工人运动、儿童问题、进化科学和外太空探索等诸多题材，它们不仅没有削减作者早期现实主义作品中的人文关怀，反而以新的方式和维度拓展了这种关切的深度和广度。

在对莱辛的创作进行分期梳理的同时，鉴于作品之间的深层联系，将各个阶段视为一个连贯的有机整体来理解是非常必要的。虽然莱辛中后期的作品在主题呈现方式上日臻成熟，也更为复杂隐蔽，但这并不能遮盖她一以贯之的强烈社会责任感和人文情怀。麦克·索普（Michael Thorp）在谈到莱辛的中期作品时认为，尽管这些作品与早期作品相比在风格上有所转变，“然而其主题和态度，而非表现形式，仍然是如此熟悉”[①]。莱辛作品中一些反复出现的主题早已引起了评论家们的广泛关注，它们大都源自早期的写实风格作品，并不断在后期作品中反复重现。凯瑟琳·菲什伯恩（Katherine Fishburn）指出，虽然莱辛的小说在不同时期发生了形式上的变化，前期多通过人物行为来表现主题，后期则多以叙述者讲述的寓言故事来传递思想，但作者始终都没离开过对现实社会的关注和思考。菲什伯恩从叙述的角度出发，认为莱辛中后期与前期的小说相比，在形式上产生了很大的变化。早期的小说主要聚焦于人物和情节，而其中后期小说开始转向对思想性的注重，更像是一种寓言[②]，这些作品在文本形式和结构上给人以陌生化的阅读体验，从而敲碎人们已有的认知范式，颠覆读者当前的现实观并使其以不同的视角关照现实。菲什伯恩在其著作中特别研究了莱辛的科幻小说并指出，这些小说中采用的陌生化技巧与莱辛一贯关注的社会现实问题之间有着密切联系。

---

① Michael Thorpe. *Doris Lessing*. London：Longman Group Ltd. 1973. p.7.

② Katherine Fishburn. *The Unexpected Universe of Doris Lessing*：*A Study in Narrative Technique*. Westport，Connecticut：Greenwood Press，1985. p.4.

她强调，莱辛虽然采用了间离化的小说形式，但在内容上却仍然坚守着作家的社会责任感。换言之，正是这种强烈的社会责任感使莱辛对现实保留了一种批判与质疑的眼光，促使她在作品中不断探求艺术形式的革新，从而运用小说艺术的形式来与各种宗教、科学、哲学中的既定认知进行商榷。①

对莱辛小说创作阶段的分期不仅有利于分析她各个时期作品的突出特征，还有助于从全局来把握这些作品之间的紧密联系。例如，从以上分析中可以看出，莱辛的实验小说脱胎于现实主义小说，而科幻小说创作的萌芽又发端于实验小说创作的后期，并且继承了前两种小说类型中的诸多要素，后面的类型通过写作形式的尝试性转变逐渐由前面的类型演化而来。三种类型的小说具有一脉相承的深层联系和精神内核，对其中任何一种类型作品进行系统研究，都是莱辛研究的有机组成部分和重要课题。

二、国内外研究与文献总结

虽然莱辛祖籍英国，但她的早期作品却在英国文学评论界遭到了冷遇和忽视。林恩·汉利(Lynne Hanley)在论文《与敌共眠：身处毁灭世纪的多丽丝·莱辛》(“Sleeping with the Enemy: Doris Lessing in the Century of Destruction”)②中探讨了莱辛研究在英国国内受到阻碍的原因：“在英国文化中，除了种族身份以外，多丽丝·莱辛在任何方面都是边缘化的，对于文化权威们而言，她从来不是友人，也不令人愉快。这也

① Katherine Fishburn. *The Unexpected Universe of Doris Lessing: A Study in Narrative Technique*. Westport, Connecticut: Greenwood Press, 1985. pp.8-13.

② 该论文收录于《哥伦比亚英国小说史》中，被作为专门论述莱辛的一个章节。参见 Lynne Hanley. “Sleeping with the Enemy: Doris Lessing in the Century of Destruction.” Eds. John Richetti. *The Columbia History of the British Novel*. Beijing: Foreign Language Teaching and Research Press, 2005. pp.918-938。

许就是她的作品在自己的国家不断被忽视的原因。”[1]莱辛总是从帝国主流文化外部以一种由外向内的视角来描写英国的形象，又以自下而上的眼光来审视权威。因此林恩认为“莱辛从未给英国人描绘过一幅他们自己乐见的画像”。[2]正是由于莱辛的诚实与社会责任感，其早期作品在英国学界的接受遇到了困难，特别是那些反映殖民地生活的早期写实作品更是令主流学界耿耿于怀。例如，《野草在歌唱》这部明显以殖民地生活和种族关系为题材的作品一开始竟然被作为单纯的女性成长小说来看待，其中的殖民主题完全遭到忽略。《泰晤士报文学增刊》(*Times Literary Supplement*)在1950年8月刊中将该小说仅仅描述为“对女性道德崩溃最严肃彻底的研究”。[3]也正因如此，莱辛研究最初在她的故乡英国一直处于迟滞状态。

相反，在没有这种历史负担的美国，莱辛研究反而从19世纪60年代开始就得到了蓬勃发展。多萝西·布鲁斯特(Dorothy Brewster)和保罗·希鲁特(Paul Schlueter)等学者都在这一时期进行了开拓性的研究，并出版了相关专著。[4]此后，美国现代语言协会(Modern Language Association, MLA)举办了大量相关学术活动，成为进一步推动莱辛研究发展的中坚力量。1971年12月，该协会举办了第一届“多丽丝·莱辛研究大会”，这标志着莱辛研究迈入了一个新纪元，并从此进入了更加系统化的阶段。该协会每年定期举行的研讨年会一直持续至今。1979年，现代语

---

①② Lynne Hanley. “Sleeping with the Enemy: Doris Lessing in the Century of Destruction.” Eds. John Richetti. *The Columbia History of the British Novel*. Beijing: Foreign Language Teaching and Research Press, 2005. p.919.

③ Jenny Taylor, ed. *Notebooks/Memoirs/Archives: Reading and Rereading Doris Lessing*. Boston: Routledge & Kegan Paul, 1982. p.3.

④ Dorothy Brewster. *Doris Lessing*. New York: Twayne Publishers, Inc, 1965. Paul Schlueter. *The Novels of Doris Lessing*. Carbondale: Southern Illinois University Press. London: Feffer & Simons, 1969.

言协会成立了下属的"多丽丝·莱辛研究协会"(Doris Lessing Society),这一学术组织十分活跃,为世界各地的莱辛研究者搭建了一个良好的学术交流平台。1984 年,该协会宣布《金色笔记》为 20 世纪世界文学杰作,进一步奠定了莱辛作为一名世界级优秀作家的地位。2004 年,第一届多丽丝·莱辛国际研讨会在美国新奥尔良举行。2007 年第二届多丽丝·莱辛国际研讨会在英国利兹城市大学(Leeds Metropolitan University)举行,会议上提交的论文在会后结集成册,并于 2009 年以《多丽丝·莱辛:越界现象》(*Doris Lessing: Border Crossings*)①为名出版。至此,在第一部作品发表多年后,莱辛研究终于被带回她的故乡。如今,莱辛已经在世界文坛树立起了她作为一名经典作家的地位,其作品也已纳入经典文学的范畴。

截至目前,国内外许多重要的文学史著作都给予了莱辛高度的重视和相当篇幅的介绍。在 1994 年由哥伦比亚大学出版社出版(2005 年由外研社引进)的《哥伦比亚英国小说史》(*The Columbia History of the British Novel*)②中,编者专门收录了林恩·汉利的论文,对莱辛进行专章介绍,将莱辛视为与丹尼尔·笛福、亨利·菲尔丁、查尔斯·狄更斯、乔治·艾略特、勃朗特姐妹、简·奥斯丁、D.H.劳伦斯、詹姆斯·乔伊斯和弗吉尼亚·伍尔夫等经典大家并立的重要作家。在 2005 年由英国布莱克威尔出版公司出版的《英国与爱尔兰小说史手册:1945—2000》(*A Companion to the British and Irish Novel: 1945—2000*)③第二部分

① Alice Ridout & Susan Watkins, eds. *Doris Lessing: Border Crossings*. New York: Continuum, 2009.

② Lynne Hanley. "Sleeping with the Enemy: Doris Lessing in the Century of Destruction." Ed. John Richetti. *The Columbia History of the British Novel*. Beijing: Foreign Language Teaching and Research Press, 2005. pp.918-938.

③ Brian W. Shaffer. *A Companion to the British and Irish Novel: 1945-2000*. Malden: Blackwell publishing, 2005. pp.376-388.

“单个作家作品赏析”(Reading Individual Texts and Authors)中,对莱辛及其代表作《金色笔记》辟专章进行了分析。2004 年,在英国牛津大学出版社出版的系列丛书《牛津英国文学史》第 12 卷《英国的没落?》[*The Oxford English Literary History (Vol. 12/1960—2000): The Last of England?*](2007 年由外研社引进)①中,介绍了 1960—2000 年期间的英国文学史,其中有大量关于莱辛的论述。②在国内,目前新近出版的重量级文学史也都给予了莱辛相当高的重视,例如在王佐良、周钰良主编的多卷本英国文学史的第五卷《英国 20 世纪文学史》对莱辛的介绍中,涉及的莱辛作品多达 22 部。③另外瞿世镜等编著的《当代英国小说史》④也将莱辛作为一名举足轻重的作家进行了介绍。

随着莱辛作品的积累和影响力的逐渐扩大,从 20 世纪六七十年代直至 21 世纪初,关于莱辛生平的传记也如雨后春笋一般涌现出来,常见的几部重要传记包括:迈克尔·索普(Michael Thorpe)的《多丽丝·莱辛》(*Doris Lessing*)⑤,洛娜·塞奇(Lorna Sage)的《多丽丝·莱辛》(*Doris Lessing*)⑥,鲁斯·惠特克(Ruth Whittaker)的《现代小说家:多丽丝·莱

---

① Randall Stevenson. *The Oxford English Literary History (Vol. 12/1960-2000): The Last of England?* Beijing: Foreign Language Teaching and Research Press, 2007.

② Ibid., pp.14, 17, 34, 41, 82, 158, 280, 366, 426, 427-429, 438, 461, 463, 469, 471-475, 490, 504, 515.由于该系列文学史在编写方式上较之传统的文学史有所不同,没有采取以作家作品为依据分章介绍的模式,而是将关注的焦点放在文学作品产生的文化背景中考察,因此没有将莱辛作为专门章节讨论。尽管如此,文中仍然在多处提及莱辛及其作品,从不同侧面对其创作进行了大量讨论。

③ 王佐良、周钰良主编:《英国 20 世纪文学史》,北京:外语教学与研究出版社,2006 年,第 403—405、460、469—473、489、553—554、556 页。该丛书编写模式与《牛津英国文学史》比较近似,也致力于将作品置于各个历史时期的文化背景下进行考察,而莱辛作品产生的年代跨度较长,因此对其介绍散见于该书各个章节中。

④ 瞿世镜、任一鸣:《当代英国小说史》,上海:上海译文出版社,2008 年。

⑤ Michael Thorp. *Doris Lessing*. London: Longman Group Ltd., 1973.

⑥ Lorna Sage. *Doris Lessing*. London & New York: Methuen, 1983.

辛》(*Modern Novelists*：*Doris Lessing*)[1]，卡罗尔·克莱因(Carole Klein)的《多丽丝·莱辛传》(*Doris Lessing*：*A Biography*)[2]等。这些传记各有侧重，为莱辛研究提供了丰富翔实的资料。

目前，国外关于莱辛的研究著作已浩如烟海，要在有限的篇幅中对其一一列举并不现实。本书将立足于现已掌握的文献资料，参考其出版时间，对一些莱辛研究中常见的主题和视角进行分类梳理。

如前所述，自20世纪60年代起，陆续有学者开始对莱辛进行介绍和研究。虽然这些开拓性工作对于推动莱辛研究具有重要意义，但同时也应看到，它们还主要停留在表层的作者介绍和作品赏析阶段，在理论性和系统性上仍有所欠缺。而从20世纪70年代开始，理论化、系统化的莱辛研究逐渐涌现，文献种类愈加丰富，不仅有专论莱辛的专著和博士论文，也有将莱辛置于某个更大背景主题下的研究。在后一类文献中，莱辛往往被作为个案例证，或成为与其他作家进行比较研究的对象。除此以外，还有大量期刊论文涌现，许多论文后来被收录在一些较为重要的论文集中，成为研究莱辛的宝贵资料。下面笔者将一一对这三类文献进行简要梳理。

首先是专门针对莱辛及其作品进行单独研究的文献，这类文献有以下几个常见的研究课题：

（一）20世纪七八十年代文化政治主题的研究。莱辛早期和中期的作品，包括《暴力的孩子》系列和《金色笔记》等，都得到了评论界的较多关注。这些作品从边缘的殖民地带为帝国中心注入了一股新鲜的血液，因此这一时期，许多评论家都将眼光集中于莱辛作品中反映的社会、政治、历史和文化背景，特别是英国与非洲殖民地的关系、战后英国内部社

---

① Ruth Whittaker. *Modern Novelists*：*Doris Lessing*. New York：St. Martin's Press，1988.

② Carole Klein. *Doris Lessing*：*A Biography*. London：Duckworth，2000.

会矛盾以及英帝国自我形象审视等方面。例如,迈克尔·索普(Michael Thorpe)的《多丽丝·莱辛的非洲》(*Doris Lessing's Africa*)①就从不同侧面对莱辛与非洲背景密切相关的作品(包括《野草在歌唱》《暴力的孩子》系列,《金色笔记》等长篇小说以及一些短篇小说和故事)进行了详细分析;因格瑞德·侯姆奎斯特(Ingrid Holmquist)的博士学位论文《从社会到自然:多丽丝·莱辛〈暴力的孩子〉研究》(*From Society to Nature*: *A Study of Doris Lessing's Children of Violence*)②分析了《暴力的孩子》系列小说中,主人公玛莎·奎斯特由前期激进的社会批评活动转入后期神秘主义思索的过程,认为这是两种意识形态——"社会化的"批判意识和"与文化相对的本性"直觉意识——之间对立冲突的体现。作者指出,正是20世纪50年代晚期压抑的政治氛围促使了作者由对社会和外部世界的关注转向对内心世界的探索,由激进的马克思主义意识形态转向了心理学和神秘主义的意识形态范式。虽然这种社会文化政治范式的研究发端较早,但由于莱辛作品本身鲜明的社会性,评论界以这种文化范式对莱辛进行的研究兴趣长盛不衰,持续至今。2009年,美国威斯康星大学麦迪逊分校博士生马太·奥利弗(Matthew Olive)的学位论文《奇异的英国:民族衰落与后帝国想象》(*Groteique Britain*: *National Decline and the Post-Imperial Imagination*)③仍然从这一角度出发研究了莱辛的作品,其中第三章对莱辛作品中的整体性特征与帝国怀旧病主题进行了详细分析。

(二) 20世纪70年代末至90年代的心理学研究。20世纪70年代

---

① Michael Thorpe. *Doris Lessing's Africa*. London: Evans Brothers, Ltd. 1978.

② Ingrid Holmquist. *From Society to Nature*: *A Study of Doris Lessing's Children of Violence*. Doctoral Dissertation. Göteborg University, 1980.

③ Matthew Olive. *Grotesque Britain*: *National Decline and the Post-imperial Imagination*. Madison: University of Wisconsin Press, 2009.

末期,已有学者从心理学角度出发来阐释莱辛对心理潜意识结构和认知模式的探索,罗伯塔·鲁本斯坦(Roberta Rubenstein)的《多丽丝·莱辛的小说视点:意识形式的突破》(*The Novelistic Vision of Doris Lessing*: *Breaking the Forms of Consciousness*)①是最早从这一角度对莱辛进行解读的著作之一。她指出,无论单纯地从“非洲性”“马克思主义”还是“女性主义”这些角度来解释莱辛都是不够的,虽然这些因素都存在于她的作品中,但她关注的是人物作为一个完整的人的成长过程,这是一种超越了性别、阶级、种族身份的“每个人”(everyperson)的意识发展过程。鲁本斯坦认为莱辛小说的潜在连贯性就在于以“意识”为中心,围绕其感知、发展的演化过程展开,它既揭示出小说世界的连贯性,又反映出作者自身在不同时期意识的演进过程。小说也因此呈现出一种往复循环的结构——结尾即开头。这一结构植根于人们认知现实的一种方式——圆形模式(the circular mode)。鲁本斯坦认为,思维中的线性模式(the linear mode)与理性的精神活动相联系,而圆形模式(the circular mode)则与非理性、超理性和综合层面的精神活动相联系,具有神秘主义色彩。这些不同种类的意识模式相互对比、交融、充满了张力,成为莱辛小说活力的源泉。线性模式导致了“意识的二价结构”(the bivalent nature of consciousness),即“自我”与“它者”的区分,这使得莱辛小说中的个体常与外界习俗产生冲突,她的人物几乎都与蚕食个体私人空间的各种社会、政治、经济和性别的力量呈现一种对立的关系。线性模式是“自我”与“他者”,或“自我”与“外界”之间冲突的体系,而圆形模式则能缓和与包含这些冲突。这种辩证式的思维存在于莱辛作品的方方面面。马克思辩证法和荣格心理学心理能量平衡互补的观点都对莱辛有重要影响,

---

① Roberta Rubenstein. *The Novelistic Vision of Doris Lessing*: *Breaking the Forms of Consciousness*. Urbana: University of Illinois Press, 1979.

黑格尔、马克思和荣格分别从哲学、政治学和心理学三个层面深深地影响了莱辛。从心理意识角度出发对莱辛作品的研究在20世纪90年代有了新的发展,这是由于荣格心理学的理论与莱辛作品之间关系引起了更多评论家们注意,因此他们中的一些人开始从更加系统化的荣格心理学理论出发来研究莱辛的作品。例如罗雷莱·赛德斯卓姆(Lorelei Cederstrom)的《女性心理调整:莱辛小说中的荣格原型》(*Fine-Tuning the Feminine Psyche: Jungian Patterns in the Novels of Doris Lessing*)①就是从这一方面入手进行分析的典型。

(三) 20世纪八九十年代,陆续有一些从叙述技巧和结构布局方面进行研究的著作问世。1985年,凯瑟琳·费什伯恩(Katherine Fishburn)出版了《多丽丝·莱辛的奇异宇宙——叙述技巧研究》(*The Unexpected Universe of Doris Lessing: A Study in Narrative Technique*)②,该著作主要分析了莱辛在科幻小说中产生间离化效果的形式特征。她指出,莱辛从最初崇尚现实主义,到后来对现实主义产生怀疑,直至开始尝试实验创作以及后期的科幻小说,虽然在小说形式上不断革新,但在主题内容上却从未脱离过现实主义小说中那种社会责任感。她认为科幻小说的特殊间离化效果正是莱辛坚持社会批判的重要工具,并指出其中融入了许多了苏菲主义故事题材的影响,例如,这些故事的叙述过程一般分为由“认识”(recognition)到“重新认识”(re-cognition)③的过程,也就是解决“矛盾”(dilemma)的过程。在与日常生活迥异的奇幻小说世界中,作者又刻意安排一些能让读者熟悉且能轻易辨认的现实生活场景,这使得

① Lorelei Cederstrom. *Fine-Tuning the Feminine Psyche: Jungian Patterns in the Novels of Doris Lessing*. New York: Peter Lang Publishing, Inc., 1990.

② Katherine Fishburn. *The Unexpected Universe of Doris Lessing: A Study in Narrative Technique*. Westport, Connecticut: Greenwood Press, 1985.

③ Ibid., pp.11-12.

读者在重新思考何为真实、何为虚幻的过程中，对现实与可能性的认识得到调整，即实现“重新认识”。凯瑟琳认为，这种熟悉与陌生之间的张力正是莱辛科幻小说的核心所在，作者以这种更加艺术化的方式挑战了读者对现实的各种既定认知，在新的高度上坚持了其一以贯之的社会批判。凯瑟琳分析了莱辛运用的几种主要创作技巧，包括以浪漫传统中的引导者式人物进行叙述、多重视点和多重现实的并置以及用非人类叙述者来制造间离效果等。同时她还逐一分析了《南船座的老人星：档案》系列作品所采用的陌生化技巧。她指出，莱辛的几部科幻小说实际上都揭示了语言的力量，不仅让读者看到了语言的暴力，也让他们看到了语言的解放力量，从而改变了对现有世界的既成观念。这一时期还出现了另一部对莱辛小说结构布局进行深入探讨的专著——由盖尔·格林（Gayle Greene）所著的《多丽丝·莱辛：变化的诗学》（*Doris Lessing*：*The Poetics of Change*）[①]，探讨了莱辛在思想探索之旅中灵活多变的技巧运用和结构安排。

（四）20 世纪 90 年代以后，苏菲主义对莱辛的影响开始进入评论界的视野，这方面研究的代表作品包括沙迪亚·法希姆（Shadia S. Fahim）的《多丽丝·莱辛：苏菲式平衡与小说形式》（*Doris Lessing*：*Sufi Equilibrium and the Form of the Novel*）[②]和穆格·加林（Müge Galin）的《东西方之间——多丽丝·莱辛小说中的苏菲主义》（*Between East and West*：*Sufism in the Novels of Doris Lessing*）[③]等。在 1994 年出版的《多丽丝·莱辛：苏菲式平衡与小说形式》中，法希姆从苏菲主义的辩证

① Gayle Greene. *Doris Lessing*：*The Poetics of Change*. Ann Arbor：The University of Michigan Press，1994.

② Shadia S. Fahim. *Doris Lessing*：*Sufi Equilibrium and the Form of the Novel*. New York：St. Martin's Press，1994.

③ Müge Galin. *Between East and West*：*Sufism in the Novels of Doris Lessing*. New York：State University of New York Press，1997.

平衡思想出发来解读莱辛小说中的神秘倾向。他指出,莱辛向来被视为现实主义小说的代表,然而,她后来转向神秘主义和科幻,甚至接近于神话和东方寓言故事,这令批评界感到惊讶。受神秘主义的影响,莱辛致力于在作品中实现一种平衡性。个人与集体关系的平衡是她始终不变的关注焦点,这解释了莱辛对马克思主义、心理学和苏菲主义的兴趣。莱辛认为个人与集体的平衡是人类的希望所在,而理性思维与非理性意识的共存、马克思主义与心理学之间的互补、外在世界变革和内心精神探索的和谐,都是实现这种平衡的途径。莱辛对神秘主义的着迷并不是对社会责任的逃避,相反正是出于一种社会责任感(苏菲主义认为意识的进化能最终获得认知的完整性,从而能更好地服务社会),这一教义才引起了她极大的兴趣。该书的研究范围涵盖了莱辛的大量作品。其中对《野草在歌唱》《金色笔记》《幸存者回忆录》和科幻小说系列《南船座的老人星:档案》都做了专章分析,法希姆将莱辛的作品置于东西方文化交融的背景下来考察,澄清了之前的许多误读。继该专著出版后不久,加林也于1997年出版了他的著作《东西方之间——多丽丝·莱辛小说中的苏菲主义》,该书在批评界被大量转载引用,成为这方面研究的另一部重要文献。加林在书中揭示了莱辛的作品如何受到"苏菲神秘主义"(Tasawwuf)的影响,梳理了由苏菲传教士伊德里斯·夏(Idries Shah)在西方传播普及的苏菲教义,探讨了与苏菲神秘主义的许多主题在夏和莱辛的作品以及其他一些当下西方文学作品中的变体,厘清了苏菲主义在东西之间传播过程中发生的流变。随后,加林将苏菲主义的分析运用到具体的莱辛作品文本中,指出她塑造了许多像苏菲一样的人物,他们将打破传统的生活方式呈现在陌生的西方观众面前。他将莱辛界定为"在东西方之间"的作家,并指出,莱辛将科幻小说中创造的乌托邦作为替代现有西方生活方式的另一种方式,认为它们是可行的,甚至是必须的,其严肃认真的态度令人印象深刻,这表明在文学批评中应该认真看待莱辛作品中的苏菲主义。加林选择了七部莱辛的小说来进行分析，包括《金色笔记》《四门城》《幸存者回忆录》《什卡斯塔》《三四五区间的联姻》《八号行星代表的产生》和《好邻居的日记》。他指出，这些作品能够较为典型地反映出莱辛在自己作品中织入苏菲主义的各种不同方式。在该书附录部分，加林不仅介绍了伊斯兰历史中的苏菲神秘主义，还列出了研究莱辛神秘主义倾向的文献清单，为致力于该方面研究的学者提供了一份非常宝贵的资料。苏菲研究是莱辛研究中一个具有强大活力的研究方向。直至2012年，还有一部新的相关专著出版，它是由基阿艾·沙赫拉姆与帕妮安·史德赫(Shahram Kiaei & Shideh Parnian)合著的《多丽丝·莱辛早期小说中的苏菲主义：重溯莱辛的写作生涯》(*Manifestations of Sufism in Doris Lessing's Early Novels: Revisiting Lessing's Writing Life*)①，该书从苏菲主义的角度重点解析了在这方面讨论较少的莱辛早期作品。

(五) 21世纪初，关于个体自我身份意识的研究成为国外莱辛研究的一个重要课题。20世纪90年代初，琼·皮克林(Jean Pickering)的《理解多丽丝·莱辛》(*Understanding Doris Lessing*)②对小说中的二元对立解构特征进行了分析，认为莱辛从小的生活背景、社会阶层和家庭经历中存在的种种双重特征造就了莱辛对身份意识中二元对立结构的敏感性，使她在其作品中将个人身份中外在的公众部分与内在的私人部分结合在各种小说意象中，构成一个有机整体。进入21世纪，个体身份与集体身份之间的相互关系成为莱辛研究中讨论较多的学术话题。2006年，

① Shahram Kiaei & Shideh Parnian. *Manifestations of Sufism in Doris Lessing's Early Novels: Revisiting Lessing's Writing Life*. Saarbrücken: Lambert Academic Publishing, 2012.

② Jean Pickering. *Understanding Doris Lessing*. Columbia: University of South Carolina Press, 1990.

大卫·沃特曼(David Waterman)出版了《多丽丝·莱辛太空小说中的身份问题》(*Identity in Doris Lessing's Space Fiction*)①一书,研究了莱辛小说中的身份主题。作者指出,莱辛对于社会和意识形态建构的既定个人身份进行了质疑,这种身份是统治者维护自身利益、压制不同声音的工具。莱辛鼓励读者放弃对给定秩序的接受,打破社会网络中的身份界限,去探索新的可能性。他认为,莱辛的几部不同作品揭示了统治阶层压制不同声音的各种方式以及引起身份变化的种种原因:《简述地狱之行》中查尔斯(Charles)因为批评当政者的统治而被打上另类的标签、视为疯人;《幸存者回忆录》讲述了在世界末日来临之际,文明社会进入无政府状态,人们旧有的集体身份定位也随之消失,因此人们快速转变,组成了部落以适应新的社会情境和危机,社会进化几乎在一夜之间发生的故事;《什卡斯塔》中,先前的乌托邦社会堕落为一个由种族、性别、民族等划分的充满暴力的社会,同在《简述地狱之行》中一样,老人星使者的声音难以被社会中大多数人接受,什卡斯塔的居民无法接受存在其他概念结构这一事实;《三四五区间的联姻》质疑了以空间和地理来定义的身份——地理的界限实际是虚构的,是可以穿越的,从社会演进的意义上讲,停止不同区间之间的互动,就意味着每个区间成为死水一潭,停止了进化;《天狼星实验》中,一个天狼星帝国高级官员安必恩二号在老人星使者帮助下,从接受所有统治阶级观念的社会精英慢慢转变为一个社会批评家,然而却被她的天狼星同胞们所放逐,认为她不再是该星球的成员;在《八号行星代表的产生》中,人们在身体灭亡的末世中,逐渐学会用新的眼光来看待他们的身份,重新发现了封闭身份之外的真正集体身份,它不受任何肉体和地理的限制,是一种死亡也无法阻止的身份进化

① David Waterman. *Identity in Doris Lessing's Space Fiction*. New York: Cambria Press, 2006.

过程;《沃灵帝国的感伤使者》中对于群体的依附是一个重要主题,该小说重点讨论了修辞作为群体思维的重要工具对于身份构成的基础作用。关于这一主题较新出版的一部专著是达莎娜·戈斯瓦米(Darshana Goswami)于 2011 年出版的《多丽丝·莱辛小说中的渺小个体》(*Tiny Individuals in the Fiction of Doris Lessing*)①,该书以巴赫金的复调理论为导向,同时运用C.G.荣格(C.G. Jung)、雅克·拉康(Jacques Lacan)、R.D.莱恩(R.D. Laing)、J.N.莫汉蒂(J.N. Mohanty)等心理学家的理论分析了莱辛小说中关于身份问题的四个重要主题,它们分别是:个人主体中分裂的人格、个人良知与集体意识之间的关系、个体的疏离和幽闭恐惧症以及个体的转化与变形。其中涉及的作品包括《野草在歌唱》、《简述地狱之行》、《暴力的孩子》系列、《金色笔记》以及《天黑前的夏天》等。

其次,除了上述单独以莱辛其人其作为研究对象的专著以外,莱辛研究文献中还有另一个重要类别——将莱辛及其作品置于更大的话题或背景下进行考察的著作。这类文献通常从一个较为宏大的主题出发,将莱辛的作品作为整个研究的支撑案例之一,或是将她与其他具有类似特征的作家进行比较研究。这类文献涉及的研究范围十分广阔,大大拓展莱辛研究的视野,其中比较突出和重要的几个话题包括:

(一) 女性主题和女性作家比较研究。多萝西·理查森(Dorothy Richardson)早在 1986 年就出版了《女主人公的神话:20 世纪的女性成长小说》(*The Myth of the Heroine: The Female Bildungsroman in the Twentieth Century*)②,该书分析了 20 世纪文化社会结构的变化及其对女性的影响和在当时的女性成长小说中的反映。这些外部社会的变化

---

① Darshana Goswami, *Tiny Individuals in the Fiction of Doris Lessing*. New Delhi: Epitome Books, 2011.

② Dorothy Richardson. *The Myth of the Heroine: The Female Bildungsroman in the Twentieth Century*. New York: Peter Lang Publishing, Inc., 1986.

促使女性走出家庭、走向社会、寻找自我身份实现。该书第三章“多丽丝·莱辛:《暴力的孩子》”将莱辛的小说作为案例进行了解析。后来此类在女性主题讨论中涉及莱辛的专著层出不穷,包括莎莉·鲁滨孙(Sally Robinson)于1991年出版的《主体的创造:当代女性小说中的性别与自我表征》(*Engendering the Subject: Gender and Self-Representation in Contemporary Women's Fiction*)①、由鲁斯·萨克逊(Ruth Saxton)和琼·托宾(Jean Tobin)于1994年编纂出版的论文集《伍尔夫与莱辛:打破常规》(*Woolf and Lessing: Breaking the Mold*)②、菲利斯·斯特恩伯格·帕瑞克斯(Phyllis Sternberg Perrakis)于2007年编撰出版的论文集《精神的冒险:多丽丝·莱辛、玛格丽特·阿特伍德及其他当代女性作家作品中的年长女性》(*Adventures of the Spirit: The Older Woman in the Works of Doris Lessing, Margaret Atwood, and Other Contemporary Women Writers*)③和伊莎伦·L.詹森(Sharon L. Jansen)于2011年出版的专著《阅读从克里斯蒂娜·德·皮桑到多丽丝·莱辛的女性世界:六个世纪以来想象有她们自己房间的女性作家的导读手册》(*Reading Women's Worlds from Christina de Pizan to Doris Lessing: A Guide to Six Century of Women Writers Imagining Rooms of Their Own*)④等。女性意识和女性成长主题是莱辛研究中的一个重要方面,而根据搜集的

---

① Sally Robinson. *Engendering the Subject: Gender and Self-Representation in Contemporary Women's Fiction*. Albany: State University of New York Press, 1991.

② Ruth Saxon & Jean Tobin. *Woolf and Lessing: Breaking the Mold*. London: Macmillan Press, 1994.

③ Phyllis Sternberg Perrakis, *Adventures of the Spirit: The Older Woman in the Works of Doris Lessing, Margaret Atwood, and Other Contemporary Women Writers*. Columbus: The Ohio State University Press, 2007.

④ Sharon L. Jansen. *Reading Women's Worlds from Christina de Pizan to Doris Lessing: A Guide to Six Century of Women Writers Imagining Rooms of Their Own*. New York: Palgrave & Macmillan, 2011.

资料来看，这方面研究大多是将莱辛的创作置于整个女性小说发展历程中来进行考察，并且通常采用比较研究的方式，将莱辛与其他著名女性作家并列讨论。

（二）心理学主题。如前所述，目前已有众多从心理学视角出发对莱辛进行单独研究的专著，而将莱辛作为案例之一进行论述的著作更是难以计数，它们比专门研究莱辛的专著种类更加丰富、视野更加多样化。安吉拉·海格（Angela Hague）的《小说、直觉与创造性：勃朗特、詹姆斯、伍尔夫和莱辛研究》（*Fiction*，*Intuition*，*Creativity*：*Studies in Brontë*，*James*，*Woolf*，*and Lessing*）①从哲学和心理学角度论述了直觉主义对小说作品的影响，其中第六章对莱辛作品中的直觉主义倾向进行了详尽论述[该章名为“一切皆非个人化：多丽丝·莱辛的心理学政治”（“Nothing is Personal：Doris Lessing's Psychic Politics”）]②；莎拉·亨斯卓（Sarah Henstra）的《20世纪英语小说中的反纪念仪式冲动》（*The Counter-Memorial Impulse in Twentieth-Century English Fiction*）③从心理学中借鉴了“忧郁症”一词来形容20世纪英语小说，指出小说采用欲言又止的另类表达方式实际上是为了通过“叙述忧郁症”来表达由于战争和灾难创伤造成的那种无以言状的忧思和对往昔逝去之物的怀念。该书第三章“哀叹未来：核战、预言与莱辛的《金色笔记》”（“Mourning the Future：Nuclear War，Prophecy，and Doris Lessing's The Golden Notebook”）④分析了莱辛《金色笔记》中反常规的叙述方式和“忧郁症”特征及其与核战、

---

① Angela Hague. *Fiction*，*Intuition*，*Creativity*：*Studies in Brontë*，*James*，*Woolf*，*and Lessing*. Washington，D. C.：The Catholic University of America Press，2003.

② Ibid.，pp.276-307.

③ Sarah Henstra. *The Counter-Memorial Impulse in Twentieth-Century English Fiction*. New York：Palgrave Macmillan，1990.

④ Ibid.，pp.80-110.

冷战等社会历史创伤之间的关系。莎莉·斯基茨(Sarah Sceats)的《当代女性小说中的食品、消费与身体》(*Food, Consumption and the Body in Contemporary Women's Fiction*)①基于现代心理学理论指出,食物和进餐活动不仅是生理活动,更是一种带有象征意义的心理精神活动,其中承载了一个人的社会身份、地位、所处的文化习俗和价值观念。而女性由于天生具有哺育任务并接触更多家务劳动,因此食物主题在其作品中更显突出。该书第三章"进餐、饥馑与身体:论莱辛及其他作家"("Eating, Starving and the Body: Doris Lessing and Others")②主要论述了莱辛在《金色笔记》和《暴力的孩子》等系列小说中以食品描写承载的价值观念、现代社会中自我身份与意义建构之困境以及对精神-身体互动(psycho-physical interaction)模式的探索。

(三) 神秘主义主题。前面已经梳理了从苏菲主义视角对莱辛进行专门研究的一些重要专著,而将莱辛作为分析案例放在神秘主义话题的大背景下进行讨论的著作也为数不少,这些著作为这个方向的研究提供了一个更广阔的背景视角。其中大卫·加勒特·伊佐(David Garrett Izzo)的《神秘主义对20世纪英美文学的影响》(*The Influence of Mysticism on 20th Century British and American Literature*)③介绍了20世纪各种神秘主义影响在英美小说中的体现,该书第四章"神秘主义理论在20世纪英国小说中的运用"("Mystical Theory Applied to 20th Century British Literature")分析了神秘主义在莱辛《金色笔记》中的体现④。

---

① Sarah Sceats. *Food, Consumption and the Body in Contemporary Women's Fiction*. Cambridge: Cambridge University Press, 2000.

② Ibid., pp.61-93.

③ David Garrett Izzo. *The Influence of Mysticism on 20th Century British and American Literature*. Jefferson: McFarland & Company, Inc., Publishers, 2009.

④ Ibid., pp.122-127.

（四）叙事学和文本形式特征探讨。著名女性主义理论家伊莱恩·肖瓦尔特（Elain Showalter）在其著作《她们自己的文学：从勃朗特到莱辛的英国女性小说家》（*A Literature of Their Own*：*British Women Novelists from Brontë to Lessing*）①中，提出了女性主义叙事学理论，莱辛的小说文本被作为典型范例之一纳入其中进行考察；莫莉·海特（Molly Hite）的《故事的另一面：当代女性主义叙事的结构与策略》（*The Other Side of the Story*：*Structures and Strategies of Contemporary Feminist Narrative*）②同样将莱辛的作品纳入女性主义叙事学理论麾下进行分析；罗伯特·阿尔莱特（Robert Arlett）的《史诗的声音：当代英美小说中的内在冲动与全球冲动》（*Epic Voices*：*Inner and Global Impulse in the Contemporary American and British Novel*）③从叙事学的角度分析了当代英美小说中的一个新特征——第一人称和第三人称的交织使用，这类小说将对社会、政治、文化进行外部表征的"全球冲动"（以左拉为代表）与寻求探索人物精神世界的"内部冲动"（以普鲁斯特为代表）两种不同类型的小说表征手法结合起来，使二者在同一部作品中激荡、冲突、碰撞与融合。该书第二章"真实的人：《金色笔记》中的人物与作者"（"Real People：Character and Author in *The Golden Notebook*"）④即从这一主题入手对莱辛的《金色笔记》进行了剖析。

（五）后现代主义研究的视角。玛丽·A.丹辛格（Marie A. Danziger）的《文本与反文本：萨缪尔·贝克特、多丽丝·莱辛与菲利普·罗斯作品

---

① Elain Showalter. *A Literature of Their Own*：*British Women Novelists from Brontë to Lessing*. Beijing：Foreign Language Teaching and Research Press，2004.

② Molly Hite. *The Other Side of the Story*：*Structures and Strategies of Contemporary Feminist Narrative*. New York：Cornell University Press，1989.

③ Robert Arlett. *Epic Voices*：*Inner and Global Impulse in the Contemporary American and British Novel*. London：Associated University Press，1996.

④ Ibid.，pp.23-64.

中的后现代狂想》(*Text/Countertext*: *Postmodern Paranoia in Samuel Beckett*, *Doris Lessing and Philip Roth*)[①]分析了具有后现代小说元叙事特征的几个代表性文本,其中第三章"《金色笔记》:阅读、强暴与复仇"("*The Golden Note Book*: Reading, Raping, Revenge")[②]分析了莱辛《金色笔记》小说文本中同时具有的"文本与反文本"现象和自我指涉特征;马加利·科尼尔·迈克(Magali Cornier Michael)的《女性主义与后现代冲动:二战后小说》(*Feminism and the Postmodern Impulse*: *Post-World War Ⅱ Fiction*)[③]将女性主义与后现代冲动两个话题结合起来研究,其中第三章"多丽丝·莱辛《金色笔记》中的疯癫与叙述断裂"("Madness and Narrative Disruption in Doris Lessing's *The Golden Notebook*")[④]以莱辛的《金色笔记》小说文本为依托,分析了作者如何通过小说形式革新来对现实与文学之间关系进行重新界定,指出这一形式革新挑战了传统的西方意识形态权威话语体系,并且建立了一种新型的女性主体。

(六) 其他一些较新颖的分析角度——神话元素和进化论主题的探讨。除了以上几个研究专著数量比较多的方向以外,还有一些比较新颖的话题,虽然它们只在零星的一两部专著中出现,但却对于拓展莱辛研究的视域具有开创意义。莎伦·罗斯·威尔逊(Sharon Rose Wilson)的《当代女性小说中的神话与童话:从阿特伍德到莫里森》(*Myths and Fairy Tales in Contemporary Women's Fiction*: *From Atwood to Morri-*

---

① Marie A. Danziger. *Text/Countertext*: *Postmodern Paranoia in Samuel Beckett*, *Doris Lessing and Philip Roth*. New York: Peter Lang Publishing, Inc., New York, 1996.

② Ibid., pp.45-74.

③ Magali Cornier Michael. *Feminism and the Postmodern Impulse*: *Post-World War Ⅱ Fiction*. Albany: State University of New York Press, 1996.

④ Ibid., pp.79-108.

son)[①]从神话和童话故事的角度来讨论当代女性小说作品,其中第三章和第四章对莱辛的两个小说文本《幸存者回忆录》和《丹恩将军与玛拉的女儿、戈里奥特与雪犬的故事》进行了分析解读[②],指出了神话故事原型在这些小说中的体现。莱辛研究中另一个较新颖的课题是对其作品中进化论与优生学主题的探讨。之前也有专著涉及作品中的进化论元素,但几乎都是从苏菲主义宇宙意识进化说的角度来考察。2013 年,克莱尔·汉森(Clare Hanson)出版了《战后英国优生学、文学和文化》(*Eugenics, Literature and Culture in Post-War Britain*)[③]一书,该书追溯了生物学进化论和优生学思潮对战后英国文学文化的巨大影响,其宗旨是要从进化论、优生学等科学理论对意识形态所产生的影响出发来审视当代的文学与文化。汉森认为生物学进化论由于受到文化意识形态的巨大反作用,因此严格意义上讲,它不能算是一门真正的科学,从文化方面对其进行考察更为合适。在书中,莱辛其人其作也被纳入这一宏大话题进行讨论。汉森指出,人们常常关注莱辛作品中的女性和殖民主题,而忽略她对生物科学的兴趣,但这恰恰是她进行科幻创作的重要原因。他认为莱辛与科幻小说家内奥米·米基森(Naomi Mitchison)的友情是促使莱辛进行科幻创作的契机,并且莱辛在科幻作品中大量运用的进化论和基因学术语都表明了莱辛对这一主题的浓厚兴趣。该书观点新颖、论据详实,对笔者在本书第四章中以进化隐喻为切入点研究莱辛的科幻作品提供了重要启示和有力依据。

自 20 世纪 60 年代莱辛研究从美国发端以来,至今已有 60 余年的跨

① Sharon Rose Wilson. *Myths and Fairy Tales in Contemporary Women's Fiction from Atwood to Morrison*. New York: Palgrave Macmillan, 2008.

② Ibid., pp.53-86.

③ Clare Hanson. *Eugenics, Literature and Culture in Post-War Britain*. New York: Routledge, 2013.

度。其间出现了大量关于莱辛的期刊论文,特别是莱辛获得诺奖以后,关于她的论文数量曾一度高涨。从 20 世纪 70 年代至今的许多期刊文章被收录成册,作为论文集出版。其中一些耳熟能详、较为重要的论文集包括(以下按照出版年限排列):由珍妮·泰勒(Jenney Taylor)编撰的《笔记/回忆录/档案:阅读与重读多丽丝·莱辛》(*Notebooks/Memoirs/Archives: Reading and Rereading Doris Lessing*)①,由哈罗德·布鲁姆(Harold Bloom)编撰并作导语的《现代批评观点:多丽丝·莱辛》(*Modern Critical Views: Doris Lessing*)②,由凯利·卡普兰(Carey Kaplan)与艾伦·克罗南·罗斯(Ellen Cronan Rose)编撰并由美国现代语言学会(MLA)出版的《莱辛〈金色笔记〉教学方略》(*Approaches to Teaching Lessing's The Golden Notebook*)③,塔潘·K·高希(Tapan K. Ghosh)编撰并作导语的《多丽丝·莱辛的〈金色笔记〉:批评研究》(*Doris Lessing's The Golden Notebook: A Critical Study*)④,由艾里斯·里杜特(Alice Ridout)与苏珊·沃特金斯(Susan Watkins)编写的《多丽丝·莱辛:越界》(*Doris Lessing: Border Crossings*)⑤,由安妮丝·普拉特和L.S.登博(Annis Pratt & L.S. Dembo)编撰的《多丽丝·莱辛:批评研究》(*Doris Lessing: Critical Studies*)⑥

---

① Jenney Taylor, ed. *Notebooks/Memoirs/Archives: Reading and Rereading Doris Lessing*. Boston: Routledge & Kegan Paul, 1982.

② Harold Bloom, ed. *Modern Critical Views: Doris Lessing*. New York: Chelsea House Publishers, 1986.

③ Carey Kaplan & Ellen Cronan Rose, eds. *Approaches to Teaching Lessing's The Golden Notebook*. New York: The Modern Language Association of America, 1989.

④ Tapan K. Ghosh, ed. *Doris Lessing's The Golden Notebook: A Critical Study*. New Delhi: Prestige Books, 2006.

⑤ Alice Ridout & Susan Watkins, eds. *Doris Lessing: Border Crossings*. New York: Continuum, 2009.

⑥ Annis Pratt & L.S. Dembo, eds. *Doris Lessing: Critical Studies*. New York: Palgrave Macmillan, 1974, 2011.

等。这些论文集收录了从20世纪70年代直至21世纪初的多篇论文,内容涵盖性别种族身份、殖民主义、非洲主题、文化冲突、马克思主义、女性主义、叙事学、文学市场、环境政治、现实与虚构的关系、哲学文化背景、原型理论、现代主义、实验技巧、作家的社会责任感、自我意识主题、情感与理性、苏菲主义、疯癫现象、成长寓言、心理意识探索、小说结构、文献综述以及作家采访等方方面面,其中讨论最多的作品仍是《金色笔记》,其次是《野草在歌唱》和《暴力的孩子》系列等非洲题材的作品。其中也有少量关注中后期科幻小说的文章,但不是莱辛研究中的主流。

我国对莱辛著作的引进和译介始于20世纪50年代,之所以较早引进的原因与苏联的影响和莱辛自身的左翼立场有关。1952年,莱辛作为英国共产党作家代表团的一员访问苏联,其作品也由于苏联的推荐而引起了中国文学界的注意。莱辛作品中最早的中文版译作是1955年由解步武先生翻译、上海文艺联合出版社出版的《渴望》。1956年,第二部莱辛作品的译本《野草在歌唱》由中国新文艺出版社出版,由王蕾翻译。1958年作家出版社出版了由董秋斯翻译的《高原牛的家》。此后,由于中苏关系的影响,莱辛作品的译介过程也暂时中断,直至20世纪80年代才又恢复。其间,台湾时报出版社分别于1962年和1967年出版了《金色笔记》和《特别的猫》两部作品的译本。进入80年代后,此前中断的翻译工作得以继续。先是莱辛的一些短篇小说译文陆续发表在《译林》和《外国文学》等杂志期刊上,1981年中国青年出版社出版的《英国短篇小说选》又收录了莱辛的两个作品《一次轻蝗虫灾》和《草原日出》,分别由杨云乐和沈黎翻译。随后莱辛的代表作《金色笔记》译本于1988年由辽宁人民出版社以《女性的危机》为名出版发行,同年台湾天培出版社也出版了《第五个孩子》的译本。随着我国文化事业的发展,90年代末期以后,对莱辛作品的译介逐渐增多。1999年,上海译文出版社出版了由瞿世镜、杨晴翻译的《又来了,爱情》;2000年,译林出版社出版了由陈才宇、刘新民翻译的《金色笔记》;2003 年,浙江文艺出版社出版了傅惟慈翻译的短篇小说集《另外那个女人》。2007 年莱辛获得诺贝尔文学奖以后,莱辛研究引起了国内高等院校和学界的重视,其作品的译介达到了一个新的高潮,2007 年 11 月由译林出版社出版了《玛拉和丹恩历险记》,随后仅仅在 2008 年,就有 11 部莱辛的中文版作品被翻译出版,其中有 10 部是由南京大学出版社牵头出版的,另一部则由陕西师范大学出版社出版,这 11 部作品按照出版时间顺序依次为:由陕西师范大学出版,朱凤余等翻译的自传作品《影中漫步》;由南京大学出版社出版,朱恩伶翻译的《浮世畸零人》、何颖怡翻译的《第五个孩子》、朱丽田和吴兰香翻译的《裂缝》、范浩翻译的《抟日记:非洲故事二集》、郑冉然翻译的《玛莎·奎斯特》、陈星翻译的《这原是老酋长的国度:非洲故事一集》、王雪飞翻译的《壅域之中》、叶肖等翻译的《非洲的笑声》、俞婷翻译的《三四五区间的联姻》以及仲召明翻译的《风暴的余波》等小说作品。在此之后的几年,仍陆陆续续有一些莱辛作品的新译本出现,例如在 2009 年由海南出版公司出版、朱子仪翻译的长篇小说《幸存者回忆录》,2010 年由作家出版社出版、龙飞翻译的散文随笔集《时光噬痕:观点与评论》和由王睿翻译的《好人恐怖分子》,2012 年由上海译文出版社出版、周小进翻译的长篇小说《祖母》,以及 2014 年由河南大学出版社出版、焦小婷与赵琳娅编译的访谈录《心灵的对话:2007 年诺贝尔文学奖得主多丽丝·莱辛访谈录》等。目前,在经历了一阵热潮之后,莱辛的译介和研究在国内进入了一个较为成熟的平稳发展期。

国内期刊论文方面,最早研究莱辛的文章出现在 20 世纪 80 年代,由孙宗白先生撰写的《真诚的女作家多丽丝·莱辛》[①]发表在 1981 年第 3 期的《外国文学研究》杂志上;1987 年,王家湘也在当年的《外国文学》杂

---

① 孙宗白:《真诚的女作家多丽丝·莱辛》,摘自《外国文学研究》,1981 年第 3 期,第 69—72 页。

志第5期上发表文章《多丽丝·莱辛》[①]。这些文章都对莱辛的生平和作品进行了介绍。1993年,张中载先生在《外国文学》第6期上发表文章《多丽丝·莱辛与〈第五个孩子〉》,对莱辛作品前后期的不同特点进行了总结和评价,并认为莱辛早期现实主义创作的成就高于后期具有科幻色彩的太空小说,原因是他认为莱辛后期的作品与前期作品相比,"丢弃了文学创作中两样宝贵的东西:为人间正义、公正呐喊的激情和写亲身体验的熟悉题材"[②]。1998年侯维瑞先生在《译林》第2期上发表了《英国杰出女作家多丽丝·莱辛》[③],主要讨论了莱辛作品中体现的殖民主义和政治文化主题。这些早期的文章较多地关注了莱辛现实主义小说作品和其中的积极思想主题,高度评价和肯定了其早期作品的价值;它们对中后期的实验作品和空间小说虽有所涉及,但分析还有待深入。国内莱辛研究在期刊中体现出的另一个重要方面是女性主义和女性相关主题的研究,这类研究始于黄梅在《读书》杂志1988年第1期发表的文章《女人的危机和小说的危机:"女人与小说"杂谈之四》[④],该文论述了《金色笔记》分裂的小说结构与女主人公的多重精神层面之间的关系。1993年,长期关注莱辛的学者李福祥先生在《外国文学评论》上发表《多丽丝·莱辛笔下的政治与妇女主题》[⑤],1994年,女性主义研究学者林树明在《外国文学评论》上发表文章《自由的限度——莱辛、张洁、王安忆比较》[⑥],这些文章

---

① 王家湘:《多丽丝·莱辛》,摘自《外国文学》,1987年第5期,第80—83页。

② 张中载:《多丽丝·莱辛与〈第五个孩子〉》,摘自《外国文学》,1993年第6期,第79—82页。

③ 侯维瑞:《英国杰出女作家多丽丝·莱辛》,摘自《译林》,1998年第2期,第132页。

④ 黄梅:《女人的危机和小说的危机:"女人与小说"杂谈之四》,摘自《读书》,1988年第1期,第64—72页。

⑤ 李福祥:《多丽丝·莱辛笔下的政治与妇女主题》,摘自《外国文学评论》,1993年第4期,第40—46页。

⑥ 林树明:《自由的限度——莱辛、张洁、王安忆比较》,摘自《外国文学评论》,1994年第4期,第90—97页。

进一步推动了从女性主义视角对莱辛作品的研究解读工作。2000年以后，对莱辛作品中哲学和宗教主题的研究逐渐进入我国学者的视野，相关方面陆续有一些重要的期刊文章发表。司空草于2000年在《外国文学评论》上发表文章《莱辛小说中的苏非主义》①；谷彦君亦于2002年发表相关文章《〈四门城〉中的异化主题》②，对莱辛小说中的相关神秘主题进行了论述；苏忱亦于2007年发表了《多丽丝·莱辛与当代伊德里斯·沙赫的苏菲主义哲学》③，介绍了苏菲主义哲学对莱辛创作的影响。2010年以后，莱辛研究进入更加成熟的阶段，系统化、理论化的研究层出不穷，研究视角也有新的拓展：2010年，田祥斌在《外国文学研究》上发表文章《〈裂缝〉的象征意义与莱辛的女性主义意识》④，从环境描写的象征意义出发剖析了《裂缝》中的女性主义意识；同年，王丽丽在《当代外国文学》上发表文章《后"房子里的安琪儿"时代：从房子意象看莱辛作品的跨文化意义》⑤，从文化研究的视角对莱辛作品中的房间意象进行了探讨，指出这些房间意象并非传统意象和女权主义意象的继续，而是呈立体多面、层次叠加和多维投射的动态状，因而承载着极为深刻的跨文化内涵和意义；2011年，赵晶辉在《外语教学》⑥上发表文章《小说叙事的空间转向——兼评多丽丝·莱辛小说叙事的转换与智慧》，从空间叙事的角度

---

① 司空草：《莱辛小说中的苏非主义》，摘自《外国文学评论》，2000年第1期，第153—154页。

② 谷彦君：《〈四门城〉中的异化主题》，摘自《黑龙江教育学院学报》，2002年第1期，第67—68页。

③ 苏忱：《多丽丝·莱辛与当代伊德里斯·沙赫的苏菲主义哲学》，摘自《四川外语学院学报》，2007年第4期，第24—27页。

④ 田祥斌：《〈裂缝〉的象征意义与莱辛的女性主义意识》，摘自《外国文学研究》，2010年第1期，第89—94页。

⑤ 王丽丽：《后"房子里的安琪儿"时代：从房子意象看莱辛作品的跨文化意义》，摘自《当代外国文学》，2010年第1期，第21—27页。

⑥ 赵晶辉：《小说叙事的空间转向——兼评多丽丝·莱辛小说叙事的转换与智慧》，摘自《外语教学》，2011年第5期，第74—77、85页。

研究了莱辛的作品;2012年,陶瑞萱在《云南民族大学学报(哲学社会科学版)》上发表文章《分裂的自我与存在的困境——多丽丝·莱辛〈野草在歌唱〉的"莱恩式"解读》[①],以莱恩的生存论心理学经典作品《分裂的自我——对健全与疯狂的生存论研究》为理论视角,解析了《野草在歌唱》对人类生存状况的描写,揭示了其中关于现代人深刻精神危机的主题。除此以外,还有少量关注莱辛科幻小说的期刊文章:1994年,钟清兰、李福祥在《四川外语学院学报》上发表文章《从动情写实到理性陈述——论D.莱辛文学创作的发展阶段及其基本特征》[②],给予了莱辛科幻小说较高的评价,并论述了其科幻小说寓现实于幻想中的重要特征;2002年,严志军在《外国文学研究》上发表文章《〈玛拉和丹恩〉的解构之旅》,从解构主义的角度解读了莱辛的科幻小说《玛拉和丹恩历险记》[③];2013年,张琪在《湖南大学学报(社会科学版)》发表文章《多丽丝·莱辛太空小说在中国的传播与研究》[④],该文章特别考察了莱辛的"太空小说"(即《南船座的老人星:档案》系列)在中国的译介、简介与传播,以及由此引发的研究与接受,并指出太空小说是多丽丝·莱辛的重要作品,也是莱辛与中国文学界对话的组成部分,但该系列作品在国内外都备受争议,特别在国内没有得到学界的足够重视:2000年以后中国学界才逐渐认识到莱辛太空小说的重要性并开始在文学史中对其有所介绍,2008年后这些小说的相关译介和研究才慢慢出现,因此国内对莱辛太空小说的研究仍存在很大

---

① 陶瑞萱:《分裂的自我与存在的困境——多丽丝·莱辛〈野草在歌唱〉的"莱恩式"解读》,摘自《云南民族大学学报(哲学社会科学版)》,2012年第5期,第152—156页。

② 钟清兰、李福祥:《从动情写实到理性陈述——论D.莱辛文学创作的发展阶段及其基本特征》,摘自《四川外语学院学报》,1994年第1期,第33—39页。

③ 严志军:《〈玛拉和丹恩〉的解构之旅》,摘自《外国文学研究》,2002年第2期,第43—46、169页。

④ 张琪:《多丽丝·莱辛太空小说在中国的传播与研究》,摘自《湖南大学学报(社会科学版)》,2013年第3期,第102—106页。

不足,亟须得到更多关注。

总体来讲,我国学者对莱辛的深入研究起步较晚。虽然早在20世纪50年代就开始有莱辛的作品译本进入中国,但直至2005年,才有第一部博士论文对莱辛进行系统研究。2005年,山东大学的王丽丽发表了她的博士学位论文《生命的真谛——论多丽丝·莱辛的艺术和哲学思想》(此后该论文经修改整理成书正式出版)①,这是国内最早关注莱辛的大部头作品。在2007年莱辛获得诺奖以后,研究莱辛的博士论文和著作开始逐渐增多,研究视角也趋于多样化,形成了一股研究莱辛的热潮。2007年,上海外国语大学的蒋花发表了其博士学位论文《压抑的自我,异化的人生——多丽丝·莱辛非洲小说研究》②,同年四川大学的肖庆华发表了其博士学位论文《都市空间与文学空间——多丽丝·莱辛小说研究》并于次年出版了同名专著③,陈璟霞也在这一年出版了其英文版专著《多丽斯·莱辛的殖民模糊性:对莱辛作品中的殖民比喻的研究》(*Doris Lessing's Colonial Ambiguities: A Study of Colonial Tropes in Her Works*)④;2008年,北京外国语大学的邱枫发表了博士学位论文《她们的空间——论〈暴力的孩子〉中作为女性话语的女性身体》⑤;南京师范大学的卢婧于同年发表了博士学位论文《〈金色笔记〉的艺术形式与作者莱辛

---

① 王丽丽:《生命的真谛——多丽丝·莱辛的艺术和哲学思想研究》,山东大学博士学位论文,2005年。王丽丽:《多丽丝·莱辛的艺术和哲学思想研究》,北京:社会科学文献出版社,2007年。

② 蒋花:《压抑的自我,异化的人生——多丽丝·莱辛非洲小说研究》,上海外国语大学博士学位论文,2007年。

③ 肖庆华:《都市空间与文学空间:多丽丝·莱辛小说研究》,四川大学博士学位论文,2007年。肖庆华:《都市空间与文学空间:多丽丝·莱辛小说研究》,四川辞书出版社,2008年。

④ 陈璟霞:《多丽丝·莱辛的殖民模糊性:对莱辛作品中的殖民比喻的研究》,北京:中国人民大学出版社,2007年。

⑤ 邱枫:《她们的空间——论〈暴力的孩子〉中作为女性话语的女性身体》,北京外国语大学博士学位论文,2008年。

的人生体验》①;2009 年,南京大学的赵晶辉发表博士学位论文《多丽丝·莱辛小说的"空间"研究》②;2010 年,北京大学的姜红发表博士学位论文《多丽丝·莱辛三部作品中的认知主题探索》③;中国人民大学的朱海棠于同年发表博士学位论文《解构的世界:多丽丝·莱辛小说研究》④;中山大学的胡勤在同年发表了博士学位论文并在两年后出版同名专著《审视分裂的文明:多丽丝·莱辛小说艺术研究》⑤;2013 年,陶淑琴出版专著《后殖民时代的殖民主义书写:多丽丝·莱辛"太空小说"研究》⑥;2014 年,王丽丽出版专著《多丽丝·莱辛研究》⑦。

纵览近几年国内的莱辛研究,其内容主要集中在从空间理论、女性主义、后殖民批评、解构主义批评、宗教哲学思想、作家文艺思想和作家作品评介等视角出发的研究,分析涵盖的作品以《野草在歌唱》和《暴力的孩子》系列等与非洲主题密切相关的作品和代表作《金色笔记》等为重点,也有少数论文和专著涉及一些莱辛的散文传记、科幻小说和其他作品。前辈的工作为莱辛研究积累了宝贵的财富,但从涉及的作品广度和深度上来看,仍然留下了一些空白和具有挖掘价值的领域,有待后来者进一步开拓。

---

① 卢婧:《〈金色笔记〉的艺术形式与作者莱辛的人生体验》,南京师范大学博士学位论文,2008 年。

② 赵晶辉:《多丽丝·莱辛小说的"空间"研究》,南京大学博士学位论文,2009 年。

③ 姜红:《多丽丝·莱辛三部作品中的认知主题探索》,北京大学博士学位论文,2010 年。

④ 朱海棠:《解构的世界:多丽丝·莱辛小说研究》,中国人民大学博士学位论文,2010 年。

⑤ 胡勤:《审视分裂的文明:多丽丝·莱辛小说艺术研究》,中山大学博士学位论文,2010 年;胡勤:《审视分裂的文明:多丽丝·莱辛小说艺术研究》,桂林:广西师范大学出版社,2012 年。

⑥ 陶淑琴:《后殖民时代的殖民主义书写:多丽丝·莱辛"太空小说"研究》,北京:中国社会科学出版社,2013 年。

⑦ 王丽丽:《多丽丝·莱辛研究》,北京:社会科学文献出版社,2014 年。

第二节 “太空小说”与概念隐喻理论的发展

莱辛的科幻作品具有十分强烈的寓言性质，她在一次访谈中表明，自己创作的太空小说不同于通常意义上的“硬科幻”，而更像是一种“幻想作品和乌托邦”，它们“与托马斯·摩尔和柏拉图而非奥威尔和赫胥黎有更紧密的联系”，“它们是寓言，源自现如今正在发生的一切”。①实际上，科幻小说和寓言之间本身就具有亲缘关系，传统的乌托邦寓言正是现代科幻小说的始祖之一。莱辛的“太空小说”也同样具有鲜明的寓言性质，《南船座的老人星：档案》是她在这类科幻创作中的巅峰，该系列的几部作品构思精巧、前后呼应、有机统一，最集中地体现了概念隐喻思维范式在寓言中蜿蜒贯穿的特征，因此本书选择从概念隐喻理论的视角出发对其进行研究。

一、太空小说、寓言叙事和概念隐喻

在新近的科幻理论中，一些理论家注意到了科幻寓言和隐喻现象之间在深层架构上的特殊关系。达科·苏恩文(Darko Suvin)在《科幻小说面面观》(*Positions and Presuppositions in Science Fiction*)中讨论了关于隐喻和叙述之间的关系，他认为二者是紧密联系的。分析哲学家、语言哲学家马克思·布莱克(Max Black)的理论在很大程度上启发了他的观点。马克思·布莱克指出，隐喻现象不仅仅出现在单个句子中，也可以在长篇叙述中存在：

> 我们现在有可能将隐喻与叙事联系起来，……通过将“隐喻主

① Earl G. Ingersoll, ed. *Doris Lessing: Conversations*. New York: Ohio Review Press, 1994. p.107.

题"假设为一个总隐喻,我们可以轻而易举地将隐喻与叙事联系起来,总隐喻通过一系列的隐喻事件给整个可能是很长的文本注入活力,而这一系列的隐喻事件均涉及同一个范式或宏隐喻,后者是文本的核心预设体系和终极指涉框架。与文本中想象的"可能世界"相关,隐喻主题是文本基本的认知性、解释性或根本性假设。①

当代法国著名哲学家和阐释学家保罗·利科(Paul Ricoeur)则是真正较早把认知科学领域的研究成果和叙事研究联系起来,从哲学意义上开始关注隐喻和叙述之间联系的理论家之一。他在其研究生涯的后期接受了语言哲学的影响,开始注意研究语言在"隐喻"和"叙述"形式下的创造性问题并于 1975 年出版了《隐喻的规律:语义生成的跨学科研究》(*The Rule of Metaphor*: *Multi-Disciplinary Studies of the Creation of Meaning in Language*)②一书。另外,他还在一篇名为《圣经阐释学》("Biblical Hermeneutics")的文章中提出:"隐喻之于诗歌语言,正如模式之于科学语言。"③他所说的"模式",实际上已经十分接近乔治·莱考夫等学者们提出的"概念隐喻"思维模型。

苏恩文受以上研究成果启发,提出应将隐喻作为一种思维范式来看待,将其放在整个叙述文本中来进行考量:"分析单个隐喻与小说文本(在此,即科幻小说)的范式必须在文本的语段发展过程中得到充分

---

① Max Black. *Models and Metaphors*. New York: Ithaca, 1962, pp.239-241.转引自[加]达科·苏恩文:《科幻小说面面观》,郝琳、李庆涛、程佳等译,合肥:安徽文艺出版社,2011 年,第 513 页。

② Paul Ricoeur. *The Rule of Metaphor*: *Multi-Disciplinary Studies of the Creation of Meaning in Language*. London: Routledge & Kegan Paul, 1975.

③ Paul Ricoeur. "Biblical Hermeneutics." *Semeia* 4(1975): pp.27-148.转引自[加]达科·苏恩文:《科幻小说面面观》,郝琳、李庆涛、程佳等译,合肥:安徽文艺出版社,2011 年,第 514 页。

表达,从而使得我们能够深入地探究有关文本特性的根本性与关键性假设——亦即文本的隐喻……”[①]苏恩文讨论的这种科幻文本中的隐喻现象实际上正是概念隐喻存在的一种重要形式——“宏隐喻”(mega metaphor)。他还指出,宏隐喻虽然为叙事提供了一种“范式”,但二者依然不能直接画等号,其间需要一个中介来沟通弥合,使它们融为一体,这个中介就是寓言的形式。在他看来,正是寓言这种古老的文学形式,在隐喻思维和叙事题材之间架起了桥梁,使原本单一和简短的隐喻模式在时空体的延伸中得到拓展,发展为叙事肌理的有机组成部分。他认为科幻小说正是一种最具隐喻性的文学题材,“……隐喻文本与叙事文本之间的类比关系在科幻小说的文本层面上是尤为强烈和显而易见的”。[②]苏恩文对隐喻范式和叙事形式之间关系的探究,揭示了科幻小说(特别是具有很强寓言性质的乌托邦小说及其各种变体)的运作规律,也启发本书从概念隐喻的角度来解析莱辛科幻寓言中的隐喻映射现象。

二、概念隐喻理论与体验哲学

概念隐喻理论脱胎于认知科学特别是认知心理学的发展。近代心理学研究的一个重大转向是从哲学中脱颖而出,形成以实验为主的科学研究范式,即转向以科学实证方法为主的现代心理学范式。认知心理学是实验心理学第三个发展阶段的产物,而认知心理学本身又包含了第一代认知心理学和第二代认知心理学两个时期。第一代认知心理学假定人的认知是自动的,也就是可以脱离身体而存在的运算机制,一些学者

① [加]达科·苏恩文:《科幻小说面面观》,郝琳、李庆涛、程佳等译,合肥:安徽文艺出版社,2011年,第517页。

② 同上书,第522页。

将其形容为“非体验性的”(disembodied)。[1]这种观点受到了著名语言学家乔治·莱考夫(George Lakoff)的质疑,他明确提出了第二代认知科学的概念,以区别于第一代认知科学。他在与马克·约翰逊(Mark Johnson)合著的专著中多次指出:第一代认知科学是“非体验性”(disembodied),而新的认知科学则认为人类的认知是“体验性的”(embodied),即思维是以身体经验为基础得以形成和运作的。他们在其重要著作《体验哲学:体验性心智及其对西方思想的挑战》(*Philosophy in the Flesh: The Embodied Mind and Its Challenge to Western Thought*)中指出,“任何推理都会运用概念,这要求大脑的神经结构来执行推理”,因此他们认为“大脑的神经网络相应地决定了概念以及推理的样态”。[2]如今,随着第二代认知科学的发展,将身体与精神分离的看法已经受到了普遍质疑和挑战。多种神经生理学方法技术的发展成熟以及一系列实验技术的运用,都通过实证研究有力地支撑了体验哲学的新观念。

继1980年出版《我们赖以生存的隐喻》(*Metaphors We Live By*)[3]并在书中阐发概念隐喻的相关理论之后,乔治·莱考夫等学者又在随后出版的《体验哲学》中更加系统地论述了他们对于人类自我认知的全新哲学观念以及概念隐喻在这种观念系统中所起的支撑作用。该书以认知科学、神经科学的发现为基础,将隐喻现象视为思维的体现,并对人的自我身份等哲学问题提出了不同于传统哲学的主张。

由于概念隐喻理论对隐喻现象进行了与传统修辞隐喻观完全不同

---

① Raymond W. Gibbs, Jr. *Embodiment and Cognitive Science*. New York: Cambridge University Press, 2006. p.5.

② George Lakoff & Mark Johnson. *Philosophy in the Flesh: The Embodied Mind and Its Challenge to Western Thought*. New York: Basic Books, 1999. p.16.

③ George Lakoff & Mark Johnson. *Metaphors We Live by*. Chicago: The University of Chicago Press, 1980.

的解释，因此其标记方式和结构特征均与传统修辞隐喻有着天壤之别。首先，在表现形式上，概念隐喻强调思维概念领域的映射过程，因此在分析中，往往采用自己独有的标记方式；其次，概念隐喻理论深入到概念的构造过程来考察隐喻思维的运作模式，因此其结构特征远远比传统的修辞隐喻复杂，它们往往具有和分子一样的多重结构；另外，概念隐喻区别于传统隐喻的另一个重要特征是它的文化属性，传统的修辞隐喻观仅仅将隐喻视为一种形式修辞技巧，而概念隐喻理论则认为隐喻现象的发生不可能离开社会文化因素、传统习俗和生活经验，形式与内容是紧密的统一体，这是由概念隐喻本身的体验性特征决定的；最后，概念隐喻还具有“偏重性”机制，源域与目标域之间的映射具有双向选择性，不仅目标域从某个隐喻映射所获得的意义只是它自身的一部分而非全部，而且源域也只是将它自身范畴中的一小部分映射到了目标域上，而具体如何进行映射选择则是心灵认知、身体活动、社会习俗和文化历史之间互动选择的结果。

综上所述，莱辛的“太空小说”《南船座的老人星：档案》系列作品具有鲜明的隐喻-寓言特性，这是对其进行概念隐喻理论分析的基本前提。而概念隐喻的理论渊源和根本属性决定了这一理论视角下的文学分析不可能是单纯的文本分析，它与体验哲学的主张息息相关，具有鲜明的文化特性。体验哲学的认知语言观和概念隐喻理论建基于现代科学的发展，在实证基础上提出对语言思维现象本质的思考，以隐喻现象为切入点，进而拓展到对语言、思维、文化之间关系的思考，步步深入，将一个在传统观点中看似简单的修辞问题，上升到对人之本质的哲学思考。概念隐喻理论从根本上将语言中的隐喻现象看作与思维和体验不可分割的统一整体，而非一种附加的修辞手段，从根本上颠覆了传统的修辞隐喻观，使得文学语言、社会文化、认知体验在对人类思维的认识中融为一体，拓展了文学研究的视野。

第三节　概念隐喻理论视域下的“太空小说”研究
——文献分析、选题缘起、研究方法与创新意义

一、文献分析与选题缘起

本书绪论第一节对莱辛作品的分期研究表明，其早期的非洲题材现实主义作品、中期的实验小说以及中晚期的科幻作品在她的整个创作中三足鼎立，具有几乎同等重要的地位和分量，同时这三者之间既相互区别又有着紧密的内在联系，共同构成莱辛作品集整体的有机组成部分。莱辛自己也反对评论家对她的任何作品贴标签，从而使其各个时期作品之间这种有机联系和内在整体性被人为割裂，“她提议将其全部作品视为一个整体，或者说在分析时将所有作品予以考虑。她拒绝任何分期、以发展阶段或量化的方式来评估其作品”。①因此，研究中的分期只是为了便于梳理其发展脉络、明确其阶段性特征，但绝不应割裂其前后期作品之间的内在联系，其科幻作品也应该得到和前期作品同等的重视和关注。

2007年，诺贝尔文学奖的颁布引发了国内对于莱辛的关注和研究热潮。2008年3月，“多丽丝·莱辛科幻小说学术研讨会”在北京师范大学召开，此次会议讨论涵盖的作品包括《什卡斯塔》(1979)、《三四五区间的联姻》(1980)、《天狼星实验》(1981)、《八号行星代表的产生》(1982)、《玛拉和丹恩历险记》(1999)等多部莱辛的科幻小说，讨论的内容涉及生态危机、环境污染、女性身份等诸多方面。该研讨会的主题包括：分析科幻

① Carey Kaplan & Ellen Cronan Rose, ed. *Doris Lessing: The Alchemy of Survival*. Athens: Ohio University Press, 1988. p.179.

创作在莱辛整体文学创作中的位置，研讨莱辛科幻小说的特征，讨论莱辛科幻小说中的环境灾难及警示和研究莱辛科幻小说对中国当前科幻创作的影响。这次会议的召开对于国内致力于研究莱辛科幻作品的学者而言无疑是一个振奋人心的事件，标志着国内高校和主流学界开始认识到这些作品的重要性。

然而，从文献梳理的情况来看，莱辛科幻作品研究的现状还不太令人满意。相对于另外两个类别的作品，不论是从研究的广度和深度及其获得的肯定性评价，都存在一定的差距。

在国内研究中，只有陶淑琴的专著《后殖民时代的殖民主义书写：多丽丝·莱辛"太空小说"研究》从后殖民主义批评的角度，对莱辛的"太空小说"系列《南船座的老人星：档案》进行了比较深入的讨论。除此以外，还没有其他的博士论文或专著对莱辛科幻小说作品中这几部代表作品进行单独的系统研究，只有个别论文和专著中有零星章节论及。总体而言，国内学界的目光还主要聚焦于莱辛较为传统的写实小说和几部主要代表作品上，而科幻作品的系统深入研究仍存在空白。究其原因，一是科幻小说长期被视为主流文学之外的文学形式，没有得到批评界的足够重视；另一个原因也和文学翻译的进展有关。到目前为止，虽然莱辛的大多数早期写实作品和《金色笔记》等代表作品都已有了中文译本，但《南船座的老人星：档案》系列中，却只有《三四五区间的联姻》一部作品翻译成中文，而其他四部，包括整个系列中最重要的《什卡斯塔》，都没有中文译本。这也在一定程度上成为阻碍国内学界对其科幻系列作品进行深入研究的原因之一。

在国外，现在已有一定数量的博士论文和专著对《南船座的老人星：档案》等科幻系列作品进行了集中研究，例如美国普度大学博士生伊雅尔·拉利尼（Iyer Nalini）的学位论文《戴面具的小说：英国女作家和帝国叙事》（*Masked Fictions: English Women Writers and the Narrative of*

Empire)①、美国宾夕法尼亚大学博士生罗宾·安·罗伯茨的学位论文《一种新文学种类:从玛丽·雪莱到多丽丝莱辛的科幻小说之女性传统》(*A New Species: The Female Tradition in Science Fiction from Mary Shelley to Doris Lessing*)②、南卡罗莱纳大学博士生玛丽·卡罗琳·高夫·麦考马克(Mary Carolyn Gough McComack)的学位论文《一个新边界:多丽丝·莱辛小说和科学的复杂性》("*A New Friontier*": *The Novels of Doris Lessing and the Sciences of Complexit*")③和巴巴拉·迪克逊(Barbara Dixson)的《充满激情的精湛技艺:多丽丝·莱辛的"老人星"系列小说》("Passionate Virtuosity: Doris Lessing's 'Canopus' Novels")④等,以及琼·皮克林(Jean Pickering)的《理解多丽丝·莱辛》(*Understanding Doris Lessing*)⑤、沙迪亚·法希姆(Shadia S.Fahim)的《多丽丝·莱辛:苏菲式平衡与小说形式》(*Doris Lessing: Sufi Equilibrium and the Form of the Novel*)⑥、穆格·加林(Müge Galin)的《东西方之间——多丽丝·莱辛小说中的苏菲主义》(*Between East and West: Sufism in the Novels of Doris Lessing*)⑦、大卫·沃特曼(David Water-

① Iyer Nalini. "Masked Fictions: English Women Writers and the Narrative of Empire." Doctoral dissertation. Purdue University, 1993.

② Robin Ann Roberts. "A New Species: The Female Tradition in Science Fiction from Mary Shelley to Doris Lessing. " Doctoral dissertation. University of Pennsylvania, 1985.

③ Mary Carolyn Gough McCormack. " 'A New Frontier': The Novels of Doris Lessing and the Sciences of Complexit." Doctoral dissertation. University of South Carolina, 1998.

④ Barbara Dixson. "Passionate Virtuosity: Doris Lessing's 'Canopus' Novels." Doctoral Dissertation. Auburn University, 1984.

⑤ Jean Pickering. *Understanding Doris Lessing*. Columbia: University of South Carolina Press, 1990.

⑥ Shadia S. Fahim. *Doris Lessing: Sufi Equilibrium and the Form of the Novel*. New York: St. Martin's Press, 1994.

⑦ Müge Galin. *Between East and West: Sufism in the Novels of Doris Lessing*. New York: State University of New York Press, 1997.

man)的《多丽丝·莱辛空间小说中的身份问题》(*Identity in Doris Lessing's Space Fiction*)[1]、凯瑟琳·费什伯恩(Katherine Fishburn)的《多丽丝·莱辛的奇异宇宙——叙述技巧研究》(*The Unexpected Universe of Doris Lessing: A Study in Narrative Technique*)[2]等文献。同时,也有一些期刊论文专门讨论了该系列小说,如菲利斯·斯特恩伯格·巴拉克(Phyllis Sternberg Perrakis)载于《女性作家科幻小说》(*Science Fiction by Women*)的文章《多丽丝·莱辛〈什卡斯塔〉中内外空间的联姻,科幻小说研究》("The Marriage of Inner and Outer Space in Doris Lessing's 'Shikasta', Science Fiction Studies")[3]等。

总体来讲,莱辛的科幻小说已经引起了国外学界相当的重视,并且讨论的视角也较为广阔。值得一提的是克莱尔·汉森(Clare Hanson)于2013年出版的《战后英国优生学、文学和文化》(*Eugenics, Literature and Culture in Post-War Britain*)[4],该书从文化与科学互动的角度讨论了战后英国文学,其中也涉及对莱辛科幻作品的讨论。这类文献虽然并非专门研究莱辛的著作,但是它们通过将莱辛的作品置于一个更大的文化语境中来对其进行考察,其切入点十分新颖,大大拓展了莱辛科幻作品研究的视野和广度。尽管如此,即使是在国外,与莱辛研究中的其他方面相比,对其科幻作品研究的现状仍然与这些作品在莱辛创作中占据的重要地位极不相符,是莱辛研究中的一大短板。作为其全部作品中三

---

① David Waterman. *Identity in Doris Lessing's Space Fiction*. New York: Cambria Press, 2006.

② Katherine Fishburn. *The Unexpected Universe of Doris Lessing: A Study in Narrative Technique*. Westport, Connecticut: Greenwood Press, 1985.

③ Phyllis Sternberg Perrakis. "The Marriage of Inner and Outer Space in Doris Lessing's 'Shikasta', Science Fiction Studies." *Science Fiction by Women* 17.2 (1990):221-238.

④ Clare Hanson. *Eugenics, Literature and Culture in Post-War Britain*. New York: Routledge, 2013.

分天下的重要组成部分,莱辛科幻小说的研究还大有提升空间。同时,鉴于其前后期作品之间的紧密联系,充分研究中后期的科幻作品对于构建一个完整的莱辛研究体系、充分理解作家的创作思想都具有重要意义。进一步推进相关研究,是莱辛研究现状中的迫切要求,也是一项颇有价值的发掘工作。

二、研究方法与创新意义

鉴于《南船座的老人星:档案》系列作品具有鲜明的隐喻-寓言叙事特征,本书将主要运用乔治·莱考夫等语言学家的概念隐喻理论来对其进行分析。随着发端于20世纪早期的实验心理学的深入发展,人们对语言与思维关系的认识也逐步加深,这不仅促进了隐喻理论研究的重大转向,也催生了新的哲学范式。概念隐喻理论及其体验哲学主张为研究"太空小说"提供了一种崭新而有效的视野。本书将紧扣该系列小说中反复出现的三个重要的概念隐喻主题,来作为文本细读的切入点,这三个概念隐喻分别是自我身份意识隐喻、道德隐喻和进化论隐喻。它们在小说中以各种微隐喻形式反复出现,构成一条条贯穿全文的宏隐喻主题线索。通过对文本中无处不在的众多微隐喻形式的一一解析,笔者力图更清晰地呈现该系列科幻寓言中这几条重要的思想分析脉络,揭示莱辛对西方思想传统的理解和思考以及由此在作品中呈现的文化主题。

本书的创新之处主要是试图以新的研究视角解析莱辛较少得到评论界关注的科幻系列作品。尽管目前已经有相当多的国内外学者对其作品进行了较为深入的研究,然而对其科幻创作进行系统研究的专著和论文数量却相对稀少。同时,据笔者所了解,目前还没有从概念隐喻理论角度出发进行的解读,而在笔者看来这正是一片具有挖掘价值的土地。概念隐喻从本质上而言是一种联结经验现实、社会文化和语言现象的思维范式，概念隐喻理论研究的对象并不仅仅是叙事形式和语言修辞，而是与文化社会密切相关的深层体验思维结构。该系列小说以思想分析见长，蕴含了丰富的文化内涵，且其寓言题材与隐喻思维关系密切，因此以概念隐喻理论对其进行解析具有坚实的立论基础。本书在分析中不仅关注小说的形式特征，还将深入探讨哲学、宗教、科学等文化元素在隐喻范式建构中得到的表征，以及该系列小说的寓言叙事题材与隐喻思维分析之间的紧密联系，力图从概念隐喻的维度出发，对莱辛科幻小说的“认知性”层面进行深入挖掘和阐释。

在研究方法上，本书进行了一种跨学科研究，从认知语言学的概念隐喻理论视角出发来统一关照整个作品系列，这是基于莱辛“太空小说”鲜明的寓言特质及其蕴含的大量概念隐喻模型所做出的选择，换言之，正是莱辛“太空小说”系列自身的特征使该理论能够在批评实践中得到恰如其分的运用。在对分析对象的选择上，本书采取了总分结合的方式对五部作品进行逐一解读，这同样是由该系列作品自身的特征决定的，鉴于该系列第一部作品《什卡斯塔》在内容和结构方面最为全面复杂，它是整个系列作品的总纲，因此在文本分析过程中，本书的第二至五章将分别针对该系列中的一到两部作品进行重点解读，同时又都在论述过程中不断回溯《什卡斯塔》，将它与其他四部作品联系起来解读。在具体操作层面，本书力图将概念隐喻理论的体验性哲学观念融汇到整个分析过程中，使其在论述过程中得到体现，思维的“体验性”是第二代认知科学的根本观念，基于这一观念的概念隐喻理论同样也注重对经验世界与人类思维、语言和文化之间互动关系的考察，因此注重结合社会文化要素进行分析是本书在研究方法上的重要特征，也是对这一基本哲学理念的贯彻，文本中几个重要宏隐喻所涉及的文化主题都从概念隐喻的维度得到了较为深入的探讨，其内容涵盖了哲学、伦理学、宗教和生物科学等相关领域，笔者以为只有在具体分析过程中充分展现概念隐喻的“体验性”特质，才能真正实现概念隐喻分析不同于传统修辞隐喻解读的鲜明文化特质。最后，文本细读是所有文学批评的根基，也是本书最为重视的方法之一，英文原著细读为本书的理论分析提供了翔实可靠的论据。

第一章　概念隐喻理论概述

要深入理解概念隐喻的实质,离不开对其心理学理论渊源的理解。19世纪末期,传统的心理学从哲学范式中脱离出来,转向以实证研究为基础的实验心理学,并进而在20世纪后期发展为与神经科学和社会科学交叉的社会认知心理学,为科学和人文学科的融合发展提供了契机。随着心理科学领域研究的突破,以语言学家莱考夫为代表的学者开始重新思考人类对自我身份和世界之间关系的认识,并提出了一种新的哲学观念——体验哲学。这种哲学观也成了概念隐喻的哲学基础。本章第一节将以此为切入点,对语言学家乔治·莱考夫基于语言学研究提出的体验哲学作一个基本轮廓的勾勒。本章第二节致力于对概念隐喻的形式特征、结构特点、文化属性及其隐喻映射运作机制进行阐述。由于概念隐喻不同于传统修辞隐喻,具有很强的文化属性,因此这一理论在文学批评实践中具有广泛的应用前景。本章最后一节将着重讨论与莱辛"太空小说"系列作品主题关系密切的三种文化隐喻范式,它们分别是自我身份意识隐喻、道德隐喻和进化论隐喻,以期为后面几章的文本分析奠定基础。

第一节　概念隐喻理论的哲学语境：体验哲学的三个基本主张

近现代的心理学既研究人的心理意识和行为之间的关系，关注人的心理健康和认知规律，又从自然科学的发展中获得诸多启发，注重运用自然科学的思维范式和科学实验的方法来探究人类心理的奥秘，是一门自然科学和社会人文科学交汇的学科。概念隐喻理论属于第二代认知科学的一部分，是西方实验心理学新近发展的产物，这一理论背景使概念隐喻深深植根于当代西方自然科学和社会科学交互发展的土壤中，也是一种具有跨学科性质的理论视野。①第二代认知科学的领军人物乔

---

① 近现代心理学的一个重大发展是从哲学中脱颖而出，形成以实验为主的科学研究范式。1862年，德国实验心理学的创始人威廉·冯特(Wilhelm Wundt)在他的《感官知觉理论文集》(*Beiträge zur Theorie der Sinneswahrnehmung*)一书中提出"实验的心理学"这一概念，使得心理学研究逐渐从哲学研究的范式慢慢转向观察法、问卷法、调查访问法、个案分析法、测验量表法等科学实证方法的现代心理学范式，其发展大致可归纳为三个阶段。第一阶段是构造心理学派，该学派将心理构成看作化学元素，将各种感觉(听觉、味觉、视觉等)作为可以分割的心理构成元素来逐一分析，心理现象是心理元素的"化合"。他们采用"内省法"(即被试者口头报告心理活动的方法)来进行研究。实验心理学发展的第二阶段是行为主义心理学。行为主义心理学对构造心理学派提出了最强烈的质疑。该学派认为人的心理过程无法准确观察记录，只有刺激源和反应行为是可以客观观察到的。行为主义者认为构造主义者所采取的主观内省、口头报道等研究方法无法达到科学观察目的。他们认为心理学实验中可观察到的只有实验者设计的刺激和被试者的外显反应，即可以精确记录的生理反应。因此行为主义心理学家基本都认为人的心理意识像黑匣子一样是难以通达的。实验心理学发展的第三个重要阶段是认知心理学的兴起。认知心理学选择性地对前面各流派取长补短，它既试图弥补行为主义学派在内在认知过程研究上的空白，又力图转变传统构造学派的内审式研究方法。认知心理学本身又包含了两个发展阶段：第一代认知心理学受信息科学和计算机科学影响，假定人的认知是自动的，也就是可以脱离身体而存在的运算机制，一些学者将其形容为"非体验性的"(disembodied)。例如著名语言学家乔姆斯基(Avram Noam Chomsky)的生成语法理论(Transformational Grammar)(转下页)

治·莱考夫(George Lakoff)等人提出的“体验哲学”为整个第二代认知科学理论体系提供了新的哲学语境,这也是概念隐喻理论产生的重要理论背景。因此,理解第二代认知心理学与体验哲学的基本主张对于概念隐喻理论视野下的文学批评实践具有重要意义。

乔治·莱考夫与马克·约翰逊(Mark Johnson)明确提出了第二代认知科学与第一代认知科学区别,他们将第一代认知科学称为“非体验性的认知科学”,认为其特点是将大脑的认知功能看作独立于身体的信息处理功能;而他们支持的第二代认知科学则是“体验性的认知科学”,主张认知过程和身体的交互作用,即认为人类的思维是以身体经验为基础形成和进行运作的,绝非脱离身体的先验“句法模块”。在此基础上,他们对于人类的自我认知也持有一种全新的哲学观。他们在其重要著作《体验哲学:体验性心智及其对西方思想的挑战》(*Philosophy in the Flesh*: *The Embodied Mind and Its Challenge to Western Thought*)(以下简称《体验哲学》)中指出,“任何推理都会运用概念,这要求大脑的神经结构来执行推理”。因此他们认为“大脑的神经网络相应地决定了概念以及推理的样态”①。雷蒙德·吉布斯(Raymond Gibbs)在《体验性与认知科学》(*Embodiment and Cognitive Science*)中也提出了类似观点。他指出,感知、概念、精神意象、记忆、推理、认知发展、语言、情感和意识在不同程度上植根于身体经验之中,以往的认知心理学家(即第一代认

(接下页)就将语言看作是人脑中的一个独立系统,认为它是天赋和自治的“句法模块”。而第二代认知科学则强调身体经验在心理意识形成机制中的重要作用,因此被称为“体验性的”(embodied)。相关介绍参见以下文献:孟庆茂、常建华编著:《实验心理学》,北京:北京师范大学出版社,1999年,第1—4页;邵志芳:《认知心理学——理论、实验和应用》,上海:上海教育出版社,2013年,第13页;Raymond W. Gibbs, Jr. *Embodiment and Cognitive Science*. New York: Cambridge University Press, 2006. p.5.

① George Lakoff & Mark Johnson. *Philosophy in the Flesh*: *The Embodied Mind and Its Challenge to Western Thought*. New York: Basic Books, 1999. p.16.

知心理学家)在对人类精神现象的研究中,忽视了身体体验行为的重要性。他还特别强调,许多实验室设计环节中的缺陷在于心理学家们让被试者按照指令做一些机械的动作(例如按下按钮或大声说话等),完全限制了被试的身体动作,在这种不自然的环境中,完全忽视了对于认知过程和精神现象具有重要意义的身体经验,而这种方法的问题在于:“身体是心灵与大脑的载体,但它却对精神生活本质特征毫不重要、可有可无。”①如今,由于第二代认知科学的发展,这种将身体与精神分离的看法已经受到了普遍质疑和挑战。②1980 年,乔治·莱考夫和马克·约翰逊出版了《我们赖以生存的隐喻》(*Metaphors We Live by*)③,详细阐发了概

---

① Raymond W. Gibbs, Jr. *Embodiment and Cognitive Science*. New York: Cambridge University Press, 2006. p.7.

② 多种神经生理学方法技术的发展成熟,为新一代认知心理学的研究提供了重要手段。电子顺磁共振(Electron Paramagnetic Resonance, EPR)、正电子发射断层扫描成像(Positron Emission Tomography, PET)、脑电图(electroencephalogram, EEG),脑磁图(magneto-encephalography, MEG)和功能磁共振成像(FMRI, functional magnetic resonance imaging)等一系列实验技术的运用,都通过实证研究有力地支撑了体验哲学的新观念。例如,本雅明·利贝特(Benjamin Libet)在 1985 年的实验中,就试图运用脑电图技术来证明有意识的决定并不能影响人类的行为。这一实验实际上证明脱离身体经验的所谓“自由意志”不过是一种幻觉。参见 Benjamin Libet. *Mind Time: The Temporal Factor in Consciousness*. Cambridge: Harvard University Press, 2004。另一个实验也十分有趣,它运用了经颅磁刺激实验(TMS, transcranial magnetic stimulation)。此实验中,运动神经元被导入火烤刺激,使得被试的四肢在刺激下自动地抽搐。它们是一种类似于在某种刺激下产生的“膝跳”反射动作,也是一种无意识、非自愿的动作。但被试者并不知道这一情况,实验要求他们有意识地进行节律性的肢体运动;但另一方面,又悄悄对其运动神经元进行着刺激。于是被试者们认为自己的肢体动作是有意识而为之,却完全没有发现其反射动作产生的真实原因是他们受到的经颅磁刺激(TMS)。参见 Raymond W. Gibbs, Jr. *Embodiment and Cognitive Science*. New York: Cambridge University Press, 2006. p.22。诸如此类的许多心理学实验都指向了类似的结论,即有意识的自我不是身体的绝对主宰,相反,身体却是有意识自我形成中不可忽视的重要因素。

③ George Lakoff & Mark Johnson. *Metaphors We Live by*. Chicago: The University of Chicago Press, 1980.

念隐喻的观念，这在隐喻研究史中具有里程碑式的重要意义。在随后出版的《体验哲学》中，他们又更加系统地论述了概念隐喻的哲学基础——体验哲学及其来龙去脉。该书以认知科学、神经科学的发现为基础，将隐喻现象视为思维的体现，并对人的自我身份等哲学问题有了新的认识，提出了不同于传统哲学的主张。认知语言学研究由此走出了单纯的科学视域和语言分析，开始将视野拓展到哲学思考和人文研究领域。概念隐喻理论在文学分析中的完整运用同样不可能剥离这一重要的哲学语境。

归纳起来，第二代认知科学有四个基本观念①，它们分别是体验性(embodied)、情境性(situated)、发展性(developmental)和动力系统(dynamic system)，它们共同构成了第二代认知科学的观念基础。而其中"心智的体验性"是第二代认知科学的核心特征。李其维在《"认知革命"与"第二代认知科学"刍议》中，对"体验性"②的含义进行了详细阐述：

> 指明认知的具身性就是把"外浮于虚空中的"心智落实于人的现实经验，继而又把这种经验联系于人的身体(包括脑)，于是，所有的生命现象都与包括高级的认知、情绪、语言在内的活动编织在一起，成为人的理性的不同表现形式。因此，与其说心智、理性能力有赖于身体的生理、神经结构及活动形式，不若说它们植根于人的身体以及身体与世界的相互作用中。③

---

① 关于这几个基本要点的介绍可参考三种文献资料：李恒威、黄华新：《"第二代认知科学"的认知观》，摘自《语言与认知研究(第二辑)》，唐孝威、黄华新主编，北京：社会科学文献出版社，2008年，第58页；邵志芳：《认知心理学——理论、实验和应用》，上海：上海教育出版社，2013年，第21页；李其维：《"认知革命"与"第二代认知科学"刍议》，摘自《心理学报》，2008年第12期，第1306—1327页。

② 在我国心理学界的翻译中，一些学者也将"embodied"一词译为"具身性"。本书除了引文以外的部分均沿用认知语言学界的译法，将其译为"体验性"。

③ 李其维：《"认知革命"与"第二代认知科学"刍议》，摘自《心理学报》，2008年第12期，第1316页。

他进一步指出,从更具体的层面上讲,认知的体验性体现在概念的隐喻性、空间关系概念的形成、基本范畴的作用、概念范畴化过程以及镜像神经元的发现等方面。上述几个方面中,除了镜像神经元主要与神经生理学相关以外,其他四个方面都是认知语言学的内容,分别对应于认知语言学研究中的概念隐喻、意象图式、基本范畴和原型范畴等理论概念。可以说,认知语言学的研究对于如何理解人类心智的这种"体验性"特征有着举足轻重的作用,并为支撑认知心理学的观点提供了大量佐证。其中,概念隐喻这种认知语言现象的存在正是"体验性"的重要体现之一。

莱考夫在《体验哲学》中指出,认知科学的三大发现分别为:一、思维多数时候是无意识的;二、心灵天生是体验性的;三、大部分抽象概念都是隐喻性的。基于这三大发现,体验哲学家颠覆了传统西方哲学对于理性的一些看法和假设,并提出了自己全新的哲学主张,具体可以概括为:一、理性是体验性的,不存在传统意义上的超验理性;二、理性是进化的,它并不是人区别于动物的本质特征;①三、理性是"普遍的",但这种普遍性不是超验理性的产物,也非抽象"宇宙结构"的一部分,而是植根于那些共同的生活体验;四、理性并非全是有意识的、客观的和冷漠中立的,相反,大多数抽象思维都是无意识的、隐喻性的,并富有感情色彩。由于在传统西方哲学中,理性的本质常常和人的本质联系在一起,因此,在体验哲学的视角下,对人自身的认识也与以往完全不同。它重新审视了笛卡尔、康德、功利主义、现象学、结构主义等传统哲学以及第一代认知科学对人之本质的解释,并提出了自己的不同见解。②莱考夫的代表作《体

---

① 这是指思维基于体验性特征与身体的感知动觉系统紧密相连,这些感觉系统在低等动物身上同样存在,理性本身也可以随着这些系统演化,因此人和动物并无本质区别,只有演化程度和方式上的差异。

② George Lakoff & Mark Johnson. *Philosophy in the Flesh: The Embodied Mind and Its Challenge to Western Thought*. New York: Basic Books, 1999. pp.3-5.

验哲学》全书共分为四个部分，第一部分介绍了体验哲学的三个基本主张，即思维的无意识性、心智的体验性和抽象思维的隐喻性；第二部分基于体验哲学的三个基本观点，解释了一些在哲学史上常常提到的概念，包括时间、事件与原因、心智、自我和道德等基本问题；第三部分进一步从体验哲学的观念出发，重新审视了传统西方哲学各个流派对理性的认识；第四部分对体验哲学的观念进行了详细阐述。其中，该书第一部分提出的三个基本主张是理解整个体验哲学观念体系的重要基石，是运用体验哲学关照世界的根本出发点，也是概念隐喻理论的哲学语境，对于本书随后几章的文本分析具有重要的参考意义。因此本节将着重梳理该书第一部分三个基本主张的要义，为随后的理论梳理和具体批评实践奠定基础。

一、体验哲学的第一个基本主张——思维的无意识性

体验哲学的一个基本观念认为思维在多数时候是无意识的，这是整个论述体系的出发点。“认知科学”中的“认知”是指思维的所有方面，包括有意识的部分和无意识的部分，其中无意识的部分占有巨大比例，并在有意识部分的概念形塑中发挥了巨大作用。莱考夫指出，人类的认知“有98%是无意识的，看不见的，但却由此产生了话语的意义”。①他将其比喻为一只看不见的手，塑造了人们有意识思维中的概念体系。体验哲学的这一观点在某种程度上继承了现象学。莱考夫指出：“传统哲学反思和现象学分析可以拓展我们有意识思维的能力，现象学沉思甚至可以帮助我们审视许多前反思思维结构的背景。这些思维处于意识经验之下。”②但根

① George Lakoff. *The Political Mind: A Cognitive Scientist's Guide to Your Brain and Its Politics*. New York: Penguin Books, 2008/2009. p.44.

② George Lakoff & Mark Johnson. *Philosophy in the Flesh: The Embodied Mind and Its Challenge to Western Thought*. New York: Basic Books, 1999. pp.12-13.

据体验哲学的观点，现象学的沉思方式不足以充分探知这些无意识经验的结构，因为那部分经验由于其无意识的特征，根本无法“直接通达意识内审”①。而体验哲学则选择了借助认知科学发展的成果来对无意识现象进行审视，将与无意识认知有关的视觉、听觉、精神意象、情感、动作等概念都纳入观察范围，并通过实证观察来描述人类如何将无意识经验概念化、抽象化。

实际上，将有意识部分视为露出水面的冰山一角、把无意识部分看成水面之下庞大主体的观念并不新鲜，弗洛伊德的精神分析中也有类似的理论。但与以往不同的是，体验哲学强调了无意识部分的体验性特征，指出无意识部分与有意识部分之间通过神经系统形成的重要联系。因此，在体验哲学的观念中，有意识的抽象思维实际上源自身体与外界间的互动经验，这些经验在无意识思维中留下了深深烙印，并对抽象思维的形成过程发挥着重要影响。对意识结构特征的这种认识为体验哲学的一个关键主张“心智的体验性”奠定了基础。

二、体验哲学的第二个基本主张——心智的体验性

心智的体验性是体验哲学三个基本主张中的核心，它是指理性或抽象思维以身体感知动觉形成的大脑神经结构为依托，建立于身体与环境互动的基础之上，因此抽象思维是体验性的，不存在“超验的”理性。人类与动物的区别也并非以是否具有“超验理性”为标尺，二者不过是处于体验性思维发展的不同阶段而已。这一主张有两个基本点：首先，人类理性是与身体和大脑紧密相关的；其次，身体、大脑及其与环境的互动为人类的认识提供了无意识基础。

---

① George Lakoff & Mark Johnson. *Philosophy in the Flesh*: *The Embodied Mind and Its Challenge to Western Thought*. New York: Basic Books, 1999. p.13.

莱考夫在谈到心智的体验性时总结道："认知科学使我们从进化和经验中形成的大脑结构出发来重新审视一个古老的哲学问题——什么是真？如果可能的话，人类如何知晓它？"[1]要从体验哲学的角度出发来重新审视人类的思维特征，需要从一个最基本的思维活动开始，那就是范畴化(categorization)。自古以来，范畴如何形成就是一个关于人类思维意识构造的重要论题。体验哲学观的建立也同样离不开对范畴化这一基本心智活动的分析。根据体验哲学的观点，范畴化并不是一种人类特有的超验思维能力，而是人与动物都可能具有的体验性心智活动，思维中的概念结构均源于无意识，范畴也是由"感觉运动器官"(sensorimotor apparatus)[2]塑造的，拥有感觉运用能力的生物都可能产生范畴思维，"所有生物都会分类，即使是阿米巴变形虫这样的低等生物也要将它遇到的事物区分为食物或不是食物"。[3]那些最常发生的日常生活经验作用于人们的无意识思维，最易形成鲜明的概念，这些概念非常强大，以至于人们会误以为它们就是客观存在的真理，而事实上它们只是众多经验塑造的概念中较为强大的思维范式之一。

颜色概念的形成是体验哲学关于心智体验性论断的有力证据。科学实验证明，颜色并非客观存在于物体中的特性，而是源自身体和大脑的结构。莱考夫通过反射光的波长变化来说明这一点。他指出，人们对颜色的感知接收与反射光的波长有关，不同的波长会在眼里折射出不同的颜色。而物体的反射光波长却并非恒常不变，它们总是随各种环境条件而变化。但是人们一般不会认为一个物体在不同环境条件下就具有了不同的颜色，比如一只香蕉不论在白天或夜晚都被视为黄色，这是由于大脑具有自动补充纠正光源变化差异的功能。并且，人们能够分辨出

---

①②③ George Lakoff & Mark Johnson. *Philosophy in the Flesh: The Embodied Mind and Its Challenge to Western Thought*. New York: Basic Books, 1999. p.17.

各种颜色也并非由于光波本身具有颜色,而是通过眼部的晶体结构接收不同频段的波长而产生的效果。所以,颜色的概念不是源自这一物体独立于人体的"颜色"属性,而是源自环境与身体的交互作用。另外莱考夫还提到了颜色中心范畴和边缘范畴的存在,以此来反驳那种将颜色视为客体表面反射率这种内部表征的看法。例如一提到"红色"这个颜色概念,人们脑海中可能最先浮现出来的代表是"正红",随后才会想起一些其他类型的红色,如"粉红""紫红""橘红"等。"正红"这类在人们心目中最典型的范畴就是"红色"这个大范畴里的中心成员,而后出现的较为次要的则是边缘成员,但它们都属于"红色"这个范畴的代表。莱考夫认为这种现象产生的原因在于中心颜色范畴(例如"正红")是最频繁地与神经反应相联系的那个范畴,而这种频繁联系是在身体与外界环境的日常互动中产生的。因此,颜色范畴的这种"中心-边缘"内部结构并不是外部物体表面反射率的反映,也并非外在的客体属性,而是大脑-身体-世界互动的结果。它既非纯主观,也非纯客观。除了对颜色概念的研究以外,认知科学对基本层次范畴和空间关系意象图式的研究也同样证明了人类心智形成概念范畴过程中的体验性特征。①

总而言之,体验哲学认为抽象思维也具有体验性。身体感觉运动系统在与外界的互动中逐渐建立起较为稳固的神经联结,因而这些身体经验在人类的早期无意识中打下深刻烙印,成为进一步形成抽象概念的基础。大量存在的无意识思维是抽象思维汲取营养的丰富源泉,抽象思维从本质上讲是体验性的。体验哲学对于抽象思维的这一体验性特征从颜色概念、基本层次范畴和意象图式空间关系等多个方面进行了深入详

① 关于范畴理论和空间关系意象图式的介绍,除了莱考夫的原著外,也可参阅王寅的《认知语言学》,该书第三、四、七章分别对这两个理论作了详细介绍,它们和颜色概念一样,都体现了人类认知的体验性特征。王寅:《认知语言学》,上海:上海外语教育出版社,2007年。

细的论述。这种对思维体验性特征的揭示，激进地颠覆了传统的身心二元论和超验理性等哲学观念，建立起“外部环境-身体经验-无意识思维-大脑神经-有意识思维（抽象概念）”之间的互动链条。

三、体验哲学的第三个基本主张——抽象思维的隐喻性

在前面两个基本主张的基础上，体验哲学提出了它的第三个主张，即隐喻是思维中无意识经验塑造抽象思维的一种具体方式，也就是说，将隐喻视为一种实现身体经验与抽象思维之间联结的重要方式。无意识思维通过感觉运动系统建立起来的思维逻辑通过隐喻的方式，从一个较为具体的认知域投射到一个较为抽象的认知域，从而形成推理、哲学等理性思维，而这一投射过程就是隐喻思维的过程。感觉运动系统不仅作用于感性思维，也是塑造理性思维的重要因素，它的介入使整个概念系统与身体经验和外部世界保持了密切联系，感性与理性思维之间的界限不再泾渭分明。因此，在体验哲学的视域中，隐喻现象不再是传统意义上的修辞隐喻，而是一种概念隐喻。

传统隐喻理论倾向于将隐喻看作一种修辞手段，一个隐喻由本体、喻体和喻词组成，它得以成立的基础是本体和喻体之间的共同特征。西方历史上对隐喻的较早论述可以追溯到亚里士多德，他在《诗学》（*Poetics*）和《修辞学》（*Rhetoric*）中提出的隐喻观念，影响深远。亚里士多德的隐喻观是一种二元论式的观点，即认为隐喻是一种为语言表达润色的成分，而非指涉性的语义成分。并且，根据传统的隐喻观，隐喻现象通常具有较为固定的形式特征，它们被界定为一种不用“像”“好像”这一类明显的指示词、隐晦地将两个事物进行类比的语言现象，其作用是以词汇或短语暗示两个实体之间存在的相似性，从而为语言增添某种文体风格和韵味。这种传统意义上的隐喻也就是通常所说的修辞性隐喻。后来的形式主义理论继承了亚里士多德的隐喻观，进一步将这种修辞性

与指涉性的区分延伸到对整个文学现象的解释中，将隐喻这类由艺术天才有意创造的修辞手法和对文学形式的精心操作看作文学语言的精髓所在，指出文学的"文学性"(literariness)在于，诗歌语言以区别于日常语言的表现方式唤起读者对语言形式本身的注意。日常语言的作用主要是字面意义的传达，而文学语言(即形式主义所说的诗性语言)则是关注形式的语言。文学之所以成为文学，是由于它具有不同于日常语言形式的诗性语言，与文本承载何种内容、社会、道德和政治思想等无关。这就不仅在语言修辞层面，而且也在整个文学现象层面进一步将形式与内容相分离，延续了亚里士多德的二元论观念。

莱考夫在《体验哲学》中，将上述传统修辞隐喻观的特征总结如下：一、认为隐喻只关乎语言文字，与思维无关；二、隐喻是语言的新鲜用法，是将一个表达用于它通常不会指涉的目标上；三、隐喻的作用是增加诗歌的魅力和演说的说服力，这种作用是修辞学意义上的。四、由于隐喻的修辞效果有赖于语言的新奇性，因此当一些陈旧的隐喻过于泛滥时，就几乎失去了隐喻的特性，成为"死隐喻"；五、隐喻表达指示了本体和喻体之间的相似性关系。①然而，认知语言学的研究结果颠覆了这种传统的修辞隐喻观，对思维体验性特征的洞察使体验哲学从语言与经验的统一性出发，将隐喻视为一种由人类日常经验和身体体验造就的思维现象，它不再是一个修辞学术语，而是一种认知语言现象。

体验哲学依据认知科学的研究指出，思维中的绝大部分都是无意识的，在大脑、身体感觉运动系统和外界之间进行互动的过程中，许多根深蒂固的思维方式被建立起来，隐喻现象也同样源自这种体验性的无意识思维。认知科学的研究表明，人类的心智分为两个领域：一个是抽象的

---

① George Lakoff & Mark Johnson. *Philosophy in the Flesh: The Embodied Mind and Its Challenge to Western Thought*. New York: Basic Books, 1999. p.119.

认知域,包括主观判断和主观经验;另一个是与身体经验密切相关的经验领域,也就是主要与我们的感觉运动系统紧密联系的认知领域。隐喻的主要作用是在这两个认知域之间建立联系,使人们能够运用身体经验来理解和思考那些较为抽象的概念,将在感知动觉领域中获得的意象运用于主观经验和主观判断领域。正由于这类隐喻是通过日常经验在无意识中深深植根于人类心智内的思维模型,因此它们被称为"概念隐喻"(conceptual metaphor)①。莱考夫将这类隐喻的特征总结为以下几点。一、概念隐喻是无意识习得的产物,具有一定的普遍性。经验的普遍性造就了某些共同的隐喻思维,共同的隐喻思维造就出一些普遍性概念,使语言表述也具有某种程度的普遍性。二、概念隐喻思维是普遍的,但不是天生固有的,也不是先验的,而是后天习得的。三、隐喻发生的过程

---

① 概念隐喻理论综合了四种认知隐喻理论。一、克里斯托弗·约翰逊(Christopher Johnson)的理论,他主要研究了隐喻的早期形成机制,提出了"糅合"(conflation)这个重要概念。他发现,孩童在学习语言的过程中,有一个早期"糅合"阶段。这一时期,感觉运动经验与抽象的主观经验混沌糅合在一起,两者之间建立起较为固定的联系。随着年龄增长,儿童将能更好地分辨这两者之间的差异,而早期建立起的那种感觉运动经验与抽象主观经验之间的联系则固定了下来。二、乔·格雷迪(Joe Grady)的理论,他的主要贡献是研究了隐喻的"分子结构"(molecular structure),区分了根隐喻(primary metaphor)和复合隐喻(complex metaphor)。他认为所有的复合隐喻都是"分子式"的,每个复合隐喻都由多个根隐喻构成,它们就好比构成分子的不可再分的"原子"。每个原子根隐喻都包含着一个从无意识日常经验中形成的极简抽象结构。三、斯瑞尼·纳拉亚南(Srini Narayanan)的理论,她从神经理论的角度丰富了隐喻理论。四、马克·特纳(Mark Turner)和吉尔·福康涅(Gilles Fauconnier)的概念整合理论(theory of conceptual blending)。他们认为多个具有通用结构的概念域可以被共同激活并产生联系形成新的复合结构,融合后的结构会获得比原来的几个概念域简单相加之和更丰富的指涉意义。四者综合起来共同构成体验哲学的认知隐喻观,它将隐喻看作人类从早年"糅合"期无意识状态生活经验中获得的庞大思维系统,这些隐喻映射通过神经连结潜移默化地深深植根于思维结构中,建立起许多永久的牢固联系。这一观念赋予隐喻浓厚的体验性特征。参见 George Lakoff & Mark Johnson. *Philosophy in the Flesh: The Embodied Mind and Its Challenge to Western Thought*. New York: Basic Books, 1999. pp.48-56。

不再是传统的阐释，它不是有意识的选择，而是在与世界的互动中无法避免、瞬间发生的当下概念映射。四、概念隐喻的建立是一个神经选择的过程，最初的神经联结是随意建立的。如果某些联结经常发生，神经突触的重量就会加重，直至建立起永久性的长期联结。[①]由此，隐喻被视为一种思维中的映射现象(metaphor as mapping)。它由源域(source domain)和目标域(target domain)构成，二者具有一些共同的特征。源域通常是人们较为熟悉的与身体经验密切联系的认知域，人们在无意识阶段使它和更加抽象的目标域逐渐建立起神经联结，在思维中产生映射，并运用这种概念映射模式来习惯性地构造语言。皮特·斯多科威尔(Peter Stockwell)指出，这种无意识的深层概念结构由于来源于日常经验，为某些具有相同或类似经历的群体共享，因此一些“强大的传统概念隐喻”往往产生出众多持久的表述，成为思维、推理和哲学说理的方式。[②]

从表面上看，似乎目标域可以对应传统隐喻理论中的本体，是需要得到描述的对象，而源域则可以对应传统意义上的喻体，也就是用来描述对象的修辞性部分。但实际上，概念隐喻对隐喻现象的理解和传统观念具有本质性的区别。普通的隐喻理论是在修辞层面讨论一种具有固定形式的语言现象，而概念隐喻则从概念层面来理解一种映射性的思维方式在语言中的体现，并且这种概念思维方式在具体的语言表达中通常没有固定形式。在本章下一节，笔者将具体阐述概念隐喻的形式结构特征，并阐明那些“强大的传统概念隐喻”如何通过其特有的文化属性和运作机制成为思维、推理和哲学说理的方式。

综上所述，体验哲学的三个基本主张(即思维的无意识性、意识的体

---

① George Lakoff & Mark Johnson. *Philosophy in the Flesh: The Embodied Mind and Its Challenge to Western Thought*. New York: Basic Books, 1999. pp.56-57.

② Peter Stockwell. *Cognitive Poetics: An Introduction*. New York: Routledge, 2002. p.110.

验性以及抽象思维的隐喻性)之间层层递进,深入地探索了人类思维的奥秘。体验哲学最重要观点之一是对先验论的解构,它否定了抽象思维独立于身体而存在这类传统的二元论,强调神经生理机能研究对于无意识探索的作用。它比现象学的沉思方法更加清晰地勾勒出无意识思维的结构和样态,并且解释了它们与语言(即有意识思维、包括概念和推理等)之间的联系。也正因为如此,概念隐喻理论与人们的日常生活和文化习俗息息相关,成为剖析文学作品思想主题的有力工具。换言之,体验哲学及概念隐喻理论为我们重新审视文学作品中的文化内涵提供了崭新的视野。

第二节　概念隐喻的表现形式、结构特征、文化属性及其"偏重性"隐喻映射运作机制

由于概念隐喻理论对隐喻现象的理解与传统修辞隐喻观完全不同,因此在这一理论中,隐喻的标记方式和结构特征均与传统修辞隐喻有着天壤之别。同时,这类隐喻还呈现出鲜明的文化属性,绝非单纯的语言修辞现象。

一、概念隐喻的表现形式

概念隐喻由于将隐喻现象看作思维概念领域的映射过程,因此在分析中,往往采用自己独有的两种标记方式。第一种标记形式为"目标域 IS 源域",例如"SIMILARITY IS PROXIMITY""LIFE IS A JOURNEY"等。这种标记方式以英文句子的形式出现,但实际上它所表达的涵义不同于一般意义上的修辞性隐喻句,它表明的是目标域和源域之间的映射关系,这种映射关系由大写的 IS 来指示。因此概念隐喻的表达形式虽然

采用了普通英语句子的形式，但通常用大写字母来区别于普通隐喻（有时也采用每个单词首字母大写的形式）。第二种标记形式为“源域→目标域”，例如“PROXIMITY→SIMILARITY”“JOURNEY→LIFE”等。这种标记方法更能突出映射的结构特征，比英语句子的形式更加直接地表达出概念隐喻的特征，“→”符号更清晰地表明了映射的关系和方向。

以上标记形式是对概念映射过程的抽象表征，但在实际文本中，概念隐喻的具体表现形式则更为隐晦和多样化，往往需要通过上下文背景和读者足够的文化常识才能辨认出来。斯多科威尔在《认知诗学》中，提出了显性隐喻（visible metaphor）和隐性隐喻（invisible metaphor）的概念，后者指那些读者难以从文体形式特征直接识别其认知映射模式、需要通过上下文语境才能辨别出来的概念隐喻。这一识别过程被称为“喻体建构”（vehicle-construction）。反之，读者能够直接从其文体特征识别映射模式的语言表达形式，就是显性隐喻（visible metaphor）。他举了莎士比亚戏剧《罗密欧与朱丽叶》中隐性隐喻的一个典型范例：“But soft! What light through yonder window breaks? It is the east, and Juliet is the sun.”①该引文的前两句话完全可以从字面意义理解，仅仅通过它们很难以看出任何隐藏的含义。读者需要将其与第三句话提供的上下文语境联系起来，才能较为清晰地辨识出前面句子中暗藏的隐喻映射——“JULIET IS THE SUN”。实际上，这种显性隐喻和隐性隐喻的区别不是一种绝对的划分，而是一种程度上的差异。越是隐性程度高的隐喻就拥有更多的模糊性，对读者阐释的创造性输入也要求更高，概念隐喻的这种特性对于探讨文学阐释具有很大的意义。斯多科威尔强调：“要理解在认知模型之间进行映射的隐喻，就需要（了解它如何）转换基础域或源域

---

① Peter Stockwell. *Cognitive Poetics*: *An Introduction*. New York: Routledge, 2002. p.107.

中的概念来建构和重新建构目标域。所有上面提及的修辞语言都表明了在同一个深层映射下的不同具体表达类型。……定语关系和谓语关系都可以被映射。"①由于概念隐喻是人类根本的深层思维模式，同一个映射可以有不同的语言表现形式，而这些具体的语言表现形式的显性和隐性程度又随其文体特征而各不相同。②

除此之外，斯多科威尔还讨论了概念隐喻在文学文本中的表现形式，提出了两个与文学分析相关的术语——宏隐喻（megametaphor）和微隐喻（micrometaphor），并定义如下：

> ……当一些概念隐喻不断在文本中的关键时刻以具有重要主题意义的各种隐喻的延伸形式反复出现时，它们就可被称为宏隐喻。
>
> 宏隐喻指一种贯穿于整个文本并有助于读者领会一部作品的大意"要旨"及其主题意义的概念特征。相反，文本中出现的作为其具体实现的多个隐喻就是微隐喻。③

换言之，宏隐喻是指那些贯穿某个作品、以各种具体表现形式反复出现的概念隐喻思维模型，它是一种最抽象和最简化的根本映射结构；而微隐喻则是使宏隐喻在文本中得以体现的各种具体表现形式，它们可

---

① Peter Stockwell. *Cognitive Poetics*: *An Introduction*. New York: Routledge, 2002. p.108.

② 斯多科威尔所说的"不同的具体表达类型"是指他对这些文体形式根据其显性和隐形程度所做的总结和划分，他认为显性程度依次递减的具体文体表达类型分别为：明喻、系表结构、同位语形式、所有格形式、前置定语形式、复合词与词汇组合、语法隐喻、句子隐喻、虚构叙事作品和寓言。参见 Peter Stockwell. *Cognitive Poetics*: *An Introduction*. New York: Routledge, 2002. pp.107-108。关于语法隐喻的论述，在孙毅所著的《认知隐喻学多维跨域研究》第三章第四节有所涉及，其中对概念隐喻的凸显性与遮蔽性特征进行了讨论。参见孙毅《认知隐喻学多维跨域研究》，北京：北京大学出版社，2013 年。

③ Peter Stockwell. *Cognitive Poetics*: *An Introduction*. New York: Routledge, 2002. p.111.

以是明喻、隐喻、短语、复合词、语法隐喻、寓言故事等等。因此,概念隐喻本身的表现形式十分丰富,不像传统的修辞隐喻那样只具有较为单一的语言形式。

实际上,正是深层概念结构和具体语言表现形式之间的这种区别,使得概念隐喻呈现出与传统隐喻差异巨大的形式特征:首先,修辞性隐喻的语言形式往往比较固定,通常需要在语句中包含本体和喻体,而概念隐喻则不拘泥于固定的语言形式,更加多样化;其次,某些概念隐喻在文学作品中往往成为贯穿全文的深层主题,也就是整个文本中的宏隐喻,它们通常并不限于某个句子、段落甚或篇章,而是深藏于其多样化的具体表现形式之下,贯穿始末、统领全局,成为整部作品的深层次宏观主题,其对文本的影响力远远大于以单个句子或段落形式出现的修辞性隐喻。

二、概念隐喻的结构特征

概念隐喻对于隐喻结构的认识比传统的修辞隐喻观更为深刻,这是由于它是从概念的构造过程出发来考察隐喻的复杂结构,融入了对深层认知机制的思考。在概念隐喻理论中,隐喻和分子结构一样,具有多重性。这是由于人们在思考过程中,常常会激活多个深层的无意识经验,从而催生出多重隐喻结构,从最基本的根隐喻(primary metaphor)生成复合隐喻(complex metaphor),进而又形成结构更加复杂的多重隐喻(multiple metaphor)。

根隐喻是指构成概念隐喻的最基本单位,相当于隐喻分子式中的原子结构。根隐喻这一名称最早由约瑟夫·格拉迪(Joseph Grady)提出,用以指代直接源自身体无意识经验的那些最基本的映射关系,例如"GOOD IS UP" 和"KOWING IS SEEING"等。

在此基础上,进一步形成了根隐喻的结合形式——复合隐喻。复合隐喻是由多个根隐喻并置在一起而结合成的，它们是类似于分子式一样的隐喻结构。使多个根隐喻得以相互结合的纽带是人们思维中已建立起来的较为稳固的社会传统。这些传统根深蒂固，在无意识中影响着人们的思维方式，它们包括"文化模式、常识理论以及文化中普遍接受的简单知识和信条"。①莱考夫以"A PURPOSEFUL LIFE IS A JOURNEY"为例对复合隐喻的结构方式进行了说明。根据他的分析，这个复合概念隐喻就是由多个根隐喻在文化模式思维惯性的激发下形成的。该复合隐喻由两个根隐喻组成，它们分别是"PURPOSES ARE DESTINATIONS"和"ACTIONS ARE MOTIONS"，这两个基本的根隐喻与人们的文化常识"People are supposed to have purposes in life and they are supposed to act so as to achieve those purposes"相结合，就得到如下结论："people are supposed to have destinations in life, and they are supposed to move so as to reach those destinations."然后，这一结论进一步和一个生活中的简单事实"A long trip to a series of destinations is a journey"共同作用，得出复合隐喻的分子式"A PURPOSEFUL LIFE IS A JOURNEY"。②这一构造特征使得概念隐喻的目标域在各种文化常识和生活经历的催化下，产生出一个复合隐喻的庞大系统，从而使得目标域原本单一贫瘠的抽象范畴变得丰满生动。

然而，不管是根隐喻还是复合隐喻的概念隐喻结构方式，都是用同一个源域中的内涵来映射一个目标域概念，但在思维现象中实际上还存在着用多个不同的源域来映射同一个目标域概念的情况，这就是多重隐喻结构。多重隐喻通常运用于一些涵义较为丰富和重要的概念域。例如前面提到的"LOVE"这个概念，就可以用很多源域来进行映射，包括

---

① George Lakoff & Mark Johnson. *Philosophy in the Flesh: The Embodied Mind and Its Challenge to Western Thought*. New York: Basic Books, 1999. p.60.

② Ibid., pp.61-63.

"journey""physical force""illness""magic""madness""union" "closeness" "nurturance""giving of oneself""complementary parts of single object"和"heat"等,这些概念域都可以像前面提到的"JOURNEY"一样作为源域概念对目标域"LOVE"进行映射,而"LOVE"这个概念的涵义会因为映射的不同而显出不同方面的特征。①概念隐喻这种复杂的多重构造进一步展现了人们深层的推理、思维方式。正因为如此,同一个文本中存在的概念隐喻体系往往根深叶茂、支系复杂、伏脉千里,并且以各种不同的具体形式在语言层面上体现出来,成为贯穿全文的主题线索。解码这些概念隐喻的具体形式,挖掘出其共同的隐喻和文化思维根基,对于通达文本的内在思维逻辑和主题思想具有重要意义。因此,概念隐喻在认知诗学的研究中得到了相当的重视。斯多科威尔介绍的"宏隐喻"和"微隐喻"概念,正是基于概念隐喻的这种系统性特点,将其运用到文学文本分析中的结果。

值得注意的是,通常的理论将隐喻思维视为一种想象性的感性思维,而将哲学推理看作本质上完全不同的理性思维。但在概念隐喻理论中,隐喻思维和哲学推理是融为一体的,二者并没有本质上的区别。隐喻不仅仅是建构概念的方式,实际上也是人们说理的基础,哲学思维中的概念建构同样来自隐喻映射。

莱考夫认为,那些没有概念隐喻的理论是贫瘠的骨架,只剩下极少的内容,难以用来进行说理和谈论。如果一个概念只剩下字面意义,那么通常人们可以在一分钟之内将它叙述完毕,从而使这一概念失去了进一步引申、拓展和丰富的可能性。在他看来,哲学不过是一种较为特别的概念隐喻思维模式,其原因在于,在哲学概念的建构过程中,人们通常

---

① George Lakoff & Mark Johnson. *Philosophy in the Flesh: The Embodied Mind and Its Challenge to Western Thought*. New York: Basic Books, 1999. pp.70-71.

运用一种排他性的思维：同一个哲学概念本身常常可以由多个隐喻范式来建构，但人们却往往喜欢选择其中的某一个概念隐喻来作为这个哲学概念唯一正确的解释，并同时排除其他隐喻思维模型的平等参与。这使得在很长的历史中，哲学的语言一直被看作字面意义的载体，是与外界客观真实一一对应的语言表达，而实际上并非如此。①这一观点颠覆了传统的隐喻观和语言观，成为体验哲学重新审视传统西方哲学和理论话语的有力工具。运用这一分析工具，能够清楚地解剖传统哲学观念的建构过程，将"哲学真理"推导过程中的隐喻机制进行还原，从而解析出各种"真理"产生的经验基础和文化语境。可以说，概念隐喻理论和体验哲学观念血肉相连，密不可分。如果运用概念隐喻理论分析文学文本，体验哲学的观念实际上已然被带入了评判视野，而作为解析文本观念建构机制的最基本理论工具之一，概念隐喻理论又可以为体验哲学视野下的文本分析提供强大支撑。

由此可见，概念隐喻的结构方式本身就是人们思维方式的一种结构特征。在认知诗学的视域中，从语言是思维的一部分这一立场上进行观照，文本的形式分析是其出发点，从文本中的语言表达形式倒逼隐藏在语言表象下的思维机制是其分析方法，而思维-文化维度的收获是其最终目标。实际上，由经验固定下来的文化传统、知识信条和精神意象都在语言的运作机制中发挥了深层次的作用。作为文化传统产物的概念隐喻无处不在，可以说隐喻就是我们的文化，就是我们的生活，也就是我们的文学，它们融为一体，不能相互孤立；它们共同融合存在我们的体验性思维活动中，为我们呈现的不再是过去那种主客对立的二元论现实观，而是一种包罗万象的一元主义现实图景。

① George Lakoff & Mark Johnson. *Philosophy in the Flesh: The Embodied Mind and Its Challenge to Western Thought*. New York: Basic Books, 1999. p.72.

三、概念隐喻的文化属性

传统的修辞隐喻观认为隐喻是一种修辞技巧,是语言的形式特征,与内容无关。日常语言用平实的语言去表达内容,而文学语言则更富有形式上的技巧性。使二者相区别的不是它们表达的内容,而是表达内容的方式。认知视野下的概念隐喻规则认为隐喻现象的发生不可能离开社会文化因素,形式与内容是紧密的统一体,这是由概念隐喻本身的体验性特征决定的。吉布斯在《心灵的诗学》中指出,概念隐喻是对两种传统观点的反驳:首先,传统的观念认为只有字面意义的平实语言才能反映客观现实,修辞性语言是为了达到修辞效果对现实的扭曲;另外,根据传统的隐喻修辞观,隐喻修辞的运用是作者特殊才能或在特定的修辞情景下有意识而为之的结果。该书的第四章和第五章分别专章论述了从概念隐喻角度对以上两点看法的纠正。吉布斯指出,即使是修辞性语言,也是直接源自人们的一些共同的无意识经验,这些共同经验提供了理解和传达意义的平台,由此产生的语言是符合交际规则的,而这种共同的体验性经验造就了特定社群成员间类似的“心灵诗性结构”(the poetic structure of mind)。[①]因此,从认知诗学的角度出发,首先隐喻并不是对现实的新奇表达,而是一种植根于经验的思维方式,语言与现实经验并不是二元对立的;其次,由于隐喻植根于普遍性的日常生活经验,产生于人与世界的互动过程中,因此通过这些经验而植入人们无意识领域的思维模型无处不在,使用者通常并不需要特殊才能来创造和使用它们。更常见的情况是,隐喻思维在不知不觉中就被人们运用到了日常语言和推理中。[②]

---

① Raymond W. Gibbs, JR. *The Poetics of Mind: Figurative Thought, Language, and Understanding*. New York: Cambridge University Press, 1994. p.20.

② Ibid., pp.120-264.

本节前面对概念隐喻结构特征的论述已经部分揭示出了概念隐喻的文化属性：在概念隐喻由根隐喻向更为复杂的结构演化的过程中，人们固有的文化常识、生活经验和知识背景都是促成新映射产生的催化剂，根隐喻在层层催化作用下结合成复合隐喻，形成一个概念系统。多个概念系统的结合又结成多重隐喻，逐渐构成一个推理和思维的网络。这些由各种常识和经验黏合在一起的思维模式逐渐形成人们脑海中固定的认知模板，在不知不觉中成了指导生活的原则。莱考夫特别强调，在实际生活中，这类复杂映射过程的发生是平行而非线性的过程，也就是说它们几乎总是同时在思维中起作用，而不是一个前后相继的推导过程。这是因为固定下来的映射路径早已通过经验形成神经连接，存在于思维模板中，它们的作用是一个自然而然的过程。

概念隐喻的文化属性是隐喻映射产生的必要条件。莱考夫指出，概念隐喻的思维方式之所以具有隐喻性，根本原因在于这一认知过程是运用较为具体的源域范畴去映射更为抽象的目标域范畴。但是，这种通过映射形成概念的方式并不是必然的，它之所以能够发生，还与特定的文化环境息息相关。没有文化环境的约束，隐喻映射就难以固定下来成为根深蒂固的思维方式。并且，在有些文化中，某些概念范畴之间可以进行映射，但在其他文化中，也许就难以实现同样的映射。①也就是说，在由根隐喻向复合隐喻直至多重隐喻的层层转化过程中，文化传统与常识不仅起了巨大的催化剂作用，还在很大程度上规约了隐喻映射的范围和方式。②

---

① George Lakoff & Mark Johnson. *Metaphors We Live by*. Chicago: The University of Chicago Press, 1980. p.9.

② 对这一观点的具体分析论证过程还可以参见莱考夫以新隐喻和隐喻性习语进行的举例论证，他以此说明了概念隐喻鲜明的文化属性。参见 George Lakoff & Mark Johnson. *Philosophy in the Flesh: The Embodied Mind and Its Challenge to Western Thought*. New York: Basic Books, 1999. pp.66-70。

在《我们赖以生存的隐喻》中,莱考夫通过大量分析表明,诗性语言和日常语言从根本上讲都具有相同的思维机制,都是隐喻映射的产物。无论在诗性语言还是日常语言中,文化常识和隐喻映射的这种作用机制都是相同的。①在《超越冰冷的理性——诗歌隐喻研究指南》中,莱考夫阐述了自己基于体验哲学的文学观,他认为诗歌和日常语言之间的区别是技巧运用层面的区别,而不是根本思维模式的区别,这是因为隐喻思维是"无意识自动发生的""无处不在的""约定俗成的"和"无可取代的","任何思维模式都不能代替隐喻在帮助我们理解自身和世界中的作用"。②他还进一步指出:

> 但伟大的诗人,那些熟谙技巧的大师们,他们基本上也和我们运用同样的工具,使其与众不同的仅仅是运用工具的天赋和技能,这些技能是从他们对隐喻和转喻的持续关注中获得的。……伟大的诗人之所以能与我们对话是由于他们和我们都拥有共同的思维模式。运用我们共享的这些能力,诗人可以阐明我们的经验、探究我们信仰所带来的影响、挑战我们的思维方式和批判我们的意识形态。③

因此,从体验哲学和概念隐喻理论的视角出发,"诗学语言"与"科学语言"的区别并不是形式化语言与指涉性语言的本质差异,而是概念层次选择上的区别。

由此可见,在体验哲学的视野下,概念隐喻的分析不是一种单纯的形式技巧分析,概念隐喻理论的运用离不开对文化要素内在逻辑及其推理映射机制的理解。由于体验性的经验,许多基本的概念隐喻模板早已深深嵌入人类思维,它们通过自身复杂的映射机制创造出丰富多彩的新

---

① George Lakoff & Mark Johnson. *Metaphors We Live by*. Chicago: The University of Chicago Press, 1980. pp.7-9.

②③ George Lakoff & Mark Turner. *More than Cool Reason: A Field Guide to Poetic Metaphor*. Chicago: The University Press of Chicago, 1989. p.xi.

内涵、新隐喻，以直接或间接的方式将各种经验常识和文化传统的内在逻辑悄悄赋予语言、哲学和文学作品。

四、文化语境中隐喻映射的运作原理：概念隐喻的“偏重性”机制

概念隐喻的“偏重性”(partiality)①机制是与其文化属性息息相关的一个重要特征。在《我们赖以生存的隐喻》中，莱考夫对其进行了详细论述。这一论述表明，源域与目标域之间的映射是选择性的，在本体和喻体之间通常存在多个共同特征(ground)，在映射过程中，整个隐喻映射会由于选择不同的源域而获得不同的含义，目标域中的某些部分会因此得到突出，而另一些部分则由此被隐藏。反之，一个概念隐喻源域中的不同部分会随不同的具体语言表达形式被突出和映射到目标域上，被映射的内容也只是源域的一部分。可见，这种“偏重性”是一个双向的存在，它意味着不仅目标域从某个隐喻映射所获得的意义只是它自身的一部分而非全部，而且源域也只是将它自身范畴中的一小部分映射到了目标域上。如果源域映射的内容和目标域的所有涵义等同的话，就不存在两个概念域之间的映射了，因为它们就成了没有区别的同一个概念域。

文化常识对于识别一个语句是否属于概念隐喻具有不可忽视的作用。概念隐喻最终是认知机制的反映，要厘清它的运作原理，还需要透过表层的语言现象进入认知隐喻的实质。吉布斯指出，认知诗学关注隐性的概念结构如何影响到隐喻的确认、阐释和欣赏，它所采用的一种研究方法是从概念隐喻的具体语言表现形式来倒推早期无意识阶段形成的思维映射理解模式。②然而，由于概念隐喻的具体语言形式十分多样

---

① George Lakoff & Mark Johnson. *Metaphors We Live by*. Chicago: The University of Chicago Press, 1980. p.13.

② Raymond W. Gibbs, JR. *The Poetics of Mind: Figurative Thought, Language, and Understanding*. New York: Cambridge University Press, 1994. p.21.

化,可以具有不同显性和隐形程度的语言表达,因此通常难以根据一个语句是否具有某种固定的语言形式(比如是否完整地具有本体、喻体和喻词等)来界定它是否属于概念隐喻。特别是一些隐性程度很高的概念隐喻,更难以单纯从语言表达形式来判断。正如乔安娜·加文斯(Joanna Gavins)等所言:"我们可以在不激活隐喻概念的条件下使用语言的隐喻形式,也同样可能在不使用语言隐喻形式的条件下激活隐喻概念。"①因此,文本的语境、文化传统语境和常识性的背景知识都为我们从单纯的语言形式(特别是那些隐性程度较高的隐喻表达形式)辨识出深层的概念隐喻提供了必不可少的辅助,而概念隐喻的产生过程更是离不开文化传统和生活常识的隐形平台。

对于文化常识如何影响到隐喻映射的选择,认知研究学者们进行了深入探索。表面上看,偏重性、选择性的隐喻映射似乎是由不同的语言表达形式决定的,源域和目标域内涵中的哪些共同特征将得到突出,会随着不同语言表达形式的变化而变化。但认知研究表明,产生选择性隐喻映射机制的根本原因是由于"基本层次范畴"(basic-level categories)的存在。所谓"基本层次范畴",是指不同的事物被划分为不同层级的范畴,而范畴概念体系具有金字塔式的层次性,塔尖的范畴高度抽象,而愈向下的范畴层次愈具体。在这些抽象度各不相同的范畴层次中,某中间层次由于最容易体验和直观而在人们心中占据特别重要的地位。此中间范畴就是基本层次的范畴,在它之上是更加抽象的上位范畴,在它之下则是更加具体的下位范畴。例如,在"植物""树"和"小叶桢楠"三个不同层级的范畴中,"树"就是位于中间层次的基本范畴。而"植物"由于是抽象出来的概念,在日常生活中人们难以用一个具体的事物去对应这个

① Joanna Gavins & Gerard Steen. *Cognitive Poetics in Practice*. New York: Routledge, 2003. p.106.

概念，因此人们通常会说“路边种了很多树”，而很少说“路边种了很多植物”。同理，“小叶桢楠”这一层次的概念又过于具体，在日常生活中遇见对应物的机会也十分稀少。除了植物学家以外的普通人，一般很少会用这个概念来进行思考，人们可能会说“爱绿树、爱自然”，但不大可能会说“爱小叶桢楠、爱自然”。斯多科威尔在《认知诗学导论》中谈到：

> 这些概念隐喻往往源自日常经验，其源域往往是基本层次范畴。这与认知科学的观点是一致的，即认为人类的心理过程从根本层面而言均源自人类体验。基础层次的范畴往往是我们最易与世界产生互动的层次。……许多隐喻表达直接源自身体经验的延展。①

加文斯等在《认知诗学实践》中也提到类似的观点，她指出：源域通常更具有体验性，目标域通常则更抽象。概念隐喻往往将更具体验性的基本层次范畴投射到更抽象的目标域上。这类范畴之所以位于更基础的层次，并不是从本体论意义上讲如此，而是其认知特性使然。②莱考夫在《体验哲学》中指出，区分基本层次范畴与非基本层次范畴的另一个哲学意义在于，它揭示了我们知识结构中最具有稳定性的那些科学知识的来源。由于人类在这一层次上与世界的互动最为密切，因此基本范畴内的知识范畴划分最为精细准确。同时，科技的发展又使得人的身体功能得到了进一步的延伸，使得这种基础层次上的范畴划分变得愈发精细入微。③概念隐喻的实质，就是用基本层次的范畴去映射那些缺少体验基础的范畴层次，使那些原本缺乏生气、难以理解的抽象概念由于增加了与

---

① Peter Stockwell. *Cognitive Poetics: An Introduction*. New York: Routledge, 2002. pp.109-110.

② Joanna Gavins & Gerard Steen. *Cognitive Poetics in Practice*. New York: Routledge, 2003. p.100.

③ George Lakoff & Mark Johnson. *Philosophy in the Flesh: The Embodied Mind and Its Challenge to Western Thought*. New York: Basic Books, 1999. p.29.

日常体验的联系而变得易于理解。与日常经验联系越紧密、越接近基础层次的范畴,越容易成为映射的源域,使得目标域的某一个方面被凸显出来。

对概念隐喻运作机制的分析重新界定了哲学的本质。哲学语言通常被视为理性的、逻辑的语言,而隐喻则往往被看作与哲学论述无关的修辞现象。然而如果将隐喻作为概念思维的基础来看待,则可以发现,不同哲学观念的形成过程不过是不同概念隐喻映射范畴的选择罢了。这进一步深入阐释了内部文本世界与外部文化常识之间的紧密联系。从认知的观点来看,哲学思维的运作模式也是隐喻式的,但由于它将多个可以与目标域对应的源域排除,只留下某一个源域作为理解目标域的概念系统,因此在这种情况下,人们误以为仅仅通过一个概念隐喻的思维模式系统就真正涵盖了某个概念的全部内容,但事实上他们通过这种具有遮蔽性的映射机制所获得的理解是“以偏概全的”(partial)。[①]

第三节　莱辛“太空小说”中的三个重要宏隐喻

莱考夫不仅从认知科学的成果出发,完善总结了概念隐喻理论,提出了体验哲学的主张,还对西方思想传统中的许多重要概念隐喻进行了更为具体分析。在莱辛“太空小说”中出现的三个重要宏隐喻主题——自我身份意识隐喻、道德隐喻和进化论隐喻——都在莱考夫的隐喻理论中有所涉及。莱辛的太空小说具有很强的思想分析色彩,三个宏隐喻主

① 类似的分析参见莱考夫对著名的“管隐喻”(conduit metaphor)如何在一定的情况下失效的分析。George Lakoff and Mark Johnson. *Metaphors We Live by*. Chicago: The University of Chicago Press, 1980. pp.11-13; Peter Stockwell. *Cognitive Poetics: An Introduction*. New York: Routledge, 2002. pp.109-110.

题贯穿整个小说系列，相互之间层层递进、紧密关联，共同支撑起小说思想分析的总体框架。本节拟根据莱考夫的论证，对这三个宏隐喻体系进行初步梳理，并根据后面章节文本分析的需要对其中的进化论隐喻做一些拓展，从而为本书对小说思想分析主题的解读奠定基础。

一、"太空小说"中的自我身份意识隐喻

莱考夫在《体验哲学》中介绍了关于自我身份意识的概念隐喻，并总结了其结构特征。他指出，在人类对自我内心世界的认知中，存在着一种根本性的概念划分，即"主体-自我"相分裂的二元对立思维模式，这是一种最基本的、总体性的概念隐喻范式，很多与自我身份意识相关的具体概念隐喻表达式都基于这一总体性的隐喻映射而产生，都是这个单一隐喻图式的具体例证。这一隐喻范式揭示了我们将自我视为分裂实体的内在经验，是一种人们最深层的内心体验。"主体"(The Subject)是思维意识及理性、愿望等主观经验之居所，是使我们成为独特个体之"本质"(essence)；"自我"(The Self)则是与我们自身有关的其他事物，如身体、社会角色、个人历史等等。①这一基本概念隐喻的映射模式如下：

人或实体	→	整体的人
一个人	→	主体
一个人或事物	→	自我
某种关系	→	主体-自我间的关系

在上面的映射中，箭头左方是这个总体概念隐喻的源域，右方是此概念隐喻的目标域。人们通常将自我内心想象为两个分裂的实体，即"主体"(The Subject)和"自我"(A Self)，它们都是这个概念隐喻中的目

① George Lakoff & Mark Johnson. *Philosophy in the Flesh*: *The Embodied Mind and Its Challenge to Western Thought*. New York: Basic Books, 1999. p.268.

标域，二者之间具有某种相互关系，即“主体-自我关系”(The Subject-Self Relationship)。相应地，映射到目标域上的对应源域依次为“一个人”(A Person)、“一个人或事物”(A Person or Thing)以及人与人或人与事物间的“某种关系”(A Relationship)。

莱考夫指出，这种分裂的内心体验源自日常经验对思维结构所起的作用。而这些不同的日常经验又可以大致分为五类，它们以各种微隐喻的具体形式表现出来。根据笔者的统计，在“太空小说”的第一部作品《什卡斯塔》中，这五类微隐喻中的四类都在文本中反复出现，它们分别是“作为物理客体的自我”“处于特定位置的自我”“社会的自我”和“本质的自我”，这些隐喻均以“主体-自我”概念隐喻为其根本思维范式，是受这一宏隐喻主题统领的具体表现形式。例如，“作为物理客体的自我”这类微隐喻就将个体自身想象为由一个具有意识的主体和一个作为物理客体的自我组成的二元对立结构，获得自我控制就相应地被映射为一个主体获得对一个客体的控制。

在莱辛的“太空小说”中，诸如此类的具体微隐喻形式反复重现、数量繁多且形式多样，它们共同指向“分裂的自我意识”这一宏隐喻主题。在这个二元对立的隐喻思维范式中，“主体”一极代表了精神意识和理性，是“人的本质”，而“自我”一极则源自身体经验和情感，往往与所谓“人的本质”背道而驰。这种思维范式是西方理性主义哲学传统中的一种典型思维模式，莱辛在文本中大量运用了它的不同微隐喻形式来构筑文本，并通过一些认知提示手段(例如字体变化等)来暗示她对这一主题的关注。

实际上，正如西方社会伦理秩序首先建立在对“人之本质”的讨论上一样，这种关于自我身份意识的隐喻思维范式也成了莱辛小说中星际帝国建构的开端。莱辛以星际寓言复现了这一隐喻思维的肌理，并将其织入了乌托邦帝国史诗的宏大观念体系中。这一隐喻思维揭示了西方文化传统中典型的自我认知模式，而它在星际帝国的背景中，作为一种基础性的思维范式，进一步与道德隐喻和进化论隐喻交织融合，成为这两类重要隐喻思维范式在帝国建构中发挥作用的起点。鉴于莱辛的寓言式小说以承载思想、剖析观念体系为首要目标，因此理解这些概念隐喻观念体系之间的交互关系是深入认识莱辛“太空小说”主题思想的根本和关键。

二、“太空小说”中的道德隐喻

莱考夫根据认知研究的成果指出，道德观念通常源自以家庭经验为基础进行的隐喻建构，两种最常见的此类道德隐喻模型分别是“严父家庭道德模式”(the Strict Father Model)和“慈母家庭道德模式”(the Nurturant Parent Model)①。这两种道德隐喻体系在诸多道德观念领域都有着不同的思维方式。

“严父家庭道德模式”基于艰难危险的家庭生活经验形成。在这种家庭环境中，小孩必须学会应对外界的威胁。这类家庭中有一个绝对的道德权威，通常是一名严父，其命令必须得到遵守，违背命令的行为将会得到惩罚。“严父”的道德力量使其成为孩子们的楷模，并因此得到尊敬顺从、获得道德权威。这种模式具有严格的等级秩序，小孩成长和成熟的标志是变得具有自我约束、自立自强的能力，这是该家庭模式下首要的道德品质。孩子们必须培养出更强的道德意志力，从容应对生活中的

---

① 在莱考夫的论述中，“慈母家庭道德模式”的英文原文为“The Nurturant Parent Model”，这种模式与崇尚男性气质的“严父家庭道德模式”有所不同，它并不强调特定的性别倾向。莱考夫指出：“这种模式之所以是性别中立的原因如下：父亲能做并且也确实做到了与孩子建立起积极的情感。他们也能和母亲一样做到养育型模式所要求的任何事情。”参见：George Lakoff. *The Political Mind: A Cognitive Scientist's Guide to Your Brain and Its Politics*. New York: Penguin Books, [2008]2009. p.81。此处结合其具体内涵和表达方式上与另一种模式相对照的综合考虑，译为“慈母家庭道德模式”，实际上也可以是“慈父家庭道德模式”。

困难和危险，才能在自己新的家庭中建立起同样的道德权威和等级秩序。

“慈母家庭道德模式”则与“严父家庭道德模式”截然不同。这种道德思维范式以家庭成员之间互助互爱的经验为基础，“慈母”在这一模式中的主要角色是对孩子进行照顾、保护和支持，而孩子获得成熟和自立的标志则是获得与其父母一样照顾关心他人的能力和奉献精神。“慈母家庭道德模式”突出了伦理系统中道德移情的作用，强调从对方的观念出发来看问题是关爱、照顾他人的基础；慈母家庭道德模式下，家庭成员之间不再是服从和与被服从的等级关系，家长与孩子之间是一种双向、平等的交流，父母有必要让孩子领会他们的良善意图，他们的意见在任何时候都并非不容商量质疑的绝对命令。

在“太空小说”的帝国建构中，基于上述两种隐喻思维模型的伦理范式兼而有之，它们往往同时融汇于同一个帝国对自身道德形象的描述中，不易察觉。但由于二者基于不同的经验形成，实质上有着天壤之别，因此在许多特定条件下，它们之间的矛盾就会激化，其差异也会随之凸显出来。莱考夫指出，虽然两种不同的家庭道德模式在西方宗教中兼而有之，但从根本上而言，西方宗教道德的思维范式仍然以“严父家庭道德模式”为主。在小说文本中，帝国话语的建构过程也反映出这种典型的西方传统思维特征。因此，本小节将主要梳理与这一隐喻思维模式密切相关的几个具体概念域及其隐喻思维范式，包括“道德力量”“道德纯洁性”“道德秩序”和“道德权威”等，它们是“严父型家庭道德模式”的典型标志。除此之外，“道德培养”和“道德移情”这两个概念域虽然在“严父家庭道德模式”和“慈母家庭道德模式”中兼而有之，但其在两种模式中的内涵各不相同，因此也将一并简要介绍。

（一）道德权威与道德秩序

“严父家庭道德模式”最典型的特征是对“道德权威”（Moral

Authority)的强调。关于道德权威的隐喻是基于家长制家庭生活经验的概念隐喻:在现实生活经验中,家长有照顾、保护、养育和教育孩子的责任,对于这些责任义务的有效承担赋予了其权威地位,他们因此获得尊敬和顺从。于是,一种基于这种家庭经验的道德隐喻思维也逐步建立起来,道德权威被映射为家庭中的家长,道德权威的接受者被映射为家庭中的孩童,而符合道德规范的行为则映射为家庭成员对家长的尊敬和顺从。

这一隐喻思维范式的具体映射模型如下:

家长(严父)	→	道德权威
孩子	→	道德约束的对象
服从	→	道德行为

在通常的情况下,家长权威的合法性来源于对责任义务的有效承担与完成,但当这种映射隐喻思维逐渐在生活中建立起来以后,这种道德权威的形象就逐渐被固化了,家长成为绝对道德权威的象征。莱考夫指出,这种类型的道德权威在我们的生活和思维中十分常见:

> 有许多类型的道德权威——神、先知、各种宗教中的圣人、人(精神领袖、公众人物、具有特殊智慧的人),文本(例如《圣经》《古兰经》《道德经》),具有某种道德目的的制度和机构(例如教堂、环保组织)等。而对于某个人而言什么是能够认可的道德权威则有赖于其自身的道德和精神信仰,以及他/她对于家长权威的理解。①

在严父家庭道德模式中,"道德秩序"(Moral Order)观念的建构是道德权威合法性的重要来源。等级秩序通常源自文化和生活常识,它们通

① George Lakoff & Mark Johnson. *Philosophy in the Flesh: The Embodied Mind and Its Challenge to Western Thought*. New York: Basic Books, 1999. pp.302-303.

过隐喻被映射到道德权威概念上。例如,在宗教文化中人们通过宗教活动建立起了这样的常识:上帝天然地比人类更有力量;人类天然地比动物、植物和自然界的其他事物更有力量。在生活中人们也通过经验建立起一些常识性认识:成人比儿童更有力量;男人比女人更有力量。在以上文化和经验常识的基础上,人们通过"道德秩序是自然秩序"(Moral Order Is Natural Order)①这一隐喻思维映射,就将这些文化和生活常识中的等级秩序观念赋予了道德权威等级秩序:

上帝是高于人类的道德权威。

人类是高于自然(动物、植物及其他自然事物)的道德权威。

成人是高于儿童的道德权威。

男人是高于女人的道德权威。②

莱夫指出:"这一关于'道德秩序'的隐喻在宗教之外产生了巨大影响。它将某种现有的权力关系合法化,称它们由于是天然存在的,因此也是道德的。于是女性主义等社会运动则似乎是不自然的,因而也是违反道德秩序的。"③与这一隐喻思维体系相伴随的隐喻逻辑则是道德权威对其下属的道德责任(Moral Responsibility)。

在现实中,这种隐喻形成的秩序在历史上屡见不鲜,从宗教中的"存在之链"(The Great Chain of Being)到尼采的"超人学说",纳粹的"雅利安民族理论"和殖民帝国的"白人优越论",直至加尔文教的"富人优越论"等各种基于隐喻思维范式的言论都是这一思维范式的产物,其共同特征就是鼓吹某个团体(物种、民族、阶层等)具有某种未经证实的先天

① George Lakoff & Mark Johnson. *Philosophy in the Flesh*: *The Embodied Mind and Its Challenge to Western Thought*. New York: Basic Books, 1999. p.303.

② George Lakoff. *The Political Mind*: *A Cognitive Scientist's Guide to Your Brain and Its Politics*. New York: Penguin Books, [2008]2009. p.81.

③ Ibid., p.82.

优越性(通常是生物学、基因学意义上的假设),从而使这些团体拥有天然的道德优越地位,并因此获得主宰其他团体命运的权力。任何对秩序、规则和律法的颠覆都是不可容忍的,“自然秩序绝无可能不道德”①,因为这关系到这一道德模式的根本基础。

(二) 道德力量与道德纯洁性

“道德力量”(Moral Strength)是严父家庭道德模式中的一个重要方面。执行道德行为的意志力量是道德行为的根本前提。人们根据日常经验,将这种道德意志力与另外两种身体经验联系起来,一种是维持直立和平衡姿势所需的身体力量,另一种是与外界或自身内部负面力量对抗的身体力量。因此在思维中建构起两组概念隐喻:当道德力量映射为维持直立和平衡姿势所需的身体力量时,就有“道德就是正直”(Moral Is Being Upright)、“不道德就是低下的”(Being Immoral Is Being Low)这两个基本的概念隐喻。而违背道德的行为就是从正直(being upright)向低下(being low)堕落的过程,因此衍生出一个复合隐喻“做罪恶的事就是堕落”(doing evil is falling);另外,由于身体的正直需要平衡力,因此又随之产生了另一个复合隐喻:“好的状态是平衡状态”(Being Good Is Being Balanced),由此推论出“不值得信任的状态是失衡状态”(Being Untrustworthy Is Being Unbalanced)。②

当道德力量映射为与外界或自身内部负面力量对抗的身体力量时,就形成如下概念隐喻:“罪恶是一种力量”(Evil Is A Force),它有可能是来自外界也有可能源于自身。外在的邪恶力量(external evil force)可能

---

① George Lakoff. *The Political Mind: A Cognitive Scientist's Guide to Your Brain and Its Politics*. New York: Penguin Books, [2008]2009. p.98.

② George Lakoff & Mark Johnson. *Philosophy in the Flesh: The Embodied Mind and Its Challenge to Western Thought*. New York: Basic Books, 1999. pp.299-301.

来自与自身对抗的人，也可能源自无情的自然力。内在的邪恶力量(internal evil force)则通常是自己的欲望，它们可以被比喻为人、动物或者自然力量等，例如“情感的洪流”“激情的烈焰”等。而无论是要保持正直、平衡的姿势还是要对抗敌对力量，人们都需要有与之相应的抵抗力，因此在关于道德的概念隐喻映射中，道德意志力就被映射为可以保持身体平衡或抵抗敌对势力的身体力量(Strength)：“道德是一种力量”(morality is strength)。

“道德纯洁性”(Moral Purity)①隐喻是一个与“道德力量”隐喻紧密相关的概念隐喻。根据上述关于道德力量的隐喻逻辑，道德意志力量薄弱本身就是不道德的一种表现形式。因此，与自我约束相悖的自我放纵就是邪恶的源泉，例如宗教中的七宗罪(包括贪婪、欲望、贪食、懒惰、傲慢、嫉妒和愤怒等)就是如此。这些邪恶的源泉在生活中常常与不洁净的事物联系起来，引申出关于道德自律与道德纯洁性的隐喻关系。从定义上讲，一个事物的纯粹性是指它没有被混入其他的杂质，这本来与干净与否无关。然而生活中的经验则使它与“干净”的概念联系在一起：通常没有混入杂质的东西是纯粹的、干净的；混入杂质的东西是不纯的、肮脏的。因此人们就在生活经验中建立起了“纯洁就是干净”(Purity Is Cleanliness)、“不纯洁就是肮脏”(Impurity Is Uncleanliness)这样的隐喻映射。而肮脏、泥泞、污染等不干净的经验带给人们的通常是一些负面感受；洁净、清爽的经验则赋予人们正面的感受，因此“干净”和“肮脏”就被赋予了“好”与“坏”的价值判断。而道德与否本身也是关乎好坏的价值判断，因此“道德”和“纯净性”这两个概念域通过下面的过程建立起了隐喻映射：

---

① George Lakoff & Mark Johnson. *Philosophy in the Flesh: The Embodied Mind and Its Challenge to Western Thought*. New York: Basic Books, 1999. pp. 307-308.

首先,生活的经验在人们的思维中塑造了一些思维范式,例如“纯洁就是干净”(Purity Is Cleanliness)、“不纯洁就是肮脏”(Impurity Is Uncleanliness),以及“干净是好的”(Cleanliness Is Good)、“肮脏是坏的”(Uncleanliness Is Bad)等。这两组概念隐喻共同作用,就会形成新的复合隐喻“纯洁是好的”(Purity Is Good)、“不纯洁是坏的”(Impurity Is Bad)。

其次,道德本身是关乎好坏的价值判断,一个关于道德的基本书化常识是:“道德是好的”(Morality Is Good)、“不道德是坏的”(Immorality Is Bad);该文化常识与“纯洁是好的”(Purity Is Good)、“不纯洁是坏的”(Impurity Is Bad)结合,就得出新的复合隐喻“道德是纯洁的”(Morality Is Purity)、“不道德是肮脏的”(Immorality Is Impurity)。

由于“道德力量”通常是“严父家庭道德模式”强调的领域,而对“道德纯洁性”的要求又是“道德力量”对人们自律自强行为的必然要求,因此,对于道德纯洁性的强调同样是“严父家庭道德模式”的重要方面。

（三）道德培养和道德移情

“道德培养”和“道德移情”也是道德隐喻中重要的思维模型,它们在“严父家庭道德模式”和“慈母家庭道德模式”中均较为常见,但二者在不同的模式中具有不同的具体内涵:

首先,“道德培养”(Moral Nurturance)是在以家庭经验为基础的道德模式中必不可少的环节。在日常生活中,家庭中的孩童是需要得到照料、培养的对象,如果没有照料好孩童和培养出有道德的后代,家长就会被视为不称职、不负责任和有悖于道德。这种普遍的家庭经历被映射到社会现象中,就形成了关于整个社会的道德隐喻思维模式,社会被映射为一个家庭,社会中施行德行的人就是家庭中的父母,而社会中需要帮助的人则是家庭中的儿童,道德行为是就是家庭中的养育行为。

在“慈母家庭道德模式”中,道德培养的核心是向他人意识的移情和跟他人感同身受的同情。它强调的重点不是道德权威所拥有的绝对权威和约束力,而是对他人基本权利的尊重和道德主体对他人的根本责任。受教育者成熟的标志是获得和家长一样照料他人、奉献自己的爱心和道德觉悟,道德主体(家长)通过关心、爱护和互动协商等方式与受教育者(孩子)形成一种平等的双向交流关系。

而在"严父家庭道德模式"中,道德培养的核心则是受教育者(孩子)培养出坚强的意志和自强自律的品性,成功抵御各种内外诱惑而达成对道德权威(家长)所发布命令的绝对服从。受教育者(孩子)成熟的标志是拥有坚不可摧的道德意志力,能够成为和道德权威(家长)一样自强自律的道德主体,道德权威(家长)通过命令、奖励和惩罚等方式与受教育者(孩子)构成一种自上而下的单向交流关系。父亲是规则的制定者:"他通过制定严格的律法和实行严厉的惩罚来教育孩子们,令其能够明辨是非",①"家长权威本身就是爱和养育的象征,不过这是一种严厉的爱。自立、自律与对合法权威的尊敬是小孩们必须习得的内容"。②父亲作为勇敢与力量的象征,有必要成功应付各种外部威胁,给孩子树立起一个榜样。"严父道德模式的拥护者最显著的特点就是在社团受到诸如洪水、火灾、地震、爆炸和传染病之类的外部灾害威胁时对他人进行帮助"。③这类家庭培育模式有三个重要特征:首先,它强调外部威胁,家长正是由于具有保护孩子免受外来侵扰的责任而天然地获得了作为道德权威的合法地位;其次,它注重赏罚机制,其基本观念是:"违反严格的道德律法受到惩罚,遵循它们则获得赞扬,……权威的行使是道德的,即奖罚分明的行为本身是道德的",④这是该模式下律法与规则优先于情感机

① George Lakoff. *The Political Mind: A Cognitive Scientist's Guide to Your Brain and Its Politics*. New York: Penguin Books, [2008] 2009. p.65.

② Ibid., pp.65-66.

③ Ibid., p.97.

④ Ibid., p.67.

制的特点决定的;最后,它注重竞争机制,这是由于取得胜利的竞争者被看作是赏罚机制作用的结果,因此竞争机制也被视为符合道德。

莱考夫认为,两种不同类型的道德养育模式从根本上讲源自两种不同的“道德移情”(Moral Empathy)。①所谓“道德移情”,即运用他人的视角看问题,运用他人的感官去感同身受。这种概念隐喻将道德移情映射为自我意识在他人内心的建构,以使得自己能够体验他人的经验。而这是隐喻性的,因为实际上没有人可以真正将自己的意识建构到他人的内心之中。两种不同的道德培养模式拥有两种不同的道德移情:“慈母家庭道德模式”基于“绝对移情”(absolute empathy),要求道德主体尽可能使他人根据自己的价值观念体系实现其想要达成的目标;而“严父家庭道德模式”则依据“自我中心移情”(egocentric empathy),其道德主体虽然也试图理解他人如何看待和感知事物,但他们对他人的关照始终从自己的价值体系出发,其努力的目标在于帮助他人按照自己的基本价值观体系获得成长。“道德移情”隐喻的映射关系如下:

在他人心中建构意识 → 道德移情
1. 在他人心中建构意识并与其感同身受 → 绝对移情
2. 在他人心中建构意识时将我们自己的价值体系植入其中 → 以自我为中心的移情

二者的主要区别在于:“自我中心移情”的道德主体想象自己的意识进入他人的意识,但仍保留自己意识中的价值观,并以此为标准去评判别人是否快乐。这种道德移情可以用“己所欲而施于人”(Do unto others as you would have them do unto you)②来概括,是一种自我中心主义的移情方式。而“绝对移情”的道德主体则想象自己的意识进入他人的意识,

① George Lakoff & Mark Johnson. *Philosophy in the Flesh: The Embodied Mind and Its Challenge to Western Thought*. New York: Basic Books, 1999. pp.309-311.

② George Lakoff. *The Political Mind: A Cognitive Scientist's Guide to Your Brain and Its Politics*. New York: Penguin Books, [2008] 2009. p.115.

并通过这种方式来了解什么是他人认为有好处的行为,用他人的意识替换自己原先的意识,并做他人认为有好处的事情。这种道德移情采取了一种"以人所欲施于人"(Do unto other as they would have you do unto them)[1]的策略,是一种绝对移情。

西方宗教传统道德主要基于"严父家庭道德模式"的概念思维构建而成:上帝对应于"严父家庭道德模式"中的道德权威家长,有发布道德命令的绝对权力;人类和世间万物则是家庭中的子民,有绝对服从命令的义务;人们在上帝的指引下,通过修行达到自立和自律,并获得道德力量,从而来抵御外部的邪恶势力(魔鬼)和内在的邪恶势力(欲望)。这个宗教世界图景具有自上而下的等级秩序,上帝通过发布谕令传达旨意,其谕令只能被遵守而不容协商,是一种单向交流。上帝与人之间的关系被描述为二者之间的约定,常常通过书面形式固定下来,成为《圣经》中的律法。莱辛太空小说基于犹太教、基督教等西方宗教传统,将许多宗教意象和宗教故事以新的方式纳入其中,这种重写并没有改变宗教伦理中最根本的"严父家庭道德模式",而这一伦理思维模式中的许多典型特征也在文本中得到一一展现,包括道德权威与道德秩序以及道德力量和道德纯洁性等隐喻思维模型。它们将小说帝国史诗的蓝图与关于自我身份意识的哲学隐喻结合起来,将古老的宗教伦理秩序映射到新的启蒙伦理学中,在广袤的星际背景下实现了二者在帝国建构中的联姻。

三、"太空小说"中的进化论隐喻

在"太空小说"中,莱辛不仅通过对自我身份意识隐喻和道德隐喻的思想分析追溯了宗教传统和理性主义哲学思维范式对帝国伦理秩序建

① George Lakoff. *The Political Mind: A Cognitive Scientist's Guide to Your Brain and Its Politics*. New York: Penguin Books, [2008] 2009. p.115.

构的深刻影响，还进一步通过进化论隐喻的建构来推演了这种理性帝国秩序的可能发展轨迹。她塑造了两个不同类型的星际帝国典型（老人星帝国和天狼星帝国），二者分别以社会达尔文主义和拉马克式进化论隐喻思维范式为指导思想。莱辛以它们为案例分析了两种共同植根于严父家庭道德范式但又具有不同发展方向的理性主义帝国伦理秩序。

（一）社会达尔文主义的进化论隐喻

生物科学话语体系在与传统社会文化的交锋中产生出众多不同版本的隐喻思维范式，社会达尔文主义是其中一种，它对西方社会历史进程产生过深远影响。莱辛在太空小说中，以天狼星帝国为范本，推演了该帝国在这种进化论隐喻范式指导下的发展轨迹。

根据莱考夫的分析，在这一进化隐喻思维范式中，融汇了一些十分流行的假设，它们通过科学与文化的冲突逐渐融合，成为人们头脑中根深蒂固的思维范式，这些假设包括：自然界的变化是线性攀升的进化过程、物种以生存斗争的方式获得进化、为进化而进行的生存竞争会产生良好的结果并使优秀的竞争者获胜等等。莱考夫将这些源自文化习俗、未经科学验证的假设称为“民间理论”（folk theory）[①]。他指出，尽管这些假设十分流行，并被隐喻性地运用到各式各样的市场经济、教育改革、法律审判以及国际关系行为中，成为人们理解世界的文化常识，但实际上，这些认知仅仅是基于不可靠的隐喻思维，而非世界的全部真相和普遍规律。换言之，他认为社会达尔文主义虽然从生物学中借鉴了很多术语和思维范式，但它并非一门科学，而是由多个隐喻映射构成的假说体系。与西方宗教和启蒙哲学一样，社会达尔文主义通过隐喻映射将等级和秩

---

① George Lakoff & Mark Johnson. *Philosophy in the Flesh*: *The Embodied Mind and Its Challenge to Western Thought*. New York: Basic Books, 1999. p.557.

序赋予原本无序的世界:在西方宗教的严父家庭道德隐喻模式中,上帝是金字塔等级结构顶部的权威;在启蒙哲学中,普遍、超验的理性概念取代上帝成为道德权威;而社会达尔文主义则受功利主义影响,进一步将启蒙哲学中的理性概念解释为在竞争中追逐个人利益、实现效率最大化的行为。这种对理性概念的功利主义阐释正是社会达尔文主义的一个重要特征。

莱考夫对该理论的基本假设进行了质疑,并从两个方面指出了其谬误:首先,他认为将自利视为人之本质的看法从实证上讲是不正确的;其次,他指出"包裹在这一民间理论中的进化论观点是基于一个不准确的进化论隐喻,因此整个理论本身及其应用都是误导性的"。①莱辛在《天狼星实验》序言中提出了一个问题,即"自利是普遍的理性"这种崇尚自利、忽视利他现象以及单纯追逐效率的个人主义观点到底从何而来。莱考夫的上述分析实际上就涉及对这个问题的探究,他从体验哲学视野出发进行的概念隐喻分析解释了这种文化常识的来源。莱考夫指出,这种观念最早可以追溯到古希腊的伊壁鸠鲁,这名哲学家认为理性的人趋乐避痛,幸福就是人们能够最大限度地获得享乐。后来,功利主义(即启蒙经济学)借用了启蒙哲学中的一些观点来支撑自己的理论。康德道德哲学强调对理性绝对命令的服从,因此功利主义也通过将理性解释为追逐自利的理性,以及将服从理性的自由意志解释为追逐自利的绝对自由,来为其不受任何干预的自由市场理论背书,并将具有利他性的宏观调控手段排除在理性原则之外。于是,在功利主义者眼中,自由竞争和个人利益最大化成为不容置疑的原则,违反这种原则就构成非理性行为。莱考夫分析了构成这种进化理论的隐喻映射:

---

① George Lakoff & Mark Johnson. *Philosophy in the Flesh: The Embodied Mind and Its Challenge to Western Thought*. New York: Basic Books, 1999. p.557.

首先,社会达尔文主义通过“自然变化即进化”(Natural Change Is Evolution)这一隐喻映射将神创论中的等级秩序世界图景赋予了原本偶然无序的自然世界。如前所述,基于严父家庭经验的宗教道德秩序具有严格的等级结构,而拉马克主义等进化论学说中仍然保留了这种神创论和预成论的痕迹,把自然世界视为一种预先安排好的有序结构。社会达尔文主义者为了获得有利于支撑自身立场的观点,也采用了这种等级世界图景假说。但如果从真正达尔文生物学理论的视角来看,任何预先安排的等级秩序实际上都纯属无稽之谈,在达尔文通过科学实验观察到的世界图景中,每一物种在自然界中所处的位置实际上只是一个“生态位”(Ecological Niche),这一术语仅仅表明物种在自然界关系网中的位置,而与所谓的预成等级结构毫无关系。社会达尔文主义者为实现这种概念置换,采用了概念隐喻映射的方式来建构其理论体系,即采用了“自然变化即进化”(Natural Change Is Evolution)这一基本隐喻思维范式,将自然秩序映射为等级秩序,自然“演化”概念被转换成“进化”概念。于是,自然界的无序变化就成了具有等级秩序的攀升进化过程,生态体系也随之成了一个有序的预成等级结构。

其次,社会达尔文主义还通过“进化就是最佳竞争者获得生存”(Evolution Is The Survival Of The Best Competitor)这一隐喻映射来支撑自身理论中的自由市场竞争观念。这个隐喻映射源自达尔文进化论中的生存斗争理论,社会达尔文主义者选择了达尔文理论中对其观点有利的部分,同时却忽略了生物界同样具有合作机制的现实,这是概念隐喻在文化社会背景影响下偏重性机制发挥作用的一个典型。

“进化就是最佳竞争者获得生存”(Evolution Is The Survival Of The Best Competitor)与前面关于等级结构的隐喻“自然变化即进化”(Natural Change Is Evolution)结合起来,就得到一个复合隐喻“自然变化即最佳竞争者获得生存”(Natural Change Is The Survival Of The Best Competitor)。

另外根据进化等级结构的文化常识，进化等级越高，就越能产生好的结果，进化等级较高的人类优于动物和植物，是万灵之王；而位于进化等级顶端的上帝或者理性，则优于人类和万物。这一关于进化等级的文化常识可以概括为"进化产生最好的结果"(Evolution Produces The Best Result)。它与前述复合隐喻"自然变化即最佳竞争者获得生存"进一步结合，就形成一个新的复合隐喻"自然变化即最佳竞争者获得生存，这一过程产生最好的结果。"(Natural Change Is The Survival Of The Best Competitor, which produces the best result.)

社会达尔文主义者的这一结论，与达尔文理论本身产生了较大距离，其原因是在进行概念映射过程中所产生的两次概念置换，第一次是以"进化"取代"演化"，第二次则是以"竞争"来以偏概全地代替"进化"和产生最佳结果的机制(除了竞争机制，进化过程实际上还可能包含合作机制等其他方面)。这种有失偏颇的推理模式直接导致了对"理性"概念的某些曲解，理性被界定为通过残酷竞争来实现利益最大化的行为准则。而实际上他们的这种理性观念，既偏离了古老的宗教神学道德体系，也并非康德所强调的那种以实现道德价值为目的的普遍理性。

综上所述，社会达尔文主义理论既非严谨客观的科学研究，也不是一种致力于道德价值建构的宗教或哲学，它更多的是自由市场经济与功利主义的衍生品，是基于部分现实经验形成的隐喻映射。这种思想对于资本主义上升时期的英国产生了积极作用，但在后期却导致了大量社会问题的产生，甚至引发了帝国战争和武力殖民扩张。通过《天狼星实验》这部小说，莱辛以她自己的方式剖析了这种思想给帝国运作带来的种种弊端，小说中塑造的天狼星帝国，就是践行社会达尔文主义隐喻思维的一个经典范本。

(二) 拉马克进化论隐喻

法国动物学家拉马克的进化理论也是在进化思想史中产生过重要

影响的理论模型，它描绘了一种渐进有序、直线上升的等级结构世界图景。该理论综合了众多学说，是一种“预成论”（或者叫决定论，determinism），是自然科学与宗教神学相妥协的产物。

拉马克学说虽然强调等级秩序，但它与社会达尔文主义的不同之处在于，该理论模型并不赞成不受管控的残酷竞争，而是提倡一种和谐共生的合作机制，认为万事万物都因循某种目的而逐渐趋向于一个和谐有序的有机共同体。同时，拉马克式进化论也不同于达尔文的理论，它并不认同“生物的演化是偶然无序的”这一结论，而是致力于将宗教世界图景中的秩序和等级结构赋予无序的自然世界，并以其运作模式来推演人类社会的运作。因此它实际上也是一种由概念隐喻构成的价值判断，受偏重性机制作用的影响，其具体涉及的隐喻映射形式和文化常识表达式包括：

(1)“自然变化即进化”(Natural Change Is Evolution)；

(2)“进化是最受眷顾者获得生存”(Evolution Is The Survival Of The Best Nurtured)；

(3)“进化产生最佳结果”(evolution produces the best result)。

前两个句子中的隐喻映射与最后一个句子里的文化常识相互结合，就形成拉马克进化论隐喻的基本思维范式，即“自然变化是最受眷顾者获得生存，这一过程产生最佳结果”(Natural Change Is The Survival Of The Best Nurtured, which produces the best result.)。

这一隐喻逻辑表达式与天狼星奉行的社会达尔文主义相比，既有同源关系，又存在巨大差异。拉马克主义将自然界机制中合作共生的一面映射到“进化”这一目标概念域中，自然界的变化被替换为通过合作共生的利他行为获得进化的过程，并且隐晦地暗示存在一个类似于造物主和目的设计者的道德权威。而社会达尔文主义则主要强调进化通过残酷竞争实现，是一种利己行为的体现，反对任何道德权威的干预和引导作用。总而言之，二者都试图用等级秩序世界来置换达尔文主义中的无序世界，但它们又基于各自不同的文化理念，分别选择了两个不同的源域来对"进化"这一目标概念域进行映射，体现了隐喻映射机制中的偏重性差异。

"太空小说"中的老人星帝国就是以拉马克进化论隐喻思维范式为指导的帝国范本，它和天狼星帝国一样奉行理性主义等级秩序世界观和严父家庭道德伦理范式，这是两个帝国求同存异的基础，因此二者是星际帝国中的同盟国；但与此同时，两个帝国又在进化论隐喻思维上存在巨大差异，因此它们拥有不同的理性主义伦理秩序观，在有序的星际世界图景中处于不同的进化等级，或者说天狼星帝国是老人星帝国从前的影子，而老人星帝国则是天狼星帝国未来的发展方向。

总而言之，通过星际帝国史诗的谱写，莱辛将两种进化论隐喻思维范式进行了并置、比较和评估，将西方殖民帝国在历史中漫长的时间发展轨迹空间化。她让新老两种帝国模型在星际空间中不断冲突又相互交流，从而令现实中的西方殖民帝国在"太空小说"的思想旅行中实现了与自身的历史性对话。

小　结

概念隐喻理论是源自第二代认知科学的研究成果，具有文理跨学科性质。为了更准确地理解和运用这种理论进行文学分析，对其心理学渊源的了解必不可少。因此本章第一小节首先针对概念隐喻理论的心理学渊源进行了简要梳理。认知科学是实验心理学发展第三个阶段的产物，它在对前两个阶段心理学派取长补短的基础上产生，既吸取了行为主义心理学派的外显刺激等实验方法以克服构造心理学派"自省法"的不足，又注重借鉴构造学派对内在认知过程的研究，力图避免行为主义学派忽略内在认知过程的缺陷。而认知心理学本身又经历了两个发展阶段：前一阶段主张信息加工学说，将人脑视为和计算机一样具有先验结构，是一种“非体验性”的理论；而第二代认知科学最重要的特征就是区别于第一代学说的“体验性”特征，注重研究身体和日常经验与人类认知之间的互动关系，并通过一系列科学实验验证了这种体验性互动的存在。

第二代认知科学的领军人物之一乔治·莱考夫提出了“体验哲学”的概念，他将认知心理学和语言学领域的研究成果用于探讨人类的潜意识与抽象思维之间的联系，进而提出了不同于传统的新型哲学观念。这一研究在实验心理科学和人文学科研究之间架起了一座桥梁，也是概念隐喻理论诞生的哲学基础。本章第一节后半部分对“体验哲学”的三个基本主张进行了简要梳理，包括思维的无意识性、心智的体验性和抽象概念的隐喻性。体验哲学的认知语言观和概念隐喻理论建基于现代科学的发展，在实证基础上提出对语言思维现象本质的思考，以隐喻现象为切入点，进而拓展到对语言、思维、文化之间关系的思考，步步深入，将一个在传统观点中看似简单的修辞问题，上升到哲学思考。它将语言中的隐喻现象看作与思维和体验不可分割的统一整体，而不仅仅是一种附加的修辞手段，从根本上颠覆了传统的修辞隐喻观，使文学语言、社会文化、认知体验在对人类思维的认识中融为一体，拓展了文学研究的视野。

在此基础上，本章第二节对概念隐喻理论的具体内容进行了较为详细的梳理，主要从概念隐喻区别于传统修辞隐喻的独特表现形式、概念隐喻较通常意义上的修辞隐喻更为复杂多变的结构特征、概念隐喻所具有的鲜明文化属性以及概念隐喻的偏重性机制等方面进行了介绍，以期为后面几章的文本细读分析奠定理论基础。需要强调的一点是，在随后的分析中，不仅会运用本章第三小节介绍的概念隐喻理论工具对小说文本进行具体分析，还会在论述中涉及本章第一节介绍的认知科学和体验哲学的一些重要思想，这主要体现在本书对该系列小说的语言哲学主题（如小说对语言与现实经验关系的探讨和对人类不同认知模式的思想分析等）及其隐喻性寓言题材的论述中。因此，本章介绍的心理学渊源和体验哲学观念也会融入整个论文的分析过程中，是完整理解本书论题必不可少的组成部分。

莱考夫在其著作中不仅梳理了概念隐喻的理论、提出了体验哲学的基本主张，还在此基础上对许多具有隐喻性质的概念进行了详细论述，其中一些隐喻模型为本书的文学文本分析提供了重要借鉴。在"太空小说"的星际帝国蓝图中，蕴含了三个重要的宏隐喻主题，它们在莱辛的科幻文本中以各种具体形式体现出来，这三个宏隐喻主题分别为自我身份意识隐喻、道德隐喻和进化论隐喻，三者均在莱考夫的著作中得到了详细论述。本章第三节根据随后几章文本分析的需要，对这些隐喻模型进行了简要梳理和拓展，以期为小说文化主题的分析打下坚实基础。

第二章 “主体-自我”概念隐喻
——论《什卡斯塔》中的个体身份意识主题

对个体身份意识的探讨是莱辛“太空小说”系列中的一个重要主题。《南船座的老人星：档案》一共包含了五部作品，它们是《什卡斯塔》《三四五区间的联姻》《天狼星实验》《八号行星代表的产生》和《沃灵帝国的感伤使者》，这些作品在内容上相互联系，共同讲述了几个殖民宿主星际帝国及其殖民星球的故事。在这些不同的星际故事中，关于自我身份的探讨贯穿始终。法国拉罗切尔大学(The University of La Rochelle)的大卫·沃特曼(David Waterman)于2006年出版了专著《多丽丝·莱辛太空小说中的身份问题》(*Identity in Doris Lessing's Space Fiction*)，①专门探讨了莱辛太空小说中的自我身份主题。

一些读者对于莱辛的科幻小说感到困惑，对莱辛在创作风格上的转向感到不解和沮丧。他们认为这些中后期的作品脱离了她早期现实主义作品中犀利的批判精神，失去了其最热切的社会关怀而转入冰冷遥远的太空世界。国内有学者则指出，莱辛的科幻作品在主题上并没有脱离现实，而是采用了新的创作方式，“寓现实于幻想中、于幻想中洞见现实”②。表

① David Waterman. *Identity in Doris Lessing's Space Fiction*. New York: Cambria Press, 2006.

② 陶淑琴：《后殖民时代的殖民主义书写》，北京：中国社会科学出版社，2013年，第4页。

面上看，莱辛似乎在中后期创作中，将小说的重心由对外部世界的观察转向内心精神世界的探索，由马克思主义式的社会批判转向苏菲主义和心理学的心灵哲学探讨，然而这两个时期之间实际上具有十分紧密的内在联系，对心灵意识的探讨实际上是改变外部世界努力的一种延续。这是由于，对心灵和意识本质的探讨实际上就是对人之本质的探讨，而在西方伦理学中，"什么是人"这一问题是讨论其他伦理问题的根本基础，对人之本质的不同认识，会导向不同政治伦理架构的建立。因此，对心灵意识主题的探索是莱辛在幻想世界中复现西方帝国大厦并对其进行反思的一个起点。

与这一主题相关的"主体-自我"概念隐喻大量出现在《南船座的老人星:档案》系列的第一部作品《什卡斯塔》中，本章通过对该作品的隐喻分析，将揭示其中关于个体身份意识的深层文化思维。随着心理学和语言学研究的推进，语言现象的面纱被层层揭开，藏于其下的隐喻性认知机制在概念隐喻理论中得以清晰展现。从概念隐喻的角度深入阅读，可以穿越纷繁芜杂的遥远星系空间，透过莱辛精心设计的各种陌生化场景，发现它们背后交织并置的各种传统意象和文化主题。正是那些在文本中伏脉千里、反复重现的一个个微隐喻表达式，构成了一些贯穿整个太空小说系列的宏隐喻，使独立的五部作品成为一个密切联系的有机整体，为洞悉小说的深层内涵提供了线索。

同时，基于概念隐喻具体形式和结构的分析，本章将进一步从体验哲学的角度来透视整个作品系列，揭示这些隐喻映射如何将虚无缥缈的太空世界塑造成陌生元素和熟悉生活世界交相辉映的多维空间。一些人们习以为常、难以察觉的哲学观念和思维范式潜藏在文本中。通过隐喻分析，可以将这些熟悉的观念模式从陌生化的文本世界中提炼出来，并在体验哲学的视野下对其进行重新审视和思考。

具体而言，与个体身份意识相关的概念隐喻是贯穿于整个系列的一个宏隐喻,其下包含了许多微隐喻,这些微隐喻以不同的具体形式出现在小说中。“主体-自我”宏隐喻是理解该系列小说另外两个重要宏隐喻主题的基础,因此是首先需要分析的对象。这类隐喻在该系列第一部小说《什卡斯塔》中以最显著的形式反复大量出现,因此本章将以该作品为切入点,对其进行重点分析。

《什卡斯塔》的书名全称为《回复:五号殖民星球,什卡斯塔:末世时期最后阶段第87个使者(9级)耶和尔(即乔治·谢尔班)的个人精神史文件》[*Re*: *Colonized Planet 5*, *Shikasta*: *Personal*, *Psychological*, *Historical Documents Relating to Visit by Johor*(*George Sherban*)*Emissary*(*Grade 9*)*87th of the Last Period of the Last Days*]。[①]正如这个冗长的标题所提示的那样,《什卡斯塔》一书实际上是由各种形式的文件构成的档案合集,其中包括老人星使者耶和尔出使什卡斯塔的报告、相关人物的信件日记以及档案编纂者所著的历史记录等,它们面向的读者是将要作为殖民官员去殖民地星球执行任务的老人星志愿者,目的是向这些未来的帝国使者普及关于殖民星球的知识。将各种零散穿插的片段连贯起来,可以拼接出这个星际故事的基本轮廓。在该书描述的太空世界中,有三个主要的星际帝国,分别是老人星帝国(Canopus)、天狼星帝国(Sirius)和普提欧拉帝国(Puttiora)。闪迈特人(the Shammats)是从普提欧拉帝国逃出的罪犯,他们在闪迈特星上殖民,罗汉达(Rohanda)是由老人星帝国和天狼星帝国划界而治的一颗殖民星球,后由于灾难遭受破坏,被老人星人改称“什卡斯塔”(Shikasta),意为“被破坏了的地方”。[②]实

---

① Doris Lessing. *Re*: *Colonized Planet 5*, *Shikasta*. London: Harper Collins Publishers, [1979] 2002. p.4.

② 该词来源于波斯语单词“shekasteh”,相当于英语单词“broken”,也就是“被破坏了的”意思。参见:*Articles on Novels by Doris Lessing*, *Including*: *The Fifth Child*, *Shikasta*, *The Grass Is Singing*, *The Golden Notebook*, *Canopus in Argos*, *The Sirian Experiments*, *The Marriages Between Zones Three*, *Four*, *And Five*. Nashville: Hephaestus Books, 2011. p.3.

际上,从小说的诸多情节中均可推断,"什卡斯塔"这颗星球就是"被破坏了"的地球。例如,从地理环境而言,它的气候变化和自然地理条件与地球极为吻合。同时,这个星球的历史实际上就是地球的历史,其中包含了地球上发生过的许多重大事件,如两次世界大战、商业社会与消费主义的兴起以及社会矛盾向殖民地的转嫁等。除此以外,在一幕模拟审判的场景中,还直接出现了各个大洲的地区代表,包括欧洲、非洲、亚洲等地区的代表。这些指示地点的专有名词更加直接地表明,"太空小说"真正的落脚点不是虚无缥缈的太空,而是地球本身。什卡斯塔就是我们生活的地球,在故事中它仅仅是由于叙述者从外太空的视点进行叙述才显得陌生。

老人星帝国和天狼星帝国在经历一场争夺殖民地的大战后达成停战和解,分治什卡斯塔的南北半球,二者之间是一种既竞争又合作的盟友关系,普提欧拉帝国和闪迈特人则是他们共同的对手。根据老人星使者耶和尔的叙述,整个星际帝国具有清晰的等级结构:老人星帝国处于殖民帝国体系的顶端,进化程度最高,其下依次是天狼星帝国、普提欧拉帝国和闪迈特人,被殖民的什卡斯塔处于最低阶层。老人星帝国培育出的巨人种族在进化等级上介于帝国和殖民地的进化等级之间,他们被送到什卡斯塔上,与当地土著"共生",从而加速其进化过程,计划将原本5万年的进化周期缩短到2万年。由于处于不同的进化等级,老人星帝国和天狼星帝国也采取了截然不同的殖民手段。老人星帝国主要通过与殖民地种族之间的"情感素"(SOWF, substance of we feeling)来维持其统治,与当地人建立一种"平等友爱"的纽带关系,这种纽带被称为"锁"(lock)。而天狼星帝国则通过欺骗、俘掠等方式将殖民星球的人变成奴隶,让他们去做那些帝国民族不愿意承担的苦力劳动。普提欧拉帝国也可以通过发出射线来维持统治秩序,但在老人星人看来,那是一种充满邪恶的射线,会使人产生退化症。

根据老人星帝国使者耶和尔的叙述，什卡斯塔的历史大致分为三个时期。首先是“巨人时代”（the Time of the Giants），这是在大灾难发生以前，巨人种族与当地种族和平共生、快速进化的黄金时代。随之而来的是充满灾难的“紊乱时代”（the Time of Malalignment），这一时期，由于一颗名叫安达的星球意外爆炸，造成先前的星球排列错位，星际秩序严重破坏。这使老人星精心建造用以发射“情感素”射线和用以巩固“锁”的物理设施出现异常，从而使其与殖民地建立的联系严重削弱。普提欧拉帝国的射线开始影响罗汉达，潜藏在该星球上的闪迈特人也趁机进行破坏，于是原先的进化出现倒退，在巨人和本地种族中都出现了不同程度的退化症。患有退化症的人类开始充满暴力、仇恨和派系纷争，最终导向毁灭性的世界战争，这就是该星球的第三个时期——“毁灭的时代”（The Time of Destruction）。老人星使者耶和尔先后三次出使什卡斯塔。第一次是在“大灾难时代”刚开始不久，他的任务是去劝说那些已开始出现退化症状的巨人，并将他们转移到其他安全的行星上去；第二次出使是在“毁灭时代”，什卡斯塔经历第二次世界大战之后，他的任务是去报道战争造成破坏的情况；第三次出使时，耶和尔的任务是去拯救另一名被捕的老人星使者托菲格（Taufiq），与前几次不同的是，这次他为了不引起当地人的注意，采用了投生到当地人肉身中的方式执行任务，因此在这一阶段，耶和尔是以一个名为乔治·谢尔班（George Sherban）的当地人身份出现的。

在故事中，人物的个体身份意识均由星际灾难带来的外部变化引起。什卡斯塔是一个完全按照老人星计划运作的乌托邦，但后来由于意外的星际灾难，这种运作模式遭到了破坏，各个进化阶段的人物都受其影响，对自己的身份定位产生了疑问。用于共生进化的巨人族、什卡斯塔星上的本地人和老人星使者耶和尔都未能幸免。首先，什卡斯塔的本地种族遭受了最严重的影响。老人星射线的削弱导致了“情感素”的减少和"锁"的松动,于是原本获得快速进化的本地人停止了发展,并开始出现"退化症"。这种退化症表现为暴力和非理性行为,以及对派系斗争的热衷。其次,由于受老人星射线削弱的影响,巨人族也变得不再温顺听话,他们开始质疑老人星使者的命令。当耶和尔命令其放弃什卡斯塔星上的本地人而转移到其他殖民星球上去时,部分巨人发生了叛逃,这是他们自我身份意识发生变化的结果。最后,处于进化等级中最高位置的老人星使者耶和尔也未能免遭射线削弱的影响而产生自我意识的变化。他在第三次出使什卡斯塔时,受第六区已经出现严重退化的本地人亡灵影响,感到眩晕并失去了先前清醒的自我意识。在他投生为乔治·谢尔班后又因为同时具有老人星人的灵魂和什卡斯塔人的肉身而经历了自我身份意识分裂的痛苦。

总之,在《什卡斯塔》中,这种对人物自我身份意识变化的描写贯穿全书,几乎所有不同进化等级的相关人物都经历了由外界环境变化引发的个体身份意识困扰。本章将通过重点解析《什卡斯塔》来详细探讨这一隐喻主题。

第一节　《什卡斯塔》中关于自我身份意识主题的四种微隐喻形式

《什卡斯塔》是整个五部曲小说系列中的第一部,也是结构最复杂、内容最丰富的一部作品,它像一个总纲,几乎包含了后面几部作品将会出现的所有重要主题,这些主题以宏隐喻的形式呈现,同时它们包含了众多微隐喻。关于个体自我身份意识的"主体-自我"概念隐喻也是如此,它包含的微隐喻可以划分为几种不同的具体类型,包括"作为物理客体的自我""处于熟悉位置的自我""社会的自我"和"本质的自我"等,它们在文中伏脉千里、反复重现，将整个作品系列串成一个有机整体，其影响涉及小说文本中各种不同的人物角色，包括什卡斯塔星球上的原住居民、由老人星培育的高等种族"巨人族"以及老人星使者耶和尔等。对这些概念隐喻具体形式和内在结构的揭示，对于认识其呈现的宏隐喻主题具有重要意义。

《什卡斯塔》是一个较好的分析起点，其原因不仅仅在于它是整个系列的首部作品，更重要的是由于它以最鲜明直接的语言形式提示了自我身份意识概念隐喻的存在，其中出现的许多相关隐喻形式均属于显性程度较高、较易识别的概念隐喻类型。据不完全统计，在《什卡斯塔》中，至少有二十处以上的情节或语句直接涉及提示自我身份意识的语句，它们往往通过以"-self"为后缀的词语表达，甚至在有些地方干脆对"self"这一词语用不同的字体格式来进行提示。而在对后面几部作品的分析中可以发现，这种以显著语言形式出现的概念隐喻将逐渐减少，取而代之的是其他隐性程度更高的概念隐喻形式，它们通常以寓言的方式存在，其蕴含的思维模型也以更加隐蔽的方式潜伏在故事脉络中，需要运用更多的语境知识才能将其识别。这种循序渐进的精心设计，充分考虑到了读者的认知特征，一步步带领读者由简入繁、由浅及深地理解小说的主题思想。①

一、"作为物理客体的自我"微隐喻

在《什卡斯塔》对人物身份意识的描述中，多次出现"作为物理客体的自我"这一微隐喻形式。所谓"作为物理客体的自我"的隐喻，是"主体-自我"概念隐喻的一种具体表现形式，也就是将自我意识中的

① 鉴于这类隐喻的上述特点，本章所有涉及自我身份隐喻具体形式和认知指示手法分析的引文后附英文原文，以便于分析作品中的语言现象和文体特征；后面几章主要分析寓言叙事中呈现的隐喻思维模型，因此篇幅较大的引文后未附英文。

"自我"部分映射为物理客体的概念隐喻思维模式，它是关于自我身份最常见的概念隐喻之一。由于人们在日常生活中，经常体验到身体控制与物理客体控制之间的联系，因此形成了这两个概念之间的映射。莱考夫指出，人类在早期童年生活中的一个重要经验习得是：如果要控制一个客体（身体之外的物体），就必须首先控制自己的身体，两种控制形式的习得同时发生，成为不可分割的生活经验，这是身体与客体、外部世界互动的结果。[①]因此，在人们的思维中，往往存在一个根隐喻——"自我控制即客体控制"（Self Control Is Object Control），其映射模式如下：

个人	→	主体
物理客体	→	自我
控制	→	主体对自我的控制
失去控制	→	主体对自我失去控制

心理学的研究表明，人们从日常体验中建立起神经联结，将自身想象为一个分裂的实体。一部分是一个具有意识的主体，即行为的发出者，它被映射为个体的人；另一部分则是主体意识之外的自我部分（包括身体、经历等物质部分和物质实践等），它被映射为物理客体，具有意识的主体对自我的控制关系相应地就映射为一个人对物理客体的控制关系——"自我控制即客体控制"。这类潜意识思维在人们哲学观念的形成过程中发挥了重要作用。

除此以外，"自我控制即客体控制"作为一个根隐喻，还可以和其他根隐喻或日常经验、文化常识等结合，进一步形成一个新的复合概念隐喻——"自我控制即拥有客体"（Self Control is Object Possession）。人们

① George Lakoff & Mark Johnson. *Philosophy in the Flesh: The Embodied Mind and Its Challenge to Western Thought*. New York: Basic Books, 1999. p.272.

根据日常经验，发现对物体进行控制的一个重要方式是将其牢牢抓住、据为己有。[①]因此，在“自我控制即客体控制”这一早期经验的基础上，又逐渐中发展出一个新的概念隐喻“自我控制即拥有客体”，其映射关系如下：

个人	→	主体
物理客体	→	自我
拥有	→	主体对自我的控制
失去	→	主体对自我失去控制

在这一复合隐喻中，人们在日常生活中获得自我控制的经验被映射为一个拟人实体（即和人一样具有清醒意识和主观能动性的动作发出者）对客体获得所有权，而主体对自我失去控制则相应地映射为拟人实体失去对客体的所有权。这一概念隐喻形式用意识主体失去对于意识之外的那个自我的所有权来映射主体对作为客体的自我失去控制力的状态。

在《什卡斯塔》中，这类将自我意识分解为“主-客”两个对立部分的微隐喻比比皆是。例如，在对巨人族的心理描述中，就反复出现了这种隐喻。巨人族的进化等级介于殖民地什卡斯塔的本地人和老人星人之间，他们被老人星帝国调派到什卡斯塔星球上与当地人“共生”，帮助其加速进化。然而在灾难时期由于星际关系的破坏，该星球与老人星建立的联系也随之破坏，“情感素”建构的锁链不再像以往那么牢固，巨人种族的自我意识和身份定位也发生了动摇。耶和尔在大灾难发生后第一次出使什卡斯塔，目的是将该星球上的巨人种族转移到其他未受影响的安全星球上。在等待转移的传送室里，耶和尔描述了巨人们因为星际关

① George Lakoff & Mark Johnson. *Philosophy in the Flesh*: *The Embodied Mind and Its Challenge to Western Thought*. New York: Basic Books, 1999. p.273.

系破坏而在自我认知上产生的变化：

> 这是一个传送室，我发现这里实实在在发生过剧烈的变化。这个房间的形式没有变化，但在这里有更多不安，在更多的时候，每个人似乎都丢失了自我：他们的眼神呆滞或游移，并且胡言乱语。①

文中"每个人似乎都丢失了自我"这句话体现了"作为物理客体的自我"概念隐喻范式。巨人们的内心分解为一个有意识的主体和一个主体意识之外的自我，具有意识的主体几乎"丢失了"自我，失去了对自我的控制。根据小说上下文背景，造成这种破坏的是闪迈特人，他们一方面破坏老人星帝国的发射柱，另一方面也发射自己的射线，从而控制什卡斯塔上的生物。这里潜藏着一个概念隐喻范式："带走他人的自我即拿走他人的所有物"（Taking Another's Self is Taking Another's Possession），它是"自我控制即拥有客体"隐喻思维的延展，也是"作为物理客体的自我"隐喻逻辑的一种具体表现。在小说中，闪迈特人趁灾难时破坏发射柱，令人们失去了与老人星的联系从而失去自我控制，因此文中的"每个人都失去了自我"实际上可以根据小说语境背景拓展为"每个人的自我都被闪迈特人带走了"。因此，在这一具体语句形式中，蕴含了由"作为物理客体的自我"这种微隐喻思维范式衍生出的思维模式——"自我控制即拥有客体""带走他人的自我即拿走他人的所有物"，表现了人物身份意识的"主-客"二元对立特征。

二、"处于熟悉位置的自我"微隐喻

"处于熟悉位置的自我"微隐喻是《什卡斯塔》中另一类常见的自我身份意识概念隐喻。莱考夫指出，这一隐喻源自人们的日常经验，人们

---

① Doris Lessing. *Re*: *Colonized Planet 5*, *Shikasta*. London: Harper Collins Publishers, [1979] 2002. p.64.

在身处熟悉环境时，往往更容易感受到控制力和安全感。这种体验通过身体与大脑的互动经历逐渐在人类思维和语言中形成一个根隐喻：“自我控制就是位于熟悉的地方”(Self Control is In One's Normal Location)，其映射关系如下：

个人	→	主体
熟悉的地方	→	自我
位于熟悉的地方	→	主体对自我的控制
不在熟悉的地方	→	主体失去对自我的控制

根据日常经验对“通常处所”(normal places)的体验，这一根隐喻往往发展为一个新的概念隐喻：当位于熟悉的地点内部时(如家中、办公处所内等等)，人们通常更容易感受到安全和控制力，因此他们常将“自我”(Self)映射为一个“容器”(Container)，主体位于容器之中被视为个体获得对自我的控制，位于容器之外则视为失去控制。例如人们常说“I was beside myself”或者“Are you out of your head?”就是此类隐喻的例证。

在《什卡斯塔》的人物描述中，这类微隐喻也大量存在。例如在对老人星帝国使者耶和尔自我身份意识的描述中，就蕴含了这种微隐喻模型。老人星使者耶和尔是文本中的主要叙述者，他在第三次出使什卡斯塔时，来到该星球上的第六区。在这个地狱般雾气霭霭、充满危险与诱惑的地方，耶和尔被本恩(Ben)等许多候在“东门”等待重新投生的亡灵团团围住，他们哭诉自己所遭受的痛苦和折磨，以下是耶和尔在根据自己出使经历写成的工作报告中，对自己在第六区遭遇亡灵时内心感受的描述：

……所有其他人都涌进来围住我们，不停抓扯，我几乎在他们渴望的吞噬中失去了自我。我站在那里感到自己在摇晃，感到有一种东西从我(身体里)被拖拽出来。①

这一描述即运用了"处于熟悉位置的自我"(Self Control is Being in One's Normal Position)的复合隐喻变体——"作为容器的自我"(Self as Container)。耶和尔的主体原本居于一个与主体意识的本质相协调的自我宿体中,从而能够实现自我掌控,保持清醒。然而当遭遇亡灵的哭诉时,这个主体被映射为一个从其原有的居所拖拽出来的实体,它由于离开了本身栖居的熟悉自我,从而差点使主体失去对自我的控制。在这一隐喻中,居于自我宿体的主体才是文中所描述的"被拖拽出来"的东西,它所栖居的自我是一个熟悉的地点、容器,居于这一地点是意识主体具有控制力的体现。耶和尔以这一隐喻映射来形容自己因受到什卡斯塔亡灵的不良影响,差一点失去主体意志对自我宿体的控制力这一内心体验,因此该隐喻是"主体-自我"宏隐喻思维范式的一种具体呈现。

三、"社会的自我"微隐喻

在《什卡斯塔》中,"社会的自我"(The Social Self Metaphor)这类微隐喻也在对人物自我身份意识的心理描写中时有出现。在这种隐喻模式中,"主体"仍然被映射为具体的个人,"自我"则被映射为社会生活中的另一个人,主体和自我之间的关系被映射为两个社会的人之间的相互关系。这一概念隐喻的映射关系如下:

个人	→	主体
另一个人	→	自我
可评估的社会关系	→	可评估的主体-自我的社会关系

① Doris Lessing. *Re: Colonized Planet 5, Shikasta*. London: Harper Collins Publishers, [1979] 2002. p.20.

认知研究表明,人们从出生开始就生活在各种各样的社会关系当中,他们的行为如何受到别人的评价是其形成各种价值观念的经验基础。在对自我的理解过程中,人们将这种评估互动的社会关系映射到主体和自我的相互关系上,认为这二者之间也存在着与社会中人际关系类似的互动关系。在上图的映射中,具有意识的"主体"被映射为社会生活中的一个人,"自我"则被映射为社会生活中的另一个人,主体和自我之间的相互关系被映射为两个社会人之间的某种关系,这些关系丰富多彩,包括敌对关系、父母与子女的关系、朋友关系、对话者的关系、照管者与被照管者的关系、主仆关系以及主体被迫达到自我的要求和标准等。

人们常说"I convinced myself to stay home",就是将主体和自我之间的相互关系映射为两个人之间的对话关系而形成的概念隐喻表现形式。这一映射实际上反映了主体意志与个人社会角色之间的矛盾对立关系。个人的社会角色在社会中的位置是属于"自我"的部分,而主体意志与判断则被认为是属于"主体意识"的部分。人们在经验中常常会遇到主体意志的决定使行为与自身社会规范下的身份地位不符合的情况。在《什卡斯塔》中,这种类型的微隐喻形式时有出现。例如,在耶和尔第二次出使什卡斯塔时,巨人族已经大部分被转移到了其他星球,只剩下叛变的巨人和什卡斯塔原住居民。耶和尔投生为一名什卡斯塔人,从而以不为人察觉的方式给予当地人帮助。但他的双重身份意识——什卡斯塔人的身体和老人星人的主体意识——给耶和尔的什卡斯塔化身造成了极大困扰,特别当他遇到巨人族时,这种自我意识的分裂更加严重:

> 至于我,我为自身内部存有的幼稚感到惊讶。抬头看看那些巨大笨重的人就会勾起我内心中那些模糊意识中的冲动。我想伸出手去并得到他们的扶持;我想得到所有我并非真正想要的各种安抚和慰藉——因此我感到羞愧,甚至愤怒。所有那些我心中不同层面

的记忆之间相互冲突,这加深了我切实感受到的悲哀……①

这一段引文中的概念隐喻需要联系上下文进行分析。起初,老人星人将巨人族调到什卡斯塔,与当地低等种族"共生"(symbiosis),从而加速他们的进化。在这种共生发展的关系中,尽管巨人族和什卡斯塔人都能从中受益、获得加速发展,但二者的关系并非完全对等。巨人族处于更高一个等级,是引导者、养育者,而什卡斯塔当地居民则处于被引导和养育的接受者位置,二者之间的关系如同父母和子女一般。而老人星人作为殖民关系中的宿主,其地位又高于巨人种族,在老人星人与巨人族的关系中,也存在这种养育与被养育、类似父母与子女的关系。耶和尔在投生为什卡斯塔人以后,其自我身份意识产生了分裂:一方面,他拥有老人星人的心灵和主体意识;另一方面,他的主体意识又暂时屈居于进化等级最低的什卡斯塔人的肉身宿体之中。这种微妙的矛盾关系在他遇见巨人族时被彻底激发,使他在自我认知中产生了"主体-自我"的分裂,他作为老人星人的主体意识和作为普通什卡斯塔人的身体在特殊情形的激发下,产生了一种矛盾斗争、控制与反控制的关系。受什卡斯塔肉身控制的自我部分将巨人当作养育者和父母,想要从巨人身上获得安慰,而受老人星意识控制的主体则对于自己向低等种族寻求安慰的渴望感到羞耻。这时,"主体-自我"这个宏隐喻以"社会的自我"微隐喻的形式在小说文本中出现,主体意识和意识之外的自我宿体被映射为两个相互斗争的个人,二者之间的关系则映射为相互斗争、矛盾冲突和控制反抗的社会关系。

四、"本质的自我"微隐喻

"本质的自我"微隐喻是《什卡斯塔》中十分重要的一类关于自我身

① Doris Lessing. *Re*: *Colonized Planet 5*, *Shikasta*. London: Harper Collins Publishers, [1979] 2002. p.50.

份意识的微隐喻。认知研究表明，在许多地区的文化常识中，都有这样一种不言自明的思维模式，即每个人都具有某种“本质”(Essence)，它们是自我意识二元对立结构中的主体意识部分。这个本质性的主体对我们的身体——自我认知二元对立结构中的“自我”(Self)部分——所施加的作用力是人们自然行为的动因，决定了其行为的性质。这个代表着人类本质属性，同时又能像一个具有能动性的人一样对自我宿体施加作用力，使其按照符合本质属性的方式行动的主体意识就被称作“拟人化的主体”(The Subject As Human Agent)。它是“本质的自我”二元对立结构中的一极。因此一个人本质上是谁是与其如何思考、判断和选择行动相关的。[①]根据这一文化常识，一个人行为的理想状态应该符合其本质的属性，即由其主体本质属性决定的自然行为。在主体与宿体自我的二元

---

① 通常关于自我身份的概念隐喻都源自童年的早期经验，但这类“本质的自我”概念隐喻则源自人们“关于本质的文化常识”(Folk Theory of Essence)。对于物理客体，人们在使用它们的过程中发现这些物体具有各种不同的“自然属性”(natural properties)，认为这些自然属性(也就是所谓的“本质”)是促成事物“自然行为的动因”(causes of the natural behavior of things)。例如树木的自然属性或者本质的一个方面是它的木质结构，而树木又具有一些自然行为，包括可以燃烧、遇风易弯折等，因此人们就用隐喻思维将树木的自然属性视为树木弯折、燃烧等行为的动因。在这个隐喻中，自然现象被映射为个人，而自然动因就映射为这个人对其他事物施加的作用力，自然事件则被映射为这一作用力产生的效果。于是，原本在身体之外的自然现象就通过隐喻映射成为一些与身体动作紧密相关的概念，变得易于理解了。例如在“风吹开了门”这个句子中，风这一自然现象被映射为一个人，风对推开门产生的动因则映射为此人对外界施加的作用力，而风推开门这一事件则映射为一个人对外界施加作用力所产生的效果。莱考夫指出，这一隐喻思维可以进一步转化成人们关于事物本质的文化常识。这是通过将事物的自然属性和事物的本质视为自然现象来实现的。自然属性(或者说事物的“本质”)本身也是一种自然现象，比如水的化学性质本身就规定了它在自然界表现出的特性，成为一种自然现象。因此，自然属性或事物本质产生出的动因也和自然现象产生出的动因一样被映射为一个人对外部世界的作用力，由自然属性(事物的“本质”)引发的事件则映射为个人施加作用力所产生的效果。而人们对人之本质的认知有着与对物理客体本质的认知类似的隐喻思维模式。参见 George Lakoff & Mark Johnson. *Philosophy in the Flesh*: *The Embodied Mind and Its Challenge to Western Thought*. New York: Basic Books, 1999. pp.214-215。

对立中,主体通常是具有能动性的意识部分,而宿体自我通常被喻为主体对其施加影响力的对象,即行动的客体。

然而,人们关于自我本质的概念却通常与他们的实际行为并不协调一致。这种不和谐性正是"本质的自我隐喻"(The Essential Self Metaphor)①的主题。在这类隐喻中,有两个自我。其中一个自我(那个"真正的""真实的"自我)与主体意识的本质是协调一致的,并且总是被映射为个体的人。第二个自我(非"真实的"或非"真正的"自我)则与主体意识的本质不相一致,它可以被映射为一个人,也可以被映射为一个容器,成为第一个自我的居身之处。其映射模式如下图:

1号人物	→	主体(人的本质)
2号人物	→	自我1号(与本质相符)
3号人物	→	自我2号,非真实的自我(与本质不符)

限定条件:主体的价值观与自我1号的价值观相同

"本质的自我"这类微隐喻形式在《什卡斯塔》中最典型地体现在对什卡斯塔当地原住民的心理描写中。耶和尔在最后一次出使什卡斯塔时,为了拯救执行任务失败的老人星使者托菲格而去往那里的第六区。遭遇灾难和退化的什卡斯塔上有许多寿命未尽而在战争和灾难中意外死亡的本地人。在第六区,这些亡灵可以重新投生。同时,耶和尔等老人星使者也可以通过这个区域投生到什卡斯塔人的家庭中,成为普通人难以察觉的外星使者。当耶和尔为了执行任务来到这里时,他目睹了许多第六区的亡灵为获重生而进行的痛苦挣扎,这些亡灵包括他曾经熟悉的什卡斯塔星老朋友本恩(Ben)和瑞拉(Rilla)等。瑞拉是普通的什卡斯

① 本小节中总结的与"本质的自我隐喻"相关的术语和论述除另外标注外,皆源自莱考夫的《体验哲学》,参见 George Lakoff & Mark Johnson. *Philosophy in the Flesh: The Embodied Mind and Its Challenge to Western Thought*. New York: Basic Books, 1999. pp.282-284。

塔人，她生前是耶和尔曾经认识的朋友。耶和尔在第六区遇到了瑞拉的亡灵，她正徘徊不前、难以投生。她也和本恩一样尝试了多次，希望能够战胜内心那个不听话的自我，但都失败了。当耶和尔遇见瑞拉时，对其内心状态做了如下描述：

> 她看上去似乎是一个静止的物体，内中空虚；她像一个危险的漩涡。我能看见自己，单薄而半透明，亦能感到自己在摇晃并倒向她，进到她被禁闭的暴力中。
>
> ……
>
> 哦，我曾认识她，并且非常熟悉她。我知道在那关着什么，那里囚禁的是她的绝望。①

在这段描述中，瑞拉的自我身份意识通过“本质的自我”概念隐喻得到呈现。具体而言，是以“本质的自我”概念隐喻的一种具体形式——“外在的真实自我”——来表现的。人们常常在生活经验中形成这样一种思维范式，即某人在公众场合呈现出的那个自我通常都十分和善，是符合主体本质的自我；他往往还有另一个令人尴尬的自我可能潜藏在个体之内，这个自我与主体本质不符，因此是非真实的自我，但它会在个人防御松懈的时候冲破囚禁表现出来。在小说的描述中，瑞拉外在的那个自我是平静和谐、与主体意识本质相协调的理性自我，但在这个外在自我内部，还潜藏着一个十分危险、充满暴力的非理性自我，这个与主体本质不相符合的自我被锁在她的外在自我之内，只要稍不留神，这个危险的与本质不相符合的内在自我就会跑出来。总而言之，她的自我意识是分裂的，其中具有一个代表人之本质的精神主体，以及一个意志力管辖下的自我，这个自我可能处于受控状态之下，也可能失控，即它可能处于

① Doris Lessing. *Re*: *Colonized Planet 5*, *Shikasta*. London: Harper Collins Publishers, [1979] 2002. pp.22-23.

与主体意识一致的状态,受到意志力的主宰,体现出本质的自我,也可能处于与主体意识冲突的状态,脱离意志力的管辖,成为不符合本质的自我。

除此以外,"本质的自我"概念隐喻思维范式还以其他具体形式在对什卡斯塔当地人的心理描写中反复出现。例如,它的另一种更具体表现方式是"真实的自我"(the True Self),即假设某人一生都生活于虚伪谎言或蒙蔽之中,他的行为方式与他真实的主体本质相左,他感到困惑并希望有所改变,从而能找到一种自己想要的生活方式,使自我的行为与自己的主体意识(也就是自己的本质)协调一致。这种关于自我身份的思维范式在小说中通过对什卡斯塔人大卫(David)的心理描写体现出来。在星际灾难造成老人星帝国与什卡斯塔之间的"锁"被破坏之后一年,耶和尔在出使什卡斯塔的过程中,遇到了另一名曾经熟识的什卡斯塔人大卫。耶和尔试图以从前的方式同大卫交流,但由于星际关系的破坏,老人星人对什卡斯塔人的控制也被削弱,因此他们之间出现了交流障碍。大卫在交流过程中,成为一个分裂的实体,时而能理解耶和尔的谈话,时而又变得完全陌生,难以沟通:

> 这次我又决定将大卫带在身边……我会坐下来一遍又一遍地不断解释,而他听着……此刻他提出的那些问题让人觉得似乎我从未给他传授过任何知识一般。……然而他似乎又的确吸收了一些知识,因为有时候他好像又能基于一些共同的知识进行谈话;这就像他的一部分知道并记住了我曾给他讲过的一切,而另一部分一个字儿也没听到过一样!我在之前和之后都从未如此强烈地体验过这种感觉,即与一个人在一起时,既能感觉到他鲜活的一部分与你保持着沟通联系,并正在聆听——而大多数时候他人的话语又无法通达那个安静而封闭的存在,他所言多半并非真实部分的他所言。正如一个被捆绑和堵上嘴的人站在那里,让另一个低劣的冒名者替

他说话一样。①

从以上引文中可以看出，大卫具有两个不同的自我：一个与主体意识本质符合，在这里也就是与老人星人培育的本质相符，因此当主体意识居于这一自我宿体时，大卫就能与耶和尔进行心灵上的沟通，此时大卫的主体意识就位于真实的自我当中；而大卫还有另一个自我，这个自我与主体意识的本质完全不符，当主体离开第一个自我宿体而进入第二个自我时，主体意识被囚禁起来，这个宿体就成为文中所说的“低劣的冒名者”，顶替主体来说话，因此也难以与耶和尔进行沟通。

综上所述，在《什卡斯塔》中，“主体-自我”这一宏隐喻主题不断以上述四种隐喻类型的微隐喻形式反复重现，成为一种贯穿全书的主题表现形式。本书第一章已经介绍了皮特·斯多科威尔(Peter Stockwell)在《认知诗学导论》中对宏隐喻的论述，他认为这种宏隐喻对文学主题的分析具有重要意义。接下来本书将进一步论述“主体-自我”宏隐喻的解析对于认识《什卡斯塔》乃至整个“太空小说”系列主题的重要意义。

第二节 作为宏隐喻的概念隐喻与自我身份意识主题的呈现

形式主义理论认为文学的“文学性”集中体现在陌生化机制，而从概念隐喻的角度出发，文学效果的产生机制却正好相反，它们的产生有赖于作者对日常语言比常人更深刻的理解。这是由于，根据体验哲学和概念隐喻理论，隐喻映射的建构基于日常生活经验，同一个目标概念域可

① Doris Lessing. *Re*: *Colonized Planet 5*, *Shikasta*. London: Harper Collins Publishers, [1979] 2002. p.77.

以由于不同的经验而获得多个源域映射,从而拥有丰富的多重涵义。然而,由于这些映射很多都是在异质的日常经验中产生,因此它们的源域完全有可能是互不相干甚至矛盾冲突的一些概念域。在文学创作中,一些作者根据自己对日常语言机制的深刻理解,会有意识地选择一组具有高度相关性的微隐喻表达来呈现一个共同的主题,这一组具有高度相关性的隐喻共同铸成了斯多科威尔在《认知诗学导论》里面提到的"宏隐喻"。因此,在体验哲学的视域中,文学创作中更重要的创新机制源于作者对日常语言现象中深层思维模式的超凡洞悉,这是他们娴熟运用这些隐含的概念结构来建构主题的基础。

认知研究表明,文学语言和日常语言的隐喻结构并不存在本质差异,它们都源自大脑、神经和身体在日常生活中与外部世界互动而形成的神经联结,如果一定要对文学语言和日常语言进行区分,那么二者之间的真正区别可能在于它们是否是有意识而为的产物。日常生活中,语言表现出的隐喻范式往往源自说话人在无意识中对潜意识思维模式的运用;而在文学创作中,有一些概念隐喻则可能源自作者的有意识筛选和组合,他们对日常生活中业已形成的那些隐喻结构进行了有计划、有选择性的组合与重现。而要获得这种自由驾驭不同隐喻思维结构的能力,恰恰需要作者对日常语言的机制拥有比常人更深刻的理解。

在《什卡斯塔》中,反复出现的自我身份隐喻之间具有密切的相关性和高度的一致性,几种不同的微隐喻共同指向一个宏隐喻主题,且其内涵相互协调补充,最后汇成一个大的主题——对人之本质的界定。其中精心安排的各种概念隐喻就好像一把秘钥,带领读者逐步开启整个系列作品的丰富主题内涵。

一、"主体-自我"宏隐喻结构与分裂的自我意识

根据前面一节的文本分析,《什卡斯塔》中关于自我意识主题的微隐

喻大致可以归结为以下四种类型：

1. 将自我视为物理客体的概念隐喻。这类概念隐喻源自身体控制与物理客体控制之间相互关联的经验基础。

2. 处于熟悉位置的自我概念隐喻。这类概念隐喻源自位于熟悉环境和感受到控制力之间相互联系的经验基础。

3. 社会的自我，将社会关系映射到主体与自我的关系中。这类概念隐喻源自周围人如何评估我们和他人的行为与我们如何评估自己的行为之间的联系。

4. 本质的自我。这类概念隐喻源自关于事物本质的文化常识。

在日常生活中，对于隐喻模型的选择往往没有绝对的唯一性。人们在运用隐喻结构进行自我身份建构时可能运用几个具有内在一致性的微隐喻，也可能运用几个互相冲突矛盾的微隐喻。而在文学作品人物身份意识建构中，这些隐喻映射的选择机制显然要比在日常生活中更有规律。从前面论述的几种微隐喻模型可以看到，这些隐喻思维范式虽然在表现形式上各不相同，但它们都源自同一种基本的概念隐喻思维模型，即“主体-自我”二元对立的思维结构。换言之，《什卡斯塔》中所有关于自我身份的微隐喻都指向一个共同的宏隐喻，表现了一种分裂的自我意识特征。这种意识结构中包含了意识主体和自我宿体两个部分，二者具有相互斗争或融合的各种关系。文中所有关于自我身份意识的隐喻表达都是基于这种二元划分的总体映射模式而延伸出的不同微隐喻。其映射如下：

<u>人或实体</u>	→	<u>整体的人</u>
一个人	→	主体
一个人或事物	→	自我
某种关系	→	主体-自我间的关系

如本书第一章所述，人们通过隐喻映射，可以将日常生活中身体与

世界交互的具体经验投射到目标域需要建构的概念之上,从而使得原本十分抽象、难以理解的目标域概念变得清晰具体,成为易于把握的概念。在《什卡斯塔》中,作者将分裂的内心体验用日常生活中可感可触的人、事物和关系来映射,运用各种微隐喻使自我意识的内涵变得更加丰富具体,它们共同构成了作品对"人"这一概念的主题建构。小说采用了一系列高度相关的微隐喻来描绘各类人物内心意识,它们都指向一种分裂的自我意识,即"主体-自我"概念隐喻思维范式。这一思维范式既是这些微隐喻共同的深层宏隐喻结构,也是贯穿整个作品的宏观主题之一。

二、认知指示与自我身份意识主题——有意识的文学创造活动

在《什卡斯塔》中,读者不仅可以从各种微隐喻的共同结构特征来推断出它们构成的自我身份意识主题,更可以从作者提供的各种显著的认知提示来对其进行佐证。这些微隐喻的反复出现绝非巧合,它们是作者对日常隐喻思维模式进行有意识加工的结果,暗示了小说的重要主题。莱辛在文中对不同字体的运用是这一观点最有力的证明,她在小说文本中运用不同的字体格式标示出一些关键词语,使它们成为一种认知指示,提醒读者关注这一主题。在前面一节已经分析过的内容中就有两个比较明显的例子。第一个例子出现在描述谢尔班遇到巨人族时的那段引文。[①]引文中的一句话里出现了作者刻意标示出的斜体字,即"我想得到所有我并非*真正*想要的各种安抚和慰藉"(wanted all kinds of comforts and soothings that I did not *really* want at all)中的"*真正*"(*really*)这个单词运用了斜体格式,区别于上下文其他部分。作者运用这种方式来强

① 参见本书第111—112页所举的例证。原文引自 Doris Lessing. *Re: Colonized Planet 5, Shikasta*. London: Harper Collins Publishers, [1979] 2002. p.50。

调谢尔班自我意识中的分裂:他拥有两个自我,一个是与耶和尔的老人星主体意识相符的自我,另一个则是受什卡斯塔人身体影响、与老人星主体意识不符的自我。后者作为低等的什卡斯塔人想要得到高进化等级巨人族的安抚,正如孩子想要得到长辈的安抚,是自然而然的反应。但这对于比巨人族更高进化等级的老人星主体意识而言,却“并非*真正*想要的”(did not *really* want at all)。

另一个例子同样出现在本书第116页分析过的片段,即描述耶和尔试图与什卡斯塔人大卫沟通交流的那段引文,其中有这样一句话:

> 我在之前和之后都从未如此强烈地体验过这种感觉,即与一个人在一起时,既能感觉到他鲜活的一部分与你保持着沟通联系,并正在聆听——而大多数时候他人的话语又无法通达那个安静而封闭的存在,*他*所言多半并非真实部分的他所言。正如一个被捆绑和堵上嘴的人站在那里,让另一个低劣的冒名者顶替他说话一样。①

在这段引文中,细心的读者会注意到:“*他*所言多半并非真实部分的他所言”(what *he* said was not often said by the real part of him)这句话中出现了两个人称代词“他”,并且前一个“他”被作者用斜体字刻意标示出来。根据上下文语境仔细斟酌,会发现这句话中前后两个“他”具有截然不同的内涵,前一个“他”指与老人星主体意识不相符的那个非真实自我,而后面那个他则指与主体意识一致的真实自我。作者刻意在同一句话中将两个相同的人称代词并置,并用它们来指代同一个人物大卫,又用斜体标示出其中的一个“他”以明示二者在内涵上的不同,用认知提示的方式来为读者指路,引导读者思考其中的用意。

更加直接的认知指示出现在瑞切尔的日记中。在耶和尔投生到什

---

① Doris Lessing. *Re*: *Colonized Planet 5*, *Shikasta*. London: Harper Collins Publishers, [1979] 2002. p.77.

卡斯塔成为乔治·谢尔班时,他的两名什卡斯塔朋友瑞拉和本恩也和他一起通过第六区投生为瑞切尔和本雅明,三人出生在同一个家庭,成了兄妹。乔治由于仍然具有老人星人的意识记忆,因此经常与来自老人星的朋友汉森交谈,瑞切尔也常跟随乔治,但是她却无法听懂他们的交谈并为此感到十分焦虑。阻碍瑞切尔理解的根本原因在于她拥有受到什卡斯塔情感影响的自我。于是汉森让她写日记,其目的是要让她通过这一过程平复心情,减少情感自我对其提升主体意识的阻碍作用。在此之后九个星期,瑞切尔在日记里写下了她关于这一事件的感悟:

> *……有好几次我都*<u>找到了自己</u>*——我这样说是因为它总是很明显地出现在汉森与乔治谈话时。或者毋宁说是汉森讲,乔治听。至少现在我不会在心中让感情决堤和害怕屈从了。我能够倾听。有时候也能听懂只言片语。而事实上我明白,在这样的一个谈话中,乔治听懂了其中的一部分,而我听懂了其中的另一部分。那就是这类谈话的本质。*①

这一段引文是瑞切尔的日记,因此在小说中全部采用了斜体格式,但唯独其中的"找到了自己"(found myself)是普通字体,并且用下划线标识出来。与前面的两个例子相比,这里的标示更加直接地对"找到自我"这一主题进行了刻意强调,它与前面的分析亦可相互印证。进一步分析,此处出现的也是一个"本质的自我"②概念隐喻,其中蕴含了"情感—理性"的二元对立结构,理性的一极通过与本质的主体意识结合而获得了统治地位。瑞切尔的主体意识正是由于排除了情感的自我,找到了符合其本质的理性自我,才真正地"找到了自我",从而部分理解了耶和尔与汉森之间的对话。前面两段引文仅仅对与自我身份意识主题相关的

① Doris Lessing. *Re: Colonized Planet 5, Shikasta*. London: Harper Collins Publishers, [1979] 2002. p.288.

② 具体而言,属于"找到真实的自我"这一子类,参见本章前面一节的类似分析。

重点单词进行了提示，而这段引文则对带有“-self”后缀的单词进行了强调，更直接地指明了小说的重要主题——分裂的自我身份意识。

总而言之，这些文体格式变化引起的认知提示不断出现，在文本中穿针引线，启发读者深入思考小说的重要主题。文中出现的各种特殊的格式变化表明，这些隐喻结构的大量存在，并非巧合或无意识现象，而是作者有意识运用的文学创作手法，是作者基于对日常语言隐喻范式的深刻理解而对其进行的创造性运用，这种有意识的文学活动对于主题的烘托起到了重要作用。

三、“主体-自我”宏隐喻蕴含的哲学主题

《什卡斯塔》中的自我身份意识概念隐喻具有浓厚的经验基础和文化基础，它们的出现表明，作者是在传统语境中发起对“人之本质”这一哲学问题的思考的。

在传统的西方哲学中，二元对立的概念隐喻思维通过日常经验进入人们的无意识结构，并塑造了许多关于人们自我身份的哲学观念。莱考夫将这种二元对立思维范式中蕴含的传统西方哲学观念归结为以下几种：

1. 现实独立于人的心智、大脑和身体而存在；

2. 世界中有一个超验和普遍的理性结构，独立于人的心智、大脑和身体而存在；

3. 由先验理性形成的概念正确地描述了独立于心智、大脑和身体的现实的特征；

4. 人类的理性是人类心灵运用先验理性的能力，理性的结构是由先验理性的结构决定的，因此是非体验性的，不依赖于人类的身体和大脑而存在；

5. 由于理性是超验的、非体验性的，因此人类思维中形成的概念也是超验和非体验性的；

6. 人类概念可以描述独立于人身心的客观现实，即世界本身拥有一个独一无二的固定概念结构，人类只是能够通过正确的理性思维来认知和运用它而已；

7. 拥有先验理性是人之为人的本质特征；

8. 先验理性与文化、人际关系统统无关；

9. 人的本质只与先验理性有关，与音乐、艺术等运用感官的事物无关。①

莱考夫指出，这些哲学观念与“分裂的自我”这类概念隐喻范式之间具有紧密的内在联系。《什卡斯塔》中的概念隐喻显然也通过反复建构这种二元对立结构在小说中呈现了这类传统西方哲学观念。由此可见，莱辛并非简单地探讨自我身份意识主题，而是通过对传统话语结构的洞悉，将其隐喻范式具体呈现出来。

总而言之，关于自我身份意识的众多微隐喻基于共有的二元对立结构，并指向一个共同的宏隐喻哲学主题，这使得整部小说中出现了一个脉络清晰而又贯穿始终的有机链条。在小说的星际帝国的话语建构中，该隐喻模型通过二元对立结构将非体验性的普遍理性界定为“人之本质”，这成了其整个理性帝国秩序构建的起点和重要基石。

第三节　二元对立结构的具体内涵和等级结构的隐性植入

在《什卡斯塔》中，不同形式的微隐喻都指向“主体-自我”这个总体性的宏隐喻，凸显了分裂矛盾的自我认知模式。随着故事的展开，这个

① George Lakoff & Mark Johnson. *Philosophy in the Flesh: The Embodied Mind and Its Challenge to Western Thought*. New York: Basic Books, 1999. pp.21-22.

二元对立结构通过各种隐喻表达式在语境中获得了不同侧面的丰富内涵。总结起来，这种总体性的两分结构在故事演进中获得了以下几个方面的具体内涵。

一、“静止-动荡”的二元对立

在《什卡斯塔》中，作者通过对什卡斯塔的环境描写，体现了“自我”易受经验环境影响、动荡不安的特征，同时反衬出“主体”不易受环境影响、超验静止的特性，从而突出了主体与自我之间的二元对立关系。在小说人物分裂的自我意识中，自我部分通常与周遭环境密切相关，例如耶和尔身体中能够密切感知周遭世界的自我部分就深受什卡斯塔动荡环境的影响，从而与原本宁静、超越经验的主体意识形成矛盾对立，“静止-动荡”两种特性之间的对立也由此成为“主体-自我”二元对立的重要方面和具体内涵。

小说将什卡斯塔星塑造成一个动荡不居的星球，特别是在这个星球上的第六区，这种特质更加明显。耶和尔在一份报告中描述了什卡斯塔的基本特征：

> 如果你没有久经历练，那么什卡斯塔上的声音是不能听的。如果你没有做好准备的话，什卡斯塔上的颜色也是你无法承受的。
>
> 简言之，什卡斯塔是一个动荡不安的星球，其强烈和狂野的程度在我们熟知的星球中前所未有，待在那里太久、遭遇以上任何情况都会使人失去正常的判断力。①

在耶和尔看来，什卡斯塔是一个充满感官刺激和动荡不安的星球：那里的声音很刺耳、色彩很强烈，没有经过特殊训练的老人星人很难适应这

① Doris Lessing. *Re*: *Colonized Planet 5*, *Shikasta*. London: Harper Collins Publishers, [1979] 2002. p.17.

样的环境。耶和尔指出，这种动荡不安的本质是什卡斯塔特有的，它与老人星人的主体意识相冲突，对其具有破坏作用，"会使人失去正常的判断力"。耶和尔在自己的第三次出使报告中详细描述了什卡斯塔星球对主体意识的破坏作用：

> 我明白那是一个能使人的心灵衰弱、遭受破坏并使其充斥着各种梦幻、软弱和欲望的地方！——人们心中总是妄念长存——却又总是对它们难以企及。然而这就是我们的命运、我们的使命，一次又一次将自己带回这些危险和诱惑的混乱中。没有别的办法，虽然我不愿待在第六区！①

耶和尔为了去接替在什卡斯塔星上被捕的托菲格继续执行任务，来到什卡斯塔星球上的第六区。这个区域是用于超度非正常死亡的什卡斯塔星人、使他们获得重生的过渡区域，同时也是一个充满混乱和诱惑的危险区域，是耶和尔最不愿涉足的地区之一。在那里，老人星人的自我主体意识受到什卡斯塔的侵蚀与破坏。但为了投生到什卡斯塔上去执行任务，老人星使者们又不得不潜入这一地区，将他们的自我暴露在这些混乱、危险和充满诱惑的环境中，经受考验。引文中提到的"我们自己"(ourselves)显然是指符合老人星人本质的主体意识自我(与老人星本质符合的主体意识在该系列小说中常常被描述为一种宁静的自我意识)，而受到什卡斯塔影响而难以自持的自我，则是二元对立关系中不符合本质的宿体自我，它们因受到什卡斯塔影响而具有动荡不安、易受诱惑、极易变化的特质，是偏离老人星主体意识的自我部分。

通过故事情节的渲染，小说将"主体-自我"二元对立结构与"静止""动荡"这两种不同特质的对立联系起来，使其成为"主体-自我"二元对

---

① Doris Lessing. *Re*: *Colonized Planet 5*, *Shikasta*. London: Harper Collins Publishers, [1979] 2002. p.18.

立具体内涵的一个重要方面。

二、“理智-情感”的二元对立

“理智-情感”的二元对立是“主体-自我”隐喻二元对立结构中另一个层面的涵义。在小说中，老人星和什卡斯塔星都可以通过环境影响居民的心理意识，将各自的物理特征传递到人物的个体身份意识中。这两个星球还具有一些拟人特征——老人星具有理性特质，什卡斯塔(特别是第六区)则富于强烈的情感性。这些拟人特质也和物理特征一样，能够通过环境潜移默化地进入人物的个体身份意识中去。

情感特质是什卡斯塔星的典型特征。耶和尔在关于第三次出使什卡斯塔的报告中，描述了他穿越前五个区之后进入第六区的情景：

> 我从第一区到第五区，尽量避免接触任何事物。我曾数次造访这些地区，它们生机勃勃并且大多数时候是令人愉快的，那是因为这里的居民已经摆脱了过去什卡斯塔的影响，并且也远离第六区瘴气能够企及的范围……很快我就知道自己已经接近了第六区，不需要任何人告知我就能感觉到这一点，于是我说，啊，什卡斯塔，你又来了——带着一声内心的叹息，召集起心中的力量。
>
> 悲伤的暮光，欲念的迷雾，各种情感生生要把人拖进它们的漩涡中……①

从第一区到第五区，由于老人星帝国的帮助和当地人的努力，耶和尔受什卡斯塔的影响较轻。但到了第六区，环境发生了明显的变化。这是一个最能体现什卡斯塔情感特质的地方，在这里有“悲伤的暮光，欲念的迷雾，各种情感生生要把人拖进它们的漩涡中……”。这种情感特质同样

---

① Doris Lessing. *Re*: *Colonized Planet 5*, *Shikasta*. London: Harper Collins Publishers, [1979] 2002. pp.18-19.

可以通过环境对人物的自我心理意识产生影响。与老人星关系密切的人物更容易获得理性特质,而什卡斯塔上的本地人则容易被情感所主宰而偏离理性判断。

在老人星人的观念中情感几乎被完全剔除,取而代之的是对理性思维的强调。什卡斯塔在经历了大灾难以后,生物寿命逐渐缩短、体形变小,并且难以发展出成熟的自我意识,各种退化症状开始出现。老人星使者耶和尔对此在报告中进行了充满同情的描述,但旋即又因自己富有感情的报告而向上级管理者道歉:

> 您真慷慨,允许您的使臣表达主观感情。但我内心中还是有一股悲哀之情,如果您不会认为这是一种抱怨的话,那就更显示出您的宽容了。伟大的星球在它们各自的轨道中运行,拥有宿命的孩子不允许抱怨……①

总体上讲,老人星帝国是一个崇尚理性、排斥情感的国度。它按照星球运行的秩序和位置来决定自己的命运,一切个体都被纳入这一整体性计划之下,不需要任何个人的抱怨和情感。而没有和宇宙秩序建立这种联系的什卡斯塔则恰好相反,具有强烈的情感特质。

根据前面的分析,"主体"与"自我"两个部分分别与老人星帝国的意识形态和什卡斯塔的负面影响关系密切,因此通过这类小说情节的烘托,"主体-自我"二元对立关系获得了"理智-情感"二元对立这层更加具体的内涵,老人星帝国主体意识的本质特征是理性思维,而受什卡斯塔影响的自我宿体则是情感特质的大本营。

三、"心灵-身体"的二元对立

"主体-自我"的二元对立还体现在心灵与身体的矛盾分裂关系上。

---

① Doris Lessing. *Re*: *Colonized Planet 5*, *Shikasta*. London: Harper Collins Publishers, [1979] 2002. p.137.

耶和尔在其报告中回顾了他记忆中那个还未遭星际灾难破坏的什卡斯塔(即罗汉达)的情况,描述了两个具有不同进化等级的共生种族在身体欲望方面的巨大差异:

> 对性的渴求程度在两个种族中是不同的。巨人族的寿命有四五千年之长,生育一次或两次,抑或终生不育。……女性巨人在不养育后代时,和男性巨人做着同样的工作,而这是她们一生中大部分时候的情况。这些工作大部分是脑力劳动,即不断地对该星球和老人星之间的信息传输进行调节,使其保持在一个合适的水平上。对于他们而言,性并非一种强烈的欲望,这对于当地人而言很难理解。除了用于实际的生育繁殖外,性的力量与魅力、波澜起伏的脉动都被转化成了一种更高境界的力量。①

处于进化等级低位的什卡斯塔人具有较强烈的身体欲望,他们交媾的目的主要是为了满足欲望。具有较高进化等级的巨人族虽然具有良好的身体素质和更长的预期寿命,但他们却更大程度地脱离了身体的原始控制,具有更多老人星的主体意识特征。他们将这些身体欲求与种族繁衍的理性目标结合起来,有节制地控制欲望和进行生育。身体主宰两个种族的不同程度暗示了二元对立的等级秩序,身体欲望与较低进化等级的什卡斯塔人相联系,因此包含身体的自我宿体在二元对立结构中自然处于劣势的位置。理性与心灵等精神特质则是巨人族的特征,而巨人族相对于什卡斯塔人具有较高的进化等级,因此在“心灵-身体”二元对立结构中,心灵天然地获得了优势位置;而心灵的载体——意识主体——也在“主体-自我”二元对立结构中成了相对占据优势的一极。

小说中能够体现这种“心灵—身体”二元对立结构的情节还有很多。

---

① Doris Lessing. *Re*: *Colonized Planet 5*, *Shikasta*. London: Harper Collins Publishers, [1979] 2002. p.42.

例如,耶和尔在一次报告中称,什卡斯塔上的巨人具备一种不用借助肢体动作和语言、仅凭纯粹的心灵感应就能进行交流的能力:

> 我感到他们最后都明白了有一些令人恐怖的事物存在。我看着他们再次聚起内心的力量。两个人之间流动着对彼此的理解:不需要任何诸如交换眼神或点头致意之类的低级肢体语言。①

巨人们不需要借助“交换眼神或点头致意之类的低等肢体语言”就能够通过类似意识流动的内在能力进行交流。这里的描述直接地点明了肢体语言等属于身体的物理作用的范畴是“较为低劣的”。那么不言而喻,与身体动作相对的心灵沟通就是较为优越的沟通方式了,它们只属于和老人星意识关系密切的物种和事物。

随着与老人星联系的疏远,这种心灵的能力也会逐渐丧失。在老人星建立的“锁”被破坏后一年,耶和尔作为使者来到什卡斯塔,他描述了这里的情景:

> 我试图通过将其与“签名”联系在一起来让他们真切地领会到死亡的涵义,但没有成功。他们不相信自身会死亡,这是由于那些强壮的身体明白还有上千年的生命在前方等着他们,他们身体给予的知识比其受损的心灵产生的虚弱思想要来得强大。②

引文描述了什卡斯塔居民由于灾难而失去老人星意识控制后的状态。他们的内在自我中,由老人星主宰的主体意识遭到破坏,只剩下由其原始的身体经验主宰的那个自我,因此他们难以理解“死亡”的概念。他们强壮的身体经验主宰了其自我意识,从而遮蔽了心灵中脱离身体经验的抽象意识,难以领会死亡这个概念的涵义。

综上所述,小说中的“心灵-身体”二元对立结构不仅成了“主体-自

---

① Doris Lessing. *Re*: *Colonized Planet 5*, *Shikasta*. London: Harper Collins Publishers, [1979] 2002. p.54.

② Ibid., p.94.

我”概念隐喻的具体内涵，并且还隐晦地在这两个对立结构之间建立起了高下有别的等级结构。根据“主体-自我”概念隐喻的内涵，主体主要指个人的意识，自我通常是指主体意识之外的其他方面，其中包括身体和历史经验等部分。在上述情节中，小说的意识主体对应具有抽象思维能力的心灵部分，在故事中被描绘成较高进化等级的生物所具有的特质，因而在二元对立结构中占据了较高地位；而自我宿体与身体、感官和情绪等对应，在情节中被归结为较低进化等级的产物，是二元对立结构中较低的一极。在西方传统文化中，类似的二元对立关系早已有之，莱辛通过小说将这些根深蒂固的观念体系重新建构起来，并有意对其加以强调，从而为之后的思想分析做好了铺陈。

四、“整体-部分”的二元对立关系

在《什卡斯塔》中，“整体-部分”之间的二元对立关系也是“主体-自我”隐喻的重要内涵。心灵代表的主体意识在故事中是由老人星帝国赋予的单一意识形态，它独立于身体经验存在，与身体欲望、感官体验和个体情感都无关，是一种抽象的超验理性，孕育了帝国宏大的整体性计划。正是这种超验性使老人星意识形态摆脱了个体差异束缚，成为具有普适性的规则；而身体代表的自我处于各种外部环境的影响下，具有多样化和体验性特征，它可能是与其他具有共同经历的群体相似的身份特征，也可能是独一无二的个体经验，但不论是上述哪一种，都是局限在一定范围内的非普适性特征。在《什卡斯塔》中，这种超验性和体验性之间的矛盾对立以“整体-部分”二元对立的形式呈现出来，具有整体性、普适性的老人星意识形态在帝国报告中被视为人之为人的本质，而个体或团体的自我身份则被视为低等意识的产物，具有局限性和破坏性。

同样，这个“整体-部分”二元对立结构也通过故事情节获得了一种等级秩序。什卡斯塔上的原住居民起初在老人星人的眼中只是一些类人的动物，它们中的部分因为老人星使者的帮助而获得了老人星帝国的意识，才开始进化成人类，而且其进化的等级也和它们通过“锁”的建立接受老人星意识的程度对等。这种具有普适性、整体性的老人星意识被视为人之为人的本质，也是等级进化的根本推动力，老人星意识的影响力如果削弱，则会引起“退化症”(degenerative diseases)①。而另一方面，与身体经验、社会经历等紧密相关，具有差异性的自我身份则成为拖累进化的落后力量，只有摆脱了它们的影响，巨人族和什卡斯塔人才能实现进化。

这种“整体-部分”的二元对立等级关系常常在小说中被推向极致，落后的力量不仅仅来自个体身份的拖累，甚至集体共同经验所塑造的自我身份意识也被视为落后力量的体现。《什卡斯塔》收录了一份名为“附加说明信息 II”(“Additional Explanatory Information. II.”)的文件，这是耶和尔在自己的主要报告内容后附加的补充报告文件之一，在其中他分别谈到了什卡斯塔上的宗教、国家和政治。在他看来，什卡斯塔上的宗教派系分裂严重，通过生动煽情的语言来传播狭隘的救赎观念——只有信仰的一小群人才可得救。而这类宗教日渐式微，“只有将目光局限于自己历史的人才可能继续保持这样的思维结构”。②他同时批评了什卡斯塔上狭隘的民族主义：“……什卡斯塔人用思考一个村庄或城镇的类似方法来认识一个‘国家’，并且甚至有可能一生都抱有这种想法。”③随着故事情节的推进，小说中出现的战争和纷争几乎都是因为这种集体观念引起，而这种观念是什卡斯塔星作为一个低进化等级星球的典型特征。这种集体观念与老人星意识形态所持的整体观之间存在着本质区别，它

① Doris Lessing. *Re*: *Colonized Planet 5*, *Shikasta*. London: Harper Collins Publishers, [1979] 2002. p.48.

② Ibid., pp.247-248.

③ Ibid., p.248.

们以具体的文化和社会人际关系为纽带，地域的差异也是其中一个因素，因此这种集体的范围是有限的，具有较为清晰的边界。而老人星意识形态中的整体规则是以一种无所不包、无形无质的普遍理性为纽带，与任何体验性的经验毫不相干。

在1980年出版的《天狼星实验》的序言中，莱辛谈到了自己对二元对立关系的好奇，她坦言促使自己写小说的一个原因是对人们如何获得某些“关于自身的观念”①感到好奇。她指出，在从古到今的文学中，似乎都有一个既定模式，即两个二元对立的概念之间往往具有“善恶之分”(good and evil)②，而这些观念如何产生却鲜有人探究。这种二元对立思维模式在她的故事中得到了淋漓尽致的重现，各种隐喻式的语言表达重新追溯了这种“主体-自我”思维模式的形成过程，并通过各种故事情节揭示了其丰富的涵义。

莱辛通过小说建构二元对立观念的过程实际上模拟了西方传统的理性主义哲学和伦理学话语机制建构的历史过程。人性问题(即什么是人，何为人之本质)这一问题，是西方伦理学的基础；关于人的本质是理性还是感性，则一直是西方传统哲学和伦理学中争论不休的一个重要问题。在古希腊城邦社会中，为了统一不同城邦的风俗，出现了自然哲学家，他们提出了所谓“自然的人”的概念，亦即“趋乐避苦”的人，其实质是“从自然出发来理解人”，也就是从感性出发、将人的感性看成是人的本质。③伊壁鸠鲁是这种思想的典型代表，中世纪基督教对人之感性欲望的压抑更加激发了这一传统的延续，霍布斯和洛克等哲学家都持类似观

①② Doris Lessing. “Preface.” *The Sirian Experiments*. New York: Alfred A. Knopf, 1981.

③ 在古希腊，以亚里斯提布(Aristippus，公元前435—前350年)为代表人物的昔勒尼学派(Cyrenaic School)和由其发展而来的伊壁鸠鲁学派(Epicurus)都是享乐主义和快乐论的主要代表。参见宋希仁:《西方伦理思想史》，北京:中国人民大学出版社，2010年，第84—91页。

点。麦金泰尔等伦理学家则对此提出异议，认为这无疑与性恶论一样会鼓励人们像动物般互相撕咬、趋乐避苦、逐利竞争。因此，西方的大部分伦理学家选择通过理性来克服这种性恶论的负面影响。“西方伦理学在寻找人类高于万物的特有本性时，不同于中国伦理学的地方在于：它不是通过人的‘善性’而是通过‘理性’来完成这一工作的。”[①]而这种理性主义的伦理学传统可以溯源至古希腊的柏拉图和晚期斯多葛学派。柏拉图伦理学的基本观念是将人的意愿分为三个部分：一是“追求知识和秩序的愿望”(the desire of reason for knowledge and orderliness)，二是“自我防卫的精神意志”[the desire of “spirit”(thymos) for self-defense]，三是“身体欲望”(the bodily appetites)。[②]柏拉图认为情欲与理性处于激烈竞争中，理性虽然是人之为人的本质特征，但它需要和欲望争夺三者中的另一个部分——精神意志。当意志服从于理性时，就会使人的行为合乎伦理美德；反之，意志被欲望征服时，正面的意志就会受到压抑而对人们的行为产生负面效应。

继柏拉图之后，这种理性主义思想在漫长的历史进程中形成了一个长长的思想脉络：古希腊斯多葛派晚期的哲学继承了柏拉图的观念，认为具有理性的人的灵魂就是人的本质特征。启蒙时期古希腊的哲学观念被重新发现，法国哲学家笛卡尔也认为人的“心灵、理智或者理性”而非感性欲望才是人的本质特性；莱布尼茨则提出“理性灵魂”的概念，认为世界由精神实体单子构成，每一单子都有不同程度的“知觉”，人的灵魂具有最为清晰的知觉，即人的“理性灵魂”；黑格尔则认为正是理性才

---

① 强以华：《西方伦理十二讲》，重庆：重庆出版社，2008年，第7页。

② Theodore C. Denise, Nicolas P. White and Sheldon P. Peterfreund. “Chapter1 Plato (427-347 B.C.) Knowledge and Virtue: Selections from *Gorgia* and the *Republic*, Books Ⅰ-Ⅱ, Ⅳ, Ⅵ-Ⅶ, and Ⅸ.” *Great Traditions in Ethics*. Beijing: Peking University Press, 2006. p.10.

使人成为国家公民，摆脱欲望冲动的任意性，体现出理念的客观普遍性。这些哲学观念一脉相承，其共同特征就是将人视为一个本质和本质以外的实体组成的二元对立矛盾体，其中的本质部分是静止的、永恒的、普遍的、整体的和超验的理性，它独立于个体的大脑、身体、个体经验甚至作为群体成员的社会身份而存在，决定了人之为人的本质。莱辛用小说的语言和情节重构了西方哲学理性主义传统的话语模式。从概念隐喻的角度分析，则可以清晰地解释这些话语的形成机制，揭开莱辛在思想探索之旅中设置的谜底。

第四节 “人之本质”问题中的历史、现实与未来——“太空小说”中的伦理哲学、经验现实与理想国蓝图

如前所述，莱辛指出，在从古到今的文学中，似乎都有一个既定模式，即善与恶的争斗，这些观念如何产生鲜有人探究。而她在《什卡斯塔》中则探索了这些哲学话语的建构机制。不过，单纯的形而上学探索并非莱辛的最终目标。从本质上讲，莱辛是一个关注社会现实的作家，她所有的作品都没有脱离对人类现实生存状态的人道主义关切。她早期小说中表现出的那种强烈的社会关怀在新的太空背景下并未消逝，而是以新的方式呈现出来。

在伦理学的传统中，对“人之本质”这一概念的梳理通常不仅是对哲学伦理学根本问题的透视，还往往是理想国家秩序建构的起点。例如在《理想国》中，柏拉图正是通过将人类灵魂的三个组成部分发展为其伦理学思想的三个部分，进而提出了关于理想国秩序的主张。他认为灵魂的三个组成部分（理性、意志、情欲）分别对应于三种美德，即理性的智慧、意志的勇敢和情欲的节制。对于国家而言，正义等于各司其职，通过这

种整体规划，国家才能形成秩序井然、社会和谐的局面；对个人而言，则需要通过克制情欲、服从整体的理性秩序来实现社会正义。①

同样，莱辛在《什卡斯塔》中对人之本质的反复探讨也是她进一步用小说进行帝国建构的基础。莱辛运用科幻小说的独特形式探讨了诸多现实问题，指出了西方的党派政治和帝国殖民体系中存在的困境，并以此为契机开启了自己的乌托邦思想实验之旅。

一、整体性自我意识的缺失与西方传统社会秩序的缩影

《什卡斯塔》将对"人之本质"的哲学追问与对西方社会政治问题的讨论结合起来，以"整体-部分"的二元对立模式为依据来诊断这种政治模式中存在的问题。小说中，老人星使者托菲格原本计划通过投生什卡斯塔来执行救赎任务，结果反而因遭受什卡斯塔星的强烈影响而失去了自我。他成了什卡斯塔上的一名工党领袖，名叫约翰·本·奥克斯福尔德(John Ben Oxford)，其形象是西方老一代政客的典型代表。耶和尔在报告中描述了奥克斯福尔德这类什卡斯塔政客的普遍特点：

> 他认为自己扮演着一个关键角色——就好像他确实应该那样——但他却持有那个时代政治中最严重的一个错误观念。这并非单纯是他想要争权夺利和崇拜权威：不是的，他只是将自己看作"能够为推动社会向善发挥影响的人"。他是个理想主义者：这个词用以描述那些认为自己具有良善意图的人，而非那些损人利己的人……
>
> 他们转向错误和破坏性的道路时仍相信自己比那些公开宣称自私自利目的的人要高尚，他们这样认为是因为他们觉得只有自己知道全世界应该怎样实际运作。②

---

① ［古希腊］柏拉图：《理想国》，张造勋译，北京：北京大学出版社，2010年。

② Doris Lessing. *Re*: *Colonized Planet 5*, *Shikasta*. London: Harper Collins Publishers, [1979] 2002. pp.100-101.

上述报告指出了什卡斯塔政治中的问题所在：以奥克斯福尔德为代表的这类政客具有良好的意愿和造福人类的雄心，但同时这种无私善良的动机使得他们过于相信自己的判断而忽略了事物的复杂性，从而囿于自己有限的视野、完全排斥其他不同意见。耶和尔在报告中进一步对其体现的时代问题进行了诊断：

> 本段描述的这些态度就是“政治”“政治党派”“政治纲领”的内涵。几乎所有从政的人都缺乏从互动、交互影响以及多领域多党派共同构成的整体性这些方面来思考问题的能力。不，进入那些被“政治”统辖的心灵，总是无异于进入一种跛脚的偏颇性之中，它们总是为了坚持某种“正确性”而变得盲目。而一旦这些派别和党派获得权力，它们几乎总是自以为是地认为自己的观念才是唯一正确的。①

耶和尔在此毫不留情地批判了缺乏全局性思维的派系斗争，认为西方政治陷入混乱的原因是人们狭隘的个人经验和群体身份。莱辛曾在杂文集《我们自己选择的牢狱》(*Prisons We Choose to Live Inside*)中，讨论过她对这一问题的看法。该文集中《来自未来的回忆》(“When in the Future They Look Back on Us”)一文描述了一个在美国大学里进行的心理学实验，学校发出心理学专家讲座的通知，邀请大家前往。许多人出席了这次讲座，但心理学专家却没有按时到场，也未作任何说明解释。于是焦躁不安的人群在等候中开始变得愤怒，转而又分为持有不同意见的两个派别，互相对立争吵，气氛越来越紧张。最后人们被告知这个讲座本身是一个心理学实验，它显示出人们惯于用二元对立思维思考事物的癖性。莱辛对这一现象评论道：

---

① Doris Lessing. *Re*: *Colonized Planet 5*, *Shikasta*. London: Harper Collins Publishers, [1979] 2002. p.101.

> ……当我们严肃思考时,或者说当我们处于人之为人的状态中时,也就是我们让理性心灵主宰自身的思考与想法时,我们所有人都会质疑这种"我是对的,你是错的"的想法,认为它是简单武断、没有道理的。……这种事在历史中比比皆是。实际上,现实中人类发展的真实过程——社会进化的主流——是无法容忍极端性的,因此它总是排斥极端主义者,或通过将其纳入主流来甩掉他们。①

莱辛认为,正是非此即彼的极端思维方式造成了人类历史中的暴力和倒退,只有克服这种思维才能带来社会的进化。在另一篇名为《你们被诅咒,我们得拯救》("You Are Damned, We Are Saved")的文章中,莱辛将这种一叶障目、不见泰山的思维模式归咎于人类作为群体动物的集体记忆,指出人类是一种"群体动物"和"社会动物",而人类现今的无意识行为很多是源自过往的"动物行为"②。显然莱辛受到了荣格心理学集体无意识理论的影响,将这种二元对立的极端思维模式归因于人类进化过程中的早期经验,即那种原始的、充满暴力的动物经验。她认为这种记忆会在某些特定时刻被唤起和爆发出来,导致战争和暴力冲突。几次世界大战和英国国内的政治乱局都促使莱辛在小说中将其作为一个重要主题。《什卡斯塔》中奥克斯福尔德的故事实际上影射了当时的英国社会。莱辛在《你们被诅咒,我们得拯救》中描述了英国政治中派系斗争和极端思想带来的危害。1984 年英国爆发了矿工大罢工,这场罢工极大地削弱了英国的工会运动,其结果是以撒切尔政府为代表的保守意识形态大获全胜。在罢工运动中,一名矿工因不满全国矿工联合会主席亚瑟·思嘉格雷(Arthur Scargrill)的不力领导,加之长久罢工无法维持生

---

① Doris Lessing. "When in the Future They Look Back on Us." *Prisons We Choose to Live Inside*. New York: Harper & Row, Publishers, Inc., 1987. p.16.

② Doris Lessing. "You Are Damned, We Are Saved." *Prisons We Choose to Live Inside*. New York: Harper & Row, Publishers, Inc., 1987. p.19.

计，选择了回到工作岗位。然而他的这一举动被工人群体视为叛徒行径，遭到一群矿工的殴打。这些人中很多是他曾经认识的朋友。他的妻子在电视上描述了这一段经历，她告诉公众当时有一个熟人还趁其他人不在的片刻给她打了招呼，就像往常那样，而一旦与其他人在一起，这个老熟人又立刻对她视而不见了。莱辛认为，正是这种集体身份，限制了人们有意识的理性判断，使集体成员在无意识状态中受到控制：

> 这意味着，如果你向来处于一个关系紧密的社会中，你就明白任何与该社会背离的观念都将置你于不义、罪恶和成为恶魔的危险中。这几乎是一个自动发生的过程；近乎所有人在这种情形下都不由自主。①

群体身份使得人们不敢做出自己独立的判断，持不同意见的人往往被视为背叛者而承受巨大压力。莱辛本人在生活中就经历了这样的过程。她在文章中回忆了自己早年在南罗得西亚的见闻：

> 在南罗得西亚，白人对黑人的态度非常极端：歧视、丑陋、无知。并且，这些观念被认为是不得质疑、不容改变的……②

在当时的英属殖民地南罗得西亚，少数白人统治了人口众多的黑人，他们控制当地的土地和资源，使这里原本的主人沦为了奴隶。起初一些天真的黑人对于这些殖民者的到来完全没有戒备之心，以淳朴的热情来欢迎这些来自远方的客人。直到失去了人身自由、吃尽苦头以后，他们才真正觉醒，开始奋起反抗殖民者的统治。少数同情黑人的白人会被白人小团体视为异端分子和背叛者而遭到排斥和放逐，这使得这些心存怜悯的白人也不敢大胆表达自己的看法，不得不选择缄默，这种群体身份成了一种对人的羁绊。

---

① Doris Lessing. “You Are Damned, We Are Saved.” *Prisons We Choose to Live Inside*. New York: Harper & Row, Publishers, Inc., 1987. p.18.

② Ibid., p.17.

这种派系思想和群体身份的羁绊,不仅导致了英国国内的政治乱局,同时也是世界动荡和不合理殖民秩序的成因之一。莱辛在《什卡斯塔》中有一段颇具乔伊斯《都柏林人》遗风的人物描写,她借助耶和尔的一份报告白描式地刻画了什卡斯塔上一系列典型个体人物,这些人物甚至没有特定的名称,只有特定的身份和编号。这些抽象简洁的小故事交织在一起,共同呈现出这个时代的芸芸众生相和人们"精神瘫痪"的病态心理。其中一个典型人物是一名工党领袖,他在耶和尔的报告中被称为"个体三号"。①该人童年时家境贫寒,饱尝社会底层的艰辛。童年时的他对于人与人之间的相互压榨剥削感到难以置信。长大成人以后,他立志为工人阶级争取权益,加入工党。但这并没有令整个社会有大的改变。然而奇怪的是,忽然间整个社会的财富急剧增加、迅速繁荣,甚至底层阶级也过上了从前想都不敢想的生活。但这一切并不是因为社会内部发生了任何重大变革,而是由于世界范围内殖民体系和新经济秩序的建立支撑了这些财富的来源。随着生活变得富裕,整个商业社会鼓励无止境的消费,个体三号的妻子虚荣攀比,沉迷于追求奢侈的生活;而他的孩子们也受到社会风气的影响,将逐利视为人生的唯一目标。个体三号常常用童年时的良心来衡量现在的成功,这一切都让他感到疑惑和痛苦:

> 但他难以驱逐自己的想法。……人们怎能忘记他们做过的事、心安理得地认为一切都是他们应得的——偷盗和抢劫他们所能获得的一切——每个人都知道,并将这视为自己聪明才智的表现,一种在世界中胜出的方式——他们都没心没肺、不善思考,无法看到这个悠闲繁荣的时代只不过源自国际经济丛林社会中的财富转移罢了。然而这些人也是老一代人的子女,他们的父辈经历了饥荒,

---

① Doris Lessing. *Re*: *Colonized Planet 5*, *Shikasta*. London: Harper Collins Publishers, [1979] 2002. pp.154-163.

发育不良。从一群工人阶级的人群中很容易挑出那些祖父辈甚至父辈的人来,因为他们与自己的后代相比往往显得十分矮小。①

个体三号认为自己的社会通过经济诈骗和不道德手段获得了不应该属于他们的财富,这和从前国内的富有阶层对底层的压榨并无实质的区别。工人阶级刚从贫困中走出来,但却没有对受剥削地区的人民有任何怜悯,他们害怕再度陷入贫困,谁也不愿意放弃从其他地区获得的不义之财。然而,虽然个体三号对自己家族和整个社会的这种虚假成功和繁荣感到困惑,但却无力去公开质疑,因为他的群体身份限制了其独立思考、蒙蔽了他的良知。他感到一种自我分裂,一方面为财富带来的生活改善感到高兴,但另一方面却发现自己为成功付出了巨大代价,通过顺从自己鄙视的社会获得眼前的一切。他认为这并不是一种成功,而是一种失败,因为他变成了自己曾经想要反对的那类人。尽管如此,他却无法从自己的观念出发去批评自己的孩子们,因为"批评他的孩子就等于批评了他自己盟友的年轻成员——整整的一代人。这样做有背负叛徒和不忠罪名的危险"。②在这种群体思想的压制下,个体三号批判反省自己团体的行为很可能被视为异端遭到排挤,这使得内心充满困惑的他在巨大的压力下选择了沉默。

总结起来,莱辛通过对人之本质的探讨,对派系思想进行了批判,其中着重包含了两层含义:一方面,这种派系思想造成了不合理的等级秩序和剥削关系,而由于缺乏整体性思维,在派系纷争中获胜的团体并不能从实质上改变整个世界不合理的秩序本身,其结果只是压迫的延续而非化解,是丛林规则中的食利者从一个团体转向另一个团体;而另一方面,派系思想也对内部成员进行规训,压制任何反对的声音,形成一种狭

---

① Doris Lessing. *Re*: *Colonized Planet 5*, *Shikasta*. London: Harper Collins Publishers, [1979] 2002. pp.158-159.

② Ibid., p.158.

隘和独断的世界观。通过这些太空故事,莱辛影射了地球上的现实社会生活,分析了导致英国国内乱局和旧世界不合理殖民秩序的思想根源。正如《哥伦比亚英国小说史》所指出的,莱辛作为一个群体的反叛者,用她的小说描绘出英国社会中的政治、道德困境,让西方读者看到了他们往往不愿正视的自我形象。①

二、基于整体性意识的未来新秩序构想

如果说约翰·本·奥克斯福尔德和个体三号的故事是用科幻的方式审视了从前的英国和地球历史,那么《什卡斯塔》中的另一幕场景——对欧洲人的战争审判——则是作者从自我身份意识问题出发在太空背景下对地球未来的展望,其中不乏作者的深深担忧。莱辛在《来自未来的回忆》中将作家比喻为社会自身进化出的一个器官,这个器官的主要功能是审视社会,使人们能从他人的角度来看待自己。她认为这个"器官"随着不同的时代而变化,其最新的进化形态是成为太空科幻小说。她指出:乌托邦式的未来视野可以使作家们与当下生活保持一定距离;但另一方面,这些太空小说和科幻小说的作家们又都置身于社会传统中,其关于未来的蓝图不可能空穴来风,它们源自对当下生活的担忧。因此莱辛说:"你不可能凭空写出一个乌托邦世界。"②这种对社会属性的强调就是莱辛对科幻写作的一个基本观点。

在《什卡斯塔》中,莱辛贯彻了这一观念,她站在当下的平台上,一方面植根于历史,思考过去的教训;一方面展望未来,推想未来的各种可能

① Lynne Hanley. "Sleeping with the Enemy: Doris Lessing in the Century of Destruction." Eds. John Richetti. *The Columbia History of the British Novel*. Beijing: Foreign Language Teaching and Research Press, 2005. pp.918-919.

② Doris Lessing. "When in the Future They Look Back on Us." *Prisons We Choose to Live Inside*. New York: Harper & Row, Publishers, Inc., 1987. pp.7-8.

性。《什卡斯塔》不仅回顾了英国的殖民历史和国内政治困局，也通过耶和尔的报告描绘了对"第三次世界大战"及战后情景的想象。在这次战争以后，耶和尔投生为乔治·谢尔班，到什卡斯塔拯救老人星使者托菲格的化身——什卡斯塔人的工党领袖奥克斯福尔德。在这一时期，先前沦为殖民地的许多地区摆脱了殖民统治，成了新兴国家，而过去的殖民者欧洲人则成了俘虏和低等人。"新兴国家委员会"策划进行对欧洲人的大屠杀，他们决定用一场模拟审判来煽动民意，激起民众对白人的仇恨和杀戮，而这一切都在闪迈特人的秘密操控之下进行，他们派使者混入什卡斯塔人中，打探消息、挑起矛盾并煽动民众情绪。

小说通过对未来灾难的想象体现出作者对历史和现实中派系斗争的担忧，而小说描绘的解决方式则是老人星人耶和尔等倡导的整体性思维模式，"主体-自我"二元对立中的"主体"代表了这种思维范式，它是一种具有整体性、普遍性和超验性的纯粹意识，排斥身体、情感和任何具体经验，与小说的乌托邦建构关系密切。它在小说中具体体现在老人星人耶和尔大力传播的意识形态模式和老人星人想要努力建构的"理性"宇宙秩序。而与其对立的"自我"则代表了局限性、非理性和体验性的一极，它是个体经验和社会历史的产物，受到身体经验和外部世界的影响，是由物理现实塑造的与自我相关的一切事物；它是在过去和当下实实在在存在的现实，是作者对未来担忧的来源之一，它在小说中部分体现为新兴的第三世界国家对过去的殖民者欧洲人的非理性报复，以及由此引起的暴力、战争和杀戮。这些国家被闪迈特人操控，受到他们狭隘团体意识的影响。

对这种非理性狭隘意识的批评在《什卡斯塔》的"模拟审判"故事中得到了集中体现。为了挑起新兴国家对欧洲人的仇恨，为将来的欧洲大屠杀做准备，闪迈特人策划了一场新兴国家对过去的殖民者——欧洲人的模拟审判大会。根据小说的叙述，这场审判仪式似乎并没有明确的目标,而仅仅是一个非理性暴力的孵化器,文中多处直接将这场审判的特点描述为"情感主义""精力旺盛"或"激情引起的暴力"等。①这种充满暴力的气氛是闪迈特人刻意营造的结果,他们故意选择在希腊的圆形露天大剧场里开审判大会,由于没有遮挡,这里的天气不是严寒就是酷暑。因此他们以避开酷暑为借口,将本来白天举办的大会调整为夜场,从下午一直持续到半夜,而白天的酷暑和夜晚的黑暗都是更容易激起非理性暴力情绪的环境。②

火炬是象征非理性情绪的一个重要意象,贯穿整个审判过程。由于闪迈特人的暗中安排,审判现场没有泛光灯,甚至连供电也被切断,只有依靠火炬来照明。他们认为现场的照明也和酷暑一样,是"这个'审判'最重要的因素"。③闪迈特人在其报告中多次提到这种灯光安排制造的情绪效果和现场的暴力气氛之间的关系:

> 这幕场景给我的所有线人都留下了强烈的印象,很明显夜场的"审判"更加具有情感性,并且由于照明的原因更易失控。④
>
> 现在已经过了满月时分,月亮出现在每日傍晚的晚些时候。火炬又开始将它们强烈的情感效果传递给每个人。⑤
>
> 我从未听说过,或经历过,任何似乎比这更能引起暴力、叛乱、怒火的场景了……⑥
>
> 突然之间,所有人都站起来,挥舞着拳头并尖叫着。那时候已经完全天黑了,火炬在闪耀:到处弥漫着困惑与无能的愤怒。⑦

---

① Doris Lessing. *Re*: *Colonized Planet 5*, *Shikasta*. London: Harper Collins Publishers, [1979] 2002. pp.377, 380.

②③ Ibid., pp.380-381.

④ Ibid., p.381.

⑤ Ibid., p.410.

⑥ Ibid., pp.381-382.

⑦ Ibid., p.416.

闪迈特人一方面在现场制造情绪化的氛围,另一方面又极力打压理性的因素。首先他们通过禁止现场使用扩音器来阻止任何复杂深入的讨论。人们为了使对方听到自己的声音,不得不大声喊叫,并尽量使用简单的语句。这样产生的效果是令“几乎所有的讨论都被简化为宣传标语,或者充其量只是一些简单的表述和提问”。①来自世界各地的人们此刻都带着自己祖先受压迫的屈辱历史记忆,急于想要听到审判真相,这更增加了他们焦急愤怒的情绪。其次,白人被告的人选也是闪迈特人精心安排的结果。闪迈特人在他们的报告中提到了选择约翰·本·奥克斯福尔德作为白人代表接受审判的原因:

> 只有约翰·本·奥克斯福尔德一人作为被告出席。正如我之前所说,这是故意用来削弱白人一方的办法。他头发花白,虚弱,明显身体欠佳而需要坐下,尽管其他人都站着说话。因此他难以运用任何演说中的策略——由于新想法而产生的突然动作或停顿,或是向后甩手臂来挺胸面对命运中的灾难——我亲爱的朋友,这些伎俩的效果我们都很清楚。②

除年老体弱、无力辩论的不利因素以外,奥克斯福尔德的年龄所代表的群体身份也大大削弱了他在辩护中的说服力。由于商业社会导致的人情冷漠和道德缺失,西方社会家庭关系出现了严重问题,年轻一代对老一代人的所作所为难以理解,陷入了一种激进的对抗情绪。闪迈特人利用这一点,故意选择不受欢迎的老一辈代表,使人们难以对其辩护产生同情。闪迈特人的线人在一份报告中称:“他们被故意安排看见老一辈的人,那种被勾销、否定和抹去的人,‘被从光荣的历史中移除的人’……”③

① Doris Lessing. *Re*: *Colonized Planet 5*, *Shikasta*. London: Harper Collins Publishers, [1979] 2002. pp.384-385.

② Ibid., p.383.

③ Ibid., p.387.

闪迈特人这样做的目的是要使在场的人"都从情感上站在反对白人的一边","将白人视为彻头彻尾的恶棍"。[①]这一幕对于未来审判的想象源自作者对历史经验教训的反思,是对囿于个人或团体的局限性思维模式以另一种形式产生负面作用的警惕,旨在提醒人们审判场景中这种被殖民者对殖民者的报复无益于从根本上解决人类社会的暴力和争斗。

为了打破这种非此即彼的二元对立模式,作者在人物描写中采用了"杂糅"的手法,身份混杂的情节在小说中比比皆是。例如,乔治·谢尔班本人就是各种身份混杂的产物:一方面,他被当地人视为"现代的洛本古拉",[②]受到殖民地人民的尊崇;另一方面,他却并不是一个暴力的代表,甚至还在津巴布韦举行的公众大会期间通过释放几千名白人囚犯来表达他的喜悦。从血统上讲,乔治只有一个印度祖母属于黑皮肤种族,虽然从外貌上看,他具有完全的白人特征,但在审判中他却代表新兴国家有色人种站在原告这边,并受到拥戴。乔治·谢尔班的弟弟本雅明(Benjamin)[③]则主动采取了混杂身份的方法来消弭现场的暴力情绪。在审判中,他以自己独特的方式来打破群体思维的樊篱:和哥哥乔治相反,本雅明选择了支持白人的辩护,并在审判中故意站在约翰的椅子后面,就像照料小孩一样。由于本雅明在从前照料小孩的工作中变得家喻户晓,因而他的此举勾起了人们对其作为孩童看护人这一良好身份形象的记忆,模糊了人们的攻击目标。这使得闪迈特人在报告中感叹"我的线人们都没有想到,这个区域的布置令人感到惊讶,这里没有任何轮廓清

---

① Doris Lessing. *Re*: *Colonized Planet 5*, *Shikasta*. London: Harper Collins Publishers, [1979] 2002. p.384.

② Ibid., p.377.洛本古拉(Lobengula)(约1836—1894年),1870—1894年任津巴布韦马塔贝勒王国国王,抗击英国殖民者的民族英雄。

③ 什卡斯塔人的亡灵本恩和耶和尔一起从第六区投生后成为乔治的弟弟本雅明,他一直致力于管理儿童难民营(the Children's Camp),收留那些在混乱和暴力的社会中失去亲人和家园的孩子。

晰、毫不模糊的目标来供他们的愤怒进行发泄”。①

小说的主要人物乔治·谢尔班不仅在身份上表现出这种“杂糅”的特征，他的思想和言行也体现出这种特征。一方面他反对压迫，站在前殖民地人民的一边，另一方面又在大会上进行了自我批评。工党领袖约翰·奥克斯福尔德在为白人的辩护中指出，种族歧视、压迫和暴力的产生并非仅仅是他们的责任，而是全人类的责任。他认为新兴国家的人们一面批判白人，一面却又做着和他们同样的事情：压迫自己的同族人，学习白人的贪婪、物质主义和技术至上主义。②他指出，历史上许多民族之间相互征服与残忍地对待彼此，白人与白人之间、白人与有色种族之间以及有色种族相互之间，都是如此。从黑奴贸易来看，这种贸易主要由阿拉伯人来进行，并且还得到了一些黑人的自愿合作。③约翰的辩护实际上是一种人道主义的观念，即认为过去第三世界国家的人们受到殖民者的压迫，但如果他们反抗的结果并非推翻这种不合理的秩序，而是和先前统治奴役他们的殖民者们一样，再反过来对其进行报复、奴役，例如对欧洲人进行报复性的屠杀，那么这种恶性循环就将继续下去，他们将会和自己所反对的人一样，成为残忍和暴力的来源。约翰的这种观念在一些听众中引起共鸣，但也遭到另一些听众的反对。一个观众站起来宣称，他们似乎是在讨论人对人的不人道，许多人离场。一个德国女孩站起来称已经受够了人对人的非人道行为，另一个波兰女孩从对立方站起来反对，请德国人为二战中的所作所为道歉，而不是做什么新兴国家的自我批评，否则就请其离场。

乔治赞同奥克斯福尔德的这种观念，他在自己的发言中批评了印度

---

① Doris Lessing. *Re*: *Colonized Planet 5*, *Shikasta*. London: Harper Collins Publishers, [1979] 2002. p.383.

② Ibid., p.412.

③ Ibid., p.415.

的种姓制度：

> 在印度次大陆上，成百上千万的人们正承受不公的待遇，其严重程度甚至超过南非白人对待黑人（的歧视）——就像任何一个白人压迫者对待一名黑人男子或妇女那样糟糕。这不是某一年、某十年或某个世纪的压迫、残害与虐待，也不是某个短命夭折的欧洲希特勒政权压迫所能够导致的结果，而是一些在宗教和日常生活中建构起来的东西，一种文化，它如此根深蒂固，因此其恐怖丑陋很难被践行它的人们所察觉。①

乔治的印度女友夏尔马·佩特尔（Sharma Patel）赞同乔治的观点，表明正是因为她不是低种姓的贱民出身，才有机会在这里出席大会。而这种人道主义的观念甚至也被老人星使者的敌人所接受。闪迈特人控制的中国代表陈留（Chen Liu）在写给朋友的信和给北京的报告中表明，他对中国代表也服从了新兴国家委员会屠杀欧洲人的决议感到遗憾，表示虽然由于过去的历史，自己也厌恶白人，但是他认为服从这一决定会使自己陷入野蛮的暴力中，无异于那些自己曾经厌恶的人。②他在报告中指出，人类的根本问题不是要对任何一个种族进行审判，而应该是对人类作为一个整体存在的非人道暴力行为进行审视：

> 每个人都十分清楚这个"审判"很难成为人类所面临的真正问题的解决之道，很难将书中的任何一种罪恶归咎于任何单独的阶级、民族或种族……③

由此可见，莱辛从自我身份意识的思考出发，基于人道主义理念，对现实中的团体暴力问题进行了反思。整个《什卡斯塔》围绕"主体-自我"

---

① Doris Lessing. *Re*: *Colonized Planet 5*, *Shikasta*. London: Harper Collins Publishers, [1979] 2002. p.414.

② Ibid., pp.370-372.

③ Ibid., p.386.

宏隐喻主题，对囿于局部和派系的思想进行了批评，凸显了一种普遍的、超验的、具有整体性的自我主体意识，其本质是一种具有普世意义的人道主义理想。小说中提出的问题和担忧在今天仍然值得思考，具有深刻的借鉴意义。莱辛借助虚构的宇宙事件进行写作，这使她能摒弃现实中的时空限制，更加自由地运用概念隐喻主题，以浩瀚的宇宙事件映射人类面临的身份困惑、暴力事件、种族歧视、团体冲突等现实问题。另一方面，这也表明，其科幻小说的现实意义和社会价值丝毫不逊色于她其他的早期和中期作品。莱辛的科幻小说具有显著的分析性和批判性特征。尽管由于历史的原因，其作品中不时会流露出作者的某些地域性偏见，但毋庸置疑的是，这些作品中表达的人道主义理念和作者对人类共同命运的关切是值得肯定的。

值得一提的是，崇尚理性是一种较为传统的西方观念，虽然在太空小说中的许多其他地方，莱辛对走向极端的单一理性思维范式进行了种种质疑，但她同时又在该系列小说中尝试进行了宏大的理性帝国建构。这使其作品蕴含了诸多对立统一的因素：一方面，莱辛显然并没有全盘否定尝试整体建构的价值；而另一方面，莱辛的帝国建构与传统的整体性建构又有所不同，她在此过程中不断对整体性思维进行反思，对其脱离实际经验而走向僵化的危险始终怀有高度警戒。换言之，莱辛的建构不仅是一种知其不可而为之的尝试，更是一种注重平衡性、包容性且更具有自我反省精神、思想实验性质的新型乌托邦幻想，其作品中呈现出的矛盾特质正体现了她对人类思维本质的深刻洞悉和辩证认识。关于莱辛乌托邦小说的这种特质，本书将在第五章作详细论述。

在该系列后面几部作品中，莱辛基于这一根本的传统哲学理念，即“主体-自我”的二元对立结构，进一步从宗教、启蒙哲学和进化科学等不同角度考察了关于道德伦理秩序的各种思想模型，并以它们为基础建构起几个崇尚整体理性秩序的星际帝国。通过星际寓言的手法，作者不仅分析了这种理性帝国秩序的种种可能形态，也剖析了它们各自可能存在的缺陷，完成了一次酣畅淋漓的乌托邦思想实验之旅。

小　结

自我身份意识是莱辛“太空小说”的一个重要主题，也是其乌托邦帝国大厦建构的基石。这一主题贯穿整个科幻小说系列，特别是在该系列的第一部作品《什卡斯塔》中得到了集中体现。以此为切入点，本章对自我身份意识隐喻主题在小说文本中的多样化呈现进行了一一解析。

这些隐喻形式在巨人族、老人星使者和什卡斯塔原住居民等三类人物形象上均得到了体现。归纳起来，在这些人物形象中，主要体现了四类关于自我身份意识的微隐喻模型，它们分别是将自我视为物理客体的概念隐喻、处于熟悉位置的自我概念隐喻、社会的自我以及本质的自我。

基于上述分析，这些微隐喻模型的共同特征也逐渐凸显出来。首先，在《什卡斯塔》中，这类隐喻主要以字词或简短语句等较为显性的概念隐喻形式呈现，同时作者还常以文体格式变化这种认知提示手段来引起读者对这一主题的注意，这种较为显性的隐喻形式明显区别于后面几部作品将隐喻模型寓于长篇叙事情节中的形式；其次，上述微隐喻虽然在表现形式上各不相同，但它们都源自同一种基本的概念隐喻思维范式，即“主体-自我”二元对立的隐喻思维范式。换言之，《什卡斯塔》中所有关于自我身份的微隐喻都指向一个共同的宏隐喻主题，即一种分裂的自我意识。这种意识结构中包含了意识主体和自我宿体两个部分，二者具有相互斗争或融合的各种关系。因此，所有关于自我身份意识的众多具体的微隐喻形式最终共同构成了该系列小说关于“人之本质”问题的哲学思考，成为整个乌托邦建构过程中的起点和重要基石。

这种二元对立结构的具体内涵在小说的具体语境中得到了拓展。“主体-自我”这个二元对立宏隐喻模型通过故事情节的渲染呈现出四个方面的具体内涵,包括:“静止-动荡”的二元对立、“理智-情感”的二元对立、“心灵-身体”的二元对立以及“整体-部分”的二元对立。并且,这些二元对立关系均在耶和尔的叙述中被赋予了等级关系,其中“静止”“理智”“心灵”和“整体”被赋予更加正面的优先地位,这些特性属于作为“人之本质”的二元对立关系中“主体”一极,而“动荡”“情感”“身体”和“部分”则属于“自我”的一极,是老人星帝国眼中低进化等级的体现。

莱辛通过小说建构二元对立观念的过程实际上模拟了西方传统的理性主义哲学和伦理学话语机制建构的历史过程。人性问题(即什么是人,何为人之本质)是西方伦理学的基础。本章第四节的分析表明,单纯的形而上学探索并非莱辛的最终目标。她本人在早期小说中表现出的那种强烈的社会关怀在新的太空背景下并没有消失,而是以新的方式呈现出来。对“人之本质”这一概念的梳理不仅是对哲学伦理学根本问题的透视,还是国家秩序建构的起点。莱辛在《什卡斯塔》中对人之本质的反复探讨也是她进一步用小说建构乌托邦帝国的第一步。莱辛运用科幻小说的独特形式探讨了西方的社会秩序,指出了西方的党派政治和帝国殖民体系乃至整个人类社会中存在的一个严重问题是整体性自我意识的缺失。通过自我身份意识隐喻的二元对立结构,作者似乎对一种更为合理的整体性秩序提出了新的设想。综上所述,《什卡斯塔》将对“人之本质”的哲学追问与对西方社会政治问题的讨论结合起来,特别是以“整体-部分”的二元对立模式为依据来诊断这种政治模式中存在的问题,以期在小说中建立一个理性、和谐、和平并且脱离了团体派系局限的虚构帝国。

虽然在太空小说中的许多其他地方,莱辛对走向极端的单一理性思维范式进行了种种质疑,但她同时又在该系列小说中尝试进行了宏大的理性帝国建构。这使其作品蕴含了诸多对立统一的因素：一方面，莱辛显然并没有全盘否定尝试整体建构的价值，认为这种建构能够平衡狭隘的团体意识；而另一方面，莱辛的帝国建构与传统的整体性建构又有所不同，她在此过程中不断对整体性思维进行反思，对其脱离实际经验而走向僵化的危险始终怀有高度警戒。通过本书后面几章的分析可以看到，她通过“太空小说”在哲学、宗教和生物学等各领域建构的宏大话语体系并非为了将这些思想模型作为指导原则，而是为了考察它们在各种具体条件和现实经验下的积极作用和负面影响。换言之，这些话语体系是莱辛在思想实验中建构起来的考察对象，这种建构不仅是一种知其不可而为之的尝试，更是一种注重平衡性、包容性且更富于自我反省精神、具有思想实验性质的新型乌托邦幻想，其作品中呈现出的这种矛盾特质正体现了她对人类思维本质的独到见解和辩证认识。莱辛对这些话语体系的进一步分析考察将在本书随后的章节中得到逐一解析：接下来的两章将进一步论述莱辛对宗教、道德和科学领域中类似话语体系的建构与考察，而最后一章即第五章则将详细论述莱辛对宏大话语体系隐喻本质的深刻洞悉和对辩证平衡理想的追求，以及她的语言实验之旅与其乌托邦小说题材之间的紧密关系。

第三章　宗教传统与启蒙哲学的联姻
——“太空小说”中的道德隐喻

人们通常将科幻小说看作一种面向未来的题材，其着眼点在于对未来的幻想，但实际上，对这类小说的分析也不能忽略其中潜在的历史和现实维度。一般来说，具有旺盛生命力的科幻小说总是植根于对历史传统的深刻感悟和对当下现实的深切关注。尽管有许多幻想成分，但其深层立足点仍植根于人类生活的现实世界。莱辛的“太空小说”就是这样的作品，它们构建的理想国含纳了当下现实，同时面向未来，其中的故事情节看似发生在遥远的宇宙空间，但其实却深深植根于历史和传统的深厚土壤之中。正是这种厚重的肌理成就了该系列科幻作品的重要价值。

与古老的西方宗教元素进行糅合是莱辛“太空小说”的一大特征，莱辛在宗教传统中发现了一些西方哲学思想和伦理观念的起源，她运用小说的形式复现了宗教历史文化元素与自我身份隐喻进行糅合的过程。本书前面一章的分析表明，《什卡斯塔》中“分裂的自我”概念隐喻以较为显性的文体形式出现，展现出西方传统哲学在“人之本质”问题上的思维逻辑，并将读者逐渐引向作品中更深层次的现实和历史维度。实际上，小说文本中这类关于自我身份的哲学话题并非孤独地存身于异质时空，与读者遥遥相望，而是在情节的发展中不断地与人类熟知的各种传统元素紧密黏合。它们深深植根于作者所置身的文化记忆中。随着故事的推进,在西方文化中占据重要地位的宗教文化传统映入眼帘,这一传统通过与自我身份隐喻思维的结合进入小说文本构建的整体性话语之中,衍生出关于道德伦理的各种概念隐喻思维范式。

寓言叙事是"太空小说"进行思想探索的一种重要方式。正如本书第二章分析的那样,"主体-自我"概念隐喻首先以较为显性和单纯的形式出现在《什卡斯塔》中,为读者设下路标,试图将其带入语境。但在该系列的后面几部作品中,这类概念隐喻则较少以语句形式直接呈现。尽管如此,其蕴含的深层映射关系和哲学思维范式却并未就此消失,而是以寓言这种更加隐蔽的形式存在于整个系列的有机体中。如果说《什卡斯塔》以语句和寓言参半的形式来进行表征,那么该系列的其他几部作品,包括《三四五区间的联姻》《天狼星实验》《八号行星代表的产生》和《沃灵帝国的感伤使者》等,则主要运用寓言故事这种更隐蔽的概念隐喻形式继续呼应了那些源自《什卡斯塔》的思想主题。这种呼应并非简单的重复,而是与其他一些传统隐喻思维范式相结合,进一步丰富和发展了对"人之本质"的思考。

本章将着重讨论古老的宗教思想如何在莱辛的"太空小说"中通过隐喻映射实现与道德哲学的沟通和联姻,并分析莱辛通过太空寓言故事将传统的宗教伦理与人们的自我身份意识进行糅合的种种具体方式。从概念隐喻思维的视角出发,不仅能够解析莱辛科幻作品中蕴含的种种深层思维逻辑,同时还揭示出"太空小说"寓言叙事特征在思想探索中的重要作用。本章主要以《什卡斯塔》和该系列的第二部作品《三四五区间的联姻》为重点分析对象。

第一节 "整体性"帝国理想与宗教寓言
——"太空小说"对宗教寓言的重写

在漫长的西方文化思想史中,古老宗教传统从未停止过对哲学的改造和与哲学的融合。这一传统最早始于古希腊时期,并在中世纪时期得到进一步发展和强化。斯多葛派晚期的代表之一爱比克泰德将人的理性本质归因于上帝,即人的本性分有神的理性。中世纪时期,两个著名的基督教伦理神学家——安瑟伦和托马斯·阿奎那从对人性的认识入手,将基督教与西方哲学中的人性思想融合在一起;教父哲学家、奥古斯汀之子安瑟伦是基督教经院哲学的开创者,他认为万物皆为神所造,而天使与人则由于分有了神的理性而成为高于其他事物的存在。中世纪最著名的经院哲学家托马斯·阿奎那则继承和改造了亚里士多德关于形式与质料的思想,认为不同层次的纯粹形式按照由高到低的顺序存在于上帝、天使和人的灵魂中,人类灵魂因此而分有了上帝的神性。而另一方面,肉体则被视为使人们区别于神的人性。这种观念认为:神性是人的本真存在,也就是人之本质;人性则是人的感性存在,是罪恶本性的来源;伦理学的目标应该是帮助人们克服人性、皈依神性。

因此,在西方道德伦理哲学的传统中,除了存在“感性”与“理性”何为人之本质的争论之外,实际上还通过宗教衍生出了一种对人类本质的看法——人是超越自然、分有神性的人,这种观点是典型的理性主义哲学话语与古老宗教话语糅合的产物。

莱辛在阅读宗教寓言故事的过程中注意到了宗教与道德哲学的这种联系,并对此产生了浓厚兴趣。她对古代的宗教寓言进行了大量考证工作,试图寻找这些故事在源头上的相互联系,并探寻西方道德哲学最古老的源泉。这一思考过程集中反映在“太空小说”的宗教主题中。该系列小说通过对宗教元素和故事情节进行变形和重组,将其融入浩瀚的太空背景之中,复现了西方思想史中宗教与哲学联姻的过程。作者试图通过这样的方式来重拾西方“整体性”思维的记忆基因,并使其在面向未来的理想探索中重新焕发出生机。

一、科幻外衣下的宗教寓言

莱辛太空小说以寓言形式来呈现隐喻思维的运作机制，将通常以语句形式呈现的隐喻现象转化为蕴含隐喻思维范式的长篇叙述，而要理解这种寓言形式的本质特征，首先需要了解其诞生的源头——宗教寓言。

作为一名拒绝各种标签、写作风格一向扑朔迷离的作家，莱辛却出人意料地十分乐于接受自己作为一名科幻作家所获得的荣誉，她为自己能够受邀参加在英国布莱顿市举行的"世界科幻年会"感到荣幸："我受到了邀请——我很荣幸——能够作为荣誉嘉宾参加在布莱顿举办的世界科幻大会……"①然而，正如她作为一名流散作家、在自己所属的各个文化群体中都处于边缘位置一样，她的小说创作也是如此：对于主流文学界而言，莱辛放弃现实主义写作而选择科幻题材，本身就被视为离经叛道。有意思的是，莱辛在参加"世界科幻年会"时的身份也是边缘化的。她在访谈中回忆了自己出席这次年会时的经历：在大会上，一些科幻作家对于她的出席感到十分好奇。在正统的科幻作家眼里，莱辛的作品显然不是科幻题材的典型代表，因为这些作品具有更多主流文学的特征。与会的其他科幻作家问莱辛道："你在这儿做什么呢，你不是主流作家吗？"②根据科幻文学的分类，科幻小说可以分为"硬科幻"和"软科幻"，莱辛的"太空小说"并非传统的"硬科幻"，而更多地属于"软科幻"，加之莱辛早期的创作大都采用了现实主义和现代主义等经典题材，因此她的确给人一种介于科幻作家和经典作家之间的印象。虽然评论界将莱辛的"太空小说"归入科幻小说一类，但更准确地讲，它们是一种披着科幻外衣的宗教寓言。其原因如下：

---

①② Earl G. Ingersoll, ed. *Doris Lessing*: *Conversations*. New York: Ohio Review Press, 1994. p.183.

首先，莱辛很清楚其科幻作品的寓言性质，因此她反对将其归入传统的科幻小说门类：

> 我不会将这些书归入科幻小说一类。它们与“科学”，也就是说科学知识和技术，没太大关系。我将它们留给那些真正对技术有了解的同行们。不，我的小说其实是幻想作品，或者说最真格的乌托邦，它们完全符合这个术语的精准定义，毫无疑问，它们与托马斯·莫尔和柏拉图而不是奥威尔和赫胥黎具有更紧密的亲缘关系。它们是寓言，植根于当今正在发生着的一切。①

莱辛指出，对社会现实的关注而非纯粹的技术幻想，才是她科幻小说的重心，因此其作品更加类似于托马斯·莫尔和柏拉图的乌托邦式寓言。也正是由于这个原因，莱辛并不愿意称自己的小说是“科幻小说”，而是坚持将其称为“太空小说”(space fiction)②，以体现它们与那种专注技术幻想的“硬科幻”之间的区别。与莫尔的《乌托邦》和柏拉图的《理想国》一样，莱辛的“太空小说”也是出于一种对理想社会的向往和思索而写就的。

其次，“太空小说”不仅具有很强的寓言属性，而且还与宗教传统有着十分紧密的联系。它们不仅植根于当下现实，更植根于古老的宗教思想。莱辛在《访谈录》中特意提到了自己作品与宗教传统之间的渊源：

> 我在《什卡斯塔》的序言中提到过，如果你阅读《旧约》《新约》《新约外传》以及《古兰经》，就会发现一个连贯的故事。这些宗教有一些共同的思想，而其中之一就是对人类末世毁灭性战争的描述。因此我试图发展这一思想。我将其称之为“太空小说”，是由于除此之外没有其他更准确的称呼了。③

① Earl G. Ingersoll, ed. *Doris Lessing*: *Conversations*. New York: Ohio Review Press, 1994. p.107.

②③ Ibid., p.160.

进一步细读《什卡斯塔》的序言,可以更清楚地看到莱辛作品与西方宗教传统之间的这种关联:

> 就像许多其他的题材一样,《什卡斯塔》有自己的出发点,那就是《旧约》……
>
> 所有种族和民族的宗教神话都有许多共同点。这几乎就像是它们能被视为同一个单一心灵的产物一样。
>
> ……在坚持自己本地传统遗产的同时来阅读《旧约》是一项很有趣的活动——在此之后接着读《新约》,然后是《古兰经》。①

在上述访谈和序言引文中,莱辛都说明了以下几点:首先,"太空小说"系列与宗教传统具有紧密联系,《什卡斯塔》就是以《旧约》为出发点的;其次,作者关注的宗教经典主要包括《旧约》《新约外传》《新约》和《古兰经》等,②这说明太空小说主要是基于西方的宗教传统(特别是犹太-基督教传统)而进行写作的;最后也是最重要的一点,即这些宗教之间具有共同的思维模式,莱辛感兴趣的正是它们之间这种可以跨越种族、地域和国界的整体性特征。

二、宗教寓言与整体性思想

莱辛的文学幻想从来都没有脱离生活现实,同样,她在太空小说中对宗教寓言形式的采用也源自现实生活中对"整体性"建构的追求和对一个"分裂的文明"的担忧。在《什卡斯塔》中,莱辛将帝国殖民的失败归

① Doris Lessing. "Some Remarks." *Re*: *Colonized Planet 5*, *Shikasta*. London: Harper Collins Publishers, [1979] 2002.

② 《圣经》中的《新约外传》("新约"一词源自希腊文ἀπόκρυφος, apókruphos,意思是"隐藏的")指在某些《圣经》版本中发现的一些古籍的统称,这些古籍通常是被放在《旧约》和《新约》之间的一个单独的部分,或是放在《新约》之后作为附录。罗马天主教和东正教都承认《新约外传》和《圣经》的其他部分一样是受上帝启示而成,新教徒则否定其权威性而将其忽略。参见维基百科:http://en.wikipedia.org/wiki/Biblical_apocrypha,最后浏览时间:2019年4月18日。

结于女王没有兑现她的承诺，对于英帝国的殖民统治在世界范围内的没落进行了反思。莱辛从小生活在帝国殖民的第一线——南罗得西亚(今天的津巴布韦)，处于殖民冲突的最前沿，亲眼看到了殖民统治的残酷和当地人民的艰难生活，对前殖民地人民怀有深切的同情，并以此为素材写就了早期的许多现实主义作品。面对两次世界大战、英国国内的政治矛盾以及英帝国殖民统治的瓦解，莱辛对西方文明进行了深刻反思。另一方面，莱辛也具有作为英帝国成员的文化身份特征。虽然现实中英国构建的整体性帝国最终趋于瓦解，但在小说幻想中，莱辛始终没有放弃探寻一种整体性乌托邦的努力。她对这种人类构建整体性图景的思想冲动感到好奇，并在"太空小说"中不断回溯遥远的历史以探究其根源，从而对这些思想在现实中的运用进行假设和考量。

在《什卡斯塔》中，莱辛通过"分裂的自我"概念隐喻重拾对欧洲理性主义哲学思维模式的构建，呈现了一个关于整体性的哲学隐喻。"主体-自我"二元对立结构突出了主体意识的一极，将独立于人的心智、大脑和身体而存在的超验、普遍的理性结构视为人之为人的终极本质。这种哲学观推崇静止性、超验性、普遍性等所谓理性特征，而这些非体验性的特质最终是为了服务于对整体性的追求：它们剔除了个体差异的干扰，使人的"理性本质"成为一种超越群体、地域、时空的普世法则。这种整体性思想是西方文化中一种根深蒂固的思维模式，它存在于其社会生活中的方方面面，也是西方帝国殖民思想的一个来源。它绝非仅仅是哲学家们象牙塔式的理论探讨，也并非从启蒙时期才刚刚诞生，事实上，这一思想具有深厚的现实基础和久远的历史文化渊源。

莱辛意识到，这种整体性思想的根源可以追溯到西方文明更早的时期，她在早期的寓言和宗教故事中发现了这种思想的源头，并试图重新以一种横亘古今的视野来反思和重建这种整体性思想，纠正现代文明中存在的问题。

莱辛的随笔集《时光嗜痕》(*Time Bites*)收录了一篇名为《卡里来和笛木乃——比德帕伊寓言》("Kalila and Dimna—The Fables of Bidpai")的文章,其中追溯了《比德帕伊寓言》错综复杂的起源与传播过程:该寓言故事集的一个重要来源是佛教故事,在公元前200年左右的佛教经卷中,有许多佛祖从猴子诞生的故事,该寓言故事集中也同样收录了许多与之相关的动物寓言;除此以外,一部由考底利耶(Kautilya)所著的古印度政治经济理论著作《政事论》(*Arthashastra*)的行文方式也对这种寓言产生了重要影响,这种独特的结构在纯粹的西方文学中几乎不存在;另外还有一种说法认为,这一寓言故事源自国王训导王子的需要,一名国王为了最短的时间内有效地教育自己的王子,采用寓言这种言简意赅而又生动活泼的形式来传达深刻的道理。同时她还考察了这个寓言故事集复杂的译介过程:该故事集最早用梵文写就,在传播过程中被译为多种语言,并且在印度有众多版本;它先后被传到波斯地区的巴列维金王国并译为波斯语;阿拉伯人在穆罕默德死后占领当地,许多学者和诗人逃往印度去寻找这部书的原稿,这一时期该故事集又被一名皈依琐罗亚斯德教的伊斯兰教徒和一名享有盛誉的犹太学者译为阿拉伯语。而正是在这种对古代文化的探寻中,莱辛受到了很大的启发,她在文中谈道:

> 在那些相对更富有弹性的时代,学者们比现在更容易相互欣赏和越界合作。那时有宗教,但没有国家——这一事实是现在人们回顾历史时常常忘记的。例如,读一下由伊本·伊斯哈格所著的穆罕默德传,它相当于《新约》的穆斯林版本,那里面的国家和民族情感是缺席的,男人与女人都仅仅被视为穆斯林、犹太教徒、基督徒和琐罗亚斯德教徒,而不是被看成我们今天意义上的阿拉伯人或犹太人,因为那些是现代意义的划分方式,而由于现代西方人从国家和国族主义的角度来看待一切,因此他们很难

读懂那些书。[①]

实际上，指代老人星帝国的“Canopus”这一类词语本身就暗示了对整体性的象征，因为其意义的流变过程就是各种异质文化相互融合、趋于统一的过程。莱辛指出，老人星这个词本身就“镶嵌在古代神话中，当你到这个或那个国家去追溯其起源时，它就又融入其他名称、地点和人物当中去了”。[②]莱辛大量采用这类词汇来进行命名恰好反映了她对整体性主题的强烈暗示。值得注意的是，“太空小说”涉及的许多社会问题都与这种“整体性”思维的缺失有关，例如国与国之间战争造成的毁灭性伤害、国内政治中的党派斗争、各族群的相互压迫、不同阶级间的激烈矛盾、老一辈和年青一代之间的代沟以及男女之间的相互不理解等，莱辛认为解决这些矛盾、暴力和冲突的根源就是要重构一种整体性的文化意识，要通过向古老宗教文化的回归来审视西方现有思维模式的问题所在，以寻求弥合这个“分裂的文明”。

三、宗教寓言对“太空小说”结构的影响

《卡里来和笛木乃——比德帕伊寓言》中训诂学式的考证揭示了许多古老名称和故事的起源以及它们在不同文化中相互交融、意义流变的过程，这似乎让莱辛重新看到了从古代宗教文化中寻找整体性思想源头，从而整合不同文明的希望。莱辛发现在民族国家尚未完全成型的遥远古代，人们更容易接受文化的融合，而发挥这种文化融合作用的，恰恰是寓言和宗教故事，它们成了传播意识形态的重要工具。因此，莱辛对宗教主题和寓言题材都产生了浓厚的兴趣。她毫不避讳地承认“太空小说”与寓言故事间的紧密联系。当被问及为何从现实主义转向科幻写作

---

① Doris Lessing. “Kalila and Dimna—The Fables of Bidpai.” *Time Bites*. London: Harper Perennial, 2005. p.64.

② Ibid. p.66.

时，莱辛回答道：

> ……这是因为现实主义诞生的时间非常晚，大约在400年以前。在那之前，故事都是通过动物故事、魔法故事、神话寓言等方式讲述的，而绝没有什么现实主义。这就是当时人们如何体验故事的方式。
>
> 如果你想要写一部包含上百万年历史的百科全书，那么你就不得不寻找一种适合它的新的表现形式；你无法仅仅局限于现实主义小说。①

在莱辛看来，“太空小说”借鉴寓言叙事形式的原因在于它是一种可以不受时空限制、充分发挥自由幻想的题材，现实主义形式的小说显然难以充分满足这种要求，而“太空小说”则留给了“整体性”主题更大的发挥空间。莱辛对宗教寓言故事的结构特点进行了总结：

> 人们认为这种讲述故事的方式表明，在生活中，一件事情往往会导向另一件事情，通常出人意料，人们很难为各种想法和事件（或各种愿望与可能性）制造一个整洁的容器——也很难轻易决定这些事情会在何时开始、何时结束。正如历史记载的那样，当“框架”故事暂时停止时，在主要故事情节继续推进之前，一组相关的故事群就开始接着展开。“框架”故事不止一个，因此我们在不经意中被带入一个又一个领域，一扇扇门被打开，就好像人们想要推开一面镜子，然后发现它竟然是一扇门。②

上述观点可以归纳为三个要点：

第一，寓言的结构松散，不强调线性叙事，淡化时间线性结构和清晰

---

① Earl G. Ingersoll ed. *Doris Lessing*: *Conversations*. New York: Ohio Review Press, 1994. p.183.

② Doris Lessing. "Kalila and Dimna—The Fables of Bidpai." *Time Bites*. London: Harper Perennial, 2005. pp.62-63.

的事件轮廓，但注重事件中蕴含的思想意义。“太空小说”在对思想理念的重视上和宗教寓言十分相似，在惊险曲折、引人入胜的故事情节和精细复杂、微言大义的说理剖析之间，莱辛选择了后者。太空小说的故事情节并不复杂，也并不惊险离奇，而是用一些细致的刻画来服务于许多抽象概念（例如“自我”“主体”“理性”等）的引入和讨论。而莱辛之所以借鉴宗教寓言的形式，从根本上讲是因为这种形式可以描写不受时空限制的事件，进而在更广大的时空范围中讨论“整体性”思想。

第二，宗教寓言的另一个重要特点是叙述视点的多重化。宗教故事中，作为“框架”的主线常常会被暂时打断，并插入许多离题的故事群，使得同一事件被从多方面阐述。由此，多重视点描述取代单一视点叙述，话语建构与经验现实的关系在这种叙述过程中不断得到考量和重估。“整体性”的语言建构和经验现实之间的关系是莱辛在太空小说中讨论的一个重要主题，她为了对这个问题进行探讨，将多重视点手法运用到了极致。关于多重视点技巧的运用，笔者将在本书的最后一章进行分析。

第三，在寓言故事中，一部作品通常不只是拥有一个单一的框架，而是同时拥有多条并行的主线，它们将读者从一个领域带往另一个领域。从概念隐喻理论的角度看，这些并行的主线很多都是关于某个主题的隐喻思维范式，或者说宏隐喻。一个寓言故事中可以存在多个宏隐喻，它们分别由一系列贯穿全文的微隐喻表现出来。例如在莱辛的太空小说中，关于哲学、宗教和进化理论的几条宏隐喻线索就在整个系列中并行不悖，它们相互联系又各自独立，将各个领域的思想脉络呈现在读者面前。

综上所述，宗教寓言中这种叙述的非线性时间结构、离题的故事群手法（多重视点）和多线并行的结构特征都在“太空小说”中有所体现。正如莱辛所言，她的科幻作品是一种乌托邦幻想式的寓言，是用太空小说重建西方传统“整体性”帝国理想的思想之旅，是披着科幻外衣的宗教寓言。

四、“太空小说”中的宗教和寓言元素

“太空小说”系列与宗教寓言等传统的故事题材有着深厚联系，除了在结构上借鉴寓言的模式以外，还在内容上吸纳了很多宗教和神话元素，其方式多种多样，包括寓言式命名、宗教意象的再现、宗教故事仿写和宗教叙事要素的引入等四种方式。可以说，“太空小说”系列本身就是在新的时空背景中对西方古老宗教和神话的重写。

（一）寓言式命名

除了模拟一些寓言故事的结构特点外，莱辛的“太空小说”系列还采用了寓言故事中最典型的命名方式，即以事物的名称直接指称事物本身的特性，并且这些名称大多与古老的宗教文化和神话历史紧密相关。莱辛在《卡里来和笛木乃——比德帕伊寓言》这篇文章中详细回顾了《南船座的老人星：档案》（*Canopus in Argos*：*Archives*）的命名过程。标题中“老人星”（Canopus）一词来源于波斯动物寓言集《老人星之光》（*The Lights of Canopus*），其中“Canopus”是一名穆斯林统帅的名字。莱辛指出，在那个寓言盛行的时代，事物的名称往往指示出事物本身的属性。而这名穆斯林统帅用“老人星”为自己命名的原因引起了莱辛的好奇，于是她追溯和探究了“canopus”这个词语含义的来源。根据她的考证，该词至少有三个与之相关的出处：第一个出处是10世纪的波斯天文学家苏菲所著的《天文探奇》（*Astronomical Curiosities*），书中谈到了许多对老人星这一名称来历的考究及其与各种文化传统之间错综复杂的关系。首先，这一命名与圣经文化有关，这是由于南船座与诺亚方舟有联系，而老人星也是属于南船座的一颗星。其次，它还源自希腊神话中征服异国的历史情节。“argos”是女神密涅瓦和海神尼普顿在塞萨利星球上建造的第

一艘船，希腊神话里伊阿宋乘坐这艘船进行了寻找金羊毛的远征，因此这一意象明显与希腊军队远征他乡的经历和征服异族的历史有关。“Canopus”一词是埃及的阿布吉尔海湾地区的古地名，这一名称源自古希腊神话中特洛伊战争时期斯巴达王墨涅拉俄斯（Menelaus）的舵手，他叫卡诺帕斯（Kanopus），在途中遭蛇咬而亡。在埃及的一些传统中，这个星球因此而得名并受到古埃及人的崇拜。因此，“Argos”与“Canopus”这两个词显然又因为船与舵手这样紧密相连的两个神话意象而统一在了西方远征异族的历史语境中。另外，这个命名还暗示了西方殖民帝国之间微妙的同盟关系。根据考证，“Canopus”这一名称还代表古希腊的一位主神——奥西里斯（Osiris），他是司掌阴府的地狱判官。而他与女神伊西斯（Isis）有着变幻莫测而又十分紧密的联系。伊西斯是古代埃及掌管生育和繁殖的女神，也是天狼星“Sirius”。[①]在“太空小说”中，莱辛用“Canopus”“Argos”“Sirius”等具有丰富文化象征含义的名称进行命名，并将两个殖民帝国分别命名为“老人星帝国”（The Empire of Canopus）和“天狼星帝国”（The Empire of Sirius），其中显然有着深刻寓意——这暗示了两个西方同盟帝国之间既相互斗争又妥协合作的关系，它们之间的联系如同两位神祇一样，紧密、复杂、曲折变化而又扑朔迷离。

从以上考证研究可以看出，莱辛显然十分清楚寓言命名指称事物属性的作用，同时她也十分清楚“老人星”“南船座”“天狼星”等词的文化内涵。她在自己的小说中采用这种寓言式的命名方法，其象征意味强烈而清晰：“太空小说”系列是一部关于西方殖民历史和未来“整体性”世界理想的寓言式史诗，南船座是西方同盟的象征，这艘船上的成员因为共同具有的古老宗教文化源头而绑定在一起，它们拥有共同的目标和航

① Doris Lessing. “Kalila and Dimna—The Fables of Bidpai.” *Time Bites*. London: Harper Perennial, 2005. pp.65-66.

向——征服异族、统一世界,这种征服不仅仅是武力殖民,也包括通过古老宗教思想的传播进行文化意识形态上的征服。老人星帝国是所有成员中最先进、最发达以及进化等级最高的成员,在西方帝国文明这艘大船的前行中具有舵手的领航作用。这艘船上的成员之间(以老人星帝国和天狼星帝国为代表)那种联盟关系是紧密合作而又相互斗争的关系,它们虽然同源同种,但在一些具体理念上有所不同,因此其同盟关系亦具有变幻莫测的特征。陶淑琴在其专著中也曾论及"太空小说"的这种命名特征,同时她还分析了老人星使者耶和尔(Johor)的命名与基督教之间的直接关系。她指出,这种命名具有明显的象征意义:"……从字源上看,源于犹太语耶和华(Jehovah)这一名称。把殖民使者命名为耶和尔(寓指耶和华),把他所代表的星球命名为殖民宗主星球,把他所处理的星球命名为殖民地,这种命名行为,与'老人星'的命名行为一样,都具有政治意识形态的意义。"①由此可见,神话和宗教的寓言式命名在"太空小说"中无处不在,每时每刻都在提醒着读者该系列小说与宗教寓言之间的紧密联系,彰显着自身的隐喻性特征。

(二)宗教意象的再现

除了以寓言命名的方式提示小说主题与宗教之间的紧密关系外,该系列的各部作品中还出现了大量的宗教意象。

圣子的意象典型地出现在《什卡斯塔》中。出使什卡斯塔的老人星使者耶和尔在超度亡灵的第六区被那里等待拯救的亡灵们当作了上帝,他们对耶和尔吟诵歌谣,多次将其直接称为"上帝":

救救我,上帝,

救救我,主人,

① 陶淑琴:《后殖民时代的殖民主义书写:多丽丝·莱辛"太空小说"研究》,北京:中国社会科学出版社,2013年,第34页。

我爱你，

上帝之眼，

看看我吧，

赐我福祉，

给我自由。……①

上帝之眼，

看看我吧，

赐我福祉，

给我自由。……

我在这里，

看看这里，

救救我，上帝

救救我，主人……②

在故事中，人们误将耶和尔等老人星使者当作来拯救他们的上帝，这些老人星使者通过投生到什卡斯塔本地人的家庭中，拥有和他们一样的肉身来执行拯救任务。这里的上帝意象都是一些具有肉身的人，类似于《新约》中投生人间、道成肉身的基督形象，也就是基督教传统中的圣子。

圣父的意象出现在《三四五区间的联姻》中，他没有具体的形质，是一种更为抽象的上帝意象，但他仍然具有一个拟人化的身份——“供养者”(Provider)。在整个小说中，这个叙述者口中的“供养者”都没有以任何具体形象出现过，但几乎小说中所有情节里都有它的影子。各个区间

① Doris Lessing. *Re*: *Colonized Planet 5*, *Shikasta*. London: Harper Collins Publishers, [1979] 2002. p.19.

② Ibid., p.22.

的人们按照他的谕令行事，不论愿意或不愿意，都要绝对服从和执行这些命令。这个谕令发布者就像是一个大家庭中严厉的父亲一样。这个“供养者”脱离了肉身和任何具体形式的存在，他比圣子离肉体和物质更加遥远，但他又相对于圣灵更加接近人的概念，因为他仍然拥有类似于家长的人类身份特征。

在《三四五区间的联姻》中，还出现了这种类似于光的灵魂意象，这些灵魂分有上帝的圣灵。当二区的女王爱丽·伊斯通过与第四区的国王联姻获得进化以后，她已很难回到从前的生活，而是开始尝试进入二区更高进化等级的生活。这个区与其他的三、四、五区之间有所不同，在其中看不见任何肉身的人，只能看到一些幽蓝的火光。对于这里存在的灵，爱丽·伊斯能够通过心灵感应与它们交流。在西方传统中，通常认为人的灵魂分有了上帝的灵；同时，在中世纪以降的基督教传统中，上帝通常被描述为一道光，以显示其脱离具体形质的抽象性。显然，在二区的灵火意象中就蕴含了无形无质的上帝意象，这是一种圣灵的形象，是一个超验、无形而又包罗万象的抽象实体。

总而言之，西方基督教传统中的圣父、圣子、圣灵形象都在《什卡斯塔》和《三四五区间的联姻》等作品中以不同方式呈现。宗教意象的大量存在是“太空小说”的另一个重要特征。

（三）宗教故事仿写

“太空小说”对《圣经》故事中一些著名的宗教故事进行了仿写，包括耶稣诞生的故事和诺亚方舟的传说等，这些在西方家喻户晓的古老故事被重新植入小说的太空背景之中，焕发出新的活力。

首先，“太空小说”改写了圣母玛利亚受孕耶稣的故事。根据老人星使者托菲格的报告，什卡斯塔人由于灾难而发生了退化，老人星帝国决定派老人星使者与他们混血，从而减少其暴力基因，实施“基因改良”(genetic-boost)。经过挑选，老人星人认为什卡斯塔星上的大卫家族具有良好的血统和基因，是与老人星人混血的合适对象。托菲格在报告中写道：

> 我找到了大卫家族的后代，他们由于天然的优良基因而往往居于有影响力的位置。我挨个“秘密地”告诉他们将有“圣人”光顾，这些人是由于被他们的美丽吸引才从“高处”降临的。这些选中的女人被带去与男性完成交配。她们一共有五十个人，每个人都以为自己是独一无二的。①

在这种对《圣经》故事的重写中，原本在现实中不可思议的耶稣诞生过程被世俗化，其神秘性也随之消失——这一原本在现代社会令人难以置信的宗教故事变成了由外星人主导的一次秘密实验。而这些神秘的外星实验作为宗教故事在世间广泛流传的原因也在“太空小说”的重写中得到了解释——这是由于外星人有意地设计和安排，他们故意留下“神迹”来树立自身的权威：

> 我们的计划是要让她们“自信地”告诉他人。这是为了保证关于上帝的传言能够得到散播。……我们故意让两个妇女看到我们的飞船起飞，这样她们就会回去告诉大家关于天国战车的故事。②

上述引文表明，通过对传统宗教寓言的改写，“太空小说”将这些故事中的宗教权威转化为了世俗权威，老人星帝国使者获取权威的渠道不再是某种天然的神性，而是由更高的进化等级来赋予其优越性。神圣权威的来源不再是上天或神灵，而是拥有先进科学技术和话语权的种族相对于其他种族所取得的优势地位。

除此以外，《什卡斯塔》中还用外星故事重写了《圣经》中记载的大洪水和诺亚方舟的故事：

---

① Doris Lessing. *Re*: *Colonized Planet 5*, *Shikasta*. London: Harper Collins Publishers, [1979] 2002. p.128.

② Ibid. pp.128-129.

> 在洪水淹没大地前,大卫族的人早就来到了山上的安全地带。同时在整个什卡斯塔上,暴雨开始了,……降雨持续了快两个月时间。除了山顶之外,所有的地方都被淹没了。暴雨开始得十分突然,不论高等还是低级的动物都没来得及逃亡,它们几乎都灭绝了。①

这段描述与《圣经》中描述的洪水景象基本吻合:《圣经》中记载的大洪水时期,降雨持续了40天,也就是一个多月的时间,而这里的描述是快两个月时间;《圣经》中只有得到上帝青睐的诺亚一家以及他们挑选的动物躲在方舟里面而获救,其他人类和生物全部灭绝,而在《什卡斯塔》中的洪水故事也描述了类似情节——只有受到老人星人青睐的大卫一家获救,其他生物统统灭绝;另外,根据《圣经》记载,洪水退去后,诺亚方舟停在亚拉腊山上,与之对应,《什卡斯塔》在这里也提到了"大卫的族人因为待在山上而安然无恙"。《什卡斯塔》与《圣经》中描写的洪水故事虽然在细节上有所出入,但总体上讲二者仍然是高度吻合的。所不同的是,在《什卡斯塔》中,洪水产生的原因不再是上帝对人类的惩罚,而是由于意外的星际灾难致使"冰盖以一种不可预见的速度融化"造成的——冰盖的融化使得大量水汽上升,"填满了什卡斯塔的天空","改变了什卡斯塔的气候"。②这种解释更符合现代科学的思维方式,它代替了原先令现代人难以置信的宗教传说,巧妙地将古老的宗教故事与现代技术话语糅合在了一起。

由此可见,"太空小说"对宗教故事的仿写不是单纯的模仿照搬,而是加入了外星故事元素,重新以外星使者的造访来解释宗教故事,并在古老的宗教情节中融合了外星人、基因实验和天文地理知识等现代要素,这使得整个太空系列故事比单纯的宗教故事显得更接近现代人的观念,它是一个将过去、现在甚至未来的各个时间向度糅合在一起的有机整体。

---

① Doris Lessing. *Re*: *Colonized Planet 5*, *Shikasta*. London: Harper Collins Publishers, [1979] 2002, p.130.

② Ibid., p.129.

（四）宗教叙述要素的引入

细心的读者可以发现，在《南船座的老人星：档案》系列中，好几部作品都借用了"作为救赎者的外星访客"这一叙事要素，它实际上源自宗教寓言中耶稣作为救世主降临人间的故事结构。在《什卡斯塔》中，耶和尔、托菲格等老人星使者造访什卡斯塔星执行任务，拯救退化的什卡斯塔人；在《八号行星代表的产生》中，同样是耶和尔这个老人星使者造访了第八行星，旨在引导面临大灾难和灭绝命运的当地人渡过难关；在《天狼星实验》中，老人星使者克罗若斯通过会晤逐步引导天狼星代表接受他们的思维方式并促使其对自身文化进行反思；在《沃灵帝国的感伤使者》中，老人星使者克罗若斯再度出现，他亲自造访了沃灵帝国及其殖民星球，并探视了那里专治语言病患者的一座医院。莱辛曾经谈及过她运用这种形式进行创作的原因：

> 我想要将《圣经》写成科幻小说的原因是由于曾有人对我说，将《旧约》《新约》《新约外传》和《古兰经》通读一遍，这件简单的事竟然还没人做过；这些经书都是一个连贯的故事，是同一出戏，拥有同样的一组演员。……于是我想我创造这些科幻小说的原因是它们都有一个"信使"或者说先知，他下到凡间来并对人类说："你们这些糟糕的坏家伙，把你们的袜子穿好，表现好些，等等。"①

莱辛指出，正是这些西方宗教都有一个信使的共同之处启发她运用"这样一个造访者"或"一系列造访者"的观点来对宗教故事进行重写。她指出，这些宗教在本质上是具有同一性的整体，"是一个连贯的故事，是同一出戏，拥有同样的一组演员"。在这里，莱辛再次阐明了她的太空小说与宗教及其整体性特征的密切关系。

---

① Earl G. Ingersoll ed. *Doris Lessing*: *Conversations*. New York: Ohio Review Press, 1994. p.117.

除了造访者以外，“太空小说”系列中引入的另一个宗教叙事要素是“末世预言”或者叫“启示录”(Apocalypto)。《什卡斯塔》预言了第三次世界大战和星际灾难造成的物种灭绝，《八号行星代表的产生》描写了灾难毁灭整个星球的全过程和末日景象，在《什卡斯塔》中，甚至有一个小节专门以“公共警戒者”(Public Cautioner)为名，描述了那些向什卡斯塔人传达警告的外星使者。莱辛借用宗教末世警告这一叙述要素，在小说中重写了古老宗教，表达了对于人类共同命运的深深担忧。而正是这种对人类未来的思考将她的太空小说和古老的宗教寓言紧紧联结在了一起。

综上所述，莱辛的太空小说系列《南船座的老人星：档案》与西方宗教寓言有着千丝万缕的联系，在总体结构、写作手法和故事内容上都深受其影响，其中的许多情节不过是给原先的宗教寓言换上了科幻的外衣。而使莱辛对这种宗教题材感兴趣的根本原因是她在宗教中发现了支撑西方帝国殖民理想的“整体性”思维模式的源头。虽然在现实中，这种整体性的帝国理想没有找到正确的道路，面临着分崩离析的命运，地球文明也处于四分五裂的时期，但古代文化中存在的融合统一的可能性似乎使莱辛重新看到了西方传统中这一整体性理想冲动的希望所在。于是，她将自己对人类未来命运的担忧融入宗教警世寓言之中，并在横亘亿万年时空的太空背景中将“整体性”思想所能企及的范围进行了最大限度的拓展。莱辛通过古老的宗教寓言重建了一个乌托邦，她讲述的寓言就是她的理想、担忧和向人类发出的警示。

第二节　从上帝到普遍理性
——启蒙伦理学与宗教隐喻的联姻

莱辛用太空小说重写宗教寓言，编织乌托邦理想，在小说中建构一种“整体性”的观念体系。本章前面一节已经分析过，在寓言故事中，一部作品通常不止有一个单一的框架，而是同时拥有多条并行的主线，它们将读者从一个领域带往另一个领域。莱辛的太空小说也具有类似的结构。从概念隐喻理论的角度看，这些并行的主线很多都是与某个主题相关的隐喻思维范式，或者说宏隐喻。一个寓言故事中可以存在多个这样的宏隐喻。在莱辛的太空小说中，也同样存在几个相互交织的宏隐喻主题线索，它们在整个系列中并行不悖，相互联系又各自独立，共同构建了整个乌托邦理想的观念体系。

本书第二章分析的“主体-自我”概念隐喻是一个关于自我身份意识的宏隐喻，它体现了西方理性主义哲学中“人之本质”观念的深层思维范式，这个“分裂的自我”概念隐喻对人的自我身份进行追问，并且推崇超验理性、主体意识和普遍法则。本章将进一步分析小说中的另一个宏隐喻——宗教道德隐喻，以及这个概念隐喻体系如何与理性主义哲学的隐喻思维范式相互结合，共同构建出一套道德哲学话语体系。这两条线索之间错综复杂的关系是理解莱辛太空小说思想分析过程的难点，而莱考夫的概念隐喻理论则为揭开这些并行线索之间的关系提供了一把钥匙。

宗教与哲学虽然是两个截然不同的话语体系，但它们却拥有一个重要的共同之处——二者都涉及道德伦理规范的探讨。莱考夫在对道德隐喻的讨论中，揭开了两个话语体系之间的转换过程，它们看似有着天壤之别，实际上却有着同源的亲密关系。同样，莱辛“太空小说”中的这两个宏隐喻体系也并非互不相交的平行线，而是发源于同一传统，以不同表现形式被引向不同方向的两个分支。

正如本书第二章的分析所表明的，莱辛“太空小说”中的一条重要主线是“主体-自我”概念隐喻所推崇的哲学观念——超越经验的普遍理性。在西方历史上，与“理性”概念密切相关的是启蒙时期。在这一时期，由于科学技术和社会经济形态的发展变化，传统的君主统治日渐式微,“君权神授”等宗教意识形态逐渐失去了旧日的社会基础,一批思想文化领域的代表人物涌现出来,包括康德、洛克、霍布斯、伏尔泰、孟德斯鸠、卢梭等,他们在哲学、伦理学、政治学、经济学、历史学等诸多领域都掀起了一场变革,建构起了新的意识形态话语体系,逐渐接替了昔日的以宗教权威为意识形态支撑的话语体系。在哲学领域,这一时期的代表人物是伊曼努尔·康德(Immanuel Kant),正是他发展了以“理性主义”为核心的哲学体系和以“自由意志”为基石的伦理观念,对西方现代社会的发展产生了深远影响。

特别值得注意的是康德的伦理哲学,它与西方宗教传统之间存在一种既否定又继承的复杂关系,这一过程同样在莱辛的小说中以外星故事的方式得以重现。莱辛“太空小说”宗教寓言与康德的许多哲学和伦理学观念框架不谋而合,拥有许多共同的概念隐喻思维结构,包括对理性的认识、对人的本质的界定、对道德模式的理解以及对于律法的强调等等。换言之,在这些故事中,哲学思想与宗教观念紧密联姻,构筑起一套启蒙伦理思想。因此,从莱考夫对康德伦理哲学与西方宗教之间深层联系的剖析入手,对理解太空系列小说的重要主题及其各个情节主线之间的结构关系都具有重要意义。

虽然从表面上看,启蒙时期的理性哲学服务于新的社会经济基础,是对传统宗教的否定,但莱考夫的隐喻分析却表明,康德在启蒙时期提出的伦理哲学在本质上和西方宗教传统是相通的,它不过是旧瓶装新酒。在本书第一章已经对基于家庭经验的两种概念隐喻思维范式作了简要介绍,其中的“严父家庭道德模式”是犹太-基督教传统中的一种主导思维范式。而莱考夫指出,康德在启蒙时期的伦理哲学并没有走出这种思维范式,而是通过一些概念隐喻和文化常识将上帝这个旧的道德权威转化为新的权威——普遍理性,而其深层思维范式——“严父家庭道德模式”——却并没有改变。他认为康德哲学的转换过程有四个来源,包括一个关于本质的文化常识(the Folk Theory of Essence)和三个概念隐喻,它们分别是“严父家庭道德”隐喻(the metaphor of Strict Father Family Morality)、“心灵社会”隐喻(The Society of Mind metaphor)和“人类大家庭”隐喻(The Family of Man metaphor)。康德从西方宗教传统出发,利用人们心目中的这些根深蒂固的思维模式来作为他论证的出发点,从而成功将传统宗教中的道德权威和道德命令的发布者上帝转换成他伦理哲学中道德目的的来源和为人们自身立法的权威——普遍理性。莱考夫对这种转换过程进行了详细剖析,本节将简要梳理莱考夫的这一分析过程。

一、心灵社会隐喻

首先,莱考夫指出,康德运用“心灵社会”隐喻将犹太-基督传统中的保守部分——“严父家庭道德”隐喻转化为他道德理论的一部分。“心灵社会”的隐喻是构成官能心理学(faculty psychology)的一种概念隐喻。在这一隐喻中,心灵被视为一个以各种功能为成员的大家庭,它在康德的体系中通过与“严父家庭道德”隐喻的结合成为一个新的复合隐喻,其映射如下:

严父家庭		社会心灵
家庭	→	心灵
父亲	→	理性
孩子	→	意志
外界的罪恶	→	激情

在“严父家庭道德”模式中,父亲是一个道德权威,他必须纠正孩子的错误,教他们向善,使孩子能够自律自强从而抵御外来的邪恶力量,并告诉孩子具体应该如何行事。孩子有道德义务听从父亲的教导。

而在“心灵社会”隐喻中,心灵的各种功能被映射为一个大家庭之中的各个成员。但是在与"严父家庭道德"隐喻结合以前,这些成员在家庭中的地位和相互关系并没有得到具体说明。而当这一概念隐喻思维模式与"严父家庭道德"隐喻结合以后,前者各个家庭成员之间的关系就被映射到"心灵社会"隐喻的家庭成员关系上,得出如下结论:理性(Reason)能辨明善恶,因此是一个父亲一样的道德权威;它像教导自己的孩子一样引导意志,使其弃恶从善,意志(Will)足够自律和强大,以克服激情(Passion)带来的威胁,意志有义务顺从理性。因此,在两个概念隐喻相互结合后,理性成了这个社会的统领者,它为其他成员谋福利,其他成员有义务遵从它。意志对于身体的行为负责,有义务服从理性。激情,通常不会按照道德要求行事,是理性的敌人,与理性争抢对意志的控制权。为了对抗激情,意志必须足够强大。这要求意志有自律精神,并且理性有义务尽一切努力提供这些律法。因此,康德所说的"理性为自己立法"也就更好理解了:理性、意志都是我们自己心灵社会的成员,当理性对意志下达道德命令时,实际上就是我们自己在运用理性对自己的意志下命令,给自己立法。康德所说的"自律"(autonomy)和"他律"(heteronomy)的区别就在于,"自律"是用自己的理性来告诉自己应该做什么,而不是由其他事物对自己发布道德命令,这个其他事物可能是他人或自己的身体欲望等。而只有遵从自己的理性,人才是完全自由的。

二、关于本质的文化常识与"人类大家庭"隐喻

理性通过将传统宗教中的"严父家庭道德"与新兴心理学中的"心灵社会"隐喻相结合而获得了新的权威,但它还必须成为一种普遍有效的规则才能在现实中发挥伦理上的指导作用。因此,在树立新的道德权威过程中,康德的道德哲学还分别利用了关于本质的文化常识和"人类大家庭"隐喻来使理性获得内在的和外在的普遍性合法地位。

首先，关于本质的文化常识使理性成为所有人内在的本质，从而使其获得内在的普遍性。根据本质的文化常识，人的主体意识部分是由理性构成的，这是人的本质，而情感则被视为是由身体激发的（自我部分），因此不是人的本质部分（参见本书第二章关于“本质的自我”相关论述）。而根据本质自身的定义，一类事物的本质存在于该范畴下所有成员之中，因此以理性为本质的人类成员必然都拥有理性作为其本质特征，因此理性是普遍的。

在启蒙时期，官能心理学主宰了关于人类心灵的学说，因此在当时对人类心灵的理解都是基于“严父家庭道德”——理性是道德权威，为道德立法。这一命题又与“理性是所有人的内在本质”这一文化常识相结合，因此得出“理性的立法是具有普遍性的，它是主宰所有人内在心灵的道德权威，为人类自身立法，发布普遍的道德律”这类结论。这样一来，西方传统宗教中的“严父家庭道德”就通过心理学的隐喻，与道德哲学融合，成了一条关于理性的普遍法则。于是，理性获得了类似于家庭中严父的道德权威地位，成为所有心灵中内在道德目的的源泉，即形成一个概念隐喻思维范式“普遍的理性是道德权威”。

其次，在西方启蒙哲学的理论建构中，理性不仅仅是内在于人类心灵的内在道德源泉，还是一种普遍存在于人类社会中的道德关系法则，也就是一种外在的权威。莱考夫指出，理性的这种外在的权威性是通过“人类大家庭”隐喻实现的。这个隐喻作为一种固有思维模式，逐渐转化成不言自明的“真理”，存在于人们思维中。最初的“人类大家庭”概念隐喻同样源自家庭经验，它将整个人类社会映射为单个人类家庭：

家庭	→	人类社会
每一个孩子	→	人类的每一个成员
其他孩子	→	其他人类成员

而这一隐喻映射蕴含了一些逻辑结果，即原本单个家庭中的道德关

系和法则等被映射为整个人类社会普遍的道德关系和法则：

家庭伦理关系　→　普遍伦理关系
家庭道德权威　→　普遍道德权威
家庭伦理规则　→　普遍伦理规则
家庭道德培养　→　普遍道德培养

回顾前面梳理的西方宗教"严父家庭道德"，其隐喻映射关系如下：

父亲　→　家庭道德权威
父亲的命令　→　家庭伦理规则
家庭养育　→　增强道德意志力的培养

将上述"严父家庭道德"隐喻与"人类大家庭"隐喻结合，将"严父型家庭关系"映射到"人类大家庭"的家庭关系中，就形成一个新的复合隐喻：

家庭　→　人类社会
每一个孩子　→　人类的每一个成员
其他孩子　→　其他人类成员

家庭伦理关系　→　普遍伦理关系
父亲　→　普遍道德权威
父亲的命令　→　普遍伦理规则
使孩子坚强的家庭培养　→　使人意志坚强的普遍道德培养
对家庭伦理规则的遵守　→　对普遍道德伦理的遵守

在这个新的"人类大家庭"隐喻中，家庭成员之间的关系遵循"严父型家庭关系模式"，人类大家庭中的道德权威就是严父家庭中的"父亲"。因此，由"严父家庭道德"隐喻和"人类大家庭"隐喻复合可以得到关系表达式(1)：

(1) 父亲→道德权威→普遍道德权威

而根据前面已经提到的官能心理学“心灵社会”隐喻：

严父家庭		社会心灵
家庭	→	心灵
父亲	→	理性
孩子	→	意志
外界的罪恶	→	激情

笔者将该心理学隐喻与“严父家庭道德”模式和关于本质的文化常识复合,可以得到表达式(2)：

(2) 父亲→道德权威→理性=普遍理性

(1)与(2)结合,即得到如下结论：

普遍道德权威=普遍理性

综上所述,康德通过这些根深蒂固的概念隐喻观念之间的相互转换,成功地将“严父家庭道德”模式中的道德权威由西方宗教中的上帝置换为启蒙哲学中的普遍理性,并以这种不证自明的前提为基础发展了他关于道德自律和自由意志的道德哲学。这种哲学适应了西方社会经济基础的发展需求,代替传统的宗教构建起新的“整体性”意识形态,这种意识形态也迎合了后来的帝国殖民扩张的理论需求,由普遍理性支撑的普世价值成为西方国家用以证明殖民统治合法性的依据,而负责传播这种价值的西方国家则通过这一话语体系将自己建构为人类大家庭中的道德权威。这种“整体性”哲学思想和“严父家庭道德”模式伦理观都在“太空小说”中得到了反映,这些深层的宗教和哲学思维范式被共同编织在小说的星际殖民空间中,从而使古老思想的繁复脉络在新的寓言隐喻中得到了回溯。

第三节　康德道德哲学的三个结论与帝国理想的编织——"太空小说"中的"严父家庭道德"隐喻

莱考夫用语言学分析揭示了宗教和哲学之间的这种深层联系，而莱辛则以太空寓言的形式将宗教和哲学中交织的思想体系呈现出来。莱辛通过多条主线并行的结构在自己的小说中模拟重建了一个多重话语交织的意识形态综合体，这种文风和英国女作家乔治·艾略特对时代思想手术刀式的精准剖析方式有几分相似之处，是一种"思想的小说"（the Novel of Ideas）。①而将这些并行的思想体系联系在一起的，正是其共有的深层隐喻思维范式——"严父家庭道德"隐喻。这种共同的思想根基将西方传统中的理性主义哲学与宗教思想融为一体，使几条并行的思想主线得以在故事中交织融合，共同构建出一个整体性寓言体系。

莱考夫认为，康德的道德哲学受到宗教"严父家庭道德"隐喻思维的影响和启发，得出了一些重要结论，包括："首先，终极的道德权威是理性。其次，为了使理性成为一个道德权威，它必须是'纯洁的'，即摆脱任何身体的污染。最后，理性只有在具有普遍性时，才能成为道德权威。"②

---

① 《哥伦比亚英国小说史》收录了一篇论述乔治·艾略特的论文，该文作者认为乔治·艾略特作品的一个标志性特征是其小说对思想性的侧重，即艾略特对她那一时代的各种思想在小说中进行手术刀式的精准剖析，因而该文作者将其称为"思想的小说"（the Novel of Ideas）。参见：Richetti, John eds. "George Eliot and the Novel of Ideas." *The Columbia History of the British Novel*. Beijing: Foreign Language Teaching and Research Press, 2005. pp.429-455。

② George Lakoff & Mark Johnson. *Philosophy in the Flesh: The Embodied Mind and Its Challenge to Western Thought*. New York: Basic Books, 1999. p.424.正如本书第一章第三节和本章第二节的相关介绍，为了令理性成为普遍性的道德权威并使其在文化思维中被人们理所当然地接受，康德在将宗教模式转化为哲学模式的过程中，运用了官能心理学的隐喻思维范式，并使其与人之本质的文化常识相结合，从而使理性成为普遍性的人类本质特征。然而，在"心灵社会"的诸（转下页）

这三个特征在“太空小说”寓言故事中得到了集中体现。可见，莱辛的乌托邦帝国建构的过程也正是作者在西方宗教中寻找启蒙思想根源的过程，上述三个方面集中体现了宗教与哲学两种话语体系之间相互影响融合的趋势。特别是在《什卡斯塔》和《三四五区间的联姻》这两部作品中，这些特征更是表现得淋漓尽致，其中的宗教意象和自我身份主题通过故事情节和象征意象融为一体，两种思想体系之间的深层联系经由“宗教-太空”寓言故事得以充分展现。因此，本节将主要通过对“太空小说”系列中的《什卡斯塔》和《三四五区间的联姻》两部作品进行讨论，重点分析上述三个特征在小说文本中的具体呈现。

在进入文本细节的论述之前，首先对《三四五区间的联姻》的内容和结构特征做一个简要介绍。该作品延续了第一部小说中探讨的自我身份意识主题，并且也出现了大量的宗教意象。故事描述了某个星球上从二区到五区几个不同分区之间痛苦的身份融合过程。这些地区具有完全不同的特征，并且相互间有严格的界限。等级较高的二区是无形质的蓝色亮光，位于西北方，这里似乎是一个幽灵世界，不存在任何具有肉身的生物。三区是女王爱丽·伊斯统治的区域。这是一个和平而富庶的区域，这里的人们敏感温和、善解人意，人们遵循理性的统领，拒绝有害的情感，人与人、人与动物之间都关系和睦，没有猜疑和压迫，也不需要

（接上页）多要素中，康德为何偏偏选择理性而非心灵社会的其他成员来映射为道德权威和心灵的“主人”（master）？康德在他的一段论述中给出了答案：“所有道德观念都以理性为源泉，并将其置于完全的优先地位……正是此源头的纯洁性才使其成为值得我们遵循的最高实践原则；而一旦加入了任何经验性的东西，那它们的影响力和它们指导行动的绝对价值就要相应地打折扣了。”参见：Immanuel Kant. *Groundwork for the Metaphysics of Morals*. Trans. & Ed. Mary Gregor. New York: Cambridge University Press, 1998. p.23。换言之，正是因为理性是一个完全与身体和经验无关的抽象概念（即“起源的纯洁性”），才使得它能够成为普遍的最高法则；反之，一旦与身体经验相关，其“影响力”和“绝对价值”就要大打折扣了。

军队。在这里,男性和女性的区分并不明显。孩子的生养都遵循理性的指导,他们既有生育自己的基因父母,也有培养自己的精神父母。四区是本恩·艾塔统治的父权制区域。这个政权是一个男性化的军政权,所有的男性都要从军,并且负责守卫和警戒边界,战争的缺乏会让他们感到无所事事。而四区的女性则顺从于男性意志。四区的男性不像三区男性那么友好,他们身上具有更多传统意义上的男性气质,粗犷、健壮、蛮横。该区域较三区更为贫穷,因为大量的资源被用于战争准备。五区则是由东方女王统治的更为原始的区域。那里更像是一个未开化的部落,所谓的女王不过是一名部落首领,她靠带领手下抢劫富庶的地区维持开销。这个女王富有活力和魅力,和男人一样强健有力。各个区域之间的界限十分严格,但这并非仅仅因为有军队或者国境一类的障碍,而是源自一种更加无形的阻隔:普通人从一个区到另一个区时会难以适应,需要穿着特定的防护服和面罩,这种障碍似乎像空气一样挥之不去、无处不在。另外,文中还提到一个“供养者”,这个神秘人物对各区发出各种谕令,却从未露面。他就像一个具有绝对权威的上帝,不管这些谕令多么令人不快和难以接受,各区统治者仍旧会服从和执行其命令。

《三四五区间的联姻》在形式和内容上都与《什卡斯塔》等作品迥异,它是五部小说中唯一在时空场景设置上与整个星际帝国空间没有明显关联和参照的作品,星球的地理位置、故事发生的具体时间以及该星球与其他星球在星际帝国中的关系等都没有任何明确表述。它更像是一个被抽象和简化出来的纯粹形式结构,目的就是为了承载思想。可以认为,这部作品对叙事情节的冷淡和对思想表征的热衷将太空小说鲜明的寓言隐喻特质推向了极致。通过概念隐喻理论的分析可以发现,虽然《三四五区间的联姻》在物理时空和故事情节等经验层面上与其他几部作品产生了断裂,但其共有的内在思想结构和精神内核非但没有消失,反而得到了进一步加强。《什卡斯塔》中自我身份意识概念隐喻与宗教元素之间的紧密联系在《三四五区间的联姻》中变得更加突出。与《什卡斯塔》不同的是,《三四五区间的联姻》中虽然也有少数几处行文直接涉及“分裂的自我”隐喻思维范式的语句,但这种存在于简单语句中的显性隐喻形式已经比前者少了很多,其说理特征被越来越多地寓于故事叙述当中,小说运用众多简洁的情节结构对于几条主要的思想线索和宏隐喻主题进行了勾勒。这种极简抽象结构使整部小说成为一个颇具象征意味的“太空-宗教”寓言叙事作品,也为康德哲学的三个特征在“太空小说”中的融合提供了最合适的载体。

一、第一个结论的体现:“太空小说”中的“理性道德权威”

莱辛以她精准的语言感悟力,在太空小说中将宗教和哲学两种不同话语体系融为一体,重构了这些语言思维范式的建构过程。第二章的分析已经表明,在该系列作品中,“主体-自我”概念隐喻从哲学话语层面构建了一套将普遍理性视为道德权威的话语体系,而进一步深入分析可以发现,这条宏隐喻线索一直贯穿在该系列小说中,并且与宗教层面的话语体系相互融合,共同构成太空寓言中道德秩序的最高权威。整个太空小说中的星际秩序是一个俨然有序的等级结构,老人星帝国象征了宗教家长与理性权威的结合,这个帝国位于太空世界金字塔顶端,它制定规则,发布道德命令;同样,老人星使者对于其他殖民地星球拥有和上帝一样的权威,并且通过培养他们在什卡斯塔上的代理人,传播故事和歌谣,散布以普遍理性为核心的意识形态,维持统治秩序。

在《什卡斯塔》中,老人星帝国作为小说塑造的道德权威,掌握着所有殖民地行星生物的命运,殖民地上的一切都处于他们有条不紊的安排与控制下。而这些殖民地生物不过是他们根据计划进行实验的对象。耶和尔的出使报告对什卡斯塔上的各类人种进行了描述,颇有生物实验报告的意味。例如,当巨人族在什卡斯塔上经历了一段时间的"共生"实验后,耶和尔在报告中这样描述了巨人们智力发展水平的变化:"**精神力量**:没有任何获得高等智力的表现,但他们的身体智能比预期发展得更好,而这为我们实现'锁'建立时所订计划打下了一个良好基础。"①文中类似的耶和尔报告还有很多,它们对什卡斯塔上作为实验对象的各个人种的身体、智能和寿命等各方面情况都分别进行了分类报告。这种实验报告式的评判在言语中充满了优越感,实际上昭示了一种自上而下的观察视点。这种通过故事情节暗中进行话语建构和设立等级秩序的方式在整个小说中对于宗教-哲学体系道德权威的建构发挥了重要作用。

另外,《三四五区间的联姻》与该系列中的其他几部作品相比,具有十分独特的抽象极简结构,其内容与其他四部作品中的星际帝国故事缺少联系,这种特征为道德权威的揭示搭建了一个良好的平台。如前所述,相对于《什卡斯塔》,《三四五区间的联姻》中的太空世界脱去了许多读者能够辨认的熟悉元素。在《什卡斯塔》中,关于十号殖民星球罗汉达(或者叫什卡斯塔)的描述非常详细,读者可以通过许多细节提示清楚地辨认出它就是我们居住的地球。而反观《三四五区间的联姻》,其故事背景设定在一个陌生星球上,几乎没有任何其他的细节提示可以令读者对故事场景进行定位。这种陌生化的处理方式将读者的注意力从具体细节上转移到更深层的抽象结构。《三四五区间的联姻》以这种极简抽象的构造方式更清晰地呈现了宗教-哲学话语体系的等级化结构特征,突出了一个指向最高道德权威和终极目的的等级秩序。在其建构的世界图景中,一切都并非盲目无序的偶然性存在,而是一个由设计者和造物

---

① Doris Lessing. *Re*: *Colonized Planet 5*, *Shikasta*. London: Harper Collins Publishers, [1979] 2002. p.32.

主冥冥安排好的世界。

《三四五区间的联姻》中这种指向终极道德权威的等级结构集中体现在地理区域的命名方式上。整个小说中，没有出现任何具体地名，不同的地区以抽象的数字编号来指称，数字序号越靠前的区域，进化等级越高。数字本身就是抽象和理性的典型特征，并且这种命名方式格外突显出造物主安排的痕迹，各个区域的高低等级秩序明显指向一个共同的进化目标。这是一个单向的、自上而下的命令传达体系。生活在不同区间的人们在“谕令”的安排下尝试打破禁忌、相互融合。这个从未露面也无任何相关背景描述的命令发出者被称为“供养者”(The Provider)，人们对他的了解仅仅来自“谕令”的内容。于是“供养者”成了一个高高在上的神秘人物，或者说成了上帝和神的化身。不管各地区的人们有多么不情愿，但最后都出于一种“责任”而无条件执行这些命令，这种命令就是康德所说的理性的绝对命令，同时也是“供养者”这个“上帝”的旨意，没有任何被拒绝或商榷的可能。如此一来，代表理性的数字命名和代表上帝的“供养者”在故事中不露痕迹地结合在一起，成为整个等级秩序中的最高道德权威；宗教中的“严父家庭道德隐喻”思维便通过巧妙的命名技巧和情节安排与“主体-自我”身份意识哲学隐喻思维范式天衣无缝地结合在了一起。

二、第二个结论的体现：“太空小说”中的“道德纯洁性”

宗教“严父家庭道德”模式对康德道德哲学产生的另一个重要影响表现在对道德“纯洁性”的认识上。在“严父家庭道德”模式隐喻思维中，作为道德权威的家长通常要帮助孩子抵御外来的负面影响，因此宗教的信条中，信仰能够使人更好地抵制欲望或魔鬼的诱惑；同样，康德的道德哲学也要求人们排除任何威胁到纯粹理性的因素，如来自情感和欲望的干扰等。这一观念源自本章第二节介绍的“道德纯洁性”(moral purity)

概念隐喻，它是宗教"严父家庭道德"模式中的一个重要隐喻，要求人们自律自强，锤炼坚强的意志来抵御任何危险的诱惑。基于这种"严父家庭道德"模式隐喻思维，西方宗教认为人是有原罪的，这种原罪与身体的诞生一同到来，人们可以通过灵魂的记忆回忆起一些来自上帝的启示，而身体则是灵魂受到污染的标识，蒙蔽了灵魂的记忆，因此才有许多宗教禁忌来要求人们克服身体欲望，达到对神之旨意的领悟和顺从。康德的道德哲学是这种道德模式的官能心理学翻版，莱考夫在《体验哲学》中曾经论述了康德哲学的这种特征：

> 这一文化常识广为人知的哲学翻版是……将意志视为道德行为的源泉。道德考量和选择中必须保持意志的纯洁性。这意味着保持理性，跟随理性的要求，不让意志受到身体带来的任何污染，例如愿望、情感和激情等。意志和心灵必须在理性而非欲望、情感和激情等身体元素的指引下才能保持纯洁，身体则常被视为一种外来的力量，它与理性相互争斗，图谋取得对意志的控制权。①

由此可见，在康德的道德哲学中，神的旨意或者灵魂的记忆被替换为无所不在的普遍理性，作为道德权威的"严父"由神灵替换为了理性，需要在危险诱惑中得到锻炼变坚强的"孩子"则由顺从上帝的人们替换为人类心理要素中的意志力，外来的敌对力量则被替换为了理性以外的其他心理要素，如情感、欲望、激情等。正因为如此，康德的道德哲学将上帝内化为自我心理意识构成中的普遍理性，个人意志在心理要素中处于从属地位，听从理性的命令来克服理性的敌对力量——来自身体的情感和欲望。如此一来，原本统一的自我就分裂为顺从理性的主体意识和理性意识以外的自我，而情感、同情和身体欲望等与经验"自我"相关的

① George Lakoff & Mark Johnson. *Philosophy in the Flesh: The Embodied Mind and Its Challenge to Western Thought*. New York: Basic Books, 1999. p.308.

要素则成为应该排除的不利因素。也正因为如此，在康德的哲学中，“身体被视为一种外来的影响，不是自己的本质自我。基于这个原因，出于同情(empathy)……的行为对于康德而言，‘没有任何道德价值’，这是由于它是基于情感并且不会听从任何单纯来自理性的命令”。①在康德看来，人类不仅要有足够坚强的意志抵御外来的邪恶力量，更要通过自律的培养来抵制内心中与理性对抗的分裂势力——来自身体的欲望和激情等。这也是为什么康德认为即使一些不会伤害到他人的行为(例如醉酒和贪吃等)也是不道德的：“当一个人醉酒时，他简直就像一头野兽，不应被视之为人；当他暴饮暴食的时候，他就暂时失去了熟练运用意志力进行活动的能力。”②可见，在康德看来，虽然这类活动通常不会对他人造成伤害，但是却会阻碍道德权威(普遍理性)的正常运行，是受内在的邪恶力量驱使而产生的，因此也是不道德行为。

在《什卡斯塔》和《三四五区间的联姻》中，西方宗教与启蒙哲学的这种交集得到了重现，虽然两部小说在时空背景上没有太多关联，但其故事情节却具有高度的内在一致性，它们都体现出对激情、情感和欲望等任何与身体有关的心灵活动的极度排斥的一面。启蒙时期的道德观念在莱辛小说所建构的“整体性”主题中得到了充分展现。在《什卡斯塔》中，耶和尔在什卡斯塔上的化身乔治·谢尔班在写给他的印度情人夏尔马·佩特的信件中，对“整体性”的文化纽带进行了描述。在信中，乔治告诉夏尔马他做了一个关于远古巨人的梦，他们寿命很长，有上千年，因此有足够的时间发展成熟的婚姻，而不会由于激烈的情感和生命的短暂而匆匆结婚。他们理性地思考结婚对象，并且在家庭中建立起一种成熟

① George Lakoff & Mark Johnson. *Philosophy in the Flesh: The Embodied Mind and Its Challenge to Western Thought*. New York: Basic Books, 1999. p.419.

② Immanuel Kant. *Metaphysics of Morals*. Trans. & Ed. Mary Gregor. New York: Cambridge University Press, 1996. p.180.

而和谐的关系。这些巨人结婚和生育都是精心安排和谨慎选择的结果，而这种选择的依据是“与生俱来的知识”①，是根据两者各自与天体和宇宙之间的相互关系确定的。巨人们由此选择与自己具有互补性的对象。乔治指出，这甚至并非他们自己的选择行为，而是根据他们本身特质而自动形成的安排，因此每件事都形成和谐的关系。正是由于巨人们将个体选择和自我身份定位融入整体性族群的文明历史之中，才获得了这种从容面对人生、做出正确选择的能力：

> 然而他们从不焦急、慌乱和感到绝望。他们身后蜿蜒着漫长的文明，智者、历史学家和讲故事的人告诉他们发生过的一切，而他们未来的世界则在前方，无限延展、永无止境。②

乔治在信中实际上向夏尔马表达了基于这种普遍理性的婚姻道德和性伦理观念，也是他作为一名老人星帝国使者所持有的整体性理想。

乔治在这封并未寄出的信中还提到了自己与夏尔马之间的关系以及他们二人对这段恋爱关系的不同理解。夏尔马曾写信给乔治，告知他自己将在青年军泛欧会议上当选欧洲区的主席，并想让乔治也成为北非地区的代表，加入青年军联合首脑委员会。夏尔马认为他们二人的生命“将会在青年军领导的人类伟大进步中融为一体”。③她认为乔治是因为自己的精明、实际、理性以及高效行事的能力而爱慕自己。乔治则在信中表明自己对参选青年军领袖以及对在政治团体中通过精心运作获取成功等事务并不感兴趣。他坦言，自己爱慕夏尔马的原因和她所理解的完全不同，并在信中描述了自己的恋爱感受：

> 这是一个奇迹，它就在你身上。我怎么也不会对此感到厌倦，

---

① Doris Lessing. *Re*: *Colonized Planet 5*, *Shikasta*. London: Harper Collins Publishers, [1979] 2002. p.356.

② Ibid., p.353.

③ Ibid., p.352.

我看着你，看你如何行走，这感觉绝对正确，不论是你走过的每一步，还是你转而倾听时的姿势。我告诉你，夏尔马，就只是那种难以言喻的感觉——我，我彻底被它征服了，就是这样。①

由此可见，乔治对夏尔马的仰慕并非源自任何她在现实世界中获得的成功和她在世俗眼光中具有的优秀品质，而仅仅是出于一种难以言喻的感觉，是夏尔马举手投足间流露的气质无形中吸引了他。一言以蔽之，二人对这段恋爱关系理解的根本分歧可以归结为体验性认知和先验性认知两种思维方式间的差异。夏尔马的理解侧重于从现实经验出发，并以现实中获得的认可和成功为衡量标准，是一种基于体验性的思维方式。而乔治的爱慕没有从任何现实生活中的成就出发，也无从衡量其标准，仅仅是一种只可意会不可言传的感觉。然而，虽然乔治真心爱慕夏尔马，他最终却选择了自己并不爱的另一名女子为妻，这同样是源自先验理性的安排。正如乔治所谈到的梦中巨人一样，他自己实际上也是基于天生的直觉来选择与自己互补的对象。这种直觉跨越时空而存在于乔治的灵魂记忆中，并以梦的形式向他自己呈现，连他自己也难以解释这种先验直觉的来源。而这种直觉就是老人星想要启示给什卡斯塔人的那种普遍理性，那个隐藏于人们内心中与生俱来的本质自我，只有根据这一直觉选择的婚姻对象才符合星际整体秩序，从而令自身融入宇宙的和谐秩序中。

小说中乔治的这种婚恋道德观与基于宗教“严父模式”的康德道德哲学如出一辙，二者都强调源自灵魂或是普遍理性的目的才是男女关系和婚姻的唯一合法来源。这种“身体-灵魂”二元对立的古老宗教观念在康德哲学中得以引申，发展成对男女性爱伦理的论述。康德认为，仅仅

---

① Doris Lessing. *Re*: *Colonized Planet 5*, *Shikasta*. London: Harper Collins Publishers, [1979] 2002. p.355.

为了寻求身体享乐而进行毫无目的的性爱同样是对道德自律的违背。康德声称，在道德秩序（这种秩序被隐喻性地理解为一种自然秩序）中，“两性交合的天然目的是繁育后代，换言之，是为了种族的延续……”①；反之，不符合这种自然目的的行为则是放弃追随理性的不道德行为：“而当一个人仅仅将自身作为满足动物欲望的手段时，他就放弃（扔掉）了自己的人格。”②受欲望驱使的性行为和源自激情的男女关系都在小说中被描述为什卡斯塔人或者更低等级物种的特征，在老人星人的道德体系中，是不被接受的关系模式，即使乔治对夏尔马那种源自直觉的爱恋也不例外，因为它仍然受到了情感的污染。

在《三四五区间的联姻》中，三区女王爱丽·伊斯和四区国王本恩·艾塔的婚恋关系也集中体现了对“道德纯洁性”这一隐喻思维的强调。象征发达国家的三区与较为落后的四区对“爱”这个词的涵义有着截然不同的理解：三区人对“爱”的理解体现了西方宗教和启蒙道德哲学中对“爱”的界定；而四区人对这个词的理解则更接近通常意义上“爱”这个词的涵义。故事中，本恩·艾塔陷入了对爱丽·伊斯的强烈爱慕，但却认为爱丽·伊斯对他十分冷漠；而爱丽·伊斯则认为她们使用这个词的涵义与第四区完全不一样。如果第四区的爱是一种情欲，三区的爱则更多是一种责任。爱丽·伊斯解释了她们第三区间对“爱”这个词的理解和使用方式：“我想我们从来不用这个词。它的意思是和某人在一起。并且，为你们俩之间的任何事情承担责任。两人一旦一方有麻烦，另一方可能也要为此全力以赴。”③虽然理性在“严父家庭道德模式”中以典型的男性形象“严父”为象征，但在莱辛的笔下，这种理性的代表则被替换为

①② Immanuel Kant. *Metaphysics of Morals*. Trans. & Ed. Mary Gregor. New York: Cambridge University Press, 1996. p.179.

③ [英]多丽丝·莱辛：《三四五区间的联姻》，俞婷译，南京：南京大学出版社，2008年，第261页。

女性形象——三区女王爱丽·伊斯，她以慈母的形象出现，常常将本恩·艾塔当成一个大孩子。这样的女性形象显然更具有迷惑性，表面上爱丽·伊斯似乎是一个慈母式的女性，这样的形象掩盖了其本质上遵循的“严父型思维模式”，而通过对其思想脉络进行分析，能够清晰地将这种本质特征揭示出来。

如果说爱丽·伊斯为“严父家庭道德模式”理性道德观披上了一层女性色彩，《三四五区间的联姻》中另一个未露面的神秘人物“供养者”则是这种观念更纯粹的象征。这个“供养者”如上帝一般不断对各个区间发布绝对命令，各区完全依照他的逻辑和理性安排执行，没有任何情感因素可言。他的命令冷酷而独断，甚至要求已经结婚并育有一子的本恩·艾塔和爱丽·伊斯分开，还命令本恩·艾塔重新去迎娶五区的女王为妻，这种无情的决定给本恩·艾塔和爱丽·伊斯都造成了巨大的痛苦：

> 但这是不可能的，她和本恩·艾塔都接受不了……不管是谁，他怎么能娶那个女孩呢？她和本恩·艾塔两个人结了婚，现在他们已经是一体了。
>
> 但是，他还会娶别人，他们的孩子阿鲁西也会像半个孤儿似的长大。不，这一切怎么能够发生？怎么能够允许发生？那些供养者肯定弄错了，判断错了……爱丽·伊斯胡思乱想着，当她牵着马走向边境时，她变得清醒了。①

爱丽·伊斯回到三区，不但要忍受骨肉分离的痛苦，还要面临三区人们的冷漠嫌弃，因为她在与四区国王结合的过程中，其自我身份意识也与四区发生了融合，因此她变得难以被三区的人们接受，从前作为女

① ［英］多丽丝·莱辛：《三四五区间的联姻》，俞婷译，南京：南京大学出版社，2008年，第261页。

王的位置也被妹妹取代。在这个故事中,"供养者"自始至终都是一个没有任何经验背景的神秘存在,他是不受身体、经验污染的纯粹理性的象征。他的绝对命令象征了纯粹理性的绝对道德命令。虽然这种命令在故事中最终促进了各区间人们的融合与进化,但其中给人物造成的痛苦也是巨大的。用没有情感的理性来取代道德价值取向,难免会显得矛盾重重。作者在小说中建构这种"道德纯洁性"隐喻思维的同时,也对其可行性提出了含蓄的质疑和委婉的批评。

三、第三个结论的体现:"太空小说"中理性道德权威的普遍性

除了信奉道德权威的绝对权力以外,理性的普遍性也是自我身份意识隐喻思维范式中的重要内容。根据"分裂的自我"概念隐喻,普遍理性是超验的、抽象的,它与代表身体经验的自我是二元对立的两极,要想获得普遍理性的绝对权威,就必须打破小群体或个体身份经验的限制。如前所述,康德的道德哲学正是通过将官能心理学隐喻与宗教中的"严父家庭道德"模式融为一体,并结合关于本质的文化常识,才最终得到"普遍道德权威=普遍理性"这一结论。换言之,将普遍理性视为普遍道德权威的观念集中体现了宗教和哲学两种隐喻思维范式的合流。在该系列小说中,关于打破身份局限、实现整体融合的情节无处不在,人们正是通过身份界限的突破增强了理性化的主体意识,并由此在具有等级秩序的世界图景中获得通往最高道德权威的进化。

在《什卡斯塔》中,为了促使什卡斯塔加速进化,老人星人通过巨人族与什卡斯塔本地人的"共生"实验来获得他们想要的进化速度,这种不同种族之间的"共生"实验加速了所有参与者的进化。在这一过程中,不仅什卡斯塔人获得了数倍于正常速度的进化,巨人族也同样加快了进化。这种"共生"的交流过程是双向的,对打破身份界限、相互融合的两个群体都是有益的。

《三四五区间的联姻》中，同样存在类似的“融合-进化”情节模式。第三区的进化等级虽然高于四区，但是封闭的三区如果停止与其他各区的交流融合，就会变得毫无生气，造成生育力的下降和活力的减退，并且还会停止进化。女王爱丽·伊斯与四区国王联姻以后，虽然难以再被封闭在三区的民众所接受，失去了她作为三区人的群体身份，但是却获得了进入更高等级二区的能力，从而实现了自身的进化。而四区野蛮的国王本恩·艾塔则通过与三区女王的联姻变得更加能替其他人考虑，消除了许多原先的残暴本性，他开始懂得尊重女性，并且不再那么热衷于军事斗争。虽然本恩·艾塔发现自己越来越与自己原先认同的群体身份意识格格不入，但他也通过与三区女王爱丽·伊斯的结合，获得了一定程度的进化。毫无疑问，在这个体系中，各个不同等级的国度之间都通过冲破各自群体身份的樊篱而获得了向更高等级的进化。

以上这些关于身份突破融合的情节都表明，人们只有超越其个体和群体的经验，摆脱身体限制，才能趋向一个普遍理性的精神统一体，获得道德意识上的进化。在这种话语体系中，个体成员牺牲从身体和经验中获得的身份意识，是服从道德权威、获得进化的必然要求。不论是上帝还是普遍理性，抑或是小说中的老人星帝国或“供养者”，都是绝对命令的象征。对于宗教权威和哲学权威而言，去除经验特质、获取超验的普遍性是它们的共同思维范式特征。“主体-自我”二元对立概念隐喻思维范式仍然在寓言故事中继续发挥着根本作用，这些宗教寓言故事不过是在原先的二元对立结构中融入了一个新的话语结构——“严父家庭道德”概念隐喻——从而追溯了这种哲学话语体系最原初的宗教思想源泉，并将二者融为一体。这两种思维框架作为两条并行的主线，在小说中既分离又融合，它们相互支撑，共同构建出一个具有浑厚历史积淀的意识形态思想体系。

对道德权威普遍性和身份同一性的追求，在“太空小说”中的另一个重要体现是各星际帝国之间进行的文化战争。这些星际帝国通过各种意识形态手段相互竞争、渗透,她们都希望自己的意识形态体系能成为影响对方的"整体性"思想。特别是老人星帝国,它通过建构一整套复杂精细的话语体系来将自身树立为道德权威,将竞争对手与欲望、非理性、愤怒、落后、退化等概念联系起来。即使是与自己的盟友,老人星帝国也与其存在着激烈竞争。老人星帝国与其盟友天狼星帝国之间的关系是一种既斗争又合作的关系,它们曾经由于利益冲突进行过战争,后来达成协议,各自分治什卡斯塔的南北半球。由于它们拥有类似的意识形态,因此也有共同的敌人——与它们具有异质意识形态的普提欧拉帝国。因此在老人星帝国的话语体系中,两个盟友之间的差异主要是技术发展程度上的差异。尽管如此,它们之间仍然通过文化手段相互竞争和提防对方,维护自己的殖民利益,通过间谍在别国殖民领地散布谣言是这种思想文化竞争的典型手段:

> 不断地有谣言传来——大多数都以故事或歌谣的形式在当地人中传播……——据说在"南部"有一些极端好战和充满敌意的人。①

耶和尔认为这些谣言是"天狼星导师"(the Sirian tutors)指使其培育的殖民地人种散布的,其目的是阻止老人星的实验对象闯入他们的领地。同时,老人星与天狼星帝国共同的敌人闪迈特人也向什卡斯塔派出间谍:"在当地人和巨人族中都不断有关于'间谍'的传言,……他们很小心地隐蔽自己,但他们最突出的特点不是在外貌上,而是在行为上。简言之,他们拥有退化症的一切典型特征。"②而实际上这种通过"故事和歌谣"进行文化战争的形式也同样为老人星人自己所用,他们将关于普遍

---

① Doris Lessing. *Re*: *Colonized Planet 5*, *Shikasta*. London: Harper Collins Publishers, [1979] 2002. pp.33-34.

② Ibid., p.34.

理性的意识形态和上帝道德权威相结合，同样通过歌谣和故事等方式来承载这些思想，将其植入什卡斯塔当地人的记忆中："他们一知半解，编织歌谣和故事，总是带着一种渴望，一种他们自己也讲不清楚的渴望。然而他们小小的生命已完全被其统辖，他们是一位隐形国王的仆从，即使在他们追随用幻觉来填饱其渴望的闪迈特人时也是如此。"①这种歌谣和故事发挥了强大的意识形态功能，是传播普遍理性伦理观念的重要工具。什卡斯塔当地人通过它们知晓了自己与上帝（老人星人）的关系，并且使人们自愿成为一个"隐形国王"的思想臣民，这个思想"王国"俨然就是康德所说的"目的王国"，是具有普世性的道德律统治所有人的理想状态。而闪迈特人植入的记忆则被建构为一种填充虚幻欲望的"幻想"，位于普遍理性的对立面。

歌谣和故事发挥的这种意识形态功能也贯穿于《三四五区间的联姻》中。三区女王爱丽·伊斯和四区的人们一起决定举行关于歌谣和故事的聚会来唤醒遗忘的记忆：

> 我们可以欢庆一个节日。就在最近。节日的主题是歌谣和故事——不过，不是我们从前举办的方式。这个节日将是专门为那些被我们所遗忘的歌谣和故事而举行的。或者那些半遗忘状态的。所有地区都要输送他们的故事家和歌手，还有他们的记忆……②

爱丽·伊斯不仅通过歌谣和故事唤醒被遗忘的记忆，而且通过歌谣故事鼓励四区的妇女打破该区的禁忌，仰望三区的高山。③虽然《三四五区间的联姻》中的这些情节从表面上看似乎与《什卡斯塔》没有任何直接

---

① Doris Lessing. *Re*: *Colonized Planet 5*, *Shikasta*. London: Harper Collins Publishers, [1979] 2002. p.136.

② [英]多丽丝·莱辛：《三四五区间的联姻》，俞婷译，南京：南京大学出版社，2008年，第123页。

③ 同上书，第197—202页。

的联系，但这些歌谣和故事所传播的内在理念却与《什卡斯塔》中老人星帝国的意识形态完全一致。小说的叙述者指出，尽管不同区间的不同经历给予了爱丽·伊斯多种多样的身份——三区的经历将她塑造为女王、母亲、动物之友，四区的经历则将她塑造为本恩·艾塔的妻子、四区的皇后、约瑞的保护者、黛比的朋友——但这些由经验塑造的身份都只是暂时的，它“是我们所有人，只是在不同的时期因为有不同的需要而呈现出如此纷繁复杂的状态”。①而故事和歌谣中所记录的关于整体性和普遍性的记忆才是永恒不变的：

> 假设此时的她实际上——跟我们中每一个人一样有着独特的天赋和才能——就是个说故事的人，编歌谣的人，记录历史的人：她说的是她自己么？……我们是一个有机整体的有机部分……而我们共享这个整体，最后构成了这个整体。②

这种意识形态话语体系致力于建构一种能够超越具体经验和个人经历而存在的整体同一性和普遍理性，让原本各自独立的人们结合为一个紧密的共同体，建构一套规范行为、和谐共生的伦理秩序。

然而，复杂多样的个体经历难免会对人的意识产生巨大的塑造力。针对这一点，小说文本中的这种“宗教-哲学”话语体系正是运用“主体-自我”二元对立的模式来包含和消解个体经验的作用，将经验塑造思想的事实解释为“自我”部分的身体经验对“主体”部分先验意识的遮蔽。为了去除这种不良的影响，需要人们具有强大的记忆能力，唯有如此才能够始终如一地保持最初未受经验影响的统一意识。因此，这一话语体系不仅规定了歌谣和故事等意识形态手段传播的具体内容——意识形态的整体性和普遍性，也着重强调了歌谣和故事的主要功能——唤醒“记

①② [英]多丽丝·莱辛：《三四五区间的联姻》，俞婷译，南京：南京大学出版社，2008年，第275页。

忆”。“记忆”这种心理功能也因此在这个话语体系中获得了高度重视，并不断得到强调。

综上所述，以上三个特征（理性道德权威，道德纯洁性，理性道德权威的普遍性）是启蒙道德哲学与传统西方宗教联姻的典型体现，莱辛运用分析性的寓言小说手法将这两条宏隐喻思想主线之间的并行和共生关系解析出来，并让它们在小说精心设计的故事情节中实现了完美的融合。这种建立在宗教思维范式基础上的理性道德秩序，在小说中还有一个非常重要的体现——数学城市意象，它进一步将小说中重建古老伦理秩序的理想与启蒙时期另一位理性主义哲学家笛卡尔的思想结合起来。本章下一节将对这一重要意象在“太空小说”中的典型表现形式和象征意义进行详细论述。

第四节　理性道德秩序的重要象征 ——“太空小说”中的笛卡尔式数学城市意象

数学城市是《什卡斯塔》中的一个重要意象。这种按照几何数学规则建造的城市意象在“太空小说”（特别是《什卡斯塔》）中多次出现，包括圆城（the Round City）、四方城（the Square City）、三角城（the Triangle City）、菱形城（the Rhomboid City）、六角形城（the Hexagonal City）、六角星形小镇（the Town of a Six-Pointed Star Shape）、锯齿边缘的圆形小镇（the Town of a Circle-Shape with Scalloped Edges ）和八角形城（the Octagonal City）等。①它们都是按照几何数学规则建造和命名的人工建筑。

① Doris Lessing. *Re*: *Colonized Planet 5*, *Shikasta*. London: Harper Collins Publishers, [1979] 2002. pp.41, 79, 440, 441, 442.

这些城市建筑意象是"宗教-哲学"宏隐喻意识形态建构的重要象征,它们与其他小说情节共同烘托了隐喻主题,丰富了这一主题的肌理。

首先,数学城市建筑是老人星整体性意识的传播手段。老人星人派巨人族在什卡斯塔上修建石阵,其目的就是在当地人中传播他们的意识形态。但随着歌谣和故事的传播,这些什卡斯塔人能够更自觉地将这些城市建筑传达的意识形态融入自己的思想,并开始自觉帮助巨人建造城市:"当地人希望能够在这一任务中帮上忙,他们认为这个任务是——在其歌谣、故事和传说中所说的——他们与上帝和圣灵的联系纽带。"①在小说中,城市建筑意象发挥着与歌谣和故事同样的功能,它们是令什卡斯塔人找到思想信仰的引路石,通过这些意识形态工具的规约,当地人最终接受了老人星的思维模式并将巨人视为自己"与上帝和圣灵的联系纽带"。②

其次,这些城市建筑不仅可以帮助建构新的意识形态,也可以作为一种文化武器,消除人们思想中原有的异质思想。耶和尔的报告描述了这种建筑对于清除当地人记忆中什卡斯塔经验的功效:"一旦'锁'建立起来,这些石阵就会开始运行,城市得以用石头重新修建,而当地人也学会了这种建造技巧——他们很快就会丢掉什卡斯塔烙下的记忆了……"③反之,如果这些根据老人星规则建立的城市被破坏,也会对什卡斯塔人记忆中存储的老人星意识形态造成影响。例如,在遭到闪迈特人破坏后,什卡斯塔人的居所在耶和尔的报告中就被称为一种"破损记忆的产物":

> 我们向下望去,那里有世界上最古怪的定居点。它不是由遮风挡雨的避难所构成,也没有任何具有通常用途的居所,而是一种破

①② Doris Lessing. *Re*: *Colonized Planet 5*, *Shikasta*. London: Harper Collins Publishers, [1979] 2002. p.39.

③ Ibid., p.40.

损记忆的产物。

一个高高的缺乏屋顶的圆锥形立柱，其顶部竟然还横着一对分支。另一个则是方形建筑，中间有一条破烂的裂缝。一个五角形小屋扭曲倾斜地立着。在那里，建筑的所有造型和尺寸都是不完整的。①

引文表明，数学城市建筑中破碎和不和谐的几何形状象征了意识的支离破碎以及某种稳定秩序的破坏。这种破坏表面上似乎是由于人们忘记了几何数学知识而造成，但实际上它还具有更加深层的象征涵义，这种涵义同样源自启蒙哲学的传统。

一、笛卡尔理性主义哲学观——数学城市意象的思想源泉

启蒙时期另一名重要的哲学家是勒内·笛卡尔（René Descartes），他的理论对这一时期的思想方法和康德的理性主义哲学都具有巨大影响力。笛卡尔理论的一个重要方面就是将以解析几何为代表的数学思维同关于人类心灵的哲学联系起来。笛卡尔提出要建立一种“保证知识绝对可靠性”的哲学，而在他看来，只有与经验无关的思维本身，才是不证自明、绝对可靠的，那些来自经验并与身体、情感等相关的知识则不具备这样的绝对可靠性。于是他将知识分为先天的知识和来自外部现实的知识，只有纯粹形式化、没有任何经验内容的先天知识才是可靠的绝对知识和普遍理性的来源。他认为，数学知识中的解析几何正是这样一种纯形式思维的典型代表。笛卡尔本人也是解析几何的创始人，他将数字视为线上的点，并用代数方程来表示各种几何图形。正是基于此，笛卡尔将数学视为一套形式化的象征符号体系，认为它是一种普遍的科学法

① Doris Lessing. *Re*: *Colonized Planet 5*, *Shikasta*. London: Harper Collins Publishers, [1979] 2002. p.79.

则,任何与衡量和规则有关的具体事物都可以运用这套符号体系来表征。另外,笛卡尔还认为,除了算术和几何学这种纯形式领域以外,天文学的星球排列和音乐的和谐性规律也是这套形式符号得以运用的重要领域:

> 万事万物中,只有涉及数学的才是重要的,在数学中,秩序和数量得到探讨,不论探讨的是数字、字母、星球、声音抑或其他任何与衡量有关的客体,都是如此。结果我发现这其中必有一种通用的科学,它能从整体的角度解释这些要素,它提出关于秩序和衡量的问题,并严格限定没有任何特殊的例外。①

对于笛卡尔而言,数学是完全脱离了任何具体内容和身体经验污染的纯形式,是纯先验的思维结构,而一些具体层面的数学关系运用,例如音乐、建筑、天文等等,则是联结数学与现实事物的领域,其可靠性与纯粹的数学思想相比要打一些折扣。尽管如此,天文学和音乐仍然被视为纯粹数学在现实世界中的典型体现,它们按照数学规律而建构的关系有一个最显著特征——和谐性。

启蒙哲学中这种对先验理性和数学关系的推崇以及对整体和谐秩序的追求在《什卡斯塔》中通过数学城的意象得到了清晰展现。老人星帝国根据星际间的和谐关系在什卡斯塔星上建立起维持其意识形态的"锁",但后来发生的意外灾难使星际秩序被打破,他们建立的和谐秩序也因此遭到破坏。耶和尔描述了按照数学规则建造的"圆城"未遭破坏时的情形:

> 我在没见到圆城时就听说过它。它和谐的数学性在一阵轻柔的哼唱和歌声中自然流露,那是展现它特殊自我的音律。……这个

① R. Descartes. *Rules for the Direction of the Mind*. Eds. E.S. Haldane and G.R.T. Ross. *The Philosophical Works of Descartes*. Vol.1. Cambridge: Cambridge University Press, 1973, p.13.

城市周围的每个地方都有动物聚集，它们被这音乐吸引，对其着迷。

> 圆城中所有的一切都是圆形的。它是一个完美的圆，不能再扩展：它边界的大小正好是必需的尺寸。①

从前的圆城拥有“数学的和谐性”，并且从一种和谐的音律中体现出来。由于这种数学的规则是自给自足、不受任何经验影响而变化的纯形式，因此这个圆城是“一个完美的圆，不能再扩展：它边界的大小正好是必需的尺寸”。在这个圆城还没有完全遭到破坏时，它是数学规则的重要体现，与通达普遍理性的内在自我主体相关联，城市中和谐的音律则是在现实中体现这种内在秩序的物理现象。

> 我发现尽管拥挤的人群产生出噪音，但这并未破坏此地背景音律中的深层寂静，那是它内在自我的音律，正是这种音律使整个城市安然无恙、和谐宁静。②

这里的数学城市意象将“音乐”与“内在自我”(inner self)——一种居于深处的“深层寂静”(the deep silence)——联系起来，更加明确地突显了城市建筑形成的和谐音律与普遍理性的密切联系。在这种西方哲学语境中，数学规则与人类思维联系起来，成为不受经验束缚的普遍理性的代名词。这种思维再通过关于人之本质的文化常识成为关于人的根本定义，形成一套完整的理论体系。数学城市的意象象征的笛卡尔哲学思想实际上与康德的道德哲学一脉相承，共同构建了西方启蒙理性的思维逻辑，发挥着意识形态话语系统的重要功效。

二、数学城市功能——“整体性”意识形态机器

在《什卡斯塔》中，这些数学城镇建筑是“具有功能性的整体”③，它们

---

① Doris Lessing. *Re*: *Colonized Planet 5*, *Shikasta*. London: Harper Collins Publishers, [1979] 2002. pp.46, 47.

② Ibid., p.48.

③ Ibid., p.445.

能够对城市居民产生影响,从而将数学城镇的外在布局形式特征转换为每个人内在的自我意识。在小说中,类似这种对这种城镇功能的描述比比皆是。

首先,数学城市能够向居于其中的个体昭示着他们各自在老人星意识形态体系中应有的位置:

> 每个城市,都是一件完美的艺术品,其中没有任何事物不在掌控中:它们及其中的居民,都被视为一个功能性整体的组成部分。……并且,甚至还演化出这样一种科学,它能够在每个人的童年时期就分辨出其将来应该生活的地点。①

这种决定个体位置的城市作用,类似于阿尔都塞所说的意识形态"征召"(interpellate)②功能,它使每个位于其中的主体各就其位,完全听命于其安排。因此在这个城市中每一个体适合居住的位置实际上都象征了它们在这一意识体系形态中被召唤和安放的位置。

其次,数学城市能够将其蕴含的内在数学逻辑外化为整个城市的外部秩序,甚至起到替代国家机器和机构制度的作用。这种城镇功能通过乔治·谢尔班收留的孤儿卡西姆(Kassim)的视点得到展现。卡西姆在决心寻找真相的途中,来到一个具有几何布局的城镇,这里的情形十分出乎他的意料:

---

① Doris Lessing. *Re*: *Colonized Planet 5*, *Shikasta*. London: Harper Collins Publishers, [1979] 2002. p.41.

② 刘易斯·阿尔都塞(Louis Althusser)在《列宁与哲学及其他论文》(1971)中指出,意识形态往往在无意识中对人们进行"征召",使其由普通个体(individual)转化为主体(subject),成为某体系中给定位置上的成员。他认为基督教的意识形态建构特征即通过唯一、绝对的大写主体"上帝"来征召许多小写的宗教主体,这一绝对主体确立自身的卓越地位,自我定义,为自我而存在。受其征召,那些小写的主体因此而从属于它。参见 Louis Althusser, "Ideology and Ideological State Apparatus",张中载、王逢振等编:《二十世纪西方文论选读》,北京:外语教学与研究出版社,2002 年,第 372—393 页。

> 当我走下来进到这个城镇，我认为这绝对是理所当然的，那里肯定会有不同的派系、统治者、军队、警察，因此我必须小心翼翼，注意自己的一言一行。①

根据卡西姆的描述，从前他生活的世界充满了各种派系纷争，而在这里，整体性的城市意识形态似乎取代了所有的思想分裂，并代替军警来发挥维持社会秩序的功能。这种意识形态不仅能够代替军警、监狱等暴力国家机器，甚至还代替了所有的法律法规，“即使没有法律、法规、秩序和军队，人们也轻松而易于相处，一切都以正确的方式进行”②，因此这里也没有监狱。

最后，数学城市建筑和普遍理性一样，能够使人们在精神上趋同，这是数学城市最根本的作用，是它前面两种功能得以实现的基础，只有将城市的内在数学逻辑转化为普适性的理性原则，关于数学城市整体秩序的乌托邦设想才可能实现。对这种理想国的憧憬出现在《什卡斯塔》的结尾处。卡西姆离家出走寻找真相的途中，无意中找到了乔治和一个八角形城市，这类城市中的人具有趋同的整体性特征：

> 我曾经相信乔治是如此与众不同，当然现在我也认为如此。……但这里有很多人都和乔治一样。……这些人都是乔治式人物。他们都是一样的。……这儿总是出现越来越多的乔治式人物。
>
> ……
>
> 我们都变得更有活力和更敏锐……我们都是同一的，而不是六个或七个不同的个体。③

在这里，所有的人都变成和乔治一样的人，都被同一种思想同化，

---

① Doris Lessing. *Re*: *Colonized Planet 5*, *Shikasta*. London: Harper Collins Publishers, [1979] 2002. p.441.

② Ibid., p.443.

③ Ibid., pp.443-444.

有着超越个体经验的普遍理性,因此能"充满相互理解"(full of apprehension)①,他们不再是分裂的个体,而是一个共同的整体。卡西姆描述道:"当人们谈起旧的城镇时,他们就像看到了**地狱**一般。如果它们看起来像我们的城市曾经的样子,那它们就是地狱。"②卡西姆指出,不符合普遍理性的生活方式与宗教体系中的"地狱"对应;反之,按照整体性秩序运作的社会,才是天堂般的"上帝之城"。在此,启蒙哲学的理性主义话语体系与古老的宗教隐喻体系再一次通过数学城市意象获得了统一。

城市是人类居住和生活的地方,城市的影响在人们生活中无处不在。小说中的数学城市意象象征了思想意识体系潜移默化的渗透方式,它无须专门的宣传工具和口号,却巧妙地融入人们的生活起居而对其思想理念产生巨大影响。其最终目的是统一人们的思想,使其成为一个符合"普遍理性"的整体。城市建筑的各种功能实际上隐喻了隐性的文化战争,老人星正是通过这种"软实力"与其他几个星际帝国进行竞争,从而建立和巩固符合自身愿景的统治秩序。

三、从心灵到身体——数学城市功能破坏的负面影响

《什卡斯塔》不仅描绘了数学城市成功建立后构建出的理想国蓝图,也想象了数学城市遭到破坏的严重后果。在大灾难后,耶和尔出使什卡斯塔并造访了圆城。虽然圆城内部尚未受到太大影响,但当他来到城外巨石阵时,却发现这里已经完全受到了星际灾难的影响:

> ……在圆城的外面,这些石阵周围没有任何动物。音乐,这个词原本用以形容石阵具有的深层和谐性,现在却变得强烈刺耳……
>
> 从石阵中穿过并不令人惬意。我开始感受到疾病的端倪了。③

---

①② Doris Lessing. *Re: Colonized Planet 5, Shikasta*. London: Harper Collins Publishers, [1979] 2002. p.443.

③ Ibid., pp.46-47.

由于石阵的数学排列规则遭受了严重破坏，音律失去了构成和谐性形式的根基，因此变得“强烈刺耳”，这导致退化症状在人们身上产生。小说中描写数学城市和谐关系受损的场景还有很多。例如，在大灾难意外发生以后，耶和尔再次来到什卡斯塔执行任务，目的是将巨人族接到其他星球上去。这时的什卡斯塔已经严重受损，耶和尔在其报告中描述了星际秩序紊乱给石阵和圆城带来的巨大破坏：

> 我开始感到头痛，当我进入石阵时我感到自己病了。这里空气是那么的不祥，充满了威胁。要么是由于星际秩序紊乱造成石阵排列偏离了老人星帝国的需求，或者是由于巨人离去后留下的空置居所被其他人鸠占鹊巢，这都破坏了圆形城市的和谐秩序。①

值得注意的是，数学城市理性秩序遭到破坏的后果十分严重，它不仅对人的精神产生影响，还会引起身体的退化；不仅造成精神的病态，还造成生理学意义上的病态。这进一步表明数学城市意象是一个十分重要的联结枢纽，它不仅将宗教隐喻和哲学隐喻这两条宏隐喻主线汇聚其中，还暗示了“太空小说”系列中另一条十分重要的思想线索——生物学进化论的宏隐喻主题。事实上，这是和前面两条思想脉络同等重要的另一条并行主线，它通过将思想文化层面的秩序转换为生物学意义上的等级秩序，为整个乌托邦话语体系的建构找到了一个重要支撑。本书随后的第四章将对这一宏隐喻主题进行详细分析。

小　结

“太空小说”系列无疑是关于思想的小说。在形式结构方面，它们从

① Doris Lessing. *Re*: *Colonized Planet 5*, *Shikasta*. London: Harper Collins Publishers, [1979] 2002. p.70.

古老的宗教寓言中得到启发，将对隐喻思维范式的分析发展到极致。这些作品创造性地借鉴了宗教寓言的结构形式特征，将寓于语句的短小隐喻发展为长篇叙事中的概念隐喻，打破了时空的疆界，从而展现出更加丰富的宏隐喻主题。该系列作品大量仿拟了宗教寓言中的命名方式、宗教意象、故事情节和叙事要素，体现出鲜明的宗教寓言隐喻特质。

在内容方面，太空小说系列作品也同样从宗教故事中汲取营养，将体现宗教隐喻思维范式的故事元素纳入叙述，与小说中的哲学话语体系融为一体，淋漓尽致地展现了宗教伦理中的“严父家庭道德模式”概念隐喻对启蒙哲学的影响，以及二者错综复杂、相互交织的同源关系。西方宗教思想对启蒙时期的哲学思想具有深远的影响，康德道德哲学的终极命题即建立在“严父家庭道德模式”这一宗教隐喻思维范式的基础之上。他通过官能心理学将这一古老的隐喻思维转化为理性主义的道德哲学，宗教中的道德家长“上帝”也随即转化为其道德哲学中的理性权威。康德道德哲学中的三个结论充分体现了其与宗教思想之间的这种紧密关联，它们分别是：理性道德权威、道德的纯洁性以及理性道德权威的普遍性。这三个结论在“太空小说”中都得到了体现。特别是在《什卡斯塔》和《三四五区间的联姻》这两部作品中，出现了大量与之相关的细节，充分展示了作者在小说中进行的思想分析过程。除此以外，《什卡斯塔》中反复出现了一个突出的意象——数学城市，该意象进一步突出了哲学隐喻和道德隐喻的鲜明特征，烘托出理性在整个思想体系中发挥出的类似于宗教家长的意识形态功能。

总而言之，莱辛小说对西方传统思想脉络的分析能力是令人惊讶的，这种分析细致深入的程度在英国文学史上的作家中相当罕见，即使与19世纪英国小说中以思想分析见长的大家乔治·艾略特相比，也毫不逊色。莱辛对西方思维范式的分析跨越古今。在她的笔下，各个时期的思想精髓被纳入同一不受时空局限的星际背景中，从而使这些思想之间复杂而隐蔽的渊源和互动关系在同一平台下得到了一一解剖。不仅如此，莱辛在“太空小说”系列中并没有止步于发掘哲学思想的古老源头，她对当下新近产生的科学思潮亦保持了浓厚兴趣，并且在其“太空小说”系列作品中对新兴的生物科学进化论与宗教、哲学隐喻之间的关联做了进一步分析。本书第四章将对莱辛在该系列第一部作品《什卡斯塔》和第三部作品《天狼星实验》中的这一思想实验进行更加深入的探讨。

第四章　两个星际帝国与两种进化隐喻

通过第二、三两章的论述，自我隐喻和道德隐喻这两个“太空小说”中宏大的概念隐喻体系逐渐变得清晰起来。然而，除此以外，“太空小说”中还存在另外一条重要线索——生物科学的概念隐喻体系，它以进化论宏隐喻的各种不同形式存在于文本中。对这一重要隐喻主题的研究还有些欠缺，只有少数论文和专著提到过太空小说中出现的生物学术语。克莱尔·汉森从生物优生学的角度考察了战后英国文学文化之间的关系，他指出，“尽管莱辛在性别问题和殖民主义维度的探索业已获得了评论界的大量关注，但她对于20世纪和21世纪期间科学进展的关注却被忽视了，即使这其实是支撑她大部分重要作品的支柱之一”。[①]实际上，这条宏隐喻脉络在整个“太空小说”体系中占据着举足轻重的地位，它与另外两个宏隐喻主题并立。不仅如此，三者之间还有着密切关联，进化论隐喻作为一种科学话语是另外两个宏隐喻主题的有力支撑，而基于不同自我隐喻和道德隐喻的社会学说又选择性地包含了不同的进化论隐喻思维。因此，它们之间相辅相成，共同构建出一个完整的话语体系。

---

① Clare Hanson. *Eugenics*, *Literature and Culture in Postwar Britain*. New York: Routledge, 2013. p.84.

虽然宗教隐喻中的“严父家庭道德模式”是理性主义道德哲学产生的源泉，但在宗教逐渐祛魅的现代社会，这一古老思想源泉越来越多地被进化论隐喻取代，后者成为该话语体系中新的重要理论支撑。尽管莱辛多次强调回到古老宗教去寻找拯救现代文明的药方，但在科技驱逐了神圣迷雾的现代世界中，仅仅依靠宗教话语体系提供的终极假设，很难使其承载的古老文化价值令人信服。于是在西方文化思想史的进程中，科学技术话语逐渐取代神学，成为新的权威，它进入人文领域，为哲学和伦理思想提供理论支撑。同时，由于生物学相对于其他科学的特殊性使其研究成果在更大程度上与人相关，因此它得到了人文领域思想家们的注意，并由此进入了各种激烈的争论。在这一过程里，原本中立的科学研究被赋予了主观价值判断，以服务于不同社会团体的观念立场。

安杰利克·理查森（Angelique Richardson）指出，“生物科学并非全是关于社会变革的，但也许正是由于它与其他科学一样也声称自己具有价值中立的客观性，因此它对于我们自我认识的改变反而起到了更大的作用”。[①]事实上，启蒙时期的思想家们正是通过将生物科学纳入价值讨论范畴，来实现这一目标。而生物学（特别是进化论科学）这类原本旨在探索科学真理的学科，也由此遭到了各种不同误读。其中一些误读对当时的社会思潮产生了巨大影响，它们逐渐融入西方文化思维的血脉中，转化成一些根深蒂固的传统观念。在这一过程中，进化科学在现代化进程中不仅在相当长的时间内都未能完全走出古老宗教思维的界域，反而常常在与之交锋和冲突的过程中妥协，重新沦为一种意识形态话语，并由此成了神灵的仆从。同时，进化论这一理论工具也常常为其他一些抱有对立价值观的团体所利用，成为对抗古老宗教思想的工具。因此，即

---

① Angelique Richardson.“The Life Sciences: ‘Everybody nowadays talks about evolution’.” Ed. David Bradshaw. *A Concise Companion to Modernism*. London: Cambridge University Press, 1978. p.8.

使是在进化论学科本身的范畴内进行讨论，也会出现诸多差异巨大甚至相互冲突的理论范式分支。

莱辛的"太空小说"正是通过对这些深层意识结构的挖掘和重现，逐渐在小说画卷中展现出跨越古今、贯通各个学科体系的深层话语模型，反映了不同价值观念间的冲突及其在进化论思想中造就的各种分歧，重构了宗教传统、启蒙哲学和进化科学几大话语体系在近代合流的历史。莱辛和乔治·艾略特一样，在其小说中对自身所处时代的各种社会思潮进行了手术刀般的精准剖析。她从对自我身份意识的拷问和对理性主义哲学整体观的解析出发，溯源到古老宗教中的道德价值思维范式，并最终走向了生物科学的讨论。一些流行的进化理论思维模式作为潜藏的概念隐喻在整个科幻寓言系列中穿针引线，进一步深化和拓展了由自我身份隐喻和道德隐喻引发的哲学、伦理学思考，使整个宏隐喻话语体系更紧密地融为了一体。

本章致力于从进化论思想分析的角度解读莱辛的"太空小说"系列作品。由于历史上传播过程中的多重误读，原本作为自然科学的生物科学已经产生了很大变化，衍生出各种不同的进化论分支，它们之间有着错综复杂的关系。因此，要透过这些繁复的思维模式来理解"太空小说"的进化论主题并非易事。莱考夫在对进化论的概念隐喻分析中，梳理了进化论的一种误读版本——社会达尔文主义，为本章的分析提供了一个切入点。在此基础上，笔者将进一步根据本书第一章第三节所做的隐喻理论拓展，分析进化论的另一种误读版本——拉马克式进化论模式。在"太空小说"系列中，集中讨论进化论思想的两部小说为《什卡斯塔》和《天狼星实验》，它们各自展现了这两种误读版本。两部小说分别着重描述了两个帝国盟友——老人星帝国与天狼星帝国，它们正是依据这两种误读版本建立的不同帝国形态。因此，莱辛用两个关系复杂微妙的古埃及神灵来命名两个帝国：两种帝国形态及其代表的意识形态正如其名，既相互依存又彼此对立。本章将重点以这两部作品的对比分析为切入点，力图对“太空小说”系列包含的进化论主题进行深入分析，厘清进化论宏隐喻与整体性帝国意识形态话语体系建构之间的复杂关系。

第一节　进化论隐喻——“太空小说”中的科学幻想

莱辛在自传《影中漫步》里，谈到了她初次接触科幻小说时的新奇感受：“如果你刚从传统文学的世界中走出来，那么翻开一本科幻小说，或是和科幻小说家在一起，就像是打开了一扇古老风格的闭塞小屋的窗户。”[①]随后她进一步阐明了自己开始对当代科学发展感兴趣并逐渐由传统文学创作转向科幻小说写作的原因：

> 我的麻烦在于我不懂数学和物理，我没有办法用他们的语言与他们交流。由于我的无知，我知道自己已经被科学的发展排斥在外了——而在这个时代，科学是前沿阵地之所在。人们现在不会像19世纪那样，从最新的文学小说中寻找关于人类的新闻了。
>
> 当列举战争以来最优秀的英国作家的时候，……没有任何优秀的科幻小说家。传统文学开始变得越来越有局限性。[②]

莱辛意识到日新月异的科学技术进步给人类生活方式带来的巨大冲击，而如果文学创作者对此仍视而不见，继续将科幻小说排斥在主流文学之外，那将是其文学创作生涯中的一大缺憾。

生物科学这个与人类本身有着密切关联的学科为莱辛架起了步入科幻殿堂的桥梁。这门学科与人类社会价值观念的更新有着更直接的

---

① [英]多丽丝·莱辛：《影中漫步》，朱凤余等译，西安：陕西师范大学出版社，2008年，第24页。

② 同上书，第24—25页。

联系,并且在西方思想史上与众多传统文化价值观念产生过激烈交锋,这些争论中的许多结论早已成为家喻户晓的观念。莱辛作为一名对社会政治伦理和科学理论变革均保持着高度敏感性的作家,对这一领域的最新发展显示出了极大兴趣。她在自己的科幻作品中将生物进化论、帝国政治和社会伦理巧妙地编织在太空寓言的隐喻之中,不仅生动地重现了历史进程中生物科学与各种社会价值观念之间作用与反作用的互动关系,并且深入到一些人们习以为常的进化论隐喻思维范式内部进行探讨,从根源上揭示了它们各自不同的成因,辨析了它们的异同,并且比较了它们在现实中可能产生的不同影响。可以说,“太空小说”系列是西方思想演进历程的再现,它既关乎宗教与哲学,又纳入了对生物科学理论的思考,对这些作品的完整理解绝不能离开对其进化论主题的深入探讨。

一、文化视野中的生物科学——“太空小说”中的进化论主题

在《南船座的老人星:档案》系列的各部小说中,出现了大量与进化论有关的元素,这些元素为解析小说中的进化论隐喻思维范式提供了线索。

首先,小说中有许多与生物学特别是进化论相关的术语。例如在《什卡斯塔》中,老人星使者耶和尔在报告中做了如下叙述:

> 我们的竞争对手天狼星帝国在这里也植入了一些他们的物种,这些物种并没有灭绝,但它们之前正常的个体寿命——大概几千年左右——一旦经过适应过程,就缩短为区区几年了。[①]

仅仅在这一小段叙述中,就出现了许多人们熟悉的生物学术语,例如“物

① Doris Lessing. *Re*: *Colonized Planet 5*, *Shikasta*. London: Harper Collins Publishers, [1979]2002. p.27.

种"(species)、"灭绝"(extinct)、"适应"(adapted),除此以外,在其后的叙述中耶和尔还提到了"变异"(variation)等相关术语。

其次,老人星使者耶和尔近乎实验报告的表述方式也进一步将读者带入生物科学的语境中。在《什卡斯塔》中,耶和尔对巨人族和罗汉达人(即后来的什卡斯塔人)这两个殖民地共生种族后裔的状况分别做了报告。报告中,对每个人种的分类阐述又细分为"寿命""体型""肤色""精神力量"等不同条目,并用大写字母强调各个分类条目。整个报告具有完整的结构,在分类报告之后还有"总体情况""警告"和"总结"等组成部分,①这种明显的实验报告形式进一步以特殊文体的方式凸显了小说的进化论主题。

另外,从整个小说情节来看,生物实验也是一条推动故事发展的核心线索。在"太空小说"中,老人星帝国与天狼星帝国的关系以殖民地的"实验"(experiments)为中心议题。耶和尔在报告中指出,两个帝国进行了一场"大战"(Great War),这场战争结束了他们之间的所有战争,两个帝国通过定期开会来"避免重合,也就是干扰到对方的实验(experiments)"。②战争之后,老人星帝国与天狼星帝国划界而治,老人星帝国选择北半球的原因是由于这里有一支由猴子进化而来的物种,"它们的身高是其祖先的三到四倍,并且表现出直立的倾向和快速增长的智力。专家称……它们有望在五千年时间里持续获得快速进化(evolution)并成长为 A 级物种(Grade A species)"。③这一情节表明,两个帝国之间的主要矛盾和交流合作,都围绕殖民地的生物实验进行,进化论隐喻范式在该作品系列中举足轻重的地位由此可见一斑。

---

① Doris Lessing. *Re*: *Colonized Planet 5*, *Shikasta*. London: Harper Collins Publishers, [1979]2002. pp.31-34.

② Ibid., p.27.

③ Ibid., p.28.

莱辛在《影中漫步》(*Walking in the Shade*)中描述了自己通过朋友瑙米·米基森(Naomi Mitchison)的介绍,结识DNA基因结构研究专家詹姆斯·沃森(James Watson)等科学家的经历,同时也表明了自己对生物科学的浓厚兴趣。她认为"在科学与艺术间传统上的明显分歧在这儿并不存在"。[①]莱辛与科幻小说家瑙米·米基森的友情是将她带入科幻写作的一个契机,在米基森的朋友圈子中很容易接触到生物学家:她自己的兄弟J.B.S.霍尔丹(J.B.S. Haldane)是一名生理学家和生物化学家,她的儿子阿里昂·米基森(Avrion Mitchison)则是一名动物学家。正是阿里昂·米基森邀请詹姆斯·沃森来参加沙龙聚会,并使莱辛与其结识。莱辛在谈到那些聚会上关于科学的谈话时,称它们令人"难以抗拒"。[②]

克莱尔·汉森认为,很有可能正是瑙米·米基森在20世纪70年代将莱辛带入了科幻小说的写作,而这一转向"令许多莱辛的读者和批评家感到困惑"。[③]他指出,瑙米·米基森代表了英国科幻小说中的一个写作传统,将莱辛的小说置于这一背景下进行考察,也许更容易理解她后期作品风格转向"太空小说"的原因。这一传统始于H.G.威尔斯(H.G. Wells),之后又涌现出许多同类作家作品,包括J.B.S.霍尔丹的《代达罗斯》(*Daedalus*)(1924)、奥拉夫·斯特普尔顿(Olaf Stapledon)的《最后一个人和第一个人》(*Last and First Men*)(1930)、奥尔德斯·赫胥黎(Aldous Huxley)的《美丽新世界》(*Brand New World*)(1932),以及瑙米·米基森本人所著的《太空女性回忆录》(*Memoirs of a Space Woman*)

---

① [英]多丽丝·莱辛:《影中漫步》,朱凤余等译,西安:陕西师范大学出版社,2008年,第89页。

② 同上书,第91页。

③ Clare Hanson. *Eugenics, Literature and Culture in Postwar Britain*. New York: Routledge, 2013. p.84.

(1962)等。①虽然莱辛声称她的"太空小说"更像是一种宗教寓言而非硬科幻,但生物学、进化论以及对未来人类社会形态的探讨这类与人类自我认知密切相关的"科学"元素还是引起了莱辛的浓厚兴趣,并在其作品中体现出来。

另外,从生物学思想对文学的影响这个角度来考察可以发现,实际上这门"科学"对英国作家的影响早已有之。大卫·布拉德肖(David Bradshaw)在《现代主义简明指南》(*A Concise Companion to Modernism*)中就收录了两篇相关文章,它们系统阐述了生物学思想对现代主义文学的影响。其中一篇文章的作者安杰利克·理查森(Angelique Richardson)这样描述了文理学科之间相互渗透的特征:

> 在上帝隐去、思想复苏的时代,一种新的空间被开辟出来,人们希望对历史进行更随意的解释,他们对新的社会、政治以及科学权威的渴望也在不断增强。在19世纪后半期,实验和理论科学的巨大成就给科学冠以新的荣誉。科学成为军事、工业和经济的动力,而这一切也给予了它新的政治地位,增强了它作为一种社会控制形式的潜力。②

正因为如此,许多对科学史的研究拓展到了更广阔的文化领域,科学史本身也根据研究范围被分为"内史"和"外史":前者仅仅研究科学的发展本身,后者则将视野拓展到科学与文化的互动关系方面。克莱尔·汉森(Clare Hanson)所著的《战后不列颠的优生学、文学和文化》(*Eugenics, Literature and Culture in Postwar Britain*)就是这种"外史"型研究的典

① Clare Hanson. *Eugenics, Literature and Culture in Postwar Britain*. New York: Routledge, 2013. p.85.

② Angelique Richardson. "The Life Sciences: 'Everybody Nowadays Talks about Evolution'." Ed. David Bradshaw. *A Concise Companion to Modernism*. London: Cambridge University Press, 1978. p.7.

型代表。该书从优生学等与进化论密切相关的学科出发，着重探索它们与文化影响互动的历史。汉森指出，“正是由于优生学并非(尽管高尔顿最初希望它是)一种科学，而是一种社会和文化运动，它很大程度上是通过在一系列不相关的领域中进行宣传而获得能量的”。①在他看来，从文化角度来考察生物科学领域的这一分支学科是十分必要的。

生物科学之所以具有这种强烈的文化属性，是因为这门学科本身研究的对象包括了人类的起源、发展以及人与自然界的关系等，这些研究都不可避免地影响到人们对自我的看法。

在莱辛生活的时代与文化传统中，这种由生物学引起的社会争论从未停止过。发生在1899—1902年期间的布尔战争(the Boer War)加剧了这种情绪。在1899年12月，仅仅一周的时间，英国军队就三次被布尔的游击队击败。自以为所向披靡的英国军队花了3年时间，耗资2 500万英镑，才击败缺乏武器和财力支援、自发组织的当地游击队。随后，一份报道称，40%以上的从曼城征兵的兵源体质不合格。②一篇名为《国民体质与兵役》(“National Health and Military Service”)的文章指出，“1903年《英国医学杂志》提供的数据显示，在1893年至1902年期间，总共有679 703人进行了服役体检，其中234 914人由于体检不合格而被退回，占总人数的34.6%。而在通过体检的人当中，三个月之内又有5 849人病倒，两年内有14 259人由于体质不合格被遣返”。③布尔战争是引发英国社会生物学大讨论的一个重要节点，以此事件为导火索，英国国民对于本国人种体质退化的焦虑情绪开始蔓延，并促使了生物学话题的发

① Clare Hanson. *Eugenics, Literature and Culture in Postwar Britain*. New York: Routledge, 2013. p.10.

② David Bradshaw. “Eugenics: ‘They Should Certainly be Killed’.” Ed. David Bradshaw. *A Concise Companion to Modernism*. London: Cambridge University Press, 1978. p.37.

③ Ibid., p.21.

酵。而实际上，英国人对生物学讨论的热衷在此之前早已有之，并且有着深远的社会和历史渊源。

在英国国内，自维多利亚时代以后(即1901年英国维多利亚女王去世以后)，出生率便逐年下降，而竞争对手德国的出生率则不断上升。更令统治阶层担忧的问题在于，出生率的下降更多发生在英国的中上阶层而非底层。英国的精英阶层(知识界和资本阶层，以及社会工作者、政治家、慈善家)中越来越弥漫着一种对于种族优化迫切性的担忧，认为应该限制穷人、罪犯、酗酒者等底层家庭的生育。1906年，高尔顿在伦敦创立了他的国家优生学实验室(Galton Laboratory for the Study of National Eugenics)。英国社会中开始提倡"正优生"(positive eugenics)和"负优生"(negative eugenics)两种不同的优生模式。①简言之，正是生育率的下降促使优生学迅速晋升为一门显学，并成为一种从生物学角度解释社会、经济、政治、文化变化的有效理论。

而国际上，帝国竞争也同样令人们对英国国民健康的担忧与日俱增。格瑞塔·琼斯(Greta Jones)指出，与欧洲诸国之间的帝国争霸竞赛，是加剧英国对适龄健康劳动力日益减少产生巨大恐慌心理的重要原因。一方面，英国在国际上面临着强大的竞争对手；而另一方面，英国自身的工业化进程造成的污染破坏了工人的健康，这似乎使其在可持续发展方面和争霸竞赛中处于不利地位。②

实际上，关于生物学与社会问题之间相互关系的讨论实际上很早就见诸西方的各类报刊。1888年，医学杂志《柳叶刀》(*Lancet*)发表了一篇名

---

① David Bradshaw. "Eugenics: 'They Should Certainly be Killed'." Ed. David Bradshaw. *A Concise Companion to Modernism*. London: Cambridge University Press, 1978. pp.38-39.

② Donald J. Childs. *Modernism and Eugenics: Woolf, Eliot, Yeats and the Culture of Degeneration*. Cambridge: Cambridge University Press, 2001. p.2.

为《我们的身体是否正在退化?》("Are We Degenerating Physically?")的文章,其中讨论了城市化进程对居民体质的影响。虽然这种影响本身是由环境因素造成的,但人们很快便将原因归结到生物学。而《大西洋月刊》(*Atlantic Monthly*)也在同年发表文章,将犯罪的原因归结为生物学基因。而由于帝国争霸的原因,英国社会更是到处弥漫着对退化的恐惧。大卫·布拉德肖指出,当时流行的"世纪末"(fin de siècle)这个术语就是来自对那一时代的生物学隐喻:那个颓废情绪蔓延的时代被比喻为一个人的有机体,它"活力衰退、健康崩溃"。①在 1907 年以前,优生学的意识形态已经渗透到了英国社会的方方面面。1907 年,"优生学教育学会"(Eugenics Education Society,简称 EES)成立,并于 1926 年更名为"优生学协会"(Eugenics Society),1989 年后又再次更名为"高尔顿协会"(the Galton Institute)。在此期间,优生运动逐步扩大范围,并上升为全国性的运动,其影响持续至今。

唐纳德·J.乔尔兹在其所著的《现代主义与优生学》(*Modernism and Eugenics*)中指出,在这一时期,英国的许多现代主义作家参与到这一生物学的讨论中,其中包括弗吉尼亚·伍尔夫(Virginia Woolf)、T.S.艾略特(T.S. Eliot)、W.B.叶芝(W.B. Yeats)、乔治·伯纳德·肖(George Bernard Shaw)、D.H.劳伦斯(D.H. Lawrence)、H.G.威尔斯(H.G. Wells)、阿道斯·赫胥黎(Aldous Huxley)、詹姆斯·乔伊斯(James Joyce)等重要作家,以及前面提到的瑙米·米基森(Naomi Mitchison)等。他们各自支持或反对不同的优生学思想,并且通过其作品表达出自己的观念。②这种时代

---

① David Bradshaw. "Eugenics: 'They Should Certainly be Killed'." Ed. David Bradshaw. *A Concise Companion to Modernism*. London: Cambridge University Press, 1978. p.21.

② Donald J. Childs. *Modernism and Eugenics: Woolf, Eliot, Yeats and the Culture of Degeneration*. Cambridge: Cambridge University Press, 2001. p.13.

思潮无疑也推动了莱辛的创作。瑙米·米基森和T.S.艾略特等作家在这方面对莱辛产生的影响仍清晰可见。克莱尔·汉森指出，在那一时期，科幻小说界开始兴起一种在“战后”(post-war)或“后原子爆炸时代”(post-atomic)背景下对新人类形象的想象，瑙米·米基森以及受其影响的莱辛都是这方面的代表人物。许多这类文本都着眼于想象一种“更高等级的人类”(“a ‘higher’ type of human being”)，这种“新人类”总是特别聪慧，且具有强大的心灵感应能力(“extremely intelligent and telepathic”)。对于智力的强调与英国当时流行的IQ测试有关，而对心灵感应能力的强调则与20世纪五六十年代CIA和苏联情报机构都在进行心灵感应方面的实验研究的传言有关。1969年，在接受美国著名的访谈录作者斯达兹·特克尔(Studs Terkel)采访时，莱辛的回答表明她对这种传言信以为真。而这一年正是她出版《四门城》(*The Four-Gated City*)的时候。这部书也是后来“太空小说”的奠基之作，是她开始在小说中对生物学和优生学理论进行探讨的开端。①在随后的“太空小说”系列中，莱辛大量呼应了T.S.艾略特在诗歌《荒原》中描绘的荒原意象，这一意象不仅仅象征着精神的贫乏，也同样表征了生育力的退化和生命力的衰竭。事实上，莱辛在该系列作品中多次涉及与生物学相关的话题，包括人口生育率的下降、退化现象、优生学人种培育实验、基因变异以及生物获得进化的方式等问题。同时，她还在其中影射了进化科学与宗教之间激烈争论的历史，并以太空寓言的方式重新解释了人类的起源等争论中的焦点问题。

英国学者皮特·鲍勒(Peter Bowler)指出，进化论的出现具有和哥白尼革命一样的巨大影响和革命性。②1959年《物种起源》出版100周年，这

---

① Clare Hanson. *Eugenics*, *Literature and Culture in Postwar Britain*. New York: Routledge, 2013. pp.83-85.

② [英]皮特·鲍勒:《进化思想史》，田洺译，南昌:江西教育出版社，1999年，第1—2页。

使得20世纪60年代中期出现了大量论述进化论的书籍，再次在英国社会引起了强烈反响。回顾从进化论诞生至20世纪上半叶，无论是生物学进化论本身还是其优生学分支都已经在各种讨论中产生了巨大的社会影响，而莱辛的“太空小说”正是产生于这样的时代背景中。

生物学与人类自我认知紧密相关的强烈文化属性在“科学”与宗教的争论中得到了集中体现，莱辛在“太空小说”中显然对这一历史进程格外关注。进化论从诞生伊始便与传统的基督教思想产生了激烈的碰撞，在这场论争中，拥护基督教义的基督徒被称为“特创论者”(creationists)，他们在新思想的激烈震撼下，努力以各种方式调整原先的宗教学说，以维护原有的话语秩序不至于被彻底颠覆。新思想对传统道德伦理规范的彻底颠覆，以及对人生意义和目的的重新解释都是令他们难以接受的。

> 对于基督徒来说，人类依然保持着独特性，体现在他有能力感受到他之存在的道德困境。他依然是世界的主人，他的特征显然有助于他成为创世中的尤物，成为“存在链条”上的最高环节，存在链条将所有生物连接成一个自然的等级序列。看起来用自然过程无法解释像人类这样规则的生命系统，无法解释人类本身的精神构成。《圣经·创世记》告诉我们，神在6天之内创造了万物，人则是最后创造出来的。达尔文革命这一事件——实际上早在达尔文出生之前就已经发生——动摇了所谓人类具有天赋优越性的传统观念。地质学家在研究岩石时发现，《圣经·创世记》中对地质史的解释不对。在人类出现之前的相当长时期内，存在着许多与今天已知的生物截然不同的奇妙生物。难道是《圣经》的解释中忽略了自然力创造的这么多生物？如果真是那样的话，难道人类本身不过是自然的产物，不是什么尤物，只是高级的猿？哥白尼使人类离开了宇宙的中心位置，而达尔文的理论则要求重新解释在创世中我们

人类的精神角色。①

然而，鲍勒指出，这种争论却正好使得进化论对社会的影响进一步扩大，从而对西方现代社会意识体系产生了重大影响，他认为进化论"因为直接涉及人类的性质，所以它关注的便是知识与价值的关系这类基本的问题，而正是知识与价值的关系决定了科学在当今世界中的重要地位"②。在《什卡斯塔》中，一份名为《说明：什卡斯塔情况简介》("Illustration: The Shikastan Situation")的老人星历史档案记录明显影射了这一历史事件：

说明：什卡斯塔情况简介

这发生在什卡斯塔上反启蒙宗教控制的区域，这一宗教将其偏执顽固和愚昧无知散布到人们生活的方方面面，并且它还坚持将"上帝"大约在四千年前的某一天创造了人类作为绝对真理。如果人们有任何其他信仰就会受到报复，包括遭到社会排挤、丢掉维持生计的工作、被扣上"不虔诚"的罪名等。这种教条主义即使在什卡斯塔上也很少见。有一些研究人类历史、生物学和进化论领域的学者提出了另一种不同观念，认为星球上的各人类分支都是经过数千年时间，从动物进化而来：某些种类的猿被认为是所有什卡斯塔人的祖先。宗教对此做出了激烈的反应，那时的世俗权威除了在宗教理论中有所区别外，几乎是与宗教权威一体的，他们敏感、易怒、严苛、武断。有少数人怀着勇气和精神，以"理性""思想自由"和"科学"进行了反抗，而这些人都由于他们的思想立场遭受了种种苦难。③

---

① [英]皮特·鲍勒：《进化思想史》，田洺译，南昌：江西教育出版社，1999年，第2页。

② 同上书，第4页。

③ Doris Lessing. *Re: Colonized Planet 5, Shikasta*. London: Harper Collins Publishers, [1979] 2002. pp.239-240.

这一段描写之后,小说紧接着描写了一名大胆的科学家挑战宗教权威,指出人由猿猴进化而来的故事,这名科学家最终遭到社会的排斥和放逐,但他仍然坚持自己的信念。虽然小说中的故事均从老人星人遥远的外太空视角出发,却讲述了西方读者们熟知的文化思想史,重新追溯了科学话语对传统宗教世界进行颠覆的那段启蒙历程。

二、冲突与妥协——文化对生物科学的反作用

虽然科学的发展对文化思想产生了巨大的震撼,动摇了许多旧的世界观和价值观,但科学也并非总是真理的同义词,它同样会被各种各样的社会理论包含吸收、为其所用,甚至被断章取义、遭到曲解。特别是对生物科学这类以人类自身为研究对象的学科而言,更是如此。几乎所有的政治派别都可以在其中找到适合于自身立场的方面,并且将其转变为新的宗教式教条。因此,科学对文化的影响不是单向的,文化反过来也会对科学进行扭曲和改造。进化论与宗教之间就经历了这样一个作用与反作用的过程。鲍勒指出,一旦科学动摇了宗教的基础,宗教也会对科学进行歪曲,使其偏离原来的轨道:

> 当代特创论者的热情很容易使我们忘记科学与宗教之间并非总是斗争的关系。相反,科学家们通常是努力确保他们的观点符合某种宗教的形式。甚至有人认为基督教的价值观对于现代科学的发展起到了一定的推动作用。智慧的上帝建立的宇宙对于具有智力的人来说是规则的这一信念,可能促进了科学的自然法则概念的发展。符合基督教本质的人类精神发展的历史观可能为建立进化概念奠定了基础。有一些宗教思想家确实接受了生物进化的理论。一旦《圣经》故事被视作关于创世目的的启示,而非历史如何发生的细节,那么就可以认为进化是过程,而目的由神定。有些科学家对在生物进化中可以看到一种精神的目的表示怀疑;但对于思想家来

说，正是由于进化中含有精神的目的性，才使得进化的思想如此激动人心。①

从鲍勒对进化思想史发展线索的梳理中可以发现，科学受到宗教和文化强烈反击有两个主要原因：一是由于它对宗教的世界图景和真理观提出了巨大挑战；二是由于它激进地解构了宗教世界图景中的道德秩序和对人在世界中所处位置的界定。科学对宗教的这种挑战具体体现在以下方面：首先，新的宇宙哲学和地球理论对传统的宗教思想提出了挑战。17世纪以后，伽利略和开普勒等人的发现将日心说这一新的宇宙观念推向前台，而笛卡尔则首次把新天文学和新物理学结合起来，将所有的物理现象解释为物质运动的结果。"太阳系，实际上是整个宇宙，成了一个大机器，一个其运动受力学定律控制的物质系统。当人们越来越清楚地认识到，太阳本身只不过是一颗恒星，是广袤宇宙结构中的一个微小成分。……如果行星系统的形成是一个物理过程，那么地球本身肯定也是按照类似的自然途径形成的。"②这种理论是自亚里士多德以降持有传统观念（地心说）的人们无法想象的。这些学说表明，地球的产生是一个纯物理运动过程，而非亚里士多德所设想的静止的永恒存在，也和超验的造物主没有任何关系。这种观点令人们对创世神话的宇宙观和物种起源说产生了怀疑，因此很难被宗教学说的拥趸们所接受。

其次，关于地球起源的新学说对创世故事的真实性提出了挑战，这是由于地质学的发现进一步加剧了人们对宗教的质疑。沉积岩的发现表明，很多现在裸露在地面的岩石曾经位于海底，这一发现对上帝创造这个世界的时间提出了质疑。如果按照可以观察到的地球变化状态，要完成这种变化的时间长度远远大于圣经创世说中的时间。根据现代科

---

① [英]皮特·鲍勒：《进化思想史》，田洺译，南昌：江西教育出版社，1999年，第3页。
② 同上书，第32—33页。

学的推算,地球的年龄大概在40亿—45亿年之间,而在17世纪,詹姆斯·厄谢尔主教根据圣经推算,认为创世发生的时间在公元前4004年,当时的剑桥大学副校长约翰·莱特弗特则声称人类的创造时间可以精确到公元前4004年10月23日星期天上午9点。①这些依据宗教故事所得出的结论在今天的科学界看来都是无稽之谈。

最后也是最重要的一点,这些新生科学对原有宗教世界图景的颠覆常常伴随着对其附带的伦理价值观念体系的激进破坏,这是进化论令很多旧有价值观念的维护者难以接受的一个重要原因。鲍勒指出,这些科学事件对人类社会产生了巨大的影响,它们与道德伦理价值观念的变化关系密切:

> 基督徒一直相信上帝在创世后继续对这个世界感兴趣,甚至通过他所确立的自然法则,在一定程度上,奇迹般地干涉着这个世界。大洪水被解释为一个含有道德寓意的事件——人类由于背离上帝而受到惩罚,而且据认为,洪水是上帝的愤怒直接(即奇迹般的)产生的效果。而按照新的理论,大洪水仅仅是一次物理事件,是自然界机械作用的必然产物。②

除此以外,许多已灭绝的动物化石发现也进一步动摇了传统的宗教观念,这同样是因为它们破坏了上帝创世故事中的道德寓意。如果按照上帝创世的说法,那么一些被上帝创造出来的物种已经灭绝了,现今无法找到它们的活体样本,只有在化石中才能看到。而要人们相信一个智慧仁慈的上帝会让自己创造的生物灭绝,从宗教情感上是令人难以接受的。这些对于宗教图景真实性的颠覆往往伴随了对其中蕴含的道德价值的摧毁,也必然受到具有宗教情感和为道德价值沦丧感到担忧的思想

---

① [英]皮特·鲍勒:《进化思想史》,田洺译,南昌:江西教育出版社,1999年,第5页。
② 同上书,第39页。

家们的激烈反对。这也可以从一个方面解释宗教与文化对科学的反作用和强力反抗。

新生的科学理论由于种种原因，遭到了宗教界的强烈反对，科学理论也因此受到文化巨大反作用力的影响，分裂为不同的流派。尽管许多科学家致力于尽可能客观的研究，但他们也受到所处时代潮流和社会氛围的影响，有时不得不在发展其理论时对当时流行的社会文化进步观做出妥协让步。例如，在1644年出版的《哲学原理》一书中，笛卡尔虽然提出了地球由恒星冷却而成并卷入太阳漩涡中的旋涡起源理论假说，但为了避开教会的批判，他强调自己的理论只是表明一种关于宇宙形成的机械机制如何可能，并承认《圣经》中上帝创造了地球的启示才是真理，也就是承认《圣经》中的上帝创世说。①

同样，宗教和文化的强大反作用也使得达尔文的理论呈现出一种明显的矛盾性。鲍勒指出：

> 两种矛盾的观点影响了达尔文本人对于人类起源问题的研究。一方面，当时文化进化论的发展似乎表明应该将发展视为沿着预定等级的进步。另一方面，他自己的理论将生物进化视为没有目标的过程，其中每一个进化分支是由独特的事件决定的。严格地说，自然选择学说并不认为进化一定会向着一个特定的目标发展。②

在《物种起源》(*The Origin of Species*)(1859)中，达尔文主要从变异现象、自然选择以及生物的杂交演替、地理分布和亲缘关系等几个大的方面进行了科学探讨。在该书第四章的一个小节(该小节名为“生物体制趋向进步的程度”)中，达尔文明确提到他对等级秩序世界图景的看法：

> 自然选择的作用，完全在于保存和累积各种变异，而这些变异，

---

① [英]皮特·鲍勒:《进化思想史》，田洺译，南昌：江西教育出版社，1999年，第37页。

② 同上书，第294—295页。

> 对于每一生物,在其生活各期内所处的有机的及无机的环境中,是有利的。最后的结果是,每一生物与其环境条件的关系将会逐步改善。这种改善,不免使全世界大多数生物的体制慢慢地进步。
>
> ……
>
> 但是可以提出反驳:如果一切生物,在自然等级上都是这样的趋向上升,为什么世界到处仍有许多最低等的类型存在?为什么在各个大纲内,有的生物的发达程度会远较其他的为高?为什么发达较高的生物不随处排挤并且灭绝那较低的生物?拉马克由于相信一切生物都有一种内在的和必然的倾向以进于完善,对此似乎感到莫大的困难,……科学还没有证明这种信念的正确性,将来如何就不得而知了。根据我们的学说,低等生物的继续存在,并不难于解释,因为自然选择或适者生存不一定包含进步性的发展,自然选择只就每个生物,在它生活的复杂关系中所起的有利变异,加以利用而已。①

显然,此时的达尔文并不认可拉马克理论中关于等级世界图景的进步论假说;同时,书中也并没有涉及人类在这个等级世界中的地位问题。达尔文在作于1838年的笔记中,也同样表明了他并不赞成同时代的主流等级进步观念。②然而正如鲍勒所言,在1871年出版的《人类的由来及性选择》(*The Descent of Man, and Selection in Relation to Sex*)一书中,达尔文开始试图从进化的角度来解释人类起源。这表明他开始支持这种进步论的自然发展观,在思想上与自己先前的自然无序选择论产生了一定的距离。虽然他在该书中仍然并不赞同传统的进步论,但他提出了自己

① [英]查尔斯·罗伯特·达尔文:《物种起源》,谢蕴贞译,北京:新世界出版社,2007年,第95—97页。

② Philip Clayton and Jeffery Schloss, ed. *Evolution and Ethics: Human Morality in Biological and Religious Perspective*. Michigan: Wm. B. Eerdmans Publishing Co., 2004. pp.51-52.

折中的道德进步观:他认为人与动物在精神能力上并无区别,使人更成功的是其道德能力的不断提升,而自然环境对族群的选择是促使道德提升的重要原因。①纵观达尔文主义的接受过程,他的理论从诞生伊始,就遭到了来自传统宗教的强烈反对,其中两个方面的内容是整个争论过程的主要焦点:

首先是人在自然界中的地位问题。基督教认为人和普通动物的重要区别在于人具有灵魂,而灵魂和肉体的结合只是暂时性的:

> 人是一种动物并不是在19世纪才发现的。这个结论在古代就已经很平常,而且在基督教的传统观念中可以找到它的出处,只是在人类拥有唯一的灵魂一点上,才有重大的保留。亚里士多德认为,人除了与动物一样具有好吃和敏感的"灵魂"之外,还有一个有智力或者说理智的灵魂。于是,人类在其生存的最高层次上,已与其他的创造物区分开来了。当然,基督教的教义赋予了灵魂一个新的、特殊的意义,但它对这种区别仍持极力赞同的态度。人类与其他的生物不同,他被造物主赋予了灵魂,这使得人类,也只有人类,才具有自由和道德观念。②

在基督教的教义中,灵魂是体现人类进步等级的根本属性。而如果采取进化论的观点,人就不再具有灵魂,和其他动物之间自然也就不再具有本质区别了。正如动物学家德斯蒙德·莫利斯(Desmond Morris)所言,人类将"不再是堕落了的天使,而只是进化了的猿类"。③那么人为何要有

---

① Philip Clayton and Jeffery Schloss, ed. *Evolution and Ethics*: *Human Morality in Biological and Religious Perspective*. Michigan: Wm. B. Eerdmans Publishing Co., 2004. pp.52-53.

② [美]威廉·科尔曼:《19世纪的生物学和人学》,严晴燕译,上海:复旦大学出版社,2000年,第103—104页。

③ Steve Stewart-Williams. *Darwin*, *God and the Meaning of Life*: *How Evolution Theory Undermines Everything You Thought You Knew*. New York: Cambridge University Press, 2010. p.12.

道德,而不是像动物一样通常只能以争斗残杀来获得生存就会成为一个巨大的疑问。

其次是自然选择的无序性与宗教目的论和上帝创造有序世界这类创世说之间的冲突。而根据达尔文的自然选择理论,世界不再是按照上帝设计、通向某一目的的等级存在链条,而是一个无序、偶然和冷漠无情的存在。他在一篇公开发表的文章中谈道:

> 关于自然设计的旧式观念是由佩利提出的,这种观念曾经令我深信不疑,但现在自然选择的法则被发现了,它也就随之破灭了。……在有机体的变异中、在自然选择的过程中,似乎都并不比起风这一现象体现出更多的既定设计。①

斯蒂夫·斯图尔特-威廉斯(Steve Stewart-Williams)指出,达尔文用自然选择理论取代了上帝,这意味着这种理论如果成立,那么在对自然界图景的解释当中,上帝作为造物主和设计者,其存在就并非必需了。②而更令人们不安的是,如果达尔文的理论成立,那么根据存在链条等级结构建立的宗教道德秩序也将随之土崩瓦解。正如19世纪时一名主教的妻子所言:“但愿达尔文先生所说的一切都不是真的,而如果它的确成真了,那我们就只好期望它不会广为流传。”③这种看法在当时的宗教界具有一定的代表性,体现了传统宗教与达尔文进化论之间深深的分歧。

赫胥黎与威尔伯福斯主教在英国牛津会议上的著名争论便体现了上述思想争论引发的矛盾。由于进化论动摇了人在宇宙中的地位,切断了人与上帝的联系,那么人为什么应该遵循道德秩序的问题也随之浮现

---

① Steve Stewart-Williams. *Darwin, God and the Meaning of Life: How Evolution Theory Undermines Everything You Thought You Knew*. New York: Cambridge University Press, 2010. p.50.

② Ibid., p.51.

③ Ibid., p.17.

出来。这种理论的大变化对那一时代的文学作家产生了深远的影响，并在许多文学作品中反映出来。例如英国小说家托马斯·哈代（Thomas Hardy）就是这一思想转折时期的典型代表，他的许多小说和诗歌都反映了人们在面对无情、冷漠和充满各种偶然性的世界时，渺小而无助的状态。并且，这种宗教与科学之间相互冲突和妥协的历史，同样也促进了外星故事的兴起。在科学日新月异、不断发展的背景下，古老的宗教故事受到重重质疑，逐渐开始失去说服力，而新的科学解释所呈现的自然世界又是如此冷漠和混乱，让人们感到难以接受。于是，一种折中的方式随之兴起，外星故事开始被试图用以重新解释宗教故事，在科学和人文诉求之间达成妥协。莱辛的"太空小说"也属于这类作品。如前所述，莱辛写作"太空小说"系列的出发点是古老宗教文化中蕴含的道德启示，但她采用的却正是以外星故事重写西方宗教寓言的方式。为了重新追溯人类文明源头的道德体系，莱辛不仅尝试用哲学话语来还原古老的宗教道德体系中的隐喻思维，并且还试图加入新的科学话语来作为其隐喻体系的重要支撑。由此，宗教、哲学和科学三大体系中的各种隐喻思维范式在"太空小说"中并行发展、相互融合，共同绘制出一幅星际帝国的蓝图。

第二节　两种进化论隐喻模式
——拉马克的进化论与社会达尔文主义

达尔文是进化论的代表人物，在西方几乎家喻户晓，但他对西方思想的巨大影响并非单纯源自其科学理论本身。由于生物学这门学科本身涉及对人和宗教世界图景的重新解释，因此其中的许多假说都在当时引发了激烈的社会争论，达尔文作为进化论思想的代表人物所产生的巨大影响也就不足为奇了。这种科学与社会文化之间作用与反作用的过程一直持续至今,几乎所有社会团体都可以在达尔文理论中找到有利于自身立场的部分,他们各取所需,装点出不同版本的"进化论"学说。然而事实上这些"科学"理论不过是隐喻思维通过偏重性机制对不同映射模式的选择而已。莱考夫运用概念隐喻理论分析了达尔文理论的变种之一——社会达尔文主义,揭示了其隐喻属性和运作机制。本章将介绍并运用莱考夫提供的这一隐喻模型对"太空小说"中的相关隐喻主题进行分析。同时,在此基础上,本章还将进一步运用概念隐喻理论分析进化论的另一种版本——拉马克式进化论,揭示其隐喻映射模式,并据此分析该隐喻思维模式在小说主题中的具体呈现方式。上述两种不同版本的进化论模式实际上都只是对部分现实的描述,而非普遍真理,它们是隐喻机制作用的结果。莱辛在"太空小说"系列中,依据这两种类型的进化论模式分别塑造了两个不同的星际帝国——天狼星帝国和老人星帝国。她通过关于它们的寓言故事来分析、比较和探讨这两种流行的进化论思想,分析了它们各自在指导社会实践时可能产生的不同影响,从而为进一步透视隐喻思维范式与现实经验之间的互动关系埋下伏笔。

鉴于生物科学在与社会文化的互动过程中复杂的发展轨迹,在进入文本分析之前,本节将首先致力于厘清这两种理论模式各自的基本内容及其在进化论思想史中的发展轨迹,以期为随后的进化论隐喻主题分析奠定基础。

一、带有神创论痕迹的决定论——拉马克式进化论

法国动物学家让-巴蒂斯特·拉马克(Jean-Baptiste Pierre Antoine de Monet, Chevalier de Lamarck)(1744—1829)是进化论的一名重要奠基人。他于1809年出版了《动物哲学》(*Philosophie Zoologique*)一书,其中提出了两条重要法则:

> 第一条法则:对每个尚未完成进化的动物而言,任何频繁得到

持续运用的器官都会在锻炼中逐渐变得强壮,它们体积增大,其力量也相应增强;而长期没有得到持续运用的器官则会在不知不觉中变弱、退化、衰竭直至完全消失。

第二条法则:个体由于所在族群环境的影响而获得或失去的特征以及因此对某个器官、身体部位的持续运用或废弃,都会在其新生后代中得到存续,前提是这些后天获得的改变是能够被新生个体的双亲所共享的特征。①

上述两条重要法则即著名的"用进废退"(use-inheritance)和"获得性遗传"(inheritance of acquired characteristics)。拉马克试图以此解释物种的变异过程,这对后来的进化论发展产生了重要影响。他提出,动物身体上经常使用的部分会增大,而不用的部分则会退化。例如长颈鹿经常为了够到叶子而伸长脖子,因此发展出异于常态的长脖子。他将这种现象称为"用进废退"。同时拉马克还认为,人和动物在后天获得的性状改变可以遗传给下一代。他的理论旨在说明物种变异的机制,强调后天环境对生物性状变化的影响。他指出,物种在每一代都会在学习应对环境的过程中获得一些新的性状,并将其遗传给后代。这就是他提出的第二条重要原则——"获得性遗传"。

拉马克式进化论有两个主要来源:一是自然发生论(spontaneous generation),即"一种向上攀升的组织结构——对存在之链发生论的生物学改编"。②二是启蒙时期教育观念的影响——当时的许多思想家都强调后天教育的重要性。其中,第一个理论来源体现了西方宗教文化中神创

---

① Lamark J-B. *Philosophie Zoologique*. 2 Vols. Paris: Dentu, 1809. Vol.1: p.235. Qtd. in Snait B. Gissis and Eva Jablnka, ed. *Transformation of Lamarckism: From Subtle Fluids to Molecular Biology*. Cambridge: The MTI Press, 2011. p.36.

② Angelique Richardson. "The Life Sciences: 'Everybody Nowadays Talks about Evolution'." Ed. David Bradshaw. *A Concise Companion to Modernism*. London: Cambridge University Press, 1978. p.7.

论传统的强大影响,这在拉马克的理论中留下了深深的烙印。拉马克进化论脱胎于18世纪的进化理论,受到同时期文化环境的影响。当时许多流行的理论都貌似与现代的进化论十分相似,但事实上它们并没能与过去的学说一刀两断,而拉马克的进化理论也不例外。

在拉马克生活的时代,生物学和宗教传统之间有着千丝万缕的联系。首先,生物分类学的讨论集中体现了神创论和预成论在这门学科中留下的痕迹。当时的“经典”博物学以一种封闭而非开放的方式来分类,认为所有现有和将会出现的可能物种形态都是预先设计好并可以预见的,万事万物皆已具备合理结构,其出现不过是预定图景的一一展现而已。例如,18世纪著名的分类学家林奈建立的生物分类体系就是如此。他的分类体系并非今天那种开放性的分类系统,而是一个封闭的关系图景,这种封闭性正是为了与神创造世界的宗教学说相吻合。除此以外,林奈还认为杂交而非对新环境的适应才是产生新物种的根本原因,而鲍勒则指出,这种观念同样表明了林奈思想中的宗教神创论残余,“杂交仅是已有性状的新组合,这样很轻易地就符合了自然变化不过是填补已有创世规则中新空缺的信念”。①其次,当时对于物种结构的解释也残留了神创论中造物主设计世界万物的观念。笛卡尔在17世纪物理学的支撑下创立了机械论哲学,他以一种二元论的方式将世界划分为物质和精神两个部分。物质的世界是纯机械的,动物身体和机器一样受力学法则控制。这种“动物机器”的观点将“自然法则”和“上帝设计”这两种观念巧妙地结合在了一起。最后,在关于“发生”的问题上,当时的生物学界也努力将科学与神学进行协调。从亚里士多德到后来的威廉·哈维,都持有一种“预成论”。亚里士多德认为在生物的受精过程中,控制动物形态

① [英]皮特·鲍勒:《进化思想史》,田洺译,南昌:江西教育出版社,1999年,第69页。

结构的形式由雄性动物提供,而雌性动物则提供动物成型的材料。而威廉·哈维则将母亲提供的卵子视为生物的"种源"或种子,最初的种源可以追溯到第一个母亲——夏娃的体内。这种看法仍然是对神创论的一种妥协。鲍勒评价道:"这种'预成论'(更恰当的叫法,'预先存在的种源')认为,严格地说所有人类都是由上帝在最初时期创造的,只不过是一个套一个,像一套俄罗斯玩偶,等待着一代接一代地被打开。"①

实际上,这种等级秩序世界图景的理论是生物学说与基督教中的一个古老思想——存在链条——进行结盟的产物。存在链条概念的诞生可以追溯到古希腊时期,它对于犹太-基督教传统世界图景的形成具有重要作用。②自18世纪伊始,这种观念就与生物学思想相互妥协,产生了新的结盟关系。鲍勒总结了这种结盟的具体方式。他指出,存在链条的概念试图将自然看成结构完整、具有等级秩序的系统,这与当时科学家们的猜想——生物由高等到低等线性排列——相适应。但与以往的宗教观念有所不同的是,由于生物学研究的发展,当时的科学家们向这一静止的观念中引入了变化的概念:

> 按照最初的理解,这个链条是一个静止的自然排列方案,表明最初的造物和我们今天看到的一样……查尔斯·伯内特和J.B.罗彼耐特这两个将种源学说和存在链条学说结合起来的哲学、博物学家,将这个链条看作随时间发展的方案。在地球的历史进程中,链条上相继的成分一个接一个地显现出来。③

---

① [英]皮特·鲍勒:《进化思想史》,田洺译,南昌:江西教育出版社,1999年,第70页。

② 关于"存在链条"思想观念,阿瑟·奥肯·诺夫乔伊(Arthur Oncken Lovejoy)在《存在巨链——对一个观念的历史的研究》中作了论述。参见[美]诺夫乔伊:《存在巨链——对一个观念的历史的研究》,张传有、高秉江译,南昌:江西教育出版社,2002年。

③ [英]皮特·鲍勒:《进化思想史》,田洺译,南昌:江西教育出版社,1999年,第73页。

通过两种观念的结合,当时的生物学家们一方面重申了上帝创造的链条是稳定平衡的,从而再次加强了物种不灭的信念;但另一方面也在旧有的宗教图景中加入了新的生物学元素,承认生物系统具有潜在的可变性:

> ……人们也可以根据这个系统提出,造物主塑造了可以在不同历史时期生长的不同种类的种源。最终,伯内特相信存在链条并不是稳态的方案,而是随着时间的一步接一步展示导致生命的进步,从链的底端最简单的生命进步到链的顶端最复杂的生命。整个过程是造物主通过他最初塑造的种源的不同系列预先设计的,按照计划,种源的每一个序列,在特定的时间才能显现出来。①

尽管生物科学给传统宗教神学带来了巨大冲击,但宗教的影响力仍十分巨大,这迫使一些生物学理论在其强大的反作用力下,选择了与之妥协甚至结盟。

正是在上述社会背景下,拉马克主义得以诞生。在这一生物进化体系中,各种不同的生物沿着自己种类的路线攀升进化,相互之间平行发展,几乎没有交集。这样一来,今天的人们就可以观察到完整的等级序列。尽管拉马克承认环境的作用会导致存在链条上的种类被迫产生分支,但这与整个发展图景相比较而言,只是一种次要现象。拉马克的理论与当时许多其他领域的科学理论一样,并未摆脱宗教的影响,其世界等级序列图景与上帝设计的神创论观念结合在一起,将物种演化视为一种线性的攀升进化过程。

值得一提的是,尽管拉马克的理论是一种经过神学修饰的进化理论,但其中的后天获得性遗传思想却受到社会底层阶级的欢迎,并在他

---

① [英]皮特·鲍勒:《进化思想史》,田洺译,南昌:江西教育出版社,1999年,第74页。

们的媒体中传播。“认为一种动物可以将自己转变成更高级的存在并将自己所获得的一切(在没有上帝干预的情况下)传给下一代,这样的思想对于激进的工人阶级成员而言是很有吸引力的。”①不过,在这一理论中,通过遗传获得进化的能力却并不包括白人以外的其他种族。因此,虽然拉马克主义给本国的工人阶级留下了通过后天努力改变现状的希望,但却排除了白人以外的其他种族获得这种进化的可能性,又成为一个固化的等级结构。

二、拉马克进化论与达尔文理论的差异

如前所述,在拉马克主义产生的时期,英国社会流行的正是一种决定论的思潮,即强调自然和社会都拥有某种必然形式的思想。英国牧师威廉·佩利(William Paley)的《自然神学》(*Natural Theology*)和《布里奇沃特论文集》(*Bridgewater Treatises*)都试图将科学观察的结果与华兹沃兹的“自然的神圣计划”(Nature's Holy Plan)②相结合。拉马克的进化论中无疑也遗留了这类神学的影响。而达尔文的理论则并不承认这类预成等级结构,与拉马克的进化论模式存在很大差异。他在1844年1月写给J.D.胡克(J.D. Hooker)的信中称:“上帝保佑,我没受到拉马克关于‘进步趋势’这种荒谬念头的影响,……”③在他的生物学理论中,达尔文以树形分支取代了富有神创色彩的“存在之链”,从而颠覆了传统分类学描绘的世界图景,瓦解了传统的等级结构。

在19世纪,启蒙时期的分类学系统逐渐受到质疑,静止的分析性生

---

① Angelique Richardson. “The Life Sciences: ‘Everybody Nowadays Talks about Evolution’.” Ed. David Bradshaw. *A Concise Companion to Modernism*. London: Cambridge University Press, 1978. p.7.

② Ibid., p.8.

③ Francis Darwin, ed. *The Life and Letters of Charles Darwin*. 3 Vols. London: John Murray, 1887. Vol.2: p.24.

物分类学被一种有机功能体系取代,生物分支的描述以树的形象出现,取代了之前存在之链观念中有序上升的等级体系。因此,虽然达尔文在其《物种起源》一书中多次提到和引用了拉马克的理论,但他们之间仍有着较为显著的差异。达尔文的体系中,没有拉马克描述的那种简单的线性排列和预成等级图景,他认为地理分布等环境要素的影响才是促进物种变化发展的主要动因,这种进化的趋异过程正是达尔文关注的中心问题,他并不关心生命的最终起源问题。安杰利克·理查森指出,"达尔文的分支式进化论解构了向善渐进的固定结构;随着《物种起源》的出版,等级秩序变得模糊,并最终变得令人生疑"。①他还认为,这种观点是对神创论和决定论的强烈反驳,瓦解了预先设定的目的和秩序,解构了等级世界的图景:

> ……达尔文的进化理论是反神学的;它摧毁了决定论的思想。这里,甲壳类动物起了关键作用;它们的生活故事拒绝了将进化看作进步的那种观念,从自由游动的幼虫到无柄植物的变化不断重复着进化的各种可能性,它可以冷漠地向后倒退,正如它也可以如此前进一样:生命不过是处于变动不居的潮汐之中。……
>
> 自然选择指向环境适应,而非进步;它是随机的,也是不受控制的。②

达尔文意义上的进化论,其核心观念是适者生存与自然选择,即生物通过对环境的适应而获得在其"生态位"上的生存机会,并在这一过程中产生缓慢的变化,而非进步和线性攀升。同时,地理环境通过这种方式促成物种在不断适应环境的过程中发生缓慢变化,这一进程本身就充满了

① Angelique Richardson. "The Life Sciences: 'Everybody Nowadays Talks about Evolution'." Ed. David Bradshaw. *A Concise Companion to Modernism*. London: Cambridge University Press, 1978. p.8.

② Ibid., p.9.

偶然性，不存在任何预先设定的等级秩序和终极目的。准确地讲，达尔文的理论译作“天演论”比“进化论”更名副其实。而拉马克式进化论才称得上真正意义上的“进化论”。

等级世界秩序思想的一个自然结论是进化过程中的合作共生机制，这也是拉马克进化论与达尔文理论的一个重大区别。在一个有目的的预成世界中，个体之间以和谐共生的关系共同获得进化发展。拉马克的合作共生思想基于生物界的利他现象，是对世界部分现实的描述，但如果用以比附自然和人类社会的全貌，就仅仅是一种隐喻映射。同样，达尔文的物竞天择、适者生存理论也是如此。这种思想基于自然界的竞争现象形成，但如果被用来比附整体的人类社会，就失去了客观性。例如当进化论与马尔萨斯的人口论相结合，就可以轻易地扭曲丰富的人类生活。“吸取马尔萨斯人口论的观念，则人口增长将会不可避免地超过食物和空间的供给，达尔文由此将生命界定为一种无目的的竞争。”[①]这种观念实际上就是后来社会达尔文主义的基本理念。虽然这类观点和拉马克主义有着天壤之别，但二者都同样具有隐喻属性，都是以部分自然现象映射社会整体运作的思维范式。尽管如此，它们的存在价值也不应被完全否定，因为这些理论都描述了人类生活中的部分现实，均有合理成分。特别是拉马克式进化论，它蕴藏了丰富的道德内涵，并在传播过程中通过隐喻的潜意识机制规约人们的行为，对社会产生了一定的积极影响，因而也受到许多学者的青睐。鲍勒指出，对于拉马克哲学在当代仍然盛行的原因，应该从它所暗示的哲学含义上去寻找：

> 美国的新拉马克主义是自然神学的直接延续。有些新拉马克主义者之所以采纳用进废退式遗传，当然是因为这种观点比自然选

① Angelique Richardson. “The Life Sciences: ‘Everybody Nowadays Talks about Evolution’.” Ed. David Bradshaw. *A Concise Companion to Modernism*. London: Cambridge University Press. p.9.

> 择似乎更符合上帝是仁慈的观念。……根据拉马克主义,似乎可以看出生命本身是有目标的,是具有创造性的。生命在主导着它们自己的进化:它们有选择地对环境的挑战作出反应,这样,便通过自身的努力决定了进化的方向。无论是否具有哲学含义,这种观点显然要比达尔文主义更给人以希望。生命成了一种自主的力量,而不只是仅仅以被动的方式对环境的压力作出反应。①

拉马克主义真正诱人的地方不在于它所谓的普遍真实性,而在于它保留的希望。虽然当时科学上的新发现已经使科学家们逐渐摒弃了拉马克主义,但文化界的拉马克情结却并没有适时转变,并继续保留了这种文化潜意识。

总结起来,拉马克进化论与达尔文主义的两个分歧主要在于:首先,拉马克主义主张一种有序的等级世界图景,这种图景的设计是导向某种终极目的的预成安排,暗示了冥冥之中造物主的存在,仍然为宗教和道德权威的存在留下了余地,也与基督教中的"存在之链"思想有着暗合之处;而达尔文理论本身则认为世界对万物的作用是无序的和偶然的,没有预成的目的和终极意义,也没有任何等级结构,各个生物所处的位置不过是适应它们自身环境的"生态位"罢了,这些生态位之间不存在优劣之分,各个物种只是由于各自所处的环境不同而发展出不同的特性,幸存者与淘汰者之间的区别仅仅是能否适应环境。其次,拉马克主义者强调世界万物的和谐共生和合作机制,而达尔文理论则主要研究残酷自然环境中的生存竞争现象。但单就这一点而言,并不能说明二者是完全对立的。它们之间的差异主要体现在观察世界的不同角度和偏重方向,二者描述了客观世界的不同方面,很难认为某一方绝对正确或错误,唯一

① [英]皮特·鲍勒:《进化思想史》,田洺译,南昌:江西教育出版社,1999年,第326—327页。

不正确的是那种将任何一种假说作为绝对普遍真理来规定和改造世界的教条式做法。拉马克式进化论虽然与达尔文的进化理论有所区别,但也具有一定的合理成分,它的价值不仅仅在于其道德感召力,同时还在于该理论对部分现实的描述,即对个体之间合作共生现象的发掘和描述。

三、生物学对社会现象的比附——社会达尔文主义

最初的达尔文理论主要研究自然界的生存竞争现象,而真正将这些自然现象与人类社会模式联系起来的并非达尔文本人,而是一些社会学的研究者。实际上,正是杜撰“社会学”(sociology)一词的奥古斯特·孔德(August Comte)在其作于1853年的专著中将二者联系了起来,他认为“没有人会在理论上否认社会学对生物科学的依附关系,然而在实践中这一点却可能被忽略”。[①]孔德将生物科学作为社会学的先祖,以生物学的思维逻辑来为其社会学理论奠基。他强调社会就像人类的身体,有自身的生理机能。英国哲学家赫伯特·斯宾塞(Herbert Spencer)与英国小说家乔治·艾略特(George Eliot)在社会学思想上的同盟关系进一步使“进化”的思想广为人知。斯宾塞的思想是“英国工业化时代的产物”,而他的理论体系“孕育于蒸汽机、竞争、盘剥和奋斗,并对这一时代产生影响”。[②]同时,他还受到马尔萨斯人口理论的影响,认为正是人口的压力促使了竞争和进化。斯宾塞理论的一个显著特征则是“试图将科学的结论运用到社会思想和行为中”[③]。他在其所著的《伦理学素材》(*Data of*

---

① August Comte. *Positive Philosophy*. Vol. 2. Trans. Harriet Martineau. New York：AMS Press. 1974. p.112.

② Richard Hofstadter. *Social Darwinism in American Thought*, Boston：Beacon Press,［1944］1992. p.35.

③ Ibid., p.36.

Ethics)中表明其所有相关目标背后的终极目的是“为正确与错误行为的普遍规范寻找一个科学基础”。①他在《社会学原理》(*The Principles of Sociology*)中,将社会发展、分化和融合机制比作动物有机体的演化,认为二者在运作规律方面具有相似性。②在《社会学研究》中,斯宾塞也阐述了类似观点。③安杰利克·理查森对斯宾塞的思想进行了概括总结:

> 通过将流行的生物学与社会争论进行类比并融为一体,他将社会的规则和生理学的规则凝聚在一起,并认为生命(包括社会的生命)必然走向更高级的形式。斯宾塞反对任何国家干预,而是富有侵略性地鼓吹自由资本主义,认为这是一种最能充分允许个体在服务社会中发挥其能力的社会形式。他相信,竞争的压力将保证最佳的适应和进步。④

斯宾塞作为社会达尔文主义的始祖,归结起来,其思想主要有两个要点:一是吸收了拉马克进化论中的等级秩序思想,从而剔除了达尔文理论中关于自然选择具有偶然性和无序性的思想;二是选取了达尔文理论中物竞天择的生存竞争思想来支撑其自由竞争市场的观念,反对国家干预,同时有意忽视拉马克理论中强调生物合作共生机制的部分,将人的本质解释为一种功利主义意义上的理性概念,即不择手段获得利益最大化的天性。斯宾塞认为最大的善举就是让社会不受阻碍地进步,而不应对其

---

① Herbert Spencer. “Preface.” *The Data of Ethics*. New York: D. Appleton & Co., 1887.

② 该书第二部分第二章名为“社会是一个有机体”(“A Society Is an Organism”),其中系统阐述了他的这种思想。参见 Herbert Spencer. *The Principles of Sociology*. New Brunswick: Transaction Publishers, [1898] 2002.

③ Herbert Spencer. “Chapter14 Preparation in Biology.” *The Study of Sociology*. Trans. Yan Fu. Shanghai: Shi Jie Book Publishing Company, 2012.

④ Angelique Richardson. “The Life Sciences: ‘Everybody Nowadays Talks about Evolution’.” Ed. David Bradshaw. *A Concise Companion to Modernism*. London: Cambridge University Press, 1978. p.8.

进行妨碍和扭曲。这种社会观念决定了他的伦理取向，使他认为“社会学应该以生物学为范本”(the dependence of Sociology on Biology)，[1]避免干预自然演化的过程，因此要避免刻意保护那些照顾不了自己的弱者。通过这种方式，斯宾塞将达尔文主义中的自然选择观念、拉马克进化论中的等级秩序和边沁的功利主义结合起来，认为人类社会和自然界一样，通过竞争发生进化，以适者生存为必然规律。这是一种自然法则。虽然不能证实这种规律的产生是否与不可知的宇宙最终目的以及神的设计有关，但它必然是趋向进化的；而在他看来，由于上帝不再存在，道德的来源也就不再是什么无法验证的先验标准，而应该和边沁的功利主义所提倡的一样，从道德创造个人幸福的价值方面来评判其标准，遵循这种竞争原则和功利主义伦理学则可以推动社会的进化与发展。

鲍勒指出，斯宾塞的这种进化哲学实际上是资本主义自由竞争兴起时期个人主义思潮的产物：

> 边沁功利主义已经明确了重新确定道德的道路，即只是从道德在创造幸福的价值方面来判断行为。一种好的行为要能够有助于幸福，而不是顺从由上帝制定的某些更高的道德律。某种程度上，在法律保护下，个人应该自然地结合在一起，为大家的利益而工作；每个人的自助，就是在帮助社会。这时斯宾塞已经采纳了这种个人主义，并将其作为一种进化情况。[2]

斯宾塞认为自然鼓励成功者，并且这种优胜劣汰机制是自然进化的必然律，因此也应该将这种“适者生存”的“自然法则”运用到社会中，认为这一法则也会促进社会的进步。

---

① Herbert Spencer. *The Study of Sociology*. Trans. Yan Fu. Shanghai: Shi Jie Book Publishing Company, 2012. p.463.

② [英]皮特·鲍勒：《进化思想史》，田洺译，南昌：江西教育出版社，1999 年，第 303 页。

实际上,斯宾塞所采用的这种进化论模式吸取了各种思潮中能够为其所用的部分,形成一个用生物学现象比附社会运作机制的思想体系,它本质上既不完全等同于拉马克主义式的进化论,也与达尔文最初的设想具有相当的距离。

一方面,与拉马克进化论相比,斯宾塞式的社会达尔文主义完全剔除了其中的合作机制。虽然拉马克主义也强调进化和等级,但是它更加强调合作,是一种注重和谐自然、具有有神论色彩的进化论,鼓励人们通过合作共生实现进化。它在本质上更接近于自然神学与进化观念结合而产生的宇宙自然和谐发展观念,从而与斯宾塞鼓吹残酷竞争的自由资本主义观念有着明显不同。

而另一方面,斯宾塞的进化理论也不同于达尔文的进化论。达尔文的理论主要关注自然选择问题,即自然地理分布等因素如何影响物种变化的过程,本质上达尔文式的演化理论与社会进步这些概念没有必然联系,因此也完全不同于斯宾塞的学说。

> 然而,达尔文的理论最为详细地抨击了等级序列和进步的概念。分支式进化使得人们很难说清楚一种类型会比另一种类型高等或低等,尤其面对表面上"低等"的类型生存了很长时间的情况时,更是如此。自然选择的作用是导致适应,而不是进步……①

斯宾塞与达尔文理论的相似之处只包含关于自然选择的那部分思想,他以此来剔除传统思想中的有神论部分,从而将人类社会与自然现象进行比附,将其描述为完全受到"自然法则"支配的体系。但同时,他又保留了神创论的等级秩序结构,摒除了达尔文进化论中关于自然选择的无序性和偶然性等思想成分。斯宾塞的理论对后来的社会达尔文主义产生

---

① [英]皮特·鲍勒:《进化思想史》,田洺译,南昌:江西教育出版社,1999年,第304页。

了深远影响,对此安杰利克·理查森评论道:

> 他们运用斯宾塞的观念将种族和社会等级关系生物学化了,这一观念也夯实了19世纪"社会达尔文主义"的基础——一种选择性地运用达尔文主义解释社会的理论。在达尔文主义和社会达尔文主义之间留下的空间能为相互矛盾冲突的各种理论和计划都提供肥沃的土壤供其成长。①

由此可见,社会达尔文主义者虽然通过名称暗示自己与达尔文理论和生物科学的联系,但实际上他们只是从达尔文理论中断章取义,其理论与达尔文理论的本来面目有着天壤之别。对社会达尔文主义者而言,无论是拉马克的进化论,还是达尔文的演化论,都是可兹利用的对象。他们分别从中筛选对自己有利的部分,去掉那些不利的部分,从而将他们期望的社会模式定义为唯一符合"真理"与"科学"的权威模式。

不仅是传统宗教界的保守力量反对社会达尔文主义理论及其所带来的道德崩塌,就连赞同达尔文的一些科学家也对这种学说保持了警惕,认为它们在人类起源和道德问题上的解释可能带来严重后果。达尔文主义的积极支持者赫胥黎就是其中之一。虽然他是达尔文理论的热心支持者,但他也同样激烈反对用自然规则来比附人类社会从而取消道德责任的理论模式,这反映在他对斯宾塞的激烈批评中。首先,赫胥黎本人对于造物主的存在所持的态度是,科学既无法证实,也无法证伪。其次,由于上帝的存在无法证实,因此他认为进化没有任何明确的目标,也没有等级秩序,一切只是对环境的适应。最后,他根据这一推论进一步反对斯宾塞关于自由竞争有利于人类进步的观点,指出自由竞争的实质是一种残酷的价值观,将其作为人类价值观没有天然的合法依据。他

---

① Angelique Richardson. "The Life Sciences: 'Everybody Nowadays Talks about Evolution'." Ed. David Bradshaw. *A Concise Companion to Modernism*. London: Cambridge University Press, 1978. p.10.

反对因此而废除人类社会的道德责任：

> 赫胥黎相信人类心灵最高尚的特征就在于它在本质上是有价值的，尽管这种价值不是自然造就的，也不是上帝制定的。……文明之所以显得很有价值，是因为文明冒犯了自然的基本原则。人类为了坚持道德水准，就必须破坏一些进化法则，保护弱者，以免他们被淘汰。①

赫胥黎所反对的斯宾塞式理论正是后来的社会达尔文主义，这种社会达尔文主义并不是达尔文生物学理论在社会学理论上的直接运用，它只是借用了达尔文之名，而实际上是一种对达尔文自然选择学说、拉马克遗传学说和边沁功利主义的选择性融合。它所选择的部分都是有利于证明残酷竞争合理性的部分，而剔除了这些理论中不利于支持这种社会竞争理论的部分。鲍勒指出，实际上在19世纪后期，对达尔文主义的反对不是减弱，而是进一步增强。有些对达尔文主义真正含义的反对，甚至是打着达尔文的旗号进行的，"社会达尔文主义"便是如此。从某种程度上讲，该理论是与达尔文主义背道而驰的，这也是它会遭到达尔文的拥趸赫胥黎激烈反对的原因。

四、利己主义与利他主义：从自然到社会的隐喻比附问题

生物科学的研究深深地影响了人们对人类社会的认识，其中争论最多的一个重要议题是，人类社会关系的基本面是利己主义还是利他主义，而"自然界中利他行为的存在，特别是人类利他行为的存在，是达尔文进化理论长期以来面临的一个根本性的问题"②。

---

① [英]皮特·鲍勒：《进化思想史》，田洺译，南昌：江西教育出版社，1999年，第309页。

② Philip Clayton and Jeffery Schloss, ed. *Evolution and Ethics: Human Morality in Biological and Religious Perspective*. Michigan: Wm. B. Eerdmans Publishing Co., 2004. p.114.

现代行为科学的创始人康拉德·洛伦兹(Konrad Lorenz，1966)在对动物行为学的研究中指出，许多动物都具有攻击性，而人类也不可避免具有和动物一样的攻击本性。罗伯特·阿德利(Robert Ardrey，1966)指出领地和“占区”对于动物的食物供给与交配繁殖都具有不可忽视的重要性，他用这种动物本能来解释人类对大规模战争的喜好。①尽管如此，对动物行为的另一些研究则似乎支持了相反的观点。在对动物的观察中学者们发现，它们不仅具有相互攻击争斗的行为，也同样具有许多利他的行为。新兴的社会生物学对动物的利他行为进行了研究，提出了不同的看法。学者们通过对蚂蚁、蜜蜂、黄蜂等昆虫的观察发现，这些动物都表现出极度的利他主义，例如蜜蜂当中的工蜂和蚁群中的工蚁就是自己不繁殖后代，但却将自己终生奉献给群体，帮助群体内的其他个体繁殖。因此，他们指出，无视这些利他行为而一味地将竞争和攻击性看作人类社会本质的说法，更像是为了使人们相信竞争个人主义并将其作为社会运作的全部基础而进行的牵强附会。

20世纪60年代末，以英、美两国为中心，形成了一股“社会生物学”的新思潮，试图以进化论的观点讨论动物的社会行为和种群习性。威尔逊(E.O.Wilson)于1975年出版了《社会生物学》(*Sociobiology*)，概括了这一研究领域的全貌。②社会生物学家认为，动物群体的各种组织形式和群内个体间关系均通过自然选择进化而来。而这些行为由于有助于维持群内和平团结，因此对于整个群体的生存具有至关重要的意义。基因而不是个体，才是自然选择的基本单位，生物在自然界中的竞争不是以个体为单位，而是以具有相同种族基因的群体为单位。

---

① [英]皮特·鲍勒:《进化思想史》，田洺译，南昌：江西教育出版社，1999年，第416页。

② Edward. O. Wilson. *Sociobiology*. Cambridge: Belknap Press of Harvard University Press, 1975.

然而，要将这种交互利他行为运用到人类社会，也将面临和个体竞争学说同样的困难。虽然有的社会生物学家试图以动物的社会行为来阐释人类行为的动因，但毕竟人类社会具有高度发展的社会组织和文化系统，明显区别于动物社会。无论用制约动物的哪一种行为准则来说明人类社会，都会显得片面。因此，先前各种版本的达尔文主义理论和后来的这些社会生物学新思想都面临一个共同的问题，那就是其他领域的科学理论是否能为人类社会提供一种世界观的框架。简单的比附太过武断，并且会带来很多与文明社会背道而驰的危险倾向。另外，就科学本身而言，并不能和绝对真理画等号，它本身也是在不断证伪中发展的，作为比附的基石，科学本身并非万无一失。那么，科学与人类社会价值观念以及道德伦理之间的复杂关系，就成了一个值得探讨的问题。鲍勒认为，这其实是两个相分离的领域，二者具有相对独立性，而人们“不管是否掌握进化的知识，都应该从自己的意识出发，去寻找道德价值的源泉”。①生物科学和进化理论从诞生伊始，就面临着解释自然界现象与人类社会规律之间的关系问题。安杰利克·理查森在评论孔德用生物学逻辑来套用社会学理论的做法时，一针见血地指出了这一问题的实质在于“将一个功能性社会视作有机体的隐喻是一种强有力的催化剂，它立即造成了正常与病态的社会分野”。②实际上，从概念隐喻理论的角度来看，自然科学和社会科学之间的比附从根本上讲只是一种隐喻映射过程，但由于社会文化传统的强大作用，这些带有比附性质的假说在历史的长河中不断得到巩固和加强，因此常常给人们造成一种普遍假象，认

---

① [英]皮特·鲍勒:《进化思想史》，田洺译，南昌：江西教育出版社，1999年，第422页。

② Angelique Richardson. “The Life Sciences: ‘Everybody Nowadays Talks about Evolution’.” Ed. David Bradshaw. *A Concise Companion to Modernism*. London: Cambridge University Press, 1978. p.10.

为它们是某种普遍真理。这些观念以概念隐喻的形式潜伏下来，成为影响甚至改变人类思维和生活方式的强大力量。

接下来本书将分析上述不同版本的进化论隐喻映射在“太空小说”中的具体呈现。这些进化论隐喻各自基于部分自然现象对社会进行比附，造就出关于社会运作方式的不同思维模型。在其“太空小说”中，莱辛以星际帝国寓言故事的方式对两个进化论思想模型塑造出的两种社会运作模式分别进行了条分缕析的解剖。本章将重点以该系列的第一部作品《什卡斯塔》和第三部作品《天狼星实验》为分析对象。选择这两部作品的原因不仅仅是由于二者从各自的叙述视角出发，讲述了同一时期的星际历史事件并形成一种平行对比关系，更重要的是因为它们分别剖析了两种不同深层思维模式在社会运作中的典型代表——天狼星帝国和老人星帝国，因此这两部作品在其呈现的根本思想模式上亦形成一种显著的对比关系：《天狼星实验》着重解析了天狼星帝国的运作模式及其遭遇的困境，而《什卡斯塔》则是对老人星帝国运作模式的全方位呈现。天狼星帝国和老人星帝国分别是两种进化论隐喻思维的产物，前者是社会达尔文主义梦魇的现实翻版，而后者则是拉马克主义式的乌托邦寓言。莱辛将两个帝国置于星际进化序列中的不同等级，通过推演不同进化论指导思想在实际运作中可能带来的后果，表达了对两种进化论隐喻思维模式的思考、比较和评价。

第三节　《天狼星实验》中的进化论隐喻——社会达尔文主义的梦魇

“太空小说”系列的第三部作品《天狼星实验》讲述了天狼星帝国的殖民历史及其与老人星帝国的联盟关系，该帝国在社会达尔文主义的隐喻思维范式指导下运作。在《天狼星实验》中，作者通过寓言故事诊断和推演了社会达尔文主义这一传统进化论版本指导国家运作时可能出现的弊端及其最终走向，进行了一场大胆的思想实验。

在《天狼星实验》的序言中，莱辛谈到了自己创作这部小说的一个重要动机是对个体身份与集体身份之间关系的好奇。她指出，人们常常自然而然地认为自己是独一无二、具有自由意志的个体，却不愿承认自己所从属的集体心灵：

> 这非常奇怪，并且对我而言这似乎越来越奇怪。
>
> 我们从哪里得知这些关于自己的观念？在我看来这些观念一定像潮水一样涌过了人们。但它们是从何而来呢？
>
> 我很希望读者和评论家们能够看到《南船座老人星：档案》系列小说，(我希望)它能使我讲述一两个带有伪装性的故事；不仅对自己，也对他人提出问题，从而探索思想与社会的各种可能性。①

纵观《天狼星实验》这部小说，它通过天狼星使者安必恩二号(Ambien II)的视角，讲述了天狼星帝国的故事，而这个帝国正是一个以激进的个人主义观念为指导的星际帝国。它技术高度发达，崇尚自由竞争和利己主义。在该作品中，以自然界的利己现象来比附人类社会关系的概念隐喻比比皆是。可以说，这个帝国就是践行社会达尔文主义隐喻思维范式的直接产物。

莱辛在《天狼星实验》(*The Siren Experiments*)中用小说的形式探究了社会达尔文主义观念的影响，其中所描述的天狼星帝国正是依据这种观念而建立的帝国典型。莱辛运用该星际帝国作为实验模型，在其中推演和展示了这种思想指导下的国家运作可能产生的种种问题，如前所

---

① Doris Lessing. “Preface.” *The Sirian Experiments*. New York: Alfred A. Knopf, 1980.

述，正如莱辛在该书前言中所言，她要通过“讲述一两个带有伪装性的故事；不仅对自己，也对他人提出问题”，并且还以此“探索思想与社会的各种可能性”①。

在进入具体分析论述前，下面将先对这部作品作简要概述。

一、《天狼星实验》简述

《天狼星实验》从天狼星帝国使者安必恩二号的角度讲述了该帝国的故事。根据宇宙射线的几次爆发及其给什卡斯塔带来的影响，作品在叙事结构上分为四个时期。与《什卡斯塔》中各类档案文件大量并置形成的凌乱叙事风格相比，天狼星帝国的历史叙述具有线性时间特征。通过阅读这部作品，可以更清晰地重溯《什卡斯塔》中的历史事件。

第一个时期：安达星(Andar)第一次放射性爆发之前。在这一时期，罗汉达(后来的什卡斯塔)是个布满沼泽和海洋的星球。由于火山爆发等自然现象，这个大部分被海洋覆盖的星球具有动荡不安的特质。

第二个时期：安达星第一次和第二次放射性爆发之间。由于安达星射线的第一次爆发，许多物种一夜之间灭绝，但同时也加速了幸存物种的进化和许多新物种的产生，包括昆虫、飞禽和走兽。这个时期是一个巨型生物繁荣的时期，“特别是一种巨大的蜥蜴代表了这种趋势”。②天狼星人开始在这个星球上设置观察站，并进行生物实验。这一时期持续了2亿罗汉达年。

第三个时期：安达星第二次放射爆发至联系老人星与罗汉达的“锁”遭破坏之间的时期，这一次射线爆发被称为大灾难(catastrophe)。在这一时期，第二次安达射线爆发造成了大洪水、地壳变动、火山频繁喷发和

① Doris Lessing. “Preface.” *The Sirian Experiments*. New York: Alfred A. Knopf, 1980.

② Doris Lessing. *The Sirian Experiments*. New York: Alfred A. Knopf, 1980. p.4.

气候异常变化,影响巨大。随后整个星球突然进入冰川时期,大型物种灭绝。在这一动荡时期结束后,两极结冰,陆地与海洋分开,大片干燥的陆地露出水面,陆上只有少数地方成为沼泽。这时该星球的中轴线仍是垂直的,后来经过漫长的四季变化,它的轴心开始倾斜,变得不再垂直。其南北极寒冷、赤道炎热,二者之间形成温带。这一时期持续了 2 万罗汉达年。

第四个时期:大灾难之后随之而来的退化时期。关于这一时期的细节在《什卡斯塔》中已有较为详细的描述。由于"锁"的破坏,巨人与当地人之间原本的和谐共生关系遭到破坏,什卡斯塔由此产生了一系列问题,包括宗教的堕落、政治的派系纷争、商业社会的人情冷漠、新老两代之间的严重代沟和种族之间的暴力冲突等,这些接踵而至的退化现象最终导致了第三次世界大战的爆发,产生了灾难性的后果。耶和尔等老人星使者通过投生的方式到什卡斯塔上对其进行干预,试图实施"拯救"。

通过这种分期,天狼星使者更加系统地重述了许多《什卡斯塔》中记录的历史线索,并且还补充了一些没有得到交代的细节,这使整个星际帝国故事的完整画面逐渐呈现出来。例如,通过天狼星使者的叙述可以得知,该系列的第四部小说《八号行星代表的产生》中所描述的八号殖民行星正是《什卡斯塔》中所描述的那颗由于意外的宇宙变化将要经历灭顶之灾的星球,为了解救这颗星球,老人星才在罗汉达培育共生种族,加速其进化,为新的八号行星移民做准备;①而《什卡斯塔》中巨人族曾经生活的星球,也在《天狼星实验》中得到了更清晰的交代,那颗星球就是 10 号殖民行星——在安达射线第二次爆发以后,老人星人开始邀请天狼星人定期参加会议,会议召开的地点不是在双方的母星,而是在巨人族的

① Doris Lessing. *The Sirian Experiments*. New York: Alfred A. Knopf, 1980. p.10.

发源地——10号殖民地行星。[①]诸如此类的细节还有很多,不再一一赘述。总而言之,《天狼星实验》通过对原有故事的平行叙述和细节补充,使整个"太空小说"系列成为一个更加丰富完整的有机体。这种平行叙述关系将天狼星帝国的故事深深地嵌入整个宇宙故事系列的背景中,突显了该帝国与其他星际帝国(特别是老人星帝国)之间的对照关系,这种对比的作用应该在分析中得到重视。另外,该作品以两次安达射线的爆发时间为分界点的结构特征也值得关注。小说作于第二次世界大战之后,二战中原子弹的使用使人们开始越来越多地关注与核辐射相关的话题。在这一历史背景下,科幻作家们也对辐射所引起的生物变异后果产生了探究兴趣。《天狼星实验》中关于爆炸和辐射的内容同样暗示了小说中的生物学主题。因此,本章将从进化论隐喻的视角出发,着重梳理和比较天狼星帝国与老人星帝国之间的对照关系以及两个结盟帝国在社会运作指导思想上展现出的差异,并将重点考察生物进化论隐喻主题在这种互动关系中所扮演的角色。

二、天狼星帝国的困境与社会达尔文主义殖民模式

《天狼星实验》描绘了天狼星帝国的运作模式,它与老人星帝国的交往过程以及两个帝国在各自殖民领地进行的各种实验和竞争。天狼星帝国的运作模式,正是社会达尔文主义思维范式在实践中运用的典型案例。如前所述,根据莱考夫的分析,这种思维逻辑将所有的自然变化都解释为生存竞争,并且所有的物种都在一个由低到高的线性等级结构上向上攀升,通过竞争获得最好的结果,即"自然变化即最佳竞争者获得生存,这一过程产生最佳结果"。这种典型的功利主义思维模式以追求财

---

① Doris Lessing. *The Sirian Experiments*. New York: Alfred A. Knopf, 1980. pp.5, 9.

富积累为唯一“有用”价值，并且这种思维模式有意回避合作共生机制的价值和意义，从而反对任何形式的政府干预，主张完全放任自流的绝对自由市场经济。莱辛在这部小说中通过创造一个以这种模式为指导进行运作的天狼星帝国，剖析了社会达尔文主义的缺陷，并通过它与老人星帝国运作模式的对比，来探讨这种帝国形态可能获得的升级改良模式——以拉马克进化论模式为指导的老人星殖民帝国。因此，《天狼星实验》这部作品的名称不仅表明小说的内容与天狼星帝国进行的殖民地人种实验有关，同时也似乎暗示着以天狼星帝国模式为实验对象来检验社会达尔文主义思想的意味。

在对天狼星帝国的描述中，最能体现其社会达尔文主义倾向的细节是该帝国对待殖民地的态度。老人星帝国在拉马克进化论思想指导下，在殖民地采取了“共生”(symbiosis)的实验培养方式；而天狼星帝国使者安必恩二号受限于帝国文化中的社会达尔文主义隐喻思维，一开始并不理解这种运作模式。安必恩二号以自己的思维方式误读了老人星帝国的殖民模式，她认为“这种‘共生’就是一种有益的文化交流”，具体而言，“就是指具有优等地位的移民被赋予了使用猿人做奴仆来服务于高级任务的自由”①。天狼星人奉行功利主义价值观，因此安必恩二号将老人星帝国的“共生”实验看作一种对殖民者自己“有用”的文化交流，并且将殖民地视为攫取劳动力和其他资源的产地，以此来服务于“更优越”的殖民者，使具有“优等地位”的种族能够脱离体力劳动，腾出精力去执行“高级的任务”，成为殖民帝国体系中的特权阶级。

天狼星帝国构建的世界图景也突出体现了社会达尔文主义的理念。不同种族根据技术水平高低在帝国中被分为由高到低的不同等级，低等级种族是供高等级种族奴役的对象，通过技术竞争获胜的种族将取得优

---

① Doris Lessing. *The Sirian Experiments*. New York: Alfred A. Knopf, 1980. p.11.

势地位。他们认为自己有权掌控他人命运,使其他种族成为服务于自身功利目的的工具,并认为这是一种自然而然的世界秩序,必将导向最好的结果——财富积累的最大化。在《天狼星实验》中,关于"隆比人实验"(The Lombi Experiment)的故事最为典型地体现了这种以社会达尔文主义为指导的殖民种族关系。根据安必恩二号的记述,天狼星帝国的殖民体系按照不同的"进化等级"划分出森严的等级。"高级"的天狼星是具有特权的星球。除此以外,附属于天狼星的其他殖民行星也按照等级秩序进行严格划分:23号殖民星球(C.P.23,即Colonized Planet 23的缩写)是这一体系中具有较高等级和特权的星球,上面的居民是一些"思考者"(Thinkers)①,该星球被天狼星人称作"思想之星"(Think Plant)②。这个星球上的人完全脱离了体力劳动,纯粹依赖天狼星帝国在罗汉达星的殖民地"南部一号大陆"(South Continent Ⅰ)获得粮食供给。而巨人族居住的10号殖民星球(C.P.10)等是位于较低进化等级的星球,它们被作为高等级星球的粮食基地和劳动力来源。23号殖民星球上的大气是人造的,需要人工来修建大棚做穹顶。因此10号殖民星球上的巨人被用作修建大棚的苦力。同时,由于10号殖民星球上具有丰富的自然资源,因此它还被用作粮食基地。天狼星人认为那里的野蛮人在还未开化时是可以任意剥削利用的。然而,随着这种殖民进程,10号星球上的当地人也逐渐意识到了自己受剥削的地位,开始要求和天狼星等特权等级星球相同的优越生活,这客观上促进了当地人的进化,使"文明的标准"开始扩散。这是天狼星人所不愿意看到的,因为他们已经有一群特权化的公民了,帝国需要的只是供他们奴役的劳动力,而不是更多进入特权阶级的人。③与10号行星处于相同地位的还有另一颗新近发现的行星——24号殖民

---

① Doris Lessing. *The Sirian Experiments*. New York: Alfred A. Knopf, 1980. p.19.

② Ibid., p.56.

③ Ibid., pp.19-21.

星球(C.P.24)。由于10号殖民星球的人们在殖民过程中获得进化,不再易于控制,因此这个新殖民地上尚未进化的当地人逐渐取代了10号行星的巨人成为帝国新的劳动力来源,他们同样被驱使到23号星球上去修建大棚。与此同时,22号星球(C.P.22)上的技术工程师也被一同派往那里进行监督。然而,在做苦力的过程中,来自24号星球上的劳工也获得了天狼星人所说的“进化”,其具体表现如下:首先,他们的语言得到发展,开始用歌谣和故事来记录自己种族的集体记忆和历史;其次,他们有许多在月圆时的节日、宴会等,在这些庆典上歌谣和故事得到传播和交流,这种进化作用“将这些动物统一起来”(had unified these animals)①;最后,他们在身体上也有一些变化,开始变得精力充沛和好动。这一切使天狼星人决定吸取10号殖民星球的教训,通过实验控制这些劳动力的进化。因此,当苦力劳动完成后,天狼星人并没有将24号殖民星球的人送回家,而是计划将他们运往新发现的25号行星(这颗行星与24号行星很像,并且距离很近),在上面培育对帝国有用的劳动力。这些被用作培育劳动力的实验对象就被称为“隆比人”(Lombis)。安必恩二号指出,“隆比人实验”的总体目的是要根据天狼星帝国的法律,将这些做苦力的种族培育到一个特定的进化水平,以使他们既能够作为劳动力持续劳动,又不至于对自己受奴役的地位感到愤怒不满。但由于25号殖民星球暂时被实验占用,天狼星人不得不先将这些隆比人运往罗汉达的殖民地开荒种植。在这一过程中,这些24号殖民行星的“低等人”被完全隐瞒了真相与实情。

与英国曾经的殖民经历对照,天狼星帝国的殖民实验故事无疑影射了那段残酷的早期历史。英帝国的殖民运作模式本身就是社会达尔文主义模式的典型体现,那是一种将功利主义、等级结构和残酷竞争融为

① Doris Lessing. *The Sirian Experiments*. New York: Alfred A. Knopf, 1980. p.29.

一体的帝国运作模式,它带来的结果是野蛮征服、残忍奴役和暴力反抗。随着英帝国殖民体系在世界范围内的瓦解,人们也逐渐开始反思其中存在的问题。这种依据社会达尔文主义建立的帝国体系显然存在很大的缺陷,其辉煌也只能昙花一现。莱辛作为一名从小在殖民帝国最前沿长大的作家,对这种帝国模式存在的问题拥有更直观的感触和更敏锐的嗅觉,特别是对于这种殖民模式带来的人道主义灾难,她在早期的现实主义小说中均给予了强烈谴责。而在中后期的"太空小说"系列中,莱辛则以更加沉稳的方式来反思这种帝国模式中存在的深层问题,尤其是天狼星帝国殖民实验的故事,更反映出她对英帝国的这段殖民历史从思想根源上进行的深刻反思。通过这种方式,莱辛探讨了社会达尔文主义隐喻思维指导下的早期帝国模式在殖民统治中已经和可能产生的种种问题。

归结起来,通过《天狼星实验》寓言故事中的思想模型实验,莱辛分析了这种帝国模型在外部关系和内部运作两个方面可能出现的主要问题。

首先,天狼星帝国的实验表明,在对殖民地的关系上,这种依靠欺骗和暴力维持的等级秩序和剥削体系,必然要遭遇强烈的反抗,对殖民帝国而言,其维持成本高昂、难以持久且得不偿失。在天狼星的殖民地罗汉达南部大陆上,随着被统治的殖民地种族逐渐进化,加上一些外来的影响(例如老人星人培育的工人从北方的侵入和闪迈特人的负面影响等),天狼星帝国逐渐失去了对当地人的精神控制。这些受奴役的种族意识到自己所受到的不公正待遇,开始消极怠工。在失去成本较低的精神掌控后,天狼星帝国只能诉诸武力控制,而暴力维持是一种成本高昂且效果不佳的方式。天狼星帝国拥有庞大的殖民领地,因此对当地人进行单纯的武力统治非常困难。最终,因为战线过长,天狼星帝国的军警兵力不足以维持庞大的殖民地军事镇压,其殖民统治也变得难以为继：

> 有必要立即增加我们的警察力量，因为已有发现表明那些先前十分可靠的劳动力开始消极怠工，然后逐渐地走向犯罪。
>
> ……一大波来自内海的侵略者开始涌入，……由于许多殖民地星球的动乱，我们的战线过长，军力已经达到极限。①

这种帝国运作模式所产生的问题与英帝国后期所面临的问题如出一辙。在二战以后，由于亚非拉殖民地人民自我意识的觉醒，风起云涌的独立解放斗争使英国曾经依靠土地占领和武力统治建立的老式殖民帝国土崩瓦解。而莱辛正是通过天狼星帝国寓言故事的隐喻思维分析，指出了这种帝国模式难以为继的深层原因。

其次，天狼星帝国的故事还生动地呈现了社会达尔文主义模式可能导致的种种帝国内部问题，以及这些内部矛盾与外部扩张之间的必然联系。天狼星人由于奉行功利主义，以技术统治和经济利益为单一价值观，因此帝国内部产生了一系列严重的社会问题。其中的一个重要体现是，人们由于技术高度发达而无所事事，从而造成身体退化和精神空虚，政府需要为他们创造工作机会[小说中将其称为"人为创造的有用性"(invented usefulness)]来缓解这种社会病，富人们则千方百计地寻找一片可以让他们返璞归真和进行劳动的土地。②同时，由于技术的发达和人力需求的大大减少，导致工作机会不足和人口过多的问题（本来只需要50万人的工作，结果却有200万的相关待业人口）。在单纯以经济利益为导向的单一价值观指导下，为了确保经济持续发展，过剩的人口必须被减少，在这一过程中，如何减少过剩人口所带来的哲学和伦理问题却遭到忽视。③这些情节剖析了天狼星帝国内部社会问题的重要成因和种

① Doris Lessing. *The Sirian Experiments*. New York：Alfred A. Knopf，1980. p.56.
② Ibid.，pp.13-16.
③ Ibid.，pp.16-17.

种表现，揭示了因技术人口大量过剩、工作机会短缺而产生的精神空虚和道德伦理困境等社会问题。但具有讽刺意味的是，虽然帝国内部技术人口过剩，但真正的体力劳动者却极度缺乏，这是因为天狼星人都养成了特权思想，没有人愿意从事或者能够真正胜任繁重的体力劳动（富人们的返乡劳动也只是一种叶公好龙式的短暂体验），所以这个国家虽然有大量过剩人口，却十分缺少真正能够吃苦耐劳的普通劳动力。①于是，该帝国一方面技术人口过剩、失业严重，而另一方面却劳动力供不应求、体力劳动岗位大量空缺，这两个看似对立的方面竟然像一枚硬币的两面一样统一在了一个矛盾重重的帝国之中。

天狼星帝国面临的这些内部问题俨然就是二战前英国社会矛盾的缩影。技术人口过剩、劳动力短缺、社会阶层分化以及单一功利主义价值观导致的伦理危机等，都使帝国内部危机重重，而对外输出这种危机以缓解内部矛盾则成为一个必然选择。通过天狼星帝国的故事，莱辛不仅分析了导致帝国殖民统治失败的原因，更揭示了人类历史上曾发生的世界级毁灭性战争的根源——帝国内部矛盾危机的输出需求。莱辛在该小说中指出，天狼星帝国由于技术高度发达产生了严重危机——人口过剩和劳动力缺乏刺激了不断通过空间扩张来解决问题的欲望，技术提升与空间扩张之间的恶性循环，最终导致了它们与老人星为争夺殖民地而进行的“大战”(the great war)②。回顾历史，世界历史上的多次大战几乎都与帝国内部的危机有着密不可分的关系。莱辛从思维范式的源头出发，分析这些战争、灾难和不合理人类社会秩序的根源，它们不仅仅是某个特定民族、地区的错误，而且是由这些存在于人类大脑中根深蒂固的思维范式带来的问题，这些隐喻映射未经推敲地存在于人们的无意识

① Doris Lessing. *The Sirian Experiments*. New York: Alfred A. Knopf, 1980. pp.17-18.

② Ibid., pp.18-19.

思维中,它们太过强大,以至于常常取代人们本应具有的严肃反思,使其难以察觉自身行为方式中的种种缺陷。莱辛运用自己独特的寓言创作方式,试图使人们从无意识状态中苏醒过来,恢复对各种思维范式的反省,从而对自身行为后果进行更有前瞻性的思考。

三、帝国的困境与天狼星使者的“后见之明”

在天狼星使者安必恩二号的叙述中,多次提到自己的“后见之明”(hindsight),暗示其叙述是从“现在的自己”这一立足点,对“过去那个自己的经历”进行回顾。这种叙述手法在英国文学传统中并不陌生,例如在英国小说大师查尔斯·狄更斯(Charles Dickens)的作品《远大前程》(*Great Expectation*)中,孤儿皮普(Pip)的叙述就是通过倒叙、站在当下自我的立场上,对过去那个自我的生活经历和内心世界进行评述。作为叙述者的皮普具有更成熟的心智,对过去的自己进行批判性的反思。这种叙事手法常用于自传体中,不仅可以展示人物成长中的心路历程,并且能将现在与过去的自我进行并置对比,突出二者前后的变化和巨大差异。

在《天狼星实验》中,这一手法也起到了类似的对比作用,使天狼星帝国的运作模式在与老人星帝国思维范式的对比中得到反思。作为当下叙述者的安必恩二号与作为叙述对象的安必恩二号之间也形成了一种具有张力的对比。过去的安必恩二号完全以天狼星帝国的思维方式来看待世界,对老人星帝国的行为充满了不解和疑问;而作为叙述者的安必恩二号则通过与老人星使者克罗若斯(Klothary)的交往,逐渐提升了自己的认识水平,开始对记忆中的自我进行反思。

这种通过当下视点来审视过去自我的手法,实际上也以小说的方式展现了叙述者立足于当下对过去帝国殖民历史的反思。作为叙述者的安必恩二号受老人星使者影响形成了当下的观念,这种观念在其描述中似乎是一种在进化秩序中更接近理想模式的观念模型，而天狼星帝国的运作模式则代表了历史中已经存在的英帝国运作机制，即以社会达尔文主义为指导的帝国模式。由于这种模式在历史的发展进程中已经暴露出诸多问题，作者由此开始审视其过去的历史，并以现在的眼光去看待那个已经分崩离析的殖民帝国，同时对未来新型的帝国模式做出假设。安必恩二号站在当下的立场上表明，虽然现在他们拥有了一种更成熟的观念模型，但回顾过去历史中不太成熟的帝国历史仍是必要的，因为如果没有经历过去走过的曲折道路，一个人或者国家都很难获得成长。在她看来，尽管曾经的帝国模式有着诸多缺陷，但过去的成长经历是不能完全抹去的：

> 对我而言这种"后见之明"的问题似乎总是难以解决！回顾以往，我现在所见并非我当时所体验，但我们是否就要因此抹去从前那种更不成熟的看问题方式？就像它们完全不重要、没有任何影响——当然并非如此。①

这种叙事手法将不同生物进化隐喻思维范式的转变过程置换为一个叙述者的思想成长过程，具体而言，就是将天狼星帝国作为旧时英帝国的缩影，并将其与一个人的思想成长过程联系起来。这种反思巧妙地将不同生物理论之间的对比转换为思想意识的不同发展阶段，直接点明了《天狼星实验》的主题意义：天狼星帝国是"太空小说"系列故事中的一个重点反思和剖析对象，它与老人星帝国的运作模式相比，仍然处于人类发展相对低级的阶段。在很大程度上，两个帝国模式的差异归根结底是两种思维范式的差异。对于个人而言，正是在对从前的自我进行反思和否定的基础上，才能获得进步；对于一个帝国而言，也是如此。故事中的老人星帝国正是在与旧有的天狼星帝国既有模式进行不断对比、反思和

① Doris Lessing. *The Sirian Experiments*. New York: Alfred A. Knopf, 1980. p.57.

改进中才得以诞生、发展和进步的。可以说,天狼星帝国就是安必恩二号叙述中那个从前自我的倒影,是具有老人星帝国意识的人们站在当下看到的曾经的自我形象。

正因为如此,安必恩二号这种“后见之明”的叙述与《什卡斯塔》中老人星使者的叙述也形成了一种鲜明的对比。《天狼星实验》中,安必恩二号讲述的很多历史事件都已经在《什卡斯塔》中通过耶和尔等老人星使者的报告有所交代,安必恩二号的叙述本质上是从陌生化视点对其进行的重述。这种重复叙述产生的离间效果更加突显了两个帝国之间复杂的差异和联系。在《天狼星实验》中,作为叙述者的安必恩二号清楚地表明了这一点:

> 我应再次声明这一报告的目的是为了提出关于我们与老人星之间关系的某种观点。这儿有一千种不同历史,既有官方历史,也有稗官野史,它们讲述了我们在罗汉达上的实验,但均未将其置于老人星帝国的背景下讨论。我的目的仅此而已。①

安必恩二号暗示了她所做报告的主要目的就是要将其放在与老人星帝国相对照的背景下来审视自己的历史,这种对照手法是作者在“太空系列”作品中采用的一个重要技巧。具体而言,要深入理解该系列作品中与进化论相关的隐喻主题,将两部作品进行并置比较研究是十分必要的。

第四节　老人星帝国——拉马克式进化论的隐喻范本

将老人星帝国与天狼星帝国的运作模式相比较,会发现二者之间拥有许多相似性和深层联系;但同时,这两个处于不同进化阶段的帝国之

---

① Doris Lessing. *The Sirian Experiments*. New York: Alfred A. Knopf, 1980. p.13.

间也有着显著差异。理解它们各自秉承的不同进化隐喻范式对于解析两个帝国之间既合作又斗争的复杂联盟关系是一个重要切入点。

前面一节已经分析了天狼星帝国奉行的进化论理念，它主要以社会达尔文主义的隐喻思维范式为指导进行运作；而老人星帝国则遵循另一种进化论理念——拉马克式进化论——来推行其内外政策和殖民实验。本节将基于本书第一章第三节中对拉马克进化论隐喻的主要特征和映射形式的总结，进一步比较老人星帝国在内外运作机制和基本政治理念上与天狼星帝国的异同。

一、拉马克进化论隐喻和老人星帝国殖民模式中的等级与共生

拉马克进化论的隐喻逻辑贯穿整个老人星帝国的运作机制，这种思维范式认为“自然变化是最受眷顾者获得生存，这一过程产生最佳结果”(Natural change is the survival of the best nurtured, which produces the best result.)。它强调自然界机制中合作共生的一面，并将其映射到“进化”这一目标概念域中。与此同时，它也力图用等级秩序世界来置换达尔文主义中的无序世界。

在老人星殖民政策中最典型的体现是该帝国在罗汉达上采取的殖民手段——“共生”(symbiosis)①。由于一颗彗星将在两千年后撞击另外一颗星球，并使其物种灭绝，老人星帝国的整个宇宙计划面临着巨大挑战。于是他们希望将罗汉达(即后来的什卡斯塔)五千年的进化缩短到两千年时间，以便使其在灾难到来前接替将会受到撞击的星球在整个“宇宙计划”(cosmic scheme)②中的位置。于是老人星帝国派出老人星使者前往罗汉达星，他们作为志愿者给予当地人帮助指导，被称为“看护

① Doris Lessing. *Re*: *Colonized Planet 5*, *Shikasta*. London: Harper Collins Publishers, [1979] 2002. p.29.

② Ibid., p.28.

人"(tenders);同时又从居于10号殖民行星的巨人族中选择了一个在过去的"共生发展"(symbiotic development)①实验中具有成功经验的种族,将他们送到罗汉达与当地人进行共生实验。耶和尔在报告中这样描述了这一实验取得的初步成效:

> 他们与当地人之间建立起了一种指导关系,这使双方都兴致盎然、心满意足。巨人族向当地人传授初级的种植知识。他们还教会当地人如何在不损害生物族群发展的前提下利用动物。他们帮助当地人发展自己的语言。这些都还只是巨人为许多其他才能(艺术、科学等)的发展打下的基础,因为现在还不是建立老人星和罗汉达之间的"锁"并启动强制发展计划的时候。②

老人星采用的这种特殊的"共生"殖民方式主要有以下几个特点:

首先,这种"共生"关系是拉马克式合作机制的集中体现。耶和尔指出,如果这种共生获得成功,罗汉达人将在2 000年内达到要求的水准,而10号行星种族也将以加速10倍的速度获得进化,成长为优秀的巨人族。③简言之,这是一种合作共生、双方共同获益的进化机制。这种理想的帝国殖民模式正是拉马克主义的现实翻版,即一种强调合作利他、和谐发展原则的进化机制。

其次,这种"共生"关系具有严格的等级结构,较高等级的巨人族与相对低等的罗汉达人之间是一种导师与学生的关系,同时巨人族又是老人星帝国与罗汉达居民之间建立联系的中介。老人星通过"共生"实验建立起与罗汉达之间的联系——"锁"(Lock),并且在这一机制中保留了严格的宗教式等级结构:"当地人—巨人—老人星人"之间由低到高的等

① Doris Lessing. *Re*: *Colonized Planet 5*, *Shikasta*. London: Harper Collins Publishers, [1979] 2002. p.28.

② Ibid., p.30.

③ Ibid., p.29.

级秩序构成了一个类似于宗教中“动物—人—上帝”存在之链的等级秩序世界图景，而当地人与巨人和老人星人之间类似于“孩子—家长”之间的等级关系也通过小说文本中一再出现的“严父家庭道德模式”隐喻表达被一再强调。老人星帝国派出的志愿者被称为“看护人”(tenders)①，而巨人与当地人之间的关系则被称为“指导关系”(tutelary relation)②。

最后，小说中描述的这种“共生”还有一个十分重要的特点，即它的进化过程并非通过生理意义上的物种杂交实现，而是基于一种精神文化的交流融合而形成的种族进化。耶和尔在报告中指出，由于巨人族与当地人生理结构差异巨大，根据老人星帝国的安排，巨人族只是将罗汉达人视为“受保护的对象”(protégés)③，巨人们总是住在离他们不超过100英里的范围内对其进行看护和教导。然而，这种“共生”手段却产生了巨大的作用，不但使共生物种身体方面产生了进化，也促进了其精神进化。老人星帝国指出，共生之所以能打破身体与精神的樊篱，促成双重进化，是由于参与共生的种族通过这一过程获得了“基因记忆”(genetic memory)④。罗汉达星球具有令人捉摸不透的危险特质，共生的结果并不可预知，因此被选中帮助共生的种族有等同于“种族自杀”(racial suicide)的危险。但正是他们良好的“精神适应能力”(mentally adaptable)⑤帮助他们渡过了难关。上述情节体现的这种进化理念显然是拉马克式进化论的一个典型理念——“后天获得性遗传”，即认为人们通过后天学习和培育获得的特征是可以遗传的，这种观念否定了先天决定论，打破了牢不可破的等级结构，使底层种族和阶层都有通过后天学习获得“进化”的可能

---

① Doris Lessing. *Re*: *Colonized Planet 5*, *Shikasta*. London: Harper Collins Publishers, [1979] 2002. p.28.

② Ibid., p.30.

③ Ibid., p.32.

④⑤ Ibid., p.29.

性,是一种更能给人以希望的进化观。根据现在的常识,后天学习的技能和记忆实际上是难以获得基因进化的,也没有找到关于"基因记忆"的有力支撑,它至少仍是一种未被实验证明的假说。但体现这种典型拉马克观念的情节却在故事中大量出现。在这些情节里,后天获得性记忆可以影响到基因变化,文化与思想似乎也成了可遗传的基因特征。这类情节也佐证了老人星帝国以拉马克进化论为其思维范本的观点。

与之相比,天狼星帝国的模式则完全放弃了后天进化的可能性,仅仅依据不同种族血统进行等级划分。他们将殖民地种族当作劳动力工具,将其进化程度控制在仅仅能够为帝国所用的水平上,即让殖民地种族既达到能够服务天狼星帝国的进化水平,但又不至于进化到产生自我意识和反抗情绪的程度。正因为如此,这些种族失去了通过后天学习、进化而获得平等对待的机会。因此,天狼星人对于老人星帝国采用的精神"共生"方式感到惊讶和陌生。在一篇名为《老人星区域情况:其他天狼星实验》("The Situation in the Canopus Areas: Other Siren Experiments")①的报告中,安必恩二号记录了他们与老人星人实验方式的这种显著差异。天狼星帝国在实验中学习老人星帝国的人种培育方式。虽然二者表面上为盟友,互有定期的报告、会晤和沟通,但天狼星人并不信任老人星人,认为他们有意隐瞒了培育的技术,因此派出间谍去北方打探消息。他们发现巨人和本地人并没有混居,巨人也没有将当地人作为奴隶,这是令天狼星人感到惊讶和难以置信的。于是天狼星人偷偷从老人星殖民地运走一批当地人来进行培育,期望通过观察他们找出其进化的真正原因。然而,天狼星帝国始终无法达到老人星帝国人种培育实验中的进化程度,于是他们派出了许多间谍,并由此发现了二者之间最重

① Doris Lessing. *Re: Colonized Planet 5, Shikasta*. London: Harper Collins Publishers, [1979] 2002. pp.35-40.

要的区别在于“巨人在造访期间积极向当地人施教”，而天狼星殖民者则“采取了不干预政策”[1]。由此可见，两个帝国培育方式的根本差异在于是否重视意识形态干预和精神文化灌输，换言之，意识形态输入是老人星帝国培育的本质特征，这种特性的具体表现形式就是老人星在罗汉达建立的“锁”，它是精神控制的象征。与之对照，老人星帝国与他们的主要敌人普提欧拉帝国（特别是从这个帝国流放的闪迈特人）之间的根本矛盾则是意识形态模式的根本对立。耶和尔指出，“锁”最终失败的原因正是闪迈特人发现了老人星与罗汉达之间联系纽带的本质，并“从中窃取能量，因而渐渐壮大起来”。[2]在耶和尔看来，闪迈特人成功地破坏了老人星建立的“锁”，并用同样的方式以自己的意识形态影响了当地人，这是老人星帝国殖民秩序遭到破坏的一个重要原因。

综上所述，老人星殖民帝国在深层运作逻辑上以拉马克式进化论的概念隐喻思维为基础，它结合了宗教神创论中的等级结构，强调合作共生机制，这种模式完全不同于强调竞争机制和无序偶然自然图景的达尔文主义。而与以社会达尔文主义为模版的天狼星帝国相比，虽然二者都强调殖民统治的等级秩序，但它们也有显著差异。二者之间的主要分歧在于以自由竞争还是合作共生机制来维护这种等级秩序。另外，老人星帝国的拉马克主义运作模式中还有一种后天遗传理论，而天狼星帝国则更多奉行一种生物基因遗传论，后者以不同人种的生理特征划分种群，对于后天学习引起的思想意识变化及其可能导致的等级秩序变化极力打压。因此，老人星帝国的运作模式中以精神文化的后天学习获得提升、超越原有进化等级的机制，是老人星帝国的新型殖民模式区别于旧式天狼星帝国殖民模式的一个显著特征。它是由人种优越论向文化优

---

① Doris Lessing. *The Sirian Experiments*. New York: Alfred A. Knopf, 1981. p.46.
② Ibid., p.59.

越论的转变，它根据主观阐释空间更大的文化意识来进行殖民秩序中的等级划分，而不再像早期的种族主义殖民者那样，用难以找到生物学证据支撑的人种论来证明统治族群的优越性。在莱辛建构的老人星帝国话语体系中，老人星帝国正是以它所偏重的合作共生机制和对殖民地人民家长一般的爱护来证明其文化思想在等级秩序中的优越性和自身道德权威的合法性地位。从两种进化论隐喻模式的运作效果来看，天狼星帝国采用的人种论模式难以令人信服且容易激起反抗，引发一系列社会问题，因此既增加了殖民统治的成本，又难以长治久安；而老人星帝国的殖民模式则更为巧妙，其隐形的等级秩序更容易潜移默化地为殖民地的人们所接受，统治成本也较低，易于维持。但老人星帝国也面临它的问题，它最大的威胁来自对其思想文化优越性地位进行挑战的异族群体。在小说中，普提欧拉帝国及流放者闪迈特人就是这种拥有异质文化的竞争者，他们的出现很大程度上破坏了老人星帝国业已建立的等级秩序，使老人星的文化优越论受到挑战和质疑，从而威胁到其殖民统治。

二、两个帝国模式与两种理性观

尽管天狼星帝国与老人星帝国采用了不同的隐喻思维范式及帝国管理模式，但二者具有一个重要的共同之处：它们都选择了拉马克理论中具有神创论色彩的预成等级秩序世界图景，并剔除了达尔文理论中那种无序偶然的自然世界。这种共同选择的根本原因是由于两个帝国都推崇“理性”，贬低情感的价值，而只有一种包含了秩序、等级和目的论的进化模式才可能建立起以理性为终极权威的有序世界图景。

（一）情感的退场——整体理性观主导的帝国意识形态

两个殖民帝国都提倡整体性的理性价值观，反对情感对理性秩序的介入和颠覆，这是二者得以结盟的根本思想基础。

对于天狼星帝国而言，实现自身利益最大化是主导整个帝国秩序的理性准则，任何符合这一标准的行为都被视为利于整体性目标而受到推崇。例如，在隆比人实验中，天狼星帝国通过欺骗和暴力残酷地奴役 25 号行星原始人的行为曾一度引起 22 号殖民星球上技术工程师们的人道主义谴责与不满，但天狼星的最高统治者仍旧执行了这一计划。他们的辩护理由是，任何同情心都应该服从帝国整体利益的最大化。“这些 22 号行星上的技术人员，他们难道没有发现自己表现出的实际上是多愁善感而非*真正的*仁慈吗——真正的仁慈总是包含了一种整体观念。”[①]在帝国统治者眼里，“理性”被赋予道德价值，并被作为衡量是否“仁慈的”标准。然而在故事中，22 号行星上的技术人员们并不接受这种看法，认为这是天狼星统治者的“诡辩”，最终有九名技术人员和五百名隆比人进行了反抗，拒绝乘坐飞船去 25 号行星。[②]这个故事揭示了功利主义理性观念的思维逻辑，并且含蓄地表达了对这种观念的人道主义谴责。

相比之下，老人星帝国及其使者似乎被赋予了更多正面形象，他们大多数时候显得更富有同情心。罗汉达星的更名事件似乎最典型地体现了这一点。当“宇宙秩序颠倒”(cosmic reversal)导致大灾难发生时，老人星人将殖民行星罗汉达(Rohanda)更名为“什卡斯塔”(Shikasta)，意思是“遭到破坏的地方”(the broken or damaged one)，而天狼星人对此则持否定态度，他们将其视为“毫无必要的消极情绪”，并且认为“这种迂腐卖弄和浮华诗情的混合是老人星帝国的一个特点，向来令人恼怒”。[③]在天狼星人看来，老人星人总是咬文嚼字、过于矫情，这让自认为理性的他们感到厌烦，他们为自己“并不多愁善感”(non-sentimental)[④]感到庆幸。除此以外，在小说中，这类将老人星帝国与情感因素联系在一起的片段还有很多，例如老人星帝国将他们与罗汉达之间建立的联系纽带称为“情

---

①② Doris Lessing. *The Sirian Experiments*. New York: Alfred A. Knopf, 1981, p.32.

③④ Ibid., p.12.

感素"(SOWF,即"substance of we feeling"的缩写)等。然而,如果仅仅依据这类情节片段就判断老人星帝国是情感丰富的感伤主义者,奉行"慈母家庭道德模式"并以爱和情感而非理性等级秩序为价值取向,那就偏离了问题的实质。只要进一步仔细揣摩小说中潜藏的进化论隐喻逻辑,很快就能否定这种结论。

根据本书前面一章的分析,老人星帝国的道德伦理模式是西方宗教和康德道德哲学相结合的产物,是一种典型的"严父家庭道德模式",具有森严的等级秩序。康德道德哲学体系对"道德养育"(moral nurturance)的描述通过官能心理学由宗教隐喻中的"严父家庭道德模式"转换而来。在宗教中,上帝是一位严父,他像培养孩子一样培养人类的道德力量,抵御各种邪恶诱惑。在康德的道德哲学中,理性则是像上帝一样的严父,他必须培养心灵社会中的成员——意志,使其具有道德力量,从而抵御敌对力量(例如身体欲望)的侵扰。正因为如此,对"道德力量"培养的强调是宗教"严父家庭道德模式"的一大特征,在康德道德哲学中也占有重要地位。同时,与"严父家庭道德模式"下的西方宗教一样,康德道德哲学也特别强调对道德权威的绝对服从。他提出人们必须服从理性道德权威的"绝对命令"(categorical imperative)。①"绝对命令"的含义指它是一种不需要前提条件、不可商榷、永远正确的道德命令,正如严厉的父亲发布的绝对命令一样,个体需要克服自身的情感、目的和需求来遵从理性的命令。虽然康德的道德哲学和西方宗教伦理本质上都源自"严父家庭道德模式"的隐喻思维范式,但它们也具有一定的迷惑性,有时甚至会被误认为"慈母家庭道德模式"。这是因为二者有时似乎也主张仁爱和对他人的帮助,例如在犹太-基督教传统中,也将上帝称为"仁慈的上

① Immanuel Kant. *Groundwork for the Metaphysics of Morals*. Trans. & Ed. Mary Gregor. New York: Cambridge University Press, 1998. p.27.

帝”，并且人与人之间的互助友爱也得到鼓励。另外，康德在其道德哲学中也强调仁爱的重要性，提出一种“对全人类的爱”（the love of human beings）、“博爱慈善”（philanthropy）或者称为“得到实践的爱”（practical love）。①然而由于这些倡议在根本上与其秉持的深层思维逻辑相悖离，因此常常会产生冲突。而只有在两种隐喻思维逻辑出现矛盾时，老人星帝国所做的选择才能体现它真正奉行的思维模式。实际上，在整个太空系列小说中，每当矛盾不可调和、需要做出抉择时，老人星帝国都无一例外地选择了理性主导的严父模式而非情感主导的慈母模式。从进化论隐喻的角度分析，老人星帝国的这些选择绝非偶然，而是由于他们和天狼星帝国一样，都以拉马克等级秩序世界观作为帝国观念的基础。他们的选择是这种理性主义的进化论逻辑作用于其思维范式的必然结果。

在“太空小说”的几部作品中，作者多次设置了理性和情感相冲突的场景，突出了老人星帝国的理性选择。例如，在《天狼星实验》中，天狼星使者安必恩二号的报告描述了安达射线在罗汉达造成的破坏性影响，这段描述文字以“事件”（The Events）为标题。这是一次由射线引起的地质变动和物种灭绝，描述该事件的报告原标题为“大灾难”（Catastrophe），但老人星人使者克罗若斯（Klorathy）认为安必恩二号用词不当。他指出，只有“锁”的破坏才能称为真正的灾难，而其他原因造成的破坏只能算是一种“事件”（Events）②。在他的引导下，安必恩二号更改了文字的标题，并写道：

> 克罗若斯纠正了我，他说“灾难”（Catastrophe），或者用准确的术语说，“星际秩序紊乱”（disaster），指各个星球之间的排列组合及其相互作用力不幸发生了错误。这个词只能用于那些真正的不幸，

---

① Immanuel Kant. *Metaphysics of Morals*. Trans. & Ed. Mary Gregor. New York: Cambridge University Press, 1996. p.199.

② Doris Lessing. *The Sirian Experiments*. New York: Alfred A. Knopf, 1981. p.90.

那种进化过程中发生的退化现象，也就是"锁"的破坏。①

安必恩二号在接受老人星帝国的观念以前，对克罗若斯的冷漠感到不解与愤怒；然而当其受克罗若斯影响在思想上产生变化以后，她逐渐接受了老人星使者的做法并认为自己获得了一种"后见之明"：

> 但我充满了愤怒，认为他冷漠无情。他如此清醒冷漠地面对整个星球毁灭的灾难却无动于衷，这样一个人不大可能对亲密的人际关系做出什么热烈温暖的回应：在那时，我并不为这些受到自我困扰而产生的观念感到羞愧，但现在却不一样了。我说过，"后见之明"并非看待个人或事件的各种可能观念中最令人舒心的一种。②

安必恩二号的叙述表明，起初她由于受情感（对毁灭星球的同情心）的干扰而忽略了对整体理性观念的关注，因此后来她认为当时自己的愤怒是"受到自我困扰的观念"。与《什卡斯塔》中耶和尔面对巨人叛变时的矛盾心情一样，起初他们都对老人星帝国以整体的名义牺牲个体的事实感到愤怒和愧疚，但最终又都逐渐接受了这种理性主导的思维范式。早期的安必恩二号并不完全认同天狼星帝国的理性思维范式，她常常声称自己不赞同天狼星帝国的许多官方历史。她和耶和尔一样，是一个带有丰富情感的人物，常常在情感与帝国理性立场的矛盾冲突面前感到困惑。但最后她和耶和尔一样，逐渐被老人星帝国的意识形态同化，从而接受了其整体理性观念和理性思维范式。

由此可见，尽管对理性的具体理解有所不同，但两个星际帝国在深层思维逻辑上具有某种一致性，这是二者能够相互容忍甚至结盟的根本

---

① 引文中的英文为笔者根据英文版小说原文所注。在《什卡斯塔》中，耶和尔曾在其报告中解释了"灾难"与"星际秩序紊乱"之间的关系："disaster"这个词有"灾难的意义"，而其前缀"dis-"（颠倒的）和词根"-aster"（星体，天体）的构成则暗示了灾难的真正含义，即星际秩序的紊乱。该引文参见：Doris Lessing. *The Sirian Experiments*. New York：Alfred A. Knopf，1981. p.89。

② Ibid.，p.90.

基础。而从普提欧拉帝国流放的“闪迈特人”则代表了与理性对立的情感，他们才是两个结盟帝国的共同敌人。在这两个联盟帝国看来，闪迈特人受不可控制的情感因素驱使，并且正是由于这些低等种族对罗汉达的入侵，这颗星球才变得动荡而危险。老人星人认为闪迈特人无法真正理解他们的思想，但实际上从读者的角度可以更清晰地看到，老人星人也同样无法理解其对手闪迈特人的思维模式。“太空小说”通过寓言故事描述了具有不同思维范式的国家或族群，它们基于不同的观念划分为两个截然不同的阵营，人类的认知和思维方式也被人为地割裂为两个对立的阵营——理性和情感，它们被分别隐喻性地映射为两股敌对的力量，成为星际帝国斗争中的根本矛盾。

作者以这样的方式将两种思维模式之间的对立突显出来，对二者各自的极端情况进行了假设和描述，揭示出非此即彼、二元对立的思维模式所存在的问题。事实上，根据认知科学的研究，理性与感性经验通常密不可分，对二者进行泾渭分明的划分并没有太多科学依据，也不是世界图景的真实面目。任何一种概念隐喻逻辑本身都是无意识经验与有意识思维共同的产物，是理性和感性共同作用的直接证据。莱辛对人类思维和认知机制的洞见是极其深刻的，她对语言、思维与现实经验之间互动关系的认识达到了哲学的高度。关于莱辛在“太空小说”中对语言和思维机制的洞见，本书将在第五章中做进一步分析。

（二）理性概念的两种隐喻映射

尽管天狼星帝国与老人星帝国基于对“理性”等级秩序的推崇拥有了结盟的共同思想基础，但由于二者各自所处的不同发展阶段而存在许多差异，因此两个帝国之间的结盟关系也是复杂而微妙的。

在《什卡斯塔》中，耶和尔通过一份殖民地实验报告明确区分了两种不同的“精神力”(Mental Powers)，并指出它们分别象征了两种处于不同发展阶段的技术类型。这份生物学实验报告记录了罗汉达星的共生过程，其中描述了巨人族和当地人的进化情况，并谈到了实验对象在进化过程中不同的"精神力"水平与两种技术类型之间的对应关系。

首先，他描述了巨人的精神力水平：

> **精神力**：他们普遍通过共生获得了改善。虽然其实践智慧与10号殖民星球居民并无太大差异，但更高等级（精神力）在很大程度上被激发出来，这正是使该实验成功的重要因素。①

从这段关于巨人意识进化状况的报告中，我们可以归纳出以下几个要点。首先，"共生"经历大大提升了巨人的精神意识水平，使其获得了进化。其次，精神意识进化包含两个方面。一是"实践智慧"（practical intelligence）的进步，巨人在这一方面并没有获得进化；二是"更高等级（精神力）"（the higher levels）的进化，巨人在这方面的潜能通过实验被激发了出来，因此实验是成功的。

在对罗汉达当地人精神意识进化情况的报告中，耶和尔也从这两个方面进行了分类描述，但他们的进化情况正好与巨人族相反：

> **精神力**：没有任何高等精神力产生的痕迹，但他们的实践智慧获得了超乎意外的发展，这为我们在建立"锁"时订立的计划打下了一个完好的基础。②

罗汉达人同样通过"共生"获得了意识进化，但与巨人不同的是，他们在"实践智慧"方面获得了进化，而在"高等精神力"（Higher Powers）方面却还未获得进化。这是由于他们在进入实验之前与巨人处于不同进化阶段的缘故。

耶和尔的报告表明，所谓"实践智慧"是一种与实践技艺相关的认知能力，包括种植庄稼、饲养动物、建造房屋等能够在实际生产生活中改善

---

① Doris Lessing. *Re*: *Colonized Planet 5*, *Shikasta*. London: Harper Collins Publishers, [1979] 2002. p.31.

② Ibid., p.32.

物质生活水平的智慧；而“高等精神力”的具体含义则没有得到直接阐述，文中关于这种精神力量的唯一线索是它与老人星建立的“锁”有关。《什卡斯塔》中留下的这个疑问在《天狼星实验》中得到了解决，该作品大量涉及关于两种不同技术类型的话题，这些讨论为读者进一步解开《什卡斯塔》留下的谜团——“实践智慧”和“高等精神力”各自的含义和相互关系——提供了重要线索。

在《天狼星实验》中，天狼星使者安必恩二号区分了两种不同的技术类型，一种是天狼星帝国掌握的实践技术，另一种则是老人星帝国独有的柔性技术。它们代表了人类对技术的不同认知程度，是衡量两个帝国在进化序列中不同等级地位的重要标尺。在《天狼星实验》中，安必恩二号以倒叙的手法（即本章第三节介绍的“后见之明”叙述手法），讲述了从曾经的“黑暗时期”(Dark Age)直至当代的天狼星帝国历史，以及自己对“技术”一词在认识上的转变。在这段叙述中，安必恩二号将自己过去与现在的不同观念并置对比，阐述和比较了两种不同技术类型的具体内涵。安必恩二号早期关于技术的观念源自天狼星帝国的技术观，而她后期对技术含义的新认识则在老人星使者克罗若斯的引导下逐渐形成。因此，安必恩二号在前后两个时期对技术含义的不同理解，实际上分别代表天狼星帝国和老人星帝国对技术的两种不同认知模式。从前，天狼星人自以为他们的帝国是一个顶级的高技术王国，位于进化序列的顶端。然而，他们在老人星使者的帮助下，逐渐认识到老人星帝国的柔性技术比他们掌握的技术更加高明。安必恩二号讲述了天狼星人的思想转化历程：

还没有其他帝国的技术成果能与我们相媲美……我写下这一断言时还未受益于“后见之明”，直到最近不久前我们仍然这样认为。这是由于我们定义技术的方式（并且现在我们中的许多人也这样定义）所致。那种微妙变幻、无形无质的老人星技术是我们难以

> 察觉的，因此在这漫长的整整几千年中，我们一直都夜郎自大、坐井观天。①

两个帝国对技术的不同理解，正是《什卡斯塔》中谈及的两种不同等级精神力的具体体现；也正是由于二者掌握的两种技术类型高下有别，才决定了它们在星际进化秩序中的不同等级地位。因此，要对这两种精神力的不同具体含义做深入探讨，就需要进一步考察两个帝国技术观念上的根本差异。

本书前面两章已经介绍过，自我身份意识隐喻和道德隐喻均以“理性”概念为核心支撑其映射体系，对理性秩序的认同是二者结盟的基础。而两个帝国对“理性”概念具体内涵的不同解读则是导致它们采用不同进化论隐喻模式的根本原因。不仅如此，它们在治国思想上的分歧以及对技术功用的理解也都源自对“理性”概念的不同认识。因此实际上，二者对技术含义的不同解读，根本上也源自它们对“理性”概念的不同理解。换言之，正是两个帝国不同的理性观，决定了它们不同的技术等级和“精神力”水平。

天狼星帝国理解和运用的技术类型是以增加物质财富为导向的实践技术，被称为“实践智慧”；而天狼星人对理性概念的理解正是孕育这种技术观念的根源，这种观念模式使他们相对于老人星人处于较低的精神力发展水平。天狼星帝国运用实践技术服务于自身利益，同时对资源产地进行压榨。这类技术的问题在于，它以功利主义的价值观念为导向，忽略了其他的目标价值体系，并因此产生了许多社会问题。例如特权人口膨胀、劳动力紧缺、就业机会减少和经济萧条等，因此他们必须通过不断进行空间扩张、攫取新的殖民地资源和劳动力来解决帝国内部的问题。最终，天狼星人意识到，空间的扩张并不能从根本上解决他们一

① Doris Lessing. *The Sirian Experiments*. New York: Alfred A. Knopf, 1981. p.62.

直以来背负的这些问题：

> 我们发现不论如何突入太空，寻找合适的行星并将其集中起来，把它们融入总体计划，我们都无法摆脱自身存在的那些问题——或者说，我们自身存在的*那个问题*。这些新殖民对我们有什么用处呢？要它们来服务于什么目的呢？如果它们有特殊的气候条件，那么我们可以告诉自己它们是有用的——具有这种或那种用途；……①

在上面这段文字中，作者刻意用斜体标注了单数形式的“问题”(*problem*)一词，旨在强调帝国表面上面临的所有复数形式的“那些问题”(problems)，都是由同一个深层的实质性问题引起的。这个实质性问题暗示一种根本思维方式上的问题，是造成天狼星帝国功利主义价值观的源泉，这个源泉即他们对理性这一根本性概念的认识。在天狼星帝国统治模式中，“理性”被理解为最大限度地追求帝国财富(劳动力、资源等)的增加，而与之相对照，在老人星帝国的模式中，“理性”则被赋予了更多的道德内涵，因此也更加接近康德道德哲学中的理性含义。从根本上讲，正是由于二者对“理性”的不同理解，使它们在自我身份意识和道德伦理观念上产生了许多分歧，并最终导致两个帝国在进化世界图景、进化目标和具体施政方式上的巨大差异。

对于两种理性观念引发的现实后果，作者也进行了细致的对比。

天狼星帝国对“理性”概念处于较低的认知水平，因此他们无法理解老人星帝国的殖民方式，也难以成功地进行人种培育实验。在小说中，天狼星使者安必恩二号从她的角度出发描述了老人星帝国完全不同于天狼星帝国的发展状态：

---

① Doris Lessing. *The Sirian Experiments*. New York：Alfred A. Knopf，1981. p.64.

> 她[1]并没有获取更多的殖民领地。她在现有的基础上趋于稳定。她拥有的比我们少很多……她正对其进行不断的发展和提升……但我们那时候并不这样看:我不得不记录下来,那时我们蔑视老人星帝国,这个伟大的邻国,我们的竞争者,我们的对手,我们由于满足于自己低级的物质发展和物质获取而蔑视她。[2]

由于天狼星人以己度人,因此他们常常难以真正理解老人星帝国的行为。特别是在对待殖民地的态度方面,天狼星人对老人星帝国产生了很多误解,天狼星人认为"老人星帝国打算*发展*10号殖民地的志愿者,*稳定*他们,*利用*他们的*进化*来*推进*老人星帝国发展",他们仅仅"根据自己领土上的情况来理解那些术语"[3]。引文中,作者将几个突出主题的重点词汇用斜体标注出来,包括"*发展*"(*develop*)、"*稳定*"(*stabilize*)、"*利用*"(*make use of*)、"*进化*"(*evolution*)和"*推进*"(*advance*)。[4]这些词汇体现了天狼星人以自身的功利思维推测老人星帝国而产生的误解:天狼星使者在社会达尔文主义的进化隐喻语境中理解老人星帝国的生物实验,单纯从技术和经济维度出发进行考量,将殖民地人民视为可以"*利用*"的他者,因此根本无法领会老人星人的真实意图。

具体而言,天狼星人的培育实验仅仅停留在对当地人的身体形态改造和对其应用技术能力的发展上。他们建立的帝国模式是社会达尔文主义者推崇的那种丛林社会,但由此而引发的一系列伦理和社会问题却

---

① 这段引文中的"她"均指老人星帝国。

② Doris Lessing. *The Sirian Experiments*. New York: Alfred A. Knopf, 1981. p.64.

③ Ibid., p.10.

④ 这种通过斜体标注暗示小说主题的细节处理折射出莱辛在写作风格上的重要特征,她热衷于在小说中讨论各种错综复杂的时代思想,使其作品呈现出"思想小说"(novel of ideas)的特征,并擅长运用认知提示手法(例如此处的字体变化等方式)来设下路标,引导读者更加精确地定位她在剖析时代思想脉络过程中留下的印迹。

没有得到解决，其实验人种也很难获得老人星帝国人种实验中的那种进化。与之相对照，老人星帝国拥有更富于道德内涵的理性观念，掌握了天狼星人无法理解的柔性技术。这类技术从表面上看并不起眼，但却使他们与殖民地的关系变得较容易处理，帝国统治也因此更具有可持续性。他们不是将殖民地的人们视为"有用的"工具，而是以帮助他们共同发展为目的。"共生"是体现这一思维模式的典型手段。换言之，正是由于奉行一种更注重伦理价值导向的"理性"概念，促使老人星人采用了拉马克进化论隐喻的思维范式，强调人类关系中合作共生的一面。在对老人星帝国人种培育实验进行描写时，文本中出现了大量相关表达，诸如"共生""引导""受看护人"和"保护者"等字眼频频闪现。在这种观念模式的指导下，老人星人致力于建设一种和谐共生、整体有序的理想帝国形态，它沿着既定的进化路径向某种仁慈的宇宙目的不断向上攀升，无限地接近乌托邦的理想状态。正因为如此，老人星帝国比天狼星帝国更看重功利主义价值观念之外的其他价值，包括道德伦理与整体和谐秩序的建构，他们在培育实验中与天狼星帝国的一个重要区别是对文化意识形态的重视。老人星帝国的人种实验不仅包括对当地人身体机能和实践技术能力的提升，更特别强调对其思想意识进行改造。他们试图通过从意识上向实验培育对象输入其奉行的整体理性观念，"根本性地"①促进当地人的进化。这些措施使老人星帝国更加成功地避免了天狼星帝国曾经出现的种种社会问题，因此他们对殖民领土的扩张并不热衷。换言之，正是由于拥有更高级的理性观念，老人星帝国才能够较好地解决内部问题，无须通过无限扩张的手段来转移内部矛盾，从而进入了更加可持续发展的帝国模式。

综上所述，两个帝国基于对"理性"概念的不同理解，选择了不同的

① Doris Lessing. *The Sirian Experiments*. New York: Alfred A. Knopf, 1981. p.52.

进化论隐喻思维范式,在帝国实际运作模式中产生了巨大差异。天狼星使者坦言他们无法理解老人星人所说的那种和谐秩序,并且在运用诸如“和谐”“好伙伴”“合作”之类的词汇时,他们“表达的意思与老人星帝国完全不同”。[①]这一细节集中体现了两个帝国由于持两种不同的理性观而造成的思想隔阂。莱辛在“太空小说”系列中,从“理性”观念这一源头出发,通过塑造两个相互对照的帝国形象,剖析了两种进化论隐喻思维范式产生的哲学根源及其作为国家指导思想在实践中各自可能产生的不同结果。这是一场思想的实验,莱辛通过这种方式对两种思维范式进行了推演和比较,寓言故事中两个帝国在宇宙秩序中所处的不同进化等级暗示了作者对两种帝国模式的评判。

事实上,小说中描述的这两种理性观念并非莱辛首创,而是源自西方启蒙历史上的重要思想传统。对于理性观念,当时的英国和欧洲大陆(主要是法国思想界)存在着分歧。著名的社会学家马克思·韦伯(Max Weber)从工具理性(instrumental reason)和价值理性(value rationality)的区别出发,对其进行了梳理。他将人类社会行为分为四个类型,包括工具合理性行为(Instrumentally rational action)、价值合理性行为(Value-rational action)、情感行为(Affectual action)和传统行为(Traditional action)。其中“价值合理性行为”指“人们的行动在一定意义上是以价值为方向的,甚至在价值变成强制性的程度上,成为对行动的‘束缚’”。[②]而“工具合理性行为”则与“价值合理性行为”相对照,指“那些出于获得物体所有权的期望而发出的行为”或“行动者通过理性算计、将他人他物作为达成目标之前提或手段的行

---

① Doris Lessing. *The Sirian Experiments*. New York: Alfred A. Knopf, 1981. p.10.

② [德]马克思·韦伯:《新教伦理与资本主义精神》,苏国勋、覃方明、赵立玮、秦明瑞译,北京:社会科学文献出版社,2010年,第371页。

为”。[①]在《新教伦理与资本主义精神》(*The Protestant and the Spirit of Capitalism*)中,韦伯指出了“理性”概念本身的复杂性:“人们事实上可以从大量不同的终极观点出发将生活‘理性化’。进而,人们事实上可以从完全不同的方向上将生活理性化。‘理性主义’是一个历史概念,它自身就包含着一个充斥着各种矛盾的世界。”[②]在中世纪,西方的主流宗教传统(以托马斯·阿奎那等为代表)认为现实的工作属于肉体的领域,而新教的“天职”(Beruf)观念则适应了新的经济形态发展需求,将传统的宗教戒律[即“命令”(praecepta)和“忠告”(consilia)]与现世的工作结合起来:“宗教改革的成就,与天主教的立场相比,主要是极大地吸收了(现世的、由天职来组织的)工作与道德强调的融合,并且将一份宗教价值,或者说报偿,置于这一融合之上。”[③]韦伯的论述表明,“工具理性”与“价值理性”、工作效率与伦理责任如何实现完美融合,是他所关注的根本问题。在太空小说中,天狼星帝国奉行的显然是一种“工具理性”,他们忽略了“价值理性”的维度,而老人星帝国则试图将二者结合起来,追求一种实践智慧和伦理目标之间的统一。而莱辛所做的工作,则是对这些思想脉络进行条分缕析的梳理和评估。天狼星帝国的案例表明,“工具理性”是一种不成熟的理性观,是理性认识发展的低级阶段,其具体表现——社会达尔文主义——的进化隐喻思维范式会带来严重的社会问题,因此这种观念指导下的天狼星帝国模式是一种不可持续的帝国发展模式。而老人星帝国的相对成功则暗示,“价值理性”是理性认识发展的较高级阶段,是一种相对成熟的理性观,由之带来的拉马克式进化隐喻思维范式

① “情感行为”和“传统行为”则分别指由情感和风俗引起的行为。参见科罗拉多州立大学网页上对马克思·韦伯的介绍:http://www.colorado.edu/Sociology/gimenez/soc.5001/WEBER04.TXT,最后浏览时间:2019年3月16日。

② [德]马克思·韦伯:《新教伦理与资本主义精神》,苏国勋、覃方明、赵立玮、秦明瑞译,北京:社会科学文献出版社,2010年,第45页。

③ 同上书,第48—50页。

也有助于缓解一些前者无法解决的社会问题,因此"工具理性"的发展必须与"价值理性"的导向作用相结合,才能使国家在具体运作层面更具可持续发展的潜力。

在西方的一些思想体系中,理性往往被视为人类的本质,发挥着上帝一般的道德权威作用。但概念隐喻理论却表明,理性的具体内涵并没有得到清晰一致的界定和表述。究其原因,是由于这一概念建立在隐喻思维范式的基础上。启蒙哲学中,理性的道德权威源自宗教伦理范式中的"严父家庭道德"隐喻。因此,理性作为道德权威的具体内涵实际上是留给了宗教神学,这就给这一概念的具体阐释留下了多种可能性。秉持各种意识形态的群体都能在其中找到可利用的空间。"工具理性"和"价值理性"观念对理性概念的两种不同阐释就是这种分化的典型体现:前者赋予理性概念更多的功利色彩,而后者则偏重于强调理性的道德价值内涵。正因为如此,即使在声称自己推崇理性等级秩序世界图景的人群中,也分化出不同阵营。在"太空小说"中,虽然天狼星帝国和老人星帝国结成了"理性"的帝国同盟,但由于他们分别奉行社会达尔文主义和拉马克式进化论的不同理念,因此在对理性概念的认知上也存在着巨大分歧。莱辛在其太空寓言中不仅揭示了理性观念产生的宗教和哲学根源,还进一步分析了不同群体在这一核心概念上产生巨大分歧的原因,并且通过不同帝国形象的塑造来展示出这些思想模型在实践运用中产生的不同结果。

三、全知与遮蔽——两种帝国叙事形式的鲜明对照

值得注意的是,尽管天狼星帝国和老人星帝国拥有不同的理性观念,并因此处于不同的进化等级,但他们都认同拉马克主义中的等级秩序世界图景,追求一种理性化的生活秩序,这决定了他们在殖民地瓜分中的不平等关系。例如,天狼星使者安必恩二号在报告中称:"这就是为

何，在划分罗汉达领土时，我们得到的是不太吸引人的那部分（土地）。正是这一因素决定了我们在与老人星帝国关系中的位置。”[①]在天狼星人看来，老人星帝国占据了罗汉达最好的北部地区，这里的猿人进化程度较高，直立行走，会使用工具，既可以进行实验，又可以用作劳动力；而在天狼星帝国占据的南部地区，类人猿进化程度较低，只能用作实验，不能作劳力。天狼星人虽然对于不平等关系感到不满，但又由于潜意识中的等级世界图景而接受这种由技术水平决定的等级秩序。两个帝国虽然对“理性”概念的具体内涵有着不同理解，并且遵循两种不同的进化隐喻思维范式，但它们都吸收了预成论的“理性”等级秩序观念，这是二者能够求同存异、达成妥协、结成联盟并定期进行交流的根本思想基础。安必恩二号指出，天狼星帝国和老人星帝国的结盟正是基于对“整体性”理性秩序价值观的认同而形成。[②]同时它们又由于对理性观念具体内涵的不同理解而相互猜忌，这种结盟关系显得若即若离。

由于两个帝国在深层思维逻辑上这种既部分相似而又十分不同的特征，使它们之间呈现出一种“亦敌亦友”(eminent friend and rival)[③]、扑朔迷离的联盟等级关系。这种理性等级秩序的思维范式不仅从小说的内容中得以呈现，也体现在小说的叙事形式上。在《什卡斯塔》和《天狼星实验》中，小说分别从老人星使者和天狼星使者的角度讲述了同样的历史事件。二者的叙述不仅在内容上有着巨大差异，在叙事形式上也存在鲜明的对照关系。这种对照进一步突出了两个帝国（或者说两种思维模型）在星际等级秩序中的不同地位。

在《什卡斯塔》中，作为主要叙述者的老人星使者耶和尔在其报告中，总是以一种全知全能的视点来描述他人的内心世界，他似乎对其他

① Doris Lessing. *The Sirian Experiments*. New York：Alfred A. Knopf，1981. p.6.
② Ibid.，p.32.
③ Ibid.，p.5.

人物的心理洞若观火，时而对其加以引导，时而又以沉默来静待他们自发的思考领悟。《天狼星实验》中的老人星使者克罗若斯在对安必恩二号的引导过程中，也是如此。

而反观《天狼星实验》中作为主要叙述者的天狼星使者安必恩二号，其叙事特征则与耶和尔等老人星使者的全知叙事产生了鲜明对比。她始终局限于一种受遮蔽的视野，其视域仅仅停留在自身的思想意识中，既不在乎殖民地种族的想法，也难以通达老人星使者的内心世界。

一方面，在安必恩二号的叙述中，几乎没有对殖民地的人们内心世界的描述，正是天狼星帝国的傲慢和功利主义理性观使他们在潜意识中完全将当地人视为获取利益的工具、一种异于自身的“他者”，从而忽略了其存在思想和感情这一现实；而另一方面，天狼星人为了在竞争中获取更多的利益，不断揣摩着他们的对手——老人星帝国使者——的想法，但是由于进化等级低下，他们只能阈于自己的视野去看待老人星的行为，因此根本无法窥见老人星人的真正意图。例如，安必恩二号指出，两个帝国从前进行过一场战争，并由此达成停战协议。老人星人归还了被占的所有原天狼星帝国殖民地，也没有羞辱他们，只是要求天狼星帝国退回到自己原有的领地里去。安必恩二号曾在会议上问起过老人星代表克罗若斯他们这样做的原因，但却无法理解他的回答。同时，老人星人对天狼星人的人种培育实验全然不感兴趣，这也令安必恩二号十分费解，只能将其归结为更高等级的技术能力导致的差异：“这是由于他们在工作中已经远远超越了我们。他们绝无任何需要向我们学习之处。但我们却一直认为他们的态度是虚伪的，……我们的心灵构造总是令自己做出错误的判断。”[①]由此可见，天狼星使者安必恩二号在叙述中始终处于受遮蔽的状态，她以一种十分有限的视域来看待老人星使者的行为

---

① Doris Lessing. *The Sirian Experiments*. New York: Alfred A. Knopf, 1981. p.9.

和两个帝国之间的关系。直至后来在老人星使者的耐心引导下，她才逐渐开始真正理解老人星人的思想。而对于殖民地人的心理透视，在她的叙述中则是近乎缺失的。

正是这种全知视点和受遮蔽视点之间的转换和对比，成就了“太空小说”采用的另一个叙述技巧，即本章第三节论述的“后见之明”叙事手法。如前所述，天狼星使者安必恩二号在叙述中有意强调了“从前的自我”与“现在的自我”两种视点之间的差异，从而使两种不同的“理性”思维模式形成对比。她通过将两种帝国模式的不同发展水平与个人成长的不同阶段相联系来实现这种对比。而本小节的分析进一步表明，在更加具体的层面上来讲，这种对比是通过将受遮蔽的天狼星帝国使者叙述视点与全知全能的老人星使者叙述视点并置起来而实现的。天狼星使者安必恩二号在思维模式上处于较低的进化等级，她的认知处于非常有限的范围内，只有通过不断成长、学习和自我提升，她才可能使自己的思想逐渐达到成熟，从而拓宽眼界、不再阈于自身的思维模式，并获得更接近老人星帝国使者的进化等级。

小　结

莱辛对于她所处时代各种错综复杂的思想体系极为敏锐。她在“太空小说”中，将宗教、哲学和科学的话语体系融为一体，对这些话语体系在深层思维范式上的相互关联、作用与影响进行了评析。其中，生物学进化论隐喻是与自我身份隐喻和道德隐喻并立的重要一极，也是沟通科学与人文学科话语体系的重要桥梁。正是自然科学对真理的追求与人文学科对道德伦理价值的追问之间形成的张力，使两种话语体系之间产生了激烈的交锋，并且在二者相互作用与反作用的过程中，形成了各种妥协。它们通过概念隐喻的形式得以确立,并逐渐成为人们头脑中根深蒂固的观念。莱辛对这些观念保持了高度警惕,并独具匠心地将这些隐喻映射形成的观念体系织入帝国故事的肌理中,对其加以甄别、比较和评价。

拉马克式进化论和社会达尔文主义是生物学领域的两个重要的进化论分支,它们的许多观念也同样是隐喻映射的产物。莱辛通过塑造两个相互对照的星际帝国来呈现这两种进化论隐喻思维范式之间的异同。两个帝国之间扑朔迷离的关系影射了两种思维范式之间的联系与区别:二者的联盟关系象征了两种思维范式中的共同元素,即对"理性"和有序等级世界图景的推崇;而两个帝国之间存在的种种摩擦和隔阂又体现了两种进化论隐喻思维范式的巨大差异。正是由于两个帝国的指导思想源自两种不同的隐喻映射,因此,天狼星帝国更强调自然界生存竞争对人类社会现象的比附关系,而老人星帝国则更注重自然界中合作共生的一面对人类社会关系的启示。从哲学根源上讲,二者的差异源自它们对"理性"这一核心概念的不同阐释。奉行社会达尔文主义的天狼星帝国将"理性"单纯理解为物质财富的获取和积累,持一种工具理性的观念,并使其帝国运作纯粹以功利主义的理性秩序为导向;而怀有拉马克式进化论隐喻思维范式的老人星帝国则更加注重营造一种和谐有序的理性秩序,其理性内涵的理解更多与宗教预成论中的道德元素相关,是一种价值理性的观念,因此它在实际运作中更加注重实践技术进步与道德精神力提升的结合。

在该系列作品中,作者还以寓言故事的方式对两种思维范式进行了比较和评价。天狼星帝国走向衰落、殖民统治趋于瓦解的故事揭示了社会达尔文主义和工具理性价值观的局限和不足,而老人星帝国相对成功的殖民经验则表明拉马克主义合作共生思想的合理性和价值理性观念在整体帝国运作中的必要性;其次,两个帝国在作者设计的星际秩序中各自所处的进化等级也暗示了作者对这两种思维范式的不同评价。除此以外，作者还通过对叙述技巧的运用来凸显两种思维范式的差异。她采用英国文学传统中的“后见之明”成长叙事来将帝国治理思维模式的发展与人物的成长经历联系起来。老人星使者和天狼星使者被赋予不同的叙述视角，天狼星使者安必恩二号在老人星使者的影响下逐渐去蔽并获得成长。

从本书第二章至第四章的文本分析可以看出，莱辛的“太空小说”系列具有鲜明的思想分析特征，并且在叙事形式上也十分接近寓言故事。该系列作品始于作者对一些影响深远的西方传统思维范式的解析。尽管在前面三部作品的基础上，这些传统思想的脉络已经得到了十分细致深入的梳理，但莱辛并未止步于此。在随后的两部作品《八号行星代表的产生》和《沃灵帝国的感伤使者》中，莱辛进一步探讨了这些思维范式同语言建构和经验现实之间的关系，并对一些人们潜意识中的常识性思维提出了质疑和反思，这些内容将在本书第五章中得到详细分析。

第五章 “水”意象与多维视点棱镜——新型乌托邦寓言中的语言主题和隐喻建构

概念隐喻理论的分析表明，莱辛通过对西方几种传统思想脉络的精准把握，在其太空小说系列中重现了一个由哲学、宗教和科学话语体系组成的三位一体整体性思想体系。这个宏大的话语体系在西方文化中根深蒂固，并对社会历史的发展变迁产生过巨大影响。莱辛运用科幻小说形式探究了各种思想模式产生的根源、运作机制和相互关系，并将它们运用到自己建构的虚拟星际帝国中，进行着一个个思想实验。然而，作者并没有止步于对传统思想体系的梳理、模拟和重复，而是进一步追问了这些隐喻性话语范式与经验现实之间的关系，提出了自己的质疑和思考。这种质疑与思考贯穿于整个太空小说系列，尤其在该系列最后两部作品《八号行星代表的产生》(*The Making of the Representative for Planet 8*)和《沃灵帝国的感伤使者》(*Documents Relating to the Sentimental Agents in the Volyen Empire*)中表现特别突出。本章将着重通过对这两部作品中“水”意象和多重视点技巧的分析来揭示莱辛对语言与现实关系的追问，探讨她基于这一思考所建立的新型乌托邦寓言之本质特征。鉴于该系列的第一部作品《什卡斯塔》也大量涵盖了这类主题和技法，因此本章也会结合该作品进行分析。

在《什卡斯塔》和《八号行星代表的产生》中，水的意象不断出现，它们与莱辛早期作品中出现的一些“水”意象内涵有所不同，呈现出更加丰富多变的特征。“水”是太空小说中的一个重要意象，它穿梭于帝国话语的宏大体系之中，通过与数学几何城市意象的并置，时而融入帝国大厦的华丽景观，时而又冲击着理性帝国大厦的根基。“水”的象征含义随着故事的发展不断流变，它并不拘泥于任何一种思维范式，而是在各种话语体系之间自由穿梭。归根结底，这一意象中蕴藏的矛盾内涵仍源自语言本身的隐喻性质。莱考夫指出，任何隐喻思维模式都是基于生活的部分经验而形成的，它们逐渐在语言中固着下来，最终成为一些较稳定的思维范式，影响着人们的思想和行为。但无论这些思维范式如何根深蒂固，都不能改变其本身的隐喻性和局限性，如果将其作为永恒不变的规则，以基于局部经验形成的思想体系去规定整体性的人类现实，则势必会产生一系列问题，这正是整体性帝国话语体系面临的一个根本问题。莱辛在“太空小说中”借“水”的意象对这类宏大叙事进行了巧妙的质疑和反思，对语言与现实间的微妙关系进行了深入探讨。

《什卡斯塔》和《八号行星代表的产生》也是整个“太空小说”系列中多重视点手法系统性运用的典范，二者从整体布局上均采用各种不同的视点并置手法，大大增加了对宏大话语体系的多面透视性。顺着“水”意象提供的线索追根溯源，小说中多重视点技法的运用过程也逐渐浮出水面。这一文学技法贯穿整个“太空小说”系列，特别是在上述两部作品中，其作用更是得到了淋漓尽致的发挥。变动不居的隐喻性语言因此而以文学的方式得到了审视。莱辛的太空小说并不追求华丽的语言和曲折的情节，其中运用的文学技巧多服从于主题呈现和思想分析的需要。多重视点的运用就是莱辛对这些宏大话语体系进行剖析的一把精准手术刀，通过这种方式，“太空小说”从各个叙述视点和多种叙述立场，对帝国话语中的不同隐喻性思维范式进行了条分缕析的智性解读。

《沃灵帝国的感伤使者》是整个“太空小说”系列的收官之作，它点明了"太空小说"作为一种元小说的思想分析性质,突出了该系列作品所有讨论之下隐藏的一个核心问题——对语言问题的思考。它专门探讨了语言和修辞问题,涉及的内容包括语言与现实的关系以及理性和情感在语言中扮演的角色等问题。它对语言与现实的拷问,既是对故事中帝国话语的反思,也同样是对小说作品与现实经验关系的追问。这种自我指涉主题在《什卡斯塔》中已有一定的体现,其支离破碎的档案文件形式就是一种隐晦的表达;而《沃灵帝国的感伤使者》则更加鲜明地通过修辞病医院的故事直接探讨了语言在指涉现实时遇到的种种问题,它是一部具有元小说性质的科幻作品,对该系列作品的寓言隐喻属性与现实经验之间的关系进行了深刻反思,体现了莱辛对自身创作清醒的自觉意识。因此,这部作品不仅指明了莱辛对语言问题的深刻见解,也是她对这一新型乌托邦寓言的自我宣誓。

第一节　流变的水意象与"太空小说"中的平衡观

莱辛的"太空小说"是一个相对独立的科幻系列,但这些作品并未与她的早期作品失去联系。尽管采用了遥远外太空的陌生化场景,但它们往往复现了一些早期小说中的熟悉意象,呼应了其中的重要主题。"水"是一个反复出现的重要意象,它的出现可追溯到莱辛早期的现实主义小说《野草在歌唱》。这个意象不仅在"太空小说"系列中重新出现,并且几乎贯穿该系列每部作品。这个意象在太空系列中的象征含义得到了极大丰富,拓展了莱辛的平衡观念,成为作品核心主题思想的重要承载。

一、生命力与情感的象征——早期小说中水意象的延续

在较早的现实主义创作时期,莱辛就在其非洲题材代表作《野草在

歌唱》(*The Grass is Singing*, 1950)中大量采用了水的意象,使它们成为贯穿整部小说、揭示核心主题思想的关键线索。该小说原名《白人与黑人》,而后作者有意在出版时将其更名,意在强调这个名称与艾略特代表诗作《荒原》的联系。在该小说的扉页上,摘录了《荒原》中暴风雨即将来临的段落,进一步加强了这种暗示。该作品和《荒原》一样,也对欧洲文明进行了反思,并对情感与生命力遭到的冷酷压制进行了抗议。胡勤在《审视分裂的文明——多丽丝·莱辛小说艺术研究》一书中谈到了该作品与《荒原》之间的这一渊源,他指出:“小说题名的改动将种族之间的对立变成了隐喻式的,《野草在歌唱》与《荒原》的互文性揭示出小说的主题和主人公的情感世界。诗中所描写的意境暗示了小说发生的背景——种族矛盾蓄势待发,一幅山雨欲来的情景。”①水的意象正是联结两部作品的重要纽带,它象征着生命力和情感的复苏:在《荒原》中,艾略特将欧洲大陆描写成一片精神荒原,“人们渴望活命的水,盼望着世界的复苏、救世的基督出现”②;而在《野草在歌唱》中,非洲炎热少雨的气候环境使得主人公玛丽对炎热感到痛恨,盼望雨水,“在小说中,水作为生命力的隐喻串联起玛丽、迪克和摩西斯”。③

水的意象不仅联结了《野草在歌唱》和《荒原》,也同样在莱辛的前后期作品间建立了一条纽带。许多喜欢莱辛早期作品的读者抱怨她在中后期创作中转向了科幻创作,认为她沉溺于虚无缥缈的太空世界,失去了对社会现实的关注和责任感,然而事实并非如此。莱辛前后期作品之间依然存在着紧密联系,从未失却对社会现实的关注与思考,但在其中后期作品中,主题表现的方式更加丰富独特,思想分析的深度广度也有

① 胡勤:《审视分裂的文明——多丽丝·莱辛小说艺术研究》,桂林:广西师范大学出版社,2012年,第102—106页。

② 同上书,第118页。

③ 同上书,第119页。

所拓展。早期作品中对殖民主义和欧洲文明的反思在整个“太空小说”系列中得到了进一步拓展，而水的意象正是这种思考的重要载体，它在该系列小说中无处不在、贯穿始终。例如，在《什卡斯塔》中，老人星帝国与其殖民地之间建立的最重要的精神纽带“锁”就被比喻为“一股生生不息、充满灵性的涓流”。①而当这种纽带由于星际灾难遭到意外破坏后，罗汉达星失去了水的滋养，就变成了一个缺乏生命力的“荒原”。耶和尔在报告中描绘了星球变化前后的巨大反差：“飞船……慢慢飞过森林覆盖的沃土，这些山脉、高地和平原，它们后来都变成了广袤的荒野——数千平方英里的荒野。”②耶和尔昔日报告中的那个天堂早已不见踪影，只剩下一片荒原与废墟：

> ……我在那些曾经的日日夜夜里走过的天堂，从前这儿人人皆友爱，而现在却到处是荒原、岩石和沙砾，干涸酷热的大地上，植物稀稀拉拉。这里遍地废墟，每一捧沙砾都来自那些曾经的城市，现在的什卡斯塔人从不知晓它们的名字，不过也从未怀疑过它们的存在。③

星际灾难以前，罗汉达被形容为人间天堂，茂密的森林和肥沃的土壤由于得到水的滋养而充满蓬勃生机；而在星际灾难之后，老人星帝国在殖民地建立的“锁”遭到破坏，水的滋养也随之消失，罗汉达由此变成了后来的“什卡斯塔”，成为一个干涸枯竭、遍地岩石、失去生命力的荒原，一如艾略特诗中那个失去了古老宗教文明滋养的现代精神荒原，早期小说中的意象和主题由此在“太空小说”中得到复活和重现。

与《野草在歌唱》一样，在《什卡斯塔》中，水也是情感与生命力的象

---

① Doris Lessing. *Re*: *Colonized Planet 5*, *Shikasta*. London: Harper Collins Publishers, [1979] 2002. p.34.

② Ibid., p.43.

③ Ibid., p.45.

征。耶和尔在其报告中,以水流来形容老人星帝国与殖民地什卡斯塔之间的纽带关系,并且指出这种纽带关系是以情感为基础的:

> 老人星帝国能够给什卡斯塔注入充足的活力,让每个人都安然无恙,并且最重要的是,这使他们相亲相爱。……
>
> ……这是老人星帝国对什卡斯塔的承诺。在适当的时机……这一涓涓细流将会成为滚滚洪流。他们的后代能够沐浴其中,就像在他们现在嬉戏于那条晶莹剔透的河流中一样。①

在耶和尔的报告中,老人星帝国建立的纽带不仅以水的意象出现,它同时还是情感的象征,也是“生命力的来源”(substance-of-life)②。耶和尔在其报告中反复强调了老人星帝国与殖民地的关系纽带所具有的情感特质:“这种被输入的良善教化有一个称呼,它叫作SOWF——也就是情感素……”③由此可见,在太空小说中的许多地方,都出现了象征情感和生命力的水的意象。将这个意象置于老人星帝国整体性秩序的背景下进行考察,就会发现它与道德隐喻中的“慈母家庭道德”模式有着密切关联,并提示了小说的一些重要主题思想。

本书第一章第三节已经介绍过,“慈母家庭道德”模式是与“严父家庭道德”模式相对立的一种道德隐喻思维范式。在这种思维范式中,家庭关系以父母对孩子的怜爱、哺育以及双方的情感互动为根本基础:“在这一模式背后,照顾他人与被照顾是最重要的(家庭)经验,这使人们相互关爱的渴求得到满足”④。莱考夫指出,这种家庭模式的主要培养目标

① Doris Lessing. *Re*: *Colonized Planet 5*, *Shikasta*. London: Harper Collins Publishers, [1979] 2002. pp.96-97.

② Ibid., p.96.

③ 《什卡斯塔》英文版中,“SOWF”是“the-substance-of-we-feeling”的缩写,因此笔者将其译作“情感素”。Ibid., p.96.

④ George Lakoff. *Moral Politics*: *How Liberals and Conservatives Think*. Chicago: The University of Chicago Press, 2002. p.108.

与严父模式有所不同：

> 养育的主要目标是让孩子们在生活中感到满足和快乐，并由此使他们自己也成长为养育者……孩子最需要学习的是移情换位的思考方式、养育他人的能力以及良好社会关系的维护，……（这一切都是）通过照顾和被照顾（实现的）。①

他认为，当人们将道德映射为这类家庭养育模式时，就会产生一系列相关概念隐喻。在“太空小说”中，与“慈母家庭道德”隐喻相关的主题正是通过一系列这样的隐喻形式体现出来的，它们是慈母家庭范式宏隐喻主题下的具体微隐喻形式。

根据概念隐喻理论，“道德即移情”（Morality As Empathy）是“慈母家庭道德模式”概念隐喻系统中蕴含的一种重要隐喻思维范式，它以各种具体形式在小说中得到体现。它将父母对孩子的怜爱和感同身受的移情体验（Empathy）视为所有养育的先决条件。“它一定是一个在最大限度上由同情心统治的世界，在那里弱者会从强者身上得到他们所需要的帮助。它一定是一个尽最大可能由情感、尊重和相互依存的纽带关系统治的世界。”②在这一隐喻思维模式中，道德培育的目标是建立情感联系而非强制联系，情感在这一过程中占据了主导地位，理性、律法退居其次。如前所述，对水的象征含义分析表明，情感因素在耶和尔对殖民关系的表述中占有重要地位，老人星帝国与殖民地之间关系的维系很大程度上有赖于情感纽带“锁”的建立。耶和尔报告的叙述逻辑表明：正是由于老人星帝国对殖民地种族有着父母对孩子般的怜爱之心，他们才获得了道德上的权威地位，而这无疑是“慈母家庭道德”隐喻思维逻辑下“道德即移情”（Morality As Empathy）这一思维模型的具体体现。

---

① George Lakoff. *Moral Politics: How Liberals and Conservatives Think*. Chicago: The University of Chicago Press, 2002. p.109.

② Ibid., p.112.

除此以外,“慈母家庭道德”概念隐喻系统中的另外两种隐喻思维模型也以各种微隐喻形式大量存在于文本中,这两个概念隐喻都是关于道德培养方式的思维范式,它们的映射分别为“道德是自我培养与自我发展”(Morality Is Self-Nurturance and Self-Development)以及“道德是社会关系的培养”(Morality Is The Nurturance of Social Ties)。在“慈母家庭道德”模式下,这两者分别被视为给予他人关心照顾的前提条件以及在社区中向他人施以爱心的必要条件。根据“慈母家庭道德”模式思维范式,道德培养的目标是使孩子通过与父母的情感联系获得成长,进而获得和父母同样的道德能力,成为与其父母一样能够给予他人照顾、关心和帮助的人,这既是他们获得成熟的标志,也是他们成长为道德权威的必经之路。为达成这一目标,首先,他们需要在父母的帮助下培养情感和爱的能力,即“道德是自我培养与自我发展”(Morality Is Self-Nurturance and Self-Development);其次,他们还需要进一步发展良好的社会关系,从而获得帮助照顾他人的能力,即“道德是社会关系的培养”(Morality Is The Nurturance of Social Ties)。莱考夫对此做了详细阐述:

> 他们学会照顾自己、承担责任、热爱生活、发挥潜能、满足那些他们所爱戴与尊敬的人们的要求和期望,并在精神上变得独立自主。他们还学会同情他人、发展社会关系、变得具有社会责任感、善于沟通、尊重他人并能与之完满的交往。他们不仅能照顾好自己,还能变成照顾他人的养育者。①

在太空小说中,这种通过情感纽带进行自我培养并进一步养育照顾他者的成长模式大量出现在对老人星帝国殖民地优生培育实验的描写中。根据耶和尔的叙述,老人星培育的殖民地种族——10号殖民行星巨

① George Lakoff. *Moral Politics: How Liberals and Conservatives Think*. Chicago: The University of Chicago Press, 2002. p.112.

人族——就是通过接受这种殖民培养获得了这种能力。他们被派往罗汉达，培养比他们等级更低的罗汉达人。他们通过与当地人进行“共生”来促成其进化。耶和尔在报告中描述了这一过程：“和往常的惯例一样，我们从各个殖民地的志愿者中挑选出看护人，并从10号殖民地选出了一个种族，他们曾有过相当成功的共生经历。”①这种殖民活动被描述为一种有益的教化和互利的交往：“他们已与当地人建立了一种指导关系，这种关系能令双方都最大限度地感到兴趣盎然、心满意足。”②而巨人之所以能够成为教化当地人的道德权威，是因为他们在“共生”过程中对当地人进行教化和照顾，他们拥有“温和仁慈、能够抚育他人的心智”(benign and nurturing minds)③，并与当地人发展起一种良好的社会关系。根据老人星帝国对这种殖民关系的描述，这一共生模式的目的是要建立起以“慈母家庭道德”模式为隐喻范本的社会秩序，他们在对当地人的“培育实验”中不断灌输这种隐喻思维模式，教导当地人要将巨人族视为他们的“母亲”(Mother)、“养育者”(Maintainer)和“朋友”(Friend)，与其保持紧密联系。通过这一过程，当地人将逐渐自觉接受教化并将这些“养育者”奉为“上帝，神圣的神”(God, the Divine)一般的道德权威。④

最后，关于道德权威的形象和树立方式，“慈母家庭道德”模式也有着与“严父家庭道德”模式截然不同的一套自己的隐喻思维逻辑。莱考夫指出，在“严父家庭道德”模式中，道德家长通过天然的家庭等级秩序获得权威，而在慈母家庭模式中，家长则需要成为一个合格的养育者并成功地履行抚养责任才能获得道德权威。与之相关的概念隐喻为“道德权

① Doris Lessing. *Re*: *Colonized Planet 5*, *Shikasta*. London: Harper Collins Publishers, [1979] 2002. p.28.

② Ibid., p.30.

③ Ibid., p.36.

④ Ibid., p.40.

威是合格的养育者”(Moral Authority Is A Qualified Nurturer)。在这一隐喻范式下,情感对于树立道德权威有着举足轻重的作用,“孩子的服从源自他们对父母的爱和尊重,而非出于对惩罚的畏惧”[①]、“孩子们这样做并非由于害怕受到惩罚或由于对权威的屈从,而是一种因为他们想要展示自己的能力,从而通过取悦他们的家长来得到尊重”。[②]在这种家庭模式下,家长有必要向孩子阐明自己的行为对于保护和养育他们的必要性,从而获得权威的合法性。家长规约孩子的主要方式是“润物细无声”式的爱护和教导,而非严厉的赏罚机制。并且这一过程要求家长绝对移情(absolute empathy),不能以自己的标准去揣度孩子的需求,而应该以孩子自己的想法和需要来给予他们帮助,将孩子的利益置于自身的需求之前:“这不仅要求移情,还需要持久的移情,并且,在很大程度上,要让孩子的利益优先于自身利益,并为他们做出牺牲……”[③]

莱辛在太空小说中,有意将这类隐喻思维范式编织在整个星际帝国故事的肌理中,它们的各种微隐喻表现形式和其他几个相关隐喻思维范式的众多微隐喻一起,构成了整个小说关于“慈母家庭道德”模式的宏隐喻主题。在《什卡斯塔》中,耶和尔的报告多次阐述了老人星帝国的伦理观念,其中许多叙述都折射出上述隐喻思维的逻辑范式,特别是老人星帝国希望树立的自我形象更是突出地反映了这一点。耶和尔在报告中指出,殖民种族与老人星之间不是一种等级关系,因为他们并不畏惧权威。相反,对权威的崇拜和恐惧正是什卡斯塔星不良环境引起的退化症状。老人星帝国与当地人之间是一种平等互动的情感交流,是照顾与被照顾、帮助与被帮助的关系。在老人星帝国建立的圆形城市中,甚至连

---

① George Lakoff. *Moral Politics: How Liberals and Conservatives Think*. Chicago: The University of Chicago Press, 2002. p.109.

② Ibid., p.111.

③ Ibid., p.116.

建筑的设计也体现了这种伦理观念：

> ……一切皆拥有和谐的比例。在这个城市中，家长们不可能找到一处地方来让孩子们对象征传统的大厅、高塔和中心进行膜拜和感受敬畏之情，在那种地方，他们会感到自己变成了一个异化、渺小、充满恐惧并且必须遵从权威的生物。①

圆形城市似乎反映了老人星的政治伦理观念，其建筑并不追求宏伟高大和令人敬畏，而是折射出对和谐平等关系的向往。而在这些描述中，仁慈的母亲和亲切的导师而非令人敬畏的家长，才是老人星帝国希望在殖民地中树立的道德权威形象。

总而言之，在莱辛的作品中，水是一个十分重要的意象，它贯通了莱辛早期代表作品与同时代作家艾略特的代表作，也联结了莱辛本人前后期不同风格的小说作品。在艾略特的《荒原》中，水的意象象征了滋润精神荒原的情感和促使生命复苏的源泉，莱辛通过与它的呼应，将《荒原》中出现的水的意象引入其早期作品《野草在歌唱》中。而在太空小说系列中，这一意象再次出现，并发展成为一个更加突出和鲜明的重要文学意象。这一象征意象的情感内涵在太空小说中得到了延续和发展，并被进一步融入太空小说的思想分析实验中。在太空小说的隐喻语境中，它与不同于“严父家庭道德”模式概念隐喻思维范式的另一条重要思想脉络——“慈母家庭道德”模式的概念隐喻密切相关。老人星帝国档案文件的一些叙述表明，他们似乎致力于建立一种注重情感价值、有别于天狼星帝国运作模式的新型帝国。在这种新的模式下，情感因素被视为生命源泉和与殖民地之间重要的关系纽带，并将由此成为与殖民地之间新型殖民关系的基础。在这种殖民关系中，老人星帝国期望通过对殖民地

① Doris Lessing. *Re*: *Colonized Planet 5*, *Shikasta*. London: Harper Collins Publishers, [1979] 2002. p.48.

人民的真诚帮助和互利交往,树立起一种“慈母家庭道德”模式思维范式下的道德权威形象。

二、单一情感模式的局限与水意象中平衡观念的展现

老人星帝国档案的叙述者建构的帝国形象并不总是可靠。事实上,任何一个叙述者的叙述都不能代表对这个帝国完全真实客观的评价。从体验哲学的角度来看,即使是对同一个问题,这些档案文件中也显然蕴含了多种不同的概念隐喻思维范式,这些范式并不总是一致,有时甚至是相互冲突的。莱辛显然深刻地认识到了这一点。事实上,在她的太空系列中,任何一种思维范式都可能被置于不同的经验背景下进行反复考量和质疑,“严父家庭道德”模式与“慈母家庭道德”模式也不例外。二者分别以理性和情感为其根本性隐喻思维范式,它们矛盾对立地统一于整个帝国叙述中,在不断得到强调的同时,也同时经受着挑战质疑。水的意象不仅参与了这些思维模式的建构,也同时冲击着它们的根基——作者通过在行文中变换水的象征内涵来不断冲击先前似乎已经凝固的含义,使这个意象继续流动起来,不断在流变中冲刷和颠覆着先前的认识。

首先,水的意象通过呈现情感的负面效应来质疑了“慈母家庭道德”模式这种以情感为核心的思维范式。在莱辛早期的小说《野草在歌唱》中,水意象的负面特征就有所体现,它既代表了赋予人们生命力的情感,也同时象征着那些可能给人们生活带来消极影响的情感。在《野草在歌唱》的故事结局中,玛丽一直盼望雨水,但最终却恰好在暴风雨来临时死于黑人摩西斯的刀下,在这里水的意象代表了久久被压制、最终变得不可控制的情感,它作为一股暴雨洪流,淹没了故事的主人公。这一结局表明,情感如果得不到合理的疏导和理性的控制,就很容易转化为负面力量,正所谓水满则溢、月盈则亏。在《南船座的老人星:档案》太空小说

系列中,水意象的内涵也同样变幻不定,它既象征具有正面作用的情感,同时又代表缺乏理性、产生负面作用的情感。在《什卡斯塔》中,虽然耶和尔在报告中处处强调老人星帝国要建立一种平等和谐、没有等级和权威的"慈母家庭模式"道德秩序,但讽刺的是巨人却在老人星的培养下,失去了反抗和质疑权威的能力。当灾难来临时,老人星决定接走巨人并抛弃什卡斯塔的其他当地人。巨人们虽然对这一决定感到困惑和不满,并且在道德良知上感到难以接受,但他们却失去了以往的力量:

> 但当我看着他时,他正在失去力量。他们都是如此。这并非由缺乏胆量造成的,不是的——他们还没有违背统领我们的法律的那种能力。但当我盯着他们一个个看时,我发现他们都微微地畏缩了。他们缺乏的是一种力量。①

正是由于对老人星人情感纽带的过于依赖,巨人们难以再对已经建立起来的权威进行质疑。情感培养了他们照顾、爱护他人的道德能力,但与此同时,对情感纽带的盲从也摧毁了他们独立思考的能力,使他们陷入对老人星人言听计从的附庸地位。在这一过程中,对情感的过分依赖反而使僵化的理性等级秩序在无形中变得十分顽固。

"水"这一意象在太空小说的重现并非是早期小说的简单重复,它在"太空小说"中蕴含着更加丰富的象征意义。它不仅和早期小说中的水一样,以一些极端的具体形象来表现情感的负面作用,还通过与数学几何城市意象大量并置的方式来展现理性对情感负面作用的规约,揭示出作者在情感与理性间追求平衡的哲学思想。

在太空小说中,出现了许多数学几何城市意象,它们是理性秩序的象征。但值得注意的是,这些象征理性秩序的城市并不能脱离代表情感

---

① Doris Lessing. *Re*: *Colonized Planet 5*, *Shikasta*. London: Harper Collins Publishers, [1979] 2002. p.56.

的水而单独存在，事实上，每一座数学几何城市都有水的存在，二者是一个矛盾的统一体，它们你中有我、我中有你，紧密相联、缺一不可。这种对城市和水的并置描写集中出现在《什卡斯塔》的结尾部分：耶和尔收养的一名儿童卡西姆(Kassim)在离家出走后踏上了寻找耶和尔的旅途，并在这一过程中经过了许多老人星当年在什卡斯塔修建的城市，这些城市都在广场等重要位置修建了喷水池。当来到一个带齿状边缘的圆形城镇时，卡西姆看到喷水池周围花团锦簇，位于整个城镇的几何圆心处，并且具有精致的几何造型设计：

> 它同样有一个铺好的中心地带，那儿是圆形的，其中有一个非常漂亮的喷水池，中间有个玫瑰红的圆盆，位于玫黄色的石座上。盆子很浅，约两英尺深，水以各种形状的图案涌入其中，并且还有一些图案从水下的石头上反射出来，同样的图案到处都是，包括在房顶和地面的砖瓦上都有。这是我所能忆起的最美丽的地方。①

而在卡西姆之后到达的八角形城镇中，喷水池则被建造于中心广场上，具有令人赏心悦目的设计，吸引了大量市民聚集观览：“这个城镇有一个中心广场和一个喷水池。它们都用石头砌成。人们站在广场边上，当我进到里面时，感受到了那里充溢着的默契，……”②而随后，卡西姆一行又来到八角形城中，这里具有更加别致的设计，仍然将泉水作为城市的几何中心：“这次我们上到山上看见的是八角形城，……它由六个连在一起的八角形构成，它们是一些花园。……这里的一切都十分轻盈灵动。中心地带是一颗星星，那有一个喷泉，喷泉中石头和泉水的图案相映成趣。”③这种水与数学城市意象的并置甚至在另一部作品《三四五区

① Doris Lessing. *Re*: *Colonized Planet 5*, *Shikasta*. London: Harper Collins Publishers, [1979] 2002. p.442.

② Ibid., p.440.

③ Ibid., pp.442-443.

间的联姻》中也反复出现，例如在为第四区国王本恩·艾塔和第五区女王爱丽·伊斯建造的宫殿中，就有关于水池的精巧设计的介绍：

> 这座楼阁的规模，它邻近的房间，周围的小径，围绕其间的柱廊，花园里的水塘和喷水池，人行道，台阶的楼层——样样都清晰地陈列着，明确规定好，精确度量过，所有的一切都在令人惊奇的测量范围之内——无论是一半，还是四分之一，或是一丁点儿，甚至一个碎片，都十分不可思议。①

在这些秩序井然的城市设计中，水不仅是整个理性规划中必不可少的部分，还是所有整体计划的核心之所在——所有城市的几何中心都有精心设计的喷水池。

实际上，这类喷泉不仅是城市的中心，而且也是城市诞生的源泉。在《什卡斯塔》中，当卡西姆找到耶和尔后，人们一起跟随耶和尔去寻找合适的地点建立新的城市，小说描述了城市的建立与水之间的密切关系：

> 乔治指出，……如果我们在此修建一个城镇，倒是个不错的主意。
>
> 人们问道，在哪儿呢？我们应该从哪儿开始？
>
> 他没有回答。
>
> ……
>
> 之后我们在山间和高原上到处游荡。……忽然之间我们都非常清楚地意识到了城市应该建立的位置。然后我们就在那个地方的中心找到了一湾泉眼。这就是一个城市诞生的方式。这儿将建成一个星型城市，有五个角。②

---

① [英]多丽丝·莱辛：《三四五区间的联姻》，俞婷译，南京：南京大学出版社，2008年，第49—50页。

② Doris Lessing. *Re*: *Colonized Planet 5*, *Shikasta*. London: Harper Collins Publishers, [1979] 2002. p.446.

可以说，没有水就没有城市，水是滋养孕育城市的源泉，在一个城市的建设中，水不仅是不可缺少的元素，而且有水之地才能成为城市最根本的发源地。

水和城市这两种意象的大量并置不仅突出了水的重要地位，同时也是对水（象征情感）与城市（象征理性）之间关系的深入探讨：一方面，象征情感的水在代表理性秩序的城市设计中得到规约和引导，不再是无法控制的洪水，而成了令人赏心悦目的艺术景观；而另一方面，任何理性秩序的建立都必须基于情感的存在，只有有水的地方才能建立真正和谐理性的城市，情感而非其他目的才应该是建立理性秩序所依据的真正源动力。小说中有不少细节描写都体现了上述观念。耶和尔在其报告中指出，尽管水是城市起源的必要条件，城市的建设要依据水的位置和流势而建；但在城市的建立过程中，水池的建造也必须服从数学城市建造所遵从的规律：“这些城市都各不相同，这是由于它们建造在具有不同的地形地貌、山川河流的地区。……但每一个（城市）都是根据‘必需原则’建造，精确而完美。每个城市都代表了一种数学图形，年轻人通过旅行就能从中学习数学。”①象征情感的水在根据数学规律建造成水池后，就不再处于原始和不受任何规约的自然状态了。它本身也成了理性秩序的一部分，与城市理性秩序中其他各个部分的和谐共存，这种和谐的关系的建构被称为“根据必需原则造型”：“那些绕城的和城中的水流都根据必需原则造型，对火的摆放位置也是如此，……当地人深信不疑，认为它们是‘圣灵’、是‘必需原则’。”②在老人星帝国建造的城市里，水从无拘无束变成了受到理性规约、与理性不可分割的喷泉意象，而数学几何城市的成功建造正是理性与感性达成平衡交融的象征。当耶和尔坐在泉水

---

① Doris Lessing. *Re*: *Colonized Planet 5*, *Shikasta*. London: Harper Collins Publishers, [1979] 2002. p.40.

② Ibid., p.41.

边思考水的性质时，获得了关于水的性质的感悟，这一思考过程更加突显了水这一意象变幻莫测的特性：

> 这里所有的一切都弥散着高原上发出的清晰光线，但并不怎么炎热，这是由于有许多喷泉和花草树木的缘故。这里充满了强烈而安静的目的，我明显地感受到它们，在任何地方都清楚地显现——城市、农场，或人群和任何星球。①

在他的思考中，水这一意象的根本属性开始变得更加模糊，它从一开始象征情感，逐渐成为情感和理性融合的统一体：尽管水仍然是老人星与殖民地建立重要情感纽带的象征，但它却逐渐被赋予了理性秩序的规约，转化为一种价值理性的象征。数学城虽然起源于有水之地，但在建构过程中却不可避免地要遵循理性法则，对水进行规约，使其成为理性秩序的一部分，服从于理性的“必需原则”。在这种意象的大量并置中，水这一意象的含义逐渐产生了微妙变化，从纯粹象征情感的意象（这种情感可以是正面的，也可以是负面的）进而成为一种受到理性规约的水，其含义越发变得模糊。它在和理性城市意象融为一体的过程中似乎逐渐成了理性话语秩序中不可分割的重要组成部分。

老人星帝国与殖民地之间建立的纽带同样体现了这种双重性和平衡特征。老人星与殖民地之间建立的这种联系既被称为“情感素”，又被称作“锁”，而根据概念隐喻思维范式的分析，以情感为核心的慈母家庭模式排斥任何强制性因素，只有与之相反的以理性秩序为核心的严父模式才会推崇对律法和命令的绝对服从。“锁”这个称呼显然含有强制意味，但它同时又被称为“情感素”，这也表明，作者希望在老人星帝国中建立的理想秩序是一个理性与情感，严父模式与慈母模式共同平衡、制约、

① Doris Lessing. *Re: Colonized Planet 5*, *Shikasta*. London: Harper Collins Publishers, [1979] 2002. p.49.

协调和促进的矛盾统一体。

然而，水的意象并没有就此结束它象征内涵的流变。水与几何形数学城意象的并置象征了情感与理性和谐交融、矛盾统一、交相辉映的平衡状态，这也是最接近莱辛理想蓝图的社会状态；当情感与理性在几何形数学城中达成的这种平衡被打破时，水意象的象征内涵又随之发生了变化。在《什卡斯塔》描述新兴国家审判白人的一幕场景中，水意象内涵的变化达到了顶点，它不仅不再是情感的象征，而且还进一步成了与情感完全对立的力量——浇灭激情之火的理性源泉。在第三次世界大战以后，新兴国家成了主宰世界的力量，而白人则成为失败者，面临着被报复和屠杀的危险。闪迈特人策划了一场针对白人的模拟审判，旨在激化人类种族间的矛盾、挑起新兴国家人民对白人的仇恨情绪。在这场审判中，由于新兴国家过去所受的残酷压迫，现场充满了火药味，人们的种族主义情绪高涨：

> 它似乎没有什么优雅品味可言，更不消说漫无目的，这是由于到处都弥漫着潜藏在激烈情感深处的真正暴力因素……在露天场所，气候不是酷热就是严寒。……于是“审判”组织这样来解决问题，他们将白天的审判改为夜间进行。①

在此处，审判场炎热的天气和《野草在歌唱》中非洲草原的炎热天气一样，表现了人们焦躁不安的内心状态。这儿的酷热同样是由于非理性仇恨情绪造成的。承载情感的意象也从滋润万物的雨水变成了熊熊燃烧的火焰，而水这个意象在这幕场景中却戏剧性地成了理性的象征。操控整个事件的闪迈特人有意安排的现场照明工具——火炬——是象征这种激情的典型意象。闪迈特人认为“很明显照明是整个‘审判’中最重

① Doris Lessing. *Re*: *Colonized Planet 5*, *Shikasta*. London: Harper Collins Publishers, [1979] 2002. p.380.

要的因素”。①他们切断电源有意安排了现场不稳定的火炬照明，其目的是要使夜场审判更加具有情感煽动性，这种场景给所有人们都留下了同样一个印象，即“由于照明的原因，夜场‘审判’很明显是最情绪化和最容易失控的”。②在这一过程中，“水”意象的新内涵也在与“火”“炎热天气”等要素的对照中凸显出来。由于炎热的天气和混乱的组织，拥挤的帐篷令参与审判的人们难以忍受，年轻人们纷纷开始中途到海边寻求放松，只要已吃过早饭，他们就溜到海边去喝酒、钓鱼和寻乐子，“他们游泳、休憩、做爱——然后在五点以前回来。如果不是这样，他们的帐篷会变得更加难以忍受”。③在这个情节之后，水的意象开始不断出现，反复与火的因素进行对抗。当人们由于炎热焦躁而心烦意乱之时，一场雨水及时地缓解了人们紧绷的情绪：“在第五夜，下了一场短暂的大雨：灰尘不再飞扬、空气也降下温来，圆形剧场中的座位被冲刷干净，紧张的气氛也缓和下来。”④紧接着，审判继续进行，人们心中愤怒情绪的烈焰又逐渐被煽动起来，火炬使人们又陷入了之前的非理性状态，“……这些火炬又再度点燃了，它们将强烈的情感效应施加给在场的每个人”。⑤在模拟审判仪式接近尾声时，会场几乎失控，观众的情绪化反应达到顶点，只剩下对白人被告的唏嘘、嘲弄和侮辱，理性的讨论完全无法继续进行。而这时，一场及时雨的到来形成了一个重要转折，浇灭了情感的烈焰：

> 近黎明时分雨又下了起来。正当有人要再度去圆形剧场点燃火炬时，雨又开始下了。这是个潮湿甚至有些寒冷的黎明。有传言称由于要留些时间等圆形剧场晾干，这次会议取消了。温度下降，气氛也变得不那么紧张了，于是许多人回到住处睡觉休息……⑥

---

①② Doris Lessing. *Re*: *Colonized Planet 5*, *Shikasta*. London: Harper Collins Publishers, [1979] 2002. p.381.

③④ Ibid., p.401.

⑤ Ibid., p.410.

⑥ Ibid., p.412.

老人星使者的化身乔治·谢尔班在这时抓住时机,将讨论引向了自我批判与反省,他指出,许多历史问题并非是由某一个种族承担的,而是一种普遍的人与人之间的残忍自私造成的。历史上有许多民族之间都相互进行着征服与对他者的残忍对待,白人与白人之间如此,白人对有色人种如此,有色种族之间也同样如此。问题的根源如果不得到解决,那么对白人的审判就会变得毫无意义,只不过是将压迫者和受压迫者的位置调换而已。在这一幕里,水的意象是作为理性力量出现的,它成了浇灭情感的及时雨(火焰的意象是激烈情感的象征,而水则是与之相反的理性力量),这与之前代表情感的那些水意象呈现出一百八十度的大转折,成了修正情感模式的理性力量。

水这一意象在莱辛的作品中被赋予了丰富的象征内涵,它的意象不断流变,时而是强烈的毁灭性的情感,时而又是理性规约下的涓涓细流,甚至还成为浇灭情感之火的理性源泉。与情感因素密切相关的“慈母家庭”伦理思维范式也在这一过程中得到考察。正如水的意象所暗示的,以情感出发的伦理思维是理性秩序的根本出发点,任何理性秩序建设都离不开情感的源泉;反之亦然,得不到理性规约的情感同样也难以构建出和谐理想的城市秩序。在《野草在歌唱》中,没有理性规约的水会成为毁灭性的狂风暴雨;而在太空小说中,水则成为一种自我调节能力的象征,当情感力量变得难以约束时,水反而成了理性力量的源泉和浇灭仇恨烈焰的甘露。水的意象揭示了莱辛追求平衡的哲学观念,特别是在太空小说中,水的意象实际上代表了一种根据现实情况自我平衡和灵活调节的能力。正如本小节中所分析的,莱辛通过水的意象,揭示了“慈母家庭道德”模式的重要作用以及情感动机在理性秩序建构中的必要性,但同时她也通过水的意象表明了单一“慈母家庭道德”模式的种种弊端,展示了不受理性规约的情感将会带来的灾难性后果。这些情节表明,莱辛认为在必要时,代表情感的水可以转化为理性的力量,而指导帝国行为的伦理范式也同样可以在“慈母家庭道德”模式和“严父家庭道德”模式之间随经验的流变而转化。

三、单一理性模式的局限与平衡的破坏

“太空小说”中水的意象揭示了单一情感模式对平衡关系的破坏作用,但单一理性模式带来的种种问题也没有被忽略,事实上,任何类型的思维僵化和平衡破坏都会带来灾难。对单一理性模式的批判在《什卡斯塔》和《天狼星实验》等几部作品中都有大量体现。在《什卡斯塔》中,老人星帝国叙事中的自我形象和其实际运作模式之间存在着巨大偏差,理想的平衡状态往往与其实际行为相差甚远,在不经意间就滑向了单一理性思维范式。例如,当老人星帝国命令巨人族抛弃殖民地种族时,并没有与巨人沟通和说明理由,而是对当地人隐瞒了真相,并最终进行了武力镇压,强制维持原有秩序,沦为一种极端化的“严父家庭道德”模式。而老人星帝国档案却以维持理性秩序为由,赋予这种残酷做法以正当性。《天狼星实验》讲述了老人星帝国和天狼星帝国之间的同盟关系,二者之所以能够结盟,其根源在于它们都秉持一种理性等级秩序世界观,即一种典型“严父家庭道德”模式下的预成论世界观。然而,这两个同盟国的问题在于它们都常常阈于自己的理性思维范式中,排斥以情感等其他思维范式为主的他者,因此它们似乎也从未考虑过与其对手普提欧拉帝国和解的可能性。

莱考夫在《道德政治学》中分析了西方宗教与两种道德模式之间的关系:

> 在“慈母家庭道德”模式下,孩子对家长权威的遵从是家长培养得当的结果。而在“严父家庭道德”模式下则正好相反:权威是优先存在的。首先最重要的是,孩子必须服从,不能挑战严父的权威;对于温顺的孩子而言,被养育的资格是他们随后才获得的一种奖赏。

一个人与上帝的关系也可以用另一种方式解释。在慈母家庭模式的阐释中，一个人接受上帝的权威是由于上帝对他持续不断的培养。而在严父家庭模式的阐释中，上帝被视为制定规则和发布命令的权威；如果服从他，就能获得被养育的资格。正如我们所看到的，二者的区别在于优先秩序问题，这是最重要的差别。①

他认为，根据对《圣经》的解释，人们既可能将上帝或基督视为慈祥的长者，也可能强调其威权的一面。这种宗教观念进而会影响到人们的政治观念，前者的思维模式衍生出“民主党”(The Liberals)的主要观念，而后者的思维模式则会衍生出“共和党”(The Conservatives)的主要观念。②

老人星帝国的叙述中，似乎也存在着这两种并行的观念，但值得注意的是，在老人星帝国的实际运作中，理性与情感模式的地位却并不对等，理性思维范式主宰了整个帝国的运作，而正是这种不平衡性，导致了老人星帝国的言行不一和违背诺言的行为。虽然老人星帝国已经从天狼星帝国过去的经验中意识到了单一理性模式存在的问题，并致力于将更加柔性的思维方式融入自身的理性秩序中，但他们仍然局限于其固有的思维范式中，常常在实际选择中做出与自身形象建构相冲突的行为。他们努力使理性秩序与情感结合，但这种努力却往往是徒劳的，因为每当两种模式出现实际冲突时，他们都毫不犹豫地选择了符合自身利益的所谓理性行为，而放弃了道义和情感的考量。

例如，在耶和尔的叙述中，他常常将老人星人描述为殖民地人民慈祥的“母亲”“供养者”“朋友”和所谓的“神圣上帝”。③但在现实中，老人星

---

① George Lakoff. *Moral Politics: How Liberals and Conservatives Think*. Chicago: The University of Chicago Press, 2002. p.248.

② Ibid., p.252.

③ Doris Lessing. *Re: Colonized Planet 5, Shikasta*. London: Harper Collins Publishers, [1979] 2002. p.40.

帝国与当地人建立的等级关系却与这种叙述有着天壤之别。耶和尔在执行任务中持有一张"签名条"(signature)①,每当他遇到难以控制的局面时,就会出示它。"签名条"象征了以书面形式订立的某种契约,唤起律法的意象,是小说中多次提到的"必需原则"(The Law of Necessity)的具体体现。耶和尔详细描述了老人星帝国与当地人之间以契约形式固定下来的等级关系:

> 获拯救部族的心理状况是令人怜悯的。有必要与他们订立一个"契约"向他们表明神灵们不会再像这样造访了。对他们而言,必须明白这洪水是由于他们自甘堕落、为非作歹才降下的。他们必须时刻准备着听从我们的教化,我们是他们的朋友。在必要时,这些教化就会出现。……
>
> ……他们必须严肃谨慎、温和谦逊地生活,不应相互倾轧压迫,作为动物们的监护人,他们也不应虐待它们。他们可以用动物献祭,但不能用人来献祭,用动物献祭时应避免残忍的方式。……我给他们留下了各式各样的手工艺品,正如在教义中说明的那样。我告诉他们这些是用以增强他们与"某个别处"之间的联系。②

引文中提到的老人星律法、规则均具有强制命令的特征,与宗教等级秩序和启蒙时期的理性主义哲学都有着很深的渊源。大卫·沃特曼指出,老人星与当地人签订的契约是对《圣经》中摩西十诫的影射:"对迷途者的召唤这类情节模仿了另一名先知试图拯救其子民的故事模式,这先知就是摩西,他带着《十诫》从山上下来,发现人们正处于一种醉酒迷狂的状态中。"③而

---

① Doris Lessing. *Re: Colonized Planet 5*, *Shikasta*. London: Harper Collins Publishers, [1979]2002. pp.25, 69, 95-97.

② Ibid., pp.130-131.

③ David Waterman. *Identity In Doris Lessing's Space Fiction*. New York: Cambria Press, 2006. p.45.

《圣经》中出现的早期契约形式又通过太空小说的故事情节与理性的律法和秩序完美地结合在了一起，构成了典型的“严父家庭道德”模式的社会伦理秩序。

尽管莱考夫认为基督教故事中融合了严父和慈母两种道德隐喻范式，但同时他也指出，“原教旨主义的基督教徒”遵奉的正是保守的严父模式，这是由于“他们将上帝视为一名严父：听从我的命令就能进入天堂；否则就下地狱”，其中蕴含的要素是“权威，遵奉，纪律和惩罚”。[①]同理，虽然康德也在其道德哲学中强调仁慈的重要性，提倡一种“对全人类的爱”（the love of human beings），[②]但由于他的道德哲学是通过官能心理学由宗教“严父家庭道德”模式转换而来，实际上是用理性对自由意志的绝对命令代替了上帝对其子民的绝对权威，因此本质上讲也是遵奉严父模式的伦理思维范式。与宗教思想和启蒙哲学一样，老人星帝国在其帝国叙述中虽然也主张仁爱互助，但其本质上仍偏重于采用推崇理性等级秩序的严父伦理范式。因此，在这种根深蒂固的隐喻思维范式的局限下，它很难在情感与理性间取得平衡，甚至在特定条件下不可避免地滑向僵化的理性教条，造成对殖民地承诺的违背。莱辛通过“太空小说”的思想分析表明，单一理性思维范式的局限性主要如下：

首先，老人星帝国所提倡的帮助并非基于同情、爱、友谊等情感需求，而是基于理性秩序的需要。理性相对于情感具有绝对优先地位，人们只有服从理性绝对命令的自由，而缺乏服从爱、同情、幸福等其他动机的自由。尽管老人星帝国也从天狼星帝国的经验中吸取教训，意识到单一理性思维范式带来的种种问题，力图实现两种思维范式的融合与平

---

① George Lakoff. *The Political Mind: A Cognitive Scientist's Guide to Your Brain and Its Politics*. New York: Penguin Books, [2008] 2009. p.80.

② Immanuel Kant. *Metaphysics of Morals*. Trans. & Ed. Mary Gregor. New York: Cambridge University Press, 1996. p.450.

衡,但仍然会在某些关键时刻滑落到单一理性模式的陷阱中。大卫·沃特曼(David Waterman)指出,莱辛的小说探讨了现实经验与话语体系之间的深层矛盾。他认为联结老人星帝国与殖民地的"情感素"(SOWF)的"合法性基于经验,以及一种能够遵循宇宙内在和谐规律的敏感性,而不是遵循其他人为制定的法律"。①但它在老人星帝国的现实运作中却往往沦为僵化的理性秩序,因此总是与变动不居的经验之间潜伏着未知的矛盾。例如,灾难变化等无法预料的偶然因素以及闪迈特人的乘虚而入等都使原先的和谐关系遭受了极大破坏,而当平衡关系被破坏时,老人星帝国就又滑入了单一理性模式的误区,并且需要采用一些更具有强制性的意识形态工具来维持思想上的统一。大卫·沃特曼指出,"太空小说"中出现的歌谣和神话故事等方式都是"标准的意识形态工具"(the standard tools of ideological formation)②:

> 当遇到不服从的情况发生、"锁"不再起作用时,最值得注意的是通过更加标准的意识形态工具来施行法律的那些尝试:诉诸权威、意识形态操控(包括歌谣和故事等方法),甚至采用契约义务等管理手段,这种方式以"签名"的形式体现。③

由此可见,老人星帝国虽然在理念和话语体系建构中,努力融合两种不同的伦理思维范式,力图平衡理性与情感,但在实际操作中,每当这两套话语体系产生冲突时,以理性和律法的"绝对命令"为核心建立的"严父家庭道德"模式就会取代"慈母家庭道德"模式,成为真正优先发挥作用的帝国运转机制。这是老人星帝国在实际操作中常常违背自己帝国形象宣传和诺言的根本原因之一。

---

① David Waterman. *Identity In Doris Lessing's Space Fiction*. New York: Cambria Press, 2006. p.42.

② Ibid., p.46.

③ Ibid., pp.44-45.

其次，老人星帝国的局限还在于，他们的“道德移情”是一种严父模式下的“自我中心主义的移情”，而非那种常常伴随慈母模式的“绝对移情”，其本质仍然是一种带有强制性的绝对命令。老人星使者帮助他人的目的是要使他们的行为和意志完全符合老人星建立的理性秩序，而非符合当地人自己期望的社会模式。老人星帝国自认为他们的行为是“仁慈的”，因为他们认为老人星帝国的法则就是所有人都应遵守的普遍法则，这正是典型的“自我中心的移情”。因此，老人星帝国的根本出发点是与身体、情感、欲望无关的理性秩序，它并不真正看重情感模式的伦理价值，“绝对移情”式的“慈母家庭道德模式”也从没有在老人星帝国的关键决策中发挥决定性作用。每当这一模式与他们的整体计划和理性秩序产生冲突时，崇尚理性等级秩序的“严父家庭道德”模式总是占据优先地位，并且总是以“自我中心主义的移情”话语范式来为其行为辩护。因此归根结底，老人星帝国行为的根本出发点，是整体性的秩序，而非情感。

总而言之，莱辛在“太空小说”中以水的意象展现出一种平衡观念，她在《什卡斯塔》和《天狼星实验》等作品中不仅揭示了单一情感模式的弊病，也对单一理性模式的危害进行了详细分析。在该系列小说的第四部作品《八号行星代表的产生》中，她进一步通过水意象的变幻将这种平衡观念推向前台，对任何可能阻碍人们独立思考的僵化思维范式进行了批评和质疑。

四、圣湖的祛魅与教条的破除——《八号行星代表的产生》中的岩石与水

虽然莱辛推崇各种思维范式之间的理想平衡状态，但同时她也清醒地意识到，一个国家在实践中很难真正达成这种平衡，他们总是受到单一思维模式的诱导而使语言和思维偏离经验现实，从而使帝国秩序和规

约在不经意间成为僵化的教条,犯下刻舟求剑的错误。在太空小说中,没有任何一个星际帝国能永远处于完美的平衡状态,即使是拥有较高进化等级的老人星帝国也不例外,一旦平衡遭到破坏,老人星帝国的理性秩序就成了脱离经验的教条。作者对这种脱离经验的理性秩序的质疑在《八号行星代表的产生》中达到了高潮,这部作品是对《什卡斯塔》的回应,它将《什卡斯塔》中提出的质疑和思考推向了一个极致,在大灾难的极端情况下考察了理性秩序面临的问题。

在《什卡斯塔》中,与水的意象形成强烈反差的是荒原的意象,而其中描述的荒原具有一个重要特征——岩石嶙峋,缺乏水一类的柔性物质。显然,通观此系列全部作品,"水"这一意象并不仅象征情感,还代表了一种能够适应不同经验、非常富有弹性的思维方式,在日常现实中,水本身的特性就是不断流动变化的柔性物质;在小说中,它总体上代表了一种更加柔性和不拘一格的思维方式。与水的意象相对照的是荒原的意象,它也并非仅仅象征缺乏情感滋润的干涸荒芜之地,而是代表了与柔性思维相对立的僵化思维模式,荒原中坚硬的岩石就是这种僵化思维的典型象征。

在《八号行星代表的产生》中,这两种不同思维模式各自的象征意象——水和岩石——的对立变得更加鲜明。第八行星是老人星帝国的一颗殖民行星,其主要地貌特征是岩石与土壤构成的固体,质地生硬。它象征了第八行星居民认识世界的方式。而老人星代表耶和尔则教导他们没有任何事物是一成不变的,甚至岩石也是可以流动的。第八行星代表多伊格(Doeg)描述了这类教导的内容:

> 在我们最基本的生活中,将我们联系为一个连续整体的是大地。我们知道岩石和岩石流,就像水一样。我们也知道它是由于老人星人曾教导我们要如此思考。固态、僵化和永恒——这是我们用第八行星人的目光看问题特有的方式。老人星人说,没有什么是永

> 恒的，是不变的——星系、宇宙中没有任何地方如此。没有任何事物不会运动和改变。当我们看着岩石，我们应将其看作一种舞蹈和水流。并且当我们在看待一个山峦或一座大山时，也应如此。①

在第八行星上，与岩石嶙峋的地貌相应的现实情况是水的宝贵和稀少，在整个星球上只有一小片仅有的水域，它十分珍贵，被第八行星视为自己的“大洋”，而它实际上只不过是一个湖泊而已，但却被奉为神圣。代表多伊格从第八行星人的角度描述了他们对这片“圣湖”的看法：

> 我们的“海洋”对于我们而言一直是一个神奇的地方。十分珍贵。我们的生活有赖于它，我们知道这一点，因为它帮我们制造我们的大气。它对于我们而言似乎意味着一种遥远而稀有的真理，对于我们而言，它象征着某种珍稀之物，必须被保护和雪藏起来。②

这片水域受到第八行星人的崇拜，将其视为不可侵犯的神圣，人们从不轻易接近它，在水中捕鱼为食更是法律严厉禁止的行为。显然，水的意象与当地岩石地貌及其代表的僵化思维模式形成对比，它是老人星帝国倡导的柔性思维方式的象征（虽然老人星帝国自己也常常陷入思维僵化的错误）。

然而，即使是倡导柔性思维的老人星帝国也很难适应所有的经验而永远保持正确，故事中突然发生的意外灾难就象征了经验生活中这种不可预知的多样性对各种人类既有思维范式带来的挑战。星际灾难改变了第八行星原来温和宜居的气候，使其逐渐变成冰封的世界，因此该星球上所有生物都濒临灭绝。老人星帝国为了拯救他们，派第十号殖民行星上的巨人族去罗汉达进行“共生”，目的是加速罗汉达星球的生物进化，从而使其进化等级提高到能与第八行星生物和谐共处的程度，从而

① Doris Lessing. *The Making of the Representative for Planet 8*. London: Flamingo, [1982] 1994. p.26.

② Ibid., pp.25-26.

为他们即将进行的避难移民做准备。在这之前,老人星使者耶和尔被派往第八行星,指导他们环绕整个星球建造了一座巨大的黑色城墙,以暂时抵御来自寒极的冰雪,保护仅剩的宜居地带,并同时等待罗汉达的实验成功和老人星帝国的救援。然而,由于受到安达星意外爆炸的影响,罗汉达的实验失败了,罗汉达变成了混乱和退化的什卡斯塔,无法再为他们提供拯救。第八行星上所有的生物无处可逃,只能走向灭绝。由于意外雪灾的发生,原本神圣的水域也即将冻结成僵硬的冰面,耶和尔不得不尴尬而谨慎地告诉多伊格即使是湖水也会冻结这一事实。①这些关于意外灾难的情节表明:即使是奉行柔性技术老人星帝国,其整体计划也并非永远完美,他们也会有失误的时候。老人星代表耶和尔告诉第八行星的人他们不会灭绝而会被带往罗汉达,而事实证明这一计划在不可预知的经验面前是错误的。尽管老人星人倡导第八行星的人们要运用水一般的柔性思维模式思考问题,但他们自己的计划和理念在实践中却也常常与具有无限丰富性的实际经验形成偏差。

随着情节的推进,新的经验向第八行星的人们提出了一个尖锐的问题,在发生意外的情况下,他们是应该继续遵循老人星的指导,还是应该根据具体的现实做出自己的独立判断?随着意外灾难的程度逐渐加重,动物开始大量灭绝,食物来源也不断减少。在面临饥荒的危机时,第八行星代表们忽然发现,他们的"海"中还有许多动物可以作为充饥的食物。但他们曾经被老人星人告知水是神圣的,因此一直没有从中摄取食物。现在,在危机之下,这个问题引起了激烈的争论:

> 我们曾经忽略的或有意弃之不用的是什么?我们的海洋在这里,里面充满了各种生物,但我们将此处视为神圣之地的观念仍然

---

① Doris Lessing. *The Making of the Representative for Planet 8*. London: Flamingo, [1982] 1994. p.27.

使我们直至现在都难以将其看作一个供应食物的资源地。我说过，当我们谈到我们的“圣湖”时，老人星使者什么也没做，只是保持沉默：每当他们希望我们能通过成长摆脱某种观念时就会采取这样的方式。我们当中曾有少数几个人私下里偷偷认为这种对神圣的崇拜是愚蠢的，但我们仅仅在相互间谈论彼此的看法。我们从老人星帝国那里学习到，争论并不能教育孩子或那些不成熟的人，只有时间和经验才能做到。①

在突发情况下，就连水的神圣性也开始逐渐遭到了少部分人的大胆质疑，老人星帝国的柔性思维本身在经验中也并非永恒绝对的真理。然而，由于其盲从和僵化的习惯性思维，第八行星上的人们仍对从湖里捕食极度恐惧，他们虽迫于生存压力决定尝试这一举动，但却小心翼翼地为此专门进行了一个湖边仪式，在这一过程中，人们踌躇不前、充满毫无理由的负罪感，其思想上的惰性一览无余。几个大胆的代表决定带头下湖去捕食，在此刻人们的恐惧达到了极点：

负责保护湖泊的代表们，叫作瑞沃林，他们从人群中站了起来……

一阵咆哮抑或哭喊从人群中发出，这个从我们当中发出的声音，把所有人都吓了一跳。……

但大多数人都回家去了。我们的代表们站立着，望着这些可怜的人们，我们的负责人们几乎是偷偷摸摸地快速离开、回到各自住处去了，好像他们害怕被直视或受到批评一般。②

事实上，无论是对于以情感为核心的“慈母家庭道德”模式，抑或以理性秩序为主导的“严父家庭道德”模式，都并非放诸四海皆准的真理，

---

① Doris Lessing. *The Making of the Representative for Planet 8*. London: Flamingo, [1982] 1994. p.34.

② Ibid., pp.51-53.

它们是经验的产物，即一定范围内适用的规则，需要根据具体情况加以取舍。如果意识不到这一点，才是真正非理性的行为。多伊格对此进行了一针见血的评论："我们似乎想象自己正在运用理性的声音，但实际并没有运用它。理性无法企及非理性的源泉来治疗或拯救他们。"①实际上，造成这种非理性病症的原因正是一成不变的僵化思维方式。第八行星的叙述者多伊格指出，人们的这种负罪感是非理性的、没有任何道理可言。第八行星居民最大的问题是对老人星人的盲从和依赖，这是导致他们内心恐惧的根本原因：

> 对于我们而言，比建造新的避难所更严重的问题是内心的恐惧。对于一些新的、不可能的并且已经致命性地发生的事实（的恐惧）——老人星人是错的，他们说过的一些话已经被抹掉和否定了。……如果这堵墙在冰雪的袭击中倒下，那么老人星人就犯了一个错误，那就意味着……那些在我们中间的人……那些曾经谈论着天堂、救赎和很快会来接走我们的太空战舰的人——尽管越来越少——已经变得沉默，不再谈论救赎了……②

多伊格是第一个大胆正面质疑老人星帝国计划的第八行星代表，他向耶和尔提问道："如果我们都会从家里被太空飞船接走，那为什么还要修这堵墙？为何我们没有在冰雪刚刚开始时就被带走？"③而耶和尔的回答是："我们所有人最难意识到的事情是——我们中的每一个人，不论在功能等级上处于多么高的位置——都服从于一个整体性的计划。一种总体的必需原则。"④在这种情况下，老人星帝国仍然固执地坚持他们的整体计划，从自身帝国利益的全盘考虑出发而忽略其他殖民星球的具体

---

① Doris Lessing. *The Making of the Representative for Planet 8*. London: Flamingo, [1982] 1994. p.54.

② Ibid., p.132.

③④ Ibid., p.28.

诉求,第八行星的人们则在这一过程中缺乏独立思考、坐以待毙。湖水逐渐结成冰的过程,象征了老人星使者的指导逐渐偏离正确轨道、慢慢成为僵化教条的过程。第八行星的居民们由于被动等待和因循守旧而最终丧失了求生的机会。

回顾整个太空系列小说,"水"的意象在各种宏大叙事的话语体系之间蜿蜒游走、自由穿梭。它是作者握在手中的一面生动的镜子,折射出这些话语体系的本质和相互关系。它时而映照出以情感为核心的帝国自我形象建构存在的种种问题,时而又将帝国理性话语体系中隐藏的种种弊端呈现在读者面前。它甚至对于"水"这个意象本身也进行了自我怀疑,永远保留着一种与经验的丰富性相适应的灵动。整个小说系列中,老人星帝国虽然相对于其他帝国更接近理想国的目标,但仍然常常由于其缺乏变通的整体性秩序而陷入困境;而最接近作者理想平衡状态的人物之一是老人星帝国使者耶和尔,但他也时常由于代表老人星帝国的立场而显得武断和缺乏弹性。尽管如此,这个角色仍然是最接近柔性思维本质的一个人物。耶和尔的立场并不总是与老人星帝国一致,在执行任务过程中,他的内心也充溢着对老人星帝国理念的疑惑和对被抛弃种族深深的同情。除此之外,作者还通过《什卡斯塔》编年史的形式对耶和尔的这种变动不居的柔性特质进行了总结:

> 他是一个机智幽默的谈话者——但并不拘泥于任何特定话题。他给人留下深刻印象,但似乎并不给人们留下关于任何强烈意见的记忆。他并不采取任何特定的政治立场,决不代表一个特定的阶级或观念。但他又得到那些以政治为生命的年轻骨干们的极大信任。①

① Doris Lessing. *Re*: *Colonized Planet 5*, *Shikasta*. London: Harper Collins Publishers, [1979] 2002. p.418.

正是这种柔性的特质使他融合了分裂的人群,能够如流水一般在各个对立派别中穿梭自如,获得敌对双方共同的尊重。这种不拘于局部经验并具有自我质疑精神的柔性思维方式正是作者为几次世界性战争之后分崩离析、支离破碎的地球文明开出的一剂药方。

第二节　多重视点的棱镜——帝国话语体系的立体透视

在“太空小说”系列中,自由流动、无拘无束的水意象凸显了如岩石般坚硬的单一话语体系与柔软丰富的经验现实之间的强烈反差,“水”与“荒原”“岩石”等具有对比性视觉效果的意象构成了该系列小说最重要的表现技巧之一,而另一个与之相关的重要技巧是多重视点的运用。在《南船座的老人星:档案》系列的几部作品中,莱辛分别从老人星帝国档案管理者、老人星帝国使者、天狼星帝国使者、殖民地星球代表、记录故事歌谣的史官,甚至还有什卡斯塔(影射地球)上被殖民的非洲黑人等不同叙述者的多重视点出发进行写作,其中既有帝国统治者自上而下的官方视点,也有殖民星球代表和殖民地人民等自下而上的视点,同时还有介于二者之间的帝国使者和史官的视点。从这些不同的叙述视点出发,帝国整体性话语体系被置于小说营造的多样化现实经验中,得到立体性的展现和多重透视。这种叙述手法和“水”这一象征意象的运用具有类似的文学效果,也对话语和经验现实之间的张力与冲突进行了多样化的呈现。

《什卡斯塔》是太空小说系列中多重视点手法运用的一部典型作品,整个小说采用了档案集的形式,其中收录了各种不同文件,包括老人星使者耶和尔和托菲格等的报告、耶和尔在什卡斯塔的化身乔治·谢尔班写给弟弟本雅明以及妹妹瑞切尔和女友夏尔马·佩特的信件、老人星帝国档案管理员在报告后插入的简短评论和三次世界大战期间的什卡斯塔历史记录(这些历史记录则没有注明作者,以一种全知全能的视点写作)等。其中,耶和尔的报告在整个小说中具有重要地位,它们不仅在档案集中占据了大量篇幅,而且还表现了耶和尔内心世界的发展轨迹,呈现出随情节发展而不断变化的丰富肌理。以其他视点写作的各类文件则更像是宏观的背景幕布,在舞台上远远地衬托出耶和尔报告中的人物和事件,这些作为背景的历史事件和他人的视点如多面的棱镜一般立体地投射出耶和尔叙述话语中各个层面的光影。

多重视点技巧不仅贯穿《什卡斯塔》始终,并且在整个太空小说系列中,也得到了整体性运用。“太空小说”的第四部作品《八号行星代表的产生》是多种视点技巧整体性运用的典型范例。虽然该作品与《什卡斯塔》不同,它全部由殖民地代表多伊格的视点出发进行叙述,但这部小说作为一个整体,与该系列前面几部作品中帝国立场的叙述形成了鲜明对照,构成了整个太空小说系列多重视点结构的一部分。

一、帝国代言人耶和尔的宏大叙事

尽管耶和尔是莱辛太空小说中最具有“水”一般特质的人物,但他也在很大程度上具有岩石的特质,因此并不完美。耶和尔书写的帝国报告同样具有僵化武断的一面。耶和尔的报告在大多数时候是其作为老人星帝国代言人而进行的宏大叙事,从他的视点出发进行的叙述多为帝国整体性意识形态的传达和重复,这是耶和尔作为殖民署(Colonial Service)公务员的帝国代言人身份所决定的。耶和尔在其报告中树立了帝国整体性计划和利益的最高权威,同时又从情感的角度对帝国形象进行宣传。一方面,他指出,所有人都应该牺牲小我的利益而服从于这个整体,个体的牺牲与种族的延续相比而言是微不足道的:“个体应该被告知他们将要付出生命,他们应该接受这一事实。因为种族需要得到延续。她或他们的孩子将会死去,甚至可能是荒唐地、武断地被送上死亡之路——但种族将会得到延续。"①而另一方面,他的报告又运用了帝国自我形象描述的宣传策略,声称帝国与殖民地之间要建立以情感为基础的纽带。"……每个人都应该接受这一事实,他们的存在有赖于自愿服从伟大的整体,这种臣服,这种遵从,并不是受奴役——这种状态还从未出现在这个星球上,他们对此仍一无所知——而是他们健康、未来和进步的源泉。"②以情感与理性为基础的两种宏大叙事之间的内在冲突在他的报告中无处不在——一方面,既要求人们牺牲自我、绝对服从帝国权威和整体理性秩序,另一方面又宣传这不是一种精神奴役和等级关系,而是由情感纽带维系的和谐关系。而这种矛盾统一正是帝国话语宏大叙事的重要特征。崇尚服从绝对命令、等级秩序的"严父家庭道德"模式与以情感为纽带的"慈母家庭道德"模式这两种对立的思维范式在耶和尔的报告中并存,是他作为帝国利益代言人对这种平衡理想构想的表述方式。

尽管在老人星意识形态话语体系建构中并存着两种和谐守恒的道德伦理模式,但在实践中,当两种模式发生冲突时,老人星帝国却会毫不犹豫地采用"严父模式"来处理问题,可以说"慈母模式"更多地停留在一种宣传策略的层面,在真正事关帝国核心利益时,"严父模式"才是发挥关键作用的根本思维机制,这种模式才是帝国统治的本质,也是帝国整体性话语机制建立的基础。《什卡斯塔》中的一个重要情节集中体现了耶和尔作为帝国代言人在其报告中对这种整体性话语机制的运用。在第二次安达星爆炸后,老人星帝国与殖民地什卡斯塔建立的联系"锁"遭到彻底破坏,老人星帝国决定放弃由于实验失败而无法再进化的当地

---

① Doris Lessing. *Re*: *Colonized Planet 5*, *Shikasta*. London: Harper Collins Publishers, [1979] 2002. p.55.

② Ibid., p.41.

人，同时保留进化等级更高的巨人族。耶和尔奉命前往什卡斯塔劝说巨人乘坐老人星帝国派出的飞船离开。这一计划遭到了部分巨人的强烈反对，最后演化为由巨人加修恩(Jarsum)领导的一场叛变。巨人认为他们熟悉当地情况，留下来会对当地人更有帮助，并且他们不愿意和老人星帝国一样背叛当地人，“他们说如果当地人要遭到老人星人的背叛，那么他们这些巨人将不会成为背叛者的同伙”①。而耶和尔则用“签名”和“老人星律法”这种强制命令手段要求巨人服从，他在报告中描述了这一过程：“我介入了干预。我用手紧紧抓住‘签名条’使其从上至下展开，并开始使用它。我告诉他们那些决定留下的人将会犯下不服从的罪行。这是有史以来第一次，他们不愿意服从老人星帝国的法律。”②耶和尔认为巨人族继续留下来不但会打破老人星的整体计划，并且也无法帮助当地人。在这一事件中，从耶和尔视角出发的叙述者站在整体性计划的立场，以帝国整体利益为标准来对巨人的诉求进行评判，曾经服从这一计划的巨人被描述为具有“高贵的面孔”(noble faces)和“善解人意的眼睛”(comprehending eyes)，而当下反叛帝国计划的巨人则被指责以“低劣的方式”(debased modes)进行争论、显露出“退化疾病的初期征兆”(the first sign of the Degenerative Disease)和处于永无休止的“派系斗争”(faction-fighting)③之中。耶和尔认为巨人对老人星残忍举动的谴责不过是些毫无意义的“责备眼神”(looks of reproach)以及“沉重叹息”(heavy sighs)，但缺乏“实际有用的讨论”(practical discussion)。④

总而言之，耶和尔站在老人星帝国整体性利益的立场，以“理性”“整体性”“律法”等名义，对巨人的人道主义同情不屑一顾，帝国的整体性计划能否实现成了唯一的价值衡量标准，这是他作为帝国代言人对历史进

①②③ Doris Lessing. *Re*: *Colonized Planet 5*, *Shikasta*. London: Harper Collins Publishers, [1979] 2002. p.65.

④ Ibid., p.67.

行书写的结果。

如本书前面两章所分析，站在帝国整体性利益的立场，耶和尔常运用宗教与生物科学这两个重要隐喻系统来支撑其帝国话语体系，而在讲述什卡斯塔发生的这一叛乱事件时，也同样如此。读者可以站在耶和尔视点之外的立场，通过对这一事件不同叙述立场的分析对比，来评估耶和尔报告中这两种支撑性话语体系的可靠性，并对其提出质疑。

首先，宗教话语体系是耶和尔报告建构权力话语体系的重要手段，老人星帝国不仅教导当地人要将老人星人视为上帝一样的权威，帝国的反叛者也同时被描述为被上帝打入地狱的撒旦。西方宗教中，反叛上帝的魔鬼撒旦是邪恶的象征，它常常以蛇的意象出现。《圣经·创世记》中，撒旦化身为一条蛇引诱亚当和夏娃背叛上帝偷吃了禁果，从而导致人类的堕落。因此蛇的意象在西方宗教文学中往往是邪恶势力的代表。例如，在《失乐园》里，背叛上帝的大天使撒旦，就被描绘成令人厌恶的蛇。在《什卡斯塔》中，巨人族因为受灾难影响，出现了退化症状，因此他们不再像以往那样对老人星使者耶和尔言听计从。当他们被强行要求撤离什卡斯塔时，一些巨人选择了抗拒命令。这些在老人星人眼中堕落的巨人被与蛇的意象联系起来：“‘什卡斯塔、什卡斯塔、什卡斯塔……’窃窃私语萦绕在我的身边，这声音就像是蛇发出的嘶嘶声，令人憎恶，并且非常可怕。”①往常以高大形象出现在耶和尔报告中的巨人族，仅仅因为同情当地人的遭遇，不愿意服从老人星的命令，在耶和尔报告中的形象便一落千丈，成为猥琐邪恶的撒旦化身。然而，熟悉英国文学的读者也可以从中读出另一番意味。《失乐园》作于17世纪英国资产阶级革命时期，其中的撒旦形象具有矛盾性。一方面，他们被描写为反叛上帝的

① Doris Lessing. *Re*: *Colonized Planet 5*, *Shikasta*. London: Harper Collins Publishers, [1979] 2002. p.25.

魔鬼和邪恶的蛇;但另一方面,也有评论指出,文中有不少描述都突显了撒旦的反叛英雄形象,与传统的宗教描写有很大的不同,这体现了作者弥尔顿借助传统宗教故事表现自己革命思想的意图。莱辛在这里运用蛇的意象来表现巨人族对老人星使者的反抗,同样也暗含了作者对巨人这种反叛精神的隐晦肯定:虽然反叛巨人在耶和尔的报告中以反面形象出现,但故事之外的读者却能够通过其他视点的叙述把握整个事件的来龙去脉,看到巨人族正义的一面,从而对耶和尔报告本身的权威性产生一定的质疑。

其次,耶和尔报告作为帝国话语权力体系的另一个重要体现是假借进化论科学的话语体系来对个体进行分类描述,将不符合帝国整体性话语体系的个体打入进化秩序的最底层,成为被淘汰的异类,那些符合帝国利益和需要的个体则会获得进化。耶和尔在报告中对进化过程与帝国整体性计划之间的关系做了明确阐述:“仅仅以个体身份来看待我们自己——这是‘退化症’的本质体现,我们老人星帝国中的每一个成员都被教导要以是否与整体性计划(即我们的进化阶段)和谐一致来作为评价自身的唯一标准。”①当星际灾难来临时,老人星人认为当地人失去了进化希望,并且对他们的整体性计划已经没有任何用处,只有等待退化与死亡,因此决定放弃他们,而与之共生的巨人则是共生的“双胞胎”中“更健康”的那一个,因此唯独巨人可以得救:“然而等待当地人的除了退化再无其他可能……巨人们是双胞胎中健康的或者说更健康的那一个,他们可以通过一些措施获救,而另一个则必须死去。”②就这样,老人星帝国将再无利用价值的当地人视为进化过程中的失败者,抛弃在帝国救赎计划之外。这种将进化过程与帝国整体性计划挂钩的思想也由此不再

①② Doris Lessing. *Re: Colonized Planet 5, Shikasta*. London: Harper Collins Publishers, [1979] 2002. p.55.

仅仅停留在话语层面,而是进一步贯彻到帝国殖民地管理的具体实践中。如果将老人星帝国的这一自我辩护理由与其之前的自我形象宣传并置,就会发现这样的辩护是十分荒谬的。老人星帝国向来以殖民地人民的庇护者、母亲和养育人自居,然而在现实中,人们却很难想象一个慈爱的母亲会如此冷漠地放任自己的孩子走向死亡,理由仅仅是这些孩子不够健康、阻碍了其所谓"整体性计划"的实现。不仅如此,任何对家长这一冷漠行为进行质疑的"家庭成员"都在这一话语体系中受到打压。耶和尔在报告中描述了一个基因变异的女巨人,在得知老人星帝国放弃当地人的决定时,她做出了一些异于其他巨人的反应:

> 我对那十几个巨人中的一个女性巨人非常感兴趣,根据通常的老人星标准,她是一个怪物。……她指尖长长的,那是一些骨质延伸组织,就像那些曾经长着爪子的当地人一样。这勾起了众多令人烦乱的基因观念……她一定感觉自己是受排斥的异类。我注意到,她是这儿的人当中唯一明显受我所说的话影响而压力巨大的人。她不断地叹息着,那令人难以置信的天蓝色眼睛不知疲倦地转动和环顾四周。她咂咂薄薄的红嘴唇,这又让我见识了从未看过的东西:看起来像一道伤口。①

这名女巨人被耶和尔称为"变异的怪人"(a genetic freak)。在他看来,她的基因是"令人烦乱"的。她"薄薄的红嘴唇"被比喻为"一道伤口",这种描述显然也给人一种负面和不健康的印象,并且暗示女巨人与众不同的想法正是由于基因变异导致的。可见,除了宗教话语模式以外,进化论话语模式的运用同样也是帝国权力话语体系对异见者进行压制的重要工具。这种描述将思想意识方面的异见者与生物学上的基因变异者联

---

① Doris Lessing. *Re*: *Colonized Planet 5*, *Shikasta*. London: Harper Collins Publishers, [1979] 2002. p.57.

系在一起，将生物进化等级秩序不知不觉地杂糅到文化意识领域中。通过这种方式，耶和尔的报告在无形中预设了老人星帝国的文化优越性，进一步巩固了其理性等级秩序下的世界图景。实际上，在该报告中，这类以生物种属等级秩序偷换文化等级秩序的观念大量存在，其中一段报告甚至直接表明，老人星帝国整体计划的一部分就是要让不同进化等级的物种都能够与帝国意识形态建立的控制体系相适应：

> 当巨人们离开后，那些曾经得到悉心照料和训练的当地人将会感到何等震惊？他们将会产生什么样的畸变，做出些什么样的反常举动？还有这个星球上的动物们会怎么样呢？当地人也是不久前才由它们进化而来。我们计划让当地人来照顾、管理和保护那些动物，并保证不同种属的力量和素质与“锁”的要求匹配一致。①

根据进化思想发展的历史和现代生物学常识，生物演变与文化意识之间并没有直接的因果联系，至少这种联系的证据还未被找到和得到证实。而在这两者之间强行建立某种联动关系的科学幻想，只是叙述者一厢情愿的假设。这种话语模式出现在小说中并不奇怪，因为小说本身就具有虚构性质。然而如果考虑到太空小说对现实的影射，则可以发现，这种话语模式实际上正是当时在大英帝国和白人殖民者中盛行的“白人优越论”的翻版，是为殖民统治进行自我辩护的一种说辞。

除了运用宗教和生物话语体系进行辩护以外，老人星帝国在实际运作中失去平衡和谐状态的另一个体现是通过塑造外部敌人来为自己抛弃什卡斯塔人和镇压巨人族的行为进行辩护，而树立外在的危险和敌人正是“严父家庭道德”模式的一个重要特征。耶和尔的报告清晰地展示了他在叙述中逐渐引入闪迈特人并将其树立为敌人的过程。在耶和尔

---

① Doris Lessing. *Re*: *Colonized Planet 5*, *Shikasta*. London: Harper Collins Publishers, [1979] 2002. p.59.

试图去说服巨人背叛和放弃当地人的过程中,他感到气氛越来越紧张,而与此同时,他感到在其说辞中引入闪迈特人这类外部敌对势力的需求变得越来越强烈:"……我迫切地需要介绍关于闪迈特人的事情。这种想法如此强烈,我对自己竟没能因此而自动将闪迈特人的事讲出来而感到惊讶。我感到一股不安情绪甚至是猜忌怀疑已暗流涌动,是时候让这个主题浮出水面了。"①由于耶和尔在执行这一任务的过程中遭遇到越来越大的抵抗和阻力,他越来越迫切地需要将闪迈特敌人的观念灌输给当地人,从而证明老人星帝国行为的权威与合法性。尽管如此,局面还是近乎失控。当老人星帝国的道德权威地位最终难以为继时,他们动用了武力进行强制镇压,彻底违背了自身的承诺和宣传,以及最初对理想平衡状态的期待和幻想:"接走他们并非像计划中想象的那样顺利平稳。在茫然无措中进行臣服之前,每个城市都在争论和拒绝离开——那些最终在迷茫中臣服的地区算是情况最好的了;在其他的一些地方,老人星帝国派军队进行了武力干涉。"②至此,先前的平衡状态荡然无存,在外敌入侵这种"严父家庭道德"模式典型说辞掩盖下,老人星帝国最终对殖民地采取了暴力镇压,而这种帝国行为在"慈母家庭道德"模式中是难以想象的。

由此可见,从耶和尔视角出发的自述报告淋漓尽致地体现了"严父家庭道德"模式隐喻思维作用机制下的整体性帝国话语。特别是在老人星帝国抛弃什卡斯塔导致巨人叛乱的事件中,耶和尔在报告中作为帝国代言人为老人星帝国辩护的立场表露无遗。然而,耶和尔报告中作为帝国代言人的叙述者视点只是《什卡斯塔》整部小说中的冰山一角,大量其他档案文件为多方面立体透视耶和尔的报告内容提供了更为丰富的参

---

① Doris Lessing. *Re*: *Colonized Planet 5*, *Shikasta*. London: Harper Collins Publishers, [1979] 2002. p.59.

② Ibid., p.66.

考和对照。

二、反讽叙事——帝国殖民历史的多维折射

尽管以耶和尔为叙述者的报告很容易引导读者陷入其中的单一帝国思维模式,但《什卡斯塔》全书是由多种档案文件组成的集合,而并非由单一视点统领的整体,这些文件从其他不同的视角折射出什卡斯塔星文明发展史中存在的种种问题。读者只有始终站在一个与文中形形色色的叙述者保持距离的角度去阅读这些文件,并且将耶和尔这个主要人物的报告置于这一背景中来考量,才能更加立体地透视老人星帝国的话语建构。正如在舞台剧中一样,剧中的人物从各自的立场出发讨论问题,他们可能不知道他人内心的真正想法、看不到事件发生的全景图,也可能意识不到自身存在的问题和荒谬可笑之处,但坐在台下的观众却能看到所有人物表达出来的内心想法、事件发生的全部背景以及台上人物各自的可笑之处。莱辛通过文件档案的形式将什卡斯塔历史的全景展现在读者面前,读者能够比较不同视点的观念立场、星际帝国历史的全部背景以及他们各自存在的问题,从而使整个阅读过程产生一种明显的戏剧反讽效果。

在《什卡斯塔》中,整个档案集的很大一部分内容都是直接源自非洲题材。当被问及这些部分是否暗示小说中那些来自外部、令人恐惧的控制与殖民主义的相关问题时,莱辛对此毫不讳言,她表明"这整个系列都是基于殖民开拓进程的",并指出"所有历史都是帝国兴衰的过程"。[1]纵观莱辛的作品,她自始至终都没有放弃过对现实和历史的热切关注,太空小说题材的采用也不过是从另一个角度来重新审视那段令她刻骨铭

---

① Earl G. Ingersoll ed. *Doris Lessing*: *Conversations*. New York: Ohio Review Press, 1994. p.114.

心的非洲经历而已。这种新的叙述方式只是将读者的认知从熟悉的生活现实中抽离出来,令其置身事外,站在更遥远的地方去审视自己文明中存在的问题。在作品中,莱辛通过耶和尔以外的其他叙述者描述了什卡斯塔的全景图及其存在的严重问题,使读者能更全面地俯瞰整个星际帝国故事的历史背景。

什卡斯塔星球的历史让人们看到了地球熟悉的影子,其中的许多历史事件、地理特征和地点命名都让读者确信这就是我们星球历史的缩影。外太空使者们的报告和星际帝国的编年史为读者们提供了一面镜子,映照出人们置身其中的这个星球的社会历史影像,以及其中存在的种种痼疾。老人星向什卡斯塔派出的另一名使者托菲格在其报告中指出,什卡斯塔上的文化与宗教早已偏离了老人星教导的最初方向,逐步走向堕落:

> 由使者耶和尔和其他后续造访者留下的教导在他们当中所剩无几。物件、手工艺品和动物的禁忌体系大行其道。人和动物献祭大部分由那些自诩为"神圣上帝"守护者的牧师来执行。①

一份老人星帝国的官方历史档案②则对什卡斯塔宗教的发展历程进行了回顾并更深入地指出了其存在的严重问题:

> 回顾起来,在这整个时期中,所有的宗教都得到了繁荣发展……
>
> 这些宗教有两个主要方面。积极的一面,也是它们最好的状态:促进了文化的稳定发展,避免了极端的残忍、剥削和贪婪。消极

① Doris Lessing. *Re*: *Colonized Planet 5*, *Shikasta*. London: Harper Collins Publishers, [1979] 2002. p.126.

② 该档案文件在小说中英文全称为"History of Shikasta, Vol.997, Period of the Public Cautioners. EXCERPTS FROM SUMMARY CHAPTER",记录了第一次大破坏之前1000年至末世之前1500年之间的历史,这是什卡斯塔从遭受星际灾难、逐渐脱离老人星影响直至走向毁灭的时期。

的一面：一些神职人员操纵规则，僵化地施行惩戒；有时允许甚至加重过度剥削和贪婪等野蛮行为。这些神职人员歪曲仅剩下的那些我们使者留下的教义，好像他们已经参透了一切似的。他们创造出一群自诩为不朽的个体，这些人完全认同他们生造的这些伦理、规范和信仰，他们一直以来都是我国使者们最大的敌人。①

该记录反映了地球上宗教体系自身内部的问题，表明宗教话语体系既可以发挥正面的社会效应，遏制贪婪、压迫与暴力，但同时这些话语体系也很容易在实际运用中被歪曲和加以利用，反而成为负面社会力量的帮凶。

另一份什卡斯塔档案记录②则将批判的矛头指向语言问题，认为造成什卡斯塔星球上政治和社会问题的很大部分原因是语言的不合时宜与僵化。该记录指出，语言问题是造成社会动荡和新老两代人之间代沟与隔阂的根本原因。老一代人更加珍惜来之不易的暂时安宁，怀念从前秩序井然的时光。新老两代人的矛盾焦点聚集在对待信仰和规范的态度上，“那些老一辈的人们为文明标准的丧失和礼仪的崩坏而感到悲哀”③，虽然文明的标准需要坚持，但它们却常常被扭曲而变成僵化的教条。正是由于老一辈人对这一现象没有进行深刻反思，习惯于空洞无物和与现实格格不入的教条，才使得年轻人对老一代的各种说教不再信任，陷入了幻灭与无政府主义的混乱。“在夜里，城市不再安全，因为这些年轻人成群结伙地抢劫、袭击、谋杀，并且总是冲动行事——他们并没

① Doris Lessing. *Re*: *Colonized Planet 5*, *Shikasta*. London: Harper Collins Publishers, [1979] 2002. p.144.

② 该档案文件在小说中的英文全称为“History of Shikasta, Vol. 3014, Period Between World War II to World War III. Armies: Various Types of The Armies of the Young”。

③ Doris Lessing. *Re*: *Colonized Planet 5*, *Shikasta*. London: Harper Collins Publishers, [1979] 2002. p.290.

有负疚感,几乎是将这一切当作一种游戏。”[1]这种僵化生硬、不能与时俱进的话语体系被老人星帝国的档案历史编撰者命名为“双语症”(double speak):

> 什卡斯塔人在“破坏的世纪”,早期所说的那种“双语症”很快成了一种常规。一方面,每个什卡斯塔人都运用教条化的语言和对话方式,并且为了自我保存而非常有技巧地运用它们;但另一方面,他们同时又运用现实的思想和语言,进行一种实际的信息交换。
>
> 一直以来,每当一种文化中的语言和对话方式被实际中的另一种超越时,原先的语言就会变成无意义的重复和教条——并且变得十分荒谬可笑。短语、词汇以及句子之间的联系自动地从人们嘴里说出来,但却没有任何作用:它们已经失去了自身的能量和活力。[2]

从这些报告中可以看出档案记录者对语言与经验现实之间巨大差距的洞察与担忧。根据整个太空小说系列的内容分析,这种观点与作者本人的态度是最为接近的,她对任何社会政治团体和宗教派别的话语体系都保持一种警惕,话语本身容易变得僵化的这种特性使莱辛在小说中不断思考和揭示这些语言体系存在的问题,哪怕是她自己曾经信仰过的话语体系也不例外。对于自己在小说中一手建构的老人星帝国,莱辛对其走向单一思维模式和教条主义的批判也毫不留情。正如本书第二章第四节所论述,老人星帝国是莱辛在“太空小说”中致力于建构的一个整体性帝国范本。但即便如此,莱辛也并未像传统的乌托邦叙事一样将其塑造成一个完美的世外桃源,而是对其在实践中走向僵化的可能性也进行了探讨。在“太空小说”中,莱辛通过大量其他叙述视点出发进行的历史叙述,从各个角度映照出老人星帝国的完整形象,形成一种双重反讽效果:

---

① Doris Lessing. *Re: Colonized Planet 5*, *Shikasta*. London: Harper Collins Publishers, [1979] 2002. p.290

② Ibid., p.294.

一方面，老人星帝国使者从遥远的外太空视角来审视地球本身，读者能够暂时置身事外，用这种疏离的视点来观察地球历史，看到故事中形形色色的人物和什卡斯塔居民们的生活百态，发现他们自身难以察觉的问题；同时，又由于老人星帝国本身也常常滑向单一理性思维范式而暴露出种种僵化的弊端，因此老人星帝国使者所指出的那些什卡斯塔存在的问题，实际上也同样存在于老人星帝国自身。读者不仅能通过他们的太空视角对什卡斯塔进行自上而下的审视，同时也能反讽性地看到星际帝国自身存在的同样问题。然而由于老人星人的傲慢，他们虽然对什卡斯塔的社会痼疾洞若观火，却对自身文化中存在的类似问题缺乏足够认识。相对于作品中的各类叙述者，置身事外的读者则更能与小说中的各种叙述和人物行为保持距离，这造就了一种强烈的反讽效果——正如舞台之外的观众能比戏剧中的人物更加清楚地看到这些戏中人自己难以知晓的事实一样，《什卡斯塔》中大量的档案材料为读者进行这种反讽式观察提供了多视点、多维度的参照，使读者从各个角度更立体地观察到老人星帝国傲慢和自以为是的一面。

老人星帝国档案的"第 997 卷历史档案"①对三个星际帝国争霸的事实进行了总结，揭示了老人星帝国行为中不同于先前自我形象建构的一面：

> 正如历来那样，老人星帝国正在制定它的救赎和改革计划。
>
> 而这里还有闪迈特人派出的人在活动。同时也有天狼星帝国派出的人，有三个星球派出的人——他们全都在寻求自己的私利，而什卡斯塔人并不知晓这一切，大部分事实是他们看不见的，因为

① 该档案为本节前面论述中提到的文件，英文全称为"*History of Shikasta*, Vol.997, Period of the Public Cautioners. EXCERPTS FROM SUMMARY CHAPTER"，讲述了第一次大破坏之前 1000 年至末世之前 1500 年之间的历史，其中部分内容描述了什卡斯塔存在的宗教问题。

他们不知道如何分辨这些天外来客，不论是其中的朋友还是敌人。①

上述引文表明上，老人星帝国和另外两个分别被其贬低为流氓星球和低进化等级国家的竞争对手并没有实质性区别，它们都为了自身的利益而操控什卡斯塔人的命运，而什卡斯塔人却被隐瞒了真相。这揭示了老人星帝国自私的一面。此刻，其帝国行为与帝国形象宣传之间产生了明显差异。

《什卡斯塔》中另一些档案记录则更加明显地暴露了老人星帝国虚伪的一面——它和自己贬低的对手们一样，为了实现帝国利益而不惜牺牲殖民地的利益，以自身的文化优越性为名来摧毁当地的文明，而这恰恰是通过最野蛮的武力方式实现的。在什卡斯塔历史记录档案第997卷档案中，老人星帝国还记录了他们对待殖民地文化的态度：

> 一个又一个文明、一个又一个文化的低等成就（从老人星帝国标准出发而言）必须被尽可能长久地容忍，而最后它们要么由于自身腐败堕落、不堪重负而崩溃消失，要么被我们有意摧毁，这是为了防止他们威胁到什卡斯塔的其他地方、威胁到我们自身或者威胁到老人星帝国的其他殖民地区。②

这段帝国档案叙述表明，老人星帝国以自身文化为单一标准来衡量所有殖民地区的不同文化，与之不相符合的"他者"成了对帝国文化优越论的严重威胁，从而被认为是落后低级的文化，遭到摧毁。老人星帝国与什卡斯塔建立的"纽带"（bond）实质上并非出于帝国所宣扬的情感与爱，而是出于整体计划和帝国利益，这种纽带不容破坏的根本原因是它们事关老人星帝国自身的关键性利益，也就是他们在什卡斯塔星球上想要建立的等级秩序及其殖民统治。一段以帝国官方口吻写作的历史档

---

① Doris Lessing. *Re*: *Colonized Planet 5*, *Shikasta*. London: Harper Collins Publishers, [1979] 2002. p.296.

② Ibid., p.141.

案更清晰地揭示了老人星帝国的这一态度：

> 我们观察到，或者从报告中得知，老人星帝国与什卡斯塔之间的联系已经减弱到危险警戒线以下。
>
> 随后又有报告称，对我们的利益发挥着关键作用的某个文化、城市、部落和人群脱离了曾经建立起来的联系纽带。①

由此可见，老人星帝国其他使者的报告、老人星帝国的历史档案记录以及小说中的其他各类叙述，共同构成了一个多样化视点的棱镜，从各个方面折射出耶和尔报告的历史背景和现实图景。虽然耶和尔在大多数时候被赋予正面形象，但他并非是一名完全可靠的叙述者。在小说文本中，从各种其他视点进行的历史叙述反映出一幅幅与耶和尔报告完全不同的画面，使读者看到了更加完整立体的帝国殖民历史缩影。

三、同一个视点，两种声音——游走在帝国边缘的耶和尔

在《什卡斯塔》的多重视点技巧运用中，莱辛还采用了在同一个人物视点内部进行思维模式切换的技巧。耶和尔的叙述就是这种技巧运用的典型代表。这个人物虽然在大多数时候以帝国立场来撰写报告，但偶尔也会发生思维模式跳转，不时切换到相反立场进行叙述，从而对老人星帝国的立场进行反思。

耶和尔对自己作为帝国代言人的立场并非总是充满信心，他对抛弃什卡斯塔人的帝国计划感到十分忐忑，但作为帝国任务的执行者，他别无选择。尽管小心翼翼地行事，耶和尔最终还是引起了巨人的不满：

> 当会议的气氛似乎有所缓和时，我继续谈到，引起这次危机的原因是支撑老人星帝国的一些星球出人意料地发生了星际秩序紊

① Doris Lessing. *Re*：*Colonized Planet 5*，*Shikasta*. London：Harper Collins Publishers，[1979] 2002. p.142.

乱。我不得不记录,这在当时产生了一种不安的反应——制止;抗议——制止;抗议——制止……①

而对于该事件的直接受害人——什卡斯塔的当地人,耶和尔却没有勇气告诉他们真相,因为他认为"他们将无法接受这个现实""无法达到巨人思考和行动的层次来理解这一事件",从而"没法做到平静地点头接受"。②从这一事件开始,耶和尔的叙述已经开始露出分裂特征的端倪,他的视点开始具有了一种双重性特征:一方面,他是帝国的代言人,从帝国的立场和思维进行叙述;另一方面,他又是帝国在殖民地的使者,是二者交流的中介,这使他在某些时候得以跳出帝国思维范式,以边缘人的身份对帝国存在的问题及其与殖民地之间的关系进行反思。

耶和尔对帝国立场的反思首先体现在他对什卡斯塔(即地球)上西方社会内部问题的审视。在一些叙述中,耶和尔跳出了帝国立场,站在遥远的外太空视角,对什卡斯塔历史进行全景俯瞰。这同样也获得了一种双重反讽的效果:故事中耶和尔代表的老人星帝国隐喻了西方社会,而耶和尔作为一名帝国使者,反思的却正是自己所代表的老人星帝国的原型——什卡斯塔中的西方社会,这使他也间接地对老人星帝国自身进行了一场反思。

耶和尔的一段长篇报告描述了什卡斯塔上西方社会中的芸芸众生相,以八个患有精神疾病的典型人物为代表。在什卡斯塔陷入"退化"的时期,人们的一个重要精神疾病征兆是"瘫痪"(paralysis)。③耶和尔在报告中剖析了八名典型个体的精神病理及影响他们的社会因素。这种写作风格颇有乔伊斯短篇小说系列《都柏林人》的遗风,莱辛也同样通过一

① Doris Lessing. *Re*: *Colonized Planet 5*, *Shikasta*. London: Harper Collins Publishers, [1979] 2002. pp.57-58.

② Ibid., p.58.

③ Ibid., p.150.

连串短小精悍的故事对这些处于“瘫痪”状态的芸芸众生相进行了白描。“个体一号”(Individual One)描写了一个患幽闭恐惧症的女孩,她为了寻找新的生活而离家出走,却发现无论她走到哪里,城市和人的类型都千篇一律。“个体二号”(Individual Two)描写了一个小女孩,她是一群孩子的首领,并自称是他们的“母亲”(Mother)。她带领的这群孩子是“教条的牺牲物”(victims of indoctrination),它们受成人世界影响而变成不真实的“傀儡”(puppets),由于在思想和情感类型上受极端“标准化”(standardization)教条的影响,他们每个人的内心中都潜藏了一只“机灵的牧羊犬”(Crafty Collie),①并且成为它的傀儡而失去了真实的自我。②个体三号的故事更加深刻地反思了造成社会精神瘫痪的原因。该故事描写了一名工党领袖,贫寒的出身使他目睹了社会的不公,并对此感到愤怒和难以置信。在二战中他参军入伍并走遍世界,发现地球上的许多地方都是如此,因此不再对这种普遍的状况感到惊讶。他回国后开始为工人争取权益。尽管如此,他始终不能将对黑人的同情纳入其善举的范围中。故事中描述了受到二战重创的英国等西方社会:“二战刚结束后的时期是痛苦贫穷、灰暗无色的。西北边缘地带的国家击溃了它们自己,这既是生理上的,也是道德上的。”③这种危机使其面临内外双重矛盾:社会内部,贫富分化加剧,矛盾重重;而在对外关系中,“西北边缘陆地”(Northwest fringes,影射英国等欧洲国家)逐渐衰落,而新兴的“北方孤陆”(The Isolated Northern Continent,影射北美大陆新兴的美国)实力大

---

① Doris Lessing. *Re*: *Colonized Planet 5*, *Shikasta*. London: Harper Collins Publishers, [1979] 2002. p.153.

② 在小说中,“机灵的牧羊犬”(Crafty Collie)是指一只未成年的小幼犬,它拥有着讨喜的名字,并进驻小孩们的内心,使小孩们开始学习成人世界的阴谋、欺骗与谎言,从而失去“真实的自我”。

③ Doris Lessing. *Re*: *Colonized Planet 5*, *Shikasta*. London: Harper Collins Publishers, [1979] 2002. p.155.

增，二者通过一系列交易达成了联盟，完成了新旧霸权的转换，"北方孤陆变得强大，它支持西北边缘地带国家的发展，前提条件是这些国家在由它主导的军事集团中成为其附庸和盟友"①。西北边缘大陆的社会（主要影射英国社会）因此而获得了战后的短暂繁荣和消费经济的迅速发展，但耶和尔指出"然而，这种繁荣的本质并不能使富裕时代（the Age of Affluence）长久持续：其原因并不在于其国内状况，而是一个全球性的问题"。②工人阶层生活的改善并非通过根本性的社会变革实现，而是源自对世界其他地区的奴役掠夺，因此这种繁荣是虚假的，最终将难以为继。个体三号对这种繁荣的本质从道德上提出了质疑：

> 人们怎么可能若无其事地忘记他们曾做过的事，就好像他们得到的一切都理所当然一样——盗贼们，任何时候只要有机会他们就会拿走所能拿走的一切……但他们甚至还为此感到自豪，认为这种顺手牵羊、搜刮劫掠的行为是他们聪明过人的体现，是他们在世界中立足的方式——他们都大大咧咧、轻率冷漠，看不到这个时代的轻松和财富不过是源自世界丛林中的经济转移而已。然而这些人正是过去受苦受难的那些人的儿女后代……在这个国家中底层阶级的历史一直都充满了赤贫和剥削。难道他们已经忘记了这一切？这怎么可能？这一切是如何发生的？③

然而，尽管对现实充满质疑和不满，个体三号却并没有与这个物欲横流的社会决裂的勇气，他仍然在麻醉中参与各种政治活动和会议。最终，在良心的压力下，他出人意料地提起了一项以自己为被告的诉讼。个体四号和五号的故事则描述了一对青年男女恐怖主义者，他们出生于

① Doris Lessing. *Re*：*Colonized Planet 5*，*Shikasta*. London：Harper Collins Publishers，[1979] 2002. p.156.

② Ibid.，p.157.

③ Ibid.，pp.158-159.

富裕家庭，却也出生在亲情最为淡漠的家庭。他们用极端的方式反抗商标化的社会，用制造恐怖的方式来反抗家庭中的冷漠和令人窒息的程式化社会。个体六号出生在一个犹太家庭，其父母是二战中的幸存者。他对战争的认识与其父母产生了巨大差异。父母过着节俭谨慎的传统式生活，珍惜当下来之不易的安稳，为自己大难不死而感恩。他们给个体六号讲述过去战争的经历，个体六号认为这种历史令人难以置信，他对人们残忍对待彼此所感到的惊讶不亚于个体三号。他由此开始重新思考战争的本质。最终，个体六号不再相信任何国家的自我形象描述，认为不仅仅是德国，所有参战国几乎都对战争负有责任。他在思想上与父母产生了代沟，并最终导致了其母亲心脏病发作死亡，在被父亲逐出家门后，他也走上了恐怖主义道路。个体七号是一名出生于富商家庭的女孩，她不堪家庭的冷漠而离家出走，加入一个政治团体并成为任其男友摆布利用的玩偶，最后自杀。个体八号讲述了一名年老黑女仆的故事。她忠心耿耿地跟随主人一辈子，但在不能继续劳动时被主人解雇，身无分文地返回了故乡。耶和尔特意在报告中指出，除了第八名个体以外，前面这七名个体都没有遭受实质上的物质压迫，而是一种精神瘫痪状态：“值得注意的是，这里列出的个体中没有一个受到了某种可以确认的不公正待遇，比如受到某个独裁政权的武断压迫，或者被剥夺了国籍，或由于种族歧视而遭受迫害，抑或由于人们的冷漠、愚昧与残忍而陷于贫穷之中。”①这些人都没有受到身体和物质上的实质性伤害，但他们却在精神上感到空虚和失望。这些个体的经历是二战后西方社会的缩影。在那个时代，战争和贫穷击垮了一直以来人们的道德信仰和精神支柱。在英国等国家所经历的“福利社会”时代，虽然物质上经历了短暂的富

① Doris Lessing. *Re: Colonized Planet 5, Shikasta*. London: Harper Collins Publishers, [1979] 2002. p.185.

裕，但在这种难以长久的虚假繁荣之下，人们却丢失了欧洲文明中那些最宝贵的精神财富。

在对西方社会内部的文化信仰缺失进行分析后，耶和尔又在以《说明：什卡斯塔情况概述》(*ILLUSTRATIONS*：*The Shikastan Situation*)为标题的两段简短速记中，进一步批评了什卡斯塔上的殖民活动。这两段速记与耶和尔站在帝国立场上书写的其他一些报告相比，立场迥异，对比鲜明。

在第一篇速记中，耶和尔讲述了什卡斯塔星上的“西北边陆”(the Northwest fringes)对“南部大陆一号”(Southern Continent I)的殖民入侵。在南部大陆一号遭到入侵以前，这里是一个类似于人间天堂的理想之乡，人与人之间以及人与自然之间和谐共处。这段从耶和尔视角出发的描述与他之前站在帝国立场对什卡斯塔人的描述截然不同，这些当地人不再被视为低等的“动物”，而是具有几乎一切老人星人所崇尚的特征，人、动物、自然等万事万物之间具有和谐的关系，到处充满象征和谐与平衡的音律，他们的宗教体现了天人合一的思想，他们拥有健康而完整的心灵：

> 土壤如此肥沃。它养育了各种各样的动物。这里也稀疏地分布着一个部落的居民，他们具有特别友善的本性，热爱和平、性情温和、十分爱笑，还喜欢讲故事和擅长手工艺品制作。整个南部大陆一号都充满了音乐声：唱歌、跳舞，无数种乐器的制作和使用都体现了他们的自然本性，他们与周遭事物维持着一种平衡的关系，拿走的东西不会超过能够回馈的数量。他们的“宗教”是与栖息之所之间同一性的表达。他们的医学体现了这种宗教的特质，部落中的男男女女都知道如何治愈心灵的疾病。①

① Doris Lessing. *Re*：*Colonized Planet 5*，*Shikasta*. London：Harper Collins Publishers，[1979] 2002. p.199.

这段描写影射了莱辛的非洲经历，爱笑是莱辛笔下黑人最显著的特点之一。在引文中，莱辛通过耶和尔的视点，描写了非洲人的单纯天真，他们甚至对外来的入侵者也毫无敌意。这里的黑人对土地没有私有财产的概念：“对这片土地所有权的概念对他们来说是全然陌生的：他们认为土地属于它自己，它是居于其上的人和动物的立身之处，伟大的神灵居于其中，是所有生命的源泉。”[1]耶和尔指出，当地人不仅被剥夺了土地，而且还遭受了他们根本无法理解也没有经历过的歧视，他们天真的本性被破坏，终于开始反抗。此后，他们遭到了残酷的镇压。正如莱辛作为一个边缘作家一样，在这段叙述中，耶和尔这个人物也跳出了帝国立场，对当地人的遭遇表示了深深的同情，同时暗中颠覆了自己作为帝国代言人的叙述话语。耶和尔在这段速记中谴责了入侵者的残忍与无情：

> 有必要描述一下白人对黑人的那种冷酷的厌恶之情，……没有什么比这种典型的、充满蔑视的憎恶更令人感到惊讶了。许多被征服地区的人们，还有一些征服者们，都一遍又一遍地描述着它们。这是由于并非所有的白人都歧视黑人，他们当中也有一些人喜爱和欣赏黑人，但这些人却被他们的族人视为叛徒。[2]

这段话重现了莱辛经历过的英国殖民地中的真实情况：当时，殖民地也有少数和作者一样反对歧视、同情黑人的白人，他们被视为异类和白人叛徒。此刻耶和尔充满矛盾的叙述正是作者本人的内心写照。而读者作为剧外人则更容易洞悉这一段描述所蕴含的反讽效果。耶和尔正如那些同情黑人的“白人叛徒”一样，也同情殖民地星球的居民。他对白人与黑人之间这种微妙关系的叙述与他之前站在帝国立场上的报告截然

---

① Doris Lessing. *Re*: *Colonized Planet 5*, *Shikasta*. London: Harper Collins Publishers, [1979] 2002. pp.200-201.

② Ibid., p.201.

不同。通过这种对比，读者看到了老人星帝国宣传话语无法掩盖的种种问题和不足，而骄傲自满的老人星帝国却还未意识到自己的缺陷。

另外，耶和尔帝国立场的转换还体现在速记中他对白人殖民者和老人星自身行为的批评。此时，耶和尔的措辞较先前的批判更为直接和尖锐，这表明他进一步与早先帝国叙述立场的决裂：

> 那些残酷的人将会变本加厉，用他们所能想到的最恶毒的词汇来称呼他们的牺牲品，他们通过这种方式来努力工作。很快，那个原本与他们本身并无差异的个体就会在他们的口中变成令人憎恶的野兽、一只肮脏的动物，然后他们的工作就可以进行了。他们称这种过程是"同胞情谊"（情感素 SOWF）向那些本性上还未完全变得野蛮麻木的白人所征收的税。①

在此，耶和尔彻底点明了这种英帝国殖民活动与老人星帝国之间的影射关系，明确地指出老人星用以维系帝国纽带的"情感素"（SOWF）正是白人殖民者用以掩盖自身残忍行为、压制不同声音的"同胞情谊"（fellow feeling）。除此以外，耶和尔还直接批评了白人运用自身建构的哲学和宗教话语体系对黑人进行思想控制的事实，指出他们基于自身所取得的技术上的优越地位来支持自己在文化上的先进地位："这些入侵者，运用他们外来文化的技术，极度残忍无情地镇压这里的反抗。"②他指出，白人将技术水平偷换为衡量文化等级的概念，并由此认为自己是受到启蒙的，而黑人则是落后和蒙昧的："征服南部大陆一号的白人用尽各种阴谋、谎言和残忍野蛮的方法，贪婪地劫掠所见到的一切，他们从来都以一种极端藐视、冷漠无情的口吻来谈论黑人，因为在他们眼中，这些黑人是愚昧落后、未受启蒙开化的人群。"③而事实上，白人由于盲目的傲慢

---

①③ Doris Lessing. *Re*: *Colonized Planet 5*, *Shikasta*. London: Harper Collins Publishers, [1979] 2002. p.202.

② Ibid., p.201.

自大而看不到自身文化的缺陷。耶和尔尖锐地指出，白人的宗教话语体系也与其哲学话语体系一样变为了僵化和缺乏自我反省的教条：

> 他们的宗教加重了他们的无能。这是在所有宗教中最自以为是、最不灵活，也最缺乏自我反省的宗教。这种西北边缘地带的宗教通常以武力将其信仰强加给那些原本将自己视为伟大圣灵的孩子、与自身和自己的信仰拥有融洽关系的人们，这些宗教由那些对自己的能力和权力没有任何质疑能力的人掌管着。
>
> 但不论拥有什么样的理由、动机、借口与对合理性的论述，这些征服者们最典型的特征仍然是他们对于正当性的热衷，他们相信自己是对的。为了他们的帝国，为了他们的宗教。①

由此可见，耶和尔在速记中呈现出了与其工作报告中截然不同的话语模式和内心世界。他以一个来自外太空的旁观者身份，将白人不愿意看到的自我形象呈现在读者眼前。并且，他一反为帝国代言的立场，开始对先前的叙事体系进行反思。他对什卡斯塔星球上白人殖民者的批评，无疑含蓄地表达了他作为一名游走在帝国边缘的使者对自己帝国霸权话语体系的质疑。在这类叙述中，耶和尔以旁观者的口吻描述着一切，这实际上反映出他作为一个局内人难以直言的苦衷。可以说，耶和尔前后矛盾的叙述与莱辛本人作为帝国边缘流散作家的复杂身份密切相关。这种分裂视点技巧的运用使同一个人物的叙述呈现出前后对立的特征，耶和尔本人正如他所批判的什卡斯塔星球上那些说着“双重语言”(double speak)的人们一样，一方面运用着一套冠冕堂皇的话语来粉饰太平，而另一方面则由于这些话语与现实格格不入而不得不采用另一套实践性的话语体系来满足表达需求。

---

① Doris Lessing. *Re*：*Colonized Planet 5*，*Shikasta*. London：Harper Collins Publishers，[1979] 2002. p.203.

值得一提的是,作者在此采用耶和尔速记的形式以区别于其他正式报告,这种文体转换给予了读者鲜明的认知指示,提醒读者鉴别两种不同话语体系之间的差异。这种双重语言模式的运用与本书第二章分析的"主体-自我"概念隐喻联系密切:与超验理性"主体"相对应的正是耶和尔帝国报告中的整体性话语体系,而遭到贬抑的"自我"部分,则恰好是与现实经验息息相关、在具体实践层面得以运用的话语体系,它不断在现实中流变、更加灵活和富有弹性。从耶和尔视点出发的叙述在两种方式之间游走,突显了语言问题和自我身份隐喻之间的紧密联系。这种分裂视点的叙述颠覆了启蒙话语运用单一理性话语模式对自我身份的建构,重新肯定了二元对立关系中遭到贬抑的"自我"部分,恢复了受理性话语压制的日常语言体系,也对自我身份建构中情感模式的缺失进行了反思。

这种以认知指示揭示主题思想、构建分裂视点的手法在小说中时有出现。例如,小说在耶和尔的这段速记正文与标题之间还插入了一段评论,该评论是由老人星帝国的档案管理者(编纂报告和历史的人)所作。这段文字被作者有意用方括号和粗体字标示出来:

> 在从什卡斯塔回来以后,耶和尔提供了一些任务要求之外的速记和报告。如前所述,他相信这将会对在这颗不幸星球上的学生们有用,因为它记录了在情感素(SOWF)密度如此之低的情况下可能会产生的极端行为。使者耶和尔几乎要为这些报告进行道歉了,他承认他写这些报告有时仅仅是为了自己,为了表明他的想法,也是为了帮助他人。从我们的立场出发,我们必须要指出——当然我们这样做也征得了耶和尔使者的完全同意——当写下这些速写报告时,耶和尔已经在什卡斯塔中多时,他受到当地很大的影响,而这正是导致情感主义的原因。①

① Doris Lessing. *Re*: *Colonized Planet 5*, *Shikasta*. London: Harper Collins Publishers, [1979] 2002. p.196.

这段文字中,作者运用字体变化和方括号等文体形式技巧,有意提示读者进行认知转换、注意叙述视点的变化。通过这种方式,作者再次强调了耶和尔话语的多面性特征。这段标注文字是档案管理者在编纂时加上的,他们与先前的耶和尔一样,是帝国话语体系的代言人。在这里,他们运用帝国话语模式对耶和尔的报告进行评判,认为速记的内容之所以与帝国话语格格不入,是耶和尔受到什卡斯塔星球病态影响、产生了“情感主义”(emotionalism)倾向所致。而情感本身就是与“自我”紧密联系的特质,是受到“主体”的理性严厉压制的一极,老人星帝国的档案管理员通过这种方式对耶和尔在这段描述中所持的态度进行否定,从而对任何威胁到帝国话语体系的其他话语模式进行了规约。而只有真正作为局外人的读者,才能更加清晰地读出其中的反讽意味,看到老人星帝国逐渐滑向单一理性话语模式而不自知的危险状态。在阅读太空作品系列的过程中,读者不仅能够品味语言技巧带来的乐趣,也能得到思想的启示,进一步思考语言和现实之间的微妙关系。

除了将耶和尔的叙述视点分解为帝国代言人和富有情感、同情殖民地人民的“自我”两个部分以外,莱辛还令耶和尔成为一个全知全能的叙述者,通过自由间接隐语进入不同人物的内心世界,来丰富他的“自我”叙述部分,更加立体地展现了不同人物眼中的帝国形象。

《哥伦比亚英国小说史》(以下简称《小说史》)对莱辛的作品进行了专章分析,其中也提到莱辛作品中的这种多重视点特征。该文作者指出,莱辛是少数几个经历了20世纪所有战争的英国小说家之一,因此她关注的一个重要主题是我们这个时代人类暴力的历史,这使得她在其不同类型、风格的前后期作品中反复涉及战争主题,不断对这个战火不断、生态破坏、疾病流行和武备竞赛升级的现代世界进行着审视和批判。莱辛在《暴力的孩子》(*The Children of Violence*)中,将她所描写的人物界定为和她一样饱受战火之苦、目睹各种残忍与不公的人。莱辛的父亲是一名在战争中被截肢的军人，因此莱辛从孩提时代起就见证了战争带来的苦难。她随父母移居非洲罗得西亚（津巴布韦旧称）这个老兵们逃难的地方，从而逃避国内的失业和贫穷。她在《小小的个人声音》（*A Small Personal Voice*）中，以挽歌式的悲伤语调回忆了父亲的生活，指出父亲的精神和他的腿一样，在战争中被截肢了。在1985年的《格兰塔》（*Granta*）杂志上，莱辛发表了为其父母撰写的回忆录，其中又再次回到了对父亲和他的老兵邻居们截肢身体的描写。战争中幸存下来的人们谈论着各自身体中残存弹片所在的位置，大家不停谈论的话题总是战争，而小孩们只有躲到一边去玩耍。整个描述具有一种恐怖而阴沉的色彩。在《什卡斯塔》中，莱辛再次提及了这些因截肢而残缺的身体，在这一场景中，《格兰塔》回忆录中的恐怖色彩转化为了一种反讽式的调侃，彻底颠覆了在《小小的个人声音》中挽歌式的语调。在农场中，有两个打架的黑人奴隶被一个白人农场主（他是以莱辛父亲为原型的白人老兵的典型代表）制止，并给他们上了一课，教育他们好斗是原始落后的表现，而他作为白人在此的一个职责是要以身作则，对当地人施予文明教化。但《小说史》指出，在这一次描述中，莱辛笔锋一转，将叙述的视点转移到了两个作为听者的黑人身上，从他们的视点出发去审视这位白人的演讲。老一点的黑人以一名奴隶的敏锐眼光观察白人文化，他在心中细数白人农场和农场主的数量。这一事件发生在一战后五年，而黑人们被告知一战的目的是“保卫文明的尊严”。但战争的结果却是，大批受伤的英国残兵像蝗虫一样涌入非洲殖民地农场，到处侵蚀、啃食黑人们的庄稼。在那个夜晚，在肢体残缺的白人演讲面前，两个健全的黑人不停地笑。这种笑声代表了小说视点的转换，使得《什卡斯塔》的文本从黑奴的眼光自下而上地审视英国文化，与该系列小说中高不可测的“星际视线”形成一种强烈的对比和张力。

对于莱辛小说的这种特点，《小说史》在上述分析后总结道：“当被作为一个整体来阅读时，莱辛的小说表明它本身就是一个审视与再审视的系统，其中呈现出从不同角度出发的观念，它们不断化解，又反复重现，常常闯入令人茫然失措的异域他乡，而后又悄然回到人们熟悉之处。”①

实际上，在这一段描写中，黑人的笑从始至终都是他们的一个标志性表情，贯穿始终，但各种场景下的笑又有不同内涵。黑人们一开始对白人殖民军队的到来毫无防备，只是对他们奇异的衣着和举止感到特别好笑。此处黑人的笑是其淳朴天性的典型象征：“有一天，出现了一队白人的人马和马车。一些黑人看到了他们，对这些入侵者的奇装异服感到惊讶。他们对这些马也感到惊讶。一些人笑了出来。很快他们都禁不住笑起来，笑个不停。任何事物在他们看来都是如此喜剧。”②这种笑表明了黑人的单纯与天真，他们对即将到来的灾难和入侵者的残酷毫无心理准备。来到当地的白人大多是在战争中受伤残疾的士兵，帝国为了减轻国内的负担，鼓励他们到殖民地去谋生。因此，在当地黑人的眼中，这些遭到战争摧残的白人是一群奇形怪状、十分可笑的人：

> 国家给予优惠政策、鼓励那些先前的老兵移民出去并接管这些土地。因此在那里的黑人眼中，这些白人是一个缺胳膊少腿儿的部队。就像一支蝗虫部队，……少胳膊、没翅膀，好几十只一群，当大部队离开时，它们再也飞不起来。一群蝗虫，吃掉一切，笼罩一切，密密麻麻、到处都是……③

由于对白人的贪婪毫无防备，黑人们在完全没有抵抗的情况下就失

① 本段中的相关论述和引文皆出自《哥伦比亚英国小说史》，参见：Lynne Hanley. “Sleeping with the Enemy: Doris Lessing in the Century of Destruction.” Eds. John Richetti. *The Columbia History of the British Novel*. Beijing: Foreign Language Teaching and Research Press, 2005. pp.920-922.

② Doris Lessing. *Re: Colonized Planet 5, Shikasta*. London: Harper Collins Publishers, [1979] 2002. p.200.

③ Ibid., p.205.

去了自己的土地,来自西北边缘地带的白人在黑人们世代居住的土地上成了新的主人,而黑人们自己却沦为土地上的奴隶。

在《什卡斯塔》中,笑是代表黑人思想的典型意象,黑人们没有话语权,因此其中没有太多关于他们言语的叙述。但莱辛巧妙地把握了黑人的典型特征——爱笑,并以笑声含义的变化来代替黑人视点的叙述,展现黑人对白人看法的转变。一开始,黑人的笑表现了他们乐观的天性,是出于对新鲜事物的好奇而发出的笑;但到了后来,随着黑人们对白人看法的逐渐改变,先前那种天真的笑慢慢消失了:"起初,他们发笑,接着仰慕,只有到后来,他们才开始感到害怕。"①随后,取而代之的是另一种内涵的笑——对白人自以为是行为的嘲笑:对他们进行说教的白人,自身由于野蛮的战争而失去了腿,还一瘸一拐地代表帝国对黑人进行说教,教育他们要文明和脱离野蛮。这时,黑人的视点在笑声中不断变化、升级,为读者呈现出了一幅大英帝国自身没有意识到或不愿意看到的自我形象。而笑声的描述也变得越来越突出:"他们笑啊笑啊,笑得颠来倒去,笑得在地上打滚,笑得嚎叫起来……"②

与此同时,耶和尔在这段速记中不仅通过进入黑人的内心,以一种异质的眼光看待白人,还转而以一种充满同情的叙述声音对这个饱受战争伤害的白人艰难的一天生活进行了描述。这个白人具有和莱辛的父亲同样的经历,他也在战争中失去了一条腿,来到殖民地谋生,虽然许多殖民者在这里获得巨大的财富,但他并没有那么幸运,仍然过着艰难的残疾人生活,挣扎在养家糊口的边缘。耶和尔的叙述视角可以说转向了莱辛本身作为女儿的视角,虽然她看到了父亲在黑人面前自以为是的可笑举动,但又为父亲的艰难处境感到心酸。

---

① Doris Lessing. *Re*: *Colonized Planet 5*, *Shikasta*. London: Harper Collins Publishers, [1979] 2002. p.200.

② Ibid., pp.205-206.

由此可见,莱辛在《什卡斯塔》运用的多重视点手法是十分复杂的,层次也很丰富,她不仅在耶和尔这一视点内部制造出两种分裂的叙述声音,还进一步在耶和尔作为富有情感的"自我"进行的叙述中分裂出更多不同的视点。叙述者耶和尔在运用这些叙述声音时,变身为一个全知全能的叙述者,通过不断地进行移情和自由间接隐语的运用,在不同类型人物内心世界中游走,从而又在已经分裂的自身视点内部进一步构成了更加丰富的多重视点叙述,以不同角度全方位展现了帝国殖民者在不同人群眼中呈现出的形象。

这些叙述中蕴含的视点转换关系可以用下图来表示:

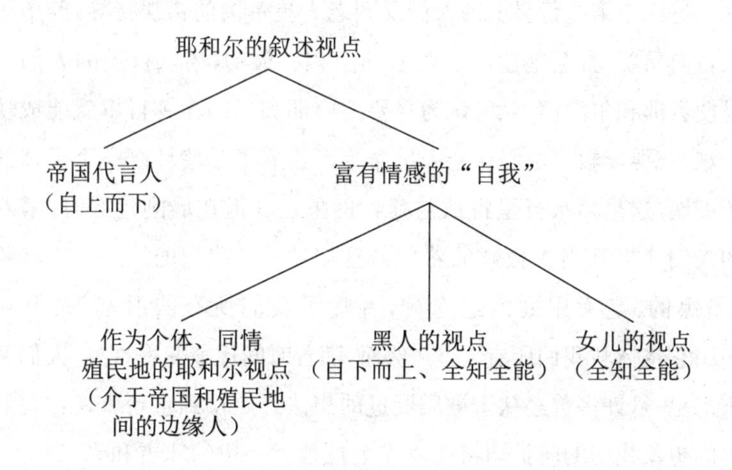

在《什卡斯塔》中,耶和尔的书写报告充满了这种由视点转换带来的各种矛盾,这也是莱辛作为一个游走于各种文化边缘的作家复杂经验的折射。莱辛与自己的第二故乡非洲和与自己有天然血缘联系的大英帝国都有着千丝万缕的联系。这种边缘身份和矛盾情绪使作者能够跳出单一视点的局限,在小说中运用大量不同的视点,丰富而立体地呈现出帝国与殖民地在各自眼中的形象特征,展示出语言、思维和现实之间的互动关系。

四、贯穿"太空小说"系列的多重视点技巧

《什卡斯塔》主要以老人星使者耶和尔的叙述为主,大多数时候是一种帝国对殖民地自上而下的视点,而《八号行星代表的产生》则主要从殖民地行星代表多伊格(Doeg)的视角对整个事件进行了叙述,是一种自下而上的视点。该作品进一步将"太空小说"中多重视点的转换由同一部作品内部拓展到了不同作品之间,同样也是莱辛多重视点手法运用的一个典型。

小说的主要叙述者多伊格描述了冰天雪地中生物灭绝的残酷过程,在这一过程中第八行星上的人们受到老人星帝国的错误指导,经历了由盲从转向质疑、直至绝望的痛苦心路历程。最初,第八行星的人们对老人星使者耶和尔深信不疑,认为只要按照耶和尔的命令行事就能成功抵御灾难、获得拯救。他们在老人星命令下建立了一堵环绕整个星球的黑色防御墙,这是第八行星盲从与死亡的象征。但在墙刚建好时,第八行星的人们却将其当作救赎的希望:"这堵墙——我们的墙——这座巨大的、黑黑的、毫无用处的纪念碑,吞噬了我们所有的财富、人力和物力……它将拯救我们所有人。"①然而,随着时间逐渐变得难熬,人们开始静下来思考,许多曾经从未被质疑过的想法开始得到重新审视:"我们是否真的想象我们的防护墙将能够完全抵挡另一边的冰雪和暴风?不,我们没有;但我们同样也没有真正明白这种威胁会如此严重地袭击我们现在所有人居住的地方。"②由此,老人星使者耶和尔的错误命令开始遭到第八行星代表(他是该小说中的主要叙述者)多伊格的怀疑。他开始不断询问耶和尔拯救计划的进展,并且质疑拯救方案的合理性,而耶和尔

---

① Doris Lessing. *The Making of the Representative for Planet 8*. London: Flamingo, [1982] 1994. p.17.

② Ibid., p.22.

的回答则难以令人满意。

首先，小说通过对话的方式，从多伊格的视角对帝国话语体系进行了多次质疑：

> 我说：“你们正计划将我们的人运到罗汉达上去。你们有资源和能力那样做——但却没有现在就拯救我们。”
>
> “没有地方可以带你们去了。我们的经济是一个非常精致协调的机体，我们的帝国不是随意性的，它不是由自私自利的统治者来决定，也不是由毫无规划的技术发展构成。……我们是一个单位，一个统一体，一个整体——就我们所知，这种运作方式是在我们的星系中从未有过的。”
>
> “那就是说我们是成就你们完美性的牺牲品了！”
>
> “我们自己从来不用完美这个词——在思想中也不用……那个词只属于——属于更高级的存在。”
>
> “尽管如此我们还是牺牲品。”
>
> 我迅速地、冷冷地说出了这些字眼，一锤定音。①

在这段多伊格与耶和尔的对话中，以多伊格为第一人称的叙述以自下而上的视点对老人星帝国话语体系进行了正面质疑。在多伊格看来，耶和尔的回答显然是冷漠无情和难以接受的。他祭出代表帝国利益的整体性话语模式来搪塞殖民地代表的质问，从而为牺牲殖民行星所有生物的残酷安排辩护。不仅仅是多伊格对此产生了怀疑，越来越多的第八行星殖民地的人们也开始对耶和尔的承诺感到失望，当与耶和尔待在一起时，他们不再追问什么时候会被带走，而是将目光移开不愿看他。②

随后，多伊格进一步对耶和尔辩护理由中蕴含的这种压制情感、服

① Doris Lessing. *The Making of the Representative for Planet 8*. London: Flamingo, [1982] 1994. p.80.

② Ibid., p.99.

从理性的所谓整体性思维进行了伦理上的质问：

> 你的回答都是我已经知道的那些，因为也再无其他理由了；耶和尔，你会说，这种魅力、这种愉悦，都将会在这儿消失，但又会在别处重生……这些小生物们会死去，它们所有都会，全部都会——但我们不需要为此哀伤，不需要，因为它们还会再生——在某个地方。这无关紧要，这些物种并没什么关系，这些物种并没什么关系——阿尔西不重要，多伊格也不重要，克林和马森也不重要，马尔、佩达格以及剩下的所有人，他们全都不重要……①

在此，多伊格从殖民地受害者的视角，对老人星帝国失去情感平衡的单一理性秩序提出了尖锐的质疑。在现实中，人们很难想象一种缺乏深刻情感的纯理性法则能够成为真正关怀社会个体的伦理标准。

其次，除了以人物对话进行正面质疑以外，小说中的一些细节描写也展现了多伊格对老人星帝国冰冷理性的深切感受。由于天气变得寒冷，植物凋敝，第八行星的人们不得不完全以干肉为食。多伊格塞给耶和尔一块这样的干肉食物，耶和尔则好奇地品尝了它。在面对一个星球的灭亡时，耶和尔的这种好奇和冷漠深深地刺痛了多伊格：“……我看到他掰下一片并品尝了起来，并不是一种愉悦的体验，但很明显充满了好奇——老人星人从本性上就对一切事物感到好奇——即使这是一个星球的死亡……”②在这一细节描写中，多伊格看到了一个与帝国叙事构建的老人星使者形象截然不同的耶和尔。多伊格站在被牺牲的弱者立场，看到的是老人星帝国话语模式中残酷、自私和冷漠的一面，这也是老人星帝国运作机制中真实的一面，即以“严父家庭道德”模式为指导的帝国统治模式，它在失去情感模式平衡后呈现出了其可怕之处。这种缺乏情

---

① Doris Lessing. *The Making of the Representative for Planet 8*. London: Flamingo, [1982] 1994. p.109.

② Ibid., p.81.

感支撑的伦理模式完全排除了理性及其整体秩序以外的其他要素，老人星帝国先前宣传和强调的殖民地人民庇护者形象荡然无存，“慈母家庭道德”模式在此完全失效。先前老人星帝国用“情感素”这个词来描述帝国与殖民地之间的纽带关系，用殖民地人民的“母亲”来形容老人星使者，而这些自我形象建构在第八行星真实场景的比照下，则成了海市蜃楼。《八号行星代表的产生》运用这类细节描写突显了话语体系、理念建构与现实运作机制之间格格不入的关系，深刻揭示了殖民帝国违背承诺、道德形象破产的思想根源。

随着情节的发展，多伊格的态度逐渐由质疑转化为愤怒和恐惧，他内心充满了对耶和尔的抱怨，并且希望耶和尔能够跳出自身立场的局限，去体会第八行星人的感受：“当我感到愤怒时，这种愤怒是否就会透过网格的间隙吹过来，并且我会知道那就是我的？……但你们这些老人星上的人，你们有没有任何工具可以帮你们看见它们？耶和尔，你们能看见吗？用你们那些不一样的眼睛？”①多伊格的愤怒代表了殖民地人的愤怒，另一名小男孩诺尼(Nonni)在临死前的笑声也淋漓尽致地表达了这种愤怒。由于冰雪毁掉了原来可供食用的植物，多伊格和几个人一起去寻找新的食物源。在旅程中，一个名叫诺尼的小男孩不慎摔倒受了重伤，在临死前他回忆起自己的童年，他家住矿区，父母是矿工，因此从小就毫无选择，在那里长大。直到后来诺尼随父母去了一个离“海洋”不远的小镇，才看到了别样的美好景致。当谈到对海洋的感受时，小诺尼有了一丝生机，他认为那里非常“漂亮和柔软”(pretty and soft)②，这是他记忆中第一次开始在思想上产生转化，有了改变和选择的新想法。然而好景不长，冰雪带来的灭顶之灾随之而来。在讲述完自己的童年经历后，

---

① Doris Lessing. *The Making of the Representative for Planet 8*. London: Flamingo, [1982] 1994. p.92.

② Ibid., p.41.

诺尼发出了愤怒的笑声:"他发出激烈的笑声,一种愤怒的笑声,就像只有年轻人才能发出的那种笑声一样。"①曾经在矿区见不到水的生活与坚硬的岩石联系在一起,而岩石象征着僵化和盲从的思维方式。看到"海"则象征着小诺尼的思想获得了水的特质,拥有了随着现实经验流变的灵活性和渴望改变的冲动,然而却为时已晚。老人星的错误计划和第八行星人的盲从已经使灭顶之灾不可避免,此刻的他也已生命垂危,因此他发出了一阵大笑声来表达自己的愤怒、不满和失望。在这里,诺尼的笑声与《什卡斯塔》中黑人笑声的描写遥相呼应,都体现了一种自下而上的视角,是对帝国话语的质疑和嘲讽。这种对笑声的持续描写,与对水的描写一样,使两部不同的作品之间形成了前后呼应,令整个太空作品系列如回旋曲般一唱三吟,在看似不经意间,回到已出现的熟悉主题,把一部作品的不同部分、一个系列的不同作品,甚至所有作品集合中不同时期的作品,都连成一个完整而有机的乐章。这种伏脉千里的创作手法是莱辛小说作品的一个典型特征。

这种类似的前后呼应在其他几部小说中同样大量存在。例如,在《三四五区间的联姻》中,叙述者第三区史官的叙述方式和《什卡斯塔》中耶和尔的叙述就有异曲同工之妙。胡勤在《审视分裂的文明》的第五章中分析了这名三区史官的叙事特征,指出其叙述声音(Voice)带有两面性:"一面维护主流意识形态,一面却在不断地提请看官注意。换言之,他的声音带有一种质疑。"②胡勤运用新叙事学先锋詹姆斯·费伦(James Phelan)的理论对这种特征进行解读,认为这种叙述声音往往随说话人的语气变化而变化,其作用是作家介入文本的一种方式,作家通过这种手

① Doris Lessing. *The Making of the Representative for Planet 8*. London: Flamingo, [1982] 1994. p.42.

② 胡勤:《审视分裂的文明——多丽丝·莱辛小说艺术研究》,桂林:广西师范大学出版社,2012 年,第 265 页。

法对文本实施控制,并揭示出其中隐含的价值观或意识形态。具体到《三四五区间的联姻》这部作品而言,胡勤对这个叙述声音的作用作了如下总结:

> 叙事者的声音传达出一种交织着自信与疑惑的复杂情绪。一方面,他强调史家对历史事件进行选择的正当性,选择的原则就是以国家和民族的利益为根本。……另一方面,从理论上讲,历史应该是客观、公正,供后人回溯、参看的,但是由于选择的缘故,大部分发生过的事情并未进入历史……叙事者已经意识到三区存在问题。但叙事者非常清楚,他的听众将抗拒要求改变的呼吁,并会对他不满。换言之,主流的声音强调和谐、富足和快乐,而他的观点并非主流,而是一种异见。①

显而易见,这种叙事方式与《什卡斯塔》中耶和尔分裂的叙述声音采用了几乎相同的方式,二者遥相呼应。

太空系列的第三部小说《天狼星实验》也常常呼应《什卡斯塔》中出现过的故事情节和历史事件,并由耶和尔以外的其他叙述者进行重新讲述,从而使置身故事之外的读者能够获得反讽视角,更加全方位地观察同一个事件的不同侧面。虽然该小说中的叙述者安必恩二号也强调自己所持的观点不同于天狼星帝国官方话语的看法,是"试图从某种视角对历史的重新阐释"和"一种非主流的观念"②,但他与《什卡斯塔》和《三四五区间联姻》中具有分裂叙述声音的叙述者并不相同:前两者属于更高级的帝国形态,他们对自身的质疑造就了分裂的叙述声音;而在《天狼星实验》中,叙述者安必恩二号本身并不属于高等级的老人星帝国,而是来自进化等级相对较低的天狼星帝国,因此她总是以仰视的姿态接受老

---

① 胡勤:《审视分裂的文明——多丽丝·莱辛小说艺术研究》,桂林:广西师范大学出版社,2012年,第265—266页。具体分析可参见该书第264—272页。

② Doris Lessing. *The Sirian Experiments*. New York: Alfred A. Knopf, 1980. p.8.

人星帝国的意识形态话语。她指出二个帝国在战后进行的会议是"一种失败",因为"天狼星帝国对解决方案、协议内容和语言措辞的理解都与老人星帝国不同"。①因此,她对天狼星帝国官方话语的排斥和她对老人星帝国意识形态的全盘接受之间并不存在任何矛盾和分裂,二者是统一的,是逐渐抛弃旧的"落后的"意识形态并以新的更高等级意识形态取而代之的过程。然而,虽然她摒弃了天狼星官方意识形态的权威,但却陷入了对另一个权威——老人星帝国的盲从之中,失去了批判反省能力。她叙述的天狼星实验从老人星帝国的价值观念出发,对天狼星的行为进行评判。尽管,天狼星帝国仍然与老人星帝国有许多相似之处,但她却受到老人星价值观念的影响,对老人星帝国存在的同样问题没有察觉。在这里,莱辛运用了一种类比呼应的叙事技巧来将读者从安必恩二号的叙述中抽离,重新回到自身的视野中。这种抽离是通过类似事件在两部小说中的呼应达成的。在《什卡斯塔》中,老人星帝国抛弃当地人并对其隐瞒真相,从而招致了巨人的反对和叛变;在《天狼星实验》中,天狼星帝国欺骗隆比人做苦力、不让其回家从而招致工程师反对和叛逃。两个事件几乎如出一辙,读者站在故事之外的角度,可以从天狼星帝国的镜像中依稀看到老人星帝国的影子,反之亦然。然而安必恩二号作为一个故事中的人物,却难以察觉这一点,对于这两个在本质上具有很多相似之处的帝国,安必恩二号由于缺乏对僵化语言体系的警惕和反思而陷入了盲从,一方面以一种近乎崇拜的口吻讲述关于老人星帝国的主流意识形态,而另一方面则鄙视天狼星帝国的官方话语,而实际上,二者之间的差异却并没有她想象中的那么巨大。

综上所述,视点转换技巧的多重运用不仅在《什卡斯塔》中大量存在,也在太空小说的其他几部作品中多次出现。这一技巧不仅仅出现在

① Doris Lessing. *The Sirian Experiments*. New York: Alfred A. Knopf, 1980. p.8.

单部小说内的视点转换中，还通过整个太空系列中几部小说之间类似情节和技巧的呼应来提示主题。这些不同视点的叙述在几部作品之间引导读者进入既定的话语体系，随后又打破业已形成的既定思维，使读者通过对照，感悟到各个叙述者在叙述同一类事件时采用的不同标准。读者仿佛被置于反讽观察者的位置，能够清晰地洞察到各种话语体系与故事语境之间的矛盾冲突，不同视点的叙述互为其他视点搭建背景舞台，让观众从不同角度比较和玩味这些轮番登场的话语体系之间微妙的关系。

第三节 语言、现实与隐喻——《沃灵帝国的感伤使者》

纵观整个太空系列小说，莱辛不仅精准深刻地分析和重现了哲学、宗教和进化论科学等思想体系中最深层的隐喻思维范式，将它们糅合在关于星际帝国的宏大故事体系中，还塑造了一个她心目中的理想国蓝本——老人星帝国。但这并不意味着这个帝国是十全十美的，它只有在达到莱辛心目中理想的平衡状态时，才会呈现出近乎完美的状态，而一旦平衡打破，这种理想的完美状态也就不复存在了。虽然莱辛在小说中通过耶和尔等几个主要叙述者建构起了一套宏大的帝国话语体系，并且以小说的方式分析和还原了这些话语体系深藏的隐喻机制，但作者并非仅仅旨在以小说的方式重现它们，而是进一步运用含义丰富的水意象和复杂的多重视点手法对其走向僵化时的负面影响提出了警戒。实际上，对于任何自称至善而不需要改变的事物，莱辛都保持着警惕。当谈到对老人星使者的看法时，莱辛表明自己确实想要塑造一些先知式的造访者，但并非要将其塑造成绝对至善的象征，而老人星帝国虽然具有乌托邦的潜质，但它也还远远没有达到理想状态：

> 当我开始写这部作品时，它全都来自那部圣书——如果你还记得我阅读《旧约》《新约》和《古兰经》。我发现那些训诫者和先知们有着类似的思想，他们从某处到来，告知人们应该以不同的方式行事，或是其他一些事情，这都在这些书里记载。……我的语言是非宗教化的，因此我用太空小说的语言来讲述它们，并创造了一个好的帝国。你也许会发现，我并没有十分贴切地描述它，因为要描述尽善尽美的事物对我们而言几乎是不可能的——我们自己还不够完善。我应该保持谨慎、永远不要这样做。①

在上述谈话中，莱辛坦言其故事的灵感来源于宗教话语体系，但她对于任何凝固的思维方式都保持着警惕，即使是对声称追求"至善"的宗教话语体系也不例外。她在访谈录中的一句回答最恰如其分地概括了她对宗教这类整体性话语体系既向往又警惕的矛盾态度："我绝对地、和孩子一样任性地对宗教保持一种警惕——尽管如此，我对于我们的本性怀有最高的敬意，这种本性最深层的特征是宗教性的。"②她坦言自己在宗教上之所以选择了一名苏菲导师（sufi master），其原因正是由于她认为苏菲导师从不是什么"意见领袖"（guru），③也不会"给人灌输教条和神话"（impose any dogma or mystique），不会将其囚禁于特定的宗教中，而是让信徒们自行决定神灵在他们心目中的模样。

实际上，莱辛对所有标签式的名称都持有一种保留意见，无论是"20世纪50年代的'马克思主义'""20世纪60年代的'女性主义'""20世纪80年代的'东方主义'"还是"今天的'生态主义'"④，都不例外，对于西方文化自己建构的帝国意识形态也同样如此，她认为人们不应该活在任何

---

① Earl G. Ingersoll ed. *Doris Lessing*: *Conversations*. New York: Ohio Review Press, 1994. pp.169-170.

②③ Ibid., p.199.

④ Ibid., p.198.

形态的教条中。正如本书第三章与第四章所分析，宗教话语体系对后来的西方哲学和科学话语体系产生过深远的影响，三种整体性话语体系之间有着千丝万缕的联系，因此作者对宗教话语的分析和质疑也与她在小说中对西方文化中各种深层隐喻话语机制的深刻剖析密切相关。换言之，她对宗教、哲学甚至科学等任何传统中的整体性话语体系都保留了一份审慎。

莱辛对各种单一整体性思维模式的警惕与她本人作为流散作家的经历不无关系。她作为一名游走于帝国边缘和非洲殖民地之间的作家，与两种异质文化都有着剪不断的联系。然而，在这两种异质文化中，她又都具有一种边缘人的身份特征。她所描写的许多叙述者从气质上也具有和她一样的边缘特质，他们从不完全从属于任何团体，总是充满矛盾和疑虑，常常跳出既定思维来看待自己所属的文化传统中存在的种种缺陷。她写出的内容既能使这些文化群体的拥趸们欢呼，但同时又能将他们不愿正视的自我形象呈现在其眼前。

正因为如此，莱辛的这一科幻小说系列更具有一种社会批评小说的特质。在一些访谈中，当论及主流批评对科幻小说的抵触情绪时，莱辛指出：“这些人并不明白，我们这个时代最好的社会批判就是科幻小说。而也许他们永远也无法发现这一点，这是由于他们的偏见如此之深，以至于可能永远也不会去读这些小说。”①莱辛认为，科幻是一种有效的社会批评形式，而并非完全脱离现实、天马行空的虚构，她自己所作的“太空小说”也不例外。该系列小说通过外太空星际帝国争霸史与地球历史的糅合，对西方文化中常见的二元对立思维形成机制进行了深入剖析，并对其缺陷进行了批评。当被问及对小说《什卡斯塔》中那些主要帝国

① Earl G. Ingersoll ed. *Doris Lessing: Conversations*. New York: Ohio Review Press, 1994. p.169.

集团(包括老人星帝国和天狼星帝国等)的看法时,莱辛批评了这些帝国模式中僵化的二元对立思维模式:"这儿只有好的与坏的,就像个游戏不是吗? 真的,这就像是一个西方人。你会有一个好帝国,一个坏帝国,以及一个正在学习中变得更好的帝国,很有可能——就是天狼星帝国。我所做的一切就是将这个陈旧的故事转换到太空里而已。"①而莱辛显然对于自己的边缘人身份感到庆幸,她在访谈中不仅批评了西方文化的傲慢,而且还对自己没有接受这样的教育感到欣慰:

> 一个基本的事实是,我们的教育极度缺乏智慧。一个在这一文化中长大的人甚至可能对其他文化的思想一无所知。我们所有的人,在这种令人震惊的西方式傲慢中长大。正因为如此,我为自己没有受过这种教育感到高兴,因为在我看来,一个在西式教育体系中长大的人几乎不可能不怀有这种傲慢。②

事实上,不论是水与岩石意象的对比,还是多重视点技巧对帝国话语体系的透视,都旨在对一些凝固僵化的隐喻思维范式进行批判。莱辛既不全盘否定任何一种思维范式,但也绝不接受将任何一种范式作为永恒不变的教条加以膜拜。归根结底,莱辛关注的是语言、思维和现实之间的关系问题。她和20世纪初以来的许多哲学家一样,也意识到了话语体系与经验现实之间千变万化的微妙关系。正如非理性主义哲学家亨利·柏格森所言,语言一旦在人们的思维中由于习俗而固定下来,便会失去其流动变化的本质,成为空间化的固体,这种僵化的语言便由此变成一种陈词滥调,而难以把握意识的"直觉"(intuition)③之流。这时的语

① Earl G. Ingersoll ed. *Doris Lessing: Conversations*. New York: Ohio Review Press, 1994. p.169.

② Ibid., p.79.

③ 以下涉及亨利·柏格森的论述皆参见:Henry Bergson. *Time and Free Will*. London: Routledge, [1910] 2002。

言不仅不能很好地表达现实，反而成了遮蔽现实的障碍，就像意识之流上漂浮的枯叶，挡住了人们的视线。语言哲学家莱考夫则从概念隐喻机制的角度更加具体深入地揭示了语言如何通过日常经验惯性进入人们的潜意识思维，并主宰人们的各种思考。这些通过隐喻形成的话语体系不过是反映现实的众多可能性之一。然而，一些较为强大顽固的隐喻思维一旦形成，就会对其他隐喻模式形成排他机制，此刻这些强大的隐喻就逐渐被人们奉为真理，其作用也随之发生变化——它们不再是描述多样化经验现实的众多可能话语模式之一，而成为一种旨在规约和改造现实的唯一真理性权威。它要求现实完全按照其规定的隐喻模式发展，而对其他可能性进行否认和打压。

莱辛对语言问题的敏锐程度毫不逊色于这些关注语言问题的哲学家们，她以太空小说的方式剖析了西方文化中种种根深蒂固的隐喻思维机制，对于那些僵化的话语体系进行了戏拟，这些话语体系实际上就是柏格森所说的“空间化的语言”，或者莱考夫体验哲学中那种由于太过强大而唯我独尊的概念隐喻体系。这类话语机制的作用和普通语言相比发生了改变，它们不再是单纯地描述世界，而是企图规定和改造现实，使其按照其规约的模式发展。而事实上，这种单一的思维模式将阻碍人们理解真实丰富的经验生活。

莱辛直言不讳地表明自己对那些华而不实、僵化独断的辞令感到厌恶，并坦言这始于她的从政经历：“你们忘记了我的经历。我与政治有着不解之缘。有时候你会感到，如果再多听一个演讲，就会让人产生呕吐。……你知道，任何政治演讲都可以被精简为用三句话就可以表达的废话。……”①然而，尽管莱辛认为这类浮夸之词会使人变得愚昧，但她

① Earl G. Ingersoll ed. *Doris Lessing*: *Conversations*. New York: Ohio Review Press, 1994. p.170.

并未完全否认建构整体性话语体系的努力。根据本书第二章第四节的分析，莱辛在其作品中同样强调了整体性的重要，分析了整体性思维缺失可能带来的种种问题，并且建构了老人星帝国这个颇具乌托邦意味、注重整体性计划的帝国。尽管这个帝国并不像传统的乌托邦帝国那么完美，但仍代表了一种整体性建构的努力。正如老人星使者耶和尔一样，莱辛也不愿将自己归入任何团体或立场。在她看来，这些话语体系并非绝对正确或者错误，而是是否与实际适应："我对双方的狭隘心态均表示反对。我不明白为何人们不能对双方同等地欣赏……"①她指出，人们通常为了捍卫一种立场反而忘记了自己要捍卫的具体内容，从而深陷在争执不休之中，找不到出路、看不到自身的缺陷，也同样难以看到对方的合理之处。莱辛这种实事求是、与时俱进的态度远比非此即彼、顽固不化的冷战思维要深刻得多。莱辛在该系列太空寓言中对时代思想的精准把握，正是源于她对语言中的概念思维范式和隐喻本质的深刻认识。语言问题已经不再仅仅是一个修辞问题，它在莱辛的思想分析小说中具有了哲学高度，并且成为莱辛观察社会的一个根本出发点。她透过语言与现实的关系来透视由种种伦理话语和科学话语体系构建的意识形态模式，既运用各类故事情节和叙述技法对其脉络进行梳理、建构和重现，又运用象征意象和多重视点对其进行质疑。值得注意的是，莱辛的这种质疑不同于后现代式的文字游戏和全盘解构，她始终以现实经验作为考察语言模式的根本基础，因此避免了因脱离经验实际而陷入令人绝望的相对主义。正是这种理念和写作方式造就了莱辛的新型乌托邦寓言，弥合了隐喻语言和现实世界以及隐喻修辞和长篇叙述之间的鸿沟。

---

① Earl G. Ingersoll ed. *Doris Lessing*：*Conversations*. New York：Ohio Review Press，1994. p.233.

太空系列的第五部作品《沃灵帝国的感伤使者》是一部专门以语言问题为主题的小说，本节将着重依据这一小说文本，并结合其他作品，来分析莱辛太空小说中的语言主题和新型乌托邦建构。

一、“太空小说”系列的点睛之作——《沃灵帝国的感伤使者》

莱辛在一次访谈中谈到了语言问题与“太空小说”之间的密切联系：“我讨厌任何形式的修辞。我认为那是一种使人变得愚蠢的事物——语言的操控会使你停止思考。……当我在继续讲这些话时，我心中不断涌现出一些好的想法，比如治疗修辞病的医院等。与此同时，我在《天狼星实验》这部书中迷失了自我。”[①]在这段访谈中，莱辛指出《天狼星实验》等“太空小说”系列作品与语言问题的密切关系，而其中所提到的“语言病医院”(the hospital for rhetoric disease)，正是出自“太空小说”系列的第五部作品《沃灵帝国的感伤使者》(*Documents Relating to the Sentimental Agents in the Volyen Empire*)(1983)，该书作为整个系列的收官之作，以对语言的直接探讨为核心主题，更加凸显了语言问题在太空小说五部曲系列中的重要性。语言问题是分析伦理、科学、政治和文化中诸多话语体系的根本基础，只有把握了作者对语言本质深刻而繁复的剖析，才能深刻理解由此衍生出的其他主题。

对语言本质的思考是莱辛写作“太空小说”的一个重要出发点。从早期的从政经历直至晚年的写作生涯，莱辛一生都在与各式各样的话语体系打交道，这种经历使她对语言作为承载现实的一种媒介怀有深深的质疑。虽然太空小说的前四部作品都通过繁复而颇有创造性的叙事技巧暗中体现了作者对语言的这种疑虑，但这些作品并未直接点明整个系

① Earl G. Ingersoll ed. *Doris Lessing*: *Conversations*. New York: Ohio Review Press, 1994. p.170.

列关于语言的一个重要主题——语言与经验现实的关系问题。而作为该系列的最后一部作品,《沃灵帝国的感伤使者》则在整个系列中起了画龙点睛的作用,以最简明的形式直陈了作者对语言问题的思考与担忧。

该书描写了一个位于星系最遥远边缘的殖民帝国——沃灵帝国(the Volyen Empire)。这个星际帝国受天狼星帝国的影响而产生了进化,其中10%的人控制奴役了90%的人。这个帝国几度获得统治地位又几度衰落,短命而动荡。它的起伏也影响到了天狼星帝国的稳定并引起其内部两个派别(保守党和问题党)的争论。这场争论是因沃灵帝国侵占了四个星球作为自己的殖民地而起,这四个殖民地行星包括它的两个月球——月球一号(Moon Ⅰ)沃灵那德纳星(Volyenadna)和月球二号(Moon Ⅱ)沃灵德斯塔星(Volyendesta),以及两颗行星梅肯星(Maken)和斯洛文星(Slovin),它们分别简称"PE 70"和"PE71",其中"PE"是英文词组"possible expansion"的缩写,意为"可能的扩张目标"。[1]这两颗行星曾经也是天狼星帝国扩张计划中想要征服的地区,但由于帝国内部主张控制扩张的进步力量占了上风而放弃了这一计划,这两颗星球因此而得名"PE 70"和"PE71"。然而,由于沃灵帝国对这些星球的殖民征服,天狼星帝国原始的征服欲望又重新被勾起,并引起了内部统治阶层的激烈争论,帝国统治下的一些星球甚至因此要求从帝国分裂独立。故事的主要场景设在"修辞病医院"(The Hospital for Rhetorical Diseases)[2],它位于沃灵帝国的殖民星球沃灵德斯塔。老人星使者因森特(Incent)在沃灵帝国受到闪迈特人克罗古尔(Krogul)[3]的蛊惑,并因此被送进了这所专治

① Doris Lessing. *Documents Relating to the Sentimental Agents in the Volyen Empire*. New York: Intage Books, 1983. p.6.

② Ibid., p.7.

③ 在小说中,克罗古尔是一个表面上富有同情心,他为反叛者之死而哭泣的举动打动了因森特,而实际上他却是个善于通过利用语言操控他人从而达到目的的人。

修辞病的医院。而另一名老人星使者克罗若斯(Klorathy)则是这所医院的设计者和建造者,他对那里进行了探访指导并写信给耶和尔讲述了自己的见闻,是该小说中的叙事者。

在《沃灵帝国的感伤使者》中,莱辛通过克罗索斯探访修辞病医院这一情节剖析了两种常见的病态话语模式:情感主义和理性主义。这两种话语模式都因走向各自的极端而一叶障目,不见森林。滑向任何一极都会导致平衡状态的破坏,背离理想状态。

首先,在修辞病医院中,情感主义是一种常见的低级语言疾病,该医院最初级的治疗部门"基础修辞部"(Basic Rhetoric)①就是针对这种情感主义疾病建立的。沃灵德斯塔和什卡斯塔很像,也具有动荡不安的特质。那里多水和大风的自然环境影响到人的心灵,使人们难以获得稳定的心理状态。但也有少部分人能够因此获得一种特殊的能力,即运用自然的刺激来增强内心平静的能力。"基础修辞部"即运用这种刺激的原理建造,它被建在受大风和海浪刺激的悬崖边,并配以什卡斯塔的背景音乐,通过这种环境来对病人进行治疗,以期激发出他们抵御情感主义的潜能。受到闪迈特人克罗古尔蛊惑的老人星使者因森特便在这里接受治疗,他的问题是由于轻信闪迈特人而产生了"执拗的党派热情"(heady partisan enthusiasm)。②因森特认为天狼星帝国违背了民主自由的承诺,其统治失去了合法性,因此坚持暴政需要以暴力反抗。但克罗若斯认为这种提倡以战争的激进方式反抗帝国压迫的英雄主义是有害的,他最后断定:因森特的确病得不轻。

其次,完全排除情感的理性至上主义也是修辞病医院中需要治疗的一种重要疾病,它是语言发展到较高阶段产生的疾病。克罗若斯自己亲

①② Doris Lessing. *Documents Relating to the Sentimental Agents in the Volyen Empire*. New York: Intage Books, 1983. p.9.

自设计的"修辞逻辑部"(The Department of Rhetoric Logic)就是专治这类语言病的地方。这里的治疗原理与"基础修辞部"正好相反，它屏蔽了一切刺激源，远离海洋，位于山峰与黑森林之间，白色的房间内十分安静，只听到计算机的滴答声。计算机中通过远程控制被输入了许多历史命题。

可见，在莱辛看来，不论是情感主义，还是理性主义，尽管二者针锋相对、各执一词，实际上都是病态的表现，唯有在与现实经验的互动中实现二者的平衡，才是健康的状态。实际上，小说中修辞病医院的情节并非空穴来风，情感主义和理性主义的争论长期以来一直是西方伦理思想历史的传统中激烈争论的焦点之一。

自古希腊以降，关于什么是"善"的问题，哲学家们就给出了林林总总的答案，众多不同学派都给出了自己的答案，它们相互之间分歧重重。20 世纪伊始，西方伦理学研究的重点发生了语言学转向。1903 年，英国伦理学家摩尔发表了《伦理学原理》，这标志着以语言和逻辑为研究重点的伦理学研究模式在西方伦理学研究中开始取得统治地位，是西方哲学"深入骨髓的科学精神"在伦理学上的反映。西方哲学史的一个传统是喜欢将"知识"与"美德"画等号，例如苏格拉底的著名论断"美德即知识"就是这种思维模式的典型。柏拉图在其著作中继承了苏格拉底的观点。[①]亚里士多德在《尼各马科伦理学》中谈到"为自身"(to auto)的"目的"就是善，是"最高的善"。[②]他认为任何事物都有自己的功能，而人也有

---

① Theodore C. Denise, Nicolas P. White and Sheldon P. Peterfreund. "Chapter1 Plato (427-347 B.C.) Knowledge and Virtue: Selections from *Gorgia* and the *Republic*, Books i-ii, iv, vi-vii, and ix." *Great Traditions in Ethics*. Beijing: Peking University Press, 2006. pp.8-22.

② [古希腊]亚里士多德：《尼各马科伦理学》，苗力田译，北京：中国社会科学出版社，1999 年，第 2—3 页。宋希仁在《西方伦理思想史》第二章"《尼各马科伦理学》"中也对亚里士多德的伦理观念做了详细介绍。参见宋希仁：《西方伦理思想史》，北京：中国人民大学出版社，2010 年，第 46—83 页。

自己的"功能"(function,希腊文为ergon),这个功能就是理性活动。人的善行就是在理性的指导下进行的德性活动。[①]亚里士多德和柏拉图一样推崇理性作为德性的源泉,其区别是亚氏族较柏拉图更强调这种德性在实践中的展现,善并不蕴含在拥有德性的"潜力"(potentiality)上,而是体现在展现德性的"实践"(actuality)中[②]。这种将"知识"与"美德"混淆的传统就是理性主义伦理学的根源。将事实与价值完全等同的情况一直到大卫·休谟(David Hume)理论的提出才有所改观,他对形而上学思维的批判带来了西方哲学史上的"认识论危机",使其后的哲学家开始在讨论中注意将"事实"与"价值"分开讨论,他认为情感而非理性才是道德行为的决定因素。[③]启蒙时期重要的哲学家康德就是这类典型,他在《纯粹理性批判》和《实践理性批判》中将知识学和伦理学问题分开讨论,对理性进行了划界。然而,康德虽然将知识问题更多交给了可知的经验范畴和人们与生俱来的思维结构,将知识问题从形而上学中独立出来,对不可知的"物自体"不再作过多纠缠,但正如莱考夫所分析,在谈到伦理至善的终极来源时,其理论仍然带有传统形而上学的色彩。他将伦理问题留给了某种超验的普遍理性,或者说那个冥冥中给予人们良知的上帝。不过相比之前的哲学家,康德已经在现代化转向的道路上迈进了一大步。在此之后,西方伦理中出现了情感主义倾向,一些哲学家干脆否认伦理具有认识性质,无所谓真假,完全否认了伦理中与真理和知识相关的"事实"维度,他们的学说被称为"非认识主义伦理学"[④]。伯特兰·罗

---

① 余纪元:《亚里士多德伦理学》,北京:中国人民大学出版社,2011年,第49—62页。

② Theodore C. Denise, Nicolas P. White and Sheldon P. Peterfreund. "Chapter 3 Aristotle(384-322 B. C. E.) Moral Character: Selections from the *Nicomachean Ethics*, Books i-ii, vi, and x." *Great Traditions in Ethics*. Beijing: Peking University Press, 2006. p.23.

③ [英]休谟:《人性论》,关文运译,北京:商务印书馆,1983年。

④ 强以华:《西方伦理学十二讲》,重庆:重庆出版社,2008年,第138页。

素(Bertrand Russell)、艾尔弗雷德·朱勒·艾耶尔(Alfred Jules Ayer)和C.L.斯蒂文森(C.L. Stevenson)等都是情感主义伦理学的代表人物。他们认为人们对事物价值的断定无非是自我感情和主观倾向的一种表达，与客观的真理和事实无关，其目的是要引导别人也获得和自己同样的情感，从而使自己的伦理倾向获得某种普遍性。①亚当·斯密(Adam Smith)接受并继承了休谟的同情论，强调人与人之间感情上的共鸣(sympathy)是道德情感的源泉，他在其所著的《道德情操论》(*The Theory of Moral Sentiments*)②中表达了这一观点。然而这种情感主义伦理观也有自己的局限性，它完全将事实与价值分离的倾向受到不少诟病，如果伦理缺少任何事实依据和标准，只是主观情感的表达，那么接下来的问题则是：伦理学作为一门学科，是否还具有科学性？或者说是否还有存在的必要？

莱辛和西方的元伦理学家们一样，认识到语言问题是所有其他伦理问题和帝国行为规范建立所需要考虑的终极问题。在太空小说系列中，正是基于对语言本质的深刻认识，才导向了小说系列对维系帝国意识形态的各种伦理话语模式内在矛盾性的反思。莱辛通过小说人物的叙述

---

① 例如艾耶尔在《语言、真理与逻辑》(*Language, Truth and Logic*)中指出，只有“经验性陈述”(empirical statement)和“分析性陈述”(synthetic statement)这两类语句具有意义，因此是真正意义上的句子。“经验性陈述”描述经验事实，其真值可以通过经验事实得到验证，例如“今天这里出太阳了”就是这类句子；“分析性陈述”则在逻辑上为真，例如“所有的光头都是头上无发的”。而除此以外，有一些道德判断，既不能从经验和逻辑上证明为真，又无法证伪，例如“在自然秩序中，所有事物皆有一个目的”“所有疾病皆有恶灵所致”等，它们既非“经验性陈述”，亦非“分析性陈述”。艾耶尔认为这类语句从字面和逻辑上讲毫无意义，但它们具有一些“情感上的意义”(emotive meaning)，即它们能够表达或激起情感。参见：Theodore C. Denise, Nicolas P. White and Sheldon P. Peterfreund. “Chapter 21 Ethics as Emotive Expression: Selections from Ayer's *Language, Truth and Logic*, Chapter vi, and Stevenson's ‘The Nature of Ethical Disagreement’.” *Great Traditions in Ethics*. Beijing: Peking University Press, 2006. pp.269-284。

② [英]亚当·斯密，《道德情操论》，王秀莉译，上海：上海三联书店，2011年。

建构了西方传统中最根深蒂固的理性主义伦理模式的话语体系，在其人物的叙述中作者常常有意安排他们将“真理”与“美德”混为一谈，并对情感进行打压；用重要意象和多重视点的变化对这种理性主义伦理观进行质疑，在某些场合暗中肯定情感的作用。从前面的分析可以看出，在各种矛盾冲突的隐喻话语体系中，莱辛并不执着于其中任何一种，而是在她设置的具体场景中讨论其作用和价值。在谈到道德与艺术的关系时，莱辛强调了经验现实在道德伦理评判中所起的重要作用。当她被问及为何起初敬仰但后来又放弃了19世纪的小说传统写法时，莱辛回答道：

> 我大脑中的想法是，我们现在身处在这样一个时代，我们的大脑处于正在爆炸的星系当中，我们思考着类星体、夸克、黑洞和平行宇宙等问题，因此人们已经很难从旧的固有道德规范中得到慰藉，因为一些新的情况出现了。我认为，我们所有的价值体系都被翻了个底儿朝天。……一个社会中的真理会变成另一个社会中的谬误，一个时期的真理在五年以后将不复存在。①

莱辛认为，由于现实经验的变化已经超出了19世纪小说视野的范围，因此新的小说形式呼之欲出，语言需要不断调整自身的形式以适应新的经验现实。莱辛在《沃灵帝国的感伤使者》中，着重对经验现实和语言建构之间的关系进行了探讨。其中奥尔马林(Ormarin)这个典型人物象征了帝国话语体系的病态形象，他的问题就是由于语言无法与现实适应而造成的。奥尔马林是帝国统治者阶层的一员，同时也是一名典型的语言病患者。他在沃灵德斯塔语言病医院中的“温和辞令科”(Mild Rhetoric)②接受治疗。他最大的特点是善于运用语言辞令来美化自己所

① Earl G. Ingersoll ed. *Doris Lessing: Conversations*. New York: Ohio Review Press, 1994. p.72.

② Doris Lessing. *Documents Relating to the Sentimental Agents in the Volyen Empire*. New York: Intage Books, 1983. p.13.

处的阶层，他的这一特点源自其所属的沃灵帝国。沃灵帝国和天狼星帝国一样，也善于运用修辞性语言来掩盖自身的掠夺行为，将其美化成为殖民地人民福祉着想的善举。克罗若斯在回忆自己的访问过程时指出："天狼星帝国以修辞的过程来掩盖真理的能力是我们的老人星心理学家特别感兴趣的课题，但他们却忽略了在沃灵'帝国'中表现出来的极端病理学情况。"①而奥尔马林作为沃灵帝国统治阶级的一员，虽然是一个在上层阶级中不太走运的人，但其境遇也远远好过底层受压迫的人。然而，一方面，奥尔马林过着特权阶级的优越生活，但另一方面又善于发表对底层充满同情的演讲，并很具有讽刺性地成了底层民众的终身代表。②"奥尔马不断地被卷入'促进'沃灵德斯塔的计划中……虽然来自沃灵帝国，但他一直在演讲中不断地发表抗议，博得了所有人的眼泪(……)。这些计划是虚伪的。"③奥尔马林这种虚伪的两面性特质正是沃灵帝国殖民行为根本特征的写照。小说叙述者指出，他们以口头上的同情底层之名行攫取殖民地财富获利之实，而实际上却并没有从根本上真正改善当地的教育和医疗等条件："沃灵德斯塔，正如沃灵那德纳一样，也像梅肯和斯洛文一样，缺乏医院，不论是治疗生理还是心理疾病的，也缺乏所有类型的教育机构，以及在沃灵帝国理所当然应该具备的那些便利设施。"④奥尔马林在公众面前的表现也同样如此。他口头上反对压迫奴役，在实际行动上却正好相反。他对天狼星帝国修建的新路表示欢迎并发表演说为其建成致辞，而这条路正是天狼星帝国通过压迫奴役殖民地劳动力的产物。⑤这个言辞和实际行为严重不符的双面人形象和《什卡斯

① Doris Lessing. *Documents Relating to the Sentimental Agents in the Volyen Empire*. New York: Intage Books, 1983. p.13.

② Ibid., pp.13-14.

③④ Ibid., p.15.

⑤ Ibid., p.16.

塔》中描写的“双重话语”(double speak)现象一样,是作者对语言与现实经验之间关系的直接拷问。

二、“太空小说”语言主题的现实基础——英国的没落

在现实中,莱辛正是从自身的经验中才得出了对各种既有话语体系的深刻反思,她作为时代的见证者在其太空小说中重现了一个庞大殖民帝国的衰落,其作品本身与所处的时代有着密不可分的联系。英国爱丁堡大学英文系教授兰德尔・史蒂文森(Randall Stevenson)在他 2004 年首次出版的著作《英国的没落?》(*The Last of England*?)①中讲述了英国自二战以后的历史、文化背景和社会思潮,以及同时代的许多英国作家文学作品与社会历史之间的关系。多丽丝・莱辛是他关注的一个重要作家。兰德尔在该书第一章介绍了英帝国的殖民统治逐渐瓦解的历史:在 1945—1950 年期间,由于福利国家的建立,英国社会经历了短暂的复苏,尽管战后经济恢复缓慢,由于物资匮乏而普遍实行配额制,但在 20 世纪 50 年代之前其国内的民族自信仍然保持着较高水平。然而,1956 年的苏伊士运河事件②使其遭受了致命打击。从此以后,英国在国际外交事务中开始唯美国马首是瞻,逐渐对自己的海外领地失去了掌控能力。不再是世界头号强国的英帝国慢慢分崩离析,其原有殖民地也纷纷独立。1962 年的古巴导弹危机中,英国进一步沦为美国的棋子和附庸。1963 年,英国由于与美国过从甚密,其加入欧共体的请求遭到拒绝。“衰落”成为这一时期的关键词。在这种背景下,爱国主义、理想主义不再具

---

① Randall Stevenson. *The Oxford English Literary History* (*Volume 12. 1960-2000*): *The Last of England*? Beijing: Foreign Language and Research Press, 2007.

② 指埃及政府从英国殖民政府手中将苏伊士运河收归国有的事件,这一事件是殖民帝国彻底崩溃的标志性事件之一。

有昔日的凝聚力,普遍的失望不满情绪直接导致政府内部的变化——哈罗德·威尔逊领导下的工党(Labour Party)于1964年取代了由于民族衰落和丑闻而备受诟病的托利保守政党,取得了在英国的执政地位。在这一时期,国家政治的典型特征是“民众期望与政治现实之间的巨大落差”,而英国新左派的出现则更加剧了这种落差的程度。[1]对于当时的英国政府,兰德尔评价道:“尽管进行了一些进步性的立法,但哈罗德·威尔逊政府似乎从未满足对英国社会进行激进重组或实行一种真正受欢迎的社会主义的那些愿望,即使连满足其支持者们的最低愿望——将1945—1950年期间由它发起的福利国家改革进一步发展和完善——都显得举步维艰。”[2]莱辛本人的从政经历使她对英国社会的历史变迁具有敏锐的洞察力,她加入过南罗德西亚地区的共产党,并且自己也曾是英国新左派的成员之一,和新左派思潮的一些代表人物(如E.P.汤普森等)关系密切。莱辛在《什卡斯塔》中甚至通过历史档案的形式直接再现了这段帝国历史,将其称为“西北边缘地带”被“北方孤陆”取而代之的历史。小说中的情节还涉及帝国权力的更迭、战后短暂虚幻的福利社会繁荣时期、英国社会内部由于没有实现真正变革而不得不向海外扩张转嫁内部矛盾的无奈以及民众对工党政府的失望情绪等内容,这些现象都通过星际叙述者们遥远和陌生化的视点得以表述和呈现。很显然,在这种过渡转折时期,英国国内悲观失望的国民情绪影响了整个国家的氛围,“衰落”的现实动摇了曾经人们坚信的一切,包括从前维系庞大帝国的整个话语模式和意识形态体系,它们如今都显得与当下经验格格不入。威廉·格林斯莱德(Willian Greenslade)对当时的历史境遇进行了总结,指

---

① Randall Stevenson. *The Oxford English Literary History* (*Volume 12. 1960-2000*): *The Last of England*? Beijing: Foreign Language and Research Press, 2007. pp.13-17.

② Ibid., p.17.

出“人们越来越意识到进步说辞与……生活事实之间的不一致”。[1]这激发了作者对导致一系列社会问题产生的深层文化根源和语言确定性问题的质疑和思考,并在该系列小说中对语言和现实的关系进行了详尽深入的剖析和探讨。

《沃灵帝国的感伤使者》作为该系列的最后一部小说,是对整个系列探讨的根本问题的一个简要总结,虽然该作品在五部小说中篇幅最短,但却通过“语言病医院”的构思精辟地总结了各种话语体系在现实经验中面临的问题。与此同时,该小说中描绘的沃灵帝国和天狼星帝国一样,是英殖民帝国的另一个缩影。天狼星帝国主要从经济和帝国运作机制层面对英帝国的没落进行反思,而沃灵帝国则从语言和意识形态建构方面对该帝国的没落进行反思,它重现了当时英帝国走向衰落过程中的身份焦虑和昔日辉煌时期那些自以为具有普遍性和确定性的话语体系土崩瓦解的过程。小说中沃灵帝国的衰落过程和现实中的英帝国几乎如出一辙。

首先,沃灵帝国和英帝国一样,其作为世界工厂的地位逐渐被新兴殖民地取代,其在星际帝国间的影响力不断下降——

> 伟大沃灵帝国时期的工厂和车间凋敝了,许多都空空如也。最普遍的状态并非愚昧和夸夸其谈的盲目自信,而是一种困惑和对不确定性的抱怨。到处都能看到曾经在沃灵帝国中占据高位的那些人是如何被一一取代,通常都是由那些来自他们曾经殖民地的公民们给换掉了。这一切发生在大街小巷中,从最显赫位置的人物到一个商店售货员都是如此:贸易曾经是沃灵帝国巅峰时期的驱动力量,而现在,拥有商店和组织贸易的却是沃灵纳德那和沃

① Donald J. Childs. *Modernism and Eugenics: Woolf, Eliot, Yeats and the Culture of Degeneration*. Cambridge: Cambridge University Press, 2001. p.1.

灵德斯塔。①

随之而来的是帝国对其原有殖民地控制权的丧失，原先通过殖民统治攫取的财富开始向外流出：

> 随着"帝国"变得越来越不确定，来自附属星球上的反抗使其统治变得困难重重，在有些地方，随着这些附属星球情况的恶化，已经没有可能再维持下去了——于是大量人口回到沃灵帝国的"家中"来分享那些曾经从他们身上攫取的财富。②

然而，和当时的英帝国的情况一样，在沃灵帝国，比帝国本身的没落更要命的是一种失望沮丧情绪的蔓延：

> 说这是一个崩溃中的帝国——这是很容易的，我们曾经已成千上万次地看到了这一过程。……那没什么新鲜的。但每个崩溃的帝国都有它自己的"感受"，它的气氛，这种感觉很难简单地通过谈论意志上的不确定性来表达。③

这种失望沮丧情绪的一个核心体现是对语言确定性崩溃的那种难以言喻的"感受"，一种笼罩着整个国家和民族的迷茫。

莱辛对语言问题的思考是基于英帝国没落的历史背景，小说中造访沃灵帝国的老人星使者克罗若斯对语言问题的思考分析也是源自沃灵帝国没落的历史。克罗若斯指出，正是沃灵帝国由于内部问题产生"内爆"(implosion)④并被天狼星帝国取而代之的历史事件促成了他对这一过程的思考，成为他给耶和尔写这份分析报告的重要原因。克罗若斯在接下来的报告中分析了语言修辞建构在该帝国内部崩溃过程中所扮演的重要角色：他指出，天狼星帝国的一部分人(例如安必恩二号)在老人

---

① Doris Lessing. *Documents Relating to the Sentimental Agents in the Volyen Empire*. New York: Intage Books, 1983. pp.72-73.

② Ibid., p.73.

③④ Ibid., p.75.

星人的教导下懂得了“必然”(Necessity)的观念并获得了“美德”(Virtue)[①]的真谛，但这导致他们过早地认为自己掌握了真理。于是当这个政治派别在帝国内部影响力处于鼎盛的时期，该帝国走上了过度扩张的道路：“这个派别，在短暂的时期内，它处于巅峰状态，热衷于扩张，不仅占领了天狼星帝国早先殖民过又放弃了的那些星球，还占领了那些由于没有足够价值而未被占领过的星球。”[②]在“太空小说”中，天狼星帝国和沃灵帝国是两个十分相似的帝国，无论是其运作机制还是发展阶段都十分接近。它们是同一个整体的不同侧面：二者都是大英帝国的缩影，但它们分别侧重反映了帝国在经济扩张和意识形态建构两个不同方面存在的问题，但这两个方面并非泾渭分明、互不相干。与之相反，它们恰恰是紧密联系、互为因果的。正是由于语言上不切实际的自我定位，并且一意孤行地用这种语言建构来作为规定世界的永恒体系，才助长了帝国的不断自我膨胀和扩张；而帝国的壮大和扩张，又进一步使人们相信，这些语言建构的帝国形象就是世界的全部真相，它们具有永恒、普遍和超越经验的特性，是不可动摇的真理。

随着帝国的衰落，这些话语的建构性质逐渐凸显出来，人们才如梦初醒。他们发现，在这些星际帝国中，固化的理想和理念并非现实的反映，而是脱离实际的自我形象建构，莱辛让读者站在反讽的视角上，看到这些帝国理想作为宏大叙事其缺乏现实根基的本质：

> 当天狼星帝国将自己视为新信仰的使者时，由于它对自己的新型描述，它的受害者们很难分清这种新的帝国扩张和先前那些扩张之间的区别，因为所有这些扩张都伴随着滔滔不绝的自我赞美，而实际上在实践中却没有任何不同。……从帝国一端到另一端，每个

---

① Doris Lessing. *Documents Relating to the Sentimental Agents in the Volyen Empire*. New York: Intage Books, 1983. pp.75-76.

② Ibid., p.76.

人都在歌颂着“必需原则”的宣传口号。但很快每个人就发现,一切都没什么不同:帝国处于扩张阶段,许多星球则沦落为野蛮剥削的受害者,和以前的通常情况一样,这一过程伴随着华丽的托辞。①

莱辛善于在小说中采用不同立场的视点。例如在上面的引文中,她就运用了全知全能的视点来审视天狼星帝国的自我形象建构,同时又从殖民地人民的角度,指出这种话语体系在实践中对于改变世界毫无作用。这种叙述方式使读者站在超然的立场上,比小说中的人物更能看清话语的建构实质,一如莱辛作为帝国的边缘人比其内部子民更能看清帝国衰落的重要原因。

正因为如此,莱辛对帝国症候诊断的精准堪比语言学家,这从她对天狼星帝国的评价中可见一斑:

天狼星帝国热衷于词汇、短语和宣传口号,所有这些都源自……他们曾经沉浸于理想主义和美德的时期,而现在他们已经不再拥有这些了;所有的天狼星人都是词汇的狂热爱好者,它疯狂而绝望地扩张着……这部分是由于天狼星帝国现在的统治者……是他们自己言词的囚徒,他们再也无法分辨事实与自己的虚构了。②

天狼星帝国和沃灵帝国一样,也存在严重的语言问题。在那里,由理想主义出发的观念偏离了初衷,人们迷失在虚构的自我形象与幻想中,他们不再是自己言辞的主人,而是受其束缚的囚徒,从而失去了辨别事实与真相的能动性。正如莱考夫所言,由概念隐喻衍生出的话语模式“大多数都并非话语本身”,它们只不过是日常体验造就的“潜意识中的认识”,这些话语范式反映了部分事实,可以在某种具体条件下用以描述世界,但如果作为一成不变的真理去规定和改变世界,势必会产生问题。

---

① Doris Lessing. *Documents Relating to the Sentimental Agents in the Volyen Empire*. New York: Intage Books, 1983. p.76.

② Ibid., p.77.

这些话语模式只能是"描述性的"(descriptive),而不能成为"规定性的"(prescriptive)①。

英国现代主义文学传统的影响也与莱辛小说中的语言主题息息相关。兰德尔指出:20世纪60年代是莱辛写作风格转型的重要时期。直至20世纪50年代末期,她仍然认为19世纪的现实主义小说是最高级的小说形式。然而,在苏伊士运河危机之后,莱辛的小说风格发生了变化,她随后出版的《金色笔记》(*The Golden Note Book*, 1962)脱离了传统的现实主义写作,采用了支离破碎的形式和充满自我指涉的叙述。在《暴力的孩子》(*The Children of Violence*, 1952—1969)系列最后一部作品《四门之城》(*The Four-Gated City*, 1969)中,莱辛将注意力转向了幻想题材和末世寓言。1971年,莱辛创作了她称之为"内心空间小说"的《简述地狱之行》(*Briefing for a Descent into Hell*),进一步凸显了对确定性现实的质疑,以带有疏离感的视点,让叙述者站在一个遥远的位置——平静而深邃的内心空间中——来审视人类历史,这成为"太空小说"系列《南船座的老人星:档案》(*Canopus in Argos: Archives*)(1979—1983)的前奏和铺垫。②在这个系列的小说中,莱辛开始重新将那些熟悉的道德伦理命题置于一个陌生的空间中进行考量,对历史经验和话语模式之间错综复杂的关系进行多维度、多视点叙述下的重新考量。兰德尔从社会文化影响的角度指出,莱辛和许多自现代主义时期以降的作家一样,"将大

① 莱考夫曾多次在其著作中提到隐喻性话语的这种"描述性"特征。参见:George Lakoff & Mark Johnson. *Philosophy in the Flesh: The Embodied Mind and Its Challenge to Western Thought*. New York: Basic Books, A Member of the Perseus Books Group, 1999. p.533.以及 George Lakoff. *The Political Mind: A Cognitive Scientist's Guide to Your Brain and Its Politics*. New York: Penguin Books, [2008] 2009. pp.43, 77。

② Randall Stevenson. *The Oxford English Literary History (Volume 12. 1960-2000): The Last of England?* Beijing: Foreign Language and Research Press, 2007. pp.427-428.

量的精力投入到自身的语言和形式",这些最关注语言和形式的作家恰恰又是"这一时期最关心政治问题的作家",他认为这类作者"由文学媒介本身出发,进一步延伸出对当代社会即塑造社会的各种作用力的深层次评判"①。换言之,作家们对表征危机的思考反映了他们对所处时代中那些更广泛的社会政治危机的深刻反省。

三、后现代主义的政治无能与乌托邦寓言中的隐喻性建构

在莱辛的"太空小说"中,各式各样的话语体系轮番登场,然而却很难有一种能够牢牢把握经验的现实。这些价值评判话语总是固执己见、排斥他者,从而在经验发生变化时陷入与现实格格不入的境地。兰德尔认为莱辛科幻小说中这种对语言建构本身的自我指涉式的审视使得她具有后现代主义作家的特质。②然而,莱辛并没有完全模仿前人,她对语言文字的质疑不是为了进行文字游戏和彻底摧毁旧世界,将语言从现实中剥离出来,而是相反,她总是将那些剥离出来的多个语言模式又放回到不同的经验背景下一一进行考察,重新将话语播种到适合它们生长的经验泥土中。这种创作方式是莱辛将后现代的自我指涉式质疑与科幻的乌托邦寓言传统相结合的产物。简言之,如果说后现代主义的主要遗产在于解构性思维的话,那么乌托邦传统的重心仍然在于秩序的建构,其目标始终是思考更完善的未来社会蓝图;而莱辛在解构的同时,显然并未放弃这种建构的努力,不过其方式较传统乌托邦更加审慎和具有自省精神。

在科幻批评界的一些学者看来,比较激进的后现代主义观念并不完

---

① Randall Stevenson. *The Oxford English Literary History* (*Volume 12. 1960-2000*): *The Last of England*? Beijing: Foreign Language and Research Press, 2007. p.82.

② Ibid., pp.81-82.

全适用于对科幻小说的评价。著名科幻文学研究专家达科·苏恩文(Darko Suvin)就指出,一些后现代主义批评理论家所持的那类“激进的相对论”和“认知的虚无主义”缺乏政治担当,这是由于他们将世界纯粹看成是“我的表述”“一种漂浮不定的意志行为”,从而将科幻小说建构的种种可能世界看作一种“利己主义的、嬉戏的属互文本(generic intertext),这种文本的最大优点就是能够凸显表述现实的不可能性——一种再现”,也就是“触及经验现实的永恒不可能性”。①苏恩文对以这种解构主义的方式来理解科幻小说持否定态度,认为其难以走出自身的逻辑悖论。②他认为以这种观念去评估科幻小说,就会抹杀科幻小说不断设想更加完善的可能世界的建构能力,他在文中直截了当地表明了自己的观点:“不。我们不需要简单的、原始的、幼稚的、恶毒的解构,我们需要的是解构加重构这种高级的传统辩证法,……”③

另一名重要的批评家弗雷德里克·詹姆逊(Frederic Jameson)在《乌托邦作为方法或未来的用途》④一文中从对垄断的分析出发表达了类似的看法。他从法兰克福学派的“社会共有化”(Vergesellschaftung)(或马克思所言的“普遍理性”)出发,论述了对晚期资本主义垄断现象的看法。虽然一提到垄断,人们往往就会谈虎变色、大加挞伐,然而詹姆逊则表明

---

① [加]达科·苏恩文:《科幻小说面面观》,郝琳、李庆涛等译,合肥:安徽文艺出版社,2011年,第45页。

② 苏恩文将其逻辑归结为:第一段——没有绝对的准则;第二段——第一段未必为真。同上书,第48页。

③ [加]达科·苏恩文:《科幻小说面面观》,郝琳、李庆涛等译,合肥:安徽文艺出版社,2011年,第51页。

④ 该文的中文译文载于《科幻文学的批评与建构》第二编第一章。参见[美]罗伯特·斯科尔斯、弗雷德里克·詹姆逊、阿瑟·B.艾文斯:《科幻文学的批评与建构》,王逢振、苏湛等译,合肥:安徽文艺出版社,2011年,第75—102页。该文的中译文也载于中央编译局的期刊《马克思主义与现实》。参见[美]弗雷德里克·詹姆逊:《乌托邦作为方法或未来的用途》,王逢振译,摘自《马克思主义与现实》,2007年第5期,第4—16页。

了他的一些不同看法:“实际上,我反而将垄断确定为一种乌托邦现象”①,“……未来的社会是在现在的社会之内‘成熟的’——其形式不仅是劳动的社会化(联合、工会组织,等等),而且首先是垄断”②。他进一步指出:“……如果不采取乌托邦的方式,我们显然不可能考虑即将出现的某种未来的规模、数量、人口过剩,以及类似的东西。”③他认为,如果不是这样,那人们将不得不“面对历史的倒退,回到已经不复存在的过去”。④在他看来,乌托邦方式在现今阶段对于人类社会的发展仍然具有重要作用。他以零售巨头沃尔玛为例分析了资本主义通过市场吞噬自己的过程,指出人们对此应对的方法不应该是倒退回小国寡民的前现代时期,躲进不切实际的幻想中去欣赏田园风光,而是应该直面现实,以新的智慧去面对新的现实:“实际上,对待形成旧的反现代主义意识形态的社会焦虑的标准方式,就是承认这种焦虑,而同时又向我们保证,在未来任何‘更完美的社会’里,所有列出的否定的特征都会得到纠正。”⑤

莱辛笔下的天狼星帝国就生动地再现了上述现代社会中的焦虑症候,虽然该帝国已经在现代化的进程中达到了很高的水平,但它又面临着一系列新成长阶段的烦恼:在社会的物质建设方面,技术人口过剩、劳动力缺乏、贫富差距扩大、经济危机以及不得不为了输出危机而进行的无休止扩张;在社会文化价值观方面,奉行单一的以经济利益为导向的功利主义价值观,对殖民地进行残酷的剥削和压榨,而宗主国享有特权的人们则在身体退化的同时陷入精神空虚,幻想回归与自然和土地紧密

---

① [美]罗伯特·斯科尔斯、弗雷德里克·詹姆逊、阿瑟·B.艾文斯:《科幻文学的批评与建构》,王逢振、苏湛等译。合肥:安徽文艺出版社,2011年,第84页。

②④ 同上书,第85页。

③ 同上书,第85—86页。

⑤ 同上书,第94页。

联系的农耕时代生活。然而，随着情节的推进，小说分析了未来的两种可能倾向——继续沿着原来的路线进行帝国扩张和如恐惧的人们希望的那样倒退回农耕时代的田园生活，而结论是二者都是不切实际的方案，无法真正解决问题。太空小说的整体情节构思表明，虽然莱辛并不否认多重可能世界并存的现实，且比曾经的乌托邦作家多了一份自我怀疑的审慎，但她绝没有幼稚到要像激进的相对主义者那样，对所有现存的一切进行破坏性的解构。她虽然对曾经的帝国话语进行批判，但同样也不赞成类似于“高贵的野蛮人”“安乐乡”和“田园生活”①之类的想法。并且，小说分析了放弃建构努力、倒退回从前的不可能性——现实发展的阶段已经不再具有农耕时代的经验现实基础。因此，在《天狼星实验》中，天狼星富人阶层“返璞归真”的实验和他们在另一个方向上的发展——继续进行帝国扩张和培养“隆比人”的实验——最后均以失败告终。可见，“天狼星实验”作为这部小说的标题除了直接指代天狼星帝国在殖民地进行的人种培育实验以外，也暗示了小说本身是对帝国发展各种可能性进行的分析和思想实验：它以英帝国发展的历史为原型，通过小说的故事情节对其面临的问题和各种可能解决方案进行了实验研究一样细致的剖析。而这种剖析的目的并非仅仅为了否定解决问题和获得进步的种种可能性，而是致力于在否定的基础上寻求一个更加完善的社会运作方案，这正是苏恩文所期望的那种优秀科幻乌托邦作品应该具备的特质——拥有“解构加重构”的辩证性特征。在“太空小说”中，虽然老人星帝国仍然具有诸多缺陷和问题，但它和天狼星帝国

---

① 这些都是西方文学和思想中耳熟能详的词语和观念，一些重要的英国文学家深受其影响，例如D.H.劳伦斯(D.H. Lawrence)就曾亲身实践“野蛮人的朝圣之旅”，试图以其创作和亲身实践发展源自黄金时代神话的“高贵的野蛮人”理念。参见牛红英：《野蛮人的朝圣之旅——论D.H.劳伦斯的乌托邦思想》，摘自《外国文学研究》，2015年第5期，第120—129页。而莱辛在“太空小说”系列作品中回应了这种流行观念，并表达了自己对于乌托邦理念的不同见解。

比较,仍然具有一些进步特征,或者说处于更高级的帝国发展阶段。而无论是天狼星帝国还是老人星帝国,都处于一种整体性的普遍理性观念的考量之下,只不过莱辛将这种理性话语的建构更多地与经验现实的互动相结合,令整体性的乌托邦计划在经验的流变中不断自我调整,使其中蕴含的平衡在不慎被打破后能够通过自我修正重新获得新的平衡。这种不断打破又回归平衡的重构过程,相比于传统乌托邦那种一劳永逸的建构,显得更加谨慎。依据经验现实,在“肯定—否定—再肯定”中进行螺旋上升和无限循环,正是莱辛新型乌托邦寓言的一个根本特征。

莱辛将语言问题作为乌托邦宏大话语体系建构的根基,在小说中设置不同经验背景来考察语言建构的这种螺旋上升过程,这表明她对语言与思维的关系这一认知过程的思考已经达到了相当深刻的程度。从她对一些根深蒂固的隐喻思维模式由建构到解构再重构的复杂剖析过程来看,莱辛显然已经意识到了语言建构的隐喻映射特征及其对人类文明发展的影响,正是由于隐喻映射思维源于经验的本质使其在文明的整合与分裂中产生了巨大的作用力,而莱辛在小说中对语言建构与经验现实之间关系的拷问正是对这一复杂作用力过程的探究。体验哲学以认知科学的研究成果为基础,以概念隐喻理论解释了这种语言建构现象及其与经验的作用过程,从这一理论视角出发,可以更清晰地透视莱辛在太空小说中探讨的语言问题的实质——首先,各类话语体系的缺陷归根结底是因隐喻性语言和经验现实之间发生矛盾而产生的。语言的隐喻思维建构源自身体与世界互动体验产生的潜意识,并反作用于经验世界,它需要人们有意识地不断调整自身思维模式与经验相适应,才能成为特定条件下指导行动的正确模式。而问题往往就产生在人们服从权威和习俗的惰性上,这使得留存在脑海中的那些陈腐过时的无意识隐喻结构(也就是莱考夫所说的那种过于强大的隐喻)和当下经验之间产生巨大的裂痕,而如果不随时保持一种自我反省的态度,这些隐喻结构自动映射的特性就会使人们对这一过程全然不知,从而遵循不合时宜的隐喻思维进行实践活动。由此,以这种语言为基础建构的整体性帝国理想和传统乌托邦话语体系自然就会在现实中显露出种种弊端,进而分崩离析。其次,这种对语言建构本质的认识,正好说明了语言与经验世界的紧密联系,而非如解构主义一样否定语言和世界之间的任何确定关系。尽管它同解构主义一样,对语言进行反思和质疑,但这并不能简单地否定语言在一定经验范围内的确定性和指涉性。相反,从体验哲学的观念来看,语言的建构不但不是空中楼阁和文字游戏,反而正是基于身体与世界互动的经验才得以产生。生物学和认知科学的发展向人类揭示出语言的本质特征:它孕育于同现实世界的互动,具有实践性基础。

莱考夫对伦理学中关于“利他”问题的两种对立观念的分析,典型地体现了他从体验哲学和语言学角度出发对语言与经验现实之间关系的阐发。本书第四章分析过关于进化论的两种隐喻模式,这些概念隐喻在“太空小说”中建构出一种演化伦理学。拉马克式进化论强调的核心价值观念是一种人种延续论,追求的是族群的壮大,也就是说是一种更加看重数量的伦理观念,强调利他主义与合作;而与之针锋相对的则是功利主义的伦理观念,它强调人类动物性的一面,以追逐快乐和幸福为标准,追求质量而非数量,因此也鼓励竞争,这就是以斯宾塞为代表的社会达尔文主义进化论。莱考夫从生成和运作机制的根源上对于两种不同道德模式之间相互冲突的实质进行了分析,他认为“利他”也和“自利”一样,并不是一个具有一贯性和普遍性的概念。

莱考夫以对禁止人工流产是否是一种利他行为的争议为例论述了这种所谓普遍标准的不确定性:“……道德体系是由它与理想家庭模式的关系来界定的(例如,严父和慈母模式)。对于何为‘利他’,在不同家庭模式中有着完全不同的理解。"①他指出,基于严父家庭道德模式的保守主义者认为禁止人工流产是对他人有益的,而基于慈父家庭道德模式的自由主义者则认为基于女性自主选择权是政治正确的。也许持这两种观念的人都会将自己的金钱捐献给自己支持的政治团体,以推动自己信奉的价值观念得以实行,并且这二者都认为自己的捐献行为是利他的、无私的,是为了他人和整个社会的福祉所做的贡献。因此莱考夫指出,即使是要理解一个特定情形下的"利他"概念,也需要探究其所依赖的隐喻系统塑造出的不同道德概念框架,而这些隐喻系统正是源自认知中具有很强体验性的无意识部分,人们自以为具有普适性的"理性行为选择模式"(rational-actor model)②实际上不过是各种隐喻的具体形式罢了。他指出,普遍理性本身是无意识隐喻思维中一些固有原型的产物,因此并不存在一种普遍存的、恒常的理性标准,它必然由于个体经验和价值选择的差异而得出不同结论。同理,也不存在一种以"自利最大化"为标准的普遍理性,因为人类概念系统的本质决定了不可能有一个不变的"自利"概念,人们无意识隐喻系统产生的推理与有意识思维进行的推理很可能完全不一致,"好"与"坏"的标准并非恒常不变。因此莱考夫认为这种观念"从实证意义上讲是不正确的"③。

本书第三章论述了两种不同的家庭道德隐喻模式,而通过本书第四章的介绍可以看到,它们同关于进化论的一些文化常识相结合,就可以进一步形成两种截然不同的复合隐喻,二者均可能成为指导行为的思维范式,被人们奉为真理。与"严父家庭道德模式"相结合形成的新复合隐喻为"自然变化是最佳竞争者的生存,这产生最好的结果"(Natural

---

①③ George Lakoff & Mark Johnson. *Philosophy in the Flesh*: *The Embodied Mind and Its Challenge to Western Thought*. New York: Basic Books, A Member of the Perseus Books Group, 1999. p.559.

② Ibid., p.515.

change is the survival of the best competitor, which produce the best result),而这并不是一个普适性的标准,因为如果人们将进化论常识与慈母家庭道德模式结合,就会得到另一个结论,即“自然变化是最受眷顾者的生存,这产生最好的结果”(Natural change is the survival of the best nurtured, which produce the best result)。莱考夫指出,根据这两个不同的结论,政策决策者就完全可能在实际政治生活中支持无限制的完全自由竞争(尽管其极端情况会产生残酷的结果),也同样可能支持高福利和政府干预的政策(尽管其极端情况会造成经济活力的减退);而在国际关系中,他们则既可能执行一种强调整体性和普世价值的单极体系,也完全可以倡导一种相对宽松自由的多边体系。而实际上,到底哪一种更加正确,唯一的衡量标准只能是具体的经验现实本身。

莱考夫认为,虽然根据上述思维范式建立的理论体系都声称自己植根于进化论科学,但实际上它们与生物科学并没有必然联系,也没有在自然界找到有力的支撑证据,它们不过是一些隐喻范式而已,是借用了科学外衣的伦理价值判断。而价值判断与真理判断的根本区别就在于它的多元性而非一元性特征。正因为如此,这些话语体系只能“被描述性地运用”(descriptive),因为它们只是对部分现实经验的呈现,而不应“被规定性地运用”(prescriptive)。[1]否则,一旦原来孕育它们的经验现实发生了变化,这些话语体系就会迅速凋零,阻碍进步,直至被新的话语体系取代。

然而,这同时也说明,语言与经验现实之间有着密切的互动关系,语言的本质绝非如激进后现代主义者所理解的那样成为完全去中心、平面化和永远处于无尽自我指涉之中的能指链条。因此,体验哲学与后现代

① George Lakoff & Mark Johnson. *Philosophy in the Flesh: The Embodied Mind and Its Challenge to Western Thought*. New York: Basic Books, A Member of the Perseus Books Group, 1999. p.533.

主义对建构性话语体系的理解自然也大相径庭。体验哲学中,各种不同模式的话语体系虽然也是多样化的,但它们并非没有根基、飘在现实之上的浮萍和文字游戏,而是植根于经验的泥土之中,具有坚实的根基。它们应该像水一样随着经验的变化而不断适应周遭的环境,具有自我调整的弹性,这是由各种概念隐喻思维模式的体验性本质决定的。

通过接下来对小说文本的具体分析,我们可以进一步论证,莱辛在其太空小说中对语言问题的思考几乎达到了和语言学家与认知科学家们同样的高度,他们虽然在不同的学科领域,却运用不同的分析工具,从对语言现象的分析中得出了惊人的相似见解。

四、隐喻、叙述与新型乌托邦中的性别杂糅

莱辛在太空小说中以她的方式对语言现象进行了深刻分析。她通过帝国叙事建构起各种宏大的隐喻话语体系,将哲学、宗教和科学等话语体系之间的关系脉络通过寓言故事情节的发展呈现在读者眼前,同时又时刻对这些话语体系的隐喻本质保持着警惕:一旦它们由对世界的描述转化为对世界的规定,就会失去水一般的流动性而凝固僵化,失去生命与活力。

莱辛深刻地洞察到,由于与经验世界间无法剪断的联系,语言建构从来都不是单一的,而是如水一般蜿蜒流动,如经验世界本身一样丰富多彩。在《沃灵帝国的感伤使者》这部专门探讨语言问题的小说中,莱辛不仅剖析了语言修辞在帝国自我形象建构中的重要作用,同时也指出了帝国话语在这种自我形象建构中难以回避的问题——整体性话语建构中排他的单一价值观体系与丰富的现实经验之间存在的尖锐矛盾。老人星使者克罗若斯在给耶和尔的信件中评论了耶和尔曾经在沃灵帝国期间所做的报告,指出了语言建构与帝国命运之间的微妙关系,同时还表达了他对耶和尔报告中那种帝国特有的单一价值话语模式的反对。

克罗若斯认为语言建构对于帝国的存续起到了重要的作用,统治者对自身用语言创造的自我形象相信的程度决定了帝国统治长久与否,因此在帝国建构中具有重要作用。他认为自己所有接下来的课程主题都可以用一句话来概括:“这可以被视为一个规则,即一个帝国的寿命取决于它自己的统治者相信自己宣传话语的程度。”①接着,作者借克罗若斯的叙述对“太空小说”中涉及的几个帝国在语言与自我形象建构方面的特点分别进行了总结:沃灵帝国与天狼星帝国在这方面比较类似,他们都运用词汇来掩盖自己的掠夺罪行,将自己描述成殖民地区人民的施恩者;他们没能像老人星一样从早期残酷赤裸的掠夺转向对必需原则的发现和遵循,而是走上了巧言令色的道路,用修辞语言掩盖罪行,以伪善的方式继续帝国霸权。普提欧拉帝国及其流放星球上的闪迈特人则处于更为原始的阶段,他们的行为方式正好与这种伪善相反,他们对自己的动机不加掩饰,赤裸地进行抢劫和掠夺。②耶和尔的报告作于沃灵帝国的鼎盛时期,当时该帝国刚刚征服了梅肯和斯洛文(即前面提到的 PE70 和 PE71),殖民地财富流入帝国,繁荣了整体经济,加速了帝国的城市化进程。与之前被沃灵那德纳(Volyenadna)征服而沦为殖民地的赤贫时期相比,沃灵星球发生了翻天覆地的变化,整个帝国处于一种骄傲自满的情绪中,“它的公共基调,是一种自我赞美式的圣歌,这是处于那一发展阶段的帝国普遍拥有的典型特征”。③然而,耶和尔在报告中也同时指出,虽然通过殖民征服获得了大量财富和飞速发展,但源于帝国内部机制的深层矛盾并没有从根本上得到解决:

但城市中的贫富差距已经大得吓人,甚至是在它最富裕的时

① Doris Lessing. *Documents Relating to the Sentimental Agents in the Volyen Empire*. New York: Intage Books, 1983. p.73.

② Ibid., pp.73-74.

③ Ibid., p.72.

> 候，沃灵帝国也没有保障其工人阶级生活尊严的行为和意愿。上百万的人口由于周遭条件的改善而出现，但雇佣他们的特权阶级却不允许他们的寿命超过他们能够为其所用的时间。①

克罗若斯认为这是耶和尔报告中最重要的一段，并将这段报告在殖民公署课堂上进行分析，用于证明帝国的发展不能仅仅以财富的积累为单一价值：

> 耶和尔，这是你报告中最令人震惊的部分，它被用于证明一个帝国可以用富有来形容；可以在一个世纪内通过多次的烧杀劫掠来增加其财富；可以在一个星系的广大范围内，大肆宣传自己的美妙、繁荣和发展；而与此同时却让自己的大量子民如同被遗弃的奴隶一般，生活在无望的卑微中。这些沃灵帝国中最贫困的阶层，甚至过得比奴隶还要糟糕。②

可见，莱辛对帝国话语体系有着语言学家般的深刻认识。一方面，她并不完全赞成西方文化中傲慢的理性主义伦理观，对其不合时宜的自我陶醉进行了刻画；但另一方面，她也并不完全同意罗素和艾耶尔式等人的情感主义伦理观，即那种认为道德伦理观念完全源自情感的看法，从而避免了陷入绝对的相对主义。莱辛不断将各种话语体系放在如流水般变化莫测的经验现实中进行考察，这一点和认知语言学家莱考夫对语言的看法极其相似，他们都意识到了这些话语的隐喻性质，看到了单一价值体系"规定"世界的荒谬，但他们都并未因此而否定在经验范围内寻找具有确定性的知识结构的努力。在他们看来，伦理标准既非脱离经验的所谓普遍理性的产物，也非个人情感的奴仆，而是在具体经验中成为人们与世界互动的产物。在不同社会和文化中，任何隐喻模式都可能成为

---

①② Doris Lessing. *Documents Relating to the Sentimental Agents in the Volyen Empire*. New York: Intage Books, 1983. p.72.

与现实经验匹配的最佳选项，而在具体经验中寻找这一选项的过程，便已经使得伦理学与认识论密切联系了。

然而，尽管莱辛与莱考夫的语言观十分相似，但二者对语言的思考还是有一些细微的差别，这种差别源自莱辛一直以来对社会发展的热切关注和她在科幻写作中无法舍弃的乌托邦建构冲动。乌托邦话语的建构实质上本身就是一种隐喻性的建构，每一个宏隐喻都是构成可能性世界的要素，而不同的宏隐喻组合则形成多种不同的可能性世界模式。对于莱考夫而言，这种话语模式只是用于“描述”世界，而不能用于“规定”世界，但在莱辛看来，它们仍然在一定范围内有效，可以被更加审慎地运用，当超出其适宜的范围时，再行调整。莱考夫出于科学家的谨慎似乎从理论上否定了再行整体性建构的可能性，而莱辛虽然意识到这一任务近乎不可能的艰巨性，却仍然出于一名人文学者对完善未来社会的强烈愿望和责任感，知其不可而为之。这种否定、解构以后再行肯定和建构的冲动正是科幻评论家苏恩文眼中优秀科幻作家的必备素质。当然，对于这一建构是否具有可行性在此下结论也许过早，因为这一结论也是人们根据当下经验得出的。正如詹姆逊所分析，随着社会化生产和技术的飞跃式发展，人类的经验世界也极有可能在很大程度上趋同，目前世界的平面化发展也正在印证着这种趋势。在遥远的将来，人类要做的可能不再是讨论多元化与整体性的关系，而是讨论在各种可能的隐喻思维模式中，哪一种最能与现实经验耦合、最能实事求是地“描述”世界，从而也最能有效地为“规定”和“改造”世界以及促进人类文明提供最好的蓝图。但这一切必须建立在经验趋同的基础之上，那一天正在接近，但还远未到来，在世界范围内尊重多元化的价值观念并存仍然必要。如果试图跳出经验世界的差异去强行实施任何一种单一的、绝对化的整体性建构，恰恰是一种非理性的行为。换言之，这种整体性蓝图的实施需要更多的谨慎，也需要建立在对异质文化经验充分尊重的基础之上。正如莱辛在天狼星帝国的故事中所分析,天狼星统治集团中的一部分人自认为在老人星人的教导下懂得了"必然"的观念和"美德"的真谛,过早地认为自己掌握了所谓真理而最终导致了帝国的崩溃。然而,不论现实经验的发展阶段如何,莱考夫这样的科学家、语言学家和莱辛这样的人文学者都给读者带来了深刻的启发,正是通过他们赋予的棱镜,人们才得以窥见人类隐喻认知活动在历史经验与未来社会蓝图之间架起的一座座绚丽多彩的桥梁。

苏恩文在《科幻小说面面观》中讨论了隐喻和叙述之间的关系,他认为二者是紧密联系的。分析哲学家、语言哲学家马克思·布莱克(Max Black, 1909—1988)的理论对他有很大的启发。马克思·布莱克指出隐喻现象不仅仅出现在单个句子中,也可以在长篇叙述中存在。苏恩文总结了布莱克的观点:"我们现在有可能将隐喻与叙事联系起来,……通过将'隐喻主题'(metaphor theme)假设为一个总隐喻,我们可以轻而易举地将隐喻与叙事联系起来,总隐喻通过一系列的隐喻事件给整个可能是很平常的文本注入活力,而这一系列的隐喻事件均涉及同一个范式或宏隐喻,后者是文本的核心预设体系和终极指涉框架。与文本中想象的'可能世界'相关,隐喻主题是文本基本的认知性、解释性或根本性假设。"①苏恩文指出,对于这种在长篇叙述中存在的隐喻,著名文学批评理论家诺斯罗普·弗莱(Northrop Frye)也在其代表作《批评的剖析》(*Anatomy of Criticism*)中有所提及。弗莱在该书中的确指出:"一切语言结构中所有建构性的部分都总是某种隐喻或某种假设性的同一,不论它是建立在一个词语的多重含义之中,还是通过一个习语的运用。"②

---

① 观点源自:Max Black. *Models and Metaphors*. New York: Ithaca, 1962. pp.239-241。引文参见[加]达科·苏恩文:《科幻小说面面观》,郝琳、李庆涛等译,合肥:安徽文艺出版社,2011年,第513页。

② Northrop Frye, *Anatomy of Criticism*: *Four Essays*. Princeton, New Jersey: Princeton University Press, 1971. p.353.

不过弗莱虽然看到了隐喻和叙述之间的这种关联性，但他并未就此深入，而是将更多精力投入到对“神话”和“原型”的研究中。当代法国著名哲学家和阐释学家保罗·利科(Paul Ricoeur, 1913—2005)则是真正较早把认知科学领域的研究成果和叙事研究联系起来、从哲学意义上开始关注隐喻和叙述之间联系的理论家之一。他在其研究生涯后期接受了语言哲学的影响，开始注意研究语言在“隐喻”和“叙述”形式下的创造性问题并于1975年出版了《隐喻的规律：语义生成的跨学科研究》(*The Rule of Metaphor: Multi-Disciplinary Studies of the Creation of Meaning in Language*)[①]一书。他在一篇名为“圣经阐释学”(“Biblical Hermeneutics”)的文章中提出：“隐喻之于诗歌语言，正如模式之于科学语言。”[②]他所说的“模式”，已经比较接近莱考夫等学者们提出的“概念隐喻”思维模型。

苏恩文受到以上这些研究成果启发，在其基础上提出：“分析单个隐喻与小说文本(在此，即科幻小说)的范式必须在文本的语段发展过程中得到充分表达，从而使得我们能够深入地探究有关文本特性的根本性与关键性假设——亦即文本的隐喻，……”[③]苏恩文所讨论的这种科幻文本中的隐喻现象正是本书在前面介绍过的一种概念隐喻形式——“宏隐喻”(megametaphor)。但他对这一观点从寓言和科幻文学题材的研究视角出发进行了更深入的引申并指出：宏隐喻虽然为叙事提供了一种“范式”，但二者仍不能直接画等号，其间需要一个中介来沟通弥合，使它们

---

① Paul Ricoeur. *The Rule of Metaphor: Multi-Disciplinary Studies of the Creation of Meaning in Language*. London: Routledge & kegan paul, 1975.

② Paul Ricoeur. “Biblical Hermeneutics.” *Semeia* 4(1975): pp.27-148.转引自[加]达科·苏恩文：《科幻小说面面观》，郝琳、李庆涛等译，合肥：安徽文艺出版社，2011年，第514页。

③ [加]达科·苏恩文：《科幻小说面面观》，郝琳、李庆涛等译，合肥：安徽文艺出版社，2011年，第517页。

融为一体，这个中介就是寓言的形式：

> 将故事与隐喻区分开来的并非动作，而是时间与空间的发展，比如种子到田地到大树，从播种的时间到生长的时间。由此，隐喻中加入了故事，从而形成了寓言——与没有证据支持的隐喻相比，寓言更为丰富和更具有说服力。……寓言在所有启发式小说共有的特点之外又增加了时空描写和故事讲述部分，在时空描写和故事讲述中，动因关系和空间关系被展现为选择。任何一个叙事，甚至是一则小寓言，都是一个得到清晰表达的（这意味着在所有衔接性的重要关节点上，都有着多重的可证伪性）思想实验。①

在他看来，寓言这种古老的文学形式，在隐喻思维和叙事题材之间架起了桥梁，使原本单一简短的隐喻模式在时空体的延伸中得到拓展，发展为长篇叙事。他认为，“……隐喻文本与叙事文本之间的类比关系在科幻小说的文本层面上是尤为强烈和显而易见的”②。正是由于乌托邦一类的科幻小说需要创造一个不同于当下的新世界，因此通过未来可能世界的创造获得了间离效果，这时读者就会在文本世界（可能世界）与自身“前见”（经验世界）之间进行比对。苏恩文指出：“文本在经验标准与新的标准体系之间，在受话者的‘零度世界’与科幻小说文本的可能世界之间摇摆不定，社会受话者的经验受到了这种摇摆不定所固有的离间的挑战。”③这种不断的比对使得读者能够在各种可能模式之间证伪、思考和选择：“……在时空描写和故事讲述中，动因关系和空间关系被展现为选择。任何一个叙事，甚至是一则小寓言，都是一个得到清晰表达的（这意味着在所有衔接性的重要关节上，都有着多重的可证伪性）思想实验。”④

如果说莱考夫等人的隐喻理论解释了概念隐喻思维的根本机制，那

---

①④ [加]达科·苏恩文：《科幻小说面面观》，郝琳、李庆涛等译，合肥：安徽文艺出版社，2011年，第520页。

②③ 同上书，第522页。

么苏恩文对隐喻范式和叙事形式之间关系的探究，则对认识科幻小说(特别是具有很强寓言性质的乌托邦小说及其各种变体)的运作规律具有重要意义。通过对莱辛太空小说的分析可以看到，她正是通过将“分裂的自我”“严父家庭道德模式”“慈母家庭道德模式”“拉马克式进化论隐喻”以及“社会达尔文主义进化论隐喻”等各种不同的隐喻模式赋予太空寓言中的多个可能世界，并通过时空体的延展将其融入编织到整个长篇故事肌理中，才得以对这些构筑西方思想史传统的观念加以考察，将这些语言建构的可能世界与文中建构的经验现实(这些经验现实又导向读者所处历史的经验现实和“前见”)相互比对，进行了一场如流水般瞬息万变的思想之旅。

作者对语言隐喻本质的深刻见解，使莱辛的科幻小说并不像传统的乌托邦故事那样棱角分明，它呈现出一种杂糅特质，这种杂糅特质通过性别隐喻呈现出来。传统的乌托邦建构是男性的特权，在其发展的最初阶段，无论从作者到作品中的人物，整个乌托邦话语建构过程几乎完全排除了女性的存在，理性似乎是男性的先天特征，而女性则主要与人格中多愁善感的一面等联系起来。在柏拉图的《理想国》中，所有参与国家政治的都是男性，并且都是贵族精英的代表。其乌托邦秩序中并没有平等地纳入女性角色。而托马斯·莫尔的《乌托邦》也是如此。莱辛虽然没有放弃建构理想国的努力，也没有完全否定传统的男性化的乌托邦模式，但却总是力图在其中表现出一种杂糅的性别特质。她希望女性隐喻代表的价值观范式能够作为可能世界模式的成员之一，平等地融入乌托邦蓝图的综合体中。莱辛笔下的女性形象围绕这些不同的隐喻范式在太空小说中呈现出多样化特征。

例如，莱辛在《天狼星实验》中塑造了一个受到严父模式隐喻范式影响而失去许多女性范式优点的女性形象——天狼星使者安必恩二号。莱辛在访谈中提到在这个故事中，她之所以安排女性官员作为故事主角

的目的是表明,一旦女性担任官职,就很容易受到父权制影响而失去她们的许多优点:

> 我将她塑造为一个女性的原因是毕竟女性官员也不计其数,并且现在我发现她们在位时的行事方式和男性并无二致。在某些环节中,当女性被置于拥有权力的位置时,她们就失去了作为女性的一些特有的优点。
>
> 我一次又一次地在处于统治地位的男性结构中注意到,这儿有许多女性受到影响而偏离了正轨,她们大多处于附庸的地位。实际上,她们扮演了一个没有人意识到的重要角色——甚至她们自己也没察觉到。①

在《天狼星实验》中,天狼星使者安必恩二号对老人星使者的仰慕达到了一种盲从的程度,作者对安必恩二号受男性化帝国因素影响而产生的这种盲目崇拜心理进行了委婉批评,这体现在许多细节描写中。例如,在安必恩二号的报告中,她回忆了一个已经消失的神秘乌托邦理想帝国——在罗汉达上早已沉入海底的阿达兰塔兰德(Adalantaland)王国,并认为这就是老人星帝国的缩影,她对这个老人星帝国模式的缩影推崇有加,却对老人星帝国自身存在的种种问题视而不见。这是一个由女王统治的面积较大的岛国,它周围还有几个较小的岛,该岛国接近大陆的边缘。安必恩二号曾经到访过该国。这里的统治阶层全是以女王为首的女性,人们称她们为"母亲"(Mothers),这种社会体制似乎与现实中的"教父"(God Father)秩序体系相对应,"母亲"不是指生物学意义上的生母,而是类似于一种道德和思想意识上的母亲,但与男权社会不同的是,她们更多地奉行"慈母家庭道德模式"伦理秩序,"皇后,或者母亲,

---

① Earl G. Ingersoll ed. *Doris Lessing: Conversations*. New York: Ohio Review Press, 1994. p.58.

她并不比其臣民们生活得更好，也没有以任何方式凌驾于他们之上”①。她指出，在整体堕落的罗汉达（即什卡斯塔）上，这个王国是一个世外桃源：“……这个国度的一切都被安排得井然有序，没有犯罪和不负公共责任的行为。这些品质是处于普遍堕落中的罗汉达所无法期望的。”②这个故事让人联想到柏拉图著作《对话录》中对亚特兰蒂斯（Atlantis）的描述，那也是因为地震和洪水而沉入海底的神秘古文明。不论这个文明是否真实存在，可以肯定的是，这是柏拉图理想的社会模式，根据他的描述，那儿的人们以德为重，并不追求巨富，他们由此而获得了和谐的生活。而在莱辛小说中这个由女性统治的理想国里，也体现了类似的特征，这集中体现在该国规定的三条法则上：

> 首先，老人星帝国是强大的立法者，他们为罗汉达立法，并且将惩罚那些违背他们法律的人；其次，每个人都不允许认为自己比别人优越，也不应该以退化堕落的方式利用和奴役其他人；第三，每个人都应按需从公共仓储中取用食物和商品，不能多拿。③

安必恩二号认为其中的第三条正好指出了天狼星帝国困境的根本原因——无节制地扩张，违背了必需原则。④然而，读者站在反讽的制高点之上看待这一情节，从安必恩二号的视野中转移到自己的立场中时，将这一情节与先前的情节相互比对，就会发现种种不和谐的因素：例如老人星帝国为了自身利益进行的殖民扩张和帝国战争、他们在灾难来临时对殖民地罗汉达人的抛弃以及对反叛巨人族所的武力镇压等，安必恩二号在描述老人星帝国这个她心目中的理想国时，显然受到老人星帝国自我形象话语策略的影响而一叶障目，忽略了现实中存在的问题。这个女

---

①② Doris Lessing. *The Sirian Experiments*. New York: Alfred A. Knopf, 1981. p.79.

③ Ibid., pp.78-79.

④ Ibid., p.81.

性统治的理想国虽然由老人星帝国为其立法，但它同时也是对老人星帝国失衡状态的一种修正，抑或老人星帝国恰好处于理想平衡状态时的缩影。

这种具有更多女性特征的帝国模式表现了作者对传统西方国家单一运作模式自我修正的期待。小说不时地引导读者从故事中抽身，回到自身历史的经验现实来比对话语建构和社会现实，从而指出西方社会面临的现实问题。在这个理想国中，作为统治阶层的女性都有着西方白人的特征，她们“大多数有金色头发，皮肤苍白，通常长着蓝色的眼睛，整体上趋于一种高大的体格和丰满的体态”[①]。这个情节很容易引起读者的联想，将文本中的理想国与现实中殖民时期的英帝国相比照，在英国当时的殖民帝国形象构建中，女王也同样具有重要的象征意义。《什卡斯塔》对白人进行模拟审判的一幕将读者的思绪从虚构的星际世界拉回现实中。在审判仪式上，一名非洲女子没有和其他殖民地的人民一样控诉殖民主义的罪恶，而是认为女王违背了自己的承诺，未能像父母对待自己的孩子一样对待他们。[②]这一论点似乎并不反对殖民主义行为，而是认为这种行为遵循的单一父权制模式使其违背了初衷，没能像慈母一样给

---

① Doris Lessing. *The Sirian Experiments*. New York：Alfred A. Knopf，1981. p.79.

② 在“模拟审判”一幕中，非洲女代表对英国提出了与众不同的控诉，她并没有像其他代表一样控诉白人的武力入侵，而是重点表达了对英国政府违背自己承诺的失望。她指出，在1924年，在非洲殖民地罗得西亚(Rhodesia)的白人被英国本土政府授权为“自治政府”(self-government)，但仍保留了两项非自治权力，一是“国防权”(Defence)，二是“国内事务权”(Native Affairs)。第二项权力专指英国政府有责任保护其征服领土内当地民众不因白人的“调教”(tutelage)而遭受侵犯的权利。而事实上，当自治政府中的白人对当地人施加暴行的时候，英国政府却违背了这一承诺。当地人通过各种方式向英国女王和政府反映当地情况，却遭到忽视。他们认为英国女王和政府已经忘记和背叛了当时给予自治政府权力时，给当地人许下的承诺。因此出现了一个奇怪的现象：虽然罗得西亚地区一直是新闻中的热点地区，但当时英国国内公众却似乎在很晚才开始意识到，对这一地区黑人悲惨遭遇负首要责任的应该是英国政府本身，而非罗得西亚地区的白人自治政府。参见：Doris Lessing. *Re：Colonized Planet 5*，*Shikasta*. London：Harper Collins Publishers，[1979] 2002. pp.401-406。

予附属地人民真切的情感和关怀,小说人物的这种观点表明了作者对两种模式相互结合、达成平衡的期望。而作为非西方读者,比对自身族群的历史经验,对于这种杂糅模式的建构,则更容易看其问题所在:英国女王的问题不仅仅在于没能履行承诺,更在于其道德说辞是一种自我中心主义的移情。这种统治一开始就以自身利益为驱动力、以武力形式强行介入,注定不可能成为慈母隐喻范式与严父隐喻范式结合的典范。但对历史和现实经验的质疑并不妨碍人们对未来社会的构想,人类种族之间自愿、平等与和平地融合在遥远的将来也或可期待,两种思维范式的杂糅与结合也有可能在某种条件下(例如技术的高度发达和现实经验的高度趋同等)成为现实。

一个较为接近作者心目中理想女性形象的人物是《三四五区间的联姻》中第三区间的女王爱丽·伊斯。这个人物形象颠覆了传统文化对女性特质的界定,她既有女性的善解人意、敏感、和平与和谐的特质,又有传统中赋予男性的理性特质。这个人物一开始也囿于自身区间的局限,在思维上存在较大缺陷,她也是通过与象征另一种隐喻范式的第四区间国王结合才获得了自身的完善,成为一个更接近理想状态的人物。她作为较“先进”的三区人,与较为“落后”的四区国王本恩·埃塔对“爱”这个词的含义有着截然不同的理解。本恩·埃塔陷入对爱丽·伊斯强烈的爱欲中,但却认为爱丽·伊斯对他十分冷漠。爱丽·伊斯则认为,她使用这个词的含义与第四区完全不一样,如果第四区的爱是一种情欲,三区的爱则更多是一种责任。爱丽·伊斯向本恩·埃塔解释了她们区间对“爱”这个词的理解:“我想我们从来不用这个词。它的意思是和某人在一起。并且,为你们俩之间的任何事情承担其责任。两人一旦一方有麻烦,另一方可能也要为此全力以赴。”①最初,爱丽·伊斯由于局限于自

① [英]多丽丝·莱辛著:《三四五区间的联姻》,俞婷译,南京:南京大学出版社,2008年,第130页。

己国度的经验而缺乏活力和真正的感情，她通过与第四区国王本恩·埃塔的结合，才使自己获得了更加完整的自我，从而开始具备了通往第二区更高一级存在的能力。第三区和第四区象征了两种截然不同的隐喻思维范式，它们被分别编织在不同的时空体中，通过承载着两种隐喻范式的两个时空体的象征性结合，创造出了一个作者心目中所向往的独特乌托邦。

经历了两种范式结合以后的爱丽·伊斯最终成了作者想要塑造的理想女性形象。莱辛曾谈及她对这个角色的看法：

> 我所希望的是那名女性应该独立，既非男性的奴仆，也非亚马逊女战士。在我自己的小说《三四五区间的联姻》中，我试图创造一名接近这一理想的女性形象：她是自由、独立的，一名慈爱的母亲，富有同情心但又不过分多愁善感，富有智慧却并不自以为是。毋庸置疑，这本书是一部乌托邦小说，而这名女性是一个理想化的人物。①

显然爱丽·伊斯这个人物身上具有了一种“雌雄同体”(androgynous)的特征，她隐喻性地象征了太空小说这种新型乌托邦的根本特征——一个通过打破时空疆界、在经验中不断分解、建构与融合而产生的新型帝国，它比从前的形式更加完善与和平，虽然具有整体建构的冲动，但又更具包容和反省意识，它是理性“主体”与感性“自我”在时空延展中的完美结合，是“严父家庭道德模式”与“慈母家庭道德模式”在具体经验中的智慧平衡，是价值理性与进化力量的融合。

实际上，在莱辛的小说中，许多较为正面的人物都具有这种雌雄同体的特征，并且越是处于更高进化等级的帝国运作模式就越是具有更多

---

① Earl G. Ingersoll ed. *Doris Lessing*: *Conversations*. New York: Ohio Review Press, 1994. p.103.

的雌雄同体特征，例如老人星人模糊的性别特征就是他们拥有较高进化等级的典型体现。①然而，这也并不意味着他们就获得了可以如岩石一般凝固不变、故步自封的圆满性。事实上，在整个乌托邦建构过程中，莱辛并没有给出一个真正因为完满而静止的社会模式，天狼星帝国不如老人星帝国文明发展的程度高，而即使较高等级的老人星帝国，仍然会不自觉地陷入单一思维模式、漠视其他种族的生命和利益，沃灵帝国不过是天狼星帝国在语言意识层面的另一个缩影。而爱丽·伊斯虽然获得了通往更高等级第二区的能力，但作者并未具体描写那里的社会模式，只是谈到那里的生命没有形质，仅仅是一些蓝色火焰。对于其具体的社会组织和运作，当然也就不得而知了。这种开放性的结尾留给了读者更多的遐想空间，抑或一个作者和我们现阶段都无法完满解答的问题。

小 结

本书前面三章的分析具体阐释了莱辛如何在她的“太空小说”中仿拟和建构起一系列西方文化传统中的隐喻思维范式，其内容涉及哲学、宗教、伦理和科学等多个层面。她时而运用简短的字词语句以及精妙的认知指示来提醒读者，时而又将这些隐喻思维范式寓于长篇叙事之中，

① 当老人星帝国在什卡斯塔建立的“纽带”(bond)逐渐遭到破坏时，耶和尔在报告中特别总结了这种失衡状态与性别特征之间的联系：“关于性别选择的说明。和我们一起的那些处于高级发展阶段的个体是雌雄同体的。用最接近什卡斯塔术语的话讲：我们并没有那种通常在落后星球上被归类于某一种性别而非其他性别的情感、身体或心理特征。在这里，我们的许多使者以‘女性化’的方式出现，但自从锁被破坏以来，在这个曾经男女处处平等相待、互不剥削利用的什卡斯塔，女性成了附庸，而这种使者们认为原本完全没必要发生的情况使得我们本已十分艰巨的任务更加困难。”参见：Doris Lessing. *Re*: *Colonized Planet 5*, *Shikasta*. London: Harper Collins Publishers, [1979] 2002. pp.142-143。

让这些宏隐喻主题的脉络在星际历史的史诗长河中缓缓浮现。然而，莱辛的思考并没有停留在对这些传统思想的梳理和复现，而是进一步对历史中的话语建构与经验现实之间的互动关系进行了考察。在前面三章文本分析的基础上，本章进一步揭示了莱辛在这种思考过程中运用的具体手法和最终结果，并对莱辛“太空小说”在题材上显著的寓言隐喻特征进行了阐发。

首先，莱辛通过赋予“水”这一意象极为丰富的象征含义，对先前勾勒的各种思维范式进行了审视。“水”的意象在莱辛的作品中反复重现，各种不同时期的水意象交相辉映而又变幻莫测，特别是在《什卡斯塔》和《八号行星代表的产生》中，水的意象得到了突出展现，并与莱辛早期的一部作品《野草在歌唱》中的水意象遥相呼应。这一意象有时象征了给予人们生命力的情感与爱，有时又成为暴雨般淹没吞噬生命的洪流；它在按照理性规则建造的城市建筑中受到规约，象征着与理性交融的和谐情感，而后干脆自身就转变为浇灭仇恨激情的雨水，成为一股象征理性力量的源泉。它实际上象征了作者对一种柔性思维模式的推崇，这种柔性思维模式永远在经验中不断流变，不拘一格，它甚至也会对自身提出质疑。

其次，莱辛还通过令人眼花缭乱的多重视点技法对帝国话语体系进行了立体透视，揭示了它们在不同人物视点和语境经验的考察下展现出的迥异风貌。《什卡斯塔》是运用这种手法的典型作品。这部小说的主要叙述者是帝国使者耶和尔，他在其报告中作为帝国代言人对老人星帝国的星际历史进行了书写。在这些报告中，他的立场与老人星帝国一致，以整体性的理性帝国等级秩序为首要出发点，奉行一种“严父家庭道德模式”的伦理观；但同时他又运用“慈母家庭道德模式”的表达来建构帝国的形象，将其塑造成仁慈和爱的象征。然而，耶和尔的报告只涵盖了整个作品中的一部分内容，小说中包含了大量的档案文件，这些历史卷宗形成的异质视点将耶和尔的帝国报告置于了舞台的中心,为其形成了一个可以比对的背景。这种类似于舞台剧手法的反讽技巧产生了强烈的文学效果,使置身事外的读者能够清楚地看到耶和尔为帝国代言时其叙述的不可靠性。然而,更加戏剧性的是,耶和尔并非一成不变的“扁平化人物”,而是一个内心世界不断发展的“圆形人物”。他在其帝国报告之外,又写作了一些“速记”,而在这些叙述中,他的观念与先前自身作为帝国代言人的叙述视点又产生了分裂,其中表达了他对西方社会和帝国立场的痛苦质疑,流露出这个人物善感的一面。尽管如此,《什卡斯塔》中的历史档案文件仍然在多数情况下是从帝国立场出发进行的自上而下的叙述,而在“太空小说”的《八号行星代表的产生》等作品中,这种视点发生了逆转,主要以一些帝国殖民地人物的视点对同样一段历史进行了自下而上的重新审视,将这种多重视点之间的呼应和比对延伸到整个作品系列,使其联结为一个更加丰满有机的整体。

无论是水意象的精巧设计还是多重视点的纯熟运用,实质上都源自作者对语言问题的思考与探索。该系列的收官之作《沃灵帝国的感伤使者》在整个思想分析之旅中起到了画龙点睛的作用。这部小说直接以语言问题为核心主题,刻画了一座专治语言病的医院,其中对各类语言病的分析体现了作者对语言与经验现实之间关系的深刻洞见。她对不合时宜的语言教条提出了批评,而这些教条又与人们不能与时俱进的各种凝固思维范式息息相关。这也反映出时代历史对作者的影响。当时的英国处于帝国崩塌瓦解的时期,而由语言固定下来的陈旧思维早已与急剧变化的现实显得格格不入,这促使许多同时代的作家都对语言问题进行了思索。而莱辛则以科幻小说的形式,表达了自己的独到见解。她对这一问题的思考并没有滑向激进的后现代解构,而是凭借堪比语言学家的敏锐洞察力,用建构——解构——再重构的方式塑造了自己的乌托邦帝国。她创造出一种新型的隐喻式寓言,其中各种可能的隐喻思维模型都能在其思想分析中得到呈现和考量。

总而言之,莱辛的"太空小说"系列作品正是从对隐喻思维和语言本质的深刻认识与剖析出发,并借用传统的寓言形式和时空体的植入,让各种隐喻范式在绵延的经验长河中不断拓展、比对和得到反思,它们使整个小说系列成为一场证伪和证实的思想实验。莱辛的太空小说正是苏恩文讨论的那种将隐喻和叙述联结起来的科幻小说的典型,这都归功于莱辛对人类语言思维认知规律高屋建瓴的洞察和她对未来社会强烈的责任感与使命感。在此基础上,莱辛创作了一种既非传统乌托邦、又非纯粹反乌托邦的长篇科幻寓言题材,它植根于人类意识与经验的互动中,是否定与肯定、解构与建构的辩证统一,是乌托邦与反乌托邦的合题,是男性与女性特质的杂糅,是一个永恒变动、不断平衡、具有自我调节能力的理想帝国。在这种题材中,任何坚如磐石的观念都在经验中具有了水一般的流动性,这种更加柔性的思维方式承载了作者对一个更加和平、和谐与合理的未来社会强烈的憧憬与希望。

结 语

莱辛是一位思想深邃、充满智性的流散作家。她从20世纪初一路走来，为读者们采撷记录整个世纪的沿途风景。她游走在各种文化的边缘，以其独到的眼光，深切关注人类社会的命运与未来。在访谈中，当被问及对一些问题的真实看法时，莱辛回答，要知道她是什么样的人，就阅读她的作品。的确，阅读莱辛的作品，仿佛可以看到一位充满智慧、善良平和而又正直勇敢的女作家；她不拘一格的文学天才和坚强独立的人格之美为其赢得了无数读者的青睐。她的作品并不刻意追求浮华的形式技巧，也不耽于故事与情节上的猎奇；她用心灵进行创作，在作品中与读者进行最真诚、最热烈和最深刻的交流。她的作品体现出欧洲传统文化的深厚底蕴，其中可以看到乔治·艾略特、弗吉尼亚·伍尔夫、乔伊斯和T.S.艾略特等文学大师的影子；同时又葆有对非洲殖民地人民遭遇的理解同情和对非洲大地的深深眷恋之情以及对欧洲文明的自我反省。在离开非洲定居伦敦后，莱辛仍多次回访自己少年时的故土非洲，并为此写作了《回家》和《非洲的笑声——四访津巴布韦》等散文传记。正是她一生辗转于不同大洲和文明之间的经历使她更加独立和睿智，并且更能跳出特定地域文化的局限，辩证地思考人类共同面临的根本问题。

《南船座的老人星：档案》系列作品的问世既是莱辛在小说形式方面进行大胆创新的结果，也是她将智性维度在小说创作中推向高潮的标志。回顾对“太空小说”的系统考察过程,其思想分析的脉络历历在目。这种在思想分析中的严谨性也充分体现在了其井然有序的整体布局中。从总体上鸟瞰五部作品的全景,整个系列的“总、分、总”布局结构清晰可见。通过前面各章的分析可以看出,《什卡斯塔》是整个系列的总纲,在五部作品中,它的结构最复杂精巧,内容也最丰富厚重,几乎涵盖了整个系列中所有的重要主题;后面几部作品则更像是这个总纲性作品的注脚,对这部小说中出现的主要宏隐喻主题和对隐喻思维范式的各种反思进行了延伸和拓展。最后一部作品《沃灵帝国的感伤使者》则点明了前面思想分析过程的根本问题,对整个系列作品的思想主题精髓进行了总结与升华。

从隐喻分析的角度来看,《什卡斯塔》作为总纲的核心作用不仅体现在它的全面性和丰富性,也体现在它的基础性和根源性上。除包含整个系列的所有核心主题以外,《什卡斯塔》还特别详细地建构了一套关于自我身份意识的概念隐喻体系,而关于自我意识的宏隐喻主题是该系列中其他重要隐喻主题的根本哲学基础,是整个乌托邦秩序建立的根基和起点。这一主题在《什卡斯塔》中首先得到了集中、全面和突出的体现,成为其他宏隐喻主题在随后几部作品中得以延伸和发展的原动力。

在随后的几部作品中,莱辛分别从道德、科学和语言与经验的关系等不同维度拓展和深化总结了在《什卡斯塔》中萌发的思考。

在《三四五区间的联姻》中,道德隐喻主题与自我身份隐喻主题之间的联系得到了进一步强调和拓展。在西方的宗教和哲学发展历程中,自我身份意识的主题向来与宗教有着十分紧密的渊源关系,其二元对立的思维模式与古老宗教中的两种家庭隐喻思维范式一脉相承。这两种家庭隐喻思维范式在启蒙哲学的自我身份意识界定中成为不言自明的前提,成为其后续理论推演的基础,并分化为两种不同的社会伦理模式,即“严父家庭道德模式”和“慈母家庭道德模式”。前者建立在强调理性为人之本质(即分裂自我意识中的主体部分)的基础上,而后者则建立在对情感(即自我意识中的自我部分)的强调之上。在《什卡斯塔》中已经涉及了对不同伦理模式之间差异与融合的探讨,例如老人星帝国对殖民地的共生实验本身就是以慈母家庭道德范式为指导建立的社会秩序范本,但当危机出现时,这种道德范式不可避免地与老人星帝国的整体理性计划和思维模式相冲突,从而归于失败。在《三四五区间的联姻》中,作者进一步延续了这一话题,拓展了对这两种道德模式的探讨。她想象和描绘了两种道德范式的理想融合状态以及达成这种平衡所需要经历的艰难历程,同时也分析了这种平衡在遭破坏后可能产生的各种后果。小说中描绘的三区和四区之间的差异并不仅仅存在于地理疆界形成的隔阂,更是思想理念的差异。它们分别象征了以理性和情感为主导的两种不同统治模式,二者各有优缺点。当它们停止融合时,各自的缺点就会突显出来,三区虽井然有序、生活富足,但是却缺乏活力,生育力下降、人口凋敝;而四区则与之相反,虽然充满了激情与活力,但却缺乏理性的规约,穷兵黩武、生活艰难等。而正是三区女王与四区国王的结合弥补了两个区间各自的缺陷,达成一种巧妙的平衡,并促成了他们各自在思想上的进化。《三四五区间的联姻》将地理疆界意义上的不同空间转化为了身份意识中的不同空间,并随小说人物在各区之间的穿梭融合进行了一场奇妙的思想之旅,从不同的家庭伦理模式维度深化了《什卡斯塔》中的身份意识隐喻主题。将不同地理疆界与异质思想观念联系起来是《三四五区间的联姻》的鲜明特征,这似乎也暗示,作者对不同身份意识和伦理模式的冲突融合等话题长期持有浓厚兴趣的一个重要原因——莱辛自身在不同大陆地理疆域中定居的经历及其对不同文明之间思想冲突的深刻感悟。

《天狼星实验》重点分析了不同进化论隐喻思维范式与自我身份意识隐喻及道德隐喻之间的复杂关系,从科学思维范式与哲学、伦理等人文社会领域思维范式之间的互动维度拓展了由《什卡斯塔》发起的思想分析实验。在近现代社会，一方面，科学作为一种新兴的话语体系，以实证为基础，冲击了古老的宗教伦理话语体系，并对哲学伦理思维范式的改变产生了深远影响；另一方面，一度主宰人类社会秩序的强大宗教思想虽然逐渐式微，但却并未消亡，而是以潜移默化的方式影响着近代哲学思想并成为一些重要伦理思想的来源，它们对科学话语体系产生着强大的反作用，使那些通常看来客观中立、不容改动的科学话语体系也变成了各种隐喻思维范式相互冲突较量的场所。生物科学中的进化论分支由于涉及对人的起源和世界进化图景等问题的解释，成为这种思想冲突的前沿，最鲜明地体现了人文与社会科学思维范式的较量与融合过程，对现代文明中的许多重要思想观念产生了深远影响。莱辛将近代科学思想与社会学思想之间这种相互影响、冲突和融合的过程纳入“太空小说”，成为她整个思想分析实验的重要对象。进化论隐喻与另外两个隐喻主题共同构成了三足鼎立的格局。不仅如此，三者之间还具有十分紧密的内在联系：首先，不同的自我身份意识隐喻和道德隐喻模型与不同的科学假说相结合，形成不同类型的进化论隐喻思维范式；其次，这些进化论隐喻思维范式的建立又进一步巩固和支撑了先前的哲学伦理隐喻话语体系，为其披上了科学的外衣。这种隐喻范式间的内在有机联系最典型地体现在《天狼星实验》对《什卡斯塔》的呼应与对照中。《什卡斯塔》首先发起对生物学话题的探讨，其中仅出现了大量生物学术语，还以诸多线索提示了进化论主题，它用外星人优生实验的寓言故事重新解释了人类的起源进化问题，描述了基因变异的女巨人，复现了宗教势力与达尔文进化论者之间斗争历史，还通过对老人星帝国人种培育实验的讲述呈现了拉马克进化论隐喻思维范式指导下的典型殖民模式。在《天狼星实验》中，作者则进一步深入探讨了天狼星帝国在殖民地的优生学人种培育实验，呈现了社会达尔文主义隐喻范式指导下的殖民关系。故事通过天狼星使者安必恩二号的叙述来呼应《什卡斯塔》中业已出现的进化论主题，对两种帝国实验的主要差异进行了评判，由此对不同哲学伦理隐喻范式影响下形成的两种进化论隐喻思维模式进行了比较。就进化论隐喻主题而言，《天狼星实验》与《什卡斯塔》形成了一个姊妹篇，二者分别展示了两种位于不同“进化等级”的殖民帝国模式，并形成鲜明对比。《天狼星实验》从进化论隐喻主题的维度对《什卡斯塔》这一总纲进行了深度拓展，这种结构上的巧妙安排通过概念隐喻的宏观分析，清晰地呈现出来。

在“太空小说”中，莱辛将前面各部作品中建构的隐喻话语体系放在不同的经验背景下，对其合理性进行了思考、质疑和总结，从而引发了对语言与现实经验之间互动关系的深刻追问，其中该系列的第四部作品《八号行星代表的产生》最为深入和全面地回应了在《什卡斯塔》中萌发的这种思考。具体分析表明，该系列作品主要通过水意象和多重视点手法的运用对隐喻思维与现实经验之间的互动关系进行了探讨。首先，水的意象在整个系列中代表了流变和灵活的力量，它的象征含义也随情节的不同不断转化，时而象征滋润万物的情感，时而又成为浇灭激情的理性，它代表了这两种力量在平衡与失衡之间交替转化的各种状态，表现了作者对不同隐喻思维范式在经验中不断流变这一本质的深刻认识，并表达了她追求平衡性的理想。在《八号行星代表的产生》中，作者通过整个星球的灾难故事，将《什卡斯塔》中出现的类似灾难情节推进到更加极端的情况，更加细致全面地描写了人们对特定话语体系和思维范式的盲从行为。流变的水通常是柔性思维方式的象征，第八行星的人们将老人星帝国倡导水流般柔性思维的教化转化成了对水的盲目崇拜，他们的这种行为违背了老人星教导的真正用意。这个太空寓言表明，不论看似多么完美神圣的哲学、宗教和伦理理论，都有可能在特定情况下成为脱离经验的教条。其次，多重视点手法也在“太空小说”中得到大量采用，其形式丰富多样且贯穿整个系列的思想分析过程。在《什卡斯塔》中,多重档案文件的集合提供了从不同视点出发进行的叙述,其中以老人星帝国立场及其使者耶和尔的视角出发、自上而下的叙述是该书的主线,这类叙述与其他一些视点的叙述交织在一起,构成一个立体的网络;《三四五区间的联姻》和《天狼星代表》则延续了《什卡斯塔》中采用的同一人物内部分裂的叙述视点,后者还进一步将这种多重叙述手法的运用范围全面拓展到作品之间,通过天狼星帝国与老人星帝国的对比使该作品成为与《什卡斯塔》并行的姊妹篇;然而,《天狼星实验》中帝国使者安必恩二号的叙述仍是一种自上而下的观点,和耶和尔作为帝国代言人时的叙述立场差别不大,而从《八号行星代表的产生》开始,《什卡斯塔》中萌生的质疑在叙述视点的根本性转变中得到了更加深入的拓展,从八号殖民行星代表多伊格的视角出发,该小说的整个叙述都以一种自下而上的视点进行,由此与《什卡斯塔》的叙述视点形成了更加强烈的对比呼应,凸显了潜藏在《什卡斯塔》中的疑问。总而言之,不论是水意象的描画,还是多重视点手法的运用,都体现了该系列作品对隐喻范式与经验现实互动关系的思考,是其思想分析过程的升华,其中《八号行星代表的产生》与《什卡斯塔》之间的呼应关系则是最能突出体现这种思想分析的典型。

纵观整个系列,几部作品之间在隐喻主题的逻辑递进中具有紧密而有机的联系,正是前面几部作品对帝国隐喻话语本质的层层揭示和多重质疑引发了作者的进一步深入思考总结。《沃灵帝国的感伤使者》是整个"太空小说"系列的收官之作,该作品直接点明了整个作品系列思想分析中的根本问题——语言的隐喻本质及其与经验的互动关系,并进一步回答了《什卡斯塔》和其他几部作品中提出的种种质疑,对整个作品系列进行了精辟地总结。相对于前面几部作品,它更加淡化了叙事情节的成分并凸显了其思想分析的特征。前面各部作品的分析呈现出种种构成二元对立的隐喻思维范式——主体与自我、严父模式与慈母家庭道德模式以及社会达尔文主义进化论与拉马克式进化论，它们都是在实际经验中不断流变的认知模式和思想模型。换言之，它们都只是对特定经验的描述，这些隐喻思维范式一旦企图作为单一认知模式规定世界，就会在变幻莫测的经验中成为阻碍人们认识现实的僵化教条。在这部作品中，作者直接将任何走向单一静止思维模型的极端情形都归结为语言中的疾病，因此不论是情感主义还是理性主义的隐喻思维范式，都是语言修辞病医院治疗的对象。该作品表明，莱辛深刻地意识到了语言问题对于人类思维和社会发展进程的重大影响，她在语言问题上的追问具有相当深度，完全可以和语言学家的分析媲美。莱辛的这种思考，部分源自她一生的辗转经历。随着她在创作过程中的不断思考，其人生阅历也不断得到丰富；特别是英殖民帝国的瓦解过程，更使这位从小身处殖民帝国前沿、游走于殖民地和帝国地理边界之间的流散作家真切地感受了帝国话语的崩溃过程，逐渐体悟到隐喻性语言在失去经验支撑后那种空余的虚妄。沉重的历史经验使得她对语言本质的理解越发深刻，也促使她更加敏锐地洞悉了语言与经验之间的复杂关系。整个“太空小说”从星际帝国关系、殖民模式以及文化冲突融合等诸多复杂的现实问题出发，通过条分缕析的思想分析，逐渐化繁为简，解析出造成人类社会矛盾冲突、战争压迫和愚昧盲从的思想根源——人类对语言本质的误解、对语言与经验关系认识的不足和对语言作为某种隐喻思维范式的迷信。由此，《沃灵帝国的感伤使者》给“太空小说”系列画上了一个圆满的句号，成为整个“总、分、总”布局的画龙点睛之笔。

总的来看，这个科幻作品系列布局严谨、条理清晰，且在形式和内容上都颇具创意。尽管相对于早期作品，莱辛的科幻作品得到的关注较少，但这一时期的作品不论在内容的深度和形式的独特安排上，都并不逊色于其最著名的代表作品。在内容上，这些作品拓展了早期出现过的一些主题并对各种影响深远的传统思想进行了追根溯源。许多早期主题都在这个科幻系列中得到深化，而思想分析维度的深度拓展则是这个系列作品的显著特征。对莱辛这一时期的作品进行探究，对于把握莱辛作品全集在思想内容上的内在联系无疑具有重要意义。不仅如此，在该系列作品中，莱辛在形式结构方面也进行了大胆的创新。相对于早期的现实主义作品，其科幻作品更加淡化了用情节来捕获读者注意力的写作方式，而是采用了有助于进行复杂思想分析的寓言形式。莱辛自己也强调，她的这些作品在形式上更接近于乌托邦寓言，而寓言的重要特点，正是以微言大义和思想表达见长。通过这种方式，莱辛突破了人们对小说创作的思维定式，在思想的畅游中令叙事作品回到了它们最古老的源头。然而，莱辛的这种回归并非对古老寓言形式的简单重复，而是以螺旋上升的方式拓展了寓言叙事的长度和深度，使其成为一种"寓言式乌托邦小说"。这种创新得益于她对寓言隐喻特质的深刻认识。在这些科幻作品中蕴含的隐喻不再是传统意义上那种具有短小单一结构的概念隐喻，而是一种具有复杂形式结构和相当深广度的概念隐喻，它们在文中百转千回而又内在统一，构成整个叙述的骨架；同时，每一个宏大的概念隐喻主题之下又包含着众多具体的微隐喻表现形式，丰富了整个作品的肌理。传统的乌托邦故事，是对具有和谐社会秩序的完美理想蓝图的描画，虽然莱辛的寓言小说也具有乌托邦色彩，但她描绘的这种帝国蓝图，并不具有稳定的单一结构，这是由其蕴含的深层隐喻特性决定的。在这些长篇寓言中，包含着各种丰富的隐喻范式，它们之间相互冲突与融合，不断流变。总而言之，正是莱辛对于语言和思维隐喻性质的深刻洞察，促使她在形式上进行了大胆革新，创造了这种新型的乌托邦寓言小说题材。同时，这也表明，莱辛的形式创新并非标新立异，而是与她小说的内容和思想分析主题紧密相关，这种形式上的探索是她在思想上不断成熟的自然结果，二者是一个浑然天成的整体。

早在 20 世纪 50 年代，莱辛就已经在中国拥有了她的读者；时至今日，莱辛已经是世界范围内的知名作家，国内外的莱辛研究也日益蓬勃发展。其前期的一些知名作品，如《野草在歌唱》和《金色笔记》等作品，已经成为莱辛研究中的显学，从各个角度都得到了较为透彻的解析。然而，莱辛并没有满足于前期创作中所取得的成就，而是继续推进其思考与创作实验，并推出了科幻系列作品。这些新作在形式和内容上都似乎与前期作品有着很大差别，许多热爱莱辛的老读者一时间难以适应，认为这些作品脱离了现实的社会背景，失却了她早期作品中最宝贵的人文社会关怀。然而，正如林恩·汉利(Lynne Hanley)在《与敌共眠：身处毁灭世纪的多丽丝·莱辛》("Sleeping with the Enemy: Doris Lessing in the Century of Destruction")①中所论述，莱辛是一位在艺术上我行我素的作家，虽然她并不追求华丽的语言和晦涩的写作方式，在形式技巧的运用上也保持着相当的克制，但她同时也是一位敢于大胆质疑和创新的作家。她中后期的作品使她失去了一些喜爱她前期作品的读者，同时又为她赢得了大批新的读者。可以说，各个派别和喜好偏向的读者群几乎都可以在她的创作中找到自己喜欢的作品类型。通过仔细研读可以发现，莱辛中后期的科幻作品"太空小说"系列不仅没有丢掉她前期作品中那种宝贵的人文关怀，并且以更加稳健的文风对现实进行了冷静剖析，其深刻成熟的见解使整个作品体系达到了新的高度。一言以蔽之，该系列作品在新型乌托邦题材中实现了寓言隐喻、长篇叙事和思想分析的完美融合，是莱辛创作生涯中一颗璀璨的明星。

① Lynne Hanley. "Sleeping with the Enemy: Doris Lessing in the Century of Destruction." Eds. John Richetti. *The Columbia History of the British Novel*. Beijing: Foreign Language Teaching and Research Press, 2005. pp.918-938.

参考文献

一、莱辛原著(按首次出版时间顺序排列)

Lessing Doris. *The Grass Is Singing*. New York: Harper Perennial, [1950] 2008.

—. *Going Home*. New York: Harper Perennial, [1957] 1996.

—. *In Pursuit of the English*. London: Flamingo, Harper Collins, [1960] 1993.

—. *The Golden Notebook*. London: Fourth Estate, [1962] 2011.

—. *The Four-Gated City*. New York: Harper Perennial, [1969] 1995.

—. Briefing for a Descent into Hell. New York: Vintage Books, 1971.

—. *The Memoirs of a Survivor*. New York: Vintage Books, [1974] 1988.

—. *Re: Colonized Planet 5. Shikasta*, London: Harper Collins Publishers, [1979] 2002.

—. *The Marriages Between Zones Three, Four and Five*. London: Flamingo, [1980] 1994.

—. *The Sirian Experiments*. New York: Alfred A. Knopf, 1980.

—. *The Making of the Representative for Planet 8*. London: Flamingo, [1982] 1994.

—. *Documents Relating to the Sentimental Agents in the Volyen Empire*. New York: Vintage Books, [1983] 1984.

—. *Prisons We Choose to Live Inside*. New York: Harper & Row, Publishers, Inc., 1987.

—. *African Laughter: Four Visits to Zimbabwe*. New York: Harper Perennial, [1992] 1993.

—. *A Small Personal Voice: Essays, Reviews, Interviews*. Ed. Paul Schlueter. London: Flamingo, Harper Collins, 1994.

—. *Mara and Dann: An Adverture*. New York: Harper Perennial, [1999] 2000.

—. *The Diaries of Jane Somers*. London: Flamingo, 2002.

—. *Time Bites*. London: Harper Perennial, 2005.

—. *The Story of General Dann and Mara's Daughter, Griot and the Snow Dog*. London: Harper Perennial, [2005] 2006.

—. *The Cleft*. New York: Harper Perennial, 2007.

二、英文著作(按作者姓氏字母顺序排列)

Arlett, Robert. *Epic Voices: Inner and Global Impulse in the Contemporary American and British Novel*. London: Associated University Press, 1996.

Aronoff, Mark & Rees-Mille, Janie ed. *The Handbook of Linguistics*. Oxford: Blackwell Publishers Ltd, 2003.

Baghramian, Maria, ed. *Modern Philosophy of Language*. Washington D.C.: Counter Point, 1999.

Bergson, Henry. *Time and Free Will*. London: Routledge, [1910] 2002.

Bloom, Harold ed. *Modern Critical Views: Doris Lessing*. New York: Chelsea House Publishers, 1986.

Bradshaw, David ed. *A Concise Companion to Modernism*. London: Cambridge University Press, 1978.

Brewster, Dorothy. *Doris Lessing*. New York: Twayne Publishers, Inc, 1965.

Brône, Geert & Vandaele, Jeroen eds. *Applications of Cognitive Linguistics—Cognitive Poetics: Goals, Gains and Gaps*. Berlin: Mouton de Gruyter, 2009.

Cederstrom, Lorelei. *Fine-Tuning the Feminine Psyche: Jungian Patterns in the Novels of Doris Lessing*. New York: Peter Lang Publishing, Inc., 1990.

Childs, Donald J. *Modernism and Eugenics: Woolf, Eliot, Yeats and the Culture of Degeneration*. Cambridge: Cambridge University Press, 2001.

Clayton, Philip & Schloss, Jeffery eds. *Evolution and Ethics: Human Morality in Biological and Religious Perspective*. Michigan: Wm. B. Eerdmans Publishing Co., 2004.

Comte, August. *Positive Philosophy*. 2vols. Harriet Martineau. Trans. New York: AMS Press, [1853] 1974.

Danziger, Marie A. *Text/Countertext: Postmodern Paranoia in Samuel Beckett, Doris Lessing and Philip Roth*. New York: Peter Lang Publishing, Inc., 1996.

Darwin, Francis, ed. *The Life and Letters of Charles Darwin*. 3

Vols. London: John Murray, 1887.

Denise, Theodore & C. White, Nicolas P. & Peterfreund, Sheldon P. *Great Traditions in Ethics*. Beijing: Peking University Press, 2006.

Fahim, Shadia S. *Doris Lessing: Sufi Equilibrium and the Form of the Novel*. New York: St. Martin's Press, 1994.

Frye, Northrop. *Anatomy of Criticism: Four Essays*. Princeton, New Jersey: Princeton University Press, 1971.

Galin, Müge. *Between East and West: Sufism in the Novels of Doris Lessing*. New York: State University of New York Press, 1997.

Gavins, Joanna & Steen, Gerard. *Cognitive Poetics in Practice*. New York: Routledge, 2003.

Geeraerts, Dirk. *Cognitive Linguistics: Basic Readings*. Berlin: Mouton de Gruyter, 2006.

Geeraerts, Dirk & Hubert, Cuyckens, eds. *The Oxford Handbook of Cognitive Linguistics*. New York: Oxford University Press, 2007.

Ghosh, Tapan K., ed. *Doris Lessing's The Golden Notebook: A Critical Study*. New Delhi: Prestige Books, 2006.

Gibbs, Raymond W. JR. *The Poetics of Mind: Figurative Thought, Language, and Understanding*. New York: Cambridge University Press, 1994.

—. *Embodiment and Cognitive Science*. New York: Cambridge University Press, 2006.

—. ed. *The Cambridge Handbook of Metaphor and Thought*. New York: Cambridge University Press, 2008.

Gissis, Snait B. and Jablnka, Eva eds. *Transformation of Lamarckism: From Subtle Fluids to Molecular Biology*. Cambridge: The MTI

Press, 2011.

Goswami, Darshana. *Tiny Individuals in the Fiction of Doris Lessing*. New Delhi: Epitome Books, 2011.

Greene, Gayle. *Doris Lessing: The Poetics of Change*. Ann Arbor: The University of Michigan Press, 1994.

Haldane, Elizabeth S. & Ross, G. R. T., eds. *The Philosophical Works of Descartes*. 2 vols. Reprint, Cambridge: Cambridge University Press, 1973.

Hague, Angela. *Fiction, Intuition, Creativity: Studies in Brontë, James, Woolf, and Lessing*. Washington, D.C.: The Catholic University of America Press, 2003.

Hanson, Clare. *Eugenics, Literature and Culture in Post-War Britain*. New York: Routledge, 2013.

Henstra, Sarah. *The Counter-Memorial Impulse in Twentieth-Century English Fiction*. New York: Palgrave Macmillan, 1990.

Herman, David ed. *Narrative Theory and the Cognitive Sciences*. Stanford: CSLI Publications, 2003.

Hite, Molly. *The Other Side of the Story: Structures and strategies of Contemporary Feminist Narrative*. New York: Cornell University Press, 1989.

Hobbs Jerry R. *Literature and Cognition*. Stanford: CSLI Publications, 1990.

Hofstadter, Richard. *Social Darwinism in American Thought*. Boston: Beacon Press, [1944] 1992.

Ingersoll, Earl G. ed. *Doris Lessing: Conversations*. New York: Ohio Review Press, 1994.

Izzo, David Garrett. *The Influence of Mysticism on 20th Century British and American Literature*. Jefferson: McFarland & Company, Inc., Publishers, 2009.

Kaplan, Carey & Rose, Ellen Cronan eds. *Approaches to Teaching Lessing's The Golden Notebook*. New York: The Modern Language Association of America, 1989.

Kant, Immanuel. *Metaphysics of Morals*. Trans. & Mary Gregor. Ed. New York: Cambridge University Press, 1996.

Kant, Immanuel. *Groundwork for the Metaphysics of Morals*. Trans. & Mary Gregor. Ed. New York: Cambridge University Press, 1998.

Kiaei, Shahram & Parnian, Shideh. *Manifestations of Sufism in Doris Lessing's Early Novels: Revisiting Lessing's Writing Life*. Saarbrücken: Lambert Academic Publishing, 2012.

Klein, Carole. *Doris Lessing: A Biography*. London: Duckworth, 2000.

Kövecses, Zoltán. *Metaphor: A Practical Introduction*. New York: Oxford University Press, 2010.

L. Jansen, Sharon. *Reading Women's Worlds from Christina de Pizan to Doris Lessing: A Guide to Six Century of Women Writers Imagining Rooms of Their Own*. New York: Palgrave & Macmillan, 2011.

Lakoff, George. *Moral Politics: How Liberals and Conservatives Think*. Chicago: The University of Chicago Press, 2002.

—. *The Political Mind: A Cognitive Scientist's Guide to Your Brain and Its Politics*. New York: Penguin Books, [2008] 2009.

Lakoff, George & Johnson, Mark. *Metaphors We Live by*. Chicago:

The University of Chicago Press, 1980.

—. *More than Cool Reason: A Field Guide to Poetic Metaphor*. Chicago: The University Press of Chicago, 1989.

—. *Philosophy in the Flesh: The Embodied Mind and Its Challenge to Western Thought*. New York: Basic Books, A Member of the Perseus Books Group, 1999.

Libet, Benjamin. *Mind Time: The Temporal Factor in Consciousness*. Cambridge: Harvard University Press, 2004.

Michael, Magali Cornier. *Feminism and the Postmodern Impulse: Post-World War II Fiction*. Albany: State University of New York Press, 1996.

Olive, Matthew. *Grotesque Britain: National Decline and the Post-imperial Imagination*. Madison: University of Wisconsin Press, 2009.

Perrakis, Phyllis Sternberg. *Adventures of the Spirit: The Old Woman in the Works of Doris Lessing, Margaret Atwood, and Other Contemporary Women Writers*. Columbus: The Ohio State University Press, 2007.

Pickering, Jean. *Understanding Doris Lessing*. Columbia: University of South Carolina Press, 1990.

Pratt, Annis & Dembo, L.S. *Doris Lessing: Critical Studies*. Madison: The University of Wisconsin Press, 1974. New York: Palgrave Macmillan, 2011.

Richardson, Dorothy. *The Myth of the Heroine: The Female Bildungsroman in the Twentieth Century*. New York: Peter Lang Publishing, Inc., 1986.

Richetti, John ed. *The Columbia History of the British Novel*. Beijing: Foreign Language Teaching and Research Press, 2005.

Ricoeur, Paul. *The Rule of Metaphor: Multi-disciplinary Studies of the Creation of Meaning in Language*. London: Routledge & kegan paul, 1975.

Ridout, Alice & Watkins, Susan, eds. *Doris Lessing: Border Crossings*. New York: Continuum, 2009.

Robinson, Sally. *Engendering the Subject: Gender and Self-Representation in Contemporary Women's Fiction*. Albany: State University of New York Press, 1991.

Rubenstein, Roberta. *The Novelistic Vision of Doris Lessing: Breaking the Forms of Consciousness*. Urbana/Chicago: University of Illinois Press, 1979.

Ruiz, deMendoza IbáÌez F.J. & PeÌa, Cervel S. *Cognitive Linguistics: Internal Dynamics and Interdisciplinary Interaction*. Berlin: Mouton de Gruyter, 2005.

Sage, Lorna. *Doris Lessing*. London & New York: Methuen, 1983.

Saxon, Ruth & Tobin, Jean. *Woolf and Lessing: Breaking the Mold*. London: Macmillan Press, 1994.

Sceats, Sarah. *Food, Consumption and the Body in Contemporary Women's Fiction*. Cambridge: Cambridge University Press, 2000.

Schlueter, Paul. *The Novels of Doris Lessing*. Carbondale: Southern Illinois University Press. London: Feffer & Simons, 1969.

Semino, Elena & Culpeper, Johnathan. *Cognitive Stylistics: Language and Cognition in Text Analysis*. Amsterdam: John Benjamins, 2002.

Shaffer, Brian W. *A Companion to the British and Irish Novel*:

1945-2000. Malden: Blackwell Publishing, 2005.

Showalter, Elain. *A Literature of Their Own: British Women Novelists from Brontë to Lessing*. Beijing: Foreign Language Teaching and Research Press, 2004.

Spencer, Herbert. *The Data of Ethics*. 2vols. New York: D. Appleton & Co., 1887.

—. *The Principles of Sociology*. New Brunswick, NJ: Transaction Publishers, [1898] 2002.

—. *The Study of Sociology*. Trans. Yan Fu. Shanghai: Shi Jie Book Publishing Company, 2012.

Stevenson, Randall. *The Oxford English Literary History (Volume 12. 1960-2000): The Last of England?*. Beijing: Foreign Language and Research Press, 2007.

Stewart-Williams, Steve. *Darwin, God and the Meaning of Life: How Evolution Theory Undermines Everything You Thought You Knew*. New York: Cambridge University Press, 2010.

Stockwell, Peter. *Cognitive Poetics: An Introduction*. New York: Routledge, 2002.

—. *Texture: Towards a Cognitive Aesthetics of Reading*. Edinburgh: Edinburgh University Press, 2007.

Taylor, Jenny ed. *Notebooks/Memoirs/Archives: Reading and Rereading Doris Lessing*. Boston: Routledge & Kegan Paul, 1982.

Thorpe, Michael. *Doris Lessing*. London: Longman Group Ltd., 1973.

—. *Doris Lessing's Africa*. London: Evans Brothers, ltd. 1978.

Tompkins, Jane P. ed. *Reader-Response Criticism: From Formal-*

ism to Post-structuralism. Baltimore: The Jones Hopkins University Press, 1986.

Tsur, Reuven. *Toward a Theory of Cognitive Poetics*. Amsterdam: North-Holland, 1992.

Turner, Mark. *Reading Minds: The Study of English in the Age of Cognitive Science*. New Jersey: Princeton University Press, 1991.

—. *The Literary Mind: The Origins of Thought and Language*. New York: Oxford University Press, 1996.

Waterman, David .*Identity in Doris Lessing's Space Fiction*. New York: Cambria Press, 2006.

Whittaker, Ruth. *Modern Novelists: Doris Lessing*. New York: St. Martin's Press, 1988.

Wilson, Edward O. *Sociobiology*. Cambridge: Belknap Press of Harvard University Press, 1975.

Wilson, Sharon Rose. *Myths and Fairy Tales in Contemporary Women's Fiction from Atwood to Morrison*. New York: Palgrave Macmillan, 2008.

Articles on Novels by Doris Lessing, Including: The Fifth Child, Shikasta, The Grass Is Singing, The Golden Notebook, Canopus in Argos, The Siren Experiments, The Marriages Between Zones Three, Four, And Five. Nashville: Hephaestus Books, 2011.

三、国外译著(按作者姓氏字母顺序排列)

[英]A.J.艾耶尔.语言、真理与逻辑.尹大贻,译.上海:上海译文出版社,2006.

[美]阿瑟·O.诺夫乔伊.存在巨链——对一个观念的历史的研究.张

传有,高秉江,译.南昌:江西教育出版社,2002.

[古希腊]柏拉图.理想国.张造勋,译.北京:北京大学出版社,2010.

[英]查尔斯·罗伯特·达尔文.物种起源.谢蕴贞,译.北京:新世界出版社,2007.

[加]达科·苏恩文.科幻小说面面观.郝琳,李庆涛,程佳,译.合肥:安徽文艺出版社,2011.

[英]多丽丝·莱辛.三四五区间的联姻.俞婷,译.南京:南京大学出版社,2008.

[英]多丽丝·莱辛.影中漫步.朱凤余,等译.西安:陕西师范大学出版社,2008.

[英]多丽丝·莱辛.幸存者回忆录,朱子仪,译.海口:南海出版社,2009.

[英]多丽丝·莱辛.时光噬痕.龙飞,译.北京:作家出版社,2010.

[美]理查德·奥尔森.科学与宗教:从哥白尼到达尔文(1450—1900).徐彬,吴林,译.济南:山东人民出版社,2009.

[美]罗伯特·斯科尔斯,弗雷德里克·詹姆逊,阿瑟·B.艾文斯.科幻文学的批评与建构.王逢振,苏湛,李广益,译.合肥:安徽文艺出版社,2011.

[英]罗素.罗素道德哲学.李国山,等译.北京:九州出版社,2006.

[英]罗素.宗教与科学.徐奕春,林国夫,译.北京:商务印书馆,2010.

[德]马克思·韦伯.新教伦理与资本主义精神.苏国勋,覃方明,赵立玮,秦明瑞,译.北京:社会科学文献出版社,2010.

[美]梅尔·斯图尔特.科学与宗教的对话.郝长墀,编.李勇,等译.北京:北京大学出版社,2007年.

[英]皮特·鲍勒.进化思想史.田洺,译.南昌:江西教育出版社,1999.

[美]S.杰克·奥尔德.罗素.陈启伟,贾可春,译.北京:中华书局,

2002.

[俄]维克托·什克洛夫斯基等.俄国形式主义文论选.方珊,等译.北京:生活·读书·新知三联书店,1989.

[英]休谟.人性论.石碧球,译.北京:九州出版社,1983.

[英]亚当·斯密.道德情操论.王秀莉,译.上海:上海三联书店,2011.

[古希腊]亚里士多德.尼各马科伦理学.苗力田,译.北京:中国社会科学出版社,1999.

四、中文著作(按作者姓氏字母顺序排序)

陈璟霞.多丽丝·莱辛的殖民模糊性:对莱辛作品中的殖民比喻的研究.北京:中国人民大学出版社,2007.

方珊.形式主义文论.济南:山东教育出版社,1999.

胡勤.审视分裂的文明:多丽丝·莱辛小说研究.桂林:广西师范大学出版社,2012.

金元浦.接受反应文论.济南:山东教育出版社,1998.

刘润清.西方语言学流派.北京:外语教学与研究出版社,2002 年.

孟庆茂,常建华.实验心理学.北京:北京师范大学出版社,1999 年.

彭有明.从原型效应的视角谈认知语境对言语交际的制约.武汉:武汉大学出版社,2012 年.

强以华.西方伦理十二讲.重庆:重庆出版社,2008.

瞿世镜,任一鸣.当代英国小说史.上海:上海译文出版社,2008.

任定成,龚少明.19 世纪的生物学和人学.上海:复旦大学出版社,2000.

邵志芳.认知心理学——理论、实验和应用.上海:上海教育出版社,2013.

宋希仁.西方伦理思想史.北京:中国人民大学出版社,2010.

孙毅.认知隐喻学多维跨域研究.北京:北京大学出版社,2013.

唐孝威,黄华新.语言与认知研究(第二辑).北京:社会科学文献出版社,2008.

陶淑琴.后殖民时代的殖民主义书写:多丽丝·莱辛"太空小说"研究.北京:中国社会科学出版社,2013.

王丽丽.多丽丝·莱辛的艺术和哲学思想研究.北京:社会科学文献出版社,2007.

—.多丽丝·莱辛研究.北京:社会科学文献出版社,2014.

王文斌.隐喻的认知构建与解读.上海:上海外语教育出版社,2007年.

王小潞.汉语隐喻认知与ERP神经成像.北京:高等教育出版社,2009年.

王寅.认知语言学.上海:上海外语教育出版社,2007.

王岳川.现象学与解释学文论.济南:山东教育出版社,1999.

王佐良,周钰良.英国20世纪文学史.北京:外语教学与研究出版社,2006.

肖庆华.都市空间与文学空间:多丽丝·莱辛小说研究.成都:四川辞书出版社,2008.

杨治良.实验心理学.杭州:浙江教育出版社,1998年.

余纪元.亚里士多德伦理学.北京:中国人民大学出版社,2011.

赵毅衡著.新批评——一种独特的形式主义文论.北京:中国社会科学出版社,1986.

五、博士论文(按发表年代顺序排列)

Dixson, Barbara. "Passionate Virtuosity: Doris Lessing's 'Canopus' Novels." Doctoral dissertation. Auburn University, 1984.

Roberts, Robin Ann. "A New Species: The Female Tradition in Science Fiction from Mary Shelley to Doris Lessing." Doctoral dissertation. University of Pennsylvania, 1985.

Nalini, Iyer. "Masked Fictions: English Women Writers and the Narrative of Empire." Doctoral dissertation. Purdue University, 1993.

McComack, Mary Carolyn Gough. "'A New Frontier': The Novels of Doris Lessing and the Sciences of Complexit." Doctoral dissertation. University of South Carolina, 1998.

王丽丽.生命的真谛:多丽丝·莱辛的艺术和哲学思想.山东大学博士学位论文,2005.

蒋花.压抑的自我,异化的人生——多丽丝·莱辛非洲小说研究.上海外国语大学博士学位论文,2007.

肖庆华.都市空间与文学空间:多丽丝·莱辛小说研究.四川大学博士学位论文,2007.

邱枫.她们的空间——论《暴力的孩子》中作为女性话语的女性身体.北京外国语大学博士学位论文,2008。

卢婧.《金色笔记》的艺术形式与作者莱辛的人生体验.南京师范大学博士学位论文,2008.

赵晶辉.多丽丝·莱辛小说的"空间"研究.南京大学博士学位论文,2009.

姜红.多丽丝·莱辛三部作品中的认知主题探索.北京大学博士学位论文,2010.

朱海棠.解构的世界:多丽丝·莱辛小说研究.中国人民大学博士学位论文,2010.

胡勤.审视分裂的文明:多丽丝·莱辛小说艺术研究.中山大学博士学位论文,2010.

六、期刊文章(按作者姓氏字母顺序排列)

Beck, Anthony. "Doris Lessing and the Colonial Experience." *The Journal of Commonwealth Literature* 19. 1(1984):64-73.

Burton, Deirdre. "Linguistic Innovation in Feminist Utopian Fiction." Ilha to Desterro: *A Journal of Language and Literature* 14. 2 (1985):82-106.

Caracciolo, Peter. "What's in a Canopean Name?" *Doris Lessing Newsletter* 8.1(1984):15.

Cederstrom, Lorelei. "'Inner Space' Landscape: Doris Lessing's Memoirs of a Survivor." *Mosaic: A Journal for the Interdisciplinary Study of Literature* 13. 3(1980):15-132.

Chalpin, Lila. "Paraphychology and Fable in Recent Novels of Doris Lessing." *San Joe Studies* 6:3(1980):59-70.

Chennells, Anthony. "Doris Lessing: Rhodesian Novelist." *Doris Lessing Newsletter* 9.2(1985):3-7.

Hanson, Clare. "Doris Lessing in Pursuit of the English; Or, No Small, Personal Voice." *PN Review* 14.4(1987):39-42.

Hardin, Nancy Shields. "The Sufi Teaching Story and Doris Lessing." *Twentieth Century Literature: A Scholarly and Critical Journal* 23.3(1977):314-326.

Joyner, Nancy. "The Underside of the Butterfly: Lessing's Debt to Woolf." *Journal of Narrative Technique* 4(1974):204-211.

Knap, Mona. "Canopuspeak: Doris Lessing's *Sentimental Agents* and Orwell's *1984*." *Neophilologues* 70.3(1986).453-461.

Kun, Guido. "Apocalypse and Utopia in Doris Lessing's *The*

Memoirs of a Survivor." *International Fiction Review* 7(1980):79-84.

Langacker, R.W. "A Dynamic View of Usage and Language Acquisition." *Cognitive Linguistics* 20.3(2009):627-640.

Mandl, Bette. "The Politics of Representation in *The Marriages between Zones Three, Four and Five.*" *Notes on Contemporary Literature* 15:2(1985):4-5.

Maslen, Elizabeth. "Doris Lessing: The Way to Space Fiction." *Doris Lessing Newsletter* 8.1(1984):7-8, 14.

Nobel, Michael. "'This Tale Is Our Answer': Science and Narrative in Doris Lessing's Canopus." *Doris Lessing Newsletter* 18.2(1997):4-5, 12, 15.

Peel, Ellen. "Communicating Differently: Doris Lessing's *Marriage between Zones Three, Four and Five.*" *Doris Lessing Newsletter* 6.2 (1982):11-13.

Perrakis, Phyllis Sternberg. 1990. "The Marriage of Inner and Outer Space in Doris Lessing's 'Shikasta', Science Fiction Studies." *Science Fiction by Women* 17.2(1990):221-238.

Stockwell, Peter. "Cognitive Poetics and Literary Theory." *Journal of Literary Theory* 1.1(2007):135-152.

Style, Colom. "*Going Home*: Post-Independence Zimbabwe and Colonial Whites in the Literature of Southern Africa." *Contrast: South African Literary Journal* 15.4(1985):65-70.

Tsur, Reuven. "Cognitive Poetics and Speaking the Unspeakable." *Journal of Foreign Languages* 31.4(2008):2-21.

—. "Deixis in Literature: What isn't Cognitive Poetics?" *Pragmatics and Cognition* 16.1(2008):119-150.

Wilson, Raymond J., III. “Doris Lessing's Symbolic Motifs: The Canopus Novels.” *Doris Lessing Newsletter* 6.1(1982):1, 9-11.

Zak, Michele W. “*The Grass Is Singing*: A Little Novel About Emotion.” *Contemporary Literature* 14(1973):457-470.

[美]弗雷德里克·詹姆逊.乌托邦作为方法或未来的用途.王逢振,译.马克思主义与现实,2007(5):4—16.

谷彦君.《四门城》中的异化主题.黑龙江教育学院学报,2002(1):67—68.

侯维瑞.英国杰出女作家多丽丝·莱辛.译林,1998(2):132.

黄梅.女人的危机和小说的危机 “女人与小说”杂谈之四.读书,1988(1):64—72.

李福祥.多丽丝·莱辛笔下的政治与妇女主题.外国文学评论,1993(4):40—46.

李其维.“认知革命”与“第二代认知科学”刍议.心理学报,2008(12):1306—1327.

林树明.自由的限度——莱辛、张洁、王安忆比较.外国文学评论,1994(4):90—97.

刘立华、刘世生.语言·认知·诗学——《认知诗学实践》评价.外语教学与研究,2006,(1):73—77.

牛红英.野蛮人的朝圣之旅——论D.H.劳伦斯的乌托邦思想.外国文学研究,2015(5):120—129.

申丹.谈关于认知文体学的几个问题.外国语文,2009(1):1—5.

司空草.莱辛小说中的苏非主义.外国文学评论,2000(1):153—154.

苏忱.多丽丝·莱辛与当代伊德里斯·沙赫的苏非主义哲学.四川外语学院学报,2007(4):24—27.

孙宗白.真诚的女作家多丽丝·莱辛.外国文学研究,1981(3):

69—72.

陶瑞萱.分裂的自我与存在的困境——多丽丝·莱辛《野草在歌唱》的“莱恩式”解读.云南民族大学学报(哲学社会科学版),2012(5):152—156.

田祥斌,张颂.《裂缝》的象征意义与莱辛的女性主义意识.外国文学研究,2010(1):89—94.

王家湘.多丽丝·莱辛.外国文学,1987(5):80—83.

王丽丽.后“房子里的安琪儿”时代:从房子意象看莱辛作品的跨文化意义.当代外国文学,2010年(1):21—27.

严志军.《玛拉和丹恩》的解构之旅.外国文学研究,2002(2):43—46,169.

张中载.多丽丝·莱辛与《第五个孩子》.外国文学,1993(6):79—82.

张琪.多丽丝·莱辛太空小说在中国的传播与研究.湖南大学学报(社会科学版):2013(3):102—106.

赵晶辉.小说叙事的空间转向——兼评多丽丝·莱辛小说叙事的转换与智慧.外语教学,2011(5):74—77,85.

钟清兰、李福祥.从动情写实到理性陈述——论D.莱辛文学创作的发展阶段及其基本特征.四川外语学院学报,1994(1):33—39.

七、网络学术资源

诺贝尔奖官方网站,http://www.nobelprize.org/nobel_prizes/literature/laureates/2007/bio-bibl.html,最后浏览日期:2019年5月1日

华西都市报官方网站采访科幻学者(北师大教授吴岩)的报道,http://www.wccdaily.com.cn/shtml/hxdsb/20131119/166255.shtml,最后浏览日期:2019年4月12日

维基百科关于《新约外传》的介绍,http://en.wikipedia.org/wiki/

Biblical_apocrypha，最后浏览日期：2019年4月18日

科罗拉多州立大学网页对马克思·韦伯的介绍，http://www.colorado.edu/Sociology/gimenez/soc.5001/WEBER04.TXT，最后浏览日期：2019年3月16日

图书在版编目(CIP)数据

多丽丝·莱辛"太空小说"中的概念隐喻与新型乌托邦寓言/殷贝著. —上海：复旦大学出版社,2021.1
(福州大学哲学社会科学文库. 福州大学跨文化话语研究系列一)
ISBN 978-7-309-15289-0

Ⅰ.①多…　Ⅱ.①殷…　Ⅲ.①多丽丝·莱辛(1919-2013)-小说研究　Ⅳ.①I561.074

中国版本图书馆 CIP 数据核字(2020)第 154549 号

多丽丝·莱辛"太空小说"中的概念隐喻与新型乌托邦寓言
殷　贝　著
责任编辑/方尚芩

复旦大学出版社有限公司出版发行
上海市国权路 579 号　邮编：200433
网址：fupnet@fudanpress.com　http://www.fudanpress.com
门市零售：86-21-65102580　团体订购：86-21-65104505
外埠邮购：86-21-65642846　出版部电话：86-21-65642845
上海四维数字图文有限公司

开本 890×1240　1/32　印张 13.875　字数 346 千
2021 年 1 月第 1 版第 1 次印刷

ISBN 978-7-309-15289-0/I·1251
定价：88.00 元